송사삼백수

宋詞三百首

朱祖謀

대산세계문학총서 102

송사삼백수

宋詞三百首

주조모 엮음 ― 이동향 역주

문학과지성사
2011

대산세계문학총서 102_시
송사삼백수

엮은이 주조모
옮긴이 이동향
펴낸이 홍정선
펴낸곳 (주)문학과지성사
등록 1993년 12월 16일 등록 제10-918호
주소 121-840 서울 마포구 서교동 395-2
전화 02)338-7224
팩스 02)323-4180(편집) 02)338-7221(영업)
전자우편 moonji@moonji.com
홈페이지 www.moonji.com

제1판 제1쇄 2011년 4월 7일

ISBN 978-89-320-2196-6
ISBN 978-89-320-1246-9 (세트)

이 책은 대산문화재단의 외국문학 번역지원사업을 통해 발간되었습니다.
대산문화재단은 大山 愼鏞虎 선생의 뜻에 따라 교보생명의 출연으로 창립되어
우리 문학의 창달과 세계화를 위해 다양한 공익문화사업을 펼치고 있습니다.

차례

일러두기

1. 이 책의 번역은 주조모집(朱祖謀輯), 당규장전주(唐圭璋箋注)의 『송사삼백수전주(宋詞三百首箋注)』(上海 中華書局, 1958)를 저본으로 삼았다.
2. 작품의 자구(字句)가 다른 판본과 이동(異同)이 있을 경우, 당규장(唐圭璋)의 『전송사(全宋詞)』, 왕혁청(王奕淸)의 『흠정사보(欽定詞譜)』와 기타 주석서를 참고하여 조정했다.
3. 작품 아래에 『흠정사보』의 사조 형식을 참고로 제시했으나, 작품의 실제 형식과 다른 것도 있다.
4. 작품의 우리말 번역은 직역(直譯)에 가깝도록 했고, 어려운 용어와 전고에는 주석을 달았으며, 작품 이해에 도움이 되도록 간단한 해설을 붙였다.
5. 작품 원문에 사용된 부호는 다음과 같다.

   ○ : 평성압운자(平聲押韻字)

   ● : 측성압운자(仄聲押韻字)

   、: 두점(讀點, 짧은 휴식점)

   , : 구점(句點)

001 연산정(宴山亭)*

휘종 황제(徽宗皇帝) · 조길(趙佶)

— 北行[1]見杏花	— 북행 중에 살구꽃을 보다
裁剪冰綃,[2]	얇고 하얀 깁을 잘라
輕疊數重,	고이고이 여러 겹으로 접고
淡著燕脂勻注●	연지를 엷고 고르게 발랐구나
新樣靚妝,[3]	새롭게 단장한 고운 모양
艷溢香融,	아름다움 넘치고 향기 풍기니
羞殺[4]蕊珠宮女[5]●	예주궁의 선녀도 부끄러워하리라
易得凋零,	허나 쉬이 시들어 떨어지나니
更多少、無情風雨●	게다가 무정한 비바람은 얼마나 많은고
愁苦[6]●	슬프구나
問院落淒涼,	묻노니 정원은 처량한데
幾番春暮●	몇 번이나 저무는 봄을 볼 수 있을꼬
憑寄[7]離恨重重,	깊은 이별의 한을 부쳐 보내려 하나
者[8]雙燕何曾,[9]	이 쌍쌍이 나는 제비는 어이
會人言語[10]●	사람의 말을 알아들으랴
天遙地遠,	하늘과 땅은 아득히 멀고
萬水千山,	하 많은 강과 첩첩한 산이니
知他故宮何處[11]●	아지 못게라 고국의 궁궐은 어디메뇨

怎不思量,[12]	어이 그립지 않으랴만
除[13]夢裏、有時曾去●	꿈속에서나 가끔 갈 수 있을 뿐
無據[14]●	의지할 데 없어라
和[15]夢也、新來不做●	요즘은 꿈조차 꾸질 못하는구나

[주석]

* 雙調99字, 前段11句5仄韻, 後段10句5仄韻.(詞譜27) '燕山亭'으로 된 판본도 있다.

1) 北行(북행): 정강(靖康) 2년(1127)에 북송의 휘종(徽宗)이 아들 흠종(欽宗)과 함께 금(金)의 포로가 되어 북쪽 오국성(五國城, 지금의 흑룡강성 依蘭)으로 가는 도중을 말한다.

2) 裁剪冰綃(재전빙초) 3구: 살구꽃을 묘사한 것이다. '裁剪'은 자르다. '冰綃'는 얇은 흰 비단. '담착(淡著)'은 엷게 바르다. '연지(燕脂)'는 '연지(臙脂)'와 같다. '윤주(勻注)'는 고르게 바르다(화장하다).

3) 靚妝(정장): 고운 단장과 화장.

4) 羞殺(수살)구: 천상의 선녀도 살구꽃의 아름다움에 무색해진다는 뜻. '羞殺'은 몹시 부끄럽다(부끄럽게 하다). '殺'은 정도가 심함을 뜻한다.

5) 蕊珠宮女(예주궁녀): 천상의 선녀. '蕊珠'는 도교(道敎)에서 말하는 천상의 궁전.

6) 愁苦(수고) 3구: 꽃과 사람을 함께 말했다. 꽃은 슬픔에 잠겨 있어, 정원은 더욱 처량해졌으니, 꽃은 몇 번이나 늦봄의 날씨를 보내었던가(볼 것인가)? 또는 작자가 슬퍼하고 괴로워하며, 처량한 정원에서 앞으로 몇 번이나 봄이 가

는 것을 볼 것인가라고 하여, 앞으로 살날이 얼마 남지 않은 것을 말했다.

7) 憑寄(빙기) : (소식이나 편지를) 부탁해서 부쳐 보내다.

8) 者(자) : 이. 이것. '저(這)'와 같다.

9) 何曾(하증) : 언제(어찌) ~한 적이 있었는가. '하상(何嘗)'과 같다.

10) 會人言語(회인언어) : 사람의 말을 알다. '會'는 알다. 이해하다.

11) 知~ 何處(지~ 하처) : 어디인지 모르다. '知'는 뒤에 의문사가 있으면 앞에 부정사 '불(不)'이 생략된다.

12) 怎不思量(즘불사량) : 어찌 생각하지 않으랴. '怎'은 어찌. '思量'은 생각하다. 그리워하다.

13) 除(제) : ~외에는.

14) 無據(무거) : 의지할 데 없다. 근거 없다. 믿을 수 없다.

15) 和(화) : ~조차. '연(連)'과 같다.

[해설]

북송 정강 2년(1127)에 금나라는 북송의 수도 변경(汴京)을 함락시키고, 황제를 비롯하여 종실과 고관들을 북쪽으로 압송했다. 25년 동안 황제로 재위했던 휘종은 아들 흠종과 함께 포로의 신세로 북쪽으로 끌려가는 도중에 살구꽃을 보고 만감이 교차해 이 사를 지었다. 작자는 자신의 신세를 비바람에 쉬이 시들어 떨어지는 살구꽃에 비유하면서 고국에 대한 그리움과 망국의 비애를 노래했다.

002 목란화(木蘭花)*

전유연(錢惟演)

城上風光鶯語亂●	성 위엔 봄빛 속에 꾀꼬리 소리 어지럽고
城下煙波春拍岸●	성 아래엔 안개 낀 봄 물결이 언덕을 치네
綠楊芳草[1]幾時休,	녹양방초는 어느 때에나 다할꼬
淚眼愁腸先已斷●	눈물 글썽이며 수심으로 애간장 끊어지누나
情懷漸[2]覺成衰晩●	마음은 점점 쇠잔해가는 걸 느꼈더니
鸞鏡[3]朱顔驚暗換●	놀라워라 거울 속 홍안이 어느새 늙었어라
昔年多病厭芳尊,	예전엔 다병해서 술이 싫었더니
今日芳尊[4]惟恐淺●	오늘은 술잔에 술이 적을까 걱정이어라

[주석]

* 雙調56字, 前後段各4句3仄韻.(詞譜12 玉樓春)

1) 綠楊芳草(녹양방초)구: 아름다운 봄 경치는 오히려 수심을 자아낸다는 뜻으로 이와 같이 말한 것이다. '기시(幾時)'는 언제. '휴(休)'는 끝나다. 그만두다.

2) 漸(점): 점점. 또는 바로. 마침.

3) 鸞鏡(난경): 난새를 조각한 거울. 난새는 봉황과 비슷한 전설상의 새. 예전에 계빈(罽賓)왕이 난새를 잡아 길렀는데, 새는 3년 동안 울지 않았다. 부인이 "새는 짝을 보면 운다고 하니, 거울을 매달아 비추어 보이도록 하십시오"라고 했다. 왕이 그 말대로 했더니, 난새는 거울에 비친 모습을 보고 한 번 슬피 울고는 죽었다는 고사. 『이원(異苑)』에 보인다.

4) 芳尊(방준) : 좋은 술잔. 또는 좋은 술. '尊'은 '준(樽)'과 같다.

[해설]

작자가 만년에 폄적(貶謫)되었을 때 지은 작품인 듯하다. 해마다 여전히 아름다운 봄 경치를 바라보면서, 작자는 젊었을 적의 포부를 이루지 못한 채 늙어가는 것을 한탄하고, 덧없는 세월과 만년의 수심을 술로 달래려 한다. 작자는 술이 적을까봐 걱정이라고 했으나, 실은 술로도 달랠 수 없는 수심을 한탄했다.

003 소막차(蘇幕遮)*

범중엄(范仲淹)

碧雲[1]天,	푸른 구름 뜬 하늘
黃葉地●	누런 낙엽 깔린 땅
秋色[2]連波,	가을빛은 강물에 이어져
波上寒煙[3]翠●	물결 위 찬 안개는 파르스름하네
山映斜陽天接水●	산엔 석양이 비꼈고 하늘은 강물과 맞닿았는데
芳草[4]無情,	방초는 무정하게도
更在斜陽外●	석양 밖에 있구나
黯鄉魂,[5]	고향 생각으로 울적하고
追旅思[6]●	나그네 수심은 쌓여만 가네

夜夜除非,[7]	밤마다 다만
好夢留人睡●	좋은 꿈만이 나를 잠들게 하네
明月樓高休[8]獨倚●	밝은 달 아래 높은 누각에 홀로 기대서지 마오
酒入愁腸,	술은 수심 서린 창자에 들어가선
化作相思淚●	그리움의 눈물이 되는구나

[주석]

* 雙調62字, 前後段各7句4仄韻.(詞譜14)

1) 碧雲(벽운): (저녁의) 푸른 구름. 또는 벽공의 구름. 강엄(江淹)의 「잡체시·혜휴의 별원시를 본떠 짓다(雜體詩·效惠休別怨)」에 "日暮碧雲合, 佳人殊未來"(해 저물어 푸른 구름 모여드는데, 그리운 임은 오지 않네)라는 시구가 있다.

2) 秋色(추색): 가을빛. 가을 경치.

3) 寒煙(한연): 쓸쓸한 안개(연기). 차가운 안개(연기).

4) 芳草(방초) 2구: 방초는 무정하게 석양 저쪽 너머에 있다. '芳草'는 아름다운 풀. 여기서는 한없는 수심을 상징하고 있다. 두목(杜牧)의 「지주에서 전 진사 괴희일을 전송하며(池州送前進士蒯希逸)」 중 "芳草復芳草, 斷腸還斷腸"(방초 밖에 또 방초, 애간장이 끊어지고 또 끊어지네), 이욱(李煜)의 「청평악(清平樂)」 중 "離恨恰如春草, 更行更遠還生"(이별의 한은 봄풀과 같아, 가면 갈수록 또 생겨나네)에서 '芳草' '춘초(春草)'가 수심을 나타내는 것과 같다.

5) 黯鄉魂(암향혼): 고향 생각으로 암울한 마음. '黯'은 어둡다. 슬프고 침울하다. '鄉魂'은 고향을 그리는 마음.

6) 追旅思(추려사): 나그네의 수심이 깊어지다. '追'는 중첩(重疊), 추가(追加)의

뜻. '旅思'는 나그넷길의 수심.

7) 夜夜除非(야야제비) 2구: 밤마다 오직 좋은 꿈만이 나를 잠들게 한다. 좋은 꿈 없이는 잠잘 수 없다. '除非'는 ~을 제외하고는 ~할 수 없다. ~하지 않고는 ~할 수 없다. 오직 ~하여야(비로소). '호몽(好夢)'은 고향에 돌아간 즐거운 꿈.

8) 休(휴): ~하지 말라. 금지를 나타냄.

[해설]

고향을 그리는 노래다. 전단(前段)은 색채어를 사용하여 늦가을의 경치를 묘사했고, 석양이 비낀 산과 고향으로 가는 방초 길에 향수를 기탁했다. 후단(後段)에서는 감정을 직서(直敍)하여 고향을 그리는 수심은 술로도 풀 수 없다고 토로했다.

004 어가행(御街行)* 범중엄(范仲淹)

紛紛[1]墜葉飄香砌[2]●	우수수 낙엽은 섬돌 위로 날려 떨어지고
夜寂靜、寒聲[3]碎[4]●	밤은 고요한데 쓸쓸한 가을 소리만 희미하네
眞珠簾捲玉樓空,	주렴 걷고 보니 누각은 비었고
天淡銀河垂地●	하늘은 맑고 은하는 땅으로 드리웠네
年年今夜,	해마다 오늘 밤이면
月華如練,[5]	달빛은 흰 깁 같건만
長是[6]人千里●	사람은 늘 천 리 밖에 있구나

愁腸已斷無由[7]醉●	수심으로 창자 끊어졌으니 취할 수 없고
酒未到、先成淚●	술은 창자에 이르기 전에 먼저 눈물이 되네
殘燈明滅枕頭敧,	베개에 기대어 가물거리는 등잔불 마주하고
諳盡[8]孤眠滋味●	홀로 자는 쓸쓸함을 곰곰이 맛보네
都來[9]此事,[10]	생각하니 이 수심은
眉間心上,	미간이나 마음 어디에서건
無計相迴避●	떨쳐버릴 수 없어라

[주석]

* 雙調78字, 前後段各7句4仄韻.(詞譜18)

1) 紛紛(분분): 어지러운 모양. 어지러이 날리는 모양.

2) 香砌(향체): 섬돌. '香'은 수식적인 시어.

3) 寒聲(한성): 쓸쓸한 소리. 추운 밤에 들리는 바람, 낙엽, 벌레 따위의 소리.

4) 碎(쇄): 부서지다. 미약하게 끊겼다 이어졌다 하다.

5) 月華如練(월화여련): 달빛이 희고 밝은 모습을 형용한 말. '月華'는 달(빛). '練'은 흰 비단.

6) 長是(장시): 늘. 오랫동안.

7) 無由(무유): ~할 방법이 없다.

8) 諳盡(암진): 잘 알다. 실컷 맛보다(느끼다).

9) 都來(도래): 헤아려보다. '산래(算來)'와 같다.

10) 此事(차사): 이 일. 여기서는 이별의 고독과 슬픔.

[해설]

가을밤의 고독과 상사의 정을 노래했다. 전단에서는 경물을 묘사했고, 후단에서는 감정을 토로했으니, 술에 취해 외로움을 잊으려 해도 취하지 않고, 잠을 자려 해도 잠을 못 이룬다고 하여 깊은 수심을 말했다.

005 천추세(千秋歲)*　　　　**장선(張先)**

數聲鶗鴂[1]●	우네 우네 소쩍새
又報芳菲[2]歇●	또 꽃 지고 봄이 간다고
惜春更選殘紅折●	가는 봄 아쉬워 다시 남은 꽃을 꺾어 드네
雨輕風色暴,	가랑비 내리고 바람 사납게 불더니
梅子青時節●	매실 파랗게 맺히는 계절이로구나
永豐柳,[3]	영풍의 버드나무는
無人盡日花飛雪●	사람은 없는데 온종일 버들꽃만 눈처럼 날리누나
莫把幺絃[4]撥●	거문고 가는 줄 타지 마라
怨極絃能說●	한이 사무치면 거문고 줄도 말하리니
天不老,[5]	하늘이 늙지 않듯이
情難絶●	이내 정은 끊기 어려워라
心似雙絲網,[6]	마음은 겹줄로 얽은 그물인 듯
中有千千結●	무수한 한이 맺혔어라

夜過也,	긴긴 밤을 지새우나니
東窓未白孤燈滅•	동창은 밝지 않고 외로운 등불은 꺼져가누나

[주석]

* 雙調72字, 前段7句5仄韻, 後段8句5仄韻.(詞譜16)

1) 鶗鴂(제결): 두견이. 소쩍새. 굴원(屈原)의 「이소(離騷)」에 "恐鶗鴂之先鳴兮, 使夫百草爲之不芳"(두견이가 먼저 울까 두렵구나, 두견이 소리에 온갖 풀 시드나니) 구절이 있다. 두견이가 울면 꽃이 시든다는 전설이 있다.

2) 芳菲(방비): 향기로운 화초. 여기서는 봄을 뜻한다.

3) 永豊柳(영풍류): '永豊'은 당대(唐代) 낙양(洛陽)의 동네 이름. 백거이(白居易)의 「양류사(楊柳詞)」에 "永豊西角荒園裏, 盡日無人屬阿誰"(영풍 서쪽 황량한 정원, 종일토록 찾는 이 없네) 시구가 있다.

4) 幺絃(요현): 가는 줄. 비파의 넷째 줄로 가늘고 슬픈 소리를 낸다고 한다. 또는 비파의 대칭. '幺'는 세소(細小)의 뜻.

5) 天不老(천불로) 2구: 이하(李賀)의 「금동선인이 한나라를 떠나가는 노래(金銅仙人辭漢歌)」 중 "天若有情天亦老"(하늘이 정이 있다면 하늘 또한 늙으리라)의 시의(詩意)를 이용했다. '天不老'는 하늘이 늙지 않듯이 영원하다는 뜻.

6) 雙絲網(쌍사망): 겹줄로 짠 그물. '絲'는 '사(思)'와 음이 같아서, 애정의 그물 '정망(情網)'의 뜻을 내포하고 있다.

[해설]

전단은 비바람에 꽃이 지고 봄이 가는 것을 슬퍼했는데, 연인과의 이별을 상징한 것으로 보겠다. 후단은 이루지 못한 사랑과 헤어져 있는 연인을 그리워하는 심정을 함축적으로 말했다. '천불로, 정난절(天不老, 情難絶)'구는 간절한 감정을 잘 표현한 천고의 정어(情語)라는 평이 있다.

006 보살만(菩薩蠻)* **장선(張先)**

哀箏[1]一弄[2]湘江曲[3]●	애절하게 쟁으로 「상강곡」을 타노니
聲聲寫盡[4]湘波綠●	소리마다 상강의 푸른 물결 소리로고
纖指十三絃○	섬섬한 가는 손가락은 열세 줄을 튕겨
細將[5]幽恨傳○	가냘프게 깊은 한을 전하누나
當筵秋水慢[6]●	술자리에서 그녀의 맑은 눈길은 그윽하고
玉柱[7]斜飛雁●	거문고 옥주는 비스듬히 날아가는 기러기 같아라
彈到斷腸時○	애끊는 곡조를 탈 때는
春山[8]眉黛低○	봄 산 같은 아미를 숙이누나

[주석]

* 雙調44字, 前後段各4句兩仄韻兩平韻.(詞譜5)

1) 箏(쟁): 쟁. 13줄의 현악기.

2) 一弄(일롱): 한 번 연주하다. 또는 한 곡조.

3) 湘江曲(상강곡): 곡조 명. 상강의 신을 노래한 곡조. 순(舜) 임금의 두 왕비

아황(娥皇)과 여영(女英)은 순 임금이 죽자, 상강에 투신자살하여 수신(水神)이 되었다는 전설이 있다.

4) 寫盡(사진): 남김없이 잘 묘사해내다. 또는 '사진(瀉盡)'과 같이 보기도 한다.

5) 將(장): ~을. '파(把)'와 같다.

6) 秋水慢(추수만): 여인의 맑은 눈(길)이 그윽하다. 한 곳을 응시하며 생각에 잠겨 연주하는 모습을 형용한 말. '秋水'는 여인의 맑은 눈(길). 추파. '慢'은 느리다.

7) 玉柱(옥주)구: 늘어서 있는 기러기발의 모양이 비스듬히 날아가는 기러기 떼 같다는 뜻. '玉柱'는 현을 괴는 기러기발. 안족(雁足).

8) 春山(춘산)구: 여인이 수심에 잠겨 얼굴을 숙인다는 뜻. '春山'은 봄 산처럼 고운 여인의 눈썹. 여인의 아름다운 눈썹을 형용한 말로 '원산색(遠山色)' '원산미(遠山眉)' '원산대(遠山黛)' 따위가 있다. '대(黛)'는 흑청색. 눈썹먹. '저(低)'는 (수심에 차서) 숙이다. 눈썹을 낮게 드리우다.

[해설]

쟁을 연주하는 여인을 읊은 작품이다. 쟁의 애절한 소리와 함께 여인의 아름다운 용모와 연주 솜씨를 묘사하고, 이어서 마음속의 애원(哀怨)을 노래했으니, 묘사는 외부에서 내면으로 이어지면서 감정의 깊이를 더해가고 있다. 『전송사(全宋詞)』에는 안기도(晏幾道)의 작으로 되어 있다.

007 취수편(醉垂鞭)*　　　　장선(張先)

雙蝶繡羅裙○	쌍쌍이 나비를 수놓은 깁 치마
東池宴●	동쪽 연못 잔치 자리에서
初相見●	처음 보았네
朱粉[1]不深勻[2]○	연지분 엷게 바른 그녀
閒花[3]淡淡春○	담담하게 핀 봄꽃이어라
細看諸處好●	자세히 보니 모든 곳이 어여쁘고녀
人人道●	사람들은 모두 말하더라
柳腰身[4]○	버들가지 몸매라고
昨日亂山[5]昏○	어제 어지러이 솟은 산은 저무는데
來時衣上雲[6]○	그녀 올 때 의상은 구름일레라

[주석]

* 雙調42字, 前後段各5句3平韻兩仄韻.(詞譜4)

1) 朱粉(주분): 연지와 분. 화장.

2) 深勻(심윤): 짙게 화장하다. '勻'은 고르게 바르다.

3) 閒花(한화): 화려하지 않은 담담한 꽃.

4) 柳腰身(유요신): 미인의 가는 허리를 비유한 말. 날씬한 몸매.

5) 亂山(난산): 어지러이 솟은 많은 산. 여기서는 무협(巫峽)의 산을 암시하고 있다.

6) 衣上雲(의상운): 구름같이 고운 옷. 구름 문양의 의상. 이백(李白)의 「청평조(淸平調)」 중 "雲想衣裳花想容"(구름은 옷을 생각하게 하고 꽃은 얼굴을 생각하게 하네) 시의를 이용했다. 그녀의 옷은 구름 같고 그녀는 무산(巫山)의 선녀 같다는 것을 암시한다.

[해설]

술자리에서 기녀를 읊은 작품이다. 제재는 흔한 것이지만 묘사가 우미하고 속되지 않다. 치마에 수놓은 쌍쌍의 나비는 남녀의 애정을 암시하고 기녀의 아름다운 용모를 연상시킨다. 후단 끝머리에서 작자는 저녁노을에 물든 구름 같은 옷을 입고 산봉우리에서 내려오는 선녀 같다고 기녀를 극찬했다.

008 일총화(一叢花)*

장선(張先)

傷高懷遠[1]幾時窮[2]。	높은 데 올라 먼 임 그리는 마음은 언제 다할꼬
無物似情濃。	정보다 더한 건 없으리라
離愁[3]正引千絲亂,	늘어진 실버들 가지는 수심을 자아내는데
更東陌、[4]飛絮濛濛[5]。	게다가 동쪽 길엔 버들개지가 눈 오듯 날리네
嘶騎[6]漸遙,	힝힝 우는 말은 점점 멀어가고
征塵[7]不斷,	나그넷길 멈추지 않으니
何處認郎蹤。	임의 자취를 어디서 찾으랴

雙鴛池沼水溶溶[8]。	원앙 쌍쌍이 떠 있는 연못엔 물이 가득하고
南北小橈[9]通。	남북으로 작은 배는 오가네
梯橫[10]畫閣黃昏後,	사다리 가로 걸린 누각엔 황혼 후에
又還是、斜月[11]簾櫳[12]。	또다시 기우는 달이 창문을 비추네
沈恨細思,	한에 잠겨 곰곰이 생각하니
不如桃杏,	복사 살구꽃보다 못한 신세이어라
猶解[13]嫁東風[14]。	꽃들은 그래도 봄바람에 시집갈 줄 알건만

[주석]

* 雙調78字, 前後段各7句4平韻.(詞譜18)

1) 傷高懷遠(상고회원): 높은 데 올라 상심하며 멀리 있는 임을 그리워하다.

2) 窮(궁): 다하다. 끝나다.

3) 離愁(이수)구: 어지러이 늘어진 버들가지는 이별의 수심을 일으킨다는 뜻으로, 어순이 도치된 것으로 보았다. '천사란(千絲亂)'은 바람에 흔들리는 수많은 버들가지. '사(絲)'와 '사(思)'는 음이 같아서 심란한 것을 암시한다.

4) 東陌(동맥): 동쪽 길. 여기서는 이별한 곳을 암시한다.

5) 濛濛(몽몽): 눈이나 비가 내리는 모양. 여기서는 버들개지가 어지러이 흩날리는 모양.

6) 嘶騎(시기): 우는 말. 여기서는 말 타고 가는 사람.

7) 征塵(정진): 길가는 나그네가 일으키는 먼지.

8) 溶溶(용용): 물이 많고 넓은 모양.

9) 小橈(소뇨): 작은 배. '橈'는 배의 노.

10) 梯橫(제횡): 저녁이 되어 사다리를 걷어 가로 매달아놓은 것을 말한다.

11) 斜月(사월): 서쪽 하늘에 기울어진 달. 지는 달.

12) 簾櫳(염롱): 발이나 휘장을 친 창문.

13) 解(해): ~할 줄 알다.

14) 嫁東風(가동풍): 봄바람에게 시집가다. '東風'은 봄바람. 봄바람 속에 꽃잎이 날리는 것을 뜻한다.

[해설]

여인의 고독을 노래한 규원사(閨怨詞)다. 전단은 여인이 누각에 올라 임을 그리며 지난날 이별하던 정경을 회상한 것이고, 후단은 달빛이 비쳐드는 누각에 홀로 있는 여인이 수심에 잠겨 있는 정경이다. 여인은 깊은 규방에 갇혀 지내는 자신의 신세가 봄바람에 자유롭게 흩날리는 꽃잎보다 못하다고 한탄하고 있다.

009 천선자(天仙子)*

장선(張先)

— 時爲嘉禾[1]小倅,[2] 以病眠不赴府會.

— 당시 가화 통판(通判)으로 있었는데, 병으로 누워 자다가 관부(官府)의 모임에 참석하지 못했다.

水調[3]數聲持酒聽● 「수조」 노랫가락을 술잔 들고 듣나니

午醉醒來愁未醒●	낮술은 깼건만 시름은 여전하구나
送春春去幾時回,	가는 봄을 보내노니 봄은 언제 다시 돌아올꼬
臨晩鏡●	저녁 거울을 마주해
傷流景[4]●	흐르는 세월에 상심하며
往事後期[5]空[6]記省[7]●	부질없이 지난 일과 만날 기약을 생각노라
沙上並禽[8]池上暝●	해 저문 연못 모래밭엔 물새가 쌍쌍이 깃들고
雲破月來花弄影[9]●	구름 헤치고 달이 나오니 꽃은 그림자와 희롱하네
重重簾幕密遮燈,	겹겹이 휘장을 둘러쳐 등불을 가리나니
風不定●	바람은 자지 않고
人初靜●	인적은 막 조용해졌네
明日落紅[10]應滿徑●	내일 길에는 낙화가 가득하리라

[주석]

* 雙調68字, 前後段各6句5仄韻.(詞譜2)

1) 嘉禾(가화): 지금의 절강성(浙江省) 가흥(嘉興).

2) 小倅(소쉬): 부관. 소리(小吏). 작자는 당시 가화(嘉禾)에서 통판(通判)으로 있었다.

3) 水調(수조): 「수조가두(水調歌頭)」. 수(隋) 양제(煬帝)가 지었다는 곡조 이름.

4) 流景(유경): 흐르는 세월.

5) 往事後期(왕사후기): 지난 일과 후일에 만나기로 한 기약.

6) 空(공): 헛되이. 부질없이. 공연히.

7) 記省(기성): 분명히 기억하다.

8) 並禽(병금): 암수가 짝을 이룬 새. 원앙 따위.

9) 花弄影(화롱영): 달빛 아래 꽃 그림자가 흔들리는 것이 마치 꽃이 그림자와 노는 듯하다는 뜻.

10) 落紅(낙홍): 낙화.

[해설]

가는 봄과 흘러간 세월을 아쉬워하는 심정을 노래했다. 작자는 봄이 가는 것에 상심하고, 병중에 봄이 가는 것을 보니 또 마음이 상하고, 늘그막에 있으니 더욱 한탄하게 된다고 했다. '운파월래(雲破月來)'구는 늦봄의 정경을 잘 표현한 명구다.

010 청문인(靑門引)*

장선(張先)

乍暖還輕冷[1]●	날씨 따뜻하더니 또 갑자기 쌀쌀하고
風雨晚來[2]方定[3]●	비바람은 저녁에야 멎었네
庭軒寂寞近淸明,	정원은 적막한데 청명이 가까워
殘花中酒,[4]	남은 꽃 마주해 술에 취하니
又是去年病●	또 지난해의 병이 도지는구나
樓頭畫角[5]風吹醒●	바람 불어 술이 깨니 성루엔 나팔 소리 울리고

入夜重門[6]靜●	밤이 들자 중문은 고요하구나
那堪[7]更被明月,	어이하랴 밝은 달빛에
隔牆送過鞦韆影●	담장 너머 그네 그림자가 비쳐오는 것을

[주석]

* 雙調52字, 前段5句3仄韻, 後段4句3仄韻.(詞譜9)

1) 乍~還~(사~환~): 갑자기(방금) ~또(다시) ~하다.

2) 晚來(만래): 저녁 무렵. '來'는 뜻이 없는 조자(助字).

3) 方定(방정): 비로소(바야흐로) 안정되다(멈추다).

4) 中酒(중주): 술병이 나다. 술에 취하다.

5) 畫角(화각): 채색한 나팔 모양의 관악기. 군영에서 많이 사용되었다.

6) 重門(중문): 겹겹이 세운 문.

7) 那堪(나감): 어찌 견딜 수 있으랴. 어찌 감당하랴.

[해설]

봄날의 감상을 노래했다. 작자는 고독하기 때문에 모든 것을 예민하게 느낀다. 변덕스러운 날씨, 청명이 가까운 계절, 나팔 소리와 그네 그림자 등은 작자를 감상적으로 만든다. 작자는 달빛 아래 비친 그네 그림자를 보며, 그네는 여전히 있건만 그리운 사람은 없다는 사실에 더욱 슬픔을 느낀다.

011 완계사(浣溪沙)*　　안수(晏殊)

一曲新詞酒一杯。　　새로운 노랫가락에 술 한 잔

去年[1]天氣舊池臺。　　작년과 같은 날씨와 옛 연못과 누대

夕陽西下幾時回。　　저무는 해는 서쪽으로 져서 언제 돌아올꼬

無可奈何[2]花落去,　　어이하랴 꽃이 지는 걸

似曾相識燕歸來。　　허나 낯익은 듯한 제비가 돌아왔나니

小園香徑[3]獨徘徊。　　작은 정원의 꽃길을 홀로 배회하노라

[주석]

* 雙調42字, 前段3句3平韻, 後段3句兩平韻.(詞譜4)

1) 去年(거년)구: 날씨와 풍경은 작년과 같은데 인사(人事)는 그렇지 않다는 뜻을 내포하고 있다.

2) 無可奈何(무가내하): 어찌할 수 없다.

3) 香徑(향경): 꽃길.

[해설]

가는 봄과 세월에 대한 감개를 노래했다. 작자는 예전에 놀았던 곳에서 봄 경치를 완상하다가, 세월이 한 번 가선 다시 오지 않는 것에 생각이 미치자 상심한다. 그러나 모든 것이 가버리기만 하는 것은 아닐 것이니, 작년의 제비가 다시 돌아오지 않았는가? 작자는 홀로 배회하며 생각에 잠긴다.

012 완계사(浣溪沙)*

안수(晏殊)

一向[1]年光有限身○	덧없는 세월에 유한한 몸인지라
等閒[2]離別易消魂[3]○	흔한 이별에도 쉬이 상심하노니
酒筵歌席莫[4]辭[5]頻○	술자리 잦다고 사양 마소라
滿目山河空念遠,	아득한 산하 바라보며 헛되이 먼 임 그리고
落花風雨更傷春○	비바람 지는 꽃에 더욱 애끊느니
不如[6]憐取[7]眼前人○	눈앞의 사람을 사랑함만 못하이

[주석]

* 雙調42字, 前段3句3平韻, 後段3句兩平韻.(詞譜4)

1) 一向(일향): 잠깐. 잠시. '일향(一晌)'과 같다.

2) 等閒(등한): 보통의. 예사롭다.

3) 消魂(소혼): 몹시 슬퍼 넋을 잃다.

4) 莫(막): ~하지 말라. 금지를 나타냄.

5) 辭(사): 사양하다.

6) 不如(불여): ~만 못하다. ~하는 편이 낫다.

7) 憐取(연취): 사랑하다. 귀여워하다. '取'는 '착(着)'과 같은 뜻의 어조사.

[해설]

술자리에서 즉흥적으로 지은 작품인 듯하다. 작자는 덧없는 세월과 인생무상을 달래기 위해서는 때를 놓치지 말고 즐기자고 말하고 있으나, 무상감은 여전하지 않을까?

013 청평악(淸平樂)* **안수(晏殊)**

紅箋小字●	붉은 편지지에 잔글씨로
說盡平生[1]意●	평소의 마음을 다 말했건만
鴻雁[2]在雲魚在水●	기러기는 구름 속에 물고기는 물속에 있어
惆悵此情難寄●	슬프게도 이내 정을 전할 길 없어라
斜陽獨倚西樓○	석양에 홀로 누각에 기대섰나니
遙山恰對簾鉤[3]○	먼 산이 주렴을 마주하고 있구나
人面[4]不知何處,	꽃다운 얼굴은 어디에 있는고
綠波依舊東流○	푸른 물결은 여전히 동으로 흘러가누나

[주석]

* 雙調46字, 前段4句4仄韻, 後段4句3平韻.(詞譜5)

1) 平生(평생): 평생. 일생. 또는 평소. 여태까지.

2) 鴻雁(홍안)구: 한(漢)나라 때, 소무(蘇武)가 기러기 발에 편지를 묶어 소식을 전했다는 고사가 있다. 고시(古詩) 「장성에서 말에 물을 먹이는 노래(飮馬長城窟行)」에 "魚傳尺素"(물고기가 편지를 전하다) 시구가 있다. 기러기와 물고기

는 모두 서신이나 소식을 의미한다.

3) 簾鉤(염구): 발을 거는 갈고리.

4) 人面(인면)구: 당(唐) 최호(崔護)의 「도성의 남쪽 집에서(題都城南莊)」 시의 전고를 이용했다. 최호가 청명절에 교외로 놀러 나갔다가 아름다운 여인을 알게 되었는데, 다음해 청명절에 다시 그녀의 집으로 찾아갔으나 만날 수 없었다. 최호는 문에 "去年今日此門中, 人面桃花相映紅. 人面不知何處去, 桃花依舊笑春風"(지난해 오늘 이 문 안에선, 그녀의 얼굴과 복사꽃이 서로 어울려 고왔지. 그 얼굴은 어디로 갔는지 알 수 없고, 복사꽃만 여전히 봄바람에 웃고 있네)이라는 시를 써 붙였다. 맹계(孟棨)의 『본사시(本事詩)』에 보인다.

[해설]

멀리 있는 임을 그리워하며 이별의 수심을 노래했다. 옛일은 흘러갔건만 그리움과 수심은 강물처럼 끝이 없다고 했다.

014 청평악(淸平樂)* 　　　　**안수(晏殊)**

金風[1]細細[2]●	가을바람 선들선들 불어오니
葉葉梧桐墜●	한 잎 두 잎 오동잎 떨어지네
綠酒[3]初嘗人易醉●	갓 익은 술을 맛보다가 어느새 취해
一枕小窓濃睡[4]●	작은 창 아래서 깊이 잠들었네

紫薇[5)]朱槿[6)]花殘○	백일홍 불상화는 시들고
斜陽卻照闌干○	지는 해는 난간을 비추네
雙燕欲歸時節,	쌍쌍이 나는 제비도 돌아가는 시절
銀屛昨夜微寒○	간밤에 은 병풍 안은 싸늘했었네

[주석]

* 雙調46字, 前段4句4仄韻, 後段4句3平韻.(詞譜5)

1) 金風(금풍): 가을바람. '金'은 오행의 하나로 가을에 해당된다.

2) 細細(세세): 가늘고 약한 모양.

3) 綠酒(녹주): 녹색의 술. 맛 좋은 술.

4) 濃睡(농수): 깊은 잠. 숙면.

5) 紫薇(자미): 배롱나무. 목백일홍. 꽃 색깔이 붉은 자색을 띠고 여름에 피어 8, 9월에 진다.

6) 朱槿(주근): 불상화(佛桑花). 무궁화과에 속하는 상록 관목.

[해설]

가을 풍경을 묘사하여 쓸쓸한 계절감과 외로움을 노래했다.

015 목란화(木蘭花)*　　　　안수(晏殊)

燕鴻[1]過後鶯歸去●	기러기 돌아가고 꾀꼬리마저 떠나가니
細算[2]浮生千萬緖●	곰곰이 생각하면 덧없는 인생에 만 가지 수심이라
長於[3]春夢幾多時,	인생은 봄꿈보다 얼마나 길랴
散似秋雲無覓處●	흩어지면 가을 구름처럼 찾을 데 없어라
聞琴[4]解佩[5]神仙侶●	거문고 소리 듣곤 노리개 풀어주었던 선녀
挽斷羅衣留不住●	비단 옷자락 붙잡아도 머물게 할 수 없어라
勸君莫作獨醒[6]人,	그대여 홀로 깨어 있지 마오
爛醉花間應有數[7]●	응당 꽃나무 사이에서 곤드레만드레 취할 것이라

[주석]

* 雙調56字, 前後段各4句3仄韻.(詞譜12 玉樓春)

1) 燕鴻(연홍): 연 지방의 기러기. 북방의 기러기. 또는 제비와 기러기.

2) 細算(세산): 곰곰이 생각하다.

3) 長於(장어): ~보다 길다.

4) 聞琴(문금): 한(漢)나라 때 탁문군(卓文君)이 사마상여(司馬相如)의 거문고 소리를 듣고 그를 좋아해서, 야반에 함께 도망가서 부부가 됐다는 고사가 『사기·사마상여열전(史記·司馬相如列傳)』에 보인다.

5) 解佩(해패): 정교보(鄭交甫)가 한수(漢水) 가에서 두 여인을 만나, 여인이 차고 있던 옥 패물을 달라고 했더니, 여인이 풀어주었다. 정교보가 패물을 가슴

에 품고 몇 걸음 걸어가다가 돌아보니, 여인들은 보이지 않고 패물도 없어졌다는 고사가 『열선전·강비이녀(列仙傳·江妃二女)』에 보인다.

6) 獨醒(독성): 홀로 깨어 있다. 『초사·어부(楚辭·漁父)』에 "擧世皆濁我獨淸, 衆人皆醉我獨醒"(온 세상이 모두 혼탁한데 나만 홀로 깨끗하고, 모두 취했는데 나만 홀로 깨어 있네) 구절이 있다.

7) 有數(유수): 운명. 팔자. 방법(도리)이 있다.

[해설]

이별과 실연, 그리고 인생에 대한 비애감을 노래했다. 작자는 선녀 같은 그녀를 붙잡아둘 수 없고 인생은 춘몽처럼 덧없으니, 수심을 잊으려면 한껏 취하는 수밖에 없다고 말하고 있지만, 실은 침통한 마음을 이기지 못해서 한 말이다. 혹자는 굴원(屈原)의 『어부사(漁父辭)』의 뜻을 나타낸 것으로 보아, 정치적 감개를 기탁한 것으로 보기도 한다.

016 목란화(木蘭花)* 안수(晏殊)

池塘水綠風微暖●	연못은 푸르고 바람은 온화한데
記得玉眞[1]初見面●	그녀를 처음 만났던 때가 생각나네
重頭[2]歌韻響琤琮,[3]	중두의 노랫가락 맑게 울렸고
入破[4]舞腰紅亂旋●	입파에 춤추는 붉은 치마는 어지러이 돌았었네

玉鉤闌[5]下香階畔●	난간 곁 꽃 핀 섬돌 가에서
醉後不知斜日晚●	취해서 날 저무는 것도 몰랐더라
當時共我賞花人,	그때 함께 꽃놀이했던 사람들은
點檢[6]如今無一半●	헤아려보니 지금은 반도 없구나

[주석]

* 雙調56字, 前後段各4句3仄韻.(詞譜12 玉樓春)

1) 玉眞(옥진): 도교의 선인. 옥인(玉人). 미녀.

2) 重頭(중두): 사(詞)에서 전후단(前後段)의 구식(句式)과 음운(音韻)이 같은 것.

3) 琤琮(쟁종): 옥이 부딪쳐 나는 소리. 아름다운 소리.

4) 入破(입파): 대곡(大曲)의 후반부에서 곡조가 빨라지는 부분.

5) 玉鉤闌(옥구란): (갈고리 모양으로) 굽은 난간. '玉'은 수식어. 또는 '玉鉤'와 '闌下'로 분리하여 보기도 한다.

6) 點檢(점검): 살펴보다. 점검하다.

[해설]

봄 경치에서 촉발된 감상을 노래했는데, 작자는 즐거웠던 과거를 회상하고 현재의 쓸쓸한 노경을 탄식했다.

017 목란화(木蘭花)*

안수(晏殊)

綠楊芳草長亭[1]路●	녹양방초 나그넷길
年少抛人容易去●	낭군은 나를 버리고 훌훌 떠나갔네요
樓頭殘夢五更鐘,[2]	누각에선 꿈결에 새벽 종소리를 듣고
花底離愁三月雨●	꽃나무 아래선 수심 속에 봄비를 맞네요
無情不似多情苦●	차라리 무정하면 다정의 괴로움이 없으련만
一寸[3]還成千萬縷●	한 촌 마음엔 천만 가닥 수심이 서리네요
天涯地角[4]有窮時,	하늘도 땅도 다할 날 있으련만
只有相思無盡處●	이내 그리움은 끝이 없네요

[주석]

* 雙調56字, 前後段各4句3仄韻.(詞譜12 玉樓春)

1) 長亭(장정): 고대에 행인이 숙식할 수 있는 시설. 여관이나 역참 따위. "十里長亭, 五里短亭"(십 리마다 장정이 있고, 오 리마다 단정이 있다)이라는 말이 있다.

2) 五更鐘(오경종): '五更'은 하룻밤을 다섯으로 나눴을 때의 다섯째 부분, 즉 오전 세시에서 다섯시까지.

3) 一寸(일촌): 마음. '촌심(寸心)' '방촌(方寸)'과 같은 뜻.

4) 天涯地角(천애지각): 하늘 끝과 땅의 귀퉁이. 아득히 먼 곳.

[해설]

임과 이별한 여인의 애원(哀怨)을 노래했는데, 남을 대신해서 지은 작품을 대언체(代言體)라고 한다. 슬퍼하지만 원망하지 않는 여인상은 옛날 문인들이 즐겨 읊은 시제(詩題)다.

018 답사행(踏莎行)* 안수(晏殊)

祖席[1]離歌,	술자리엔 이별의 노래 그치고
長亭[2]別宴●	장정의 송별연도 끝나
香塵[3]已隔猶回面●	길에 이는 먼지 너머로 얼굴 돌려 보네
居人匹馬映林嘶,	보내는 사람의 말은 숲 사이에서 울고
行人去棹[4]依波轉●	길손의 배는 물결 따라 떠나가네
畵閣魂消,	규방에서 애끓다가
高樓目斷●	높은 누각에 올라 아득히 바라보나니
斜陽只送平波遠●	석양은 멀리 잔잔한 물결을 보내기만 하네
無窮無盡是離愁,	한없고 끝없는 건 이별의 슬픔이러니
天涯地角尋思遍●	마음은 하늘 가 멀리 임 찾아 헤매어라

[주석]

* 雙調58字, 前後段各5句3仄韻.(詞譜13)

1) 祖席(조석): 송별연을 베푸는 술자리. '祖'는 옛날에 먼 길을 떠날 때 행로신(行路神)에게 제사 지내는 것. 송별연.

2) 長亭(장정): 길가의 휴게소. 여관이나 역참 따위. 017 「목란화(木蘭花)」 '長亭' 참조.

3) 香塵(향진)구: 전송하는 사람과 떠나가는 사람이 서로 돌아보는 정경을 말한 것이다. '香塵'은 길을 가면서 일으키는 먼지. 또는 꽃향기 풍기는 길의 먼지.

4) 棹(도): 노. 여기서는 배를 말한다.

[해설]

남녀의 이별을 노래했다. 전단은 이별의 장면이고, 후단은 여인이 송별 후 누각에 올라 수심에 잠겨 있는 정경이다.

019 답사행(踏莎行)* 안수(晏殊)

小徑紅稀,[1]	오솔길엔 붉은 꽃이 드물어지고
芳郊綠遍●	들은 온통 푸른 풀로 덮이고
高臺樹色陰陰見[2]●	높은 누대의 나무는 녹음이 짙어가는구나
春風不解[3]禁楊花,	봄바람은 버들꽃을 막지 못하니
濛濛[4]亂撲行人面●	눈 오듯 행인의 얼굴을 어지러이 때리는구나
翠葉藏鶯,	푸른 나뭇잎 속엔 꾀꼬리 숨었고

朱簾隔燕●	붉은 발 밖엔 제비 나는데
鑪香靜逐游絲[5]轉●	향로의 실연기는 조용히 유사를 따라 떠도네
一場愁夢酒醒時,	한바탕 수심 어린 꿈과 술이 깨니
斜陽卻照深深院●	석양은 어느덧 깊은 뜰을 비추는구나

[주석]

* 雙調58字, 前後段各5句3仄韻.(詞譜13)

1) 紅稀(홍희): 붉은 꽃이 드물다.

2) 陰陰見(음음현): 그윽하고 어둡침침하게 보이다. '陰陰'은 어둡다. 깊숙하다. '見'은 '현(現)'과 같다.

3) 不解(불해): ~할 줄 모르다.

4) 濛濛(몽몽): 비나 눈이 자욱이 내리는 모양.

5) 游絲(유사): 공중에 떠도는 거미줄 따위의 가는 실. 또는 아지랑이.

[해설]

늦봄에서 초여름으로 가는 계절의 경물과 감상을 노래했다. 옥외의 경물과 방 안의 경물이 대조를 이루면서, 봄이 가고 해가 지는 무렵의 수심이 담담히 그려진 노래다.

020 접련화(蝶戀花)* 　　안수(晏殊)

六曲闌干偎[1]碧樹[2]●	여섯 굽이 난간엔 푸른 나무가 기대어 있고
楊柳風輕,	수양버들은 가벼운 바람에
展盡黃金縷[3]●	황금 실가지를 한껏 펼치누나
誰把鈿箏[4]移玉柱[5]●	그 누가 쟁을 타는고
穿簾海燕雙飛去●	제비는 주렴 밖으로 쌍쌍이 날아가네
滿眼游絲[6]兼落絮[7]●	시야 가득히 유사와 버들개지 흩날리고
紅杏開時,	살구꽃 피는 때
一霎[8]淸明雨●	잠시 청명 비가 내리네
濃睡覺來鶯亂語●	단잠에서 깨어나니 꾀꼬리는 어지러이 울고
驚殘好夢無尋處●	놀라 깬 좋은 꿈은 찾을 길 없어라

[주석]

* 雙調60字, 前後段各5句4仄韻.(詞譜13)

1) 偎(외): 기대다. 바짝 붙어 있다.

2) 碧樹(벽수): 아름다운 푸른 나무. 녹수.

3) 黃金縷(황금루): 새잎이 돋아난 노란 버들가지.

4) 鈿箏(전쟁): 나전으로 장식한 쟁. 쟁의 미칭(美稱).

5) 移玉柱(이옥주): 기러기발을 움직여 줄을 고르다. (현악기를) 연주하다. '玉柱'는 기러기발.

6) 游絲(유사): 공중에 떠도는 거미줄 따위의 가는 실. 또는 아지랑이.

7) 落絮(낙서): 공중에 떠도는 버들개지.

8) 一霎(일삽): 극히 짧은 시간. 잠시.

[해설]

봄날의 경물과 정서를 노래했다. 결구 '호몽무심처(好夢無尋處)'에 깊은 감개를 담았다. 판본에 따라서는 풍연사(馮延巳) 또는 구양수(歐陽修)의 작품으로 되어 있다.

021 봉소음(鳳簫吟)* **한진(韓縝)**

鎖離愁,[1]	이별의 수심은
連綿無際,[2]	봄풀처럼 가없이 이어지나니
來時陌上初熏[3]。	임이 오실 때도 길가 봄풀은 향기로웠네
繡幃人[4]念遠,	규방의 여인은 머나먼 임을 그리며
暗垂珠露,[5]	남몰래 구슬 같은 눈물 흘리나니
泣送征輪[6]。	울면서 수레를 떠나보냈네
長亭[7]長[8]在眼,	나그넷길이 늘 눈에 선하니
更重重、遠水孤雲。	겹겹이 강물은 멀고 구름은 외로우리라
但望極樓高,	높은 누각에 올라 아득히 바라보나
盡日目斷王孫[9]。	온종일 기다려도 임은 보이지 않누나

消魂[10]。	슬픔은 그지없어라
池塘從別後,	이별한 후의 연못
曾行處、綠妒輕裙[11]。	옛날 거닐 때 봄풀은 그녀의 얇은 치마를 시기했었지
恁時[12]攜素手,	그때 그녀의 하얀 손을 잡고
亂花飛絮裏,	어지러이 핀 꽃과 흩날리는 버들개지 속에서
緩步香茵[13]。	풀밭 위를 한가로이 거닐었지
朱顏空自改,	홍안은 덧없이 늙어가건만
向年年、[14]芳意長新。	해마다 봄빛은 늘 새로워라
徧綠野、嬉遊醉眼,	봄풀 가득한 들에서 취해 즐겁게 노닐며
莫負[15]青春。	청춘을 헛되이 보내지 말아야 하거늘

[주석]

* 雙調100字, 前段10句4平韻, 後段10句5平韻.(詞譜28 芳草)

1) 鎖離愁(쇄리수): 이별의 슬픔에 싸이다(갇히다). 또는 이수가 이어지다. '鎖'는 (자물쇠를) 잠그다. 또는 연환(連環)처럼 이어지다.

2) 連綿無際(연면무제): 가없이 이어지다. 봄풀이 가없이 이어져 있는 것처럼 수심이 한없다는 뜻. '連綿'은 끊임없이 이어지다.

3) 熏(훈): 향기롭다. '훈(薰)'과 같다.

4) 繡幃人(수위인) 3구: 이슬이 맺힌 봄풀을 의인화한 표현으로, 봄풀과 여인을 함께 말했다. '繡幃'는 수놓은 휘장. 규방(閨房)의 대용어.

5) 珠露(주로): 이슬(방울)의 미칭. 여인의 눈물.

6) 征輪(정륜): 나그네가 타고 가는 수레.

7) 長亭(장정): 길가의 휴게소. 여관. 여기서는 나그넷길, 또는 송별의 장소를 뜻한다. 017 「목란화(木蘭花)」 '長亭' 참조.

8) 長(장): 늘. 항상.

9) 目斷王孫(목단왕손): 아득히 바라보나 임은 보이지 않다. 『초사·초은사(楚辭·招隱士)』에 "王孫遊兮不歸, 春草生兮萋萋"(왕손은 떠나가선 돌아오지 않고, 봄풀만 무성하게 돋아났네) 구가 있다. '王孫'은 여기서는 그리운 임. '目斷'은 시선이 미치는 데까지 멀리 바라보다. 바라보아도 보이지 않다.

10) 消魂(소혼): 몹시 슬퍼 넋이 빠지다.

11) 綠妒輕裙(녹투경군): 파란 봄풀이 고운 색깔의 치마를 질투하다. '輕裙'은 얇고 가벼운 치마.

12) 恁時(임시): 그때. '恁'은 이(것). 이같이. 그(것).

13) 香茵(향인): 아름다운 풀밭.

14) 向年年(향년년)구: 백거이(白居易)의 「옛 들판의 풀과 송별을 시제로 하여 읊다(賦得古原草送別)」 중 "離離原上草, 一歲一枯榮, 野火燒不盡, 春風吹又生"(우거진 들판의 봄풀, 해마다 한 번씩 시들었다 돋아나네. 들불은 풀을 다 태워버리지 못하니, 봄바람 불면 다시 돋아나네) 시의를 이용했다.

15) 莫負(막부): 저버리지 말라. '莫'은 ~하지 말라. '負'는 저버리다.

[해설]

판본에 따라 '영초(詠草)'라는 제목이 붙어 있는 것으로 보아, 이 작품은 봄풀을 노래한 영물사(詠物詞)다. 작자는 봄풀을 빌려 이별의 수심을 노래했으니, 『초사·초은사(楚辭·招隱士)』의 "王孫遊兮不歸, 春草生兮萋萋"(임은 떠나가선 돌아오지 않고, 봄풀만 무성하게 돋아났네), 강엄(江淹)의

「별부(別賦)」 중 "閨中風暖, 陌上草薰"(규방엔 바람 따뜻하고, 길가엔 풀이 향기롭네) 등에서 봄풀과 이별의 수심을 함께 읊고 있는 것과 같다. 전단은 봄풀로 촉발된 여인의 이수(離愁)를 노래했고, 후단은 봄풀을 보며 옛일을 회상하고 여인을 그리워하는 남자의 이수를 노래했다.

022 목란화(木蘭花)* **송기(宋祁)**

東城漸[1]覺風光好●	성 동쪽은 풍광이 좋을시고
縠皺[2]波紋迎客棹●	비단 물결은 놀잇배를 맞이하고
綠楊煙外曉雲輕,	안개 어린 푸른 버들 너머엔 새벽 구름 가볍고
紅杏枝頭春意鬧[3]●	붉은 살구꽃 가지엔 봄기운이 한창이로고
浮生長[4]恨歡娛少●	덧없는 인생에 기쁨이 적어 늘 한스러우니
肯愛[5]千金輕一笑●	어찌 천금을 아껴 한 번 웃음을 가벼이 여기랴
爲君持酒勸斜陽,	그대 위해 술잔 잡고 지는 해에 권하노니
且向[6]花間留晩照●	잠시 꽃 사이에 낙조를 머물게 하려무나

[주석]

* 雙調56字, 前後段各4句3仄韻.(詞譜12 玉樓春)

1) 漸(점): 지금 바로. 또는 점차.

2) 縠皺(곡추): 명주의 고운 주름. 여기서는 잔잔한 물결.

3) 鬧(뇨): 왕성하다. 왁작거리다.

4) 長(장): 늘.

5) 肯愛(긍애)구: 왕승유(王僧孺)의 「총희를 읊다(詠寵姬)」 중 "一笑千金買"(한 번 웃음 천금을 주고 사다) 구가 있다. '肯愛'는 어찌 아끼랴. '肯'은 어찌. '기(豈)'와 같은 뜻으로 반문을 나타낸다.

6) 向(향): ~에서. '재(在)' '어(於)'와 같다.

[해설]

상춘(賞春)의 흥취와 인생에 대한 감개를 노래했다. '춘의뇨(春意鬧)'구는 봄기운이 마치 어린애들이 웃고 장난치며 떠들썩한 것과 같다고 하여, 봄을 매우 생동적으로 묘사한 명구라는 평이 있다.

023 채상자(采桑子)*

구양수(歐陽修)

群芳過後西湖[1]好,	온갖 꽃이 진 후에도 서호는 좋을시고
狼藉[2]殘紅○	붉은 꽃잎은 어지러이 흩어졌고
飛絮濛濛[3]○	버들개지는 자욱이 날리고
垂柳闌干盡日[4]風○	수양버들 휘늘어진 난간엔 온종일 바람이 부네
笙歌散盡遊人去,	생황 노랫소리 그치고 상춘객 돌아가니
始覺春空○	비로소 봄이 다 간 걸 느껴

垂下簾櫳[5]○	주렴을 내리는데
雙燕歸來細雨中○	가랑비 속에 제비 쌍쌍이 돌아오네

[주석]

* 雙調44字, 前後段各4句3平韻.(詞譜5)

1) 西湖(서호): 여기서는 영주(潁州)의 서호를 가리킨다. 안휘성 부양(安徽省 阜陽) 서북쪽에 있다.

2) 狼藉(낭자): 여기저기 흩어져 어지럽다. 낭자하다.

3) 濛濛(몽몽): 눈이나 가랑비가 자욱이 내리는 모양. 여기서는 버들개지가 날리는 모양.

4) 盡日(진일): 온종일.

5) 簾櫳(염롱): 발과 창문. 발을 친 창.

[해설]

작자는 만년에 영주(潁州)에 머물면서 「채상자(采桑子)」 10수를 지어 서호의 경치를 노래했는데, 이 사는 네번째 작품이다. 전단은 꽃이 진 후의 서호의 경치를, 후단은 떠들썩하게 놀던 상춘객들이 돌아간 후의 조용한 서호를 노래했다. 작자는 봄이 간 것을 슬퍼하지 않고, 오히려 한아(閒雅)한 심정을 노래했으니, 작자의 여유와 활달한 도량을 엿볼 수 있다.

024 소충정(訴衷情)*

구양수(歐陽修)

淸晨簾幕捲輕霜○	새벽에 발을 걷고 보니 서리가 가볍게 내렸구나
呵手[1]試梅妝[2]○	입김으로 손을 녹여가며 화장을 하네
都緣[3]自有離恨,	원래 이별의 한이 있기에
故[4]畫作、遠山[5]長○	일부러 먼 산처럼 눈썹을 길게 그리는구나
思往事,	지난 일 생각하고
惜流芳[6]○	흘러가는 청춘이 안타까워
易成傷○	쉬이도 상심하는구나
擬[7]歌先斂,[8]	노래 부르려나 먼저 수심이 일고
欲笑還顰,[9]	웃으려다 또 눈썹 찌푸리나니
最斷人腸○	정말 사람의 애간장을 끊어놓는구나

[주석]

* 雙調45字, 前段4句3平韻, 後段6句3平韻.(詞譜5 訴衷情令)

1) 呵手(가수): 입김을 불어 손을 녹이다.

2) 梅妝(매장): 매화장(梅花粧). 이마에 매화꽃 모양을 그려 넣는 화장의 일종. 194 「소영(疏影)」 '猶記深宮舊事' 참조.

3) 緣(연): ~때문에.

4) 故(고): 일부러. 고의로.

5) 遠山(원산): 아름다운 눈썹을 먼 산에 비유한 말. '원산미(遠山眉)'는 여자의

아름다운 눈썹.

6) 流芳(유방): 흘러가는 세월(좋은 때).

7) 擬(의): ~하려 하다.

8) 斂(렴): '염용(斂容)'의 뜻으로 얼굴빛을 거두다. 정색하다. 여기서는 근심스러운 표정을 짓다.

9) 顰(빈): 눈썹을 찌푸리다. 얼굴을 찡그리다.

[해설]

작자는 기녀의 고달픈 신세와 한을 동정적인 태도로 노래했다.

025 답사행(踏莎行)*

구양수(歐陽修)

候舘[1]梅殘,	객사의 매화는 시들고
溪橋柳細●	개울 다리 가 버들가지는 여리구나
草薰風暖[2]搖征轡[3]●	풀 향기롭고 바람 따스한데 말고삐 흔들며 가노니
離愁漸遠漸無窮,	이별의 수심은 멀리 갈수록 끝이 없어
迢迢[4]不斷如春水●	아득히 흐르는 봄 강물 같아라
寸寸柔腸,[5]	마디마디 끊어진 여린 마음
盈盈[6]粉淚[7]●	그렁그렁 맺힌 눈물
樓高莫近危闌[8]倚●	높은 누각 난간에 기대어 있지 마오

平蕪[9]盡處是春山,	초원 다한 곳은 봄 산인데
行人更在春山外●	길손은 봄 산 밖에 있다오

[주석]

* 雙調58字, 前後段各5句3仄韻.(詞譜13)

1) 候舘(후관): 멀리 내다볼 수 있는 망루. 손님을 맞는 객사. 여기서는 객사의 뜻.

2) 草薰風暖(초훈풍난): 봄날의 화초가 향기롭고 바람이 훈훈하다. 강엄(江淹)의 「별부(別賦)」에 "閨中風暖, 陌上草薰"(규방엔 바람 따뜻하고, 길가엔 풀이 향기롭네) 구가 있다.

3) 征轡(정비): 나그네의 말고삐. 여기서는 나그네가 타고 가는 말.

4) 迢迢(초초): 멀고 아득한 모양.

5) 寸寸柔腸(촌촌유장): 토막토막 끊어진 애간장. 갈기갈기 찢어진 마음. 『진서·극초전(晋書·郄超傳)』에 "寸寸毁裂"(마음은 마디마디 찢어지다) 구가 있다. '寸寸'은 토막토막. 마디마디.

6) 盈盈(영영): 물이 맑은 모양. 아름다운 모양. 넘쳐흐르는 모양.

7) 粉淚(분루): 여인의 눈물.

8) 危闌(위란): 높은 난간.

9) 平蕪(평무): 잡초가 무성한 평평한 들.

[해설]

이별의 수심과 한을 노래한 작품이다. 전단은 떠나가는 나그네가 보고 느끼는 여로의 봄 경치와 이수(離愁)이며, 후단은 나그네가 상상한 것으로, 규중에 홀로 있는 여인도 이수에 잠겨 있을 것이라고 말했다.

026 접련화(蝶戀花)* **구양수(歐陽修)**

庭院深深深幾許[1]●	정원은 깊고 깊어 그 깊이는 얼마인고
楊柳堆煙,	버드나무엔 안개 자욱이 끼었고
簾幕無重數[2]●	규방엔 염막을 겹겹이 드리웠네
玉勒雕鞍[3]遊冶[4]處●	호화로운 말을 타고 방탕하게 노는 곳
樓高不見章臺路[5]●	누각은 높건만 장대로는 보이지 않네
雨橫風狂[6]三月暮●	비바람이 불어치니 춘삼월도 저무누나
門掩黃昏,	황혼에 문을 닫노니
無計留春住●	봄을 머물게 할 수 없어라
淚眼問花花不語●	눈물 머금고 꽃에 물어봐도 아무 말 없고
亂紅飛過鞦韆[7]去●	어지러이 붉은 꽃잎만 그네를 스쳐 날아가네

[주석]

* 雙調60字, 前後段各5句4仄韻.(詞譜13)

1) 深幾許(심기허): 깊이가 얼마인가. 또는 얼마나 깊은가. '幾許'는 얼마. 또는 감탄의 어기(語氣)로 얼마나.

2) 簾幕無重數(염막무중수): 발과 휘장이 겹겹이 무수히 드리워져 있다. 외부와

격절된 것을 의미한다. 또한 앞의 구와 연결되어 안개 속에 늘어져 있는 버드나무들이 염막을 무수히 드리운 것 같다는 뜻도 된다. '無重數'는 겹겹이 무수하다. 진관(秦觀)의 「답사행(踏莎行)」 중 "砌成此恨無重數"(이 한은 겹겹이 무수히 쌓이네) 구가 있다. '무수중(無數重)'과 같다.

3) 玉勒雕鞍(옥륵조안): 옥 굴레와 화려하게 꾸민 안장. 호화로운 말.
4) 遊冶(유야): 주색에 빠져 방탕하게 놀다.
5) 章臺路(장대로): 한대(漢代) 장안(長安)의 거리 이름으로 기생집이 많았다. 번화한 환락가.
6) 雨橫風狂(우횡풍광): 비바람이 사납게 불다. 여인의 심리 상태를 암시한다.
7) 鞦韆(추천): 그네. 그네만 남아 있고 사람은 없다는 뜻을 함축하고 있다.

[해설]

규원(閨怨)을 노래한 작품이다. 작자는 여인이 거처하고 있는 주위 경물(景物)과 여인의 동태를 묘사하면서 여인의 수심과 원한을 함축적으로 표현했다. 작중 인물의 감정과 주위의 경물이 잘 어울리는 것을 정경교융(情景交融)이라고 하는데, 이 작품은 정경교융의 수법을 구사하여 규원을 완곡하게 노래했다.

027 접련화(蝶戀花)* 　구양수(歐陽修)

誰道[1]閒情[2]拋棄久● 　공연한 수심을 버린 지 오래라고 뉘 그러던고

每到春來,	매번 봄이 오면
惆悵還依舊●	의구히 슬퍼지나니
日日花前常病酒[3]●	날마다 꽃 앞에서 취해 술병이 나고
不辭鏡裏朱顏[4]瘦●	거울 속 홍안이 여위는 걸 마다하지 않노라
河畔青蕪[5]隄上柳●	강가의 푸른 풀과 둑 위의 버드나무
爲問新愁,	묻노니 새로운 수심은
何事年年有●	어이해 해마다 생겨나는고
獨立小橋風滿袖●	홀로 작은 다리 위에 서니 소매엔 바람 가득하고
平林[6]新月人歸後●	사람들 돌아간 후 들 숲 위엔 초승달이 떴구나

[주석]

* 雙調60字, 前後段各5句4仄韻.(詞譜13)

1) 誰道(수도): 누가 말하는가. '道'는 말하다.

2) 閒情(한정): 한가한 심정. 여기서는 부질없는 근심. 쓸데없는 감상.

3) 病酒(병주): 술병이 나다.

4) 朱顏(주안): 홍안.

5) 青蕪(청무): 무성한 푸른 풀(초원).

6) 平林(평림): 평평한 들의 수풀.

[해설]

상춘(傷春)의 감회를 읊은 작품으로, 마지막의 두 구는 작자의 수심과 고적한 심정을 함축적으로 표현했다.

028 접련화(蝶戀花)* 구양수(歐陽修)

幾日行雲[1]何處去●	몇 날 며칠을 구름처럼 어디로 떠도는고
忘了歸來,	돌아올 것도 잊고
不道[2]春將暮●	봄이 저무는 것도 모르네
百草千花[3]寒食路●	한식이라 길가엔 온갖 화초 피었는데
香車[4]繫在誰家樹●	임의 수레는 뉘 집 나무에 매어놓았는고
淚眼倚樓頻獨語●	눈물 글썽이며 누각에 기대어 자주 혼잣말하네
雙燕來時,	'쌍쌍이 나는 제비야 날아올 때
陌上相逢否●	길에서 내 임을 보았느냐'
撩亂春愁如柳絮●	봄날 시름은 버들개지처럼 어지러이 일고
依依[5]夢裏無尋處●	못내 그립건만 꿈에서도 찾을 길 없어라

[주석]

* 雙調60字, 前後段各5句4仄韻.(詞譜13)

1) 行雲(행운): 떠가는 구름. 여기서는 나그네 또는 임.

2) 不道(부도): 아랑곳하지 않다. 깨닫지 못하다. '불관(不管)' '불각(不覺)'과 같다.

3) 百草千花(백초천화): 온갖 풀과 꽃. 여기서는 환락가의 기녀를 암시한다.

4) 香車(향거): 아름다운 수레. 수레의 미칭.

5) 依依(의의): 그리워하는 모양. 또는 희미한 모양.

[해설]

멀리 떠나가서 돌아오지 않는 낭군을 기다리면서 시름에 잠겨 있는 여인을 노래했다.

029 목란화(木蘭花)*

구양수(歐陽修)

別後不知君遠近•	이별 후 임은 어느 곳에 계신고
觸目[1]淒涼多少悶•	보이는 것마다 처량하고 울적하여라
漸行漸遠漸無書,	갈수록 멀어지고 편지조차 없으니
水闊魚沈[2]何處問•	임의 소식을 어디서 물을거나
夜深風竹敲秋韻[3]•	깊은 밤 바람 불어 대숲에 이는 가을 소리
萬葉千聲皆是恨•	잎마다 소리마다 모두 한이어라
故[4]敧單枕夢中尋,	억지로 베개에 기대어 꿈속에서 임을 찾으려나
夢又不成燈又燼•	잠은 아니 오고 등불만 사위어가네

[주석]

* 雙調56字, 前後段各4句3仄韻.(詞譜12 玉樓春)

1) 觸目(촉목): 눈길이 닿다. 눈에 띄다.

2) 水闊魚沈(수활어침): 물은 넓고 물고기는 깊은 물 밑에 있다. 소식이 없음을 말한다. 옛 전설에 잉어의 뱃속에서 편지가 나왔다는 고사가 있다. 013「청평악(淸平樂)」'鴻雁' 참조.

3) 秋韻(추운): 가을의 쓸쓸한 소리.

4) 故(고): 일부러. 짐짓.

[해설]

독수공방하는 여인의 그리움과 수심을 노래했다.

030 낭도사(浪淘沙)* 　　　**구양수(歐陽修)**

把酒祝東風。	술잔 잡고 봄바람에 비노니
且共從容[1]。	잠시 우리와 함께 한가로이 머물러무나
垂楊紫陌[2]洛城[3]東。	낙양성 동편 수양버들 길
總是當時攜手處,	모두 그때 손잡고 놀았던 곳이니
遊遍芳叢[4]。	꽃나무 여기저기를 다 노닐어야 하리라
聚散苦悤悤[5]。	총총히 만났다 헤어지는 게 괴롭나니

此恨無窮。	이 한은 끝이 없어라
今年花勝去年紅。	금년 꽃은 작년보다 더욱 붉구나
可惜明年花更好,	애석하여라 내년 꽃이 더 곱다 한들
知[6]與誰同。	뉘와 함께 노닐꼬

[주석]

* 雙調54字, 前後段各5句4平韻.(詞譜10 浪淘沙令)

1) 從容(종용): 한가롭고 여유롭다. 배회하며 머물다.

2) 紫陌(자맥): 서울 교외의 거리. '陌'은 전답 사이의 동서로 난 길. 옛날 도성(都城)은 자색(紫色)의 흙으로 길을 포장했다 한다.

3) 洛城(낙성): 낙양(洛陽).

4) 芳叢(방총): 총생(叢生)한 꽃. 꽃 숲.

5) 悤悤(총총): 총총하다. 바쁜 모양.

6) 知(지): 알 수 없다. '知'는 뒤에 의문사가 있으면 앞에 부정사 '불(不)'이 생략된다.

[해설]

작자가 벗들과 함께 낙양성 동쪽 교외에 나가 봄놀이 하는 자리에서 읊은 작품이다. 예전에 벗들과 함께 노닐던 곳을 다시 찾아왔으니 오늘도 즐겁게 놀아야 하리라. 그러나 내년에 다시 만나서 놀 수 있을는지는 알 수 없으니, 인생이 총망하고 만나고 헤어지는 게 덧없기만 하다고 아쉬워했다.

031 청옥안(靑玉案)*

구양수(歐陽修)

一年春事[1]都來[2]幾●	한 해 봄날이 얼만가 헤아려보니
早過了、三之二●	벌써 삼분의 이가 지나갔네
綠暗紅嫣[3]渾[4]可事[5]●	녹음이 짙고 꽃이 고와도 전혀 관심 없네
綠楊庭院,	버들 우거진 정원
暖風簾幕,	봄바람은 염막 안으로 드나니
有箇人憔悴●	방 안엔 초췌한 내가 있구나
買花載酒[6]長安市●	서울에서 꽃구경하고 술 마시며 논들
又爭似、[7]家山[8]見桃李●	어찌 고향의 복사꽃 보는 것만 하랴
不枉[9]東風吹客淚●	나그네 눈물 자아낸다고 어이 봄바람을 탓하랴
相思難表,	그리는 마음 전하기 어렵고
夢魂無據,[10]	꿈도 헛되나니
惟有歸來是[11]●	오직 고향으로 돌아가야만 하리라

[주석]

* 雙調68字, 前後段各6句4仄韻.(詞譜15)

1) 春事(춘사): 봄날의 경치와 일들.

2) 都來(도래): 헤아려보다. 또는 모두.

3) 綠暗紅嫣(녹암홍언): 암녹색의 잎과 곱고 붉은 꽃. 아름다운 봄 경치.

4) 渾(혼): 모두. 전혀.

5) 可事(가사): 대수롭지 않은 일. 작은 일.

6) 買花載酒(매화재주): 꽃구경하고 술 마시다.

7) 爭似(쟁사): 어찌 ~과 같으랴?

8) 家山(가산): 고향.

9) 不枉(불왕): 탓하지 않다. 원망하지 않다.

10) 無據(무거): 의지할 데 없다. 근거 없다. 믿을 수 없다.

11) 是(시): 옳다. 맞다.

[해설]

작자는 봄이 가는 것을 애석해하면서도, 아름다운 봄 경치를 즐기려 하지 않고 홀로 방 안에 초췌한 모습으로 있으니, 고향을 그리는 마음이 간절하기 때문이다.

032 곡옥관(曲玉管)* 　　　유영(柳永)

隴首[1]雲飛,	산마루엔 구름 날리고
江邊日晚,	강가엔 해 저무는데
煙波滿目憑闌久○	한참 동안 기대선 난간엔 보이느니 안개 낀 물결뿐
一望關河[2]蕭索,[3]	바라보면 관문과 강은 쓸쓸하고
千里淸秋○	천 리엔 맑은 가을이라
忍凝眸[4]○	차마 바라볼 수 없어라

杳杳神京,[5]	아득한 서울
盈盈[6]仙子,[7]	어여쁜 그녀
別來錦字[8]終難偶[9]○	헤어진 뒤 끝내 편지조차 없구나
斷雁無憑,[10]	외기러기는 의지할 데 없어
冉冉[11]飛下汀洲○	천천히 모래톱으로 날아 내리고
思悠悠[12]○	생각은 끝이 없어라
暗想當初,	가만히 그때를 생각느니
有多少、幽歡佳會,	은밀한 기쁨과 좋은 만남은 얼마나 많았던고
豈知聚散難期,	만나고 헤어지는 게 덧없어
翻成雨恨雲愁○	이처럼 많은 한과 근심이 될 줄이야
阻追遊○	쫓아 노닐 길 없으니
每登山臨水,	산에 오르고 물가에 설 때마다
惹起平生[13]心事,	평생의 수심이 일어
一場消黯,[14]	한바탕 슬픔으로 넋을 잃고
永日[15]無言,	온종일 말없이 있다가
卻下層樓○	누각을 내려오노라

[주석]

* 雙調105字, 前段12句兩叶韻4平韻, 後段10句3平韻.(詞譜33) '久, 偶'는 叶韻.

1) 隴首(농수): 언덕 위. 산마루.

2) 關河(관하): 관문(關門)과 하천(河川). 주로 변방의 산천을 뜻한다.

3) 蕭索(소삭): 적막하다. 스산하다.

4) 凝眸(응모): 응시하다.

5) 神京(신경): 서울. 북송(北宋)의 수도 변경(汴京).

6) 盈盈(영영): 여인의 자태가 아름다운 모양.

7) 仙子(선자): 선녀. 미녀. 일반적으로 기녀 또는 여도사(女道士)를 뜻한다.

8) 錦字(금자): 편지. 금자서(錦字書). 전진(前秦)의 소혜(蘇蕙)가 회문선도시(回文旋圖詩)를 비단에 짜 넣어서 먼 곳에 있는 남편에게 보냈다는 고사에서 나온 말. 『진서·두도처소씨전(晋書·竇滔妻蘇氏傳)』에 보인다.

9) 難偶(난우): 만나기 어렵다. '偶'는 '우(遇)'와 같다.

10) 斷雁無憑(단안무빙): 외기러기는 의지할 데 없다. 또는 외기러기가 편지를 가지고 왔다고 믿을 수 없다. '斷雁'은 외기러기. '無憑'은 의지할 데 없다. 믿을 수 없다. 근거 없다.

11) 冉冉(염염): 천천히 움직이는 모양.

12) 悠悠(유유): 그리워하는 모양. 근심하는 모양.

13) 平生(평생): 평생. 일생. 또는 평소. 종래.

14) 消黯(소암): 몹시 슬퍼 넋을 잃다. '암연소혼(黯然消魂)'과 같은 뜻.

15) 永日(영일): 온종일. 긴 날.

[해설]

이 작품은 편폭이 긴 만사(慢詞)이다. 작자는 쓸쓸한 가을 경치를 배경으로 이별의 한과 나그네의 수심을 노래한 작품을 많이 지었으니, 작자가 각처를 유랑한 경험이 많았기 때문일 것이다.

033 우림령(雨霖鈴)* 유영(柳永)

寒蟬[1]淒切●	가을 매미 애절하게 우는데
對長亭晚,	장정의 저녁을 대하고 있노라니
驟雨初歇●	소나기는 막 그쳤네
都門帳飮[2]無緒,[3]	성문 앞 이별주로 마음 어수선하고
方留戀處,[4]	미련 때문에 머뭇거리고 있는 터에
蘭舟[5]催發●	배는 떠나길 재촉하누나
執手相看淚眼,	손잡고 눈물 글썽이며 마주 보다가
竟無語凝噎[6]●	끝내 말없이 목이 메는구나
念去去、千里煙波,	생각느니 가고 가는 안개 낀 물결은 천 리나 멀고
暮靄沈沈楚天闊●	저녁노을 자욱하고 초 땅 하늘은 넓기만 하리라
多情自古傷離別●	다정한 이들은 예로부터 이별을 슬퍼했더니
更那堪、冷落淸秋節●	더욱이 쓸쓸한 가을의 이별을 어이 견디랴
今宵酒醒何處,	오늘 밤은 어느 곳에서 술이 깰 건가
楊柳岸、曉風殘月●	버드나무 언덕 새벽바람 불고 조각달 뜬 곳이리라
此去經年,	이제 떠나가서 세월이 흐르면
應是良辰好景虛設●	좋은 때 좋은 경치를 다 헛되이 보내리라
便縱[7]有、千種風情,[8]	설사 온갖 풍정이 있다 한들
更與何人說●	또 뉘와 함께 말하랴

[주석]

* 雙調103字, 前段10句5仄韻, 後段9句5仄韻.(詞譜31)

1) 寒蟬(한선): 쓰르라미. 늦가을 매미.

2) 都門帳飮(도문장음): 서울의 성문 밖에 장막을 치고 송별연을 벌이다.

3) 無緖(무서): 마음이 어수선하다. 흥이 일지 않다. 울적하다.

4) 方留戀處(방류련처): 바야흐로 차마 떠나지 못하고 있을 때. '方'은 막. 바야흐로. '留戀'은 떠나기 서운해하다. 머뭇거리다. '處'는 때.

5) 蘭舟(난주): 배의 미칭.

6) 凝噎(응열): 슬픔으로 목이 메다. '噎'은 '열(咽)'과 같다.

7) 便從(변종): 비록 ~라 하더라도. '수(雖)'와 같다.

8) 風情(풍정): 풍류(風流)와 정취(情趣). 남녀 간의 애정.

[해설]

남녀의 이별을 노래했다. 전단은 연인과 헤어지는 장면을, 후단은 이별 후의 정경(情景)을 노래했다. 이 사는 당시에 매우 유행해서 우물이 있는 곳마다 노래로 불렀다고 한다.

034 접련화(蝶戀花)* 유영(柳永)

竚[1]倚危樓風細細●	높은 누각에 기대서니 바람은 산들산들
望極春愁,	아득히 바라다보니 봄날 근심이

黯黯[2]生天際● 암연히 하늘가에서 일어나는구나

草色煙光殘照裏● 풀빛과 저녁 연기는 낙조 속에 있는데

無言誰會憑闌意● 말없이 난간에 기대선 마음을 누가 알아주랴

擬把[3]疏狂[4]圖一醉● 미친 듯 한바탕 크게 취하려고

對酒當歌, 술잔 대하고 노래 부르건만

强[5]樂還無味● 억지로 즐거운 체해도 흥이 일지 않는구나

衣帶漸寬[6]終不悔● 허리띠 점점 헐거워져도 끝내 후회 않노니

爲伊[7]消得[8]人憔悴● 그녀 때문이라면 초췌해진들 어떠랴

[주석]

* 雙調60字, 前後段各5句4仄韻.(詞譜13)

1) 竚(저): 오랫동안 서 있다.

2) 黯黯(암암): 어두운 모양. 기분이 울적한 모양.

3) 擬把(의파): ~할 작정이다. ~하려고 하다.

4) 疏狂(소광): 자유분방하여 구속을 받지 않다.

5) 强(강): 억지로.

6) 衣帶漸寬(의대점관): 몸이 여위어 허리띠가 점차 느슨해지다. 고시(古詩)「가고 가고 또 가고(行行重行行)」에 "相去日已遠, 衣帶日已緩"(그대 떠나 날로 멀어져가니, 허리띠는 나날이 느슨해지네) 시구가 있다.

7) 伊(이): 그 사람. 그녀.

8) 消得(소득): ~할 가치가 있다. '치득(値得)'과 같다.

[해설]

연인에 대한 그리움과 사랑을 노래했다. 전단은 경치 묘사를, 후단은 서정(抒情)을 위주로 노래했다. 작자는 술을 마셔 그리움을 잊으려 하지만 더욱 수심이 인다. 그녀 때문에 몸은 날로 여위어가지만 상관없다고 말하여, 그녀에 대한 강한 애정을 나타냈다.

035 채련령(采蓮令)*

유영(柳永)

月華[1]收,	달빛 걷히면서
雲淡霜天曙●	엷은 구름 뜬 늦가을 하늘은 밝아오네
西征客、此時情苦●	서쪽으로 가는 길손은 이때 마음이 괴롭나니
翠娥[2]執手送臨歧,	고운 여인은 손을 잡고 갈림길에서 배웅하려고
軋軋[3]開朱戶●	삐꺼덕 붉은 대문을 여는구나
千嬌面、盈盈[4]竚立,	사랑스러운 여인은 다소곳이 서서
無言有淚,	말없이 눈물만 흘리니
斷腸爭忍[5]回顧●	애간장 끊어지는 터에 어이 차마 되돌아보랴
一葉蘭舟,	일엽편주는
便恁[6]急槳淩波去●	이리도 급히 노를 저어 물결 위를 떠가는구나
貪行色、[7]豈知離緖●	서둘러 떠나느라 이별의 슬픔을 몰랐더니
萬般方寸,[8]	이제야 온갖 수심이 이노니

但飮恨、[9)]脈脈[10)]同誰語●	그저 묵묵히 한을 품고 있을 뿐 뉘에게 말하랴
更回首、重城不見,	다시 돌아보니 성곽은 보이지 않고
寒江天外,	찬 강물은 하늘 밖으로 흐르고
隱隱[11)]兩三煙樹●	두서너 그루 나무가 안개 속에 어렴풋하여라

[주석]

* 雙調91字, 前後段各8句4仄韻.(詞譜22)

1) 月華(월화): 달빛.

2) 翠娥(취아): 여인의 아름다운 눈썹. 아름다운 여인을 말한다.

3) 軋軋(알알): 문을 여는 소리.

4) 盈盈(영영): 자태가 고운 모양. 맑은 모양.

5) 爭忍(쟁인): 어찌 차마. '爭'은 '즘(怎)'과 같다.

6) 便恁(변임): 곧 이와 같이. '恁'은 '여차(如此)'와 같다.

7) 行色(행색): 행색. 여행 출발 전후의 상황(모습)이나 분위기.

8) 方寸(방촌): 마음. 생각. 심정.

9) 飮恨(음한): 한을 품다.

10) 脈脈(맥맥): 말 없는 모양. 응시하는 모양. 정을 품고 바라보는 모양.

11) 隱隱(은은): 희미하다.

[해설]

길 떠나는 나그네를 노래했다. 전단은 새벽에 길을 나서며 이별하는 정경이고, 후단은 배를 타고 떠나가는 정경이다.

036 낭도사만(浪淘沙慢) 　　　　유영(柳永)

夢覺、透窗風一線,	꿈을 깨니 한 줄기 바람이 창틈으로 들어와
寒燈[1]吹息●	외로운 등불을 불어 꺼버리네
那堪[2]酒醒,	어이하랴 술은 깨고
又聞空階,	또 빈 섬돌에선
夜雨頻滴●	밤비 듣는 소리가 잦게 들려오는 것을
嗟因循、[3]久作天涯客●	꾸물대며 오랫동안 하늘가 나그네 되어
負佳人、幾許盟言,	몇 번이나 그녀와 약속을 저버렸던가
便忍把、[4]從前歡會,[5]	모질게도 예전의 즐거운 만남을
陡頓[6]翻成憂戚●	홀연 근심과 슬픔으로 바꾸어놓았구나
愁極●	수심은 그지없어라
再三追思,	거듭 옛일을 생각하느니
洞房深處,	규방 깊은 곳
幾度[7]飮散歌闌,[8]	몇 번이나 음주가무가 끝난 후
香暖鴛鴦被,	향기롭고 따뜻한 원앙금침을 함께했던고
豈暫時疏散,	어찌 잠시라도 헤어져
費伊心力●	그녀를 걱정하게 했으랴
殢雲尤雨,[9]	운우의 정을 맘껏 즐겼고
有萬般千種,	천만 가지 깊은 정으로
相憐相惜●	서로 아끼고 사랑했었네

恰[10]到如今,	허나 지금은
天長漏永,[11]	너무나 멀리 오랫동안
無端[12]自家疏隔●	공연히 내 스스로 떠나와 있구나
知何時、卻擁秦雲[13]態,	언제나 다시 그녀를 안아볼 수 있을꼬
願低幃昵枕,[14]	원하노니 휘장을 내리고 베개에 같이 누워
輕輕細說與,	소곤소곤 속삭이리라
江鄉夜夜,	강촌에서 밤마다
數寒更[15]思憶●	쓸쓸한 경루 소리를 세며 그리워했다고

[주석]

* 雙調133字, 前段9句4仄韻, 後段16句5仄韻.(詞譜37)

1) 寒燈(한등): 추운 밤의 외로운 등불.

2) 那堪(나감): 어찌 견디랴. 어찌 감당하랴.

3) 因循(인순): 꾸물거리다. 질질 끌다.

4) 忍把(인파): 모질게도(차마) ~을.

5) 歡會(환회): 남녀가 만나 즐김. 기쁜 만남.

6) 陡頓(두돈): 갑자기. 돌연히.

7) 幾度(기도): 몇 번. 몇 차례.

8) 歌闌(가란): 노래가 다하다. '闌'은 끝나다. 마치다.

9) 殢雲尤雨(체운우우): 남녀 간의 사랑과 환락(을 즐기다). '殢尤'는 탐닉하다. '雲雨'는 남녀 간의 환락.

10) 恰(흡): 그러나. 도리어. '각(卻)'과 같다.

11) 天長漏永(천장루영): 아주 멀리 오랫동안. 시공상으로 아주 멀고 오래다. '漏'는 물시계.

12) 無端(무단): 공연히. 이유 없이.

13) 秦雲(진운): 기루의 여인. '진수운우(秦樓雲雨)' 또는 '진운초우(秦雲楚雨)'는 기루의 여인, 또는 남녀의 환락과 애정.

14) 昵枕(닐침): 정답게 베개를 같이 베다. '昵'은 친하다. 가까이하다.

15) 寒更(한경): 추운 밤 시간을 알리는 물시계 소리나 북소리.

[해설]

작자는 이곳저곳을 떠돌며 지냈기 때문에 나그네를 노래한 작품이 많다. 전단은 한밤중에 잠이 깨어 나그네 신세를 한탄하고, 중단은 수심 속에 지난날의 환락을 회상하고, 후단은 돌아가서 여인과 재회하는 기쁨을 간절히 바라고 있다. 『전송사』를 좇아 세 단락으로 나누었다.

037 정풍파(定風波)*

유영(柳永)

自春來、慘綠愁紅,	봄이 왔어도 백화방초는 수심만 자아내니
芳心是事可可[1]●	이내 마음엔 모든 게 시들하네요
日上花梢,[2]	해는 꽃가지 위로 높이 떴고
鶯穿柳帶,	꾀꼬리는 버들가지 사이를 날건만
猶壓香衾臥●	오히려 이불 덮고 누워 있네요

暖酥[3]消、膩雲嚲[4]●	고운 얼굴 여위고 구름 같은 머리채 흐트러져도
終日厭厭倦梳裹●	온종일 멍하니 빗질하기도 귀찮아라
無那[5]●	어이할거나
恨薄情一去,	한스럽게도 박정한 임은 한 번 떠나가선
音書無箇●	소식 한 자 없으니
早知恁般麼[6]●	진작 이럴 줄 알았더라면
悔當初、不把雕鞍鎖●	애초에 말안장 묶어놓지 않은 게 후회막급이어라
向鷄窓,[7]	공부방에
只與蠻箋象管,[8]	좋은 종이와 상아 붓을 가져다주곤
拘束教吟課●	공부하라고 붙잡아두었어야 했는데
鎮[9]相隨、莫拋躱●	온종일 따라다니며 떠나가지 못하게 하곤
針線閒拈伴伊坐●	한가로이 바느질하며 임 곁에 붙어 앉았을 걸
和我●	나와 함께
免使年少,	젊은 시절을
光陰虛過●	헛되이 보내지 말아야 하거늘

[주석]

* 雙調100字, 前段11句6仄韻, 後段11句7仄韻.(詞譜28 定風波慢)

1) 是事可可(시사가가): 모든 일이 시들하다. '是事'는 일마다. 모든 일. '可可'는 그저 그렇다. 흥미 없다. 보통이다.

2) 花梢(화초): 꽃나무 가지 끝.

3) 暖酥(난수): 부드럽고 고운 피부. 여기서는 여인의 아름다운 용모.

4) 膩雲嚲(니운타): 윤기 나고 탐스러운 머리카락이 늘어지다.

5) 無那(무나): 어찌할 도리가 없다. '무가내하(無可奈何)'와 같다.

6) 恁般麼(임반마): 이처럼. 이와 같이. '여차(如此)' '저양(這樣)'과 같다.

7) 鷄窓(계창): 서재. 서실.

8) 蠻箋象管(만전상관): 최상품의 종이와 붓. '蠻箋'은 촉(蜀) 지방에서 나는 채색 종이. '象管'은 상아로 만든 붓(대).

9) 鎭(진): 하루 종일.

[해설]

역대로 규원(閨怨)은 시사(詩詞)의 중요한 제재 중의 하나이다. 작자는 시정 서민의 애정을 노래한 것이 많은데, 언어가 통속적이고 감정 표현이 진솔하다. 이 때문에 유영의 사는 저속하다는 평이 있기도 하다. 작중의 여인은 매우 적극적인 태도로 자신의 심정을 솔직하게 말하고 있어, 전통적으로 소극적인 규방의 여인상과는 다른 면을 보이고 있다.

038 소년유(少年遊)* 유영(柳永)

長安[1]古道馬遲遲○	장안 가는 옛 길에 말은 느릿느릿
高柳亂蟬嘶○	높은 버드나무엔 매미 소리가 시끄럽구나
夕陽鳥外,	석양 속 날아가는 새 바깥쪽

秋風原上,	가을바람 부는 벌판 위
目斷[2]四天垂○	아득히 바라봐도 사방엔 하늘이 드리웠어라
歸雲[3]一去無蹤迹,	구름은 한 번 떠나가선 종적이 없으니
何處是前期[4]○	지난날의 기약은 어느 곳에 있는고
狎興[5]生疏,	흥겹게 노는 건 생소해지고
酒徒蕭索,[6]	술친구도 적막해졌으니
不似少年時○	젊었을 적 같지 않구나

[주석]

* 雙調50字, 前段5句3平韻, 後段5句兩平韻.(詞譜8)

1) 長安(장안): 한·당나라 때의 수도. 서울을 이르는 말. '장안도(長安道)'는 공명과 이록을 추구하는 길.

2) 目斷(목단): 시선이 닿는 데까지 멀리 바라보다. 멀리 바라보아도 보이지 않는다.

3) 歸雲(귀운): 돌아가는 구름. 떠나간 사람이나 소멸된 사물을 비유함.

4) 前期(전기): 지난날의 기대와 소망. 지난날의 기약. 또는 미래에 대한 예기(豫期).

5) 狎興(압흥): 즐겁게 노는 흥취.

6) 蕭索(소삭): 쓸쓸하다. 적막하다.

[해설]

유랑하는 나그네의 신세와 적막감을 노래했다. 전단은 경물의 묘사를 통해 나그넷길의 고달픔을 말했고, 후단은 감정을 직서(直敍)하여 늘그막의 적막감을 말했다. 작자는 젊었을 적에는 향락적인 작품을 많이 지었는데, 이 작품에는 실의한 문인의 신세와 감회가 나타나 있어 아마도 작자 만년의 작품인 듯하다.

039 척씨(戚氏)* 　　유영(柳永)

晩秋天◦	늦은 가을
一霎[1]微雨灑庭軒◦	가랑비 잠깐 정원에 뿌리더니
檻菊蕭疏,[2]	난간 가의 국화는 성기어지고
井梧零亂,	우물가 오동잎은 어지러이 떨어지고
惹殘煙◦	엷은 안개가 서리누나
淒然◦	쓸쓸하여라
望江關◦	강과 관문을 바라보니
飛雲黯淡夕陽間◦	날리는 구름은 석양 속에 어둡고 쓸쓸하구나
當時宋玉[3]悲感,	그 옛날 송옥이 가을을 슬퍼했더니
向此臨水與登山◦	이처럼 강가에 섰거나 산에 올랐을 때이리라
遠道迢遞,[4]	갈 길은 아득히 이어지나니
行人淒楚,	나그네 신세 서글퍼지고

倦聽隴水潺湲[5]。	출렁이는 강물 소리도 듣기 괴로워라
正蟬吟敗葉,	매미는 마른 잎에서 울고
蛩響衰草,	귀뚜라미는 시든 풀에서 울어
相應喧喧。	서로 화답하듯 요란하구나
孤館度日如年。	외로운 여관에 하루는 한 해처럼 길고
風露漸變,	바람과 이슬은 점차 차가워지는데
悄悄至更闌。	적막하게 밤은 깊어가네
長天淨,	하늘은 씻은 듯 맑고
絳河[6]清淺,	은하수 얕게 흐르고
皓月嬋娟[7]。	달은 휘영청 밝고나
思綿綿。	생각은 끊임없이 갈마드나니
夜永對景,	긴긴 밤 이런 경치를 대하고
那堪屈指,	어찌 차마 손가락을 꼽아가며
暗想從前。	옛일을 회상할 수 있으랴
未名未祿,	명성도 벼슬도 얻지 못하고
綺陌紅樓,[8]	꽃 핀 거리와 기루에서
往往經歲遷延。	늘 그럭저럭 세월만 보냈구나
帝里風光好,	서울은 풍광이 좋았고
當年少日,	그때는 나이도 젊어서
暮宴朝歡。	아침저녁으로 흥겹게 놀았었네

況有狂朋怪侶,	게다가 호방한 벗과 괴짜 친구들이 있어
遇當歌對酒競留連。	만나면 다투어 고래술 마시고 노래 불렀더니
別來迅景如梭,	헤어진 후 세월은 쏜살같이 흘러
舊遊似夢,	옛날 놀던 일은 꿈만 같고
煙水程何限。	안개 낀 물길은 끝이 없어라
念利名、憔悴長縈絆[9)]。	생각하면 명리에 늘 초췌하게 얽매여 살았으니
追往事、空慘愁顔。	지난 일 돌아보곤 헛되이 수심만 이는구나
漏箭[10)]移、稍覺輕寒。	밤 깊어 한기가 스며드는데
漸嗚咽、畫角[11)]數聲殘。	때마침 목메어 우는 듯 나팔 소리 구슬퍼라
對閒窓畔,	쓸쓸한 창가에서
停燈向曉,	등불 켜놓은 채 날이 밝아오는데
抱影無眠。	그림자와 짝해 잠 못 이루누나

[주석]

* 3段212字, 前段15句9平韻, 中段12句6平韻, 後段16句6平韻兩叶韻.(詞譜39) '限·絆'은 叶韻.

1) 一霎(일삽): 아주 짧은 시간. 잠깐.

2) 蕭疏(소소): 성기다. 적막하다. 쓸쓸하다.

3) 當時宋玉(당시송옥) 구: 송옥(宋玉)은 「구변(九辯)」에서 "悲哉, 秋之爲氣也. 蕭瑟兮, 草木搖落而變衰"(슬프다, 가을 기운이여. 쓸쓸하구나, 초목은 시들어 떨어지네)라고 가을의 슬픈 정서를 말했다. 후에 '송옥비추(宋玉悲秋)'라는 말이 흔히 사용된다.

4) 迢遞(초체): 길이 아득히 먼 모양.

5) 隴水潺湲(농수잔원): 농수(隴水)의 강물이 출렁이며 흐르다. '隴水'는 섬서성(陝西省)과 감숙성(甘肅省) 경계에 있는 농산(隴山)에서 발원하여 흐르는 강 이름. 여기서는 강의 범칭. '潺湲'은 물이 천천히 흐르는 모양이나 소리.

6) 絳河(강하): 은하.

7) 嬋娟(선연): (자태나 달빛이) 맑고 아름답다.

8) 綺陌紅樓(기맥홍루): 꽃 핀 거리와 화려한 누각. 흔히 유흥가를 말한다.

9) 縈絆(영반): 얽매이다.

10) 漏箭(누전): 물시계의 눈금을 새긴 화살. 시간을 말한다.

11) 畫角(화각): 옛 관악기의 일종. (채색한) 나팔.

[해설]

나그네의 고달픈 신세와 심정을 노래했다. 이 작품의 사조(詞調)는 작자 자신이 창작한 것으로, 작자는 음악에도 조예가 상당하다는 것을 알 수 있다. 이 사는 여로에서 보고 느낀 경물과 심정을 노래했는데, 시간상으로 해질녘부터 다음 날 새벽까지를 서술하면서 중간에 과거의 회상을 삽입했다.

040 야반악(夜半樂)

유영(柳永)

凍雲[1]黯淡天氣,	구름 낀 음산한 날씨
扁舟一葉,	일엽편주를 타고

乘興離江渚●	흥이 일어 강가를 떠나가네
度[2]萬壑千巖,	이 골짜기 저 바위를 수없이 지나
越溪[3]深處●	월계 깊숙한 곳에 이르렀네
怒濤漸息,	성난 파도는 점차 잦아들고
樵風[4]乍起,	순풍이 건듯 불어오며
更聞商旅[5]相呼●	객상들이 서로 부르는 소리 들려오네
片帆高擧●	돛을 높이 올리고
泛畫鷁、[6]翩翩過南浦●	배는 나는 듯 남쪽 물가를 지나네
望中酒旆[7]閃閃,[8]	바라보니 술집 깃발이 반짝이고
一簇煙村,	옹기종기 모인 마을엔 연기 오르고
數行霜樹●	서리 맞은 나무들 늘어서 있네
殘日下、漁人鳴榔[9]歸去●	석양 아래 어부는 뱃전을 두드리며 돌아가네
敗荷零落,	연잎은 시들어 떨어지고
衰楊掩映,[10]	잎 진 버드나무는 석양에 어른거리고
岸邊兩兩三三,	강가엔 삼삼오오
浣紗遊女●	빨래하며 노는 처녀들
避行客、含羞笑相語●	길손을 피해 수줍어하며 웃고 재잘거리네
到此因念,	이에 이르러 생각하니
繡閣[11]輕拋,	규방을 가벼이 버리고 떠나와
浪萍難駐●	물결 위 떠도는 부평초 신세 되었구나

歎後約、丁寧[12]竟何據●	후일을 굳게 기약한 것도 끝내 헛되어
慘離懷、空恨歲晚歸期阻●	세밑에 돌아갈 길 막혀 시름 속에 탄식이로다
凝淚眼、杳杳神京[13]路●	아득한 서울 길을 눈물 머금고 바라보나
斷鴻聲遠長天暮●	외기러기 소리는 멀고 넓은 하늘은 저무는구나

[주석]

* 3段144字, 前段10句5仄韻, 中段9句4仄韻, 後段7句5仄韻.(詞譜38)

1) 凍雲(동운): 눈이 올 듯 음산한 구름. 잔뜩 낀 구름.

2) 度(도): 건너다. 지나다. '도(渡)'와 같다.

3) 越溪(월계): 절강성(浙江省) 소흥(紹興) 남쪽에 있는 약야계(若耶溪). 월나라 미녀 서시(西施)가 빨래했던 곳이라 하며, 일명 완사계(浣紗溪)라고도 한다. 여기서는 월 지방에 있는 내의 범칭.

4) 樵風(초풍): 순풍. 또는 산바람.

5) 商旅(상려): 떠돌아다니며 장사하는 사람. 객상.

6) 畫鷁(화익): 배. '鷁'은 물새 이름. 뱃머리에 이 새를 그려놓아 길상을 기원한 데서 배의 범칭으로 됨.

7) 酒旆(주패): 술집 앞에 세운 깃발. 주기(酒旗).

8) 閃閃(섬섬): 반짝이다. 또는 흔들리는 모양.

9) 鳴榔(명랑): 고기를 잡을 때, 막대기로 뱃전을 두드려 고기를 그물로 몰아넣는 것을 말한다.

10) 掩映(엄영): 가려서 보였다 안 보였다 하다. 어른거리다.

11) 繡閣(수각): 아름다운 규방. 규방의 미칭.

12) 丁寧(정녕): 신신당부하다. 여러 번 부탁하다. '정녕(叮嚀)'과 같다.
13) 神京(신경): 서울. 북송의 수도 변경(汴京).

[해설]

작품의 전단과 중단은 배를 타고 가면서 눈에 보이는 강남의 풍경을 묘사했는데, 경물의 묘사가 생동하여 마치 움직이는 풍경화 같다. 후단은 이별과 떠도는 신세를 탄식하며 객수와 고향을 그리는 마음을 노래했다. 묘사와 서술이 자연스럽고 유려하다.

041 옥호접(玉蝴蝶)*

유영(柳永)

望處[1]雨收雲斷,	비 그치고 구름 흩어지는데
憑闌悄悄,[2]	난간에 기대어 조용히
目送秋光[3]。	바라보면서 가을빛을 떠나보내노라
晩景蕭疏,[4]	저녁 경치는 소슬하여
堪動宋玉悲涼[5]。	가을의 슬픔을 자아내는구나
水風輕、蘋花漸老,	물 위로 바람 가볍게 불어와 마름꽃은 시들고
月露冷、梧葉飄黃。	달빛 아래 이슬은 차고 오동잎은 말라 떨어지네
遣情傷[6]。	시름겨워라
故人何在,	옛 벗들은 어드메 있는고
煙水茫茫。	안개 낀 물만 망망하여라

難忘。	잊기 어려워라
文期酒會,[7]	우리 서로 모여서 시 짓고 술 마셨더니
幾孤[8]風月,	청풍명월 좋은 경치를 버려두고
屢變星霜[9]。	그저 여러 해 세월만 흘렀어라
海闊山遙,	물은 넓고 산은 아득하니
未知何處是瀟湘[10]。	아지 못게라 소상강은 어드메인고
念雙燕、難憑音信,	짝지어 나는 제비에게 소식 묻기 어렵고
指暮天、空識歸航[11]。	저녁 하늘 가리키며 돌아오는 배를 헛되이 바라보노라
黯相望[12]。	암연히 바라다보면서
斷鴻聲裏,	외기러기 울음소리 속에
立盡斜陽。	석양이 질 때까지 서 있구나

[주석]

* 雙調99字, 前段10句5平韻, 後段11句6平韻.(詞譜5)

1) 望處(망처): 바라보는 곳. 바라볼 때. '處'는 곳. 또는 때.

2) 悄悄(초초): 근심하는 모양. 조용한 모양.

3) 秋光(추광): 가을빛. 추색. 가을 햇빛.

4) 蕭疏(소소): 적막하다. 쓸쓸하다.

5) 堪動宋玉悲涼(감동송옥비량): 가을에 송옥이 느꼈던 슬픔을 일으킬 만하다. '堪動'은 (~한 마음을) 일으킬 만하다. 송옥(宋玉)은 「구변(九辯)」에서 가을의 슬픈 정서를 나타냈다. 039 「척씨(戚氏)」 '當時宋玉' 참조.

6) 遣情傷(견정상): 마음을 상하게 하다. '遣'은 (사역의 뜻으로) ~하게 하다.

'사(使)'와 같다.

7) 文期酒會(문기주회): 글벗과 기약하고 주연을 베풀어 만나다.

8) 孤(고): 저버리다. '고(辜)'와 같다.

9) 星霜(성상): 해. 세월.

10) 瀟湘(소상): 소수와 상수. 소상강. 그리운 곳. 좋은 곳.

11) 空識歸航(공식귀항): 돌아오는 배에 그리운 사람이 타고 오는지 헛되이 알아보다. 사조(謝朓)의 「선성군으로 가기 위해 신림포를 출발하여 판교로 향하다(之宣城郡出新林浦向板橋)」에 "天際識歸舟, 雲中辨江樹"(하늘가 돌아오는 배를 알아보고, 구름 가운데 강가 나무를 변별한다) 시구가 있다.

12) 黯相望(암상망): 수심에 잠겨 바라보다(바라다). '望'은 바라보다. 기대하다. 바라다.

[해설]

소슬한 가을 경치를 배경으로 옛일과 벗들을 그리워하는 심정을 노래했다.

042 팔성감주(八聲甘州)* 　　　　　유영(柳永)

對瀟瀟[1]暮雨灑江天,	저녁 소나기 세차게 뿌린 강 하늘을 대하니
一番洗淸秋○	한 차례 비에 씻긴 맑은 가을이로고
漸[2]霜風淒緊,	서릿바람은 세차고
關河冷落,	변경의 산하는 쓸쓸한데

殘照當樓。	석양빛은 누각을 비추네
是處[3]紅衰翠減,[4]	곳곳엔 붉은 꽃 푸른 잎이 시들어
苒苒[5]物華[6]休。	점점 아름다운 경치 사라지고
惟有長江水,	다만 긴 강물만이
無語東流。	말없이 동으로 흐르는구나
不忍登高臨遠,	차마 높은 데 올라 바라보지 못하노니
望故鄉渺邈,[7]	바라다보면 고향은 아득히 멀고
歸思難收。	돌아가고픈 마음 거두기 어려워라
歎年來蹤迹,	요 몇 해 동안 지나온 자취를 탄식하노니
何事苦淹留[8]。	어인 일로 고달피 타향에 머무는고
想佳人、妝樓[9]凝望,	생각건대 그녀는 누각에서 물끄러미 바라보면서
誤幾回、天際識歸舟[10]。	몇 번이나 하늘가 배를 보곤 임이 오는 줄로 알았으랴
爭知[11]我、倚闌干處,	그녀 어이 알리오, 나 또한 난간에 기대어
正恁[12]凝愁。	이처럼 슬픔에 잠겨 있는 것을

[주석]

* 雙調97字, 前後段各9句4平韻.(詞譜25)

1) 瀟瀟(소소): 비바람이 세찬 모양. 쓸쓸하고 고요한 모양.

2) 漸(점): 점점. 차츰차츰. 또는 지금 바로. 막.

3) 是處(시처): 도처(에). 곳곳(에).

4) 紅衰翠減(홍쇠취감): 꽃이 떨어지고 잎이 시들다.

5) 苒苒(염염): 시간이 점점 흐르는 모양.

6) 物華(물화): 아름다운 경치.

7) 渺邈(묘막): 매우 멀다. 요원하다.

8) 淹留(엄류): 오래 머무르다.

9) 妝樓(장루): 여인의 누각(거실).

10) 誤 …… 識歸舟(오 …… 식귀주): 돌아오는 배를 잘못 인식하다. 돌아오는 배에 임이 타고 온다고 잘못 생각하다. 041「옥호접(玉蝴蝶)」'空識歸航' 참조.

11) 爭知(쟁지): 어찌 알리요? '爭'은 어찌. '즘(怎)'과 같다.

12) 恁(임): 이처럼. '저양(這樣)'과 같다.

[해설]

쓸쓸한 가을 경치를 배경으로 고향과 여인을 그리워하는 나그네의 심정을 노래했다. 유영의 사는 풍격이 유약하고 저속하다는 평이 있으나, 이 작품은 기상이 청광(淸曠)하여 소식(蘇軾)도 이 작품을 높이 평가했다고 한다.

043 미신인(迷神引)* 유영(柳永)

一葉扁舟輕帆捲, ●	일엽편주 가벼운 돛을 내리고
暫泊楚江[1]南岸●	잠시 초강 남쪽 기슭에 배를 대노라
孤城暮角,[2]	외딴 성 저녁 나팔 소리에 이어

引胡笳[3]怨●	원망스러운 호가 소리 들리는구나
水茫茫,	강물은 망망하고
平沙雁,	모래펄의 기러기는
旋[4]驚散●	황급히 놀라 흩어지네
煙斂寒林簇,	안개 걷히면서 가을 숲은
畵屛展●	그림 병풍을 펼친 듯하고
天際遙山小、	하늘가 멀리 작은 산들은
黛眉淺[5]●	엷게 그린 눈썹 같아라
舊賞輕拋,	즐거웠던 옛일들을 가볍게 버리고
到此成遊宦●	지금은 벼슬살이로 떠돌아다니니
覺客程勞,	고생스러운 나그넷길에
年光晩●	이 한 해도 저물어가누나
異鄕風物,	타향의 풍물은
忍蕭索、當愁眼●	수심 어린 내 눈엔 쓸쓸하기만 하여라
帝城[6]賖,[7]	서울은 멀고
秦樓[8]阻,	진루로 가는 길은 막혀
旅魂亂●	나그네 마음은 스산하구나
芳草連空闊,	방초는 광야 끝까지 이어졌고
殘照滿●	낙조는 가득한데
佳人無消息,	그녀에겐 소식 없고
斷雲遠●	조각구름만 멀리 떠가네

[주석]

* 雙調97字, 前段11句6仄韻, 後段13句6仄韻.(詞譜25)

1) 楚江(초강): 초(楚) 지방의 강. 강남 지방의 강.

2) 暮角(모각): 저녁 무렵의 나팔 소리. '角'은 화각(畵角). 나팔.

3) 胡笳(호가): 호인(胡人)의 갈잎으로 만든 피리.

4) 旋(선): 급히. 황급하게.

5) 黛眉淺(대미천): 검게 그린 눈썹이 옅다. 먼 산을 형용한 말.

6) 帝城(제성): 서울. 북송의 변경(汴京).

7) 賒(사): 멀다. 요원하다.

8) 秦樓(진루): 진(秦) 목공(穆公)이 딸을 위해 지었다는 누대. 여기서는 여인이 거처하는 누각. 또는 기루(妓樓).

[해설]

작자는 약 50세 전후에 비로소 관직에 나아가 오랫동안 지방의 하급관리로 전전했는데, 아마도 이때 지은 작품인 듯하다. 전단은 여행하는 길의 경물을 묘사했고, 후단은 피곤한 벼슬살이와 객수를 말했는데, 경물과 감정이 잘 어울려 한 폭의 그림을 이루었다.

044 죽마자(竹馬子)* 유영(柳永)

登孤壘[1]荒涼, 황량한 외딴 보루에 올라

危亭[2]曠望,	높은 정자에서 멀리 바라보고
靜臨煙渚[3]●	조용히 안개 낀 모래섬을 내려다보네
對雌霓[4]掛雨,	암무지개는 빗속에 걸려 있고
雄風[5]拂檻,	시원한 바람은 난간을 스쳐 불며
微收殘暑●	남은 더위를 슬며시 거두어 가네
漸覺一葉驚秋,	낙엽 한 잎에 벌써 가을이 온 걸 놀라고
殘蟬噪晩,	가을 매미 저녁에 우니
素商[6]時序●	쓸쓸한 계절인 가을이로구나
覽景想前歡,	경치를 보니 즐거웠던 옛일이 생각나고
指神京、[7]非霧非煙深處●	서울을 바라보나 안개도 연기도 아닌데 온통 뿌옇구나

向此[8]成追感,[9]	이를 대하고 있자니 옛날이 그립고
新愁易積,	새로운 수심은 절로 쌓이는데
故人難聚●	옛 벗들은 모이기 어려워라
憑高盡日凝竚●	높은 데 올라 하루 종일 우두커니 서서
贏得[10]消魂無語●	말없이 마음만 슬퍼지네
極目霽靄[11]霏微,[12]	멀리 바라보니 비 갠 뒤 안개 희미하고
暝鴉零亂,	저녁 까마귀 어지러이 나는데
蕭索江城暮●	쓸쓸한 강가의 성은 저물어가네
南樓畵角,[13]	남쪽 성루의 나팔 소리 속에
又送殘陽去●	또 지는 해를 보내는구나

[주석]

* 雙調103字, 前段12句4仄韻, 後段10句5仄韻.(詞譜31)

1) 壘(루): 보루.

2) 危亭(위정): 높은 정자.

3) 煙渚(연저): 안개 낀 물가나 모래 섬.

4) 雌霓(자예): 암무지개. 이차무지개.

5) 雄風(웅풍): 힘차게 불어오는 바람.

6) 素商(소상): 가을. 오행설에 의하면, 가을은 백색이고 오음(五音) 중 상(商)에 해당한다.

7) 神京(신경): 서울. 북송의 수도 변경(汴京).

8) 向此(향차): 이것을 대하다(향하다). '此'는 앞의 '指神京'구의 몽롱한 원경. 또는 전단에서 묘사된 경물.

9) 追感(추감): 과거사를 추억하여 생기는 감개.

10) 贏得(영득): 얻다. (결과로) ~이 되다.

11) 霽靄(제애): 비가 그치고 날씨가 막 갰을 때의 안개나 놀.

12) 霏微(비미): 몽롱하다. 흐릿하다.

13) 畵角(화각): 채색한 나팔 모양의 관악기.

[해설]

작자가 만년에 강남 지방을 떠돌며 지은 것으로, 황량한 성루에 올라 멀리 가을 경치를 바라보면서 흘러간 세월과 과거사를 그리며 영락한 신세를 한탄했다.

045 계지향(桂枝香)* 왕안석(王安石)

— 金陵懷古 — 금릉의 회고

登臨送目[1]● 높은 곳에 올라 바라보니
正故國[2]晩秋, 옛 도읍 금릉은 지금 늦가을
天氣初肅● 날씨는 맑고 상쾌하여라
千里澄江似練,[3] 천 리 맑은 강은 흰 비단 폭 같고
翠峯如簇[4]● 푸른 산봉우리는 화살촉 같구나
歸帆去棹[5]斜陽裏, 오가는 돛단배는 석양 속에 있고
背西風、酒旗斜矗● 서풍을 등지고 술집 깃발은 비스듬히 높이 걸려 있구나
彩舟雲淡, 그림배는 아름답고 구름은 엷은데
星河[6]鷺起, 장강엔 백로 날아오르니
畵圖難足● 그림으로도 그려내지 못하리라

念往昔、繁華競逐● 그 옛날 번화함을 다투었던 일을 생각하곤
歎門外樓頭,[7] 망국의 일을 탄식하노니
悲恨相續● 슬픔과 한이 갈마드는구나
千古憑高,[8] 오랜 세월 후 높은 곳에 올라
對此漫嗟榮辱[9]● 이를 대하고 헛되이 흥망과 영욕을 탄식하노라
六朝[10]舊事如流水, 육조의 옛일들은 강물처럼 흘러갔고

但寒煙[11]衰草凝綠●	차가운 안개와 가을 풀만이 슬프게도 파랗구나
至今商女,[12]	지금도 가기들은
時時[13]猶唱,	아직도 늘 부르는구나
後庭遺曲[14]●	「후정화」 옛 노래를

[주석]

* 雙調101字, 前後段各10句5仄韻.(詞譜29)

1) 送目(송목): 멀리 바라보다. 눈길을 보내다.

2) 故國(고국): 옛 도읍. 금릉(金陵, 지금의 남경南京)을 말한다. 금릉은 육조(六朝)의 옛 수도이기 때문에 고국이라 했다.

3) 澄江似練(징강사련): 맑은 강물은 흰 비단 같다. 사조(謝朓)의 「저녁에 삼산에 올라 서울을 바라보다(晚登三山還望京邑)」에 "餘霞散成綺, 澄江靜如練"(남은 놀은 무늬 비단 펼친 듯, 맑은 강 잔잔하기 흰 비단 폭 같네) 시구가 있다.

4) 翠峰如簇(취봉여족): 푸른 산봉우리가 뾰족한 것이 화살촉 같다. '簇'은 '족(鏃)'과 같은 것으로 보았다.

5) 歸帆去棹(귀범거도): 돌아오고 떠나가는 배. '帆'은 돛, '棹'는 노. 모두 배를 뜻한다.

6) 星河(성하): 은하(銀河). 여기서는 장강(長江)을 말한다.

7) 門外樓頭(문외루두): 성문 밖과 누각 위. 두목(杜牧)의 「대성곡(臺城曲)」 중 "門外韓擒虎, 樓頭張麗華"(성문 밖에는 한금호 장군, 누각 위에는 장려화가 있네) 시구를 전고로 사용했다. 진(陳)의 후주(後主) 진숙보(陳叔寶)와 총비(寵妃) 장려화(張麗華)가 누대에서 음주가무를 즐기고 있을 때, 수(隋)나라의 장군 한금호(韓

擒虎)가 금릉의 주작문(朱雀門) 밖에서 공격하여 진을 멸망시킨 것을 말한다.

8) 憑高(빙고): 높은 곳에 오르다(의지하다).

9) 漫嗟榮辱(만차영욕): 헛되이 홍망성쇠와 영욕을 탄식하다.

10) 六朝(육조): 오(吳), 동진(東晉), 송(宋), 제(齊), 양(梁), 진(陳)의 여섯 왕조.

11) 但寒煙(단한연)구: 옛날 번화했던 곳에 지금은 다만 저녁 무렵의 찬 안개, 가을의 시든 풀만이 슬프게도 짙푸르다는 뜻. '응록(凝綠)'은 녹색으로 엉기다. 푸른색을 이루다. 차가운 색감과 고독과 슬픔의 느낌을 주는 작자의 감정이 이입된 표현이다.

12) 商女(상녀): 가기(歌妓). 기녀(妓女).

13) 時時(시시): 늘. 항상.

14) 後庭遺曲(후정유곡): 슬픈 망국의 노래. 두목의 「진회에 배를 대다(泊秦淮)」 중 "商女不知亡國恨, 隔江猶唱後庭花"(가기는 망국의 한을 알지 못하고, 강 건너에선 아직도 후정화 노래를 부르네) 시구를 이용했다. 진(陳) 후주(後主)가 「후원의 꽃나무(玉樹後庭花)」 노래를 지었는데 곡조가 매우 슬펐다. 노래에 "玉樹後庭花, 花開不復久"(후원의 아름다운 나무, 꽃이 피어도 오래가지 못하네) 구가 있어, 당시 사람들은 망국의 노래라고 했다.

[해설]

작자가 신종(神宗) 9년(1076) 재상에서 물러나 금릉에 은거할 때 지은 듯하다. 전단에서는 금릉의 경치를 묘사했고, 후단에서는 역사적 사실을 빌려 홍망성쇠의 감개를 나타냈다. 그러나 홍망성쇠의 감개에는 북송 왕조에 대한 우려와 시사(時事)를 근심하는 작자의 깊은 뜻이 담겨 있다. 「계지향(桂枝香)」 사패로 금릉 회고를 읊은 작자가 30여 명이 있으나, 평자들은 왕안석의 이 작품을 첫째로 꼽는다.

046 천추세인(千秋歲引)*

왕안석(王安石)

別館[1]寒砧,[2]	여관의 차가운 다듬이 소리
孤城畵角●	외로운 성의 나팔 소리
一派秋聲入寥廓[3]●	한 줄기 가을 소리가 허공에 울려 퍼지네
東歸燕從海上去,	동으로 가는 제비는 바다 위로 날아가고
南來雁向沙頭落●	남으로 오는 기러기는 모래톱에 내려앉네
楚臺風,[4]	초왕이 놀았던 누대의 시원한 바람
庾樓月,[5]	유량이 읊조렸던 남루의 밝은 달빛
宛如昨●	완연히 옛날과 같구나
無奈被些名利縛●	어쩔 수 없이 사소한 명리에 매이고
無奈被他情擔閣[6]●	세상일 때문에 지체되어
可惜風流總閒卻●	안타깝게도 풍류는 늘 내버려두었었네
當初漫留華表語,[7]	당초의 화표의 말만 부질없이 남아 있고
而今誤我秦樓約[8]●	지금은 진루의 약속을 저버리고 말았어라
夢闌時,	꿈 깨어난 때나
酒醒後,	술 깬 뒤에
思量著●	잠시 생각에 잠기노라

[주석]

* 雙調82字, 前段8句4仄韻, 後段8句5仄韻.(詞譜19 千秋歲引)

1) 別館(별관): 여관. 객사(客舍).

2) 寒砧(한침): 찬 다듬잇돌. 여기서는 쓸쓸한 다듬이 소리.

3) 寥廓(요곽): 멀고 광활하다. 여기서는 넓은 하늘. 허공.

4) 楚臺風(초대풍): 시원한 바람. 송옥(宋玉)의 「풍부(風賦)」에 "楚王遊於蘭臺, 有風颯至, 王乃披襟以當之曰快哉此風"(초왕이 난대에서 노니는데 바람이 쏴 하고 불어오자, 왕이 옷깃을 헤치고 '상쾌하구나, 이 바람이여'라고 했다) 구절이 있다.

5) 庾樓月(유루월): 밝은 달. 진(晉) 유량(庾亮)이 무창(武昌)의 남루(南樓)에서 은호(殷浩) 등과 유쾌하게 달을 감상한 고사. 유의경(劉義慶)의 『세설신어·용지(世說新語·容止)』에 보인다. 지난날 벗들과 달을 감상하며 놀았던 일을 말한다.

6) 擔閣(담각): 지체시키다. 시간을 낭비하다. '탐각(耽擱)'과 같다.

7) 華表語(화표어): 인생의 무상을 깨닫고 선도를 배울 것을 권하는 말. 또는 집을 떠났다가 다시 돌아온 것을 뜻하기도 함. 은퇴, 은일의 뜻. 정령위(丁令威)가 신선술을 배워 학이 되어 고향에 돌아와, 성문의 화표 기둥에 내려앉아 사람들에게 "성곽은 의구한데 사람들은 죽고 없네, 어째서 선도를 배우지 않고 무덤만 총총한가?"라고 인생의 무상과 선도(仙道)를 배울 것을 말했다는 고사가 『수신후기(搜神後記)』에 보인다. '華表'는 망주석. 옛날 능(陵)이나 궁전 등 큰 건축물 앞에 세운 기둥.

8) 秦樓約(진루약): 연인과의 약속. '秦樓'는 여인이 거처하는 누각.

[해설]

전단에서 작자는 맑고 시원한 가을의 경물을 묘사하고, 후단에서 작자는 명리와 세상의 잡다한 일에 얽매여 풍류를 모르고 지내온 것을 후회하며 자신의 인생을 생각하고 있다. 작자는 큰 뜻을 가진 인물로 일신상의 안락을 탐하지 않았으니, 일장춘몽 같은 인생을 깨닫고 난 후의 감개는 자못 깊다고 하겠다.

047 청평악(清平樂)* **왕안국(王安國)**

留春不住●	가는 봄을 머물게 하지는 못하리로다
費盡鶯兒[1]語●	꾀꼬리가 그리도 울었건만
滿地殘紅宮錦[2]汙●	낙화로 가득한 뜰은 얼룩진 고운 비단인 듯
昨夜南園風雨●	어젯밤 남원엔 비바람이 불었더라
小憐[3]初上琵琶○	어여쁜 아가씨 처음 비파를 타노니
曉來思繞天涯○	새벽녘 그리움은 하늘가를 맴돌았더라
不肯畫堂朱戶,[4]	호화로운 저택에 머물려 하지 않고
春風自在楊花○	버들꽃은 봄바람 타고 멋대로 날아가누나

[주석]

* 雙調46字, 前段4句4仄韻, 後段4句3平韻.(詞譜5)

1) 鶯兒(앵아): 꾀꼬리.

2) 宮錦(궁금): 궁중에서 사용하는 화려한 비단.

3) 小憐(소련): 북제(北齊) 후주(後主)가 총애한 풍숙비(馮淑妃)의 이름. 비파를 잘 탔다고 한다. 여기서는 기녀(妓女) 또는 여인의 범칭.

4) 畵堂朱戶(화당주호): 단청 입힌 대청과 붉은 대문. 권문세가의 호화로운 저택.

[해설]

늦봄의 경물과 송춘(送春)의 애상을 노래했다. 그러나 버들개지가 호화로운 저택을 버리고 봄바람을 타고 자유로이 날아간다는 결구(結句)에 어떤 뜻이 기탁되었는가에 따라 작품의 해석이 달라질 수 있다. 혹자는 해석하기를, 작자 왕안국은 왕안석의 동생이지만 고관대작을 얻으려고 하지 않았으니, 편말의 두 구에는 부귀를 탐하지 않는 작자의 고결한 뜻이 기탁되어 있다고 본다. 또는 자유로운 생활을 갈망하는 규방의 여인이나 기녀의 심정이 기탁된 것으로 볼 수도 있고, 또는 기탁된 뜻이 없다고 보아도 좋다.

048 임강선(臨江仙)*

안기도(晏幾道)

夢後樓臺高鎖,	꿈 깨어 보니 누대는 높이 잠겼고
酒醒簾幕低垂○	술 깨어 보니 휘장은 낮게 드리워 있네
去年春恨[1]卻來時○	작년의 춘한이 또 오는 때
落花人獨立,	낙화 아래 홀로 서 있나니
微雨燕雙飛○	가랑비 속에 제비 쌍쌍이 나는고야
記得[2]小蘋[3]初見,	기억하느니 소빈을 처음 보았을 때

兩重心字羅衣[4]。	마음 심(心)자 수놓은 깁옷을 입고
琵琶絃上說相思。	비파 줄로 서로 그리는 정을 말했었네
當時明月在,	그때 밝은 달은
曾照彩雲[5]歸。	돌아가는 그녀를 비추었더라

[주석]

* 雙調58字, 前後段各5句3平韻.(詞譜10)

1) 春恨(춘한): 봄날의 한. 여기서는 그녀와 이별한 춘한.

2) 記得(기득): 기억하다.

3) 小蘋(소빈): 가기(歌妓)의 이름. 가기를 말한다.

4) 兩重心字羅衣(양중심자라의): 소전체(小篆體)의 마음 심(心)자를 중첩해서 수놓은 비단 옷. 당시 유행한 것으로, 두 개의 마음이 합쳐진 '심심상인(心心相印)'을 뜻한다. 구양수(歐陽修)의 「호녀아령(好女兒令)」에 "一身繡出, 兩同心字, 淺淺金黃"(이 한 몸이 수놓은 건, 두 개의 마음 심자, 가는 금실이어라) 구가 있다. '心字'를 옷고름을 맨 모양, 또는 옷깃의 모양, 또는 향(香)의 모양 등으로 보는 설도 있다.

5) 彩雲(채운): 꽃구름. 여기서는 아름다운 여인을 말한다. 이백(李白)의 「궁중의 행락을 읊은 시(宮中行樂詞)」에 "只愁歌舞散, 化作彩雲飛"(가무가 끝난 후, 꽃구름 되어 날아갈까 걱정이구나) 시구가 있다. 가기의 아름다움과 사라진 구름처럼 다시는 만나지 못한 것을 말하고 있다.

[해설]

이별한 가기를 회상한 작품이다. 전단에서 사람은 떠나갔고 누대는 비었다는 말로 작자의 허전한 마음을 말했고, 낙화와 쌍연 등으로 춘한(春恨)을 부각시켰다. 후단은 가기를 처음 만났을 때를 회상하며 그녀에 대한 그리움을 말했다.

049 접련화(蝶戀花)*

안기도(晏幾道)

夢入江南煙水路●	꿈속 강남의 안개 낀 물길로 들어가
行盡江南,	온 강남을 헤매었건만
不與離人遇●	이별한 임과 만나지 못했어요
睡裏消魂[1]無說處●	꿈속에선 이내 슬픈 마음 말할 데 없고
覺來惆悵消魂誤●	깨어나선 꿈속의 슬픔에 더욱 창연하여라
欲盡此情書尺素[2]●	이내 정을 편지에 가득 담아 전하려 하나
浮雁沈魚,[3]	물 위 기러기나 물속 고기에게도
終了[4]無憑據[5]●	끝내 부탁할 수 없네요
卻倚緩絃[6]歌別緖●	낮은 가락으로 이별의 슬픔을 노래하나니
斷腸移破[7]秦箏[8]柱●	기러기발을 이리저리 옮겨도 애끊는 소리만 나누나

[주석]

* 雙調60字, 前後段各5句4仄韻.(詞譜13)

1) 消魂(소혼): 너무 슬퍼 넋이 나가다. 몹시 슬프다.

2) 尺素(척소): 소폭의 비단. 편지. '素'는 흰 비단.

3) 浮雁沈魚(부안침어): 물 위에 떠 있는 기러기와 물속에 가라앉은 물고기. 기러기와 물고기가 편지를 전한다는 전설이 있다.

4) 終了(종료): 끝내. '종어(終於)'와 같다.

5) 憑據(빙거): 의지하다. 믿다.

6) 緩絃(완현): 줄이 느슨해서 저음을 내는 현.

7) 斷腸移破(단장이파)구: 기러기발을 이리저리 옮겨도 모두 단장의 슬픈 소리가 난다는 뜻. '移破'는 기러기발을 이리저리 옮기다. '破'는 두루. 모두. 한껏. '편(遍)' '진(盡)'과 같다. 또는 한이 깊어 슬픈 음이 나도록 기러기발을 줄이 끊어질 정도로 팽팽하게 옮긴다는 뜻.

8) 秦箏(진쟁): 거문고와 비슷한 13현의 악기. 현을 받치는 기러기발이 있어, 기러기발을 이동시켜 음의 높낮이를 조절한다. 현이 팽팽하면 고음, 현이 느슨하면 저음이 된다.

[해설]

꿈과 편지와 쟁을 매개로 하여 상사(相思)의 정을 노래했다. 후반으로 갈수록 여인의 그리움은 점점 더 깊어지고 있다.

050 접련화(蝶戀花)*

안기도(晏幾道)

醉別西樓醒不記●	서루에서 취해 작별하곤 술 깨선 기억이 없으니
春夢秋雲,[1]	봄꿈과 가을 구름처럼
聚散眞容易●	모임과 흩어짐이 정말 덧없어라
斜月半窓還少睡●	기우는 달빛은 창을 비추고 사람은 잠 못 드는데
畵屛閒展吳山[2]翠●	그림 병풍은 강남의 푸른 산을 한가로이 펼쳤어라
衣上酒痕詩裏字●	옷 위의 술 자국과 시구의 글자
點點行行,	술 자국마다 시구마다
總是淒涼●	모두 다 수심이로다
紅燭[3]自憐無好計●	홍촉도 하릴없이 상심하나니
夜寒空替人垂淚●	추운 밤 헛되이 사람을 대신해 눈물 흘리네

[주석]

* 雙調60字, 前後段各5句4仄韻.(詞譜13)

1) 春夢秋雲(춘몽추운): 덧없는 봄꿈과 가을 구름. 백거이(白居易)의 「꽃인 듯 꽃은 아니고(花非花)」에 "來如春夢不多時, 去似秋雲無覓處"(봄꿈처럼 잠시 왔다가, 떠나가면 가을 구름처럼 찾을 데 없네) 시구가 있다.

2) 吳山(오산): 오(吳) 지방의 산. 병풍 속의 강남 지방의 산수.

3) 紅燭(홍촉)구: 촛불이 작자의 수심을 풀어줄 좋은 방법이 없는 걸 속상해한다는 뜻. '자련(自憐)'은 자신을 가엾게 여기다. 스스로 상심하다. 두목(杜牧)의

「증별(贈別)」에 "蠟燭有心還惜別, 替人垂淚到天明"(촛불도 마음 있어 이별이 안타까운 듯, 날 새도록 사람 대신 눈물 흘리네) 시구가 있다.

[해설]

덧없는 만남과 헤어짐, 되찾을 수 없는 지난 일과 이별 후의 그리움을 노래했다. 더 나아가 인생무상을 한탄한 것으로 보아도 좋다.

051 자고천(鷓鴣天)* 안기도(晏幾道)

彩袖[1]殷勤[2]捧玉鍾[3]。	어여쁜 그녀 은근히 옥 술잔을 권해
當年拚卻[4]醉顏紅。	그때 취하도록 마셔 내 얼굴은 불콰했더라
舞低楊柳[5]樓心月,	버들 가 누각의 달이 낮게 기울도록 춤추고
歌盡桃花扇底風。	복사꽃 그림 부채의 바람이 다하도록 노래 불렀더라
從別後,	헤어진 뒤
憶相逢。	우리의 만남을 잊지 못해
幾回魂夢與君同。	꿈속에서 또 몇 번이나 그대와 만났던고
今宵[6]剩把銀釭照,	오늘 밤 은촛대 잡고 줄곧 비춰보나니
猶恐相逢是夢中。	우리 만남이 혹시나 꿈은 아닌지 두려워라

[주석]

* 雙調55字, 前段4句3平韻, 後段5句3平韻.(詞譜11)

1) 彩袖(채수): 여인의 아름다운 옷소매. 여기서는 미인, 기녀의 뜻.

2) 殷勤(은근): 은근하다. 다정하고 정성스럽다.

3) 玉鍾(옥종): 옥 술잔. 술잔의 미칭.

4) 拚卻(반각): 서슴없이. 마음껏. 기꺼이 ~하다.

5) 舞低楊柳(무저양류) 2구: 버들 가의 누각을 비추던 달이 기울 때까지 춤추고, 복사꽃 그림 부채의 바람이 다하도록 노래하다. 밤새도록 가무가 이어진 것을 말한다. '저(低)'와 '진(盡)'은 동사로 활용되었다. '누심(樓心)'은 누각 가운데. '도화선(桃花扇)'은 복사꽃을 그린 그림 부채.

6) 今宵(금소) 2구: 두보(杜甫)의 「강촌삼수(羌村三首)」에 "夜闌更秉燭, 相對如夢寐"(밤 깊어 다시 촛불 잡고, 마주 대하니 꿈꾸는 듯하네) 시구가 있다. '잉(剩)'은 줄곧. 내내. '은강(銀釭)'은 은촛대.

[해설]

여인과 헤어졌다가 다시 만난 기쁨을 노래했다. 전단은 여인과 만나 즐겼던 지난 일을, 후단은 재회의 기쁨을 말했다.

052 생사자(生査子)* 안기도(晏幾道)

關山[1]夢魂長,	관산은 꿈길에서도 멀고
塞雁[2]音書少●	변새엔 편지도 드물어라
兩鬢可憐[3]青,	양 귀밑머리는 검고 고왔더니

只爲[4]相思老●	그리움 때문에 늙었어라
歸傍碧紗窓,[5]	돌아가 벽사창 가에서
說與人人[6]道●	그리운 임에게 말하리라
眞箇[7]別離難,	이별은 정말 견디기 힘들었고
不似相逢好●	만나니 얼마나 좋은지 모르겠노라고

[주석]

* 雙調40字, 前後段各4句兩仄韻.(詞譜3)

1) 關山(관산): 관새와 산. 변경 지방.

2) 塞雁(새안): 변새의 기러기. 기러기는 편지를 전한다는 뜻이 있다.

3) 可憐(가련): 사랑스럽다.

4) 只爲(지위): 다만(오로지) ~때문에.

5) 碧紗窓(벽사창): 푸른색의 사로 꾸민 창. 여인이 거처하는 방.

6) 人人(인인): 사랑하는 사람.

7) 眞箇(진개): 정말. 참으로.

[해설]

먼 변경에 있는 남자가 집과 처를 그리워하는 심정을 노래했다. 별 수식 없이 평이하고 소박하게 서술했으나, 감정은 깊고 진실하다. 작품에서 전단의 화자는 규중에 홀로 있는 여인, 후단의 화자는 변새에 있는 남자로 봐도 좋다.

053 목란화(木蘭花)* 안기도(晏幾道)

東風[1]又作無情計[2]●	봄바람은 또 무정하게 심술을 부려
艷粉嬌紅[3]吹滿地●	고운 꽃잎 흩날려 땅에 가득하구나
碧樓[4]簾影不遮愁,	누각의 주렴은 수심을 막아주지 못하니
還似去年今日意●	또다시 작년 이맘때의 수심이로다
誰知[5]錯管[6]春殘事●	어이 알았으랴, 속절없이 가는 봄에 상심해서
到處登臨[7]曾[8]費淚●	가는 곳마다 높은 곳에 올라 눈물 흘릴 줄을
此時金盞[9]直須[10]深,	꽃 지는 시절엔 모름지기 술잔을 가득 채워야 하리니
看盡落花能幾醉●	저 꽃이 다 지도록 몇 번이나 취할꼬

[주석]

* 雙調56字, 前後段各4句3仄韻.(詞譜12 玉樓春)

1) 東風(동풍): 봄바람. 옛 시문에서 동풍은 봄바람, 남풍은 여름바람, 서풍은 가을바람, 북풍은 겨울바람을 뜻한다.

2) 無情計(무정계): 무정한 계책.

3) 艷粉嬌紅(염분교홍): 원래의 뜻은 고운 분과 연지. 여기서는 꽃을 말한다.

4) 碧樓(벽루): 아름다운 누각. '옥루(玉樓)' '취루(翠樓)'와 같은 누각의 미칭.

5) 誰知(수지): 어찌 알랴. 누가 알겠는가. '誰'는 어찌. 누구.

6) 錯管(착관): 쓸데없이 간섭하다. 잘못 관여하다.

7) 登臨(등림): 높은 곳에 오르다. 산에 오르고 강가에 서다. '등산임수(登山臨

水)'와 같다.

8) 曾(증): 바로. 곧. 어기를 강조하는 어기부사(語氣副詞).

9) 金盞(금잔): 금 술잔. 술잔의 미칭.

10) 直須(직수): 모름지기. 응당.

[해설]

작자는 봄이 가고 꽃이 지는 것을 상심하고 있는데, 또한 자신의 신세를 상심하고 있는 것 같기도 하다. 겉으로는 광달(曠達)한 듯하지만 이면에는 침통한 마음을 담고 있다.

054 목란화(木蘭花)*

안기도(晏幾道)

鞦韆院落重簾暮●	그네 걸린 마당과 휘장 드리운 방엔 해가 저무는데
彩筆[1]閒來題繡戶[2]●	한가로이 붓을 잡고 규방 안에서 시를 지었더라
牆頭丹杏雨餘花,	담장의 붉은 살구꽃은 비 온 뒤에 지고
門外綠楊風後絮●	문밖의 푸른 버들은 바람 분 뒤 버들개지 날리누나
朝雲[3]信斷知何處●	아침 구름은 사라져 소식 없으니 어드메 있는고
應作襄王春夢[4]去●	양왕의 봄꿈 속으로 들어갔으리라
紫騮[5]認得舊遊蹤,	자류마도 옛 놀던 곳을 알아보곤
嘶過畫橋東畔路●	힝힝 울며 다리 동쪽 길을 지나네

[주석]

* 雙調56字, 前後段各4句3仄韻.(詞譜12 玉樓春)

1) 彩筆(채필): 아름다운 채색 붓. 뛰어난 글재주. 양(梁)의 강엄(江淹)이 젊었을 때, 꿈에서 오색 붓을 받은 후 문재가 크게 진보했었는데, 만년에 꿈속에서 곽박(郭璞)이 채색 붓을 가져간 후로는 문재가 없어졌다는 고사가 있다. 여기서는 본 작품과 직접적인 관계는 없다.

2) 題繡戶(제수호): 규방에서 시를 짓다. '題'는 시문을 짓다. '繡戶'는 아름다운 창이나 문. 부녀자가 거처하는 규방.

3) 朝雲(조운): 아침 구름. 여기서는 그리워하는 여인을 말한다.

4) 襄王春夢(양왕춘몽): 초(楚) 양왕(襄王)이 고당(高唐)에서 노닐 때, 꿈속에서 무산(巫山)의 여신과 동침했는데, 여신이 작별하면서 "旦爲朝雲, 暮爲行雨"(아침에는 구름이 되고, 저녁에는 지나가는 비가 된다)라고 했다는 전고. 송옥(宋玉)의 「고당부(高唐賦)」에 보인다.

5) 紫騮(자류): 자류마. 밤빛 털이 난 좋은 말.

[해설]

옛날 놀던 곳을 다시 찾은 감회를 노래했다. 전단은 저녁 무렵 옛 곳을 찾아왔으나 정원엔 그네만 남아 있고 방은 비어 있어, 작자는 그녀와 함께 시를 짓던 옛일을 회상하며 담장 가의 시드는 살구꽃과 문밖에 흩날리는 버들개지를 바라보는 정경이다. 후단에서 작자는 그녀를 그리워하면서 꿈처럼 몽롱하고 덧없는 옛일을 회상했다. 작품에서 현재의 정경과 과거의 회상이 분명하지 않아, 몽롱하고 낭만적인 느낌을 주고 있다.

055 청평악(淸平樂)*　　　　　　　　　　**안기도(晏幾道)**

留人不住●	가는 임 머물게 할 수 없어라
醉解蘭舟去●	이별주에 취해 배를 풀어 떠나가누나
一棹碧濤春水路●	노 저어 가는 푸른 봄 물길
過盡曉鶯啼處●	지나는 곳마다 새벽 꾀꼬리 울리라
渡頭楊柳青青●	나룻가 수양버들은 푸릇푸릇
枝枝葉葉[1]離情●	가지마다 잎마다 이별의 정이어라
此後錦書[2]休寄,	이후론 편지 부치지 마옵소서
畫樓[3]雲雨[4]無憑●	청루의 정이란 믿을 수 없나니

[주석]

* 雙調46字, 前段4句4仄韻, 後段4句3平韻.(詞譜5)

1) 枝枝葉葉(지지엽엽): 가지와 잎. 옛날 송별할 때 버드나무 가지를 꺾어 주는 풍속이 있었다. 이별의 정을 암시한다.

2) 錦書(금서): 편지의 미칭.

3) 畫樓(화루): 아름다운 누각. 여기서는 기루(妓樓)를 뜻한다.

4) 雲雨(운우): 남녀의 애정이나 환락을 뜻하는 말.

[해설]

남자를 전송하는 기녀의 심정을 읊었다. 보내는 기녀와 떠나가는 남자를 대비시켜 묘미를 더하고 있다. 마지막 '차후(此後)' 두 구는 기녀가 결별을 선언하는 듯하나, 원망 가운데 정이 담겨 있다.

056 완랑귀(阮郎歸)* **안기도(晏幾道)**

舊香殘粉似當初。	옛 향과 쓰다 남은 분은 처음과 같건만
人情恨不如。	한스럽게도 임의 정은 향분보다 못하네요
一春猶有數行書。	봄에는 그래도 몇 줄 소식 보내오더니
秋來書更疏。	가을 되자 편지 더욱 뜨음하네요
衾鳳[1]冷,	봉황 자수 이불은 싸늘하고
枕鴛[2]孤。	원앙 베개는 외로워라
愁腸待[3]酒舒。	이내 수심을 술로 풀어볼거나
夢魂縱[4]有也成虛。	꿈을 꾼다 한들 허무할 터이지만
那堪[5]和[6]夢無。	어쩔거나 꿈조차 없네요

[주석]

* 雙調47字, 前段4句4平韻, 後段5句4平韻.(詞譜6)

1) 衾鳳(금봉): 봉황을 수놓은 이불.

2) 枕鴛(침원): 원앙을 수놓은 베개.

3) 待(대): ~하려고 하다. '욕(欲)'과 같다.

4) 縱(종): 설사 ~일지라도. 설령 ~할지라도.

5) 那堪(나감): 어찌 견디랴. 어찌 감당하랴.

6) 和(화): ~조차. ~까지. '연(連)'과 같다.

[해설]

떠나간 임에 대한 그리움과 원망을 노래했다. 작품 속의 화자는 여성과 남성 모두 가능하지만, 상사(相思)의 정을 제재로 한 작품은 대체로 여성인 경우가 많다.

057 완랑귀(阮郎歸)* 안기도(晏幾道)

天邊金掌[1]露成霜○	하늘가 승로반의 이슬은 서리가 되고
雲隨雁字[2]長○	구름은 기러기 떼를 따라 멀리 떠가네
綠杯紅袖[3]趁重陽○	좋은 술과 가인과 함께 중양절을 맞노니
人情[4]似故鄉○	인정은 고향 같아라
蘭佩紫,[5]	보랏빛 난초를 몸에 차고
菊簪黃○	노란 국화를 머리에 꽂고
殷勤[6]理舊狂○	맘껏 옛날의 호탕한 홍을 돋우노라
欲將沈醉換悲涼○	곤드레만드레 취해 시름을 잊으려 하노니
清歌莫斷腸○	슬픈 노래 불러 애간장 끊어놓지 마라

[주석]

* 雙調47字, 前段4句4平韻, 後段5句4平韻.(詞譜6)

1) 金掌(금장): 승로반(承露盤). 한(漢) 무제(武帝)는 거대한 구리 기둥 위에 쟁반을 들고 있는 신선 동상을 세워놓고, 쟁반에 이슬을 받아 장생불로의 약을 만들게 했다고 전한다.

2) 雁字(안자): 기러기 떼가 '一'자나 '人'자 모양으로 무리 지어 나는 것을 말한다.

3) 綠杯紅袖(녹배홍수): 좋은 술과 미녀.

4) 人情(인정): 여기서는 풍토와 인정을 말한다.

5) 蘭佩紫(난패자): 자란(紫蘭)을 노리개로 차다. 굴원(屈原)의 「이소(離騷)」에 "紉秋蘭以爲佩"(가을 난초 엮어 몸에 차다) 구절이 있다.

6) 殷勤(은근)구: 옛날의 소광(疏曠)한 흥을 정성스레 불러일으키다. '殷勤'은 정성스럽다. 간절하다. '이(理)'는 다스리다. 추스르다. '구광(舊狂)'은 옛날의 청광(淸狂)한 흥과 태도. '광(狂)'은 청광(淸狂), 소광(疏狂)의 뜻. 세상과 맞지 않아서 상규를 벗어난 행위를 한다는 뜻이 있다.

[해설]

타향에서 중양절을 맞아 회포를 읊은 작품이다. 작자는 안수(晏殊)의 아들로 젊었을 때는 귀공자로 호사를 누렸으나, 늙어서는 가세가 쇠락하여 빈곤 속에 지내면서 세상과 타협하지 않았기 때문에 내심에는 울분이 많았다. 작자의 신세를 생각하면, 이 사는 단순한 유흥의 작품은 아닌 것 같기도 하다.

058 육요령(六幺令)* 안기도(晏幾道)

綠陰春盡,	녹음 짙어가고 봄은 다하노니
飛絮繞香閣●	흩날리는 버들개지는 누각을 감도네
晩來翠眉[1]宮樣,[2]	저물녘 궁정풍의 눈썹 화장은
巧把遠山[3]學[4]●	먼 산 모양으로 곱게 그렸구나
一寸狂心[5]未說,	미칠 듯 사랑하는 마음은 말 안 해도
已向橫波[6]覺●	벌써 눈빛에서 느낄 수 있구나
畫簾遮帀[7]●	주렴을 둘러친 술자리에서
新翻[8]曲妙,	아름답고 묘한 새 곡을 타노니
暗許[9]閒人帶偸掐●	남몰래 지음(知音)에게 마음을 전하누나
前度書多隱語,[10]	지난번 편지는 은어가 많아서
意淺[11]愁難答●	뜻을 알지 못해 회답하기 어려웠어요
昨夜詩有回文,[12]	어젯밤 보내온 회문시는
韻險[13]還慵押●	압운하기 어려워 화답을 못했어요
都待笙歌散了,	생황 노랫소리 끝나면
記取留時霎●	잊지 말고 잠시 머물러 계세요
不消紅蠟●	촛불은 필요 없어요
閒雲歸後,	한가로이 떠가던 구름이 걷힌 후
月在庭花舊闌角●	달빛은 꽃밭의 예전 그 난간 구석을 비출 거예요

[주석]

* 雙調94字, 前後段各9句5仄韻.(詞譜23)

1) 翠眉(취미): 미인의 눈썹.

2) 宮樣(궁양): 궁정에서 유행하는 모양. 귀부인의 유행 양식.

3) 遠山(원산): 가늘고 길게 그린 눈썹 화장. 원산미(遠山眉).

4) 學(학): 흉내 내다. 모방하다.

5) 狂心(광심): 미칠 듯 사랑하는 마음.

6) 橫波(횡파): 눈빛. 추파.

7) 遮帀(차잡): 사방을 둘러 가리다.

8) 翻(번): 작곡하다.

9) 暗許(암허)구: 새 곡조를 훌륭하게 연주하는 것을 말한다. 동시에 지음(知音)에게 마음을 전하는 것을 뜻한다. '투겹(偸掐)'은 몰래 손톱 자국을 내다. 몰래 기록하다. 당(唐) 현종(玄宗)이 밤에 상양궁(上陽宮)에서 신곡을 연주했는데, 이모(李謨)가 천진교(天津橋)에서 달구경을 하고 있다가 궁중에서 들려오는 음악 소리를 듣고 몰래 손톱으로 다리 기둥에 자국을 내서 악보를 기록했다는 고사가 원진(元稹)의 「연창궁사(連昌宮詞)」 자주(自注)에 보인다. '暗許'는 남몰래(마음속으로) 허락하다. '한인(閒人)'은 관계없는 사람.

10) 隱語(은어): 에둘러 하는 말. 수수께끼 비슷한 말.

11) 意淺(의천): 이해력이 부족하다. 쉽게 헤아리지 못하다. '意'는 추측하다. 헤아리다.

12) 回文(회문): 회문시. 상하좌우로 돌려 읽어도 뜻이 통하는 시.

13) 韻險(운험): 압운하기 어렵다. 험운은 압운하기 어려운 시운(詩韻).

[해설]

안기도의 사에는 가기를 제재로 한 것이 많다. 이 사도 가기의 연정과 밀약을 노래한 것으로, 가기의 외면적인 묘사보다는 내심의 움직임과 연애 감정을 재치 있게 묘사했다. 전단은 계절의 정취를 나타내면서 가기의 용모와 눈빛으로 서로 애정을 전하는 남녀의 교감을 묘사했다. 후단에서는 가기가 화자가 되어, 연서를 받고도 답장을 못했으니 직접 만나자고 밀회의 시간과 장소를 넌지시 말하고 있다.

059 어가행(御街行)* 안기도(晏幾道)

街南綠樹春饒[1]絮●	길 남쪽 푸른 버들은 버들개지를 어지러이 날려
雪滿遊春路●	눈인 듯 봄놀이 길에 가득하구나
樹頭花艷雜嬌雲,	나뭇가지 꽃은 오색구름과 어울려 곱고
樹底人家朱戶●	나무 아래엔 붉은 대문 집이 보이네
北樓閒上,	북쪽 누각을 천천히 올라
疏簾高捲,	성긴 발을 높이 걷어 올리니
直見街南樹●	길 남쪽 나무들이 한눈에 들어오는구나
闌干倚盡猶慵[2]去●	난간에 한참 기대어 떠나지 못하면서
幾度黃昏雨●	몇 번이나 황혼 빗속에 있었던가
晚春盤馬[3]踏青苔,	늦봄에 말 타고 푸른 이끼 밟으며 배회했고

曾傍綠陰深駐●	녹음 깊은 곳에 말을 멈췄었네
落花猶在,	낙화는 여전히 있건만
香屛空掩,[4]	둘러친 병풍 안은 비었으니
人面[5]知何處●	꽃다운 얼굴은 어디로 갔는고

[주석]

* 雙調76字, 前後段各7句4仄韻.(詞譜18)

1) 饒(요): 많다. 풍부하다.

2) 慵(용): 게으르다. 여기서는 ~할 마음이 내키지 않다. 원하지 않다.

3) 盤馬(반마): 말을 타고 배회하다.

4) 空掩(공엄): 헛되이 가리고 있다. 병풍 안에 사람이 없다는 뜻이다.

5) 人面(인면)구: 당(唐) 최호(崔護)의 「도성의 남쪽 집에서(題都城南莊)」 중 "人面不知何處去, 桃花依舊笑春風"(꽃다운 얼굴은 어디로 갔는지 알 수 없고, 복사꽃만 여전히 봄바람에 웃고 있네) 시구를 이용했다. 013 「청평악(淸平樂)」 '人面' 참조.

[해설]

옛날 놀던 곳을 다시 찾은 감회를 노래했다. 전단은 옛 곳을 다시 찾아와서 누각에 올라 바라보는 봄 경치와 여인의 집을 말했는데, 앞의 4구와 뒤의 3구는 도치되었다. 후단은 과거를 회상하면서 옛 여인을 다시 만나지 못하는 섭섭한 심정을 말했다. 이 사는 당 최호의 「도성의 남쪽 집에서」 시를 사의 형식으로 읊은 것이라고 볼 수 있는데, 시보다 함축적으로 서술했다.

060 우미인(虞美人)* 안기도(晏幾道)

曲闌干[1]外天如水●	굽은 난간 밖 하늘은 물같이 맑아라
昨夜還曾倚●	간밤에도 난간에 기대섰어요
初將明月比佳期○	처음엔 달 밝으면 좋은 때라고 여겨
長向[2]月圓時候、望人歸○	늘 달이 둥글 때면 임이 돌아오길 바랐어요
羅衣著破[3]前香在●	이내 옷은 해져도 옛 향기는 남아 있건만
舊意[4]誰敎改●	임의 옛정을 누가 바꿔놓았는고
一春離恨懶調絃○	온 봄 내내 이별의 한으로 쟁을 탈 마음이 없고
猶有兩行閒淚、寶箏前○	그저 두 줄기 눈물이 쟁 앞에 떨어지네요

[주석]

* 雙調56字, 前後段各4句兩仄韻兩平韻.(詞譜12)

1) 曲闌干(곡난간): 구불구불 꺾이고 굽은 난간.

2) 長向 ~時候(장향 ~시후): 늘 ~할 때.

3) 著破(착파): (오래) 입어서 해지다. '착파(着破)'와 같다.

4) 舊意(구의): 옛정.

[해설]

이별의 슬픔과 한을 노래한 규원사(閨怨詞)다. 전단은 임이 돌아오기를 간절히 바라는 심정을, 후단은 이별의 슬픔과 한을 말했다.

061 유춘령(留春令)* 안기도(晏幾道)

畫屛[1]天畔,[2]	그림 병풍엔 먼 하늘가 풍경
夢回依約,[3]	꿈 깨어나서도 어렴풋이
十洲[4]雲水●	십주의 구름과 산수가 보이는 듯
手撚[5]紅箋寄人書,	임에게 보내는 붉은색 편지지를 손에 들고
寫無限、傷春事●	무한한 봄날의 수심을 쓰네
別浦[6]高樓曾漫倚●	이별의 물가 높은 누각에 하염없이 기대어
對江南千里●	강남 천 리 길을 바라보았었지
樓下分流水聲中,	누각 아래 나뉘어 흐르는 강물 소리엔
有當日、憑高淚[7]●	그날 누각에서 흘린 눈물이 있네

[주석]

* 雙調50字, 前段5句兩仄韻, 後段4句3仄韻.(詞譜8)

1) 畫屛(화병): 그림을 그린 병풍.

2) 天畔(천반): 하늘가. 아득히 먼 곳.

3) 依約(의약): 어렴풋하다. 희미하다.

4) 十洲(십주): 신선이 산다는 바다 가운데의 열 개의 섬. 여기서는 꿈속에서 본 십주. 임이 있는 곳을 암시하며, 또한 병풍 속의 그림을 말한다.

5) 撚(연): 손가락으로 집다.

6) 別浦(별포): 이별의 물가. 송별의 포구.

7) 憑高淚(빙고루): 높은 곳에 올라 흘리는 눈물.

[해설]

상사(相思)의 정을 노래했다. 전단은 화자가 그림 병풍 안에서 꿈이 깨어 임에게 보내는 편지를 쓰는 정경이고, 후단은 누각에 올라 이별할 당시의 일을 회상하면서 슬픔에 잠겨 있는 정경이다. 꿈과 현실, 과거와 현재를 함께 서술했다.

062 사원인(思遠人)* 안기도(晏幾道)

紅葉黃花[1]秋意晚,	빨간 단풍 노란 국화 가을빛은 깊어
千里念行客•	천 리 밖 떠도는 임이 더욱 그리워라
飛雲過盡,	구름은 날아가 가뭇없고
歸鴻無信,	기러기는 돌아오나 소식 없으니
何處寄書得•	어디로 편지를 부쳐 보낼꼬

淚彈[2]不盡臨窓滴●	창을 마주해 한없이 눈물 흘리다가
就硯旋[3]研墨●	벼루 앞으로 다가가서 먹을 가네
漸[4]寫到別來,	이별 후의
此情深處,	이내 깊은 정을 써내려갈 때
紅箋爲無色[5]●	붉은색 편지지도 빛을 잃누나

[주석]

* 雙調52字, 前段5句兩仄韻, 後段5句3仄韻.(詞譜9)

1) 黃花(황화): 국화.

2) 淚彈(누탄): 눈물을 뿌리다.

3) 旋(선): 즉시. 곧.

4) 漸(점): 마침. 바로.

5) 無色(무색): 빛을 잃다. 낯빛을 잃다.

[해설]

임을 그리는 정을 노래했다. 편지를 보낼 데가 없건만 먹을 갈아 편지를 쓰고, 깊은 정을 쓸 때에는 편지지도 빛을 잃는다고 하여 절실한 그리움을 호소했다.

063 수조가두(水調歌頭)* 소식(蘇軾)

—丙辰[1]中秋, 歡飮達旦, 大醉, 作此篇, 兼懷子由.[2]

—병진년 추석에 새벽까지 즐겁게 술을 마시고 크게 취해, 이 사를 짓고 겸해서 아우 소철을 그리워하다.

明月幾時有,[3]	밝은 달은 언제부터 있었던고
把酒問靑天○	술잔 들고 푸른 하늘에 묻노라
不知天上宮闕,	아지 못게라, 천상의 궁궐에선
今夕是何年○	오늘 저녁은 어느 해인고
我欲乘風歸去●	나는 바람을 타고 하늘로 올라가고 싶건만
惟恐瓊樓玉宇[4]●	다만 옥으로 지은 하늘 궁전이
高處不勝[5]寒○	높은 곳에 있어 추위를 이기지 못할까 두렵구나
起舞弄淸影,[6]	일어나 춤추며 맑은 내 그림자와 노니
何似在人間○	어이 인간 세상에 있는 것 같으랴
轉朱閣,	달은 붉은 누각을 돌아
低綺戶,[7]	격자창으로 내려와
照無眠[8]○	잠 못 이루는 나를 비추네
不應有恨,	달은 한이 없을 터인데
何事長向別時圓○	어이해 늘 헤어져 있을 때면 둥글어지는고
人有悲歡離合●	사람에겐 슬픔과 기쁨, 헤어짐과 만남이 있고

月有陰晴圓缺●	달엔 흐림과 맑음, 차고 기움이 있나니
此事古難全○	이런 일은 예로부터 온전하기 어려웠더라
但願人長久,	다만 원하노니 우리 오래오래 살면서
千里共嬋娟[9]○	천 리 멀리서라도 고운 달을 함께하자꾸나

[주석]

* 雙調95字, 前段9句4平韻兩仄韻, 後段10句4平韻兩仄韻.(詞譜23)

1) 丙辰(병진): 신종(神宗) 희녕(熙寧) 9년(1076).

2) 子由(자유): 소식의 동생 소철(蘇轍)의 자(字).

3) 明月幾時有(명월기시유): 이백(李白)의 「술잔 잡고 달에 묻다(把酒問月)」 중 "青天有月來幾時, 我今停杯一問之"(푸른 하늘에 달은 언제부터 있었는가, 나는 술잔을 멈추고 묻네) 시의를 이용했다.

4) 瓊樓玉宇(경루옥우): 신선이 사는 옥으로 만든 천상의 궁전. 여기서는 달 속의 궁궐.

5) 不勝(불승): 견뎌내지 못하다.

6) 起舞弄淸影(기무롱청영): 이백(李白)의 「달빛 아래 홀로 술을 마시다(月下獨酌)」 중 "我歌月徘徊, 我舞影凌亂"(내가 노래하니 달은 배회하고, 내가 춤추니 그림자 어른거리네) 시의를 이용했다. '弄'은 가지고 놀다.

7) 綺戶(기호): 채색하거나 무늬를 아로새긴 창문.

8) 無眠(무면): 잠 못 드는 사람.

9) 嬋娟(선연): 곱고 아름다운 모양. 여기서는 아름다운 달을 뜻함.

[해설]

소식 사의 특성을 잘 드러낸 작품이다. 추석날 밤에 달을 노래하면서 그 안에 자신의 인생관과 동생에 대한 우애 등 여러 요소를 담고 있어서, 서정(抒情), 경물(景物), 의론(議論)이 잘 융합된 작품이다. 전단 첫머리에서 작자는 언제부터 있었는지 알 수 없는 달을 바라보면서, 영원한 우주에 비해 우리 인생은 얼마나 덧없고 미미한 것인가를 생각하는 듯하다. 이어서 바람을 타고 달에 오르려는 호방하고 낭만적인 상상을 하면서 속세를 벗어나고 싶은 염원을 말했다. '경루옥우(瓊樓玉宇)'는 선계(仙界)를 뜻하지만 서울의 황궁을 뜻하는 것으로 보아, 조정으로 복귀하고자 하는 염원을 말한 것으로도 볼 수 있다. 그러나 천상 궁궐이 좋은 것만은 아닐 것이다. 지금 달빛 아래서 춤추며 인간사를 잊고 있으니, 천상에 있는 것과 같지 않은가? 여기서 작자는 불만과 비애를 극복하고 현실에 대한 긍정과 낙관적인 태도를 보이고 있다. 후단에서 작자는 방 안으로 돌아와 잠을 청하나, 여러 가지 생각으로 잠을 이루지 못한다. 달은 둥근데 사람은 헤어져 있으니 더욱 수심이 인다. 그러나 달에 '음청원결(陰晴圓缺)'이 있는 것처럼 인생에도 '비환이합(悲歡離合)'이 있다는 것을 깨닫는다. 인간사에는 언제나 좋은 일만 있는 것이 아니고 언제나 나쁜 일만 계속되는 것도 아니니 일희일비(一喜一悲)할 것이 없다고 하여, 달관적 인생관을 피력하면서 멀리 헤어져 있는 동생에게 우애와 위안을 보내고 있다.

064 수룡음(水龍吟)*

소식(蘇軾)

— 次韻[1]章質夫[2]楊花[3]詞	— 장질부의 양화사에 차운하다
似花還似非花,[4]	꽃인 듯 또 꽃이 아닌 듯
也無人惜從教墜[5]●	흩날려 떨어져도 아무도 아까워하지 않는구나
抛家傍路,[6]	집을 버리고 길가에 있으니
思量卻是,	생각해보면 오히려
無情有思[7]●	무정한 듯하나 유정하구나
縈損柔腸,[8]	여린 마음은 수심에 잠겨 초췌하고
困酣嬌眼,[9]	피곤해서 졸린 예쁜 눈은
欲開還閉●	뜨려다가 또 감는구나
夢隨風[10]萬里,	꿈은 바람 따라 만 리 멀리
尋郎去處,	임 계신 곳 찾아가는데
又還被、鶯呼起●	또다시 꾀꼬리 소리에 놀라 깨는구나
不恨此花飛盡,	이 꽃이 다 날아가도 한스럽지 않으나
恨西園,	한하노니 정원에
落紅難綴[11]●	떨어진 붉은 꽃은 다시는 가지에 붙일 수 없어라
曉來雨過,	새벽 비 지나간 후
遺蹤何在,	떨어진 꽃의 자취는 어디에 있는고
一池萍碎[12]●	연못 가득히 부평 조각이 되어 떠 있구나

春色三分,[13]	춘색을 삼분하면
二分塵土,	둘은 땅에 떨어졌고
一分流水●	하나는 흐르는 물에 떨어졌구나
細看來、不是楊花,	자세히 보니 양화가 아니라
點點是離人淚●	방울방울 이별한 사람의 눈물일레라

[주석]

* 雙調102字, 前段11句4仄韻, 後段11句4仄韻.(詞譜30)

1) 次韻(차운): 다른 사람이 지은 시사(詩詞)의 원운(原韻)에 따라 압운하여 짓는 것.

2) 章質夫(장질부): 장절(章楶). 소식과 함께 변경(汴京)에서 관직에 있을 때 「수룡음·양화(水龍吟·楊花)」사를 지었다.

3) 楊花(양화): 버들개지. 유서(柳絮).

4) 似花還似非花(사화환사비화): 양화는 꽃인 것 같기도 하고 아닌 것 같기도 하다. 백거이(白居易)의 「꽃인 듯하나 꽃이 아니고(花非花)」에 "花非花, 霧非霧"(꽃인 듯하나 꽃이 아니고, 안개인 듯하나 안개가 아니네) 구절이 있다.

5) 從教墜(종교추): 떨어지게 내버려두다. '從'은 ~하도록 내버려두다. '임(任)'과 같다. '教'는 ~하게 하다. '사(使)'와 같다.

6) 抛家傍路(포가방로): 버들개지가 가지에서 떨어져 나와 길가에 흩어져 있는 것을 말한다. '家'는 나뭇가지를 말한다.

7) 無情有思(무정유사): 무정한 듯하나 정이 있다. '思'는 근심스러운 생각. 또는 정. 두보(杜甫)의 「백사행(白絲行)」에 "落絮遊絲亦有情"(떨어지는 버들개

지와 유사도 정이 있다네)", 한유(韓愈)의 「만춘(晩春)」에 "楊花楡莢無才思, 惟解滿天作雪飛"(버들개지와 느릅나무 열매는 생각 없이, 하늘 가득히 눈처럼 날리네) 시구가 있다.

8) 縈損柔腸(영손유장): 얽히고설킨 수심이 여린 마음을 상하게 하다. 깊은 수심이 사부(思婦)의 애간장을 끊어놓는다. 버들가지는 전통적으로 이별이나 이수를 상징한다. '縈損'은 수심에 얽혀 여위다(초췌하다). '柔腸'은 부드러운 창자(마음). 버들가지를 말한다.

9) 困酣嬌眼(곤감교안): 피곤한 듯한 아름다운 눈. 수심에 겨운 듯한 눈. 버들잎을 의인화하여 말한 것이다. '困酣'은 매우 피곤하다.

10) 夢隨風(몽수풍) 3구: 버들개지가 바람에 날리는 것이 마치 여인이 꿈속에서 임을 찾아가다가 꾀꼬리 소리에 놀라 깨어나는 것과 같다는 뜻이다. 당(唐) 김창서(金昌緖)의 「봄날의 원망(春怨)」 중 "打起黃鶯兒, 莫教枝上啼. 啼時驚妾夢, 不得到遼西"(꾀꼬리 쫓아버려, 나뭇가지 위에서 울지 못하게 하세요. 꾀꼬리 울어 내 꿈을 깨우면, 요서에 가지 못하지요) 시의를 이용했다.

11) 落紅難綴(낙홍난철): 낙화를 나뭇가지에 붙이기 어렵다. 봄이 이미 지나간 것을 말한다. '綴'은 연접시키다. 붙이다.

12) 萍碎(평쇄): 잘게 흩어져 있는 부평초. 개구리밥. 소식이 스스로 주석하기를 "楊花落水爲浮萍, 驗之信然"(버들개지가 물에 떨어져 부평이 된다고 하는데, 검증해보니 정말로 그렇다)이라고 했다.

13) 春色三分(춘색삼분): 봄빛을 셋으로 나눈다면, 둘은 흙에 있고 하나는 흐르는 물에 있다. 버들개지의 삼분의 이는 길가에 떨어졌고, 삼분의 일은 흐르는 물, 즉 연못에 떨어졌다. 이렇게 봄은 가버렸다는 뜻이다.

[해설]

버들개지를 읊은 영물사(詠物詞)다. 어떤 사물을 묘사의 대상물로 하여 지은 시나 사를 영물시 또는 영물사라고 하는데, 묘사하는 대상물을 작품 속에서 직접 언급하지 않는 것이 일반적인 영물시사의 작법이다. 이 사에서도 작품 말미에 양화라고 언급한 것 이외에는 양화를 직접 언급하지 않았다. 그러나 모든 사구(詞句)가 양화와 관계가 있으니, 양화를 의인화하여 여인의 수심과 그리움을 표현했다. 전단에서 '포가방로(抛家傍路)'구는 버들개지를 버림받아 돌아갈 곳 없는 여인, 또는 집을 떠나 떠도는 나그네로 의인화한 표현이다. '영손유장(縈損柔腸)' 이하 3구는 버들가지와 버들잎을 의인화해, 버들가지를 수심에 잠긴 여인의 부드러운 마음에 비유했고, 버들잎을 여인의 눈에 비유했다. 후단에서는 버들개지가 흩날리는 가운데 봄이 가는 것을 애석해하며, 버들개지를 이별의 눈물이라고 하여 임 그리는 정을 말했다. 작자는 버들개지와 여인을 함께 읊으면서, 외면의 형상 묘사보다는 내면의 정서와 정신을 묘사하는 데 힘을 기울였다. 작품 전체를 통해 의상(意象)이 몽롱하나, 오히려 이 점이 이 작품을 영물사의 명편으로 만들고 있다. 혹자는 양화를 회재불우(懷才不遇)한 자신의 신세에 빗대어 노래한 것으로 보기도 한다.

065 영우락(永遇樂)*

소식(蘇軾)

— 彭城[1]夜宿燕子樓, 夢盼盼,[2] 因作此詞.

— 밤에 팽성 연자루에서 자다가, 반반(盼盼)의 꿈을 꾸고, 이 사를 짓다.

明月如霜,	달빛은 서리인 듯 희고
好風如水,	바람은 물인 듯 시원하니
淸景無限●	맑은 풍경이 한없이 펼쳐졌어라
曲港跳魚,	연못 굽이엔 물고기 뛰어오르고
圓荷瀉露,	둥근 연잎엔 이슬방울이 굴러 내리는데
寂寞無人見●	적막하게 아무도 없구나
紞如[3]三鼓,	둥둥둥 삼경의 북소리
鏗然[4]一葉,	낙엽 한 잎 떨어지는 소리에
黯黯夢雲驚斷[5]●	꿈에서 놀라 깨어나니 내 마음 슬퍼지누나
夜茫茫,[6]	밤은 망망하고
重尋無處,	다시 그녀를 찾을 데 없어
覺來小園行徧●	깨어나 작은 정원을 여기저기 거니노라
天涯倦客,[7]	하늘가의 지친 나그네
山中歸路,	산중엔 고향 가는 길 있건만
望斷[8]故園心眼[9]●	고향을 바라보기만 하는 이내 마음이여
燕子樓空,	연자루는 텅 비었으니
佳人何在,	가인은 어느 곳에 있는고
空鎖樓中燕●	공연히 누각 안 제비만 가두어놓았어라
古今如夢,	고금의 일들은 한바탕 꿈이러니

何曾夢覺,	언제 꿈에서 깨어난 적이 있으랴
但有舊歡新怨●	그저 옛 기쁨과 새 원한만이 있을 뿐이네
異時對、黃樓[10]夜景,	훗날 사람들은 황루의 야경을 대하곤
爲余浩歎●	나를 위해 장탄식하리로다

[주석]

* 雙調104字, 前後段各11句4仄韻.(詞譜32)

1) 彭城(팽성): 지금의 강소성(江蘇省) 서주(徐州).

2) 盼盼(반반): 당대(唐代) 서주의 가기(歌妓). 백거이(白居易)의 「연자루시서(燕子樓詩序)」에 따르면, 반반은 상서(尙書) 장건봉(張建封)이 사랑한 가기였다. 장건봉이 죽은 후, 반반은 장씨의 옛집에 있는 연자루(燕子樓)에서 십여 년 동안 독거하다가 죽었다고 한다.

3) 紞如(담여): 둥둥. 북 치는 소리를 형용하는 말. '如'는 어조사.

4) 鏗然(갱연): 거문고, 편종, 옥 따위의 맑은 소리. 여기서는 낙엽 소리.

5) 黯黯夢雲驚斷(암암몽운경단): 꿈에서 놀라 깨어나 암연히 상심하다. '黯黯'은 상심하는 모양. 슬픈 모양. '夢雲'은 꿈.

6) 夜茫茫(야망망): 밤 경치가 한없이 넓다. 또는 야색이 어둡다. '茫茫'은 매우 넓고 크다. 망망하다. 흐릿하다. 어둡다.

7) 倦客(권객): 피곤한 나그네. 작자 자신을 말한다.

8) 望斷(망단): 아득히 시선이 미치는 데까지 바라보다. 안 보일 때까지 바라보다.

9) 故園心眼(고원심안): 고향을 그리워하는 마음. '心眼'은 마음과 눈. 또는 마음.

10) 黃樓(황루): 소식이 서주(徐州) 지주(知州)로 있을 때, 서주 동문(東門)에 지

은 누각.

[해설]

제서(題序)에서 밝혔듯이 작자가 연자루에서 한 여인을 꿈꾸고 지은 작품이다. 전단에서는 꿈속의 정경과 연자루의 야경을 묘사했는데, 어느 것이 꿈이고 어느 것이 야경인지 구분이 모호하다. 후단에서는 오랜 객지 생활에서 생겨나는 고향 생각과 덧없는 인생에 대한 회의를 드러내고 있다. 마지막의 '이시대(異時對)' 2구는 작자가 연자루에서 반반의 옛일을 생각하며 탄식하듯이, 후세 사람들도 황루를 대하고 소식을 생각하며 탄식할 것이라고 말하여, 인생무상에 대한 감개를 나타냈다.

066 동선가(洞仙歌)*

소식(蘇軾)

— 余七歲時, 見眉山老尼, 姓朱, 忘其名, 年九十歲. 自言嘗隨其師入蜀主孟昶[1]宮中, 一日大熱, 蜀主與花蕊夫人[2]夜納涼摩訶池[3]上, 作一詞, 朱具能記之. 今四十年, 朱已死久矣. 人無知此詞者, 但記其首兩句, 暇日尋味, 豈〈洞仙歌令〉乎, 乃爲足之云.

— 내가 일곱 살 때, 미산의 늙은 비구니를 보았는데, 성은 주씨이고, 이름은 잊었는데 나이는 90세였다. 그 비구니가 말하기를, 예전에 그의 스승을 따라 촉나라 군주 맹창의 궁중에 들어갔었는데, 어느 무더운 날, 촉 군주와 화예부인이 밤에 마하지에서 납량하다가 사 한 수를 지었는데, 주씨는 그 사를 모두 기

억할 수 있다고 했다. 지금 40년이 지나, 주씨는 죽은 지 오래되었다. 그 사를 아는 이 없고, 나는 다만 처음의 두 구만을 기억하고 있어서, 한가한 날 음미해보니 「동선가령(洞仙歌令)」이 아닌가 하여, 이에 보충하여 이 사를 지었다.

冰肌玉骨,[4]	얼음 같은 살갗 옥 같은 풍채
自淸涼無汗●	원래 청량해서 땀도 나지 않으리라
水殿[5]風來暗香滿●	물 위 전각에 바람 불어오니 그윽한 향기 가득하네
繡簾開、一點明月窺人,	열린 주렴으로 밝은 달이 미인을 엿보나니
人未寢,	미인은 잠들지 않고
攲枕釵橫鬢亂●	베개에 기댄 채 비녀 비낀 머리는 흐트러졌구나
起來攜素手,[6]	일어나 흰 손을 잡고 나오니
庭戶無聲,	마당 안은 조용하고
時見疏星度河漢●	때때로 성긴 별이 은하수를 건너가네
試問夜如何,	묻노니 밤은 얼마나 깊었는고
夜已三更,	밤은 이미 삼경이라
金波[7]淡、玉繩低轉[8]●	달빛은 은은하고 옥승별은 낮게 돌았네
但屈指、西風幾時來,	가을바람 언제 불어올까 손꼽아보니
又不道、[9]流年暗中偸換[10]●	또 흐르는 세월에 계절이 어느덧 바뀌었구나

[주석]

* 雙調83字, 前段6句3仄韻, 後段7句3仄韻.(詞譜20)

1) 孟昶(맹창): 오대(五代) 때 후촉(後蜀)의 군주.

2) 花蕊夫人(화예부인): 맹창의 비(妃).

3) 摩訶池(마하지): 연못 이름. '摩訶'는 범어(梵語)로 위대함, 뛰어남, 많음 등의 뜻.

4) 氷肌玉骨(빙기옥골): 얼음과 옥같이 맑고 깨끗한 용모.

5) 水殿(수전): 물가나 물 위에 세운 전각.

6) 素手(소수): 여인의 하얀 손.

7) 金波(금파): 달빛. 또는 달빛에 비쳐 금빛으로 빛나는 물결.

8) 玉繩低轉(옥승저전): 옥승별이 낮게 돌다. 밤이 깊은 것을 말한다. '玉繩'은 별 이름. 북두칠성의 다섯번째 별인 옥형의 북쪽에 있다.

9) 不道(부도): 알지 못하다. 깨닫지 못하다. 부지불식간에.

10) 暗中偸換(암중투환): (계절이) 몰래 어느덧 바뀌다.

[해설]

후촉의 군주와 비가 여름밤에 납량하는 정경을 묘사한 것으로, 일종의 궁체사(宮體詞)라고 할 수 있다. 인물과 정경(情景)의 묘사가 고아하고 청량한 느낌을 주며, 흐르는 세월에 대한 감개가 나타나 있다.

067 복산자(卜算子)* 소식(蘇軾)

— 黃州[1]定惠院寓居作 — 황주 정혜원 우거에서 짓다

缺月挂疏桐,[2]	이지러진 달은 성긴 오동나무에 걸렸고
漏斷[3]人初靜●	밤이 깊어 인적은 조용하고녀
誰見幽人[4]獨往來,	숨어 사는 사람이 홀로 배회하는 걸 누가 보랴
飄渺[5]孤鴻影●	저 멀리 어렴풋한 외기러기 그림자 같아라
驚起卻回頭,	외기러기 놀라 날아가며 머리 돌려보나
有恨無人省[6]●	그 깊은 한을 알아주는 사람 없구나
揀盡寒枝[7]不肯棲,	쓸쓸한 나뭇가지 한참 고르다가 깃들려 않고
寂寞沙洲[8]冷●	내려앉은 모래섬은 적막하고 싸늘하여라

[주석]

* 雙調44字, 前後段各4句兩仄韻.(詞譜5)

1) 黃州(황주): 지금의 호북성(湖北省) 황강현(黃岡縣)으로 소식이 폄적 생활을 한 곳. 황주에서 소식은 몇 달 동안 정혜원에 머물렀다.

2) 疏桐(소동): 가지와 잎이 성긴 오동나무.

3) 漏斷(누단): 물시계의 물이 다하다. 밤이 깊다.

4) 幽人(유인): 궁벽한 곳에 숨어 사는 사람. 은자. 여기서는 작자 자신.

5) 飄渺(표묘): 멀어서 어렴풋하다. 아득해 보일 듯 말 듯하다.

6) 省(성): 이해하다. 알다.

7) 揀盡寒枝(간진한지): (깃들이려고) 잎 진 나뭇가지를 한참 다 고르다. "良鳥擇木而棲"(약은 새는 나무를 가려서 깃든다)에서 뜻을 취한 것이다. 절개를 지켜 세속에 영합하지 않는 것을 뜻한다. '寒枝'는 잎 진 쓸쓸한 나뭇가지.

8) 沙洲(사주): 강 가운데의 작은 모래섬.

[해설]

작자가 원풍(元豊) 5년(1082) 황주로 폄적되어 정혜원이라는 절에 우거할 때 지은 것이다. 전단은 달빛 아래 절 마당에서 홀로 배회하는 자신을 외기러기에 비유했고, 후단에서도 내심의 한과 고독감, 그리고 세속에 영합하지 않는 고고한 절개를 외기러기에 기탁했다. 유인(幽人)이 외기러기이며 외기러기가 유인으로 기탁의 수법이 절묘하다.

068 청옥안(靑玉案)* **소식(蘇軾)**

— 和賀方回[1]韻, 送伯固[2]歸吳中	— 하방회의 사에 화운하여, 오중으로 돌아가는 백고를 전송하다
三年枕上[3]吳中[4]路●	삼 년 동안 꿈에서 그렸던 오중의 고향 길
遣黃犬、[5]隨君去●	누렁개 보내 그대 따라가게 하네
若到松江[6]呼小渡●	송강에 이르러 나루터 뱃사공을 소리쳐 부를 때
莫驚鴛鷺,	원앙과 백로들을 놀라게 하지 말게
四橋[7]盡是,	사교는 모두
老子[8]經行處●	이 늙은이가 거닐었던 곳이라네

輞川圖[9]上看春暮●	망천도의 늦봄 경치를 보며
常記高人[10]右丞句[11]●	늘 고상한 왕유의 시구를 떠올리노라
作箇歸期天定許●	내가 돌아갈 때를 정하면 하늘도 반드시 허락하리라
春衫猶是,	내 이 봄 적삼은
小蠻[12]針線,	소만이 바느질한 것으로
曾濕西湖雨●	일찍이 서호의 비에 젖었었더라

[주석]

* 雙調67字, 前後段各6句4仄韻.(詞譜15)

1) 賀方回(하방회): 하주(賀鑄). 자는 방회(方回).

2) 伯固(백고): 소견(蘇堅)의 자. 소식이 항주(杭州) 태수로 있을 때, 소식을 도와 많은 일을 했다.

3) 枕上(침상): 베개 위. 베갯머리. 꿈을 꾸는 것을 말한다.

4) 吳中(오중): 춘추 시대 오(吳)나라 땅. 지금의 강소성(江蘇省) 오현(吳縣) 일대.

5) 黃犬(황견): 누렁개. 육기(陸機)에게 황이(黃耳)라는 누렁개가 있었는데, 육기가 낙양(洛陽)에 있을 때, 이 개가 낙양과 오중을 왕래하며 편지를 전했다는 고사가 『진서·육기전(晋書·陸機傳)』에 있다. 소견이 오중으로 돌아가서도 늘 소식을 전하라는 뜻.

6) 松江(송강): 오송강(吳松江)의 별칭.

7) 四橋(사교): 고소(姑蘇)에 있는 네 개의 다리. 여기서는 송강 일대.

8) 老子(노자): 늙은이. 나이가 많은 사람이 자칭하는 말. 여기서는 소식을 말한다.

9) 輞川圖(망천도): 당대(唐代) 시인 왕유(王維)는 섬서성(陝西省) 종남산(終南山)

부근 망천(輞川)에 별장을 짓고 살면서, 망천의 풍경을 그림으로 그리고 또 시로 읊었다. 여기서는 오중의 풍경이 망천도의 그림 같다는 뜻.

10) 高人(고인): 고상한 사람. 은사(隱士).

11) 右丞句(우승): 왕유의 시구. 왕유는 상서우승(尙書右丞)을 지냈으므로 왕우승(王右丞)이라 부르기도 한다. 여기서는 소견의 산수시를 뜻한다.

12) 小蠻(소만): 당(唐) 백거이(白居易)에게는 노래를 잘하는 번소(樊素)와 춤을 잘 추는 소만(小蠻) 두 여인이 있었다. 여기서는 소식의 첩 조운(朝雲)을 말한다.

[해설]

오중으로 돌아가는 소견을 전송하는 송별사(送別詞)다. 전단은 소견이 그리워하던 고향으로 돌아가게 된 사실을 말하고, 헤어진 후에도 서로 소식을 전하자는 다짐을 하고, 작자도 오중의 산수를 그리워한다고 했다. 후단에서 망천도는 오중의 풍경이며, 작자는 왕유의 시구를 잊지 못하는 것처럼 산수 속의 은거 생활을 그리워하여 은퇴를 생각한다고 했다. 결구 '증습서호우(曾濕西湖雨)'는 항주(杭州)를 떠난 후의 피곤한 벼슬살이와 간절한 귀향의 소망을 함축하고 있다.

069 임강선(臨江仙)*

소식(蘇軾)

— 夜歸臨皐[1]

— 밤에 임고로 돌아와서

夜飮東坡[2]醒復醉,	밤에 동파에서 술 마셔 깨었다가 또 취하고
歸來彷彿三更。	돌아오니 아마 삼경이 된 듯
家童[3]鼻息已雷鳴。	집안 아이 놈은 벌써 우레같이 코를 고는구나
敲門都不應,	문을 두드려도 도무지 대답이 없어
倚杖聽江聲。	지팡이에 기대어 강물 소리를 듣노라
長恨此身非我有,[4]	이 몸이 내 소유 아닌 게 늘 한스럽나니
何時忘卻營營[5]。	어느 때에나 아등바등 살아가는 걸 잊게 되려나
夜闌風靜縠紋[6]平。	밤 깊어 바람 자고 물결 잠잠하니
小舟從此逝,	이 길로 작은 배 타고 떠나가서
江海寄餘生。	강호에 여생을 맡기리로다

[주석]

* 雙調58字, 前後段各5句3平韻.(詞譜10)

1) 臨皐(임고): 작자가 황주(黃州)에서 기거하던 곳으로, 황주성(黃州城) 남쪽 장강(長江) 근처에 있다.

2) 東坡(동파): 황강(黃岡)의 동쪽에 있는 언덕으로 소식은 여기에 설당(雪堂)을 짓고 살았다. 후에 자신의 호로 삼았다.

3) 家童(가동): 집안의 아이 종.

4) 此身非我有(차신비아유): 이 몸은 나의 소유가 아니다. 여기서는 자신의 몸이지만 외부의 구속을 받아 자기 마음대로 하지 못하는 것을 말한다. 『장자·지북유(莊子·知北遊)』에 "순이 물었다. '내 몸이 내 소유가 아니라면 누가 이것

을 소유하고 있습니까?' 승(丞)이 대답했다. '네 몸은 천지가 너에게 맡긴 형상이다'"(舜曰, 吾身非吾有也, 孰有之哉? 曰, 是天地之委形也)라는 말이 있다.

5) 營營(영영): 세속의 명리를 위해 분주하게 애쓰는 모양.

6) 縠紋(곡문): 수면의 잔물결. '縠'은 주름이 진 고운 명주.

[해설]

작자가 황주에서 귀양살이할 때 지은 작품이다. 아마도 작자는 근심을 잊고자 술을 마셨으리라. 밤이 깊어 집에 돌아오니, 집 안의 아이 놈은 깊은 잠에 빠져 문을 열어주지 않는다. 작자는 홀로 강물 소리를 들으며 이리저리 여러 가지 생각에 잠기고, 아등바등 살아가는 현실에 회의하면서, 속세의 멍에를 벗어버리고 자연에 귀의하여 여생을 보내고 싶어 한다.

070 정풍파(定風波)* 소식(蘇軾)

— 三月七日[1]沙湖[2]道中遇雨, 雨具先去, 同行皆狼狽, 余獨不覺. 已而遂晴, 故作此.

— 3월 7일 사호로 가는 도중에 비를 만났는데, 우비를 가진 사람이 먼저 가서, 동행들이 모두 낭패하여 허둥댔으나, 유독 나만은 개의치 않았다. 얼마 안 있어 날이 개서, 이 사를 지었다.

莫聽穿林打葉聲○ 숲을 뚫고 들어와 나뭇잎 때리는 빗소릴랑 듣지 마오

何妨吟嘯[3]且徐行○	읊조리며 천천히 걷는 것도 괜찮아라
竹杖芒鞋[4]輕勝馬●	죽장에 짚신이 말 탄 것보다 경쾌하니
誰怕●	뭘 두려워하랴
一蓑煙雨[5]任平生○	도롱이 걸치고 연우 속에 한평생 살아가리라
料峭[6]春風吹酒醒●	쌀쌀한 봄바람이 불어 술이 깨니
微冷●	조금은 서늘하구나
山頭斜照卻相迎○	산머리에 비낀 석양이 나를 맞는데
回首[7]向來蕭瑟處●	머리 돌려 아까 비바람 쳤던 곳 바라보노라
歸去●	돌아가노니
也無風雨也無晴○	비바람도 없고 맑게 갬도 없어라

[주석]

* 雙調62字, 前段5句3平韻兩仄韻, 後段6句4仄韻兩平韻.(詞譜14)

1) 三月七日(삼월칠일): 송(宋) 신종(神宗) 원풍(元豊) 5년(1082)의 음력 3월 7일.

2) 沙湖(사호): 황강(黃岡) 동쪽 30리 지점에 있는 지명.

3) 吟嘯(음소): 시를 읊조리고 길게 휘파람 불다. 한적하고 여유 있는 모습을 말한다.

4) 竹杖芒鞋(죽장망혜)구: 벼슬 없이 한가로이 지내는 것이 관직 생활보다 자유롭고 마음이 가볍다는 말이다. '竹杖芒鞋'는 대 지팡이와 짚신으로, 한가로운 사람의 간편한 차림이다. '마(馬)'는 관리나 바쁜 사람이 타는 것으로, 관직 생활이나 바쁜 생활을 뜻한다.

5) 一蓑煙雨(일사연우)구: 평생을 강호에 은거하여 자유롭게 지내고 싶다는 말

이다. '蓑'는 도롱이. '煙雨'는 안개처럼 뿌옇게 내리는 가는 비. 여기서는 강호, 자연을 말한다.

6) 料峭(요초): (봄바람이) 쌀쌀하다. (봄추위가) 약간 춥다.

7) 回首(회수) 3구: 저녁이 되어 돌아오는 길에 좀 전에 비바람이 치던 곳을 돌아보니, 지금은 저녁 어둠에 잠겨 있어 풍우도 없고 맑게 갠 하늘도 볼 수 없다. 비바람이나 갠 날씨도 일시적인 것으로 종국에는 무(無)로 돌아가는 것이다. 때문에 길게 보면 풍우도 없고 갠 날씨도 없으니, 일시적인 행불행에 구애받을 것이 없다는 뜻으로, 행불행을 초월한 평담한 심경을 나타내고 있다. '향래(向來)'는 조금 전. '소슬(蕭瑟)'은 비바람 소리. 또는 처량하다. 으스스하다. '풍우(風雨)'는 역경을 뜻하고, '청(晴)'은 순경(順境)을 뜻한다.

[해설]

작자가 길가는 도중에 비를 만난 평범한 일을 소재로 해서, 자신의 인생에 대한 태도와 의지를 담은 작품으로 승화시켰다. 작자는 일행과 함께 놀러가던 도중에 갑자기 비를 만나, 일행은 허둥지둥하는데 작자는 휘파람 불며 시를 읊조리며 걸어간다. 작자의 이러한 모습에서 행불행을 초월한 달관적인 인생관을 엿볼 수 있다. 작품 속의 풍우는 인생의 풍우를 말하는데, 인생에는 순경과 역경, 기쁨과 슬픔이 교차하게 마련이며, 이것들은 일시적인 것이며 결국은 무로 돌아가기 때문에, 어느 하나에 집착하지 말고 평담한 심정으로 태연하게 대처해야 한다고 말하고 있다.

071 강성자(江城子)* 소식(蘇軾)

— 乙卯[1]正月二十日夜記夢 — 을묘년 정월 이십일 밤 꿈을 적다

十年生死[2]兩茫茫。	십 년 동안 삶과 죽음으로 나뉘어 아득하여라
不思量。	생각 않으려 해도
自難忘。	참으로 잊기 어려워라
千里孤墳,[3]	천 리 먼 외로운 무덤
無處話淒涼。	이내 처량한 심정 말할 데 없어라
縱使相逢應不識,	설사 서로 만난들 알아보지 못하리니
塵滿面,	내 얼굴은 먼지로 찌들었고
鬢如霜。	머리는 서리 내려 세었어라
夜來幽夢忽還鄉。	간밤 꿈에 홀연히 고향에 돌아갔더니
小軒窗[4]。	작은 방 창가에서
正梳妝。	아내는 머리 빗고 화장하고 있었네
相顧無言,	말없이 서로 바라보며
惟有淚千行。	하염없이 눈물만 흘렸어라
料得[5]年年腸斷處,	생각하면 아내는 해마다 애간장 끊었으리라
明月夜,	달 밝은 밤
短松岡。	애솔 늘어선 언덕에서

[주석]

* 雙調70字, 前後段各7句5平韻.(詞譜2 一名 江神子)

1) 乙卯(을묘): 신종(神宗) 8년(1075). 이때 소식은 40세의 나이로, 밀주(密州, 지금의 山東省 諸城) 태수로 있었다.

2) 十年生死(십년생사)구: 사별한 지 10년이 되어, 쌍방이 생과 사로 갈라져 아득하기만 하다. 소식의 처 왕불(王弗)은 치평(治平) 2년(1065)에 사망했다. '生死'는 살아 있는 사람과 죽은 사람. 이승과 저승.

3) 千里孤墳(천리고분): 천 리 먼 외로운 무덤. 처의 무덤은 사천성(四川省) 미산(眉山)에 있기 때문에 천리고분이라고 했다.

4) 軒窗(헌창): 방의 창문. '軒'은 작은 방.

5) 料得(요득) 3구: 죽은 처의 고독과 비애를 상상한 것으로, 소식 자신도 슬픔을 잊지 못하고 있지만, 더욱 가슴 아파하는 사람은 멀리 외로운 무덤에서 자기를 그리워하고 있을 부인이라고 했다. '料得'은 생각하다. 짐작하다. 맹계(孟棨) 『본사시(本事詩)』에 "欲知腸斷處, 明月照古墳"(애간장 끊어지는 곳은, 밝은 달 비추는 외로운 무덤이네) 구가 있다.

[해설]

10년 전에 죽은 처를 애도한 도망사(悼亡詞)다. 시에서는 반악(潘岳) 이후로 도망시(悼亡詩)가 많이 창작되었지만, 사에서는 소식이 최초로 도망사를 지었다. 작자는 사별한 처에 대한 애정을 진솔하게 표현했는데, 특히 작품의 끝 부분에서 처도 자기를 잊지 못할 것이라고 말해 그리움과 비애를 배가시켰다.

072 하신랑(賀新郎)*

소식(蘇軾)

乳燕[1]飛華屋●	화려한 집엔 어린 제비들만 날고
悄無人、槐陰轉午,[2]	인적 없이 고요한데 홰나무 그늘은 한낮을 지나고
晚涼新浴●	저녁 서늘한데 미인이 막 목욕하고 나왔네
手弄生綃[3]白團扇,[4]	손엔 흰 비단 둥글부채를 쥐고 있는데
扇手一時似玉●	부채와 손이 모두 백옥 같아라
漸困倚、孤眠清熟●	노곤해서 기댄 채 홀로 단잠이 막 들었더니
簾外誰來推繡戶,[5]	주렴 밖에 누가 와 문을 밀쳐
枉教[6]人、夢斷瑤臺曲[7]●	공연히 요대의 좋은 꿈을 깨우는고
又卻是,	알고 보니 또
風敲竹[8]●	바람에 대나무가 두드리는 소리로구나
石榴半吐紅巾蹙[9]●	반쯤 핀 석류꽃은 주름진 붉은 수건인 듯
待浮花浪蕊[10]都盡,	온갖 봄꽃이 다 지기를 기다렸다가
伴君幽獨●	고독한 그대를 벗하는구나
穠艷一枝細看取,	농염한 꽃가지를 자세히 보니
芳心[11]千重似束●	석류꽃은 천 겹으로 꽃잎을 묶어놓은 듯
又恐被、西風驚綠●	허나 가을바람에 푸른 잎 시들까 두렵구나
若待得君來向此,	행여 그대가 와서 이 꽃을 대한다면
花前對酒不忍觸[12]●	꽃 앞에 술잔 들고 차마 이 꽃을 만지지 못하리니
共粉淚,	여인의 눈물과 꽃잎

兩簌簌[13] ●	둘이 함께 뚝뚝 떨어져 내리리라

[주석]

* 雙調115字, 前後段各10句6仄韻.(詞譜36)

1) 乳燕(유연): 어린 제비. 또는 새끼를 기르는 제비.

2) 槐陰轉午(괴음전오): 홰나무 그늘이 점점 이동하여 시간이 오후가 되다. '午'는 오시(午時).

3) 生綃(생초): 생사로 짠 흰 비단.

4) 白團扇(백단선): 흰 둥글부채.

5) 繡戶(수호): 화려하게 아로새긴 문. 부녀자의 거실을 말함.

6) 枉教(왕교): 공연히 ~하게 하다. '枉'은 공연히. 헛되이. '教'는 사역의 뜻으로, ~하게 하다.

7) 瑤臺曲(요대곡): 옥으로 만든 누대. 전설 중의 신선의 거처. '曲'은 깊고 그윽한 장소.

8) 風鼓竹(풍고죽): 당 이익(李益)의 「창문 곁 대나무에 이는 바람 소리를 듣고, 사공서에게 시를 지어 보내다(竹窓聞風寄苗發司空曙)」 중 "開門復動竹, 疑是玉人來"(문 여니 또 바람에 흔들리는 대나무, 그리운 사람이 오는 줄 알았네) 시의를 인용했다. 오문영(吳文英)의 「앵제서(鶯啼序)」에 "風竹鼓門"(바람에 대나무가 문을 두드리네) 구가 있다.

9) 紅巾蹙(홍건축): 석류꽃을 형용한 것으로, 꽃 모양이 붉은 수건을 겹겹이 구겨놓은 것 같다는 뜻. 백거이(白居易)의 「고산사의 산석류꽃을 읊어 여러 승려에게 보이다(題孤山寺山石榴花示諸僧衆)」에 "山榴花似結紅巾"(산석류꽃은 붉은

수건을 묶어놓은 듯) 시구가 있다. '蹙'은 쭈그리다. 구겨 주름지다.

10) 浮花浪蕊(부화랑예): 복사꽃, 살구꽃 따위의 곱지만 쉬이 지는 꽃.

11) 芳心(방심)구: 석류꽃의 꽃잎이 여러 겹으로 된 것을 말하면서, 또 여인의 마음이 수심으로 무겁다는 뜻을 암시한다. 또는 석류꽃의 꽃잎이 여러 겹으로 되어 있지만 하나의 중심을 가지고 있듯이, 여인의 마음도 한 사람에게 향하고 있다는 것을 암시한다고 볼 수 있다. '芳心'은 꽃술. 여인의 마음.

12) 不忍觸(불인촉): (이미 시들어 떨어지려는 석류꽃에) 차마 손대지 못하다. 늦게 온 미안함과 안타까움을 나타내고 있다.

13) 簌簌(속속): 눈물이나 빗물이 떨어지는 모양.

[해설]

미녀와 석류꽃을 읊었으나, 작자의 불우와 고독한 심정이 저변에 흐르고 있다. 전단은 적적한 집에서 고결한 미인이 홀로 누구를 기다리고 있는 정경을 묘사했다. 후단의 전반은 석류꽃을, 후반은 석류꽃과 미인을 동시에 묘사했는데, 미인은 가을바람에 석류꽃이 시들까봐 걱정하면서 누구를 기다리고 있다. 중국 시가에서 미인과 향초(香草)에 작자의 뜻을 기탁하는 것은 매우 흔한 전통적인 수법이다. 작품 속의 미인과 석류꽃은 때를 만나지 못한 채 늙어가고 시드는 것을 걱정하고 있다. 작자는 조정에서 물러나와 지방관을 지내거나 귀양살이를 하는 등 불우한 때가 많았으니, 이 사는 미인과 석류꽃을 빌려 자신의 고결함과 불우한 적막감을 형상화한 것으로 볼 수 있지 않을까?

073 망해조(望海潮)*

진관(秦觀)

梅英[1]疏淡,[2]	매화꽃 시들어 드문드문하고
冰澌[3]溶洩,	얼음은 녹아 흐르니
東風暗換年華○	봄바람이 어느덧 계절을 바꿔놓았구나
金谷俊遊,[4]	옛날 금곡원에서 홍겹게 노닐고
銅駝巷陌,[5]	동타 거리에서 호탕하게 놀고
新晴[6]細履平沙[7]○	비 갓 갠 날엔 강가 모래밭을 가볍게 거닐었네
長記誤隨車[8]○	늘 생각느니, 여인이 탄 수레를 따라가는데
正絮翻蝶舞,	버들개지 날리고 나비는 춤추고
芳思[9]交加○	꽃다운 생각은 번갈아 일었었네
柳下桃蹊,	버드나무 아래 복사꽃 핀 오솔길
亂分春色到人家○	봄빛은 어지러이 집집마다 찾아들었더라
西園[10]夜飮鳴笳○	서원에서 밤새 술 마시며 피리 불고
有華燈礙月,[11]	화려한 등불에 달은 빛을 잃고
飛蓋[12]妨花○	나는 듯 달리는 차개는 꽃을 가렸었네
蘭苑[13]未空,	옛 동산은 비어 있진 않건만
行人[14]漸老,	나그네는 이제 늙어
重來是事[15]堪嗟○	다시 찾아와보니 모든 것이 한숨이로고
煙暝[16]酒旗斜○	저녁 연기 어스름한 속에 술집의 주기는 비껴 있고
但倚樓極目,[17]	누각에 기대어 멀리 바라보니

時見棲鴉[18]○	이따금 둥지 찾아가는 까마귀만 보이누나
無奈[19]歸心,	어이할거나 귀향의 마음은
暗[20]隨流水到天涯○	어느새 흐르는 물 따라 하늘가로 가는구나

[주석]

* 雙調107字, 前段11句5平韻, 後段11句6平韻(詞譜34)

1) 梅英(매영): 매화꽃.

2) 疏淡(소담): 꽃이 져서 가지에 꽃이 드물고 빛깔이 엷어진 것을 말한다.

3) 冰澌(빙시): 얼음과 성엣장.

4) 金谷俊遊(금곡준유): 경치 좋은 금곡원(金谷園)에서 호기롭게 노닐다. '금곡원'은 낙양(洛陽) 서북쪽에 있는 서진(西晉)의 부호 석숭(石崇)의 화원. 여기서는 수도 변경(汴京)의 이름난 정원이나 동산을 가리키는 말. '俊遊'는 좋은 친구들과 명승지를 유람하는 것.

5) 銅駝巷陌(동타항맥): 낙양 황궁 앞의 번화한 거리. 궁 앞에 구리로 만든 낙타가 있었기 때문에 동타라는 이름이 생겼다. 여기서는 서울의 번화한 거리.

6) 新晴(신청): 비온 후에 막 갠 날씨.

7) 細履平沙(세리평사): 평탄한 모래 길을 한가롭고 경쾌하게 걷다.

8) 誤隨車(오수거): 잘못 수레를 따라가다. 미인의 수레를 좇아가다. 한유(韓愈)의 「젊은이를 조롱하다(嘲少年)」 중 "只知閑信馬, 不覺誤隨車"(한가로이 말 가는 대로 맡겨두니, 모르는 사이에 잘못 여인의 수레를 좇아가네)에서 나온 말.

9) 芳思(방사): 춘사(春思), 춘정(春情). 봄에 느끼는 낭만적인 생각이나 정서.

10) 西園(서원): 원래는 업성(鄴城)에 있는 조비(曹丕)와 조식(曹植)이 놀았던 동

산. 여기서는 정원이나 동산의 범칭.

11) 華燈礙月(화등애월): 등불이 휘황하게 밝아 달빛을 완상하는 것을 방해하다. '華燈'은 화려하게 장식한 등(불).

12) 飛蓋(비개): 나는 듯 빨리 달리는 수레. '蓋'는 수레의 덮개.

13) 蘭苑(난원): 아름다운 정원.

14) 行人(행인): 나그네. 길손. 여기서는 작자 자신을 말한다.

15) 是事(시사): 일마다. 보이는 것마다.

16) 煙暝(연명): 안개가 끼면서 저녁이 되다. 안개(연기)가 어둡다.

17) 極目(극목): 시력이 미치는 데까지 바라보다.

18) 棲鴉(서아): 둥지로 돌아가는 까마귀.

19) 無奈(무내): 어찌할 도리(수)가 없다. '무가내하(無可奈何)'와 같다.

20) 暗(암): 몰래. 나도 모르게. 어느덧.

[해설]

작자는 소성(紹聖) 원년(1094) 봄에 신구당의 당쟁으로 좌천되어 수도 변경을 떠나게 되어, 떠나기에 앞서 옛날 즐겁게 놀았던 곳을 다시 찾은 감회를 노래했다. 전단의 처음 3구는 작자가 현재 보고 있는 풍경을 말한 것이고, '금곡준유(金谷俊遊)'부터 후단의 '비개방화(飛蓋妨花)'까지 11구는 즐거웠던 과거의 회상이며, '난원미공(蘭苑未空)' 이하 8구는 다시 현재로 돌아와 서울을 떠나는 울적한 심정을 서술한 것이다. 과거와 현재를 대비해 침울한 심정을 부각시켰다.

074 팔육자(八六子)*

진관(秦觀)

倚危亭[1]。	높은 정자에 기대서니
恨如芳草，	한은 봄풀처럼
萋萋[2]剗[3]盡還生。	베어내도 다시 무성하게 돋아나네
念柳外青驄[4]別後，	버들 숲 밖에서 청총마 타고 이별한 후의 일들과
水邊紅袂[5]分時，	물가에서 그녀와 헤어질 때를 생각하니
愴然[6]暗驚。	남몰래 놀라며 슬퍼지누나
無端[7]天與娉婷。	공연히 하늘은 내게 어여쁜 여인을 주셨으니
夜月一簾幽夢，	달빛 가득한 주렴 안에서 그윽한 꿈을 꾸었고
春風十里[8]柔情。	봄바람 부는 십 리 길에서 부드러운 정을 느꼈네
怎奈向、[9]歡娛漸隨流水，	어이하랴 기쁨은 흐르는 물 따라 가버렸고
素絃聲斷，	거문고 소리 끊어지고
翠綃[10]香減，	비취빛 수건엔 향기 사라졌어라
那堪片片飛花弄晚，	어찌 견디랴 꽃잎은 편편이 저녁에 흩날리고
濛濛殘雨[11]籠晴。	부옇게 내리는 비는 맑은 하늘을 덮는구나
正銷凝[12]。	슬픔으로 넋을 잃고 있는데
黃鸝[13]又啼數聲。	꾀꼬리는 또 몇 마디 우짖는구나

[주석]

* 雙調88字，前段6句3平韻，後段11句5平韻.（詞譜22）

1) 危亭(위정): 높은 정자.

2) 萋萋(처처): 풀이 무성한 모양.

3) 剗(잔): 깎다. 베다. 잘라내다.

4) 青驄(청총): 총이말. 갈기와 꼬리가 파르스름한 말.

5) 紅袂(홍메): 붉은 소매. 여기서는 미인을 말한다.

6) 愴然(창연): 슬퍼하는 모양.

7) 無端(무단)구: 공연히 하늘은 그녀에게 아름다움을 내려주어 내가 사랑에 빠지도록 했다는 뜻. 또는 공연히 하늘이 내게 미녀를 내려주어 사랑하게 되었다는 뜻. '無端'은 공연히. 까닭 없이. '여(與)'는 주다. '빙정(娉婷)'은 아름다운 모양.

8) 春風十里(춘풍십리): 두목(杜牧)의 「증별(贈別)」에 "娉婷嫋嫋十三餘, 豆蔻梢頭二月初. 春風十里揚州路, 捲上珠簾總不如"(예쁘고 날씬한 열서너 살 아가씨, 이월 초 가지 끝에 핀 두구꽃 같네. 봄바람 부는 양주의 십 리 길, 주렴을 걷어 올리고 봐도 모두 그녀만 못하네) 시구가 있다.

9) 怎奈向(즘내향): 어찌할거나. 어찌하랴. '向'은 뜻이 없는 어조사.

10) 翠綃(취초): 비취색의 수건. 또는 여자의 두건으로 보기도 함.

11) 殘雨(잔우): 비가 그칠 무렵에 조금씩 오는 비. 남은 비.

12) 銷凝(소응): 수심으로 넋을 잃다. '소혼응신(銷魂凝神)'의 준말.

13) 黃鸝(황리): 꾀꼬리.

[해설]

연정과 그리움, 이별의 한과 수심을 노래했다. 정(情)과 경(景)이 잘 어울리고 염정(艶情)과 한이 교차하고 있다. '염유외(念柳外)'에서 '춘풍십리(春風十里)'까지는 과거를 회상한 것으로, 감미로운 회상 후에 한과 수심은 더욱 깊어지고 있다.

075 만정방(滿庭芳)*

진관(秦觀)

山抹[1]微雲,	엷은 구름은 산머리에 감돌고
天黏衰草,[2]	시든 풀은 하늘가에 연했는데
畵角[3]聲斷譙門[4]。	성 위 망루에선 나팔 소리 그치네
暫停征棹,[5]	잠시 떠나가는 배를 멈추고
聊共引離尊。	애오라지 함께 이별의 술잔을 기울이노라
多少蓬萊舊事,[6]	봉래각의 많은 옛일들
空回首、煙靄紛紛。	부질없이 돌아보니 안개와 노을만 자욱하여라
斜陽外,	석양 저쪽엔
寒鴉數點,	쓸쓸한 까마귀 몇 마리 날고
流水遶孤邨。	강물은 외로운 마을을 감돌아 흐르네
消魂。	슬프구나
當此際,[7]	작별할 때를 당해
香囊暗解,[8]	향주머니를 가만히 풀어 주고
羅帶輕分[9]。	비단 띠를 살며시 풀어 나누네
漫贏得[10]青樓,	헛되이 기루에서
薄倖名存。	박정한 사람이란 이름만 얻었구나
此去何時見也,	이제 가면 언제 다시 볼 수 있을런가
襟袖上、空惹[11]啼痕。	옷깃과 소매엔 부질없이 눈물 자국만 남았어라
傷情處,	상심해서

高城望斷,[12]	높은 성을 멀리 바라보니
燈火已黃昏○	벌써 황혼 속에 등불이 깜박이네

[주석]

* 雙調95字, 前段10句4平韻, 後段11句5平韻.(詞譜24)

1) 抹(말): 칠하다. 문지르다. 어루만지다.

2) 天黏衰草(천점쇠초): 평원의 시든 풀이 하늘가까지 이어져 하늘과 맞닿았다. '黏'은 달라붙다. '천연쇠초(天連衰草)'로 된 판본도 있다.

3) 畫角(화각): 채색을 칠한 나팔 모양의 관악기. 군중에서 시간을 알리는 데 쓰였다.

4) 譙門(초문): 성 위에 세운 망루(望樓).

5) 征棹(정도): 떠나가는 배.

6) 蓬萊舊事(봉래구사): 즐거웠던 지난 일들. '蓬萊'는 삼신산의 하나인 전설상의 선경. 여기서는 여인이 있는 곳을 말한다. 또는 회계(會稽)의 봉래각(蓬萊閣)으로 보기도 한다. 작자가 봉래각의 연회에 참석하여 한 기녀를 사랑하게 되었다는 고사가 있다.

7) 當此際(당차제): 이때를 당해. 여기서는 헤어질 때를 말함.

8) 香囊暗解(향낭암해): 옛날, 이별할 때 향주머니를 풀어 주어 이별의 정표로 삼았다. 옛날에는 남자도 향주머니를 차는 풍속이 있었다.

9) 羅帶輕分(나대경분): 비단 띠를 가볍게 풀다(풀어 주다). 이별을 말한다. 옛날, 띠에 매듭을 맺어 사랑의 정표로 삼았다. '羅帶'는 비단 띠. '輕分'은 가볍게 풀다(나누다).

10) 漫贏得(만영득)구: 두목(杜牧)의 「회포를 풀며(遣懷)」에 "十年一覺楊州夢,

贏得青樓薄倖名"(십 년 양주의 꿈을 깨어 보니, 박정한 사람이라는 이름만 얻었네) 시구가 있다. '漫'은 헛되이. 쓸데없이. '박행(薄倖)'은 박정(薄情). 박정한 사람.

11) 惹(야): 물들다. 남기다.

12) 高城望斷(고성망단): 높은 성을 멀리 바라보다. '望斷'은 멀리 끝까지 바라보다. 또는 멀리 끝까지 바라보지만 보이지 않는다. 구양첨(歐陽詹)의 「태원을 처음 출발해서 가는 도중에 태원의 그리운 이에게(初發太原途中寄太原所思)」에 "高城已不見, 況復城中人"(높은 성이 이미 보이지 않거늘, 하물며 성 안의 사람이랴) 시구가 있다.

[해설]

원풍(元豊) 2년(1079) 작자가 회계를 떠날 때 지은 것이다. 전단은 이별할 때의 주위 경물을 묘사했고, 후단은 이별의 심정을 말했다. 편말은 작자가 배를 타고 가면서 뒤돌아보는 정경이다. 전편을 통해 쓸쓸한 가을의 경물과 이별의 울적한 심정을 잘 조화시켜 노래했다.

076 만정방(滿庭芳)*

진관(秦觀)

曉色雲開,	새벽녘에 구름 걷히고
春隨人意,	봄은 사람의 뜻을 따라
驟雨纔過還晴○	소나기 막 지나간 후 맑게 갰구나

古臺芳榭,[1]	옛 누대와 아름다운 정자
飛燕蹴紅英[2]。	제비들은 날아다니며 붉은 꽃을 차올리네
舞困楡錢[3]自落,	춤에 지친 느릅나무 꼬투리는 저절로 떨어지고
鞦韆外、綠水橋平。	그네 저편 푸른 물은 다리까지 차올랐네
東風裏,	봄바람 속
朱門[4]映柳,	버드나무 사이로 보이는 붉은 대문 안에선
低按小秦箏。	나지막이 쟁을 타는구나
多情。	다정도 하여라
行樂處,[5]	즐겁게 노는 곳엔
珠鈿翠蓋,[6]	주옥의 수식과 비취 깃으로 장식한 수레
玉轡紅纓[7]。	옥 고삐와 붉은 가슴걸이의 말들
漸酒空金榼,[8]	점차 금 술잔의 술은 다 비워지고
花困蓬瀛[9]。	선경의 꽃 같은 여인들은 노곤해졌더라
豆蔻[10]梢頭舊恨,	육두구 가지 끝의 옛 한
十年夢、[11]屈指堪驚。	십 년 꿈같은 일들을 손꼽아보니 놀랍기만 하여라
憑闌久,	난간에 오랫동안 기대어 있다가
疏煙淡日,	엷은 안개 속 희미한 햇빛 아래
寂寞下蕪城[12]。	쓸쓸히 양주성을 내려오노라

[주석]

* 雙調95字, 前段10句4平韻, 後段11句5平韻.(詞譜24)

1) 榭(사): 높은 대 위의 정자.

2) 飛燕蹴英(비연축영): 제비들이 꽃나무 사이를 날아다니는 것을 말한다. '蹴'은 차다. '英'은 꽃.

3) 榆錢(유전): 느릅나무의 꼬투리. 그 모양이 동전같이 둥그런 원형으로 꿰미를 이루므로 유전이라고 부른다.

4) 朱門(주문): 붉은 대문. 부귀한 집. 여기서는 여인이 있는 집.

5) 行樂處(행락처): 즐겁게 노는 곳(때). 송사에서 '處'는 장소만을 뜻하지 않고, 어떠한 상태에 있는 때도 뜻한다.

6) 珠鈿翠蓋(주전취개): 주옥으로 만든 수식(首飾)과 비취 깃으로 꾸민 수레 덮개. 여기서는 화려한 여인과 수레를 말한다.

7) 玉轡紅纓(옥비홍영): 옥으로 장식한 고삐와 말 가슴에 묶은 붉은 띠. 여기서는 호화로운 말과 남자를 말한다.

8) 金榼(금합): 금 술잔.

9) 花困蓬瀛(화곤봉영): 선경 같은 행락지에서 미녀들이 피곤하도록 노는 것을 말한다. '花困'은 미녀들이 놀기에 지쳐 몸이 노곤하다. 또는 꽃(미녀)이 시들다. '蓬瀛'은 전설 중의 신선이 산다는 봉래(蓬萊)와 영주(瀛洲). 여기서는 행락지를 말한다.

10) 豆蔻(두구)구: 기녀와 사랑했던 옛일을 말한다. 074 「팔육자(八六子)」 '春風十里' 참조.

11) 十年夢(십년몽)구: 075 「만정방(滿庭芳)」 '漫贏得' 참조.

12) 蕪城(무성): 포조(鮑照)가 「무성부(蕪城賦)」를 지어 전란 후의 황폐한 양주(揚州)를 묘사했다. 후에 양주를 무성이라고 불렀다.

[해설]

작자가 양주(揚州)에 있을 때 지은 작품으로, 즐거웠던 과거를 회상하고 현재의 쓸쓸한 심정을 노래했다. 전단은 비가 그치고 맑게 갠 봄날의 정경을 묘사했고, 후단에서도 계속해서 상춘행락의 즐거운 일들을 묘사했다. 그러나 후단 제7구의 '구한(舊恨)'과 제8구의 '십년몽(十年夢)' 등의 어의를 보면, 앞부분의 서술은 모두 과거의 회상이며, '빙란구(憑闌久)' 이하만이 현재의 정경을 묘사한 것이라고 볼 수 있다. 이 작품에서 현재와 과거의 구분이 뚜렷하지 않기 때문에, 혹자는 전단은 현재 작자가 보고 있는 양주의 봄 경치를 묘사한 것이고, 후단의 '다정(多情)'에서 '화곤봉영(花困蓬瀛)'까지는 과거의 호화와 향락을 회상한 것이며, 그 이하는 다시 현재의 정경을 서술한 것으로 보기도 한다. 작자는 아름다운 봄 경치와 유쾌한 감정으로 시작하지만 편말에 가서는 침울하게 끝을 맺었다.

077 감자목란화(減字木蘭花)* **진관(秦觀)**

天涯舊恨●	하늘가 임 그리는 오랜 한
獨自凄涼人不問●	홀로 처량할 뿐 묻는 이 없네
欲見回腸[1]○	이내 애끊는 마음은
斷盡金鑪小篆香[2]○	향로 안 사그라져 끊어진 향이어라
黛蛾[3]長斂●	아미는 늘 찌푸려져

任[4]是春風吹不展●	봄바람 불어와도 펴지지 않는구나
困倚[5]危樓○	높은 누각에 맥없이 기대어 있나니
過盡飛鴻字字愁[6]○	날아가는 기러기마다 수심이어라

[주석]

* 雙調44字, 前後段各4句兩仄韻兩平韻.(詞譜5)

1) 回腸(회장): 슬픔으로 창자가 뒤틀리다. 애끊다. 단장.

2) 篆香(전향): 전자(篆字) 모양으로 만든 향.

3) 黛蛾(대아): 여인의 가늘고 긴 눈썹. '黛'는 눈썹을 그리는 흑청색의 눈썹 먹.

4) 任(임): 비록.

5) 困倚(곤의): 오랫동안 (피곤하도록) 기대어 있다.

6) 字字愁(자자수): 기러기가 무리 지어 날아갈 때 '一'자 혹은 '人'자 모양을 이루는데, 이를 보고 수심이 일어 '字字愁'라고 했다. 기러기는 편지를 전한다는 전설이 있다.

[해설]

작자가 폄적되어 있을 때 지은 듯하다. 멀리 있는 임을 그리워하며 수심에 잠겨 있는 여인은 곧 작자이기도 하다.

078 완계사(浣溪沙)* 진관(秦觀)

漠漠[1]輕寒上小樓。	막막한 봄추위는 조용히 누각으로 스며들고
曉陰無賴[2]似窮秋[3]。	새벽 음산한 날씨는 무료한 게 늦가을 같은데
淡煙流水[4]畫屏幽。	엷은 안개 흐르는 물이 그려진 병풍 안은 그윽하고녀
自在[5]飛花輕似夢,	멋대로 흩날리는 꽃잎은 꿈처럼 가볍고
無邊絲雨細如愁。	가없이 내리는 가랑비는 수심처럼 가는데
寶簾[6]閒掛小銀鉤[7]。	주렴은 작은 은 갈고리에 한가로이 걸려 있구나

[주석]

*雙調42字, 前段3句3平韻, 後段3句兩平韻.(詞譜4)

1) 漠漠(막막): 조용하고 적막한 모양. 매우 넓어 끝이 없는 모양. 널리 가득 찬 모양. 흐릿한 모양.

2) 無賴(무뢰): 무료하다. 흥미 없다. '무료(無聊)'와 같다.

3) 窮秋(궁추): 깊은 가을. 만추.

4) 淡煙流水(담연류수): 엷은 안개와 흐르는 강물. 병풍에 그려진 산수화를 말한다.

5) 自在(자재): 한가롭고 편안하다. 자유롭다.

6) 寶簾(보렴): 구슬을 꿰어 만든 발. 발의 미칭.

7) 銀鉤(은구): 발을 거는 은 갈고리.

[해설]

봄날의 우수를 감각적인 필치로 매우 섬세하게 그려냈다.

079 완랑귀(阮郎歸)*

진관(秦觀)

湘天[1]風雨破寒[2]初○	상강 하늘에 비바람이 불어 추위를 몰아내는데
深沉庭院虛○	깊은 정원은 텅 비었고
麗譙[3]吹罷小單于[4]○	성문 망루에선 「소선우」 피리 소리 그치고
迢迢[5]淸夜[6]徂[7]○	긴긴 밤이 고요히 흐르도다
鄕夢斷,	고향 꿈 깨어나
旅魂孤○	나그네 마음 더욱 외로운데
崢嶸[8]歲又除○	힘들었던 한 해는 또 저무누나
衡陽[9]猶有雁傳書,○	형양엔 그래도 기러기가 날아와 편지를 전하련만
郴陽[10]和[11]雁無○	침양엔 기러기조차 없어라

[주석]

* 雙調47字, 前段4句4平韻, 後段5句4平韻.(詞譜6)

1) 湘天(상천): 호남성 상강(湘江) 일대의 하늘. 여기서는 작자가 있는 침주(郴州)를 말한다.

2) 破寒(파한): 추위를 몰아내다. 추위를 없애다.

3) 麗譙(여초): 성문 위의 아름다운 누각.

4) 小單于(소선우): 당대(唐代)의 곡조 이름. 일명 매화락(梅花落).

5) 迢迢(초초): (길이) 매우 멀다. (시간이) 매우 길고 오래다.

6) 清夜(청야): 고요한 밤. 정야(靜夜).

7) 徂(조): 지나가다. 흘러가다.

8) 崢嶸(쟁영): 산이 험준한 모양. 여기서는 힘들고 고생스러운 것을 뜻한다.

9) 衡陽(형양): 호남성 형양시. 북쪽의 기러기가 남쪽으로 날아와 형양에서 겨울을 지내고 돌아가는데, 형양 이남으로 더 내려가지는 않는다는 전설이 있다.

10) 郴陽(침양): 호남성의 침현(郴縣)으로 형양(衡陽) 남쪽에 있다.

11) 和(화): ~조차.

[해설]

작자가 침주에서 귀양살이를 하고 있을 때 지은 것으로, 섣달 그믐날 밤의 외롭고 쓸쓸한 심정을 노래했다.

080 녹두압(綠頭鴨)* **조원례(晁元禮)**

晚雲收,	저녁 구름 걷히니
淡天一片琉璃。	맑은 하늘은 한 조각 유리 같아라
爛銀盤、[1]來從海底,	찬란한 은 쟁반이 바다 밑에서 솟아오르니
皓色千里澄輝。	천 리까지 흰빛으로 환하구나

瑩無塵、素娥[2]淡竚,	한 점 티끌도 없이 맑은 달엔 항아가 조용히 서 있고
靜可數、丹桂[3]參差○	들쭉날쭉한 계수나무를 분명히 셀 수 있네
玉露[4]初零,	맑은 이슬은 이제부터 내리고
金風[5]未凜,	가을바람은 아직 차지 않으니
一年無似此佳時○	일 년 중 이처럼 좋은 때는 없어라
露坐久、疏螢時度,	옥외에 오래 앉았으니 이따금 반딧불이 지나가고
烏鵲[6]正南飛○	까막까치는 마침 남으로 날아가네
瑤臺[7]冷,	서늘한 누대에서
闌干憑暖,	난간이 따스해지도록 오래 기대서서
欲下遲遲[8]○	내려가려다가 또 머뭇거리누나
念佳人、音塵別後,	생각건대 헤어져 소식 없는 임도
對此應解相思○	이 달을 대하곤 나를 그리워하리라
最關情、[9]漏聲[10]正永.	긴긴 밤 경루 소리에 그리움 사무칠 테고
暗斷腸、花陰偸移○	옮겨가는 꽃 그림자 보며 남 몰래 애태우리라
料得來宵,	내일 밤에도
淸光未減,	밝은 달빛은 줄지 않으련만
陰晴天氣又爭知[11]○	날씨 흐리고 갤지 어찌 알 수 있으리오
共凝戀、如今別後,	우리 저 달을 못내 사랑하건만 오늘 헤어지면
還是隔年期○	또 내년에나 보게 되리라
人强健,[12]	우리 건강히 지내면서
淸尊素影,	밝은 달빛 아래 술 마시며

長願相隨○	저 달을 함께하기를 늘 바라노라

[주석]

* 雙調139字, 前段14句6平韻, 後段12句5平韻.(詞譜37 多麗)

1) 爛銀盤(난은반): 환하게 빛나는 은 쟁반. 달을 말한다.

2) 素娥(소아): 달 속에 있다는 상아(嫦娥). 달빛이 희기 때문에 소아라고 한다.

3) 丹桂(단계): 달에 있다는 계수나무.

4) 玉露(옥로): 맑은 이슬.

5) 金風(금풍): 가을바람.

6) 烏鵲(오작): 까마귀와 까치. 조조(曹操)의 「단가행(短歌行)」에 "月明星稀, 烏鵲南飛"(달 밝고 별 드문데, 까막까치 남쪽으로 날아가네) 시구가 있다.

7) 瑤臺(요대): 신선이 산다는 옥으로 만든 누대. 아름다운 누대.

8) 遲遲(지지): 느리다. 늦추다.

9) 關情(관정): 감정을 불러일으키다. 정을 자아내다. 정이 가다.

10) 漏聲(누성): 물시계의 물방울 떨어지는 소리.

11) 爭知(쟁지): 어찌 알랴. '즘지(怎知)'와 같다.

12) 人强健(인강건) 3구: 이백(李白)의 「달 아래 홀로 술을 마시며(月下獨酌)」 중 "擧杯邀明月, 對影成三人"(술잔 들어 밝은 달 맞으니, 그림자와 함께 세 사람이 되었구나)과 소식(蘇軾)의 「수조가두(水調歌頭)」 중 "但願人長久, 千里共嬋娟"(다만 바라건대 오래도록 살아, 천 리 멀리서도 달을 함께하기를) 시구를 이용했다.

[해설]

추석의 밝은 달과 임을 그리는 심정을 읊었는데, 경물(景物)의 묘사와 서정(抒情)이 잘 어울린다. 작자는 달이 솟아오르고 환하게 비추다가 기우는 과정을 묘사하면서, 동시에 기쁨에서 슬픔으로, 슬픔에서 활달(豁達)한 생각으로 변하는 감정의 추이를 서술했다.

081 접련화(蝶戀花)* 조령치(趙令畤)

欲減羅衣寒未去●	봄옷으로 갈아입으려다 추위가 가지 않아
不捲珠簾,	주렴을 내린 채
人在深深處●	깊고 깊은 방 안에 있네
紅杏枝頭花幾許●	가지엔 붉은 살구꽃 얼마나 남았는고
啼痕[1]止[2]恨清明雨●	눈물 자국 띤 채 청명 비를 원망할 뿐이네
盡日沈煙香[3]一縷●	온종일 한 줄기 침향 연기 대하고 있나니
宿酒醒遲,	숙취는 더디 깨고
惱破[4]春情緒●	봄날 수심으로 괴롭기만 하구나
飛燕又將歸信[5]誤●	제비는 이번에도 또 편지 가져오는 걸 잊었으니
小屏風上西江路[6]●	작은 그림 병풍엔 서강 길이 아득하여라

[주석]

* 雙調60字, 前後段各5句4仄韻.(詞譜13)

1) 啼痕(제흔): 눈물 자국. 여인의 눈물 자국과 살구꽃에 묻은 빗방울을 함께 말한 것이다.

2) 止(지): 다만. '지(只)'와 같다.

3) 沈煙香(침연향): 타들어가는 침향의 향기.

4) 惱破(뇌파): 몹시 괴롭다. '破'는 뜻을 강조하는 어조사.

5) 歸信(귀신): 돌아온다는 소식(편지).

6) 西江路(서강로): 이별한 임이 떠나가는 길을 암시한다.

[해설]

규중에 있는 여인의 춘수(春愁)와 임을 그리는 정을 노래했다. 작자는 소식과 친했기 때문에, 원우(元祐) 연간에 당쟁(黨爭)으로 화를 입었다. 혹자는 그의 정치적인 처지와 고민을 규중의 여인에 기탁한 것으로 보기도 한다.

082 접련화(蝶戀花)* 　　**조령치(趙令畤)**

捲絮風頭寒欲盡●	버들개지 날리는 봄바람에 추위는 다 가고
墜粉飄香,	흩날리는 꽃잎과 꽃향기
日日紅成陣●	날마다 낙화는 장사진을 이루네
新酒又添[1]殘酒困●	새로 마신 술은 남은 취기에 수심을 더하노니

今春不減前春恨•	금년도 봄날의 한은 작년과 같아라
蝶去鶯飛無處問•	나비 꾀꼬리 날아간 뒤 물을 데 없어
隔水高樓,	강물 앞 높은 누각에서
望斷雙魚信[2]•	임 소식 올까 한없이 바라보누나
惱亂橫波[3]秋一寸•	수심 속에 고운 눈을 들어 보니
斜陽只與黃昏近•	해 기울어 어느덧 황혼이 되는구나

[주석]

* 雙調60字, 前後段各5句4仄韻.(詞譜13)

1) 新酒又添(신주우첨)구: 수심을 없애려고 새로 또 술을 마셨으나, 남아 있던 술기운에 더욱 새로운 수심만 보탤 뿐이다. 수심 때문에 술을 자주 마신다는 뜻. '잔주(殘酒)'는 남아 있는 취기. '곤(困)'은 고뇌.

2) 雙魚信(쌍어신): 편지. 고시(古詩)에 "客從遠方來, 遺我雙鯉魚. 呼兒烹鯉魚, 中有尺素書"(나그네가 멀리서 와서, 내게 잉어 두 마리를 주었네. 아이를 불러 잉어를 삶게 했더니, 뱃속에 편지가 있네) 시구가 있다. 옛날에 고기 모양으로 조각한 나무함에 편지를 넣어 전했다.

3) 惱亂橫波(뇌란횡파)구: (저녁 풍경이) 여인의 아름다운 눈을 괴롭혀 수심을 일으키게 한다. '惱亂'은 괴롭히다. '횡파추일촌(橫波秋一寸)'은 여인의 아름다운 눈과 눈길.

[해설]

가는 봄을 애석해하며 이별한 임을 그리워하는 여인을 노래했다. 봄의 경물(景物)은 여인의 수심을 강조하는 배경이 되고 있다.

083 청평악(淸平樂)*　　　　**조령치(趙令畤)**

春風依舊●	봄바람은 여전히
著意[1]隋隄[2]柳●	강둑 버들에 정을 느껴
搓[3]得鵝兒黃[4]欲就[5]●	어루만져 노릇노릇하게 만들어놓았으니
天氣淸明時候●	때는 어느덧 청명이로고
去年紫陌靑門[6]○	작년에 노닐었던 서울 거리와 성문
今宵雨魄雲魂[7]○	오늘 밤 꿈속에서나 그녀를 만날 수 있으려나
斷送[8]一生憔悴,	평생 나를 초췌하게 만드는 데는
只消[9]幾箇黃昏○	다만 몇 차례의 황혼이면 족하리라

[주석]

* 雙調46字, 前段4句4仄韻, 後段4句3平韻.(詞譜5)

1) 著意(착의): 신경을 쓰다. 마음에 두다. '착의(着意)'와 같다.

2) 隋隄(수제): 수(隋) 양제(煬帝)가 건설한 운하의 둑. 여기서는 강둑의 범칭.

3) 搓(차): 손으로 문지르다. 비비다. 여기서는 봄바람이 스쳐 부는 것을 말한다.

4) 鵝兒黃(아아황): 새끼 거위의 노란 털빛 같은 담황색.

5) 欲就(욕취): 만들려고 하다. 이루어지려고 하다.

6) 紫陌青門(자맥청문): 아름다운 행락처. '紫陌'은 서울 교외의 큰길. '青門'은 한나라 때 장안성의 동남문. 여기서는 변경(汴京)의 성문.

7) 雨魄雲魂(우백운혼): 송옥(宋玉)의 「고당부(高唐賦)」에서 나온 말. 여기서는 남녀가 꿈에서 만나 즐긴다는 뜻. 또는 찾을 길 없는 것이 마치 비가 그치고 구름이 흩어진 것 같다는 뜻으로 여인이 떠나간 후의 쓸쓸함을 나타낸 것으로 볼 수 있다. 054 「목란화(木蘭花)」 '襄王春夢' 참조.

8) 斷送(단송): (감정을) 일으키다. 촉발시키다. (세월을) 보내다.

9) 只消(지소): 다만 ~필요하다.

[해설]

봄 경치에 촉발된 상사의 정을 노래했다. 전단은 봄 경치를 묘사했고, 후단은 작년 서울에 있을 때를 그리워하며 현재의 적막감과 자신의 감정이 얼마나 쉽게 상처 받을 수 있는가를 말했다. 이 작품은 유엄(劉弇)이 그의 사망한 애첩을 애도한 것이라는 설이 있다.

084 수룡음(水龍吟)* 조보지(晁補之)

— 次韻林聖予[1]惜春 — 임성여의 「석춘」에 차운하다

問春何苦[2]悤悤,	묻노니 봄은 어인 일로 그리도 총총히
帶風伴雨如馳驟[3]•	비바람을 몰아 달리듯 가버리는고
幽葩細萼,[4]	곱고 부드러운 꽃을
小園低檻,	작은 뜰 나지막한 울타리 안에서
壅培未就[5]•	잘 북돋아 기르지도 못했는데
吹盡繁紅,[6]	지금 붉은 꽃 흩날려 떨어지나니
占春長久,	봄을 오래 차지하기로는
不如垂柳•	수양버들이 꽃보다 낫구나
算春常不老,	곰곰이 생각해보니 봄은 언제나 늙지 않건만
人愁春老,	사람들은 봄이 간다고 슬퍼하니
愁只是、人間有•	수심이란 사람에게만 있는 게로구나
春恨十常八九,[7]	열흘 중 아흐레는 봄날의 한이 이나니
忍輕孤、[8]芳醪[9]經口•	어이 좋은 술 놔두고 마시지 않으랴
那知[10]自是,	사람들은 어찌 알랴 원래
桃花結子,	복사꽃은 열매를 맺기 위해 지나니
不因春瘦•	봄이 가기 때문에 지는 게 아니라네
世上功名,	세상의 공명이나
老來風味,	늘그막의 풍류도
春歸時候•	내겐 봄이 가는 때로구나
縱尊前痛飮,	술동이 앞에서 취하도록 마시고
狂歌似舊•	옛날처럼 미친 듯 노래 부르건만

[주석]

* 雙調102字, 前段11句4仄韻, 後段11句5仄韻.(詞譜30)

1) 林聖予(임성여): 생평 미상.

2) 何苦(하고): 무엇 때문에. 무엇이 안타까워 ~하는가.

3) 馳驟(치취): (말을 타고) 빨리 달리다.

4) 幽葩細萼(유파세악): 아름다운 꽃과 여린 꽃받침. 여러 아름다운 꽃.

5) 壅培未就(옹배미취): 아직 잘 북돋아 기르지 못하다. '壅培'는 북돋아 기르다. '就'는 이루다.

6) 吹盡繁紅(취진번홍) 3구: 피었다 쉬이 지는 꽃보다는 수양버들이 봄을 오랫동안 누린다는 뜻으로, 일시적인 부귀보다는 평범한 삶이 좋다는 함의가 있다. '繁紅'은 온갖 만발한 꽃.

7) 十常八九(십상팔구): 열 가운데 여덟이나 아홉이 그러하다. 십중팔구.

8) 忍輕孤(인경고): 어찌 차마 가벼이 저버리랴. '忍'은 (어찌) 차마. 앞에 '기(豈)'나 '불(不)'이 생략되었다. '孤'는 저버리다. '고(辜)'와 같다.

9) 芳醪(방료): 좋은 술.

10) 那知(나지) 3구: 꽃이 지는 것은 열매를 맺기 위한 것이지, 무정한 봄바람 때문이 아니다. 이러한 자연의 이치를 알면 가는 봄을 탓할 것도 없고 춘한이 생길 것도 없다는 뜻. '那知'는 어찌 알랴. '춘수(春瘦)'는 봄이 여위다(가다). 꽃이 시들다.

[해설]

임성여의 「석춘」사에 차운하여 지은 것으로, 작자는 가는 봄을 아쉬워하는 감정에 정치적 실의와 흘러간 청춘의 한탄을 담았고, 서정(抒情) 속에 철리(哲理)를 담았다. 전단에서 작자는 가는 봄을 안타까워하면서도 달관적인 태도를 보이고 있다. 그러나 후단에서 작자는 공명을 이루지 못하고 늙어가는 신세를 탄식하며, 술로는 풀 수 없는 번뇌와 수심이 있다는 것을 말했다. 작자는 당쟁에 연루되어 폄적되었다가 고향으로 은퇴했으니, 아마도 작자의 정치적 실의와 노년의 심정이 반영된 것으로 보겠다. 다른 판본에는 말미의 3구가 "最多情猶有, 尊前青眼, 相逢依舊"(가장 정겨운 일 아직도 있으니, 술동이 앞에서 마음 맞는 친구와, 서로 만나 옛날처럼 즐기는 것이네)로 되어 있다.

085 억소년(憶少年)* **조보지(晁補之)**

— 別歷下[1]	— 역하를 떠나며
無窮官柳,[2]	끝없이 늘어선 수양버들
無情畵舸,	무정한 배
無根行客[3]●	뿌리 없이 떠도는 나그네
南山尙相送,	남산은 그래도 나를 전송하는데
只高城人隔[4]●	높은 성이 사람 사이를 가로막누나

罨畫[5]園林溪紺碧[6]●	그림 같은 원림과 푸른 개울물
算[7]重來、盡成陳迹●	후일 다시 오면 모두 옛 자취 되리라
劉郎[8]鬢如此,	내 머리털이 이렇게 세었거늘
況桃花顏色[9]●	하물며 복사꽃 얼굴이랴

[주석]

* 雙調46字, 前段5句兩仄韻, 後段4句3仄韻.(詞譜6)

1) 歷下(역하): 산동성(山東省) 역하현(歷下縣). 지금의 제남(濟南).

2) 官柳(관류): 옛날 관가에서 대로변이나 강 언덕에 심은 버드나무.

3) 行客(행객): 나그네. 여기서는 작자 자신을 말한다.

4) 高城人隔(고성인격): 구양첨(歐陽詹)의 「태원을 처음 출발해서 가는 도중에 태원의 그리운 이에게(初發太原途中寄太原所思)」 중 "高城已不見, 況復城中人"(높은 성은 이미 보이지 않거늘, 하물며 성안의 사람이랴) 시의를 이용했다.

5) 罨畫(엄화): 여러 가지 색으로 채색한 그림. 여기서는 원림의 아름다운 경치.

6) 紺碧(감벽): 짙푸르다. 짙고 산뜻한 남색.

7) 算(산): 헤아리다. 곰곰이 생각하다.

8) 劉郎(유랑): 당(唐)나라 때 시인 유우석(劉禹錫). 여기서는 작자 자신. 당나라 때 유우석이 좌천되었다가 10년 후 장안으로 돌아와 권귀(權貴)들을 풍자해 지은 「원화 10년에 낭주에서 부름을 받고 서울로 와서, 꽃구경하는 군자들에게 희작하여 주다(元和十年自郎州承召至京, 戲贈看花諸君子)」 시에 "玄都觀裏桃千樹, 盡是劉郎去後栽"(현도관 안의 많은 복숭아나무, 모두 내가 떠나간 후에 심은 것이네) 시구가 있다. 후에 또다시 폄적되었다가 돌아와서 「또다시 현도관

에서 노닐며(再游玄都觀)」를 지었는데, 그 가운데 "種桃道士歸何處, 前度劉郎今又來"(복숭아나무 심은 도사는 어디로 갔나, 지난번 유랑이 지금 다시 왔네) 시구가 있다. 후에 '유랑(劉郎)'은 작자 자신을 지칭하는 말로 사용됨.

9) 桃花顔色(도화안색): 복사꽃 같은 얼굴. 최호(崔護)의 「도성의 남쪽 집에서(題都城南莊)」 시의 전고를 이용했다. 013 「청평악(淸平樂)」 '人面' 참조.

[해설]

작자가 역하성을 떠나면서 지은 사다. 전단에서 '무(無)'자를 연속해서 사용하여 이별의 정과 나그네 신세를 강조했다. 후단은 후일 다시 돌아오더라도 사람과 경치는 지금 같지 않으리라고 하여 무상함과 아쉬움을 토로했다.

086 동선가(洞仙歌)* **조보지(晁補之)**

— 泗州[1]中秋作	— 사주에서 한가윗날에 짓다
青煙冪[2]處,	파르스름한 안개 서렸더니
碧海[3]飛金鏡[4]●	푸른 밤하늘에 금빛 거울이 날아올라
永夜閒階臥桂影[5]●	긴긴 밤 섬돌엔 계수나무 그림자가 비치네
露涼時、零亂多少寒螿,[6]	이슬은 차고 가을 매미 어지러이 우나니
神京[7]遠,	서울은 멀건만

惟有藍橋[8]路近●	달은 오히려 가까워라
水晶簾不下,	수정렴 내리지 않고
雲母屛[9]開,	운모 병풍은 펼쳐졌는데
冷浸佳人淡脂粉●	찬 달빛은 엷게 화장한 가인의 얼굴을 비추네
待[10]都將許多明,	저 많은 달빛을 모두 가져다가
付與金尊,	금 술잔에 부어
投曉[11]共流霞[12]傾盡●	새벽까지 함께 유하주를 다 마시세그려
更攜取胡牀[13]上南樓,[14]	또 작은 접의자를 들고 남루에 올라
看玉做人間、	백옥 같은 인간 세상
素秋[15]千頃[16]●	휘영청 달 밝은 풍경을 구경하세

[주석]

* 雙調84字, 前段6句3仄韻, 後段8句3仄韻.(詞譜20)

1) 泗州(사주): 강소성(江蘇省) 사홍현(泗洪縣) 동남 일대.

2) 羃(멱): 덮다.

3) 碧海(벽해): 푸른 바다. 여기서는 밤하늘을 가리킨다.

4) 金鏡(금경): 달.

5) 桂影(계영): 계수나무 그림자. 달빛. 여기서는 쌍관어로 사용되었다.

6) 寒螿(한장): 쓰르라미. 가을 매미.

7) 神京(신경): 서울. 북송의 수도 변경(汴京).

8) 藍橋(남교): 섬서성(陝西省) 남전현(藍田縣)의 남계(藍溪)에 있는 다리 이름.

당나라 때 배항(裴航)이 이곳에서 선녀 운영(雲英)을 만나, 옥토끼가 찧은 약을 얻고 부부가 되었다는 고사가 「배항전(裴航傳)」에 있다. 여기서는 월궁(月宮)을 뜻한다. 또는 가기들이 참석한 연회(宴會)를 뜻하는 것으로도 볼 수 있다.

9) 雲母屛(운모병): 운모로 장식한 병풍.

10) 待(대): ~하려고 하다. ~할 작정이다.

11) 投曉(투효): 새벽. 동이 틀 때.

12) 流霞(유하): 유하주. 신선이 마신다는 술. 미주(美酒).

13) 胡床(호상): 접을 수 있는 작은 의자.

14) 南樓(남루): 동진(東晉)의 유량(庾亮)이 무창(武昌)의 남루에서 여러 사람들과 유쾌하게 달을 완상했다는 전고가 『세설신어·용지(世說新語·容止)』에 보인다.

15) 素秋(소추): 가을. 오행설에서 흰빛은 가을에 해당한다.

16) 千頃(천경): 아주 넓음을 이르는 말. '頃'은 면적의 단위.

[해설]

작자가 사주 태수로 있을 때, 추석을 맞아 지은 것이다. 달이 떠오르는 광경과 달이 중천에 떠 있는 광경, 실내에서 주연을 베풀며 달을 완상하는 장면과 실외에서 달을 구경하는 장면 등을 묘사하여 한가윗날의 흥과 운치를 노래했다.

087 임강선(臨江仙)*

조충지(晁冲之)

憶昔西池[1]池上飮，	지난날 금명지에서 술 마시던 일 생각하니
年年多少歡娛○	해마다 얼마나 즐거웠던고
別來[2]不寄一行書○	이별 후엔 편지 한 장 부치지 못하는구나
尋常相見了，	설사 우리 다시 늘 만난다 하더라도
猶道不如初○	짐작건대 당초보다는 못하리라
安穩[3]錦衾今夜夢，	안온한 이부자리 속 오늘 밤 꿈에선
月明好渡江湖○	달빛이 밝아 강호를 건너기 좋으리라
相思休問定何如○	그리워도 어떻게 지내는지 묻지 마오
情知春去[4]後，	봄이 다 가버린 걸 잘 아노니
管得落花無[5]○	낙화를 걱정한들 무엇 하랴

[주석]

* 雙調60字，前後段各5句3平韻.(詞譜10)

1) 西池(서지): 금명지(金明池). 북송(北宋)의 수도 변경 서북쪽에 있는 연못으로 당시의 명승지.

2) 別來(별래) 3구: 당시의 정치적 상황으로 인해 서로 소식을 전하지 못하고, 설혹 만나서 같이 지낼 수 있다 하더라도, 예전에 금명지에서 즐겁게 놀던 때 같지는 않을 것이라고 하여, 당시의 정치적 박해가 심한 것을 간접적으로 나타낸 것이다. '심상(尋常)'은 평상. 보통. 항상. '유(猶)'는 여전히. 아직도. '도

(道)'는 짐작하다. 생각하다. 알다. 말하다.

3) 安穩(안온) 2구: 달 밝은 오늘 밤 꿈속에서 상대방을 만나리라는 기대를 나타낸 말이다. '安穩'은 험악한 풍파를 겪은 후의 평온함을 뜻한다. 두보(杜甫)의 「이백의 꿈을 꾸고(夢李白)」 중 "江南瘴癘地, 逐客無消息. 故人入我夢, 明我長相憶"(강남의 장기 있는 땅, 쫓겨난 나그네는 소식이 없네. 옛 친구 내 꿈에 보이니, 언제나 그를 그리기 때문이네)과 "江湖多風波, 舟楫恐失墜"(강호에 풍파가 많으니, 배가 뒤집힐까 두렵네) 시의를 암용(暗用)했다.
4) 情知春去(정지춘거): 봄이 지나간 것을 분명히 알다. 좋은 시절(시국)이 지나갔다는 뜻이다. '情知'는 분명히 알다.
5) 管得落花無(관득락화무): 어찌 낙화를 염려할 것인가. '管得'은 상관하다. 간섭하다. '落花'는 조정에서 쫓겨난 인사들을 말한다. '無'는 의문조사 '마(嗎)'와 같다.

[해설]

작자는 소문사학사(蘇門四學士)의 한 사람인 조보지(晁補之)의 동생으로, 신법당(新法黨)이 정권을 잡자 여러 구법당(舊法黨) 인사들과 함께 좌천되어 친구들과 서로 소식을 통하기 어려웠다. 이 작품은 지난날의 즐거웠던 일과 우정을 추억하고 현재의 불행한 처지를 말하고 있으나, 크게 번민하지는 않고 있다. 평담(平淡)한 가운데 깊은 정치적 우의를 담았다.

088 우미인(虞美人)* 서단(舒亶)

芙蓉落盡天涵水●	연꽃이 다 진 연못에 하늘이 잠기고
日暮滄波起●	저녁에 푸른 물결이 이는구나
背飛雙燕[1]貼雲寒○	한 쌍 제비가 등지고 날아 찬 구름 위로 오르는 걸
獨向小樓東畔倚闌看○	홀로 작은 누각 동쪽 난간에 기대어 바라보노라
浮生只合[2]尊前老●	덧없는 인생이니 술동이 앞에서 늙어가리로다
雪滿長安[3]道●	장안 길엔 눈이 가득하여라
故人早晩上高臺○	벗도 날마다 높은 대에 오를 터
寄我江南春色一枝梅[4]○	강남의 봄 매화 한 가지를 보내주게나

[주석]

* 雙調56字, 前後段各4句兩仄韻兩平韻.(詞譜12)

1) 背飛雙燕(배비쌍연): 한 쌍 제비가 서로 등지고 반대 방향으로 날아가다. 이별을 암시한다.

2) 只合(지합): 다만 마땅히(응당). '지응(只應)'과 같다.

3) 長安(장안): 장안. 서울을 일컫는 말. '長安道'는 공명과 이록을 추구하는 길을 뜻한다.

4) 一枝梅(일지매): 매화의 한 가지. 남조(南朝) 송(宋) 육개(陸凱)가 강남에서 장안에 있는 범엽에게 매화 가지를 보내주면서, 「범엽에게(贈范曄)」 "折梅逢驛使, 寄與隴頭人. 江南無所有, 聊贈一枝春"(매화 가지 꺾어 파발꾼 편에,

멀리 있는 사람에게 보내노라. 강남에는 아무것도 없으니, 겨우 봄 매화 한 가지를 보내주네) 시를 지어 보냈다는 고사. 『형주기(荊州記)』에 보인다.

[해설]

벗에게 보내는 작품이다. 전단에서는 쓸쓸한 풍경을 묘사하여 이별 후의 적막한 심정을 나타냈고, 후단에서는 홀로 술잔을 기울이며 친구의 따뜻한 우정을 그리워하고 있다. 장안 길에 눈이 가득하다는 말은 실제 상황이 아닐 수도 있으니, 세상살이가 험하고 쓸쓸하다는 뜻이 있기 때문이다. 판본에 따라서는 '기공도(寄公度)'라는 제서(題序)가 붙어 있다.

089 어가오(漁家傲)*

주복(朱服)

小雨纖纖風細細•	가랑비는 보슬보슬 바람은 산들산들
萬家楊柳青煙裏•	수많은 인가는 버드나무 푸른 안개 속에 있고
戀[1]樹濕花飛不起•	나무를 떠나기 싫은 듯 젖은 꽃잎은 날리지 않는데
愁無際•	가없는 수심을
和春付與東流水•	봄과 함께 동으로 흐르는 물에 띄워 보내노라
九十光陰[2]能有幾•	구십춘광 봄날은 얼마나 되랴
金龜[3]解盡留無計•	금거북을 모두 풀어도 가는 봄 잡을 길 없어라
寄語東陽[4]沽酒市•	동양의 술집에 말 전하노니

拚[5]一醉●	한바탕 맘껏 곤드레 취하게나
而今[6]樂事他年淚●	오늘의 즐거운 일은 훗날 눈물이 되리니

[주석]

* 雙調62字, 前後段各5句5仄韻.(詞譜14)

1) 戀(연): 잊지 못하다. 이별하기 아쉬워하다. '유련(留戀)' '의련(依戀)'과 같다.

2) 九十光陰(구십광음): 봄날. 봄 3개월로 맹춘(孟春), 중춘(仲春), 계춘(季春) 90일.

3) 金龜(금귀)구: 금 거북을 풀어 술과 바꾸어 마시면서 봄을 머물게 하려 해도, 가는 봄을 머물게 할 수 없다. '金龜'는 벼슬아치가 차는 금으로 만든 거북. 당대(唐代)에는 삼품(三品) 이상의 관리가 금귀를 찼다. 당대 시인 하지장(賀知章)이 금귀를 풀어 술과 바꾸어 이백(李白)을 대접했다는 고사가 있다.

4) 東陽(동양): 지금의 절강성(浙江省) 금화현(金華縣).

5) 拚(반): 기꺼이 ~하다. 맘껏 ~하다.

6) 而今(이금): 지금. 현재. '여금(如今)'과 같다.

[해설]

봄날의 수심을 노래했다. 작자는 덧없는 봄이니 맘껏 술 마시며 즐기라고 했으나, 편말의 '이금락사(而今樂事)'구는 두 가지로 해석할 수 있다. 하나는 "오늘 술이 있으면 오늘 취할 것이요, 내일의 걱정은 내일 걱정하라"는 뜻으로 보아, 때를 놓치지 말고 즐기라는 의미로 해석할 수 있다. 또 다른 해석으로, 먼 훗날에 오늘 즐겁게 놀던 일을 생각하면 눈물을 흘리며 슬퍼하게 될 것이니, 오늘의 즐거움은 결국 진정한 즐거움이 아니며, 술 마시고 논들 마음속 근심은 어쩔 수 없다는 의미로 볼 수도 있다.

090 석분비(惜分飛)*

모방(毛滂)

— 富陽[1]僧舍作別語贈妓瓊芳

— 부양의 승방에서 이별의 사를 지어 기녀 경방에게 주다

淚濕闌干[2]花著露●	눈물 젖은 얼굴은 이슬 맺힌 꽃송이요
愁到眉峯碧聚[3]●	수심 어린 눈썹은 푸른 산봉우리 같아라
此恨平分取●	이별의 한을 반씩 나누어 가지고
更無言語空相覷[4]●	말없이 그저 마주 보고만 있구나
斷雨殘雲[5]無意緖●	이별로 마음은 울적하고
寂寞朝朝暮暮●	낮이나 밤이나 적막뿐이리라
今夜山深處●	오늘 밤 깊은 산속에서
斷魂[6]分付潮回去●	단장의 슬픈 정을 강물에 띄워 보내노라

[주석]

* 雙調50字, 前後段各4句4仄韻.(詞譜8)

1) 富陽(부양): 지금의 항주(杭州) 남쪽.

2) 闌干(난간): 눈물이 어지럽게 흐르는 모양. 백거이(白居易)의 「장한가(長恨歌)」에 "玉容寂寞淚闌干, 梨花一枝春帶雨"(옥 같은 얼굴 쓸쓸히 눈물 떨어지니, 배꽃 한 가지 봄비에 젖은 듯) 시구가 있다.
3) 眉峰碧聚(미봉벽취): 여인의 찌푸린 눈썹이 마치 푸른 산봉우리가 모여 있는 것 같다. '眉峰'은 눈썹. 옛 시에서 여인의 눈썹을 '원산(遠山)'에 비유했다.
4) 空相覷(공상처): 헛되이 서로 마주보다.
5) 斷雨殘雲(단우잔운): 그치는 비와 흩어진 조각구름. 애정의 중단이나 이별을 뜻한다. '雲雨'는 남녀의 애정과 환락. 054 「목란화(木蘭花)」 '襄王春夢' 참조.
6) 斷魂(단혼): 몹시 슬퍼 넋이 나가다.

[해설]

기녀와 이별할 때 지은 사로, 전단에서는 이별을 앞둔 기녀의 모습을 그렸고, 후단에서는 이별의 아픔과 그리움을 나타냈다.

091 보살만(菩薩蠻)*　　　　진극(陳克)

赤闌橋[1]盡香街直●	붉은 난간 다리 끝엔 꽃길이 곧고
籠街細柳嬌無力[2]●	길을 덮은 실버들은 아양스레 하늘거리네
金碧[3]上青空○	화려한 단청 누각은 푸른 하늘에 솟았고
花晴簾影紅○	맑게 갠 날 꽃 피어 주렴도 붉어라

黃衫[4]飛白馬●	황의 입은 귀공자들 백마를 달려
日日青樓[5]下●	날마다 청루를 찾아드는구나
醉眼不逢人[6]○	취한 눈엔 사람이 없으니
午香吹暗塵[7]○	한낮 꽃향기 속에 말 달려 흙먼지 일으키누나

[주석]

* 雙調44字, 戰後段各4句兩仄韻兩平韻.(詞譜5)

1) 赤闌橋(적란교): 난간을 붉게 칠한 다리.

2) 嬌無力(교무력): (버들가지가) 힘없이 늘어져 하늘거리니 아름답다.

3) 金碧(금벽): 금빛과 푸른빛. 여기서는 아름다운 빛깔의 찬란한 건물.

4) 黃衫(황삼): 황색의 적삼. 수·당(隋·唐) 시대 귀족 자제들의 화려한 옷차림으로 권세가의 자제를 뜻한다.

5) 青樓(청루): 기루(妓樓). 주루(酒樓).

6) 眼不逢人(안불봉인): 안하무인. 교만해서 함부로 행동하다.

7) 暗塵(암진): 자욱한 먼지. 이백(李白)의 「고풍·이십사(古風·二十四)」에 "大車揚飛塵, 亭午暗阡陌"(큰 수레는 먼지를 높이 일으키니, 대낮인데도 길이 어둡구나) 시구가 있다.

[해설]

봄날의 아름다운 경치와 호기롭게 노는 젊은이를 선명하게 묘사하여, 당시의 향락적인 생활과 낭만적인 분위기를 잘 표현했다. 귀족 자제들의 방탕하고 방약무인한 태도를 부각시켜 당시의 권문세가를 풍자한 것은 아닌지?

092 보살만(菩薩蠻)* 진극(陳克)

綠蕪牆繞青苔院●	잡초 우거진 담은 이끼 낀 정원을 둘러쌌고
中庭[1]日淡芭蕉捲●	마당 가운데 파초 잎은 엷은 햇살에 말렸네
蝴蝶上階飛○	나비는 섬돌 위를 날고
烘簾[2]自在垂○	발은 한가로이 드리웠네
玉鉤[3]雙語燕●	발 갈고리 위엔 제비 한 쌍이 지저귀고
寶甃[4]楊花轉●	우물가엔 버들개지가 뒹굴고 있네
幾處簸錢[5]聲○	어디선가 들려오는 파전놀이 소리
綠窓[6]春睡輕○	녹창 안엔 봄잠이 가볍구나

[주석]

* 雙調44字, 戰後段各4句兩仄韻兩平韻.(詞譜5)

1) 中庭(중정): 정원 가운데. '庭中'과 같다.

2) 烘簾(홍렴): 겨울에 추위를 막기 위해 거는 휘장. 또는 햇볕에 따뜻해진 발.

3) 玉鉤(옥구): 발을 거는 갈고리. '玉'은 수식어.

4) 寶甃(보추): 우물 벽. 여기서는 우물을 말한다. '寶'는 수식어.

5) 簸錢(파전): 동전을 던져 동전의 앞뒤를 알아맞히는 놀이. 왕건(王建)의 「궁사(宮詞)」에 "暫向玉華階上坐, 簸錢贏得兩三籌"(잠시 옥 계단에 앉아서, 파전놀이하여 두세 점을 이겼네) 시구가 있다.

6) 綠窓(녹창): 녹색의 사창(紗窓). 규방.

[해설]

한적한 봄날의 정취를 노래했다. 전단은 주렴 안에서 내다본 정원의 풍경이고, 후단은 규방 안의 정경이다. 규방 안의 여인을 직접 묘사하지 않고 경물 묘사를 통해 여인의 내심을 암시했으며, 정중동(靜中動)과 동중정(動中靜)의 묘미를 잘 살렸다.

093 동선가(洞仙歌)*

이원응(李元膺)

— 一年春物, 惟梅柳間意味最深. 至鶯花爛漫時, 則春已衰遲, 使人無復新意. 余作〈洞仙歌〉, 使探春者歌之, 無後時之悔.

— 한 해의 봄 경치 가운데 매화와 버드나무의 한아한 풍취가 가장 좋다. 꾀꼬리가 울고 꽃이 흐드러지게 피었을 때는 봄은 이미 쇠하여 봄의 신선함을 느낄 수 없게 된다. 내가 「동선가」를 지은 것은 봄놀이하는 사람들로 하여금 부르게 하여, 때를 놓치고 후회하지 않도록 하기 위해서이다.

雪雲[1]散盡,	눈구름 말끔히 흩어지고
放曉晴[2]庭院●	이른 아침 맑게 갠 정원
楊柳於人便青眼[3]●	파릇파릇한 버들잎은 다정한 눈길을 보내오네
更風流多致、一點梅心,	더욱 운치로운 건 한 점 매화꽃이
相映遠●	멀리서 환하게 빛나며
約略[4]顰[5]輕笑淺●	가볍게 찡그리다가 살짝 웃는 것이네

一年春好處,	일 년 중 봄이 좋을 때는
不在濃芳,	꽃향기 짙을 때보다는
小艷疏香[6]最嬌軟●	작고 성긴 매화 향기가 맑은 때이어라
到淸明時候,	청명이 되어
百紫千紅花正亂●	울긋불긋 여러 꽃이 흐드러지게 피면
已失春風一半●	봄은 벌써 반이나 가버리네
早占取、韶光[7]共追遊,	일찌감치 좋은 때 맞아 함께 좇아 놀고
但莫管春寒,	봄추위는 상관 말 것이라
醉紅自暖●	거나하게 취하면 절로 훈훈해질 터이니

[주석]

* 雙調85字, 前段6句3仄韻, 後段8句4仄韻.(詞譜20)

1) 雪雲(설운): 눈구름. 눈을 내리거나 머금은 구름.

2) 放曉晴(방효청): 새벽에 날씨가 개다.

3) 靑眼(청안): 기뻐하는 눈빛. 호의 있는 눈길. 여기서는 버들잎이 푸르게 돋아난 것을 말한다. 완적(阮籍)이 세속적인 사람을 볼 때는 백안(白眼)으로 보고, 고상한 선비를 볼 때는 청안(靑眼)으로 보았다는 '청백안(靑白眼)' 고사가 『진서·원적전(晉書·阮籍傳)』에 있다. 버들잎을 '유안(柳眼)'이라고 한다.

4) 約略(약략): 약간. 조금. 가볍게. 일반적으로 대략, 대체로의 뜻으로 많이 사용됨.

5) 顰(빈): 얼굴(눈살)을 찡그리다.

6) 疏香(소향): 성긴 꽃송이와 맑은 향기. 매화를 말한다. 임포(林逋)의 「동산의

작은 매화(山園小梅)」에 "疏影橫斜水淸淺, 暗香浮動月黃昏"(성긴 매화 가지 그림자는 비스듬히 맑은 물에 비치고, 그윽한 매화 향기는 저녁 달빛 아래 풍겨오네) 시구가 있다.

7) 韶光(소광): 아름다운 경치. 좋은 때. 춘광.

[해설]

작자는 제서(題序)에서 이 작품의 뜻과 창작 의도를 말하고 있다. 버드나무와 매화를 의인화하여 봄날의 운치를 잘 노래했다.

094 청문음(靑門飮)*

시언(時彦)

胡馬[1]嘶風,[2]	호마는 북풍 속에 울고
漢旗[3]翻雪,	한나라 깃발은 눈 속에 펄럭이는데
彤雲[4]又吐,	붉은 구름 사이로
一竿殘照●	한 줄기 석양빛이 내려 비치네
古木連空,	고목은 하늘과 이어졌고
亂山無數,	어지러운 산봉우리 무수한데
行盡暮沙衰草●	저녁에 나그넷길 멈춘 곳은 모래와 시든 풀뿐이어라
星斗橫幽館,	북두성은 쓸쓸한 여관 위에 걸려 있고
夜無眠、燈花空老●	잠 못 이루는 밤 등불만 가물거리네
霧濃香鴨,[5]	향로엔 향이 안개처럼 피어오르고

冰凝淚燭,	촛농은 흘러 차갑게 엉기는데
霜天難曉●	추운 하늘은 좀처럼 동이 트지 않는구나
長記小妝[6]纔了●	늘 생각노니 그녀 가볍게 화장을 막 마치고
一杯未盡,	한 잔 술 다 마시기도 전에
離懷多少●	이별을 얼마나 슬퍼했던고
醉裏秋波,	취중에 보내온 눈길과
夢中朝雨,[7]	꿈속에 가졌던 즐거움은
都是醒時煩惱●	모두 깨어 있을 땐 괴로움이 되는구나
料有牽情[8]處,	그리는 정이 일어날 때
忍思量,[9]	어찌 차마 회상하랴
耳邊曾道●	귓가에 속삭였던 그녀의 말을
甚時躍馬歸來,	'언제쯤 말을 달려 돌아오시나요
認得迎門輕笑●	오실 날 알면 문에서 웃음으로 맞겠어요'

[주석]

* 雙調106字 前段12句4仄韻, 後段11句5仄韻.(詞譜34)

1) 胡馬(호마): 예전에 중국 북방 등지에서 나는 말.

2) 嘶風(시풍): 바람을 마주해 울다.

3) 漢旗(한기): 한나라의 기. 여기서는 송나라의 기를 말한다.

4) 彤雲(동운): 놀에 물든 붉은 구름. 또는 눈이 내리기 전의 짙은 구름.

5) 香鴨(향압): 오리 모양의 향로.

6) 小妝(소장): 가볍게 한 화장.

7) 夢中朝雨(몽중조우): 꿈속의 남녀의 환락. 송옥(宋玉)의 「고당부(高唐賦)」에 초(楚) 양왕(襄王)이 꿈속에서 무산(巫山)의 여신(女神)과 만나 즐겼다는 고사가 있다. 054 「목란화(木蘭花)」 '襄王春夢' 참조.

8) 牽情(견정): 감정(생각)을 일으키다. 정에 끌리다.

9) 忍思量(인사량): 어찌 차마 생각하랴. 차마 생각하지 못하겠다. 앞에 '기(豈)' 또는 '불(不)'이 생략되었다.

[해설]

나그네가 괴로운 여행길에서 임을 그리는 심정을 노래했다. 전단은 나그네가 묵는 곳의 황량한 풍경과 외로운 객사의 정경을 묘사했고, 후단은 작별할 당시를 회상하면서 귀향의 간절한 소망을 나타냈다. 황량한 북방의 풍경과 감미롭고 애절한 정경을 대비시켜 선명한 인상을 주고 있다.

095 사지춘(謝池春)*

이지의(李之儀)

殘寒消盡,	늦추위는 다하고
疏雨過、淸明後●	청명 후 성긴 비가 지나가니
花徑斂餘紅,[1]	꽃길엔 남은 꽃마저 떨어져 쌓이고
風沼縈新皺●	연못엔 바람 불어 잔물결이 이네
乳燕穿庭戶,	어린 제비는 마당을 가로질러 날고

飛絮沾襟袖●	흩날리는 버들개지는 옷깃에 들러붙네
正佳時,	이 좋은 시절
仍晚晝●	여전히 아침저녁으로
著人[2]滋味,[3]	사람을 슬픔에 젖게 하니
眞箇[4]濃如酒●	정말 술에 취한 듯 멍하구나
頻移帶眼,[5]	허리띠의 구멍을 자주 옮기나니
空只恁、[6]厭厭[7]瘦●	그저 이렇게 여위어만 가는구나
不見又思量,	만나보지 않으면 또 그립고
見了還依舊●	만나면 또 전처럼 헤어지니
爲問頻相見,	자주 만나본들
何似長相守●	어찌 늘 함께 있는 것과 같으랴
天不老,[8]	하늘이 늙지 않듯이
人未偶●	우리는 짝을 이루지 못하는구나
且將此恨,	이 한을
分付[9]庭前柳●	마당 앞 버드나무에 맡겨두네

[주석]

* 雙調90字, 前後段各10句5仄韻.(詞譜22)

1) 斂餘紅(렴여홍): 잔화가 떨어져 쌓이다. '斂'은 모아 쌓다. '餘紅'은 남아 있는 꽃. 잔화(殘花).

2) 著人(착인): 사람으로 하여금 느끼게 하다. '야인(惹人)' '미인(迷人)'과 같다.

3) 滋味(자미): 맛. 느낌. 기분. 여기서는 이별의 정서.

4) 眞箇(진개): 정말. 참으로.

5) 移帶眼(이대안): 혁대의 구멍을 옮기다. 몸이 여위어 혁대가 느슨해지다. 심약(沈約)이 서면(徐勉)에게 편지를 보내 "老病百日數旬, 革帶常應移孔"(늙어 병든 지 백 일에 수십 일, 혁대는 자주 구멍을 옮겨야 하네)라고 말한 전고가 『남사·심약전(南史·沈約傳)』에 있다.

6) 空只恁(공지임): 부질없이(헛되이) 다만 이렇게. '只恁'은 다만 이렇게. '恁'은 이렇게. 또는 맡겨두다. ~하도록 내버려두다.

7) 厭厭(염염): 기운이 없는 모양. 병든 모양.

8) 天不老(천불로) 2구: 이하(李賀)의 「금동선인이 한나라를 떠나가는 노래(金銅仙人辭漢歌)」에 "天若有情天亦老"(하늘에게도 만약 정이 있다면 하늘 또한 늙으리라) 시구가 있다. 하늘이 영원히 늙지 않듯이 우리도 영원히 짝을 이루지 못한다는 뜻. 또는 하늘은 무정해서 우리가 짝을 이루도록 도와주지 않는다는 뜻.

9) 分付(분부): 건네주다. 맡기다. (전해달라고) 부탁하다.

[해설]

통속적인 어투로 이별과 상사의 정을 노래했다. 전단은 아름다운 봄 경치를 묘사하면서 봄날의 수심을 표현했고, 후단은 상사의 정을 간절하게 호소했다.

096 복산자(卜算子)* 이지의(李之儀)

我住長江頭,[1]	나는 장강 위쪽에 살고요
君住長江尾[2]●	임은 장강 아래쪽에 살지요
日日思君不見君,	날마다 임이 그립건만 보지는 못하고
共飮長江水●	임과 함께 강물을 마시네요
此水幾時休,[3]	이 강물은 언제 다하려나
此恨何時已[4]●	이 한은 언제 다하려나
只願君心似我心,	다만 원컨대 임도 내 맘과 같아
定不負相思意●	정녕 사랑하는 마음 저버리지 마옵소서

[주석]

* 雙調44字, 前後段各4句兩仄韻.(詞譜5)

1) 江頭(강두): 강의 상류.

2) 江尾(강미): 강의 하류.

3) 休(휴): 멈추다. 끝나다.

4) 已(이): 끝나다.

[해설]

민요풍의 이 사는 '장강(長江)' '아(我)' '군(君)'을 중첩해서 사용하면서 짧은 시구에 깊은 정을 담았다.

097 서룡음(瑞龍吟)*

주방언(周邦彥)

章臺路[1]●	장대로에
還見褪粉[2]梅梢,	다시 와보니 가지 끝의 매화는 색이 바래고
試花[3]桃樹●	복사꽃이 막 피었구나
愔愔[4]坊陌[5]人家,	동네와 인가는 조용하고
定巢燕子,	둥지를 틀려는 제비가
歸來舊處●	옛 곳을 찾아 돌아왔구나
黯凝竚●	넋 잃고 우두커니 서서
因念箇人[6] 癡小,[7]	천진난만한 어린 그녀가
乍窺門戶[8]●	때마침 문밖을 엿보던 모습을 생각하네
侵晨淺約宮黃,[9]	아침에 이마에 노란 화장 엷게 바르고
障風映袖,	고운 옷소매로 바람 가리며
盈盈[10]笑語●	예쁘게 웃고 얘기했었더라
前度劉郎[11]重到,	지난날의 유랑이 다시 돌아와
訪鄰尋里,	이웃집과 동네로 그녀를 찾건만
同時歌舞[12]●	같이 노래하고 춤추던 여인은
惟有舊家[13]秋娘,[14]	오직 예전의 추낭만이 있어
聲價如故●	명성이 예전과 같구나
吟箋賦筆,	시를 짓고 읊조렸던 일

猶記燕臺句[15]●	아직도 「연대」 시구를 기억하고 있네
知誰伴、名園露飮,[16]	뉘와 더불어 아름다운 정원에서 술 마시고
東城閒步●	성 동쪽 교외를 한가로이 거닐꼬
事與孤鴻去[17]●	지난 일들은 외로운 기러기와 함께 가버렸어라
探春盡是,	봄을 찾아 나섰으나 온통
傷離意緖●	이별을 슬퍼하는 마음뿐이네
官柳低金縷●	길가의 버들은 노란 실가지를 드리웠고
歸騎晚、纖纖池塘飛雨●	말 타고 돌아오는 저녁 연못엔 부슬부슬 가랑비가 날리네
斷腸院落,	애간장 끊어지는 뜰 안
一簾風絮●	발에는 바람에 불려 떨어진 버들개지뿐이어라

[주석]

* 3段133字, 前兩段各6句3仄韻, 後1段17句9仄韻.(詞譜37)

1) 章臺路(장대로): 한(漢)나라 장안(長安)의 거리 이름으로 기루가 많았다. 기녀가 많이 모여 있는 환락가. 여기서는 변경(汴京)의 유흥가를 말한다.

2) 褪粉(퇴분): (꽃이 시들어) 색이 바래다. '粉'은 백색. 또는 분홍색.

3) 試花(시화): 막 피어난 꽃.

4) 愔愔(음음): 조용한 모양. 쓸쓸한 모양.

5) 坊陌(방맥): 기녀들이 살고 있는 곳. 방곡(坊曲). 또는 거리와 골목. 여기서는 전자.

6) 箇人(개인): 그 사람.

7) 癡小(치소): 나이가 어리다. 천진난만하고 어리다.

8) 乍窺門戶(사규문호): (기녀가) 막 문밖을 엿보다. 송대(宋代)에는 기녀들이 문 앞에서 손님을 불렀기 때문에 기루(妓樓)를 '문호인가(門戶人家)'라고 한다. '乍'는 갓. 막. 홀연히.

9) 淺約宮黃(천약궁황): 엷게 노란 지분(脂粉)을 바르다. '約黃'은 부녀자들이 이마에 동그랗게 노란색을 칠해 화장하는 것. 양(梁) 간문제(簡文帝)의 「미녀편(美女篇)」에 "約黃能效月"(달처럼 노란 분을 발랐네) 시구가 있다. '宮黃'은 옛날에 궁녀가 이마에 바르는 노란색의 분(화장). 후에는 민간인들이 궁녀의 화장법을 모방했다.

10) 盈盈(영영): 예쁘게 웃는 모양. 자태가 아름다운 모양.

11) 劉郎(유랑): 당(唐)나라 때 시인 유우석(劉禹錫). 여기서는 작자 자신. 085 「억소년(憶少年)」 '劉郎' 참조. 일설에는 유신(劉晨)의 고사를 이용한 것으로 보기도 한다. 동한(東漢) 때, 유신과 완조(阮肇) 두 사람이 천태산(天台山)에 들어가 약초를 캐다가 선녀를 만나 잠시 살다가 집으로 돌아와 보니, 아주 오랜 세월이 흘렀다. 후에 천태산을 다시 찾아갔으나 옛 곳을 찾지 못했다는 고사가 『유명록(幽明錄)』에 보인다.

12) 同時歌舞(동시가무): 작자가 찾는 기녀와 함께 춤추고 노래했던 기녀.

13) 舊家(구가): 예전의. 종전의.

14) 秋娘(추낭): 당대의 명기의 이름. 기녀의 범칭.

15) 燕臺句(연대구): 당대 시인 이상은(李商隱)과 유지(柳枝)의 고사를 전고로 사용했다. 이상은의 「유지에게 주는 시 다섯 수와 서문(贈柳枝五首並序)」에 따르면, 유지라는 여인이 이상은의 「연대시(燕臺詩)」를 읽고 그를 사모하여, 그와 만나기로 약속했으나 만나지 못하고 후에 다른 사람에게 시집갔다는 고사가 있다.

16) 露飮(노음): 노천(실외)에서 술 마시다. 모자를 벗고 아무런 구속 없이 술 마시다.

17) 事與孤鴻去(사여고홍거): 두목(杜牧)의 「안주 부운사의 누각을 읊어 호주의 장랑중에게 보내다(題安州浮雲寺樓寄湖州張郎中)」에 "恨如春草多, 事與孤鴻去"(한은 봄풀처럼 많고, 지난 일은 외로운 기러기와 함께 가버렸네) 시구가 있다.

[해설]

작자가 10여 년 동안 지방관으로 있다가 서울로 돌아와, 옛날 놀던 곳을 다시 찾은 감회를 읊었다. 이 사는 모두 3단으로 구성되었다. 제1단은 옛 곳을 다시 찾은 정경을 서술했고, 제2단은 옛날 그녀를 처음 만날 때의 정경을 회상했으며, 제3단은 옛일을 회상하면서 그녀를 만나지 못한 섭섭함과 홀로 돌아오는 쓸쓸한 심정을 말했다. 혹자는 고달픈 벼슬살이의 감개를 기탁한 작품으로 보기도 한다.

098 풍류자(風流子)* **주방언(周邦彥)**

新綠[1]小池塘○	작은 연못엔 푸른 봄물이 가득하고
風簾動、[2]碎影舞斜陽○	바람에 불리는 주렴 그림자는 석양 속에 춤추누나
羨金屋[3]去來,	부러운 건 그녀의 화려한 집을 드나드는
舊時巢燕,	옛 둥지에 깃든 제비와
土花繚繞,	이끼가 파랗게 돌아나 감싸고 있는
前度莓牆○	예전의 이끼 낀 담장이어라

繡閣裏、鳳幃深幾許,	봉황 자수 휘장 둘러친 규방 안은 얼마나 깊은고
聽得理絲簧[4]。	거문고 타는 소리 들리는구나
欲說[5]又休,	거문고는 한을 호소하려다 또 멈추니
慮乖芳信,[6]	꽃다운 언약이 어그러져 상심하기 때문이요
未歌先噎,	노래 부르기 전에 먼저 목이 메니
愁近淸觴。	수심은 맑은 술잔으로 다가오리라
遙知新妝了,	멀리서도 아노니 그녀 새로이 화장을 마치고
開朱戶、應自待月西廂[7]。	붉은 문 열어놓고 달 밝은 서쪽 곁채에서 기다리리라
最苦夢魂,	가장 괴로운 건 꿈에서조차
今宵不到伊行[8]。	오늘 밤 그녀에게 갈 수 없는 것이라네
問甚時說與,	묻노니 어느 때에나 말해주려나
佳音密耗,	좋은 소식과 은밀한 사연을
寄將秦鏡,[9]	또 어느 때에나 진가의 거울을 보내주고
偸換韓香[10]。	몰래 한수의 향을 전해주려나
天便教人,	하늘이여 우리들이
霎時廝見[11]何妨[12]。	잠시 만나도록 해줘도 좋지 않은가

[주석]

* 雙調109字, 前段12句5平韻後段10句4平韻.(詞譜2)

1) 新綠(신록): 불어난 봄물. 또는 신록. 여기서는 전자.

2) 風簾動(풍렴동)구: 연못 물 위에 비친 발의 그림자가 바람에 흔들려 어른거

리고, 석양빛이 반사되는 풍경을 묘사한 것이다.

3) 羨金屋(선금옥) 4구: 작년의 제비가 돌아와 여인의 집에 둥지를 틀고 자유로이 드나들고, 여인의 집을 둘러싼 담에 또다시 이끼가 파랗게 돋아났으니, 언제나 그녀 가까이 있을 수 있는 제비와 이끼가 부럽다는 뜻이다. '金屋'은 화려한 집. '토화(土花)'는 이끼. '료요(繚繞)'는 감돌다. 둘러싸다. '전도(前度)'는 지난번. '매장(莓墻)'은 이끼가 낀 담.

4) 絲簧(사황): 거문고, 생황 따위의 관현악기. 사죽(絲竹).

5) 欲說(욕설) 4구: 작자의 상상으로, 여인이 연주하는 음악 소리를 들으며, 그 소리에 담겨 있는 깊은 정을 묘사한 것이다.

6) 乖芳信(괴방신): 좋은 소식을 보내주지 않다. 편지에서 한 약속을 어기다.

7) 待月西廂(대월서상): 연인을 기다리는 것을 암시한다. 원진(元稹)의 「회진기(會眞記)」 중 "待月西廂下, 迎風戶半開"(서쪽 곁채에서 달 떠오르기를 기다리며, 바람을 맞아 문은 반쯤 열려 있네) 시의를 사용했다.

8) 伊行(이행): 그이가 있는 곳. 그녀 곁.

9) 秦鏡(진경): 동한(東漢)의 진가(秦嘉)가 관직에 부임하기 위해 집을 떠날 때, 그의 처 서숙(徐淑)이 병으로 수행하지 못하자, 사랑의 징표로 거울을 보내주었다는 고사가 있다. 거울은 부부 또는 애인 간의 애정을 뜻한다.

10) 韓香(한향): 남녀가 몰래 정을 통하는 것을 말한다. 가충(賈充)의 막하에 한수(韓壽)라는 미남이 있었는데, 가충의 딸이 그를 사랑하여 집에 있는 귀한 향을 훔쳐 한수에게 주었다. 후에 가충이 이 사실을 알고 딸을 그에게 시집보냈다는 고사가 『진서·가충전(晉書·賈充傳)』에 보인다.

11) 廝見(시견): 서로 보다. '상견(相見)'과 같다.

12) 何妨(하방): 무슨 상관이 있는가. (~해도) 무방하다.

[해설]

연인을 그리며 괴로워하는 심정을 노래했다. 전단에서 작자는 연인의 집 근처의 연못가를 배회하면서 만날 수 없는 그녀를 그리워하고 있다. 후단에서도 연인을 상상하면서, 서로 만나지 못하는 초조와 애절한 감정이 점차 깊어져 하늘을 원망하는 지경에까지 이른다. 작자는 연인이 있는 곳의 경물을 묘사하는 것으로 시작하여, 점차 상상을 펼쳐가면서 그녀에 대한 연정을 토로했다.

099 난릉왕(蘭陵王)* **주방언(周邦彦)**

— 柳	— 버드나무
柳陰直[1]●	버드나무 그늘은 곧고
煙裏絲絲弄碧[2]●	안개 속 파릇파릇한 실가지는 하늘거리네
隋隄[3]上,	강둑 위에서
曾見幾番,	몇 번이나 보았던고
拂水飄緜[4]送行色●	수면을 스치며 버들꽃 날리는 속에 길손을 보내는 광경을
登臨望故國[5]●	높은 데 올라 고향을 바라보나
誰識●	누가 알아주랴
京華[6]倦客●	번화한 서울의 지친 나그네를

長亭[7]路、年去歲來,	장정 길에서 세월을 맞고 보내며
應折柔條[8]過千尺●	부드러운 가지를 꺾은 게 천 자는 넘으리라
閒尋舊蹤迹●	한가로이 옛 자취를 더듬노니
又酒趁哀絃,	구슬픈 거문고 가락에 술잔을 들고
燈照離席●	등불은 이별의 자리를 비추는 가운데
梨花榆火[9]催寒食●	배꽃과 느릅나무 불은 한식을 재촉했었더라
愁一箭風快,	수심 속에 배는 순풍에 쏜살같이 떠나가고
半篙波暖,	상앗대 반쯤 잠긴 물결은 따뜻한데
回頭迢遞[10]便數驛●	머리를 돌리니 멀리 여러 역을 지나와
望人在天北●	그 사람 있는 하늘 북쪽을 바라보노라
悽惻●	마음은 슬프고
恨堆積●	한은 쌓여만 가네
漸別浦縈回,[11]	포구엔 물결이 감돌고
津堠[12]岑寂[13]●	나루터의 돈대는 적막한데
斜陽冉冉[14]春無極●	석양은 뉘엿뉘엿 봄빛은 끝이 없어라
念月榭攜手,	그리워라 달빛 아래 정자에서 손잡고 거닐었고
露橋聞笛●	이슬 내린 다리 위에서 피리 소리 듣던 일들
沈思前事,	지난 일 곰곰이 생각하면
似夢裏,	꿈만 같아
淚暗滴●	남몰래 눈물 흘리누나

[주석]

* 3段130字, 前段10句7仄韻, 中段8句5仄韻, 後段10句6仄韻.(詞譜37)

1) 柳陰直(유음직): 해가 중천에 떠 있어 버드나무의 그늘이 곧게 일직선으로 이어져 있는 것을 말한다.

2) 弄碧(농벽): 푸른 버들가지가 하늘거리다. '弄'은 가지고 놀다. 뽐내다.

3) 隋隄(수제): 수(隋) 양제(煬帝)가 건설한 운하의 둑. 여기서는 변경(汴京) 부근의 변하(汴河)의 둑.

4) 拂水飄緜(불수표면): 늘어진 버들가지가 수면을 스치고 버들개지가 바람에 날리다.

5) 故國(고국): 고향.

6) 京華(경화): 아름답고 번화한 서울.

7) 長亭(장정): 도로에 행인이 쉬도록 만든 휴게소. 객사.

8) 折柔條(절유조): 부드러운 버들가지를 꺾다. 옛날에는 이별할 때 버들가지를 꺾어 주는 풍속이 있어, 이별을 뜻한다.

9) 梨花榆火(이화유화)구: 배꽃이 피고 조정에서 느릅나무 불을 백관에게 주는 한식이 곧 다가왔다는 뜻. 옛날 한식날에는 불 피우는 것을 금지시키고, 조정에서는 느릅나무로 불을 피워 불씨를 백관에게 나누어주었다. 117「응천장(應天長)」'又見漢宮' 참조.

10) 迢遞(초체): 아득히 먼 모양.

11) 漸別浦縈回(점별포영회): 포구엔 물결이 감돈다. 또는 이별의 포구에는 배가 떠나면서 남긴 물결이 감돈다. 또는 이별의 정이 감돈다. '漸'은 지금 바로. '정(正)'과 같다. '縈回'는 감돌다. 맴돌다.

12) 津堠(진후): 돈대. 나루터에 멀리 바라보도록 흙으로 쌓은 대. 경계나 거리를 표시한 흙으로 쌓은 단.

13) 岑寂(잠적): 고요하다.

14) 冉冉(염염): 천천히 움직이는 모양.

[해설]

버드나무는 중국의 시사에서 이별을 상징하는데, 옛날에 송별할 때 버들가지를 꺾어 주는 풍속이 있었기 때문이다. 이 사는 버드나무를 매개로 하여 이별의 정을 노래했는데, 작자가 전송하는 입장에서 서술한 것인지, 또는 떠나가는 입장에서 서술한 것인지에 따라 작품의 해석이 달라진다. 여기서는 작자가 배를 타고 떠나가는 입장에서 서술한 것으로 보았다. 전단은 작자가 이별을 앞두고 눈에 보이는 버드나무를 묘사하면서, 자신도 여러 해 동안 서울에서 나그네 생활을 하면서 많은 사람을 송별했던 심정을 말하여 이별의 분위기를 고조시켰다. 중단(中段)의 앞 4구는 작자가 출발하는 배 위에서 지난날 한식 때의 전송의 술자리를 회상한 것이고, 뒤 4구는 배를 타고 가면서 머리를 돌려 그리운 사람을 바라보는 장면이다. 후단은 작자가 멀리 떠나온 배 위에서 눈에 보이는 연도의 풍경과 즐거웠던 과거를 회상하면서 슬픔에 잠기는 정경이다. 작자가 나그네 신세로 있으면서 떠나는 길손을 전송하는 '객중송객(客中送客)'의 작품으로 해석하는 견해도 있다.

100 쇄창한(瑣窓寒)*

주방언(周邦彦)

暗柳[1]啼鴉,	저녁 어두운 버드나무엔 까마귀 우짖는데
單衣竚立,	홑옷 차림으로 우두커니 서서
小簾朱戶●	작은 주렴 걸린 창문을 대하고 있노라니
桐花半畝,[2]	한쪽 편엔 오동나무 꽃이 피었고
靜鎖一庭愁雨●	마당엔 슬픈 듯 비가 조용히 내리네
灑空階、夜闌未休,	빈 섬돌엔 밤 깊도록 빗방울 뿌리니
故人剪燭西窓語[3]●	친한 벗과 서창 촛불 아래서 얘기하면 좋으련만
似楚江[4]暝宿,	옛날 초강에서 묵던 날 밤에
風燈零亂,[5]	바람에 흔들리는 등불을 마주했었더니
少年羈旅●	젊었을 적 나그네로 떠돌던 때와 같아라
遲暮[6]●	늘그막에
嬉遊處●	옛날 놀던 곳을 찾아왔노니
正店舍無煙,	때마침 객사는 불기가 없고
禁城百五[7]●	서울은 불을 금하는 한식이로구나
旗亭[8]喚酒,	주점에서 소리쳐 술을 불러 마시는 흥은
付與高陽儔侶[9]●	고양의 술꾼에게 맡겨놓았노라
想東園、桃李自春,	고향엔 도리화가 절로 봄을 이루었으리라만
小脣秀靨[10]今在否●	작은 입술 예쁜 보조개의 그녀는 지금도 있을런가
到歸時、定有殘英,	고향에 돌아가면 틀림없이 남아 있는 꽃이

待客攜尊俎[11]●　　　　술병 들고 찾아간 나를 기다리리라

[주석]

* 雙調99字, 前段10句4仄韻, 後段10句6仄韻.(詞譜27)

1) 暗柳(암류): 저녁 어스름에 잎이 무성한 버드나무.

2) 畝(묘): 면적의 단위. 1묘는 약 30평.

3) 剪燭西窓語(전촉서창어): 벗과 함께 등잔 밑에서 밤새워 이야기하다. '剪燭'은 촛불의 심지를 자르다. 이상은(李商隱)의 「밤비 속에 시를 북으로 부치다(夜雨寄北)」에 "何當共剪西窓燭, 卻話巴山夜雨時"(언제 함께 서쪽 창가 촛불 아래서, 파산의 밤비 내리는 때를 이야기할까) 시구가 있다.

4) 楚江(초강): 초 지방의 강. 양쯔 강 남쪽 지방.

5) 零亂(영란): 어지럽다. (촛불이나 그림자가) 흔들리다.

6) 遲暮(지모): 늘그막. 저녁.

7) 禁城百五(금성백오): 서울의 한식날. '禁城'은 서울. '百五'는 한식. 동지에서 105일째 되는 날이 한식인데 3일 동안 불을 금했다.

8) 旗亭(기정): 주점. 주루. 옛날 주점 앞에 술집임을 알리는 주기(酒旗)를 세워 놓았다.

9) 高陽儔侶(고양주려): 술친구. 술꾼. 한나라 때, 역이기(酈食其)가 유생 차림으로 유방(劉邦)을 만나려 하자, 유방은 그를 유생이라 여겨 만나주지 않았다. 이에 역이기가 큰 소리로 "나는 유생이 아니라 고양의 술꾼이오"라고 외쳤다는 고사가 『사기·역생육가열전(史記·酈生陸賈列傳)』에 보인다. '高陽'은 지금의 하남성(河南省) 기현(杞縣) 서남쪽.

10) 小脣秀靨(소순수엽): 작은 입술과 예쁜 보조개. 미인. 여기서는 미인과 도리(桃李)를 동시에 말하고 있다.

11) 尊俎(준조): 술잔과 안주 그릇. 술자리를 말한다. '尊'은 '준(樽)'과 같다.

[해설]

작자가 만년에 변경(汴京)에서 한식을 맞아 나그네의 수심을 노래한 작품이다. 객수는 송사에서 가장 흔한 주제로서, 이 작품에서도 내용상 특별히 언급할 것이 없다. 그러나 이 작품은 작자가 현재 마주 대하고 있는 경물, 현재의 경물에서 과거의 회상으로 옮겨가고, 다시 현재로 돌아왔다가 미래의 정경을 상상하는 등 서술이 자연스럽게 바뀌고, 경물의 묘사를 통해 미묘한 감정을 표현한 점은 매우 우수하다.

101 육추(六醜)* 주방언(周邦彦)

— 薔薇謝後作	— 장미꽃이 진 후에 짓다
正單衣[1]試酒,[2]	홑옷 차림으로 새 술을 맛보다가
悵客裏、光陰虛擲[3]●	객지에서 헛되이 보낸 세월을 한탄하노라
願春暫留,	봄이 좀더 머물면 좋으련만
春歸如過翼[4]●	봄은 날아가는 새처럼
一去無迹●	한 번 가버리곤 흔적조차 없구나

爲問花何在,	묻노니 꽃은 어디에 있는고
夜來風雨,	간밤에 비바람이
葬楚宮傾國[5] ●	초나라 궁중의 미녀들을 장사지냈으니
釵鈿[6]墮處遺香澤●	비녀 떨어진 곳엔 향기만 남았구나
亂點桃蹊,[7]	복사나무 밑 오솔길엔 낙화가 어지럽고
輕翻柳陌●	버들 늘어선 길엔 꽃잎이 가볍게 날리누나
多情爲誰追惜●	다정한 그 누가 낙화를 애석해하랴
但蜂媒蝶使,[8]	다만 벌과 나비만이
時叩窓槅[9] ●	때때로 창문을 두드릴 뿐이네
東園岑寂[10] ●	정원은 적막하고
漸蒙籠暗碧[11] ●	한창 초목이 우거져 녹음이 짙구나
靜繞珍叢[12]底,	조용히 장미 주위를 맴돌며
成歎息●	탄식하노라
長條[13]故惹行客●	긴 장미 가지는 일부러 나그네를 끌어당기며
似牽衣待話,	옷깃을 잡고 말을 걸려는 듯하니
別情無極●	봄과 이별하는 슬픔은 그지없어라
殘英小、强簪巾幘[14] ●	남아 있는 작은 꽃을 억지로 두건에 꽂아보건만
終不似、一朶釵頭顫裊,[15]	한 송이 활짝 핀 꽃이 미인의 비녀 가에 꽂혀 한들거리며
向人欹側[16] ●	사람을 향해 기울이는 것만 못하구나
漂流處、莫趁潮汐●	꽃잎아, 떨어져 흘러갈 때 조수를 따라가지 말지니

恐斷紅[17]尙有相思字,	혹시 떨어진 꽃잎에 상사의 시구가 있다면
何由見得●	어이 읽어볼 수 있으랴

[주석]

* 雙調140字, 前段14句8仄韻, 後段13句9仄韻.(詞譜38)

1) 單衣(단의): 홑옷. 여름옷.

2) 試酒(시주): 새로 거른(익은) 술을 맛보다.

3) 虛擲(허척): 헛되이 보내다. 허비하다.

4) 過翼(과익): 날아가는 새.

5) 楚宮傾國(초궁경국): 초나라 궁중의 경국지색. 여기서는 장미꽃을 말한다.

6) 釵鈿(차전): 비녀 등 여인의 머리 장식의 총칭. 여기서는 떨어진 꽃잎을 말한다.

7) 桃蹊(도혜): 복숭아나무 밑의 오솔길.

8) 蜂媒蝶使(봉매접사): 벌과 나비. 벌과 나비가 꽃 사이를 날아다니는 것이 중매인이나 사자(使者) 같다는 뜻에서 이런 표현을 했다.

9) 窓槅(창격): 꽃문양이 조각된 창살. 창문.

10) 岑寂(잠적): 적막하다.

11) 蒙籠暗碧(몽롱암벽): 초목이 무성하여 녹음이 짙다. '蒙籠'은 초목이 무성한 모양.

12) 珍叢(진총): 총생한 장미를 말한다. 장미 덤불.

13) 長條(장조) 3구: 장미의 긴 가지가 옷에 걸려, 마치 장미가 말을 걸려는 듯하고 깊은 정을 품고 있는 듯하다는 뜻. '고(故)'는 일부러. 고의로. '야(惹)'는 끌어당기다.

14) 强簪巾幘(강잠건책): 억지로 (꽃을) 두건에 꽂다. '强'은 억지로. '巾幘'은 두건.

15) 一朶釵頭顫裊(일타차두전뇨): (만개한 장미꽃) 한 송이가 미녀의 비녀 곁에 꽂혀 가볍게 흔들리다. '一朶'는 (꽃) 한 송이. '釵頭'는 비녀. '顫裊'는 가볍게(하늘하늘) 흔들리다.

16) 攲側(기측): 한쪽으로 기울(이)다.

17) 恐斷紅(공단홍)구: 혹시 떨어진 꽃잎에 상사의 시구가 있을지도 모른다. 당나라 때 노악(盧渥)이라는 사람이 궁중에서 흘러나오는 냇물에서 단풍잎을 주웠는데, 그 단풍잎에는 "流水何太急, 深宮竟日閑. 慇懃辭紅葉, 好去到人間"(시냇물은 어찌 그리도 급히 흘러가는가, 깊은 궁중은 온종일 한가하네. 정성스레 단풍잎을 띄워 보내니, 인간 세상으로 잘 가거라)이라는 시가 적혀 있었다. 『운계우의(雲溪友議)』에 보인다. '단홍(斷紅)'은 낙화.

[해설]

비유와 의인화(擬人化)의 수법을 구사하여, 시들어 떨어지는 장미와 석춘(惜春)의 정을 노래했다. 전단에서 작자는 장미꽃이 지고 봄이 가는 것을 아쉬워했고, 후단에서도 작자는 꽃이 진 장미 주위를 맴돌며 봄이 간 것에 상심하고 탄식했다. 작품 전체에 걸쳐 작자는 꽃과 여인을 연결시키면서 꽃이 시들고 봄이 가는 것을 매우 상심하고 있는데, 늙어가는 자신의 신세를 기탁한 것이기도 하다.

102 야비작(夜飛鵲)*

주방언(周邦彦)

河橋送人處,	강 위 다리에서 전송할 무렵
良夜何其[1]。	밤은 몇 경쯤 되었던고
斜月遠墜餘輝。	기우는 달은 멀리서 잔광을 비추고
銅盤[2]燭淚[3]已流盡,	청동 촛대의 촛불은 다 녹아버리고
霏霏[4]涼露沾衣。	무겁게 내리는 찬 이슬은 옷을 적셨네
相將[5]散離會,[6]	송별연 끝나 헤어지려는데
探風前津鼓,[7]	바람결에 나루터의 북소리 들리고
樹杪參旗[8]。	나뭇가지 끝엔 삼기성이 걸렸었네
花驄[9]會意,	총이말도 내 마음을 아는지
縱揚鞭、亦自行遲。	채찍질해도 느릿느릿 걸었었네
迢遞[10]路回清野,	길은 멀리 쓸쓸한 들판을 굽이돌고
人語漸無聞,	사람 소리도 점점 들리지 않게 되어
空帶愁歸。	허전하게 슬픔을 안고 돌아왔었네
何意[11]重經前地,	어찌 예전에 송별했던 곳을 다시 지날 줄이야
遺鈿不見,[12]	땅에 떨어진 비녀는 보이지 않고
斜徑都迷。	오솔길도 찾지 못하겠구나
兎葵燕麥,[13]	토규와 귀리는
向斜陽、欲與人齊。	석양 속에 사람 키만큼 자랐어라
但徘徊班草、[14]	배회하다가 풀을 깔고 앉아

欷歔[15]酹酒,[16]	한숨 쉬며 술을 들다가
極望天西○	서쪽 하늘을 하염없이 바라보노라

[주석]

* 雙調106字, 前段10句5平韻, 後段10句4平韻.(詞譜34 夜飛鵲慢)

1) 良夜何其(양야하기): 좋은 밤 몇 시쯤 되었는가? 날이 새지 않기를 바라는 심정을 간접적으로 표현한 것이다. 『시경·소아·정료(詩經·小雅·庭燎)』에 "夜如何其, 夜未央"(밤은 얼마나 깊었는가, 날이 새지 않았어요) 구가 있다. '何其'는 어떠한가. '여하(如何)'와 같다.

2) 銅盤(동반): 촛불을 꽂는 구리 촛대.

3) 燭淚(촉루): 촛농.

4) 霏霏(비비): 비나 눈이 내리는 모양. 여기서는 이슬이 많이 내리는 모양.

5) 相將(상장): 곧 ~하려 하다. '즉장(卽將)' '취요(就要)'와 같다.

6) 離會(이회): 전송의 연회. 이별의 모임.

7) 津鼓(진고): 배의 출발을 알리는 나루터의 북소리.

8) 參旗(삼기): 별 이름. 천기(天旗). 초가을 새벽 전에 동쪽에 보인다.

9) 花驄(화총): 푸른빛을 띤 흰 말. 청총마(青驄馬).

10) 迢遞(초체): (길이) 아득히 멀다.

11) 何意(하의): 어찌 알았으랴. 뜻밖에. 어째서.

12) 遺鈿不見(유전불견): 길에 떨어진 비녀는 보이지 않다. 옛 자취를 찾을 수 없다는 뜻.

13) 兎葵燕麥(토규연맥): 토규와 귀리. 여기서는 각종 들풀.

14) 班草(반초): 풀을 깔고 앉다.

15) 欷歔(희허): 탄식하다. 슬퍼 흐느끼다. 또는 그러한 소리.

16) 酹酒(뢰주): 술을 땅에 붓고 제사 지내다. 여기서는 술을 마신다는 뜻.

[해설]

작자가 옛날 송별했던 곳을 지나며, 과거의 이별을 회상하고 현재의 쓸쓸한 심정을 노래했다. 전단은 과거에 송별하던 당시의 정경을 서술한 것이고, 후단의 첫 3구도 과거에 송별하고 홀로 돌아오던 일을 회상한 것이다. 후단의 '하의(何意)'구부터는 현재 작자가 옛날의 송별 장소를 지나며 이별을 슬퍼한 것이다. 작품에서 과거와 현재의 시공상(時空上)의 전환이 교묘하고, 경물의 묘사가 선명하다.

103 만정방(滿庭芳)* 주방언(周邦彦)

— 夏日溧水[1]無想山作	— 여름날 율수 무상산에서 짓다
風老鶯雛,[2]	바람은 꾀꼬리 새끼를 자라게 하고
雨肥梅子,[3]	비는 매실을 살찌우고
午陰[4]嘉樹[5]淸圓。	한낮의 나무 그림자는 시원하고 둥글구나
地卑[6]山近,	지세는 낮고 산이 가까우니
衣潤費鑪煙。	옷이 축축해서 향로에 향불을 피우네

人靜烏鳶自樂,	인적이 없어 까마귀와 솔개가 즐거워하고
小橋外、新綠[7]濺濺[8]○	작은 다리 밖으로 맑은 봄물이 졸졸 흘러가네
憑闌久,	난간에 오래 기대섰으니
黃蘆苦竹,[9]	갈대와 대나무 우거진 것이
疑泛九江船○	구강에서 배를 타고 있는 듯하구나
年年○	해마다
如社燕,[10]	제비가
飄流瀚海,[11]	먼 곳을 떠돌다가
來寄修椽[12]○	돌아와 서까래에 깃들인 것 같구나
且莫思身外,[13]	몸 밖의 일은 잠시 생각 말고
長近尊前○	술잔을 늘 가까이해야 하리로다
憔悴江南倦客,	초췌한 강남의 지친 나그네는
不堪聽、急管繁絃[14]○	왁자하고 홍겨운 노랫가락을 차마 들을 수 없구나
歌筵畔,	노래하는 잔치 자리 가에
先安枕簟,[15]	먼저 베개와 대자리를 펴놓아라
容我醉時眠○	취하거든 드러누울 터이니

[주석]

* 雙調95字, 前段10句4平韻, 後段11句5平韻.(詞譜24)

1) 溧水(율수): 지금의 강소성(江蘇省) 율수현(溧水縣).

2) 風老鶯雛(풍로앵추): 꾀꼬리 새끼가 봄바람 속에 자라다. '老'는 자라게 하다.

3) 雨肥梅子(우비매자): 빗속에 매실이 살찌다. '肥'는 살찌우다. '梅子'는 매실.

4) 午陰(오음): 한낮의 나무 그늘. '午'는 정오.

5) 嘉樹(가수): 아름다운 나무. 나무의 미칭.

6) 地卑(지비) 2구: 작자가 사는 곳이 지세가 낮고 산이 가까이 있는 곳이라, 습기가 많아 옷을 말리기 위해 화로를 쓴다는 뜻. '노연(鑪煙)'은 향로의 연기. 화롯불.

7) 新綠(신록): 봄이 와 불어난 푸른 물.

8) 濺濺(천천): 물이 흐르는 소리.

9) 黃蘆苦竹(황로고죽) 2구: 백거이(白居易)의 「비파행(琵琶行)」 중 "住近湓江地低濕, 黃蘆苦竹繞宅生"(사는 곳은 분강에 가까워 지세가 낮고 습하니, 갈대와 대나무가 집을 둘러싸고 자라났네) 시의를 이용해, 자신의 처지가 강주(江州)로 폄적된 백거이와 같다는 것을 말하였다. '黃蘆'는 갈대의 일종. '苦竹'은 대나무의 일종. '구강(九江)'은 지금의 강소성 구강시(九江市).

10) 社燕(사연): 제비. '社'는 입춘이나 입추 후 다섯째 무일(戊日)에 토지신에게 지내는 제사. 제비는 춘사(春社)를 전후해 돌아오고, 추사(秋社)를 전후해 돌아간다.

11) 瀚海(한해): 사막. 여기서는 매우 먼 황무지.

12) 修椽(수연): 긴 서까래.

13) 身外(신외): 몸 밖의 일. 세속의 명리와 사업.

14) 急管繁絃(급관번현): 빠른 관악기 소리와 현란하고 흥겨운 현악기 소리.

15) 簟(점): 대나 갈대로 엮은 자리.

[해설]

작자가 율수 현령으로 있을 때 지은 것으로, 궁벽한 임지에서 벼슬살이하는 감개를 노래했다. 전단에서는 초여름의 풍경을 묘사하면서 무료한 심정을 나타냈고, 후단에서는 자신의 신세와 울적한 심정을 토로했다.

104 과진루(過秦樓)* **주방언(周邦彦)**

水浴淸蟾,[1]	개울엔 달이 미역을 감고
葉喧涼吹,	나뭇잎엔 서늘한 바람이 설렁거리고
巷陌馬聲初斷●	길거리엔 말 울음소리 막 그쳤었지
閒依露井,[2]	나는 한가로이 우물가에 기대어 있었고
笑撲流螢,[3]	그녀는 웃으며 반딧불이를 잡으려다가
惹破畫羅輕扇●	비단 부채를 망가뜨렸었지
人靜夜久憑闌,	지금 조용한 밤 한참 동안 난간에 기대어
愁不歸眠,	수심으로 잠자리에 들지 않고
立殘更箭[4]●	경루의 물이 다할 때까지 서 있구나
歎年華[5]一瞬,	꽃 같은 시절은 순간인데
人今千里,	사람은 지금 천 리 멀리 있으니
夢沈書遠[6]●	꿈은 깨지고 소식은 아득하여라
空見說[7]鬢怯瓊梳,[8]	듣건대 그녀는 머리 빗기도 귀찮아하고
容消金鏡,	거울 속 얼굴은 야위고
漸懶趁時勻染[9]●	유행 좇아 화장하는 것도 게을리 한다더라

梅風[10]地溽，	장마철 바람에 땅은 질고
虹雨苔滋，	여름철 비에 이끼가 돋아나고
一架[11]舞紅都變[12]●	붉은 꽃잎은 모두 떨어지고 시들었네
誰信無聊，[13]	그 누가 믿으랴 답답하고 괴로운 나는
爲伊才減江淹，[14]	그녀 때문에 강엄처럼 문재는 줄고
情傷荀倩[15]●	순봉천처럼 상심 속에 있는 것을
但明河[16]影下，	그저 은하수 아래에서
還看稀星數點●	몇 개 성긴 별을 바라만 보노라

[주석]

* 雙調111字，前段12句4仄韻，後段11句4仄韻.(詞譜35 選冠子)

1) 淸蟾(청섬): 밝은 달. 전설에 달 속에 두꺼비가 있다고 한 데서 달의 대칭으로 쓰임.

2) 露井(노정): 지붕이 없는 우물.

3) 笑撲流螢(소박류형) 2구: 두목(杜牧)의 「추석(秋夕)」 중 "銀燭秋光冷畵屛，輕羅小扇撲流螢"(가을 은촛대 불빛은 병풍 안에 싸늘하고, 가벼운 비단 부채로 날아다니는 반딧불이를 치네) 시구를 이용했다. '流螢'은 이리저리 날아다니는 반딧불이.

4) 立殘更箭(입잔경전): 물시계의 물이 다할 때까지 서 있다. 매우 늦게까지 서 있다. '更箭'은 옛날 물시계의 시각을 표시하는 화살 모양의 눈금 자.

5) 年華(연화): 아름다운 세월. 청춘.

6) 夢沈書遠(몽침서원): 꿈은 꾸어지지 않고 편지는 멀어서 전하지 못하다.

7) 空見說(공견설): 헛되이 ~라고 듣다.

8) 鬢怯瓊梳(빈겁경소): 머리털이 옥빗을 겁내다. 머리 빗는 것을 귀찮아하다. 사랑하는 사람과 헤어져 있기 때문에 화장과 몸치장을 게을리 한다는 뜻. 또는 머리가 세거나 빠져서 머리 빗기를 겁낸다는 말로, 꽃다운 나이가 이미 지나갔음을 뜻하기도 한다. '瓊梳'는 옥빗. 빗의 미칭.

9) 趁時勻染(진시윤염): 유행에 좇아 화장하다. '趁時'는 유행을 좇다. '勻染'은 분과 연지를 고르게 바르다. 화장하다.

10) 梅風(매풍) 2구: 매우기(梅雨期)에 때로는 바람이 불고 때로는 비가 내려, 땅은 축축해져서 이끼가 돋고 하늘에는 무지개가 뜬다는 뜻. '梅風'은 매우기에 부는 바람. '홍우(虹雨)'는 여름 비. 여름에 비가 온 후 무지개가 뜨므로 홍우라고 한다.

11) 架(가): 꽃나무를 지탱해주는 지지목이나 시렁. 화분대.

12) 舞紅都變(무홍도변): 붉은 꽃잎이 바람에 춤추듯 떨어지고 색깔이 변해 시들다.

13) 無聊(무료): 답답하고 괴롭다. 무료하다.

14) 才減江淹(재감강엄): 재주가 줄어든 강엄. 중국 남조(南朝) 때의 문인 강엄은 꿈속에서 곽박(郭璞)에게 오색 붓을 받은 후 문재를 떨쳤다가, 후에 꿈속에서 붓을 돌려준 뒤로는 문재가 없어졌다는 고사가 『남사·강엄전(南史·江淹傳)』에 있다. 그녀 때문에 아무것도 하지 못해 재학(才學)이 크게 줄었다는 뜻.

15) 情傷荀倩(정상순천): 상심하는 순봉천(荀奉倩). 순봉천은 아내와 금슬이 매우 좋아서, 아내가 죽자 몹시 슬퍼하다가 죽었다는 고사가 『세설신어·혹닉(世說新語·惑溺)』에 있다. 매우 상심한다는 뜻.

16) 明河(명하): 은하(수). 천하(天河).

[해설]

야경을 배경으로 연인을 그리워하는 심정을 노래했다. 전단의 첫 6구는 과거에 연인과 함께 행복하게 지냈던 일을 회상한 것이고, '인정(人靜)'구 이하는 연인을 그리워하며 잠 못 드는 현재의 정경이다. 후단에서 화자는 그녀 역시 그리움 속에 여위어갈 것이라고 상상하면서, 자신의 번민과 적막을 말했다. 과거와 현재, 회상과 상상을 교차시켜 서술했으며, 경물의 변화에 따라 화자의 감정도 변하고 있다.

105 화범(花犯)* 주방언(周邦彦)

粉牆[1]低,	나지막한 흰 담장 가에
梅花照眼,[2]	매화가 눈부시니
依然舊風味●	옛 운치가 여전하구나
露痕輕綴●	이슬이 살짝 맺혀 있는 게
疑淨洗鉛華,[3]	화장을 말끔히 씻어낸 미인인 듯
無限佳麗●	비할 데 없이 고와라
去年勝賞[4]曾孤倚●	작년에 홀로 매화나무에 기대어 꽃구경할 때
冰盤[5]同燕喜●	맑고 둥근 달이 함께 즐겼었네
更可惜、[6]雪中高樹,	더욱 사랑스러운 건 눈 속의 매화나무였으니
香篝[7]熏素被●	향구 위에 덮어놓은 하얀 이불 같았었네

今年對花最悤悤,	올해는 매화를 너무나 총총히 대하고 있으니
相逢似有恨,	서로 만나도 한이 있는 듯하고
依依愁悴[8]●	헤어지기 섭섭해 슬퍼지누나
吟望久,	읊조리며 한참 바라보노라니
青苔上、旋[9]看飛墜●	파란 이끼 위로 꽃잎이 날려 떨어지누나
相將[10]見、翠丸薦酒, [11]	머지않아 술안주 될 만큼 매실이 파랗게 살찔 무렵엔
人正在、空江煙浪裏●	나는 넓은 강 안개 낀 물결 위에 있으리라
但夢想、一枝瀟灑,	다만 꿈에서나 보리라, 맑고 깨끗한 매화 한 가지
黃昏[12]斜照水●	황혼녘 물에 비스듬히 비친 그림자를

[주석]

* 雙調102字, 前段10句6仄韻, 後段9句4仄韻.(詞譜30)

1) 粉牆(분장): 하얀 칠을 한 담.

2) 照眼(조안): 눈에 비치다. 눈부시다.

3) 鉛華(연화): 얼굴에 바르는 분. 화장.

4) 勝賞(승상): 훌륭한 관상(觀賞). 매우 즐겁게 완상하다.

5) 冰盤(빙반)구: 둥근 달 아래 매화와 함께 술을 마시며 즐긴다는 뜻. 주방언의 「홍림금근(紅林檎近)」에 "梅花耐冷, 亭亭來入冰盤"(매화는 추위를 견뎌내고, 아름답게 달 안으로 들어오네) 구가 있다. 또는 백자 쟁반에 매화나 매실을 담아 함께 잔치를 베풀어 즐긴다는 뜻. 한유(韓愈)의 「오얏꽃(李花)」에 "冰盤夏薦碧實脆"(백자 접시에 담은 초여름 파란 열매는 아삭아삭하네) 구가 있다. '冰盤'은 깨끗하고 흰 둥근 달. 또는 백자 접시. '연희(燕喜)'는 연회의 즐거움. 잔

치를 베풀어 즐기다. '燕'은 '연(宴)'과 같다.

6) 可惜(가석): 사랑스럽다. 아름답다.

7) 香篝(향구)구: 눈에 덮인 매화나무가 향구 위에 덮어놓은 하얀 이불 같다는 뜻. '香篝'는 향로 위에 씌우는 대바구니 모양의 덮개. 그 위에 의복과 이불 따위를 덮어 향이 배게 한다.

8) 依依愁悴(의의수췌): 헤어지기 섭섭해 슬퍼하다. '依依'는 아쉬워하는 모양. 섭섭해하는 모양. 그리워하는 모양. '愁悴'는 상심해서 초췌하다. 이 구는 매화와 사람을 함께 말한 것이다.

9) 旋(선): 또. 곧. 즉시.

10) 相將(상장): 머지않아. 이제 곧.

11) 翠丸薦酒(취환천주): 파란 매실을 안주로 해서 술을 마시다. '翠丸'은 매실. '薦酒'는 술안주로 하다.

12) 黃昏(황혼)구: 임포(林逋)의 「영매시(詠梅詩)」 중 "疏影橫斜水清淺, 暗香浮動月黃昏"(성긴 매화 가지 그림자는 맑은 물에 비스듬히 비치고, 그윽한 매화 향기는 달이 뜬 황혼 속에 풍겨오네) 시의를 이용했다. '소쇄(瀟灑)'는 기운이 맑고 깨끗하다.

[해설]

주방언의 영매사(詠梅詞)는 나그네의 애수나 연인에 대한 그리움을 기탁한 것이 많다. 이 사는 현재 눈앞에 보고 있는 매화, 작년에 보았던 매화, 그리고 앞으로 유랑하면서 꿈속에서 보게 될 매화를 말하면서, 매화에 대한 작자의 애정을 나타냈다. 작자는 현재, 과거, 미래로 시공을 옮겨가며 매화를 묘사하고, 자신의 신세와 감정을 기탁했다.

106 대포(大酺)*

주방언(周邦彦)

— 春雨	— 봄비
對宿煙[1]收,	간밤에 끼었던 안개가 걷히는데
春禽靜,	봄새들은 조용하고
飛雨時鳴高屋●	이따금 지붕을 때리는 빗방울 소리가 나네
牆頭青玉旆,[2]	담 머리의 청옥색 대나무
洗鉛霜[3]都盡,	껍질에 묻은 하얀 가루는 봄비에 깨끗이 씻기고
嫩梢相觸●	연한 가지는 자라나서 서로 맞닿았구나
潤逼琴絲,	거문고 줄은 습기가 차고
寒侵枕障,	한기는 머리맡 병풍 안으로 스며들고
蟲網吹黏簾竹●	거미줄은 바람에 불려 대발에 달라붙었구나
郵亭[4]無人處,	역참엔 인적이 없고
聽檐聲不斷,	처마 끝 낙숫물 소리 듣다가
困眠初熟●	노곤해져 단잠이 들었더니
奈愁極頻驚,	어이하랴 수심이 깊어 자주 깨니
夢輕難記,	꿈은 희미해서 기억하기 어렵고
自憐幽獨●	홀로 있는 내가 가련하구나
行人歸意速●	나그네는 돌아갈 마음이 급해
最先念、流潦[5]妨車轂[6]●	길에 괸 물이 수레를 막을까 제일 먼저 걱정하네

怎奈向、[7]蘭成[8]憔悴,	어이하랴 난성처럼 초췌해지고
衛玠[9]淸羸,	위개처럼 수척해져서
等閒時、易傷心目●	평소에도 걸핏하면 상심하는 것을
未怪[10]平陽客[11]●	괴이찮구나, 평양의 나그네 마음이
雙淚落、笛中哀曲●	애절한 피리 소리에 눈물 흘렸던 일이
況蕭索、青蕪國[12]●	하물며 쓸쓸히 잡초만 무성하고
紅糝[13]鋪地,	떨어진 꽃잎이 온 땅을 뒤덮고
門外荊桃[14]如菽●	문밖에 앵두는 콩알만큼 커진 때이랴
夜遊共誰秉燭●	뉘와 더불어 촛불 밝히고 밤놀이하랴

[주석]

* 雙調133字, 前段15句5仄韻, 後段11句8仄韻.(詞譜37)

1) 宿煙(숙연): 간밤에 낀 안개.

2) 青玉旆(청옥패): 푸른 옥 색깔의 깃발. 여기서는 새로 돋아난 대나무를 말한다.

3) 鉛霜(연상): 화장용의 백분. 여기서는 대나무 껍질에 끼는 하얀 가루.

4) 郵亭(우정): 역참(驛站). 객사.

5) 流潦(유료): 비 온 후 길에 고인 물.

6) 車轂(차곡): 수레 바퀴통. 여기서는 수레를 말한다.

7) 怎奈向(즘내향): 어찌하랴. '向'은 어조사.

8) 蘭成(난성): 유신(庾信)의 어릴 때의 자. 유신은 원래 남조 양(梁)의 신하로 북조 서위(西魏)에 사신으로 갔다가 억류되어 남쪽으로 돌아오지 못했다. 유신은 후에 북주(北周)의 고관으로 있으면서도 늘 강남을 그리워하여 「애강남부

(哀江南賦)」「수부(愁賦)」를 지어 고향을 그리는 정을 담았다. 세상이 어지러운 때에 수심이 많고 고향을 그리워하는 문인의 전고로 사용된다.

9) 衛玠(위개) : 서진(西晋)의 미남자. 위개가 외출할 때마다 그를 보려는 사람이 구름처럼 몰려들어, 몸이 허약한 그는 이를 견디지 못하고 병에 걸려 죽었다는 고사가 있다.

10) 未怪(미괴) : 이상하지 않다. 이상할 것 없다.

11) 平陽客(평양객) : 동한(東漢)의 마융(馬融)을 말한다. 마융은 음악에 정통했는데, 나그네로 평양(平陽)의 객사에 머물 때, 애절한 피리 소리를 듣고 「장적부(長笛賦)」를 지었다.

12) 靑蕪國(청무국) : 잡초가 무성하게 난 곳. 온정균(溫庭筠)의 「춘강화월야(春江花月夜)」에 "花庭忽作靑蕪國"(꽃 핀 정원은 홀연히 잡초 무성한 땅으로 변했네) 시구가 있다.

13) 紅糝(홍삼) : 떨어진 꽃잎. '糝'은 쌀알.

14) 荊桃(형도) : 앵두.

[해설]

봄비 속의 경물을 묘사하면서 고단한 나그네의 신세와 울적한 심정을 노래했다. 경물의 묘사가 핍진하고 정세(精細)하여 봄비 속의 분위기를 잘 나타냈고, 유신, 위개, 마융 등의 전고를 적절히 운용하여 작자의 감정과 처지를 잘 표현했다.

107 해어화(解語花)*

주방언(周邦彦)

— 上元[1]	— 정월 보름
風消焰蠟,[2]	촛불은 바람에 녹아 흐르고
露浥紅蓮,[3]	붉은 연꽃 등불은 이슬에 젖는데
燈市光相射●	연등 걸린 거리엔 불빛이 서로 비추네
桂華[4]流瓦●	달빛은 기와 위에 흐르고
纖雲散、耿耿[5]素娥[6]欲下●	잔 구름 흩어지며 항아가 내려오는 듯 환하구나
衣裳淡雅●	여인들의 옷차림은 말쑥하고
看楚女、纖腰一把[7]●	초 땅 여인들의 허리는 가냘프기도 하여라
簫鼓喧、人影參差,[8]	피리 북소리 울리고 사람들의 그림자 어른거리고
滿路飄香麝[9]●	거리 가득히 사향 향기 풍기누나
因念都城放夜[10]●	이로 인해 생각나네, 서울에서 야금이 풀린 밤에
望千門[11]如晝,	수많은 집과 거리는 대낮같이 밝았고
嬉笑遊冶●	사람들은 웃고 떠들며 놀았더라
鈿車羅帕[12]●	화려한 수레엔 비단 수건 든 여인들
相逢處、自有暗塵隨馬[13]●	서로 만나자 말 탄 젊은이는 먼지 일으키며 따라 갔었네
年光是也[14]●	지금 대보름날 풍경은 여전하건만
唯只見、[15]舊情[16]衰謝●	옛날 젊었을 적 마음은 시들어버렸네

淸漏移、[17]飛蓋[18]歸來,	밤 깊어 수레를 몰아 돌아오는데
從舞休歌罷[19]●	사람들은 춤과 노래를 그치지 않는구나

[주석]

* 雙調100字, 前段9句6仄韻, 後段9句7仄韻.(詞譜28)

1) 上元(상원): 음력 정월 보름날. 원소절.

2) 焰蠟(염랍): 타고 있는 밝은 촛불.

3) 紅蓮(홍련): 연꽃 모양의 꽃등.

4) 桂華(계화): 달빛. 달 속에 계수나무가 있다는 전설 때문에, '桂'는 달을 뜻한다.

5) 耿耿(경경): 밝은 모양. 빛나는 모양.

6) 素娥(소아): 달 속에 있다는 선녀 상아(嫦娥). 달빛이 희기 때문에 '素娥'라고 했다.

7) 纖腰一把(섬요일파): 미녀의 한 줌 안에 들 듯 가는 허리. 초요(楚腰). 초나라 영왕(靈王)이 가는 허리를 좋아하여 나라 안에 굶는 여인이 많았다는 전고가 『한비자·이병(韓非子·二柄)』에 있다. '一把'는 한 줌.

8) 參差(참치): 들쭉날쭉하여 가지런하지 않다. 어른거리다.

9) 香麝(향사): 사향.

10) 放夜(방야): 야간 통행금지를 해제하다. 옛날 정월 보름날 밤에는 야금을 해제했다.

11) 千門(천문): 황궁의 많은 문. 또는 많은 집. 여기서는 후자의 뜻.

12) 鈿車羅帕(전거라파): 화려하게 장식한 수레와 여인의 비단 손수건.

13) 暗塵隨馬(암진수마)구: 뿌연 먼지가 말을 좇다. 수레와 말이 지나간 뒤에 먼지가 일다. 많은 수레와 말과 사람이 왕래하는 것을 말한다. 원소절에는 여인의 외출이 자유로워, 남녀가 만날 기회가 많았다. 여인이 수레에서 비단 수건을 떨어뜨리면 남자가 주워서 좇아가 전해주어 연애의 기회로 삼기도 했다. 소미도(蘇味道)의 「정월십오야(正月十五夜)」에 "暗塵隨馬去, 明月逐人來"(먼지는 말을 따라가고, 밝은 달은 사람을 좇아오네) 시구가 있다.

14) 年光是也(연광시야): 원소절 풍경은 여전하다. '年光'은 세월. 봄 경치. 여기서는 원소절의 풍경. '是也'는 아직도 같다. 여전하다.

15) 唯只見(유지견): 다만 느낄 뿐. '見'은 느끼다.

16) 舊情(구정): 옛 정. 여기서는 옛날의 (호기로운) 감정.

17) 淸漏移(청루이): 시간이 흐르다. 밤이 깊어가다.

18) 飛蓋(비개): 나는 듯이 달리는 수레. '蓋'는 수레 덮개.

19) 從舞休歌罷(종무휴가파): (사람들이 밤새도록 즐기며) 가무를 그만둘 때까지 내버려두다. '從'은 내버려두다. 일임하다. '休'와 '罷'는 그만두다. 끝나다.

[해설]

작자가 만년에 지방관으로 있으면서 원소절을 맞아 지은 것이다. 전단에서는 하늘에 떠 있는 보름달과 거리를 수놓은 연등, 또한 이 날을 기다려 외출한 아름다운 여인들과 홍청대는 사람들의 환호성 등, 이 모든 것이 어우러진 축제의 현장을 묘사했다. 후단에서는 과거 변경(汴京)의 더욱 화려했던 원소절을 추억하면서, 지금은 그 모든 것에 시들해져 홍겨운 가무를 뒤로한 채 귀가하는 것으로 적막한 심정을 나타냈다.

108 접련화(蝶戀花)* **주방언(周邦彦)**

月皎驚烏棲不定●	달빛이 하도 밝아 까마귀는 놀라 깨어 부스럭대고
更漏將闌,[1]	경루의 물도 다하려는데
轣轆[2]牽金井[3]●	우물에선 물 긷는 고패 소리 들리네
喚起兩眸清炯炯[4]●	자리에서 일어난 그녀의 눈망울은 초롱초롱하고
淚花落枕紅綿[5]冷●	밤새 흘린 눈물로 베개 속이 차갑구나
執手霜風吹鬢影[6]●	손잡고 서릿바람에 머리카락 날리며
去意徊徨,	떠날 생각으로 배회하노니
別語愁難聽●	작별의 말은 구슬퍼서 듣지 못하겠구나
樓上闌干[7]橫斗柄●	누각 위엔 북두성이 가로 걸렸고
露寒人遠雞相應●	이슬은 차고 사람은 멀어지는데 새벽닭이 우는구나

[주석]

* 雙調60字, 前後段各5句4仄韻.(詞譜13)

1) 更漏將闌(경루장란): 물시계의 물이 장차 다하려 하다. 밤이 다해 새벽이 되려 하다. '更漏'는 물시계. '闌'은 다하다.

2) 轣轆(역록): 우물 위의 고패가 삐걱거리는 소리.

3) 金井(금정): 난간을 곱게 조각한 우물. 우물의 미칭.

4) 炯炯(형형): 밝게 빛나는 모양.

5) 紅綿(홍면): 목면의 별칭. 여기서는 베개 속에 넣은 솜.

6) 鬢影(빈영): 살쩍의 그림자. 여기서는 머리털을 말함.

7) 闌干(난간)구: 새벽이 되어 북두칠성의 두병이 낮게 드리워져 있는 것을 말한다. '闌干'은 가로 기울어진 모양. '斗柄'은 북두칠성의 다섯번째에서 일곱번째의 국자 자루처럼 생긴 별. 여기서는 북두칠성을 말한다.

[해설]

남녀의 이별을 노래했다. 전단에서 '월교(月皎)' 이하 3구는 이별 전야의 분위기와 시간을 말하면서 다가올 이별 때문에 뜬눈으로 밤을 새운 것을 암시했고, '환기(喚起)' 2구도 이별을 앞두고 밤새 잠 못 든 여인을 말했다. 후단은 이별할 때의 정경이다. 경물의 묘사가 눈에 보일 듯이 선명하고, 새벽길에 오르는 나그네의 심정이 언외에 잘 나타나 있다.

109 해련환(解連環)* **주방언(周邦彦)**

怨懷無託[1]●	원망하는 마음 둘 데 없으니
嗟情人斷絶,	정든 임은 떠나가선
信音遼邈[2]●	소식조차 아득하여라
縱[3]妙手、能解連環,[4]	설사 묘한 솜씨로 이내 한을 풀어준다 한들
似風散雨收,[5]	바람 흩어지고 비 그치듯 정은 없어져도
霧輕雲薄●	엷은 안개와 구름처럼 슬픔은 남으리라
燕子樓[6]空,	연자루는 텅 비었고

暗塵鎖、一牀[7]絃索●	상 위 거문고엔 먼지만 쌓였구나
想移根換葉，[8]	모든 걸 잊어버리고 단념하려 해도
盡是舊時，	모두 예전에
手種紅藥[9]●	임이 심어놓은 정은 어쩔 수 없어라
汀洲漸生杜若[10]●	강가 모래톱엔 두약이 돋아났나니
料舟依岸曲，	생각건대 후미진 강기슭에 배를 대놓고
人在天角●	임은 하늘가 먼 곳에 있으리라
漫[11]記得、當日音書，	헛되이 옛날의 편지를 기억하건만
把閒語閒言，[12]	편지 속의 말은 헛되었나니
待總燒卻●	모두 불에 태워버리려네
水驛[13]春回，	허나 강가 역참에 봄이 오면
望寄我、江南梅萼[14]●	강남의 매화 한 가지를 보내주오
拚[15]今生、對花對酒，	이내 한평생 꽃과 술을 대하고서도
爲伊淚落●	임 때문에 눈물 흘리리라

[주석]

* 雙調106字，前段11句5仄韻，後段10句5仄韻.(詞譜34)

1) 無託(무탁)：의지할 곳이 없다. (수심을) 풀 길이 없다.

2) 遼邈(요막)：매우 멀다. (소식 등이) 감감하다.

3) 縱(종)：설령. 비록.

4) 解連環(해련환)：연환을 풀다. 상사의 괴로움이나 난제를 일시에 해결하다.

'連環'은 연결된 옥 고리. 진(秦) 소왕(昭王)이 제(齊)나라에 연환을 보내어 풀어보라고 했다. 여러 신하들이 풀지 못하고 있는데, 왕후가 쇠망치로 연환을 깨뜨리고 진(秦)나라 사신에게 '연환을 풀었다'고 말했다는 고사가 『전국책·제책(戰國策·齊策)』에 있다.

5) 風散雨收(풍산우수) 2구: 바람이 흩어지고 비가 그치고, 안개와 구름은 엷다. 남녀가 헤어지고 애정이 식은 것을 뜻한다. 또는 여인이 떠나간 후 찾을 길 없고, 그리움과 슬픔이 엷은 안개와 구름처럼 남아 있다. 운우(雲雨)는 남녀의 애정과 환락을 뜻한다.

6) 燕子樓(연자루): 당나라 때, 상서(尙書)를 지낸 장건봉(張建封)의 애기 반반(盼盼)은 용모와 가무가 모두 출중했다. 장건봉이 죽자 그녀는 옛사랑을 잊지 못하여 수절하면서 연자루(燕子樓)에서 십여 년을 살다 죽었다는 고사가 백거이(白居易)의 「연자루시서(燕子樓詩序)」에 보인다.

7) 牀(상): 악기를 올려놓는 상. 금상(琴床).

8) 想移根換葉(상이근환엽) 3구: 작약을 뿌리와 잎 송두리째 옮겨 없애고 싶지만, 작약은 모두 그녀가 심은 것이어서 차마 뽑아버리지 못하니, 그녀가 심은 작약이 매년 잎이 나고 꽃이 피듯이 상사의 정을 없앨 수 없다는 뜻. 그녀에 대한 내 마음과 사랑을 철저히 바꾸고 단념하려고 하지만, 잊을 수 없다는 뜻. '移根換葉'은 뿌리를 옮기고 잎을 바꾸다. 환경이나 처지를 철저히 바꾸다.

9) 紅藥(홍약): 붉은 작약(芍藥). 함박꽃. 『시경·정풍·진유(詩經·鄭風·溱洧)』에 "維士與女, 伊其相謔, 贈之以芍藥"(남자와 여자 서로 희롱하며 작약을 주네) 구가 있다. 작약을 '장이(將離)'라고도 한다. 여기서 작약은 사랑과 이별의 뜻을 암시하고 있다.

10) 杜若(두약): 향초의 이름. 『초사·상부인(楚辭·湘夫人)』에 "搴汀洲兮杜若, 將以遺兮遠者"(강가 모래톱에서 두약을 캐어, 멀리 있는 임에게 보내주네) 구

가 있다.

11) 漫(만): 공연히. 쓸데없이.

12) 閒語閒言(한어한언): 중요하지 않은 말. 쓸데없는 말.

13) 水驛(수역): 물가에 있는 역참(驛站).

14) 江南梅萼(강남매악): 강남의 매화. 강남의 소식. 육개(陸凱)의 시「범엽에게(贈范曄)」의 고사를 이용했다. 088「우미인(虞美人)」'一枝梅' 참조.

15) 拚(반): 돌보지 않다. 무릅쓰다. 기꺼이 ~하기를 원하다. 버리다.

[해설]

떠나간 임을 잊지 못하는 고뇌와 사랑을 노래했다. 전단은 사랑하는 임이 떠나가서 소식이 없는 것을 원망하며 사랑의 괴로움을 떨쳐버리지 못하고 있는 심정을 호소했다. 후단은 떠나간 임을 잊지 못하는 미련과 그리움, 단념하면서도 다시 사랑을 기대하는 번뇌를 노래했다.

110 배성월만(拜星月慢)* **주방언(周邦彦)**

夜色催更,[1]	종소리에 밤은 깊어가고
清塵收露,	길의 먼지는 이슬에 젖는데
小曲幽坊[2]月暗●	그윽한 골목에 달빛은 어슴푸레하네
竹檻燈窓,	대나무 난간과 등불 비치는 창문이 보이니
識秋娘[3]庭院●	그녀의 정원인 줄 알겠구나

笑相遇,	서로 만나 기뻐 웃는데
似覺、瓊枝玉樹[4]相倚,	그 자태는 옥으로 만든 나뭇가지가 서로 의지한 듯
暖日明霞[5]光爛●	따사로운 햇살에 빛나는 노을인 듯 찬란하네
水盼蘭情,[6]	가을 물 같은 눈과 난초 같은 마음
總平生稀見●	모두 평생에 보기 드물어라
畵圖中、舊識春風面[7]●	예전에 그림에서만 보았던 봄바람 같은 고운 얼굴을
誰知道、自到瑤臺[8]畔●	요대에 와서 볼 줄 어찌 알았으랴
眷戀雨潤雲溫,[9]	아름다운 그녀와 즐겼던 일들이 그립건만
苦驚風吹散●	강풍에 불려 흩어졌으니 괴롭기만 하구나
念荒寒、寄宿無人館●	황량하고 싸늘한 객사엔 인적이 없고
重門閉、敗壁秋蟲歎●	겹겹이 문은 닫혔고 무너진 벽에선 가을벌레가 우네
怎奈向、一縷相思,	어이할거나 이 한 가닥 그리는 정은
隔溪山不斷●	산과 물이 막아도 끊어지질 않으니

[주석]

* 雙調104字, 前段10句4仄韻, 後段8句6仄韻. (詞譜33)

1) 夜色催更(야색최경): 종소리가 밤을 재촉하다. 밤이 깊어가는 것을 말한다. '更'은 시간. 시간을 알리는 북소리나 종소리.

2) 小曲幽坊(소곡유방): 좁고 그윽한 (기생) 골목. 기녀가 거주하는 곳을 방곡(坊曲)이라 한다.

3) 秋娘(추낭): 당대(唐代) 금릉(金陵)의 명기. 기녀의 범칭.

4) 瓊枝玉樹(경지옥수): 옥으로 만든 나무와 나뭇가지. 미녀를 형용하는 말. 옥같이 깨끗하고 아름다운 용모와 자태.
5) 暖日明霞(난일명하): 따사로운 햇살에 빛나는 노을. 미인의 광채가 눈을 부시게 한다는 말. 조식(曹植)의 「낙신부(洛神賦)」에 "皎若太陽升朝霞"(해 뜰 때 아침노을처럼 빛난다) 구가 있다 .
6) 水盼蘭情(수반란정): 여인이 추파를 보내며 난과 같은 향기로운 정을 전한다는 뜻.
7) 春風面(춘풍면): 봄바람이 부는 듯한 아름다운 용모. 두보(杜甫)의 「고적에 대한 감회를 읊다(詠懷古迹)」에 "畫圖省識春風面"(그림으로는 봄바람 같은 용모를 알 수 없구나) 시구가 있다.
8) 瑤臺(요대): 전설 중의 신선이 사는 곳. 여기서는 기녀가 사는 곳을 말한다.
9) 雨潤雲溫(우윤운온): 남녀 간의 부드럽고 따뜻한 사랑과 환락. 운우지정(雲雨之情).

[해설]

지난날 사귀었던 기녀를 그리워하는 노래다. 전단은 지난날 기녀와 만날 때의 정경과 그녀의 미모를 말했다. 후단에서 작자는 기녀의 아름다운 모습을 회상하면서 이별을 괴로워했다. '염황한(念荒寒)' 이하는 객사에 있는 작자의 처량한 신세와 그녀를 그리는 정을 말했다.

111 관하령(關河令)* 주방언(周邦彦)

秋陰時晴漸向暝[1]●	가을 날씨 흐렸다 개었다 하면서 황혼이 드니
變一庭淒冷●	마당은 온통 처량하게 변하누나
佇聽寒聲,[2]	우두커니 쓸쓸한 가을 소리 듣나니
雲深無雁影●	구름이 깊어 기러기 그림자조차 없어라
更深人去寂靜●	밤은 깊고 사람은 떠나가 고요한데
但照壁、孤燈相映●	외로운 등불만이 내 그림자를 벽에 비추네
酒已都醒,	술이 벌써 깨었으니
如何消夜永●	긴긴 밤을 어이 보낼꼬

[주석]

* 雙調43字, 前後段各4句3仄韻.(詞譜4 淸商怨)

1) 向暝(향명): 어두워지다. 저녁이 되다.

2) 寒聲(한성): 쓸쓸한 소리. 가을의 바람, 낙엽, 벌레 따위의 소리.

[해설]

가을밤의 고독하고 처량한 심정을 노래했다.

112 기료원(綺寮怨)*

주방언(周邦彦)

上馬人扶殘醉，	취한 나를 부축해줘 말에 올랐으나
曉風吹未醒。	새벽바람이 불어와도 술이 깨질 않는구나
映水曲、翠瓦朱檐，	푸른 기와 붉은 처마의 그림자가 물굽이에 비치더니
垂楊裏、乍見津亭[1]。	홀연히 수양버들 사이로 나룻가의 정자가 보이네
當時曾題敗壁，	그때 시를 써 붙였던 벽은 허물어져
蛛絲罩、淡墨苔暈青。	거미줄이 덮이고 희미한 먹 글씨엔 이끼가 푸르고나
念去來、[2]歲月如流，	여길 떠난 후 세월은 유수처럼 흘렀으니
徘徊久、歎息愁思盈。	한동안 배회하며 탄식하고 수심에 젖노라
去去倦尋路程。	가고 가는 나그넷길은 노정을 묻기도 피곤하여라
江陵舊事，	강릉의 좋았던 옛일
何曾[3]再問楊瓊[4]。	그녀를 다시는 찾지 못했더라
舊曲淒清。	처량한 옛 곡조를
斂愁黛、與誰聽。	뉘에게 들으라고 수심 속에 부르는고
尊前故人如在，	만약에 술잔 앞에 그녀가 있다면
想念我、最關情。	나를 생각해주고 정을 줄 것이언만
何須渭城[5]。	왜 하필이면 위성곡을 부르는고
歌聲未盡處、先淚零。	노랫소리 그치기 전에 눈물이 먼저 떨어지누나

[주석]

* 雙調104字, 前段8句4平韻, 後段9句7平韻.(詞譜33)

1) 津亭(진정): 나루터에 있는 정자 또는 객사(客舍).

2) 去來(거래): 오가다. 왕래하다. 또는 떠나가다. '來'는 의미가 없는 어미(語尾)로 봄.

3) 何曾(하증): 언제 ~한 적이 있는가. 반문의 어기로 ~한 적이 없다는 뜻.

4) 楊瓊(양경): 당나라 때 강릉(江陵)의 기녀. 당 원진(元稹)이 폄적되어 강릉에 있을 때, 양경과 친하게 지냈다. 여기서는 기녀의 범칭.

5) 渭城(위성): 위성곡. 이별의 노래를 말한다. 왕유(王維)의 「안서로 가는 원이를 전송하며(送元二使安西)」는 「위성곡(渭城曲)」이라고도 하는데, "勸君更盡一杯酒, 西出陽關無故人"(그대에게 권하니 술 한 잔 더 들게나, 서쪽 양관을 나서면 옛 친구 없을 것이니) 시구가 있다.

[해설]

작자가 여행 도중에 옛날 놀던 곳을 다시 지나면서 감회를 노래한 작품이다. 전단은 작자가 취기가 깨지 않은 채 나루터로 가다가 갑자기 나타난 정자를 보고, 과거 이곳에서 놀았던 일을 떠올리고 탄식하는 정경이다. 후단은 과거 그녀와 지낸 일을 그리워하면서 현재 나그네로 떠도는 신세를 한탄했다.

113 위지배(尉遲杯)*

주방언(周邦彦)

隋隄路[1]●	수제의 물길에
漸日晩、密靄生煙樹●	해는 지고 숲엔 짙은 안개가 서리누나
陰陰淡月籠沙,	으스름한 달빛은 강가 모래밭을 비추는데
還宿河橋深處●	오늘도 다리 근처 호젓한 곳에서 묵네
無情畵舸,[2]	무정한 배는
都不管、煙波隔前浦●	안개 낀 물결이 앞 포구를 막는데도
等行人、醉擁重衾,	내가 이별주에 취해 겹이불을 끌어안고 눕자
載將[3]離恨歸去●	배는 이별의 한을 싣고 떠나왔네
因思舊客京華,	지난날 서울에서 나그네로 머물 때
長偎傍、[4]疏林小檻歡聚●	늘 성긴 숲 속 작은 난간 곁에서 즐겁게 만났었네
冶葉倡條[5]俱相識,	청루의 아름다운 기녀들을 모두 알았고
仍慣見、珠歌翠舞●	화려한 노래와 춤을 늘 보았었네
如今向、漁村水驛,	지금은 어촌 가까운 강가 역참에서
夜如歲、焚香獨自語●	긴긴 밤 향불 피워놓고 홀로 중얼거리노니
有何人、念我無聊,	그 누가 무료하게 있는 나를 생각해주랴
夢魂凝想鴛侶[6]●	꿈속에서도 그녀를 못내 그리워하네

[주석]

* 雙調105字, 前段8句5仄韻, 後段8句4仄韻.(詞譜33)

1) 隋隄路(수제로): 변경(汴京)에서 회하(淮河)에 이르는 수로. 수(隋) 양제(煬帝) 때 만든 운하이기 때문에 '隋隄路'라고 한다.

2) 畵舸(화가): 화려하게 장식한 배. 그림배. 채선(彩船). 화선(畵船).

3) 載將(재장)구: 송초(宋初) 정문보(鄭文寶)의 「유지사(柳枝詞)」 중 "不管煙波與風雨, 載將離恨過江南"(안개 낀 물결과 비바람에도 아랑곳없이, 이별의 한을 싣고 강남을 지나가네) 시의를 이용했다. '不管'은 상관하지 않다. ~에 관계없이.

4) 偎傍(외방): 가까이 하다. 의지하다.

5) 冶葉倡條(야엽창조): 버드나무의 아름다운 잎과 가지. 기녀를 말한다.

6) 鴛侶(원려): 부부. 연인.

[해설]

별본(別本)에는 '이한(離恨)'이라는 제서(題序)가 있다. 전단의 앞 4구는 배를 타고 가는 정경이고, 뒤의 4구는 이별할 때의 정경이다. 후단은 즐거웠던 과거를 회상하면서 현재의 외롭고 무료한 신세를 한탄했다.

114 서하(西河)* **주방언(周邦彦)**

— 金陵懷古	— 금릉의 회고
佳麗地[1]●	아름다운 고장 금릉

南朝[2]盛事誰記●	남조의 번화했던 옛일을 누가 기억하랴
山圍[3]故國繞淸江,	산은 옛 도읍지를 둘렀고 맑은 강은 감돌아 흐르는데
髻鬟[4]對起●	여인의 트레머리 같은 산봉우리는 우뚝 마주 섰구나
怒濤寂寞打孤城,	성난 물결은 적막하게 외로운 성벽을 치고
風檣[5]遙度天際●	돛단배는 멀리 하늘가로 떠가누나
斷崖樹,	깎아 세운 듯 낭떠러지엔 나무가
猶倒倚●	아직도 거꾸로 매달려 있으니
莫愁[6]艇子曾繫●	옛날 막수의 거룻배는 이곳에 매여 있었으리라
空餘舊迹鬱蒼蒼,	부질없이 옛 자취만 남아 수풀이 울창하고
霧沈半壘●	허물어진 보루는 안개 속에 잠겼구나
夜深[7]月過女牆[8]來,	밤이 깊어 달은 성가퀴를 넘어와
傷心東望淮水[9]●	상심 속에 동쪽 회수를 바라보리라
酒旗戲鼓甚處市●	주기와 북소리 요란한 장터는 옛날엔 어디였던고
想依稀、[10]王謝鄰里[11]●	아마도 옛날 왕씨 사씨가 살았던 동네였으리라
燕子[12]不知何世●	제비는 지금이 어느 시대인지 모르고
向尋常、巷陌人家,[13]	평범한 백성들의 거리와 집으로 찾아들어
相對如說興亡,	서로 마주해 흥망을 얘기하는 듯
斜陽裏●	석양 속에 있구나

[주석]

* 3段105字, 前段6句4仄韻, 中段7句4仄韻, 後段6句4仄韻.(詞譜34)

1) 佳麗地(가려지): 아름다운 곳. 금릉(金陵, 지금의 남경南京)을 말한다. 사조(謝朓)의 「입조곡(入朝曲)」에 "江南佳麗地, 金陵帝王州"(강남의 아름다운 곳, 금릉은 제왕의 고장이라네) 시구가 있다.

2) 南朝(남조): 송(宋), 제(齊), 양(梁), 진(陳)의 네 왕조의 총칭. 모두 금릉을 수도로 삼았다.

3) 山圍(산위)구: 유우석(劉禹錫)의 「금릉을 노래한 시 다섯 수·석두성(金陵五題·石頭城)」에 "山圍故國周遭在, 潮打空城寂寞回. 淮水東邊舊時月, 夜深還過女墻來"(산은 옛 도읍을 에워싸고 있고, 물결은 빈 성을 치며 쓸쓸히 돌아나가네. 회수 동쪽엔 옛 달이 떠올라, 밤이 깊어 성가퀴를 넘어오네) 시구가 있다. '故國'은 고도. 금릉을 말한다.

4) 髻鬟(계환): 여인의 틀어 올린 머리. 트레머리. 수려한 산봉우리를 말한다.

5) 風檣(풍장): 돛단배.

6) 莫愁(막수): 전설 속의 여인의 이름. 또는 호수 이름. 금릉의 수서문(水西門) 밖에 막수호(莫愁湖)가 있다. 고악부(古樂府)의 「막수악(莫愁樂)」에 "莫愁在何處, 莫愁石城西, 艇子打兩槳, 催送莫愁來"(막수 아가씨는 어디에 있나? 막수는 석성 서쪽에 있네. 거룻배 노를 저어, 빨리 막수 아가씨를 보내오기를) 시구가 있다.

7) 深夜(심야)구: 유우석의 「석두성」 중 "淮水東邊舊時月, 夜深還過女牆來"(회수 동쪽엔 옛 달이 떠올라, 밤 깊어 성가퀴를 넘어오네) 시구를 이용했다.

8) 女牆(여장): 성가퀴. 성 위에 낮게 쌓은 담. 치성(雉城).

9) 淮水(회수): 금릉을 관통하여 흐르는 진회하(秦淮河).

10) 依稀(의희): 희미하다. 방불하다. ~인 듯하다.

11) 王謝鄰里(왕사린리): 동진(東晉) 때의 호족인 왕씨와 사씨는 금릉(金陵)의 오의항(烏衣巷) 일대에 이웃하여 살았다.

12) 燕子(연자)구: 유우석의 「금릉을 노래한 시 다섯 수· 오의항(烏衣巷)」에 "朱雀橋邊野草花, 烏衣巷口夕陽斜, 舊時王謝堂前燕, 飛入尋常百姓家"(주작교 근처엔 들꽃과 풀이 곱고, 오의항 어귀에는 석양이 비꼈네. 옛날에 왕씨 사씨 집 당 앞에서 날던 제비, 지금은 평범한 여염집으로 날아드네) 시구가 있다.

13) 巷陌人家(항맥인가): 거리와 골목의 인가.

[해설]

금릉을 회고한 작품으로, 유우석의 「석두성」과 「오의항」, 고악부의 「막수악」 등의 시구를 인용해 지었다. 전단은 금릉의 지세와 풍광을, 중단은 금릉 성벽의 옛 자취를, 후단은 눈앞에 보이는 경물을 묘사하면서 고금의 흥망을 말했다. 인간사의 흥망성쇠와 유구하고 장려한 강산을 대비시켜 회고의 정을 읊었다.

115 서학선(瑞鶴仙)* 주방언(周邦彥)

悄郊原帶郭[1]●	성곽 밖 들판은 적적하고
行路永,	길은 끝없이 이어졌는데
客去車塵漠漠[2]●	나그네의 수레 먼지는 풀썩거리며 멀어져 가네
斜陽映山落●	저녁 해는 산을 비추며 지니

斂餘紅,[3]	붉은 노을을 거둬들이면서
猶戀[4]孤城欄角●	아쉬운 듯 외로운 성의 난간 모서리를 비추누나
凌波步弱[5]●	동행한 여인의 발걸음이 피곤해져서
過短亭、何用素約●	우연히 잠시 길가 주점을 찾아들었네
有流鶯[6]勸我,	기녀는 내게 권하기를
重解繡鞍,	안장을 다시 풀어놓고
緩引春酌●	천천히 봄 술이나 마시라고 하네
不記歸時早暮,[7]	언제 돌아왔는지
上馬誰扶,	누가 부축해서 말에 올랐는지 기억이 없고
醒眠朱閣●	깨어보니 누각 안에 있구나
驚飆動幕[8]●	마침 회오리바람이 휘장을 흔들어
扶殘醉、繞紅藥[9]●	취기 남은 몸을 일으켜 작약 꽃 주위를 맴도네
歎西園,	탄식하노니 정원엔
已是花深無地,[10]	벌써 꽃이 떨어져 맨땅이 없는데
東風何事又惡[11]●	동풍은 어인 일로 또 심술궂게 부는고
任[12]流光過卻[13]●	덧없는 세월아 흘러가거라
猶喜洞天[14]自樂●	그래도 이 동천에서 즐기는 게 좋구나

[주석]

* 雙調102字, 前段11句7仄韻, 後段11句6仄韻.(詞譜31)

1) 帶郭(대곽): 성을 둘러싼 외곽(外郭). 성곽 근처.

2) 漠漠(막막): 흩어져 퍼지는 모양. (안개, 구름 따위가) 짙게 낀 모양. 멀어 아득하다.

3) 餘紅(여홍): 붉은 석양빛. 노을.

4) 戀(연): 연연하다. 이별하기 아쉬워하다.

5) 凌波步弱(능파보약) 2구: 작자와 동행한 여인이 피곤해서 잘 걷지 못하기 때문에, 잠시 쉬기 위해 길가 주점에 우연히 들렀다는 뜻. 또는 아름다운 기녀를 우연히 길가 주막에서 만났다는 뜻으로도 볼 수 있다. '凌波'는 미인의 걷는 자태가 가볍고 우아한 모습. 미인의 자태를 뜻하는 말. 조식(曹植)의 「낙신부(洛神賦)」에 "凌波微步, 羅襪生塵"(물결 위를 가볍게 걸어가니, 비단 버선에선 잔물결이 인다) 구가 있다. '步弱'은 다리가 약해서 걷기 힘들다. 잘 걷지 못하다. 그러나 '미보(微步)'와 같은 뜻으로 보아, '능파미보(凌波微步),' 즉 미인의 아름다운 자태를 뜻하는 것으로 볼 수도 있다. '하용소약(何用素約)'은 (길가 주점을 찾아드는 데) 무슨 선약이 필요하랴. 우연히 들른 것을 뜻한다. '단정(短亭)'은 길가의 휴게소. 주점. '소약(素約)'은 예전에 한 약속. 선약(先約).

6) 流鶯(유앵): 꾀꼬리. 여기서는 기녀나 가기를 말한다.

7) 早暮(조모): 이름과 늦음. 조만(早晩). 때.

8) 驚飆動幕(경표동막): 회오리바람이 휘장을 흔들다. 바람이 불어 잠을 깨운다는 뜻. '驚飆'은 세찬 회오리바람.

9) 紅藥(홍약): 붉은 작약(芍藥). 함박꽃.

10) 花深無地(화심무지): 꽃이 떨어져 온 땅을 덮다. '無地'는 지면이 보이지 않다. '花深'은 꽃이 만개한 것을 뜻하기도 한다.

11) 惡(악): 나쁜 짓을 하다. 여기서는 봄바람이 불어 꽃을 지게 하는 것을 말한다.

12) 任(임): 내버려두다. 방임하다.

13) 過卻(과각): 지나가다.

14) 洞天(동천): 도교에서 말하는 신선들이 사는 복지(福地). 여기서는 작자가 자족하며 지내는 곳.

[해설]

시간상으로 어제 저녁부터 오늘 아침까지의 일을 서술했다. 전단에서 작자는 교외에서 누구를 전송하고 저녁 무렵에 돌아오다가, 우연히 주점에 들어가 술을 마신 일을 서술했다. 후단에서는 취해서 돌아온 다음 날, 취기가 덜 깬 채 정원을 둘러보며 봄이 가는 것을 한탄하면서 스스로 마음을 달랜다. 서사(敍事), 사경(寫景), 서정(抒情)을 한 편에 담았다.

116 낭도사만(浪淘沙慢)*

주방언(周邦彦)

曉陰重,	새벽 구름 무겁게 끼었고
霜凋岸草,	언덕의 풀은 서리에 시들고
霧隱城堞[1]●	안개는 성벽을 가렸네
南陌脂車[2]待發●	남쪽 길엔 수레가 떠날 채비를 마쳤고
東門帳飮[3]乍闋[4]●	동문 밖 전별의 술자리는 막 끝났네
正拂面垂楊堪攬結[5]●	얼굴을 스치는 버들가지는 가는 임을 잡아맬 만하건만
掩紅淚、[6]玉手親折●	눈물 가리며 섬섬옥수로 버들가지 꺾어 주었네
念漢浦[7]離鴻去何許,	한수 물가를 떠나간 기러기는 어디로 갔는고
經時[8]信音絕●	세월은 흘러 소식은 끊겼어라

情切•	보고픈 마음은 간절하나
望中地遠天闊•	바라보면 땅은 멀고 하늘은 넓어라
向露冷風清,	이슬은 차고 바람은 맑고
無人處、耿耿[9]寒漏咽[10]•	아무도 없는데 경루만 수심 속에 목메어 우네
嗟萬事難忘,	한숨짓노니 온갖 일 가운데서 잊지 못하는 건
惟是輕別•	가벼이 이별한 일이어라
翠尊未竭[11]•	비취 술잔엔 술이 남았으니
憑斷雲、[12]留取西樓殘月•	조각구름에게 부탁해 서루의 새벽달을 머물게 하네
羅帶光消[13]紋衾疊•	비단 띠는 빛이 바래고 이부자리는 포개진 채로 있고
連環解、[14]舊香頓歇[15]•	옥고리는 깨지고 옛 향기는 갑자기 사라졌네
怨歌永、瓊壺敲盡缺[16]•	원망의 노래 길어져 옥 타구는 이가 다 빠졌구나
恨春去、不與人期,[17]	한스럽게도 봄은 기약 없이 떠나가면서
弄夜色、空餘滿地梨花雪•	밤중에 눈 같은 배꽃을 마당 가득히 남겼구나

[주석]

* 雙調133字, 前段9句6仄韻, 後段15句10仄韻.(詞譜37)

1) 城堞(성첩): 성가퀴. 성 위에 나지막하게 쌓은 담. 여장.

2) 脂車(지거): 길 떠날 준비로 수레바퀴 굴대에 기름을 칠하다.

3) 帳飮(장음): 장막 안에서 이별주를 마시다. 전별(餞別)의 잔치.

4) 乍闋(사결): 막 끝나다.

5) 堪攬結(감람결): 휘어잡아 잡아맬 만하다. 가을 버들가지이지만 아직도 부드

러운 것을 말하며, 또한 떠나가는 사람을 버들가지로 매어놓고 가지 못하게 하고 싶다는 뜻이 있다.

6) 紅淚(홍루): 여인의 눈물.

7) 漢浦(한포): 한수(漢水)의 물가. 여기서는 정교보(鄭交甫)의 고사를 암시적으로 사용했다. 015 「목란화(木蘭花)」 '解佩' 참조.

8) 經時(경시): 오랜 세월이 지나다. 오랫동안.

9) 耿耿(경경): 근심스러운 모양. 잊지 못하는 모양.

10) 寒漏咽(한루열): 쓸쓸한 경루(更漏)가 목메어 울다.

11) 翠尊未竭(취준미갈): 비취 술잔에 있는 술을 아직 다 마시지 않았다. '翠尊'은 파란 옥으로 만든 술그릇. 술잔의 미칭.

12) 憑斷雲(빙단운)구: 외로운 구름과 새벽달을 짝해 잠 못 이루고 있는 것을 말한 것이다. '憑'은 의지하다. 청하다. 부탁하다.

13) 羅帶光消(나대광소): (그녀가 준) 비단 띠는 색이 바래다. '羅帶'는 비단 허리띠. 또는 동심결을 맺은 비단 띠.

14) 連環解(연환해): 연결된 옥고리가 풀어지다(깨지다). 남녀의 이별이나 사랑이 깨진 것을 말한다. 109 「해련환(解連環)」 '解連環' 참조.

15) 舊香頓絶(구향돈절): 옛 향기가 갑자기 없어지다. 가충(賈充)의 딸이 한수(韓壽)에게 향을 준 고사를 암시적으로 사용했다. 098 「풍류자(風流子)」 '韓香' 참조.

16) 瓊壺敲盡缺(경호고진결): 감정이 매우 격렬한 것을 말한다. 진(晉) 왕돈(王敦)은 술을 마시면 조조(曹操)의 "老驥伏櫪, 志在千里. 烈士暮年, 壯心不已"(늙은 천리마는 마구간에 엎드려 있어도 뜻은 천 리를 달리고, 열사는 늙었어도 기개는 다하지 않았네)라는 시를 읊으며, 가지고 있던 여의(如意)로 타구를 두드리며 박자를 맞춰, 타구의 가장자리가 모두 이가 빠졌다는 고사. 『세설

신어·호상(世說新語·豪爽)』에 보인다.

17) 期(기): 기약하다. 미리 알리다.

[해설]

이별의 슬픔과 한을 노래했다. 전단과 중단은 과거를 회상한 것이고, 후단은 현재로 돌아와서 이별을 슬퍼한 것이다. 때문에 전단과 중단은 가을 경치이고, 후단은 봄 경치이다. 전단은 이별할 당시의 정경을 묘사했고, 중단은 이별한 후 홀로 상심하는 정경이다. 후단은 현재 작자가 봄이 가고 배꽃이 진 가운데 이별을 한탄하는 정경이다. 『사보(詞譜)』는 이 사를 전·후단 2단으로 나누었다.

117 응천장(應天長)* 주방언(周邦彦)

條風[1]布暖,	봄바람은 따뜻하고
霏霧[2]弄晴,	안개 흩어져 날씨 맑게 개
池臺遍滿春色●	연못과 누대엔 봄빛이 가득했더니
正是夜堂[3]無月,	지금 밤 대청엔 달빛이 없어
沈沈暗寒食●	어둠침침한 한식이로구나
梁間燕,	대들보에 깃든 제비는
前社客[4]●	춘사 전에 돌아와서
似笑我、閉門愁寂●	문 닫아걸고 홀로 시름에 잠긴 나를 웃는구나

亂花過、隔院芸香,[5]	어지러이 낙화가 흩날려 마당 안팎은 향기롭고
滿地狼籍●	꽃잎은 온 땅을 덮었구나
長記那回時,[6]	늘 기억하노니 그때 한식날에
邂逅相逢,	우연히 그녀와 만났을 때
郊外駐油壁[7]●	그녀의 수레는 교외에 머물러 있었지
又見漢宮[8]傳燭,	지금 또 한식이 되어 궁중에서 하사한 촛불이
飛煙五侯宅●	연기 날리며 오후의 저택으로 들어가는 걸 보네
青青草,	봄풀 푸릇푸릇 돋아나서
迷路陌●	길을 잃겠구나
强載酒、細尋前迹●	그래도 억지로 술병을 들고 옛 자취를 찾아갔더니
市橋遠、柳下人家,	저자 다리 멀리 버드나무 밑의 집을
猶自相識●	그래도 알아볼 수 있었네

[주석]

* 雙調98字, 前後段各11句5仄韻.(詞譜8)

1) 條風(조풍): 춘풍. '조풍(調風)' '융풍(融風)'이라고도 한다.

2) 霏霧(비무): 가볍게 휘날리는 안개.

3) 正是夜堂(정시야당)구: 바로 지금 작자가 앉아 있는 대청은 달빛이 없는 한식날 밤이라고 하여, 감정이 침울한 것을 암시했다. 『흠정사보(欽定詞譜)』에는 '야당(夜堂)'이 '야대(夜臺)'로 되어 있는데, 분묘, 저승의 뜻이 있다.

4) 前社客(전사객): 사일(社日) 전의 나그네. 여기서는 제비를 말한다. '社'는 입

춘이나 입추 후 다섯째 무일(戊日)에 토지신에게 지내는 제사. 제비는 춘사(春社)를 전후해 돌아오고, 추사(秋社)를 전후해 돌아간다.

5) 芸香(운향): 향초의 하나. 여기서는 꽃향기를 말한다.

6) 那回時(나회시): 지난번. 그때. '時'는 어기사로 감탄, 찬탄의 어기를 나타낸다.

7) 油壁(유벽): 차체에 칠을 하고 아름답게 꾸민, 여인이 타는 수레. 유벽거(油壁車). 옛날 한식 때는 답청(踏青)의 풍속이 있어 여자들은 수레를 타고 교외로 나갔다.

8) 又見漢宮(우견한궁) 2구: 한식을 뜻한다. 고대에는 한식 청명 때, 궁중에서 새 불씨를 만들어 대신들의 집에 나누어주었다. 당(唐) 『연하세시기(輦下歲時記)』에 "淸明日取楡柳之火, 以賜近臣"(청명일에 느릅나무와 버드나무의 불을 취해 근신에게 하사했다)라는 기록이 있다. 당(唐) 한굉(韓翃)의 「한식(寒食)」 중 "日暮漢宮傳蠟燭, 輕煙散入五侯家"(해 저물어 궁중에서 촛불을 하사해서 전하니, 가벼운 연기는 오후의 집으로 들어가네) 시구를 이용했다. '오후(五侯)'는 한(漢) 환제(桓帝) 때의 다섯 사람의 권세가.

[해설]

한식날 밤에 옛일을 회상하며 쓸쓸한 심정을 읊었다. 전단의 첫 3구는 오늘 한식의 낮 풍경을 묘사했고, 제4구 이하는 현재 작자가 처한 한식의 밤 풍경을 묘사했는데, 우울한 심정이 표출되었다. 후단의 첫 3구는 지난날 한식 때 여인과 상봉한 것을 회상했고, 그 이하는 오늘 한식날 낮에 옛날 함께 놀았던 여인의 집을 찾아간 일을 말했다. 시간과 장면의 연결이 명확하지 않아서 혼란스럽기조차 하나, 오히려 이러한 몽롱한 서술이 이 사의 매력일 수도 있다. 만약 전단의 '야당(夜堂)'을 '야대(夜臺)'로 고쳐서 읽는다면, 한식을 맞아 사망한 여인을 애도하는 작품으로 해석할 수 있다.

118 야유궁(夜遊宮)* **주방언(周邦彦)**

葉下斜陽照水●	낙엽은 지고 석양은 강물을 비추는데
捲輕浪、沈沈[1]千里●	잔물결은 천 리 멀리 흘러가네
橋上酸風射眸子[2]●	다리 위 찬바람이 눈을 쏘는 듯 차갑건만
立多時,	한참 서 있노라니
看黃昏,	땅거미 지고
燈火市●	저잣거리엔 등불이 켜지누나
古屋寒窓底●	고가의 쓸쓸한 창가에 붙어 서서
聽幾片、井桐飛墜●	우물가 오동잎 떨어지는 소리를 듣노라
不戀單衾[3]再三起●	이불을 젖히고 자주 일어나니
有誰知,	그 누가 알리오
爲蕭娘,[4]	그녀의
書一紙●	편지 한 장 때문이란 것을

[주석]

* 雙調57字, 前後段各6句4仄韻.(詞譜12)

1) 沈沈(침침): 깊고 먼 모양.

2) 酸風射眸子(산풍사모자): 찬바람이 불어와 눈을 찌르다. 이하(李賀)의 「금동선인이 한나라를 떠나가는 노래(金銅仙人辭漢歌)」에 "東關酸風射眸子"(동관의 찬바람이 눈을 찌른다) 시구가 있다.

3) 單衾(단금): 홑이불. 얇은 이불. '單'에는 외톨이, 외롭다 등의 뜻도 있다.

4) 蕭娘(소낭): 여인이나 기녀의 범칭. 양거원(楊巨源)의 「소낭(蕭娘)」에 "風流才子多春思, 斷腸蕭娘一紙書"(풍류재자는 춘정이 많으니, 소낭의 편지 한 장에 애간장 끊어지네) 시구가 있다.

[해설]

작품에서 시간은 해질 무렵에서 등불이 켜지며 밤이 되고, 장소는 물가에서 고옥으로 이동하고 있다. 시공의 변화에 따라 감정이 침울해지고, 말미에서 고뇌의 원인을 토로하며 수심이 절정을 이룬다.

119 청옥안(靑玉案)*

하주(賀鑄)

淩波[1]不過[2]橫塘[3]路●	어여쁜 그녀의 발걸음은 횡당 길로 오지 않으리니
但目送、芳塵[4]去●	다만 걸어가는 뒷모습을 바라보며 보냈노라
錦瑟華年[5]誰與度●	그녀는 꽃다운 시절을 뉘와 함께 보낼런고
月橋花院,	달빛 비치는 다리일까 꽃 핀 정원일까
瑣窓[6]朱戶●	붉은 대문 안 꽃무늬 창문 안일까
只有春知處●	봄만이 그녀 있는 곳을 알리라

飛雲冉冉[7] 蘅皐[8]暮●	구름은 한가로이 떠가고 향초 돋아난 강 언덕은 저무는데
彩筆[9]新題斷腸句●	채색 붓으로 새로이 단장의 시를 짓노라
試問閒愁都幾許●	묻노니 부질없는 수심은 모두 얼마나 되는고
一川[10]煙草,	온 들판의 안개 서린 풀과
滿城風絮●	성 안 가득히 바람에 날리는 버들개지와
梅子黃時雨[11]●	매실 노랗게 익을 때 내리는 비일레라

[주석]

* 雙調67字, 前後段各6句5仄韻.(詞譜15)

1) 凌波(능파): 미인(美人)의 걸음이 가볍고 우아함을 형용. 115「서학선(瑞鶴仙)」'凌波步弱' 참조.

2) 過(과): 오다. 방문하다.

3) 橫塘(횡당): 지명. 소주(蘇州)의 서남쪽 교외. 작자의 별장이 이곳에 있었고, 만년에 이곳에서 살았다.

4) 芳塵(방진): 미인이 걸어가면서 일으키는 먼지. 여기서는 걸어가는 여인의 뒷모습. 조식(曹植)의 「낙신부(洛神賦)」 중 "凌波微步, 羅襪生塵"(물결 위를 가볍게 걸어가니, 비단 버선에선 잔물결이 인다)에서 나온 말.

5) 錦瑟華年(금슬화년): 꽃다운 젊은 시절. 이상은(李商隱)의 「거문고(錦瑟)」에 "琴瑟無端五十絃, 一絃一柱思華年"(거문고는 공연히 오십 현이 있어, 줄 하나 기러기발 하나마다 젊은 때를 생각하게 하네) 시구가 있다.

6) 瑣窓(쇄창): 무늬를 아로새긴 창.

7) 冉冉(염염): 구름이 천천히 움직이는 모양.

8) 蘅皐(형고): 향초가 자라난 물가의 언덕.

9) 彩筆(채필): 아름답게 채색한 붓. 문재. 104「과진루(過秦樓)」'才減江淹' 주석 참조.

10) 一川(일천): 온 땅. '川'은 평탄한 땅.

11) 梅子黃時雨(매자황시우): 강남 지방에서는 5월 무렵 매실이 노랗게 익을 때 장마가 내리는데, 이때 내리는 비를 '황매우(黃梅雨)'라고 한다.

[해설]

여인을 사모하는 연정사(戀情詞)다. 작자는 횡당에서 한 여인과 이별했는데, 그녀는 떠나간 후 다시는 돌아오지 않고, 지금 저물어가는 봄을 보며 떠나간 여인을 그리워하면서 단장의 노래를 불렀다. 작자는 편말에서 모춘 시절의 경물을 빌려 마음속의 수심을 절묘하게 형상화했으니, 황정견(黃庭堅)은 "강남의 단장의 시구를 읊을 수 있는 사람은 세상에 오직 하주뿐이다"라고 극찬했다고 한다. 혹자는 작품 속의 미인에 여러 가지의 의미를 부여하여 해석하기도 한다. 작품은 미인을 노래했지만, 실은 벼슬길에서의 실의, 청춘을 헛되이 보낸 상실감, 이상을 이루지 못한 좌절감 등 작자 내면에 있는 '한수(閑愁)'를 미인에 기탁해서 노래한 것으로 해석하기도 한다.

120 감황은(感皇恩)*

하주(賀鑄)

蘭芷[1]滿汀洲,[2]	향초는 물가 모래톱에 가득히 자라고
游絲[3]横路●	버들가지는 길 위로 비스듬히 날리는데
羅襪[4]塵生步●	그녀는 버선발로 사뿐사뿐 걸으며
迎顧[5]●	나를 마주해 바라보네
整鬟顰黛,[6]	그녀는 머리를 매만지며 아미엔 시름이 어리나니
脈脈[7]兩情難語●	서로 가슴속 품은 정은 말하기 어려워라
細風吹柳絮●	산들바람에 버들개지 날리는데
人南渡●	그녀는 남으로 강 건너갔구나
回首舊遊,	머리 돌려 옛날 놀던 곳 바라보니
山無重數[8]●	산은 수없이 첩첩하여라
花底深朱戶[9]●	꽃나무 속 깊숙한 붉은 대문 집은
何處●	어느 곳에 있는고
半黃梅子,	매실은 반쯤 노랗게 익고
向晚一簾疏雨●	저녁 무렵 성긴 비 내리네
斷魂[10]分付與[11]●	이내 슬픈 넋을 맡기노니
春將去[12]●	봄아 가지고 가려무나

[주석]

* 雙調67字, 前後段各8句6仄韻.(詞譜15)

1) 蘭芷(난지): 난초와 백지(白芷). 여기서는 향초를 말한다.

2) 汀洲(정주): 못, 강 따위에서 물이 얕고 흙이나 모래가 드러난 곳. 물가의 평지.

3) 游絲(유사): 거미줄 따위의 곤충이 토해놓은 가는 줄. 아지랑이. 여기서는 '유사(柳絲, 버들가지)'와 같이 보았다.

4) 羅襪(나말)구: 아름답고 가볍게 걷는 미인의 모습을 형용한 말이다. '羅襪'은 비단 버선. 미인의 가볍고 아름다운 발걸음. 조식(曹植)의 「낙신부(洛神賦)」 중 "凌波微步, 羅襪生塵"(물결 위를 가볍게 걸어가니, 비단 버선에선 잔물결이 인다)에서 나온 말이다.

5) 迎顧(영고): 마주 바라보다.

6) 顰黛(빈대): 눈썹을 찌푸리다. 표정이 수심에 차다.

7) 脈脈(맥맥): 정을 품고 말없이 바라보는 모양.

8) 無重數(무중수): 겹겹이 무수하다. '重無數'와 같다.

9) 朱戶(주호): 붉은 칠을 한 대문. 여기서는 여인이 살고 있는 집을 말한다.

10) 斷魂(단혼): 몹시 슬퍼서 넋을 잃다. 몹시 슬픈 마음. 단장(斷腸).

11) 分付與(분부여): 건네주다. 맡기다.

12) 將去(장거): 가지고 가다.

[해설]

작자와 여인은 서로 깊은 애정을 느끼지만, 여인은 말없이 강을 건너가고 작자는 슬픔과 그리움에 잠긴다. 작품의 내용과 정서가 119 「청옥안(青玉案)」과 비슷하여 「청옥안」의 자매편이라고 할 만하고, 조식의 「낙신부」를 연상시키기도 한다. 이별의 수심과 연정(戀情)을 노래한 것이지만 혹시 기탁한 뜻이 있는지도 모르겠다.

121 박행(薄倖)*

하주(賀鑄)

淡妝多態[1]●	엷게 화장한 자태 더욱 고와라
更的的、[2]頻回眄睞[3]●	맑고 고운 눈길로 자주 나를 바라보았네
便認得琴心[4]先許,[5]	사랑하는 내 마음을 알고는
欲綰合歡雙帶[6]●	그녀는 사랑의 쌍 매듭 맺기를 원했다네
記畫堂、[7]風月逢迎,[8]	바람과 달이 좋은 때 대청에서 만났는데
輕顰淺笑嬌無奈[9]●	살짝 찡그리고 살며시 웃는 모습 정말 사랑스러웠네
向睡鴨鑪[10]邊,	오리 모양의 향로 가
翔鴛屏[11]裏,	쌍쌍이 나는 원앙 그림 병풍 안에서
羞把香羅[12]暗解●	수줍어하며 향기로운 깁옷을 살며시 풀었다네
自過了、燒燈[13]後,	연등 밝혔던 대보름이 지난 후로는
都不見、踏青挑菜[14]●	답청하고 나물 캐는 모습을 볼 수 없네
幾回憑雙燕,	몇 번이나 쌍쌍이 나는 제비에게
丁寧[15]深意,	부디 내 깊은 정을 전해달라고 부탁했던고
往來卻恨重簾礙●	한스럽게도 겹겹이 친 발이 제비 왕래를 막는구나
約何時再●	언제 다시 만나자고 약속할 수 있으랴
正春濃酒困,[16]	지금 봄은 한창인데 술 마셔 노곤하고
人閒晝永無聊賴[17]●	사람은 한가하고 낮은 길어 무료하여라
厭厭[18]睡起,	나른히 잠 깨어보니
猶有花梢日在●	아직도 꽃가지 끝엔 해가 걸려 있구나

[주석]

* 雙調108字, 前段9句5仄韻, 後段10句5仄韻.(詞譜35)

1) 淡妝多態(담장다태): 엷게 화장한 자태가 더욱 아름답다. '多態'는 각종 자태가 많다(곱다).

2) 的的(적적): 맑고 아름다운 모양. 선명한 모양.

3) 眄睞(면래): 돌아보다. 곁눈으로 보다.

4) 琴心(금심): 거문고에 기탁한 마음. 사랑하는 마음. 한(漢)나라 때 사마상여(司馬相如)가 탁문군(卓文君)을 좋아해서, 탁문군이 음악을 좋아한다는 것을 알고는 거문고로 그녀를 유혹해, 야반에 함께 도망가 부부가 됐다는 고사가 『사기·사마상여열전(史記·司馬相如列傳)』에 보인다.

5) 先許(선허): 먼저 허락하다.

6) 綰合歡雙帶(관합환쌍대): 애정의 표시로 쌍 매듭을 맺다. 남녀의 즐거운 만남을 이루다. '綰'은 매다. 맺다. '合歡'은 사랑하는 남녀가 만나서 즐기다.

7) 畵堂(화당): 화려한 대청.

8) 逢迎(봉영): 영접하다. 만나다.

9) 嬌無奈(교무내): 비할 데 없이 예쁘다(사랑스럽다). '無奈'는 비할 바 없다.

10) 睡鴨鑪(수압로): 잠자는 오리 모양의 향로.

11) 翔鴛屛(상원병): 쌍쌍이 나는 원앙을 그린 병풍.

12) 香羅(향라): 향기로운 비단 옷.

13) 燒燈(소등): 정월 보름날 꽃등을 밝힌 후, 약 5일 쯤 지나 꽃등을 태워버리는 일.

14) 踏靑挑菜(답청도채): 여인들이 봄에 교외에 나가 산책하며 나물을 캐는 것. 답청절은 음력 2월 2일, 또는 3월 3일이라고 하는데, 후세에는 청명절을 답청하는 날로 삼는 경우가 많았다. 도채절은 2월 2일인데 나물을 캐며 논다.

15) 丁寧(정녕): 재삼 부탁하다. 신신당부하다. 부디.

16) 酒困(주곤): 과음해서 노곤하다.

17) 無聊賴(무료뢰): 의지할 데 없다. 무료하다.

18) 厭厭(염염): 기운이 없는 모양. 병든 모양.

[해설]

남녀의 염정을 노래한 것으로, 전단은 여인의 자태와 심리를 묘사하면서 남녀의 연애 과정을 서술했고, 후단은 이별한 후의 그리움과 번뇌를 토로했다.

122 완계사(浣溪沙)* **하주(賀鑄)**

不信芳春厭老人。	꽃 핀 봄이 설마 늙은이를 마다하랴
老人幾度送餘春[1]。	이 늙은이 몇 번이나 남은 봄을 즐기랴
惜春行樂莫辭頻。	상춘행락이 잦다고 사양 말 것이라
巧笑艷歌皆我意,	예쁜 웃음과 고운 노래 모두 마음에 드나니
惱花[2]顚酒[3]拚[4]君嗔[5]。	그대 꾸짖어도 나는 꽃에 울고 술에 취하리라
物情[6]惟有醉中眞。	세상사는 취중에만 참되다오

[주석]

* 雙調42字, 前段3句3平韻, 後段3句兩平韻.(詞譜4)

1) 餘春(여춘): 남은 봄. 잔춘(殘春).

2) 惱花(뇌화): 꽃을 대하고 번뇌하다.

3) 顚酒(전주): 술을 미친 듯 마셔 대취하다. '전음(顚飮)'과 같다.

4) 拚(반): 돌보지 않다. 무릅쓰다. 기꺼이 ~(하고자) 하다.

5) 嗔(진): 화내다. 비난하다.

6) 物情(물정): 사물의 이치와 세상의 인정.

[해설]

작자 만년의 작으로, 봄이 다 가기 전에 마음껏 즐기며 놀자는 급시행락(及時行樂)의 노래다. 작자는 세족(世族) 출신으로 권세에 아부하지 않았기 때문에 평생을 하급관료로 지내다 은퇴했다. 때문에 작자가 산수 사이에서 시와 술을 즐기면서도 때로는 불평의 소리를 내기도 했다. 이 작품에서도 작자는 호탕하게 술 마시며 봄을 즐기자고 말하고 있지만, 이면에는 울분과 불평이 기탁되었다고 볼 수도 있다.

123 완계사(浣溪沙)* **하주(賀鑄)**

樓角初消一縷霞。	누각 모서리엔 한 줄기 노을이 막 사라지고
淡黃楊柳暗棲鴉。	연노랑 버들은 어두워져 까마귀도 깃들었는데

玉人和月摘梅花。	옥 같은 미인이 달빛 아래 매화 가지를 꺾네
笑撚[1]粉香[2]歸洞戶,[3]	웃음 머금고 매화꽃 들고 규방으로 들어가
更垂簾幕護窓紗。	휘장을 드리워 창문을 가리나니
東風寒似夜來些[4]。	봄바람은 간밤보다 더 차가워라

[주석]

* 雙調42字, 前段3句3平韻, 後段3句兩平韻.(詞譜4)

1) 撚(연): (손가락으로) 잡다. 비비다. 비틀다. '념(拈)'과 같은 의미로 쓰였다.

2) 粉香(분향): 분과 향기. 여기서는 매화를 말한다.

3) 洞戶(동호): 방과 방 사이를 통하는 문.

4) 寒似夜來些(한사야래사): 간밤보다 더 춥다. '似'는 비슷하다. 여기서는 ~보다. '어(於)'와 같은 의미로 쓰였다. '夜來'는 어젯밤. 어제. '些'는 어미조사.

[해설]

한 폭의 미인도와 같다. 작자는 경물과 여인을 묘사하면서 청한(淸閑)하고 고아(高雅)한 의경(意境)을 만들어, 독자가 자유롭게 상상하도록 여백을 남겨놓았다.

124 석주만(石州慢)*

하주(賀鑄)

薄雨收寒,	가랑비에 추위 가시고
斜照弄晴,[1]	저녁 햇빛은 맑게 갠 하늘을 비추니
春意空闊•	봄기운은 가없어라
長亭[2]柳色纔黃,	주막의 버들은 이제 막 노릇노릇한데
倚馬[3]何人先折•	누가 말에 기대어 버들가지를 먼저 꺾는고
煙橫水漫,	안개는 가로 서려 있고 강물은 넓은데
映帶[4]幾點歸鴻,	몇 마리 돌아가는 기러기는 저녁 햇빛을 띠었고
平沙消盡龍荒[5]雪•	모래펄엔 변새의 눈이 다 녹았네
猶記[6]出關來,	지난날 관문을 나설 때도
恰如今時節•	바로 지금 이 계절이었더라
將發•	길 떠날 즈음
畫樓芳酒,	누각에서 술 마시며
紅淚[7]清歌,	그녀의 눈물과 노래 속에서
便成輕別	가벼이 이별하였더라
回首經年•	돌아보니 오랜 세월이 흘러
杳杳[8]音塵都絶•	아득히 소식은 모두 끊겼어라
欲知方寸,[9]	내 마음속에
共有幾許新愁,	얼마나 많은 수심이 있는지 알려면
芭蕉[10]不展丁香結•	파초 잎 말리고 정향 꽃망울 맺힌 걸 보오

憔悴一天涯,	초췌한 채 하늘가에서
兩[11]厭厭[12]風月[13]●	서로 떨어져 풍월을 대하곤 시름겨워하누나

[주석]

* 雙調102字, 前段10句4仄韻, 後段11句5仄韻.(詞譜30)

1) 弄晴(농청): 하늘이 맑게 개다. 갠 하늘이 나타나다.

2) 長亭(장정): 길가의 휴게소. 객사. 주막.

3) 依馬(의마)구: 여기서는 말 옆에서 출발을 기다리는 사람을 말한다. '절(折)'은 버들가지를 꺾어 주며 이별하는 것을 말한다.

4) 映帶(영대): 서로 비추어 돋보이다. 경치가 서로 어울리다.

5) 龍荒(용황): 용사(龍沙). 황량한 변새 지방의 통칭. 새외(塞外).

6) 猶記(유기): 아직도 기억하다.

7) 紅淚(홍루): 미인의 눈물.

8) 杳杳(묘묘): 아득히 먼 모양. 묘연하다.

9) 方寸(방촌): 마음.

10) 芭蕉(파초)구: 수심이 맺혀 풀리지 않는 것을 파초 잎이 말려 펼쳐지지 않고 정향 꽃봉오리가 맺혀 있는 것에 비유했다. 이상은(李商隱)의 「대증(代贈)」 중 "芭蕉不展丁香結, 同向春風各自愁"(파초 잎은 펼쳐지지 않고 정향 꽃망울 맺혀 있어, 봄바람 속에 각각 수심에 잠겨 있네) 시의를 이용했다.

11) 兩(양): 그대와 나 둘이서. 두 곳.

12) 厭厭(염염): 기운이 없는 모양. 울적한 모양. '염염(懨懨)'과 같다.

13) 風月(풍월): 바람과 달. 아름다운 경치.

[해설]

이별의 수심을 노래했다. 전단은 눈앞에 펼쳐진 봄 경치를 대하고 과거의 이별을 회상했고, 후단은 너무 쉽게 헤어진 것을 후회하며 이별의 수심을 말했다. 오증(吳曾)의 『능개제만록(能改齋漫錄)』은 멀리 있는 여인이 보내온 "深恩縱似丁香結, 難展芭蕉一寸心"(깊은 정은 정향 봉오리처럼 맺혀 있고, 말린 파초 잎처럼 펴기 어려운 내 마음이여) 시구에 감동하여 이 사를 지었다고 한다.

125 접련화(蝶戀花)* 하주(賀鑄)

幾許[1]傷春春復暮●	아무리 가는 봄을 슬퍼해도 봄은 또 저무나니
楊柳淸陰,	버드나무는 시원한 그늘을 드리우고
偏礙游絲[2]度●	공중에 떠다니는 유사를 가로막네
天際小山[3]桃葉[4]步●	하늘가 멀리 작은 산을 바라보며 나루터를 서성이니
白蘋[5]花滿湔[6]裙處●	빨래터엔 흰 마름꽃이 가득하구나
竟日[7]微吟長短句[8]●	온종일 장단구를 나지막이 읊조리고
簾影燈昏,	주렴 안 등불 어두운데
心寄胡琴[9]語●	비파 줄에 수심을 담아내네
數點雨聲風約住[10]●	후두두 빗방울 소리는 바람에 흩어지고
朦朧淡月雲來去●	달빛은 몽롱하고 구름은 오가네

[주석]

* 雙調60字, 前後段各5句4仄韻.(詞譜13)

1) 幾許(기허): 얼마. 얼마나.

2) 游絲(유사): 공중에 떠도는 거미줄 따위의 가는 실. 또는 아지랑이.

3) 天際小山(천제소산): 하늘가 먼 곳에 있는 작은 산. 또는 여인의 눈썹을 형용한 것으로 볼 수 있다. 곧 '원산미(遠山眉)' '소산미(小山眉)'의 뜻으로 보아 여인의 고운 눈썹. 여인의 용모와 여인이 보는 경치를 동시에 뜻한 것으로 볼 수 있다.

4) 桃葉(도엽): 진(晉) 왕헌지(王獻之)의 애첩 이름. 애첩, 연인, 미녀의 별칭. 또는 나루터의 이름. 이별의 장소. '보(步)'는 걷다. 또는 '부(埠)'와 동의자(同義字)로 보기도 한다.

5) 白蘋(백빈): 흰 꽃이 핀 마름. 여인이 봄날 교외에 나가 흰 마름꽃을 따서 애인에게 주는 풍속이 있다.

6) 湔(전): 씻다. 빨다.

7) 竟日(경일): 하루 종일.

8) 長短句(장단구): 시구의 장단이 같지 않은 시가. 또는 사곡(詞曲)의 별칭.

9) 胡琴(호금): 서역에서 전해온 현악기. 비파.

10) 風約住(풍약주): 바람에 의해 구속받다. 빗방울 소리가 바람에 흩어져 멈추는 것을 말한다. '約住'는 구속하다. 막다.

[해설]

늦은 봄의 낮부터 밤까지의 풍경을 묘사하면서, 저무는 봄을 애석히 여기며 임을 그리는 여인의 고독과 수심을 노래했다. 하주는 종종 이전 사람들의 작품을 이용해서 사를 지었는데, 이 작품도 이관(李冠)의 「접련화

(蝶戀花)」를 이용해서 지은 것이다.

126 천문요(天門謠)* **하주(賀鑄)**

— 登采石蛾眉亭[1]	— 채석의 아미정에 오르다
牛渚天門[2]險●	험한 우저기와 천문산은
限南北、[3]七雄豪占[4]●	남북을 갈라놓아 칠웅이 이곳에 웅거하였더라
淸霧斂●	안개가 걷히니
與[5]閒人[6]登覽●	한가로운 사람들은 아미정에 올라 바라보노라
待月上潮平波灩灩[7]●	달 떠오르자 잔잔한 물결은 달빛에 반짝이고
塞管[8]輕吹新阿濫[9]●	변새의 피리는 새 「아람」 곡을 가벼이 불어 보내오네
風滿檻●	바람이 난간에 가득하니
歷歷數、西州[10]更點[11]●	서주의 북소리를 또렷이 셀 수 있구나

[주석]

* 雙調45字, 前後段各4句4仄韻.(詞譜5)

1) 采石蛾眉亭(채석아미정): '采石'은 안휘성(安徽省) 마안산시(馬鞍山市)에 있는 지명으로 장강(長江) 남안에 있다. 강가에 우저기(牛渚磯)가 있고, 그 위에 아미정이 있다. 하주(賀鑄)가 강하(江夏)로 부임하러 가는 길에 이 정자의 낙성식

에 참석하여 「아미정기(蛾眉亭記)」를 지었는데, 이 작품도 이때 지은 듯하다.

2) 牛渚天門(우저천문): 우저기(牛渚磯)와 천문산(天門山). 우저기는 강 가운데로 돌출한 절벽. '磯'는 강변에서 강심 쪽으로 뻗어 나온 바위. 천문산은 채석 서남쪽에 있는 산. 우저와 천문은 금릉(金陵) 서쪽에 있는 험요지다.

3) 限南北(한남북): 남북으로 나누다. 남조(南朝)와 북조(北朝)가 장강을 경계로 나누어진 것을 말한다. '限'은 나누다. 경계를 짓다.

4) 七雄豪占(칠웅호점): '七雄'은 육조의 오(吳), 동진(東晉), 송(宋), 제(齊), 양(梁), 진(陳)과 오대(五代)의 남당(南唐)을 말한다. '豪占'은 웅거하다. 천문산은 험준한 요충지였기 때문에 역대로 이곳을 점거하려고 다투었다.

5) 與(여): (기회를) 주다. '여(予)' '양(讓)'과 같다.

6) 閒人(한인): 한가로운 사람. 여기서는 역사상의 영웅호걸과 대비하여 '閒人'이라 했다.

7) 灩灩(염염): 물이 출렁거리는 모양. 물이 달빛에 빛나는 모양.

8) 塞管(새관): 변새 지방의 관악기(피리).

9) 阿濫(아람): 당(唐) 현종(玄宗) 때의 피리 곡조 이름.

10) 西州(서주): 동진(東晋)과 유송(劉宋) 때, 양주자사(揚州刺史)의 치소(治所)가 있던 곳으로, 금릉(金陵, 지금의 남경南京)의 서쪽에 있었다. 여기서는 금릉을 말한다.

11) 更點(경점): 시간을 알리는 북소리나 종소리.

[해설]

아미정에 올라 주위 경치와 회고의 정을 노래했다. 전단은 우저기와 천문산의 험준한 형세와 역사상 영웅들의 분쟁을 말하고 있는데, 흥망의 탄식이 '여한인(與閑人)'구에서 담담히 흘러나온다. 험요지이건만 지금은 한

가로운 사람들이 등람하는 명승지가 되었다는 탄식이다. 후단은 아미정에 높이 올라 바라보는 달밤의 풍경이다.

127 천향(天香)* 하주(賀鑄)

煙絡[1]橫林,	이내는 늘어선 숲에 서리고
山沈遠照,	산은 먼 석양 속으로 잠기는데
迤邐[2]黃昏鐘鼓[3]●	황혼의 종소리는 끊길 듯 이어지네
燭映簾櫳,[4]	촛불은 방 안을 비추는데
蛩催機杼,[5]	귀뚜라미는 길쌈을 재촉하듯이 울며
共苦清秋風露●	나와 함께 바람과 이슬이 찬 가을을 근심하네
不眠思婦●	수심에 잠 못 이룬 여인들은
齊應和、幾聲砧杵[6]●	일제히 화답하듯이 다듬이 소리를 내네
驚動天涯倦宦,	하늘가 지친 벼슬아치를 놀라게 하나니
駸駸[7]歲華行暮●	달리는 말처럼 이 한 해도 저물어가누나
當年酒狂自負●	젊었을 적엔 술고래 뽐내며
謂東君、[8]以春相付●	동군이 내게 봄을 주었다고 떠벌렸네
流浪征驂[9]北道,	말을 타고 북쪽 길을 유랑하고
客檣南浦[10]●	배를 타고 남쪽 포구를 떠도나니
幽恨無人晤語[11]●	이 깊은 한을 호소할 데 없어라

賴[12]明月曾知舊遊處●	다행히 밝은 달은 우리 옛날 놀던 곳을 알고 있으리니
好伴雲來,[13]	구름과 함께 왔다가
還將夢去●	꿈을 가지고 가려무나

[주석]

* 雙調96字, 前段10句5仄韻, 後段8句6仄韻.(詞譜24)

1) 絡(락): 뒤덮다. 자욱이 끼다.

2) 迤邐(이리): 산맥이 꾸불꾸불 이어져 있는 모양. 여기서는 종소리가 이어지는 것을 형용한 말.

3) 鐘鼓(종고): 시간을 알리는 종과 북.

4) 簾櫳(염롱): 발과 창문. 창문의 발(휘장). 규방.

5) 蛩催機杼(공최기저): 귀뚜라미 우는 소리가 마치 길쌈을 재촉하는 소리 같다고 해서, 귀뚜라미를 촉직(促織)이라고도 한다. '機杼'는 베틀.

6) 砧杵(침저): 다듬잇돌과 방망이. 다듬이질.

7) 駸駸(침침): 말이 빨리 달리는 모양.

8) 東君(동군): 봄의 신. 춘신(春神).

9) 征驂(정참): 길 가는 말.

10) 南浦(남포): 남쪽의 포구(물가). 흔히 이별의 포구를 말한다.

11) 晤語(오어): 만나서 이야기하다.

12) 賴(뢰): 다행히. 덕분으로. 힘입다.

13) 好伴雲來(호반운래) 2구: 기꺼이 구름과 동반하여 오고, 또 꿈을 가지고 가다. 그녀와 함께 꿈속으로 왔다가 다시 꿈속의 그녀를 데리고 가다. 꿈속에

서나마 만나보고 싶다는 뜻. 여기서 구름은 사랑하는 여자를 암시하고 있다. 송옥(宋玉)의 「고당부(高唐賦)」에서 여신이 회왕(懷王)의 꿈속에 나타나 즐겼다는 고사와 연관된다. 054 「목란화(木蘭花)」 '襄王春夢' 참조.

[해설]

떠도는 하급 관리의 객수와 그리움을 노래했다. 황혼에서 한밤중까지의 여러 경물을 묘사하면서 객지의 수심을 말하고 흘러간 세월을 탄식했다. 편말에서 작자는 헤어져 있는 사람에 대한 그리움을 매우 참신하고 낭만적으로 표현했다.

128 망상인(望湘人)* 하주(賀鑄)

— 春思 — 봄날의 그리움

厭鶯聲到枕,	머리맡에 들려오는 꾀꼬리 소리와
花氣動簾,[1]	주렴 안까지 풍겨오는 꽃향기가 싫으니
醉魂愁夢相半●	취한 혼과 슬픈 꿈이 반반이어라
被惜餘薰,	이불에 남은 향기가 애석하고
帶驚剩眼[2]●	헐거워진 허리띠에 놀라니
幾許傷春春晚●	가는 봄을 아무리 슬퍼한들 봄은 저무는구나
淚竹[3]痕鮮,	대나무엔 눈물 자국이 선명하고

佩蘭[4]香老,	몸에 찬 난초는 향기 희미한데
湘天濃暖●	상강 하늘은 따뜻하구나
記小江、風月佳時,	기억하노니 바람과 달이 좋은 작은 강가에서
屢約非煙[5]遊伴●	여러 번 그녀와 약속해서 함께 노닐었더라
須信[6]鸞絃[7]易斷●	알겠구나, 난현도 쉬이 끊어진다는 것을
奈雲和[8]再鼓,	어이하랴 거문고를 다시 타도
曲終人遠●	곡은 끝나고 사람은 멀리 떠나갔구나
認羅襪[9]無蹤,	그녀의 발자취는 찾을 데 없고
舊處弄波淸淺●	옛 놀던 곳엔 맑은 물결만 잔잔하여라
靑翰[10]棹艤,[11]	푸른 새 그려진 배를
白蘋洲畔●	흰 마름꽃 떠 있는 섬 가에 대고
盡目臨皐飛觀[12]●	언덕 위 높은 누각에 올라 멀리 바라보노라
不解[13]寄、一字相思,	상사의 편지 한 장 가져올 줄 몰라도
幸有歸來雙燕●	다행히 제비 쌍쌍이 돌아오는구나

[주석]

* 雙調107字, 前段11句5仄韻, 後段10句6仄韻.(詞譜34)

1) 花氣動簾(화기동렴): 짙은 꽃향기가 마치 발을 진동시킬 듯하다.

2) 帶驚剩眼(대경잉안): 몸이 여위어 허리띠가 헐겁게 된 것에 놀라다. ‘帶’는 허리띠. ‘剩眼’은 허리띠의 사용하지 않는 구멍.

3) 淚竹(누죽): 반점이 있는 대나무. 요(堯) 임금의 두 딸이 순(舜) 임금의 왕비

가 되었는데, 후에 순 임금이 죽자 두 왕비가 흘린 눈물이 상강의 대나무 잎에 떨어져 반점이 생겼다는 전설이 있다. 006「보살만(菩薩蠻)」'湘江曲' 참조.

4) 佩蘭(패란): 몸에 찬 난초. 굴원(屈原)의「이소(離騷)」에 "紉秋蘭以爲佩"(가을 난초를 엮어 몸에 차네) 구가 있다.
5) 非煙(비연): 당(唐) 무공업(武公業)의 애첩 이름으로, 황보매(皇甫枚)의 전기소설『비연전(非煙傳)』의 여주인공. 여기서는 연인을 말한다.
6) 須信(수신): 응당 알겠다(믿겠다). '수지(須知)'와 같다.
7) 鸞絃(난현): 거문고 줄의 미칭. 여기서는 남녀 간의 굳은 애정. 봉황새의 부리와 난새의 뿔을 고아서 만든 아교로 끊어진 거문고 현을 이으면 끊어지지 않는다는 고사가『한무외전(漢武外傳)』에 보인다.
8) 雲和(운화): 거문고나 비파 등 현악기의 통칭.
9) 羅襪(나말): 비단 버선. 여기서는 연인의 자취. 조식(曹植)의「낙신부(洛神賦)」에 "凌波微步, 羅襪生塵"(물결 위를 가볍게 걸으니, 비단 버선에 잔물결이 인다) 구가 있다.
10) 青翰(청한): 배. 배에 새 모양을 새기고 청색으로 칠한 배.
11) 艤(의): 배를 강가에 대다.
12) 臨皐飛觀(임고비관): 물가 언덕에 있는 날아갈 듯한 누각. '皐'는 물가 언덕. '觀'은 누각의 일종.
13) 不解(불해): ~할 줄 모르다.

[해설]

봄날에 이별한 여인을 그리는 애상(哀傷)을 노래했다. 전단은 봄 경치를 대하고도 오히려 슬픔이 이는 것은 이별 때문인 것을 말하고, 행복했던 과거를 회상했다. 후단은 만날 수 없는 슬픔 속에 높은 곳에 올라 먼 곳을 바라보는 것으로 끝을 맺었다. 편말의 '행유(幸有)'구는 언뜻 보기에는 작자가 제비를 보고 위안을 받는 듯하지만, 배후에는 오히려 무한한 슬픔을 암시하고 있다. 혹자는 죽은 여인을 애도하는 작품으로 보기도 한다.

129 녹두압(綠頭鴨)* **하주(賀鑄)**

玉人家,	옥같이 고운 그녀의 집
畵樓珠箔[1]臨津。	주렴 걸린 화려한 누각은 나루터 근처에 있었네
託微風、彩簫流怨,	미풍에 들려오는 퉁소 소리는 원망하는 듯
斷腸馬上曾聞。	말 위에서 듣곤 애간장이 끊어졌었네
宴堂開、艶妝叢裏,	잔치 자리 꽃 같은 여인들 많은 가운데
調琴思、[2]認歌顰[3]。	거문고에 정을 담아 노래하는 그녀를 알아보았네
麝蠟[4]煙濃,	사향 촛불 향기는 짙고
玉蓮漏短,[5]	경루의 시간은 빨리 흘러
更衣[6]不待酒初醺。	취기 오르기 전에 옷을 벗었네
繡屛掩、枕鴛[7]相就,	자수 병풍을 둘러치고 원앙 베개에 누우니
香氣漸暾暾[8]。	향기는 맑고 온화했었네
回廊影、疏鐘淡月,	은은한 달빛 아래 회랑 그림자와 성긴 종소리
幾許消魂[9]。	기쁨으로 애간장이 녹았어라
翠釵分、[10]銀箋封淚,[11]	비취 비녀 나누고 눈물로 편지를 봉한 후

舞鞋從此生塵○	춤추던 신발은 그때부터 먼지만 쌓였어요
任蘭舟、載將離恨,[12]	임의 배는 이별의 한을 싣고
轉南浦、[13]背西曛○	포구를 돌아 석양을 등지고 떠나갔네요
記取明年,	기억하셔요 내년
薔薇謝後,	장미꽃이 진 후
佳期應未誤行雲[14]○	우리 만나기로 한 기약을 어기지 말기를
鳳城[15]遠、楚梅香嫩,	서울이 멀다지만 강남 매화 향기로울 때
先寄一枝春[16]○	먼저 한 가지 봄소식 보내주소서
青門[17]外,	동문 밖
祇憑芳草,	봄풀이 돋아나면
尋訪郎君○	임 찾아 나서겠어요

[주석]

* 雙調139字, 前段13句6平韻, 後段12句5平韻.(詞譜37 多麗)

1) 珠箔(주박): 주렴.

2) 調琴思(조금사): 거문고 소리에 정을 담아 유혹하다. '調'는 희롱하다. 건드리다. '琴思'는 거문고 소리에 기탁한 정. 121 「박행(薄倖)」 '琴心' 참조.

3) 認歌顰(인가빈): 수심에 차 노래하는 가기를 알게 되다. '認'은 알다. '歌顰'은 노래하며 수심에 찬 표정을 짓다.

4) 麝蠟(사랍): 사향을 배합해 만든 초. 초의 미칭.

5) 玉蓮漏短(옥련루단): 경루(물시계)의 물이 빨리 떨어지다. 시간이 빨리 지나가다. 시간이 짧다. '玉蓮漏'는 물시계의 미칭. 옥루(玉漏).

6) 更衣(갱의): 옷을 갈아입다. 여기서는 옷을 벗는다는 뜻.

7) 枕鴛(침원): 원앙을 수놓은 베개.

8) 暾暾(돈돈): 햇빛이 밝고 따뜻한 모양.

9) 消魂(소혼): (매우 슬프거나 기뻐서) 넋이 빠지다. 넋을 잃다.

10) 翠釵分(취차분): 이별할 때 정표로 비취 비녀를 나누다. 이별하다.

11) 銀箋封淚(은전봉루): 눈물로 편지를 봉하다. 편지에 눈물이 가득하다. '銀箋'은 좋은 편지지.

12) 載將離恨(재장리한): 배가 이별의 한을 싣고 떠나다. 정문보(鄭文寶)의 「유지사(柳枝詞)」 중 "不管煙波與風雨, 載將離恨過江南"(안개 낀 파도와 비바람도 상관없이, 이별의 한을 싣고 강남을 지나네) 시의를 이용했다.

13) 南浦(남포): 남쪽 물가. 흔히 이별하는 강가나 포구를 말한다.

14) 行雲(행운): 떠가는 구름. 여기서는 남녀의 기쁜 만남. 또는 사랑하는 여인. 또는 떠도는 임. 송옥(宋玉)의 「고당부(高唐賦)」 중 "旦爲朝雲, 暮爲行雨"(아침에는 구름이 되고, 저녁에는 비가 되네)에서 유래한 말.

15) 鳳城(봉성): 서울의 별칭. 단봉성(丹鳳城). 여기서는 변경(汴京)을 말한다.

16) 寄一枝春(기일지춘): 봄 꽃 한 가지를 부쳐 보내다. 남조(南朝)의 송(宋) 육개(陸凱)의 「범엽에게(贈范曄)」 중 "折梅逢驛使, 寄與隴頭人. 江南無所有, 聊贈一枝春"(매화 꺾어 들고 파발꾼을 만나, 먼 변새의 그대에게 보내노라. 강남에는 아무것도 없어, 그저 봄 매화 한 가지 보내주네) 시의를 이용했다.

17) 青門(청문): 한대(漢代) 장안(長安)의 동남문(東南門). 여기서는 변경의 성문을 말한다.

[해설]

곱고 부드러운 필치로 기녀와 나눈 사랑과 헤어진 후 다시 만나기를 바라는 심정을 노래했다. 전단은 작자가 기녀를 처음 만나서 동침하기까지의 기쁨을 순차적으로 서술했다. 후단은 화자가 기녀로 바뀌어 기녀의 입장에서 서술한 것으로, 기녀도 나를 그리워하며 약속을 지켜 돌아올 날을 기다릴 것이라고 상상했다. 기녀의 입장에서 서술함으로써 작자의 간절한 재회의 소망을 말했다.

130 석주만(石州慢)* 장원간(張元幹)

寒水依痕,[1]	찬 냇가엔 물 흔적이 여전하건만
春意漸回,	봄기운이 돌아오니
沙際煙闊●	물가 모래밭엔 안개가 넓게 서리는구나
溪梅晴照生香,	냇가의 매화는 햇빛을 받아 향기를 풍기며
冷蕊[2]數枝爭發●	차가운 꽃송이가 가지에 다투어 피어나네
天涯舊恨,	하늘가 떠도는 옛 한
試看幾許消魂,	수심은 얼마나 되는가 보니
長亭門外山重疊●	장정 문밖의 첩첩한 산 같아라
不盡眼中青,	바라다보니 끝없이 펼쳐진 푸른색
是愁來時節●	수심이 밀려오는 계절이로다
情切●	그리움 간절하여라
畫樓深閉,	단청 누각은 깊이 닫혀 있고

想見東風,	봄바람 속에
暗消肌雪[3]●	눈 같은 살결은 어느새 여위었으리라
孤負[4]枕前雲雨,[5]	베갯머리의 운우의 정과
尊前花月●	술잔 앞의 꽃과 달을 버려두고 있구나
心期[6]切處,	마음속 그리움이 간절할 때
更有多少淒涼,	얼마나 쓸쓸했는지
殷勤[7]留與歸時說●	이내 깊은 정은 남겨두었다가 돌아가서 말하리라
到得再相逢,	허나 다시 만날 때는
恰經年[8]離別●	이별 후 여러 해 흘렀으리라

[주석]

* 雙調102字, 前段10句4仄韻, 後段11句5仄韻.(詞譜30)

1) 寒水依痕(한수의흔): 찬 개울가에는 작년에 물이 흘렀던 흔적이 남아 있다. 두보(杜甫)의 「한겨울(冬深)」 중 "朝霞隨類影, 寒水各依痕"(아침놀은 여러 가지 모양을 만들고, 찬 시내에는 각각 물 흔적이 남아 있네) 시구를 이용했다.

2) 冷蕊(냉예): 찬 꽃잎. 여기서는 매화를 말한다. 매화가 추운 날씨를 무릅쓰고 피기 때문에 '冷蕊'라고 했다.

3) 暗消肌雪(암소기설): 어느덧 눈처럼 흰 피부가 여위다.

4) 孤負(고부): 저버리다. '고부(辜負)'와 같다.

5) 枕前雲雨(침전운우): 남녀 간의 환락.

6) 心期(심기): 마음속의 기약.

7) 殷勤(은근): 마음속의 정. 다정하다. 은근하다.

8) 經年(경년): 세월이 지나다. 일 년 또는 여러 해가 흐르다.

[해설]

객지에서 집과 아내를 그리는 심정을 노래했다. 전단에서 작자는 봄이 돌아온 풍경을 보고 문득 집을 그리워하고, 후단에서 작자는 홀로 있는 아내를 생각하면서 앞으로 만날 날을 간절히 기다리고 있다.

131 난릉왕(蘭陵王)* 　　　　**장원간(張元幹)**

捲珠箔●	주렴을 걷어 올리니
朝雨輕陰乍閣[1]●	아침 비 막 그치고 엷은 구름도 걷혔네
闌干外,	난간 밖에는
煙柳弄晴,[2]	안개 서린 버들이 맑은 날씨에 더욱 푸르고
芳草侵階映紅藥●	봄풀은 섬돌까지 돋아나 작약이 더욱 붉구나
東風妒花惡●	봄바람은 꽃을 시샘해서
吹落梢頭嫩萼●	가지 끝 여린 꽃잎을 불어 떨어뜨리네
屛山掩,	둘러친 병풍 안
沈水[3]倦熏,	향을 피우기도 귀찮고
中酒[4]心情怯杯勺●	술병이 난 마음은 술잔이 두렵구나
尋思舊京洛[5]●	옛날 서울서 놀던 일 생각하니

正年少疏狂,	젊은 때라 미친 듯 거칠 것 없었고
歌笑迷著●	노래와 웃음 속에 빠져 지냈었네
障泥[6]油壁[7]催梳掠[8]●	말과 수레를 대놓고 빨리 치장하라고 재촉하여
曾馳道[9]同載,	함께 타고 대로를 내달렸고
上林[10]携手,	상림원에서 손잡고 거닐면서
燈夜[11]初過早共約●	원소절 지나 또 만나기로 약속했더니
又爭信[12]飄泊●	어찌 알았으리 표박하게 될 줄이야
寂寞●	적막하여라
念行樂●	즐겁게 놀던 일 그립구나
甚[13]粉淡衣襟,	지금 옷깃엔 분 향기 엷어졌고
音斷絃索●	거문고 줄엔 소리 끊겼으니
瓊枝璧月[14]春如昨●	아름다운 여인과 함께한 봄날은 어제인 듯하여라
悵別後[15]華表,	슬프구나 이별 후 망주석으로
那回雙鶴●	돌아온 저 한 쌍의 학이여
相思除是,[16]	그리움은 오직
向醉裏暫忘卻●	술에 취해야만 잠시 잊을 수 있구나

[주석]

* 3段130字, 前段10句6仄韻, 中段8句5仄韻, 後段9句6仄韻.(詞譜37)

1) 乍閣(사각): 막 그치다. '閣'은 '각(擱)'과 같다.

2) 弄晴(농청): 맑게 갠 날씨에 자신을 드러내다(뽐내다).

3) 沈水(침수): 침향(沈香). 매우 좋은 향.

4) 中酒(중주): 술병이 나다. 근심이 많은 것을 암시한다.

5) 京洛(경락): 낙양(洛陽)의 별칭. 동주(東周)와 후한(後漢) 때 수도를 낙양에 두어 '京洛'이라고 한다. 여기서는 변경(汴京)을 말한다.

6) 障泥(장니): 언치. 여기서는 말을 말한다.

7) 油壁(유벽): 여인이 타는 수레. 유벽거(油壁車).

8) 梳掠(소략): 머리 빗고 화장하다.

9) 馳道(치도): 황제의 거마(車馬)가 달리는 큰 길. 여기서는 서울의 넓은 길을 말한다.

10) 上林(상림): 황제의 원림(園林). 여기서는 서울 변경의 정원과 숲.

11) 燈夜(등야): 등을 단 밤. 정월 보름날 밤. 원소절.

12) 爭信(쟁신): 어찌 믿으랴. 어찌 알랴. '爭'은 어찌. '信'은 믿다. 알다.

13) 甚(심): 지금. 바로.

14) 瓊枝璧月(경지벽월): 붉은 옥으로 만든 나뭇가지와 벽옥(璧玉) 같은 달. 여기서는 여인의 자태를 말하기도 하고, 아름다운 꽃과 달, 혹은 좋은 세월을 뜻하기도 한다.

15) 悵別後(창별후)구: 옛날 정령위(丁令威)가 신선의 도를 얻어 학이 되어 고향에 돌아와, 화표주 위에 내려앉아 "집을 떠난 지 천 년이 되어 돌아왔네, 성곽은 옛날과 같은데 사람들은 죽어 없구나. 어찌해 신선술을 배우지 않아 무덤만 총총한가"라고 했다는 고사. 『수신후기(搜神後記)』에 보인다. '화표(華表)'는 옛날 궁전이나 묘 앞에 세운 돌기둥. 화표주. 망주석.

16) 除是(제시): ~을 제외하고는. ~이 아니라면.

[해설]

다른 판본에는 '춘한(春恨)'이라는 사제(詞題)가 붙어 있다. 그러나 이 사는 단순한 춘한을 노래한 것이 아니라, 봄날의 경치를 보고 마음에 이는 망국의 한을 노래한 것으로 보는 것이 좋을 듯하다. 이 작품은 3단으로 되었는데, 전단은 술병이 난 작자가 방 안에서 바라보는 봄 경치이고, 중단은 망국 전 젊었을 적의 행락을 회상한 것이고, 후단은 이별한 여인을 그리워하며 현재의 적막한 처지와 무상한 인간사를 슬퍼했다. 작자가 옛날과 옛 여인을 잊지 못하고 그리워하는 정은 북송을 그리워하는 깊은 정으로 환치될 수 있을 것이다.

132 하신랑(賀新郎)* 　　　　**섭몽득(葉夢得)**

睡起流鶯[1]語●	잠 깨어 일어나니 꾀꼬리 울고
掩蒼苔、房櫳[2]向晩,	저녁 무렵 파란 이끼와 창문을 덮은 건
亂紅無數●	무수히 떨어진 꽃잎이네
吹盡殘花無人見,	남은 꽃들 다 떨어지는데 보는 사람 없고
惟有垂楊自舞●	수양버들만이 홀로 춤을 추네
漸暖靄、[3]初回輕暑●	따뜻한 봄기운이 이젠 더워지기 시작해
寶扇重尋明月影,[4]	달처럼 둥근 부채를 다시 찾아드니
暗塵侵、上有乘鸞女[5]●	먼지 낀 부채엔 난새를 탄 선녀의 그림이 있구나
驚舊恨,	놀랍게도 옛 한이

遽如許[6]●	이처럼 갑자기 사무칠 줄이야
江南夢斷[7]橫江渚[8]●	강남의 꿈 깨니 강에는 모래섬이 가로놓였고
浪黏天、葡萄漲綠,[9]	물결은 하늘에 닿을 듯 포도주 빛으로 불어나
半空煙雨●	반공엔 연우가 끼었어라
無限樓前[10]滄波意,	누각 앞 푸른 물결은 무한한 수심이러니
誰采蘋花[11]寄取●	그 누가 마름꽃을 따서 내게 보내주랴
但悵望、蘭舟容與[12]●	그저 한가로이 떠가는 배를 넋 잃고 바라보노라
萬里雲帆何時到,	만 리 밖 돛단배는 언제 이를꼬
送孤鴻、目斷千山阻●	눈길은 외기러기를 좇다가 첩첩한 산에 막히누나
誰爲我,	그 누가 나를 위해
唱金縷[13]●	「금루의」 노래를 불러주리오

[주석]

* 雙調115字, 前後段各10句6仄韻.(詞譜36)

1) 流鶯(유앵): 꾀꼬리. '流'는 꾀꼬리 소리가 흐르듯 아름다운 것을 말한다.

2) 房櫳(방롱): 창문. 격자창. '櫳'은 창살.

3) 暖靄(난애): 봄날의 따뜻한 기운. 봄날의 구름이나 노을.

4) 明月影(명월영): 밝은 달빛. 여기서는 둥근 부채를 말한다. 반첩여(班婕妤)의 「원망의 노래(怨歌行)」 중 "裁爲合歡扇, 團團似明月"(잘라서 합환선을 만드니, 둥근 모양이 명월 같네) 시의를 이용했다.

5) 乘鸞女(승란녀): 당 현종이 꿈속 월궁에서 노닐 때, 흰옷을 입은 선녀들이 모

두 난새를 타고 있었다는 고사가 『용성록(龍城錄)』에 보인다. 여기서는 부채 위에 그려진 선녀를 말한다.

6) 遽如許(거여허): 이처럼 갑작스럽다. '遽'는 갑자기. 갑작스럽다. '如許'는 이처럼.

7) 江南夢斷(강남몽단): 강남의 꿈을 깨다. 옛일이 꿈과 같다는 뜻도 포함하고 있다. 이하는 회상과 상상으로 이어진다. '夢斷'은 꿈이 깨다.

8) 江渚(강저): 강 섬. 사주(沙洲).

9) 葡萄漲綠(포도창록): 불어난 푸른 강물이 마치 포도주 같다. 이백(李白)의 「양양의 노래(襄陽歌)」에 "遙看漢水鴨頭綠, 恰似葡萄初醱醅"(멀리 바라보니 한수는 오리 머리처럼 푸르러, 흡사 막 익은 포도주 같구나) 구가 있다.

10) 無限樓前(무한루전)구: 누각 앞의 흐르는 물은 마치 무한한 이별의 정을 품고 있는 듯하다.

11) 蘋花(빈화): 마름꽃. 고시(古詩)에서 마름꽃을 따서 보내준다는 것은 상사의 정을 표시한다.

12) 容與(용여): 한가하다. 느리고 여유 있다. 배회하다.

13) 金縷(금루): 곡조의 이름. 당(唐) 두추낭(杜秋娘)이 노래한 「금루의(金縷衣)」로, "勸君莫惜金縷衣, 勸君須惜少年時. 有花堪折直須折, 莫待無花空折枝"(그대에게 권하오니 금실 좋은 옷을 아끼지 말고, 모름지기 젊은 때를 아껴야 하리. 꽃이 피어 있을 때 꺾어야지, 꽃 진 후 빈 가지를 헛되이 꺾지 마오)라고 청춘을 헛되이 보내지 말라는 뜻을 담고 있다.

[해설]

상사(相思)의 정을 노래했다. 전단에서 작자는 봄이 가는 것을 아쉬워하며, 부채에 그려진 선녀 그림을 보고 이별한 여인을 회상하고 그리움에 젖는다. 후단에서 작자는 푸른 강물을 대하고 꿈같은 옛일을 생각하며 멀리 있는 여인을 그리워하고 있다. 그러나 전단과 후단에서 묘사한 장면과 경물이 갑자기 바뀌어, 전단과 후단의 연결이 매끄럽지 않은 감이 있다. 때문에 전단은 작자가 실경(實景)을 서술한 것이고, 후단은 작자가 상상한 허경(虛景)을 서술한 것이다. 혹자는 전단의 화자는 작자 자신이고, 후단의 화자는 작자가 그리워하는 여성으로, 여성의 입장에서 서술한 것으로 보기도 한다.

133 우미인(虞美人)*

섭몽득(葉夢得)

— 雨後同幹譽, 才卿[1]置酒來禽[2]花下作

— 비 온 후 간예, 재경과 함께 능금꽃 아래 술자리에서 짓다

落花已作風前舞●	낙화는 바람 앞에서 춤추더니
又送黃昏雨●	또 황혼에는 비를 전송하네
曉來庭院半殘紅○	새벽녘 마당의 반은 낙화인데
惟有游絲、[3]	버들가지만이
千丈嫋晴空○	맑게 갠 하늘 아래 긴 가지를 하늘거리네
殷勤[4]花下同攜手●	다정하게 꽃나무 아래서 함께 손잡고
更盡杯中酒●	다시 술잔을 비우노라

美人不用斂蛾眉[5]。	여인아 고운 아미를 찌푸리지 말지니
我亦多情、	나 또한 다정하건만
無奈[6]酒闌時。	술자리 끝나는 걸 어이하랴

[주석]

* 雙調56字, 前後段各4句兩仄韻兩平韻.(詞譜12)

1) 幹譽, 才卿(간예, 재경): 작자의 벗으로 자세한 것은 미상이다.

2) 來禽(내금): 능금. '임금(林檎)'과 같다.

3) 游絲(유사): 공중에 떠도는 거미줄 따위의 가는 실. 여기서는 버들가지.

4) 殷勤(은근): 은근하다. 정성스럽고 친절하다. '은근(慇懃)'과 같다.

5) 斂蛾眉(염아미): 눈썹을 찌푸리다. 근심스러운 표정을 짓다.

6) 無奈(무내): 어쩔 수 없다. 어찌할 도리가 없다. '무가내하(無可奈何)'와 같다.

[해설]

석춘(惜春)의 정을 노래했다. 전단에서 작자는 꽃이 풍우에 지는 것을 꽃이 바람 앞에서 춤추고 비를 전송한다고 말하여, 봄이 가는 것을 안타까워했다. 후단에서 작자는 봄이 가는 것을 슬퍼하지만, 만물은 극성하면 쇠퇴하기 마련이니, 가는 봄에 상심할 것이 없다고 하여 달관적인 태도를 보이고 있다.

134 점강순(點絳脣)* 왕조(汪藻)

新月娟娟,[1]	초승달 곱게 빛나고
夜寒江靜山銜斗●	추운 밤 강은 고요하고 산엔 북두성이 걸렸구나
起來搔首[2]●	일어나 생각에 잠겨 있노니
梅影橫窓瘦[3]●	창문에 비친 매화 그림자는 여위었구나
好箇霜天,[4]	정말 좋은 늦가을 날씨건만
閒卻傳杯手[5]●	술잔 돌리던 내 손은 한가롭기만 하여라
君知否●	그대는 아는가
亂鴉啼後●	까마귀 어지러이 우짖은 후엔
歸興[6]濃於酒●	고향 생각이 술보다 더 진한 것을

[주석]

* 雙調41字, 前段4句3仄韻, 後段5句4仄韻.(詞譜4)

1) 娟娟(연연): 아름다운 모양. 깊숙하고 조용한 모양.

2) 搔首(소수): (수심, 초조, 생각에 잠겨 있을 때의 동작으로) 머리를 긁적이다. 근심스레 생각에 잠기다.

3) 瘦(수): 여위다. 꽃이 진 것을 뜻한다.

4) 好箇霜天(호개상천): 좋은 늦가을 날씨(하늘). 여기서는 날씨가 추워져 술로 어한하기에 좋은 때라는 뜻도 내포하고 있다. '好箇'는 정말 좋은. '호일개(好一箇)'의 준말로 찬탄을 나타낸다.

5) 閒卻傳杯手(한각전배수): 술 마실 흥이 없어 술잔을 멈추고 있다는 뜻.

6) 歸興(귀흥): 돌아가고 싶은 마음. 고향 생각.

[해설]

고향을 그리워하는 나그네의 심정을 노래했다. 정(情)과 경(景)이 잘 어울린다.

135 희천앵(喜遷鶯)* 유일지(劉一止)

— 曉行 — 새벽 길 나서며

曉光催角[1]•	나팔 소리에 새벽이 밝아오는데
聽宿鳥未驚,	숲 속의 새들은 아직 조용하고
鄰鷄先覺•	이웃집 닭이 먼저 우는구나
迤邐[2]煙村,	구불구불 이어진 연기 서린 마을
馬嘶人起,	말은 울고 사람은 일어나 길에 오르니
殘月尚穿林薄[3]•	새벽 달빛은 아직도 숲 속으로 비쳐드네
淚痕帶霜微凝,	흘러내린 눈물은 서리와 엉기고
酒力衝寒猶弱•	어한하기엔 술기운이 약하구나
歎倦客,	고달픈 나그네 신세를 탄식하노니
悄不禁[4]重染,	정말 견디기 힘든 건 다시 겪게 될

風塵京洛[5]•	서울의 풍진 생활이어라
追念人別後,	헤어진 후의 일들을 돌이켜 생각하면
心事萬重,	천만 가지 심사가 일고
難覓孤鴻託•	소식 전할 외기러기는 찾기 어렵구나
翠幌嬌深,	비취색 휘장 안의 사랑스러운 그녀
曲屛香暖,	둘러친 병풍 안은 향기롭고 따뜻하리니
爭念[6]歲寒[7]飄泊•	한겨울에 이리저리 떠도는 고생을 어이 알랴
怨月恨花[8]煩惱,	달과 꽃을 원망하는 괴로움을
不是不曾經著[9]•	예전에도 겪었더니라
者[10]情味,[11]	이 괴로움이
望一成[12]消減,	점차 없어지기를 바라건만
新來[13]還惡[14]•	요즘은 더욱 괴롭구나

[주석]

* 雙調103字, 前段11句5仄韻, 後段11句4仄韻.(詞譜6)

1) 角(각): 화각. 나팔 모양의 관악기.

2) 迤邐(이리): 구불구불 이어진 모양.

3) 林薄(임박): 초목이 총생(叢生)한 숲.

4) 悄不禁(초불금): 정말 견디기 힘들다. 정말 이겨내지 못하겠다. '悄'는 전혀. 정말. '禁'은 견디다. 감당하다. 이겨내다.

5) 風塵京洛(풍진경락): 서울의 속된 일과 힘든 생활. '風塵'은 바람에 날리는

티끌. 세상의 속된 일과 고생. 육기(陸機)의 「고언선을 대신해서 지은 아내에게 주는 시(爲顧彥先贈婦)」에 "京洛多風塵, 素衣化爲緇"(서울엔 풍진이 많아, 흰옷이 검게 되었네) 시구가 있다. '京洛'은 서울.

6) 爭念(쟁념): 어찌 생각하랴. '爭'은 어찌.

7) 歲寒(세한): 일 년 중 매우 추운 때. 노년, 곤경, 난세 등을 뜻한다.

8) 怨月恨花(원월한화): 달이나 꽃을 보고 원한이 생겨나는 것을 말한다.

9) 經著(경저): 경험하다. 겪다.

10) 者(자): 이. 이것. '저(這)'와 같다.

11) 情味(정미): 정. 마음. 정취.

12) 一成(일성): 점점. 차츰차츰. 조금.

13) 新來(신래): 근래.

14) 惡(악): 심하다. 맹렬하다.

[해설]

새벽길을 떠나는 나그네의 고달픔을 노래했다. 전단은 새벽길 떠날 때의 정경을 묘사했고, 후단은 집과 아내를 그리워하는 심정을 노래했다. 아마도 작자는 지난날 서울에서 고생을 했었는데, 이번에 또다시 서울을 향해 가는 모양이다.

136 고양대(高陽臺)* 한류(韓暱)

— 除夜	— 제야
頻聽銀籤,[1]	경루 소리에 자주 귀 기울이다가
重然絳蠟,[2]	다시 촛불을 켜고 앉아서
年華袞袞[3]驚心。	쏜살같은 세월에 놀라노라
餞舊迎新,	묵은해를 보내고 새해를 맞는 데는
能消[4]幾刻[5]光陰。	이제 몇 각을 더 기다리랴
老來可慣[6]通宵飮,	늙은 몸이 어찌 밤새도록 술 마실 수 있으랴
待不眠、還怕寒侵。	허나 깨어 있으려니 또 추위가 두렵구나
掩清尊、多謝梅花,	술잔 엎어놓고 매화에게 감사하노니
伴我微吟。	나직이 읊조리는 나를 짝해주는구나
隣娃[7]已試春妝了,	이웃집 처녀들은 벌써 봄 화장 마치고
更蜂腰簇翠,[8]	또 비취 머리 장식을 꽂고
燕股橫金[9]。	제비 모양의 금비녀를 꽂았구나
勾引東風,[10]	처녀들이 봄바람을 유혹하니
也知芳思[11]難禁。	봄바람도 춘정을 금치 못하리라
朱顔那有年年好,	젊은 얼굴 어찌 해마다 늘 고우랴
逞艶[12]遊、贏取[13]如今。	아름다움 뽐내며 오늘을 즐겨야 하리
恣登臨、殘雪樓臺,	내일은 맘껏 잔설 덮인 누대를 오르고

遲日[14]園林○	또 봄날의 정원을 구경하리라

[주석]

* 雙調100字, 前後段各10句4平韻.(詞譜28)

1) 銀籤(은첨): 경루(更漏)의 시각을 알리는 화살 모양의 막대기. 경루의 일각(一刻)이 지나면 은첨이 자동적으로 떨어져 소리를 낸다.

2) 然絳蠟(연강랍): 홍촉(紅燭)에 불을 켜다. '然'은 '연(燃)'과 같다. '絳蠟'은 붉은 촛불.

3) 袞袞(곤곤): 물이 세차게 흐르는 모양. 여기서는 시간이 빨리 지나가는 모양. '곤곤(滾滾)'과 같다.

4) 消(소): 필요하다. 기다리다.

5) 幾刻(기각): 몇 각. '刻'은 15분.

6) 可慣(가관): 어찌 익숙하랴? 어찌 습관이 되랴? '可'는 어찌. 의문이나 반문의 어기를 나타낸다.

7) 隣娃(인왜): 이웃집 처녀.

8) 蜂腰簇翠(봉요족취): 벌이나 나비 모양의 비취색 수식(首飾)을 머리에 촘촘히 꽂다. 새해에 부녀자들이 벌, 나비 등 여러 모양의 수식을 만들어 머리에 꽂는 풍속이 있다. '簇'은 촘촘히 꽂다.

9) 燕股橫金(연고횡금): 제비 모양의 황금색 비녀를 가로 꽂다. '燕'은 제비 모양의 비녀. '股'는 비녀의 갈라진 부분. 차고(釵股). '橫'은 가로 꽂다.

10) 勾引東風(구인동풍): 봄바람을 유혹하다. 이 구는 '東風勾引'의 도치로 보아도 좋으나, 이웃집 처녀가 봄바람을 유혹한다는 뜻으로 보는 것이 참신하

다. '勾引'은 유혹하다.

11) 芳思(방사): 꽃다운 생각. 춘정(春情).

12) 逞艶(영염): 아름다움을 다투다(뽐내다).

13) 贏取(영취): 얻다.

14) 遲日(지일): 봄날.

[해설]

선달 그믐날 밤에 새해를 기다리는 심회를 읊었다. 전단은 홀로 보내는 그믐날 밤의 외로움을 말했고, 후단은 감상에만 빠져 있지 않고 새봄을 즐기려는 적극적인 생각과 새봄에 대한 희망을 나타냈다.

137 한궁춘(漢宮春)*

이병(李邴)

瀟灑[1]江梅,[2]	맑고 깨끗한 매화
向竹梢疏處,	성긴 대나무 사이로
橫兩三枝○	두세 가지가 뻗어 나왔구나
東君[3]也不愛惜,	봄의 신은 매화를 아끼지 않는지
雪壓霜欺○	눈과 서리로 괴롭히누나
無情燕子,	무정한 제비는
怕春寒、輕失花期○	봄추위를 타서 꽃 핀 때를 놓치고
卻是有、年年塞雁,	도리어 해마다 변새의 기러기가

歸來曾見開時○	돌아와 피어난 매화를 보는구나
淸淺小溪如練,	맑고 얕은 시내는 흰 깁인 듯 깨끗하니
問玉堂[4]何似,	묻노니 부잣집 옥당이 어찌
茅舍疏籬○	초가집 성긴 울타리만 하랴
傷心故人[5]去後,	상심하노니, 친한 벗이 떠나간 후
冷落新詩[6]○	새로 지은 시는 쓸쓸하구나
微雲淡月,	엷은 구름과 몽롱한 달빛 아래
對江天、分付他誰[7]○	강가 하늘을 대하고 그 누가 매화를 감상하랴
空自憶、[8]淸香未減,	변함없는 맑은 향기를 헛되이 그리워하노니
風流不在人知○	청고한 풍류는 아는 이 없어도 여전하여라

[주석]

* 雙調96字, 前後段各9句4平韻.(詞譜24)

1) 瀟灑(소쇄): 기운이 시원하고 깨끗하다. 쇄락(灑落)하다.

2) 江梅(강매): 야생 매화의 일종. 산골짜기의 물가나 궁벽하고 깨끗하고 곳에 피어 있는 매화.

3) 東君(동군): 봄의 신. 춘신(春神).

4) 問玉堂(문옥당)구: 부귀한 저택 안에 핀 매화는 초가집 울타리 곁에 핀 매화보다 못하다는 뜻. '玉堂'은 부귀한 사람의 화려한 저택.

5) 故人(고인): 옛 친구. 송초의 시인 임포(林逋)를 말한 것으로 볼 수 있다. 임포는 '매처학자(梅妻鶴子)'라는 칭호가 있고, 그의 「산원소매(山園小梅)」는 매화

를 읊은 시로 유명하다.

6) 冷落新詩(냉락신시): 새로 지은 시가 쓸쓸하다. 새로 지은 시를 감상하고 화답할 사람이 없는 것을 말한다. 또는 앞의 구와 연결하여, 매화를 잘 읊은 시인 임포가 죽은 후, 새로이 매화를 읊은 좋은 작품이 없다는 뜻.

7) 分付他誰(분부타수): 누구에게 매화를 (감상해달라고) 부탁할 것인가? 또는 매화를 누구에게 보내줄 것인가? '分付'는 나누어주다. 건네주다. 부탁하다. '他'는 매화.

8) 空自憶(공자억)구: 매화의 맑은 향기가 줄지 않듯이 벗의 고결한 절개와 운치도 변함없이 여전하리니, 만나지는 못하고 공연히 그리워하고만 있다. '空'은 헛되이. 공연히. 판본에 따라서는 '공자의(空自倚)'로 되어 있기도 하다.

[해설]

매화를 읊은 영매사(詠梅詞)다. 아무도 없는 물가에 홀로 피어 맑은 향기를 풍기고 있는 매화는 또한 작자와 벗의 고결한 인품이니, 매화를 읊으면서 사람을 읊었다. 왕중보(王仲甫)가 폄적되어 갈 때, 조충지(晁冲之)가 이 사를 지어 전송했다는 설이 있다.

138 임강선(臨江仙)* 진여의(陳與義)

高詠楚詞[1]酬午日,[2]	소리 높여 초사를 읊조리며 단오를 지내노니
天涯節序怱怱。	하늘가 이곳에도 절기는 총총히 바뀌었네

榴花[3]不似舞裙紅。	석류꽃은 옛날 춤추던 붉은 치마보다 못하구나
無人知此意,	내 뜻을 알아주는 사람은 없고
歌罷滿簾風。	내 노래 끝나자 발에는 바람만 가득하여라
萬事一身傷老矣,	세상만사 겪은 이 몸 늙는 게 서럽기만 한데
戎葵[4]凝笑[5]牆東。	접시꽃은 담장 동쪽에서 웃고 있네
酒杯[6]深淺去年同。	술잔의 술은 지난해와 같구나
試澆[7]橋下水,	다리 아래 냇물에 술을 따라 붓노니
今夕到湘中[8]。	오늘 저녁엔 상강에 이르리라

[주석]

* 雙調60字, 前後段各5句3平韻.(詞譜10)

1) 楚詞(초사): 굴원(屈原)이 지은 『초사(楚辭)』.

2) 酬午日(수오일): 단오를 보내다. '午日'은 단오. 음력 5월 5일 단오에 굴원이 멱라강(汨羅江)에 투신자살했다는 전설이 있다. '酬'는 (시간, 날을) 보내다. 대하다.

3) 榴花(유화)구: 지금 보고 있는 석류꽃은 옛날 평화로웠던 시절의 춤추던 기녀의 붉은 치마보다 못하다는 뜻으로, 시대의 성쇠를 한탄한 것이다.

4) 戎葵(융계): 접시꽃. 촉규(蜀葵). 단오 때 꽃이 피어 '단오화(端午花)'라는 속칭이 있다. 꽃이 해를 향하고 있어서, 충성을 상징하는 것으로 보기도 한다.

5) 凝笑(응소): 한참 동안 웃음을 띠다.

6) 酒杯(주배)구: 금년에도 지난해와 같이 술잔을 잡고 단오를 보내고 있으나,

세상일은 날로 어지럽고 쇠퇴하니 굴원에 대한 사모의 정은 더욱 깊어진다는 뜻을 암시하고 있다. 또는 주량이 변하지 않은 것처럼 자신의 능력이나 포부도 변하지 않았다는 뜻. 또는 세월의 빠름을 암시하는 뜻. 또는 주량은 여전하건만 벗이 없다는 뜻. 여러 가지 뜻을 내포한다.

7) 試澆(시요)구: 옛날에는 술을 땅에 부어 신에 제사 지내는 풍속이 있다. 여기서는 굴원을 제사 지내기 위해 강물에 술을 붓는 것을 말한다.

8) 湘中(상중): 지금의 호남성(湖南省) 일대. 굴원이 빠져 죽은 멱라강은 상강(湘江)의 지류다.

[해설]

단오는 전국 시대 초나라의 애국 시인인 굴원을 기념하는 날이기도 하다. 금나라의 침입으로 송나라는 남쪽으로 내려와 겨우 명맥을 이어갈 때, 작자는 굴원이 빠져 죽었다는 상강 일대를 떠돌면서 시대와 자신의 신세에 대한 감개를 노래했다.

139 임강선(臨江仙)*
진여의(陳與義)

— 夜登小閣憶洛中[1]舊遊 — 밤에 작은 누각에 올라 옛날 낙양에서 놀던 일을 회상하다

憶昔午橋[2]橋上飮, 옛날 오교 다리에서 술 마실 적 회상하니

坐中多是豪英。	그 자리엔 호걸과 영웅들이 많았더라
長溝[3]流月去無聲。	냇물은 달빛 아래 소리 없이 흐르고
杏花疏影裏,	살구꽃 성긴 그림자 아래서
吹笛到天明。	새벽까지 피리를 불었네
二十餘年如一夢,	지난 이십여 년은 한바탕 꿈만 같고
此身雖在堪驚。	이 몸이 살아 있는 게 놀랍기만 하여라
閒登小閣看新晴[4]。	한가로이 작은 누각에 올라 맑게 갠 야경을 바라보며
古今多少事,	고금의 많은 일을 시름겨워하는데
漁唱起三更。	어부의 노랫소리 삼경에 일어나네

[주석]

* 雙調60字, 前後段各5句3平韻.(詞譜10)

1) 洛中(낙중): 낙수(洛水) 일대. 하남성(河南省) 낙양(洛陽)을 말한다.

2) 午橋(오교): 낙양에 있는 다리로 당시의 명승지.

3) 長溝(장구): 큰 수로. 하천.

4) 新晴(신청): 비 온 후 막 갠 날씨. 여기서는 방금 갠 달밤의 야경을 말한다.

[해설]

작자가 정강(靖康)의 난을 당해 남도(南渡)한 후, 옛일을 회상하며 지은 것이다. 전단은 북송이 망하기 전에 낙양에서 놀던 일을 회상했고, 후단은 망국의 깊은 감개를 담았다.

140 소무만(蘇武慢)* **채신(蔡伸)**

雁落平沙,	기러기는 모래펄에 내려앉고
煙籠寒水,[1]	안개는 찬 강물에 서리는데
古壘鳴笳聲斷●	옛 보루에선 피리 소리 울리다 그치네
青山隱隱,[2]	청산은 어렴풋하고
敗葉蕭蕭,	낙엽은 우수수 떨어지고
天際暝鴉零亂[3]●	하늘가엔 저녁 까마귀 어지러이 나네
樓上黃昏,	황혼녘 누각에 오르니
片帆千里歸程,	돛단배 돌아갈 물길은 천리인데
年華將晚●	한 해도 저물어가는구나
望碧雲空暮,[4]	바라보면 푸른 구름 뜬 하늘은 저무는데
佳人何處,	가인은 어디에 있는고
夢魂俱遠●	꿈속의 혼은 모두 멀기만 하여라
憶舊遊、邃館朱扉,	옛날 놀던 붉은 대문의 그윽한 집과
小園香徑,	작은 정원의 꽃길이 생각나고
尙想桃花人面[5]●	복사꽃 같은 얼굴이 더욱 그립구나
書盈錦軸,[6]	그녀도 편지에 사연을 가득히 쓰고

恨滿金徽,[7]	거문고 줄에 한을 가득히 담을 테지만
難寫寸心幽怨●	마음속 깊은 원망은 말해내지 못하리라
兩地離愁,	멀리 떨어져 슬픔 속에
一尊芳酒淒涼,	술 한 병 들고 처량하게
危闌倚徧●	높은 난간에 기대었어라
盡遲留、憑仗[8]西風,	머뭇머뭇 떠나지 못하며 가을바람에
吹乾淚眼●	눈물이 마를 때까지 서 있구나

[주석]

* 雙調111字, 前段12句4仄韻, 後段11句4仄韻.(詞譜35)

1) 煙籠寒水(연롱한수): 두목(杜牧)의 「진회에 배를 대고(泊秦淮)」 중 "煙籠寒水月籠沙"(안개는 찬 강물을 덮고 달빛은 모래밭을 비추네) 시의를 이용했다.

2) 青山隱隱(청산은은): 두목의 「양주의 한작 판관에게(寄揚州韓綽判官)」에 "青山隱隱水迢迢"(청산은 희미하고 강물은 머네) 시구가 있다. '隱隱'은 은은하다. 흐릿하다. 희미하다.

3) 零亂(영란): 어지럽다.

4) 碧雲空暮(벽운공모): 강엄(江淹)의 「혜휴의 원별시를 본떠서(效惠休怨別)」에 "日暮碧雲合, 佳人殊未來"(날 저물어 푸른 구름 모이는데, 가인은 아직도 오지 않네) 시구가 있다. 날이 저무는데 가인을 볼 수 없는 슬픔을 말한 것이다.

5) 桃花人面(도화인면): 최호(崔護)의 「도성의 남쪽 집에서(題都城南莊)」에 "人面桃花相映紅"(얼굴과 복사꽃이 서로 붉게 비추네) 시구가 있다. 013 「청평악(淸平樂)」 '人面' 참조.

6) 錦軸(금축): 비단 두루마리. 전진(前秦)의 두도(竇滔)의 아내 소혜(蘇蕙)가 회문선도시(回文旋圖詩)를 비단에 짜 넣어서 먼 곳에 있는 남편에게 보냈다는 고사. 『진서·두도처소씨전(晋書·竇滔妻蘇氏傳)』에 보인다.
7) 金徽(금휘): 좋은 거문고(줄). 거문고의 미칭.
8) 憑仗(빙장): 의지하다.

[해설]

상사(相思)의 정을 노래했다. 전단은 가을 경치를 묘사하여 상사의 정을 담았고, 후단은 가인을 상상하면서 이별의 한과 그리움을 직서(直敍)했다.

141 유초청(柳梢靑)* **채신(蔡伸)**

數聲鶗鴂[1]●	소쩍새 우는 소리 들려오니
可憐又是,	애석하게도 또
春歸時節●	봄이 돌아가는 시절이구나
滿院東風,	뜰 안 가득히 봄바람이 불어
海棠鋪繡,	해당화는 수를 놓은 듯이 깔렸고
梨花飄雪●	배꽃은 눈송이 되어 날리네
丁香[2]露泣殘枝,	가지에 남은 정향꽃이 이슬 같은 눈물을 흘려도
算未比、[3]愁腸寸結[4]●	이내 시름겨운 마음에는 미치지 못하리라

自是[5]休文,[6]	원래 내가
多情多感,	다정다감한 때문이니
不干[7]風月[8]●	봄 경치와는 상관없어라

[주석]

* 雙調49字, 前段6句3仄韻, 後段5句兩仄韻.(詞譜7)

1) 鶗鴂(제결): 소쩍새. 두견이. 소쩍새가 울면 온갖 꽃들이 시든다는 말이 있다. 005「천추세(千秋歲)」'鶗鴂' 참조.

2) 丁香(정향): 정향나무꽃. 시사(詩詞)에서는 정향 꽃봉오리를 수심이 맺힌 것에 비유한다. 124「석주만(石州慢)」'芭蕉' 참조

3) 未比(미비): ~보다 못하다. 비교할 수 없다.

4) 愁腸寸結(수장촌결): 근심스러운 마음이 맺혀 풀리지 않다.

5) 自是(자시): 원래.

6) 休文(휴문): 양(梁) 심약(沈約)의 자. 심약은 다정다감하여 수심이 많았고 울적한 심정이 병이 되어 매우 수척했다고 한다. 여기서는 작자 자신을 말한다.

7) 不干(불간): ~과 관계없다.

8) 風月(풍월): 청풍명월. 아름다운 경치.

[해설]

상춘(傷春)의 노래로 전단은 사경(寫景), 후단은 서정(抒情)으로 되어 있다. 작자는 봄이 가는 것을 슬퍼하면서도 저무는 봄 경치와는 상관없다고 말하여, 단순한 상춘의 슬픔보다 더 깊은 남모르는 슬픔이 있다는 것을

암시했다.

142 자고천(鷓鴣天)* **주자지(周紫芝)**

一點殘釭[1]欲盡時。	한 점 등불이 가물가물 꺼져가고
乍[2]涼秋氣滿屛幃[3]。	방 안엔 싸늘한 가을 기운이 가득하네
梧桐葉上三更雨,	오동잎엔 삼경 비가 내려
葉葉聲聲是別離。	잎마다 소리마다 이별의 수심이어라
調寶瑟[4]	거문고를 타고
撥[5]金猊[6]。	향로에 향을 피우고
那時同唱鷓鴣詞[7]。	그때 함께 「자고사」 노래를 불렀었네
如今風雨西樓夜,	지금 비바람 치는 서루의 밤
不聽淸歌也淚垂。	슬픈 노래를 듣지 않아도 눈물이 흘러내리네

[주석]

* 雙調55字, 前段4句3平韻, 後段5句3平韻.(詞譜11)

1) 殘釭(잔강): 꺼져가는 등불.

2) 乍(사): 바로. 막. 마침.

3) 屛幃(병위): 병풍과 휘장. 실내. 방.

4) 寶瑟(보슬): 거문고의 미칭.

5) 撥(발): 불을 쑤시다(돋우다). '발화(撥火)'의 뜻으로 본다.

6) 金猊(금예): 사자 모양의 향로.

7) 鷓鴣詞(자고사): 당나라 때 교방(教坊)의 곡조 이름으로, 남녀의 애정을 노래했다.

[해설]

가을밤 임 그리는 정을 노래했다. 행복했던 과거를 회상하여 현재의 쓸쓸함을 부각시켰다.

143 답사행(踏沙行)* 주자지(周紫芝)

情似游絲,[1]	정은 버들 실가지 같고
人如飛絮[2]●	사람은 날리는 버들개지 같으니
淚珠閣定[3]空相覷●	눈물 머금고 그저 조용히 바라만 보네
一溪煙柳萬絲垂,	시냇가 안개 낀 버들이 천만 실가지를 드리웠어도
無因繫得蘭舟住●	떠나가는 배를 잡아맬 수 없어라
雁過斜陽,	기러기는 석양 속에 날아가고
草迷煙渚●	방초는 안개 낀 물가에 흐릿하니
如今已是愁無數●	지금 벌써 수심은 한이 없어라
明朝且做莫思量,	내일이야 잠시 생각지 않더라도

如何過得今宵去●	오늘 밤을 어이 보낼꼬

[주석]

* 雙調58字, 前後段各5句3仄韻.(詞譜13)

1) 游絲(유사): 공중에 떠도는 거미줄 따위의 가는 실. 또는 버들가지나 아지랑이. 끊임없이 이어지는 이별의 정과 여리고 흔들리는 마음을 유사에 비유했다.

2) 飛絮(비서): 흩날리는 버들개지. 떠나가는 사람을 버들개지에 비유했다.

3) 閣定(각정): 조용히 움직이지 않다. 정지하다. '閣'은 '각(擱)'과 같은 뜻.

[해설]

석별의 정을 노래했다. 전단은 이별할 때의 정경이고, 후단은 송별 후 홀로 남아 있는 정경이다.

144 제대춘(帝臺春)* 이갑(李甲)

芳草碧色●	봄풀은 파릇파릇
萋萋遍南陌●	남쪽 길가에 무성하구나
暖絮亂紅,[1]	따뜻한 봄날 버들개지와 흩날리는 꽃잎도
也似知人,	사람의 마음을 아는 듯

春愁無力●	봄날의 수심으로 기운이 없구나
憶得盈盈[2]拾翠[3]侶,	그리워라 꽃을 따던 어여쁜 그녀와
共攜賞、鳳城[4]寒食●	함께 손잡고 서울에서 한식을 즐겼었더니
到今來,	지금은
海角逢春,	먼 벽지에서 봄을 맞고
天涯爲客●	하늘가에서 나그네 되었어라
愁旋[5]釋●	수심은 풀리는 듯하다가
還似織●	또다시 얽히고
淚暗拭●	눈물은 몰래 닦아내도
又偸滴●	나도 모르게 또 떨어지누나
漫[6]倚遍危闌,	부질없이 높은 난간에 기대어 있노니
盡黃昏,	황혼이 다하도록
也只是、暮雲凝碧[7]●	저녁 구름만 모여들어 짙푸르네
拚[8]則而今[9]已拚了,	단념하고 지금 헤어지기는 헤어졌건만
忘則怎生[10]便忘得●	잊으려 한들 어찌 바로 잊을 수 있으랴
又還問鱗鴻,[11]	또다시 물고기와 기러기에게 물어
試重尋消息●	임의 소식 거듭 찾아보려네

[주석]

* 雙調97字, 前段10句5仄韻, 後段11句7仄韻.(詞譜25)

1) 亂紅(난홍): 어지럽게 떨어지는 붉은 꽃잎.

2) 盈盈(영영): 여인의 자태가 아름다운 모양.

3) 拾翠(습취): 원래는 비취새의 깃털을 줍는 것을 말하나, 여기서는 여자들이 봄날 교외에 나가 노는 것을 말한다. 조식(曹植)의 「낙신부(洛神賦)」에 "或取明珠, 或拾翠羽"(혹은 명주를 줍고 혹은 비취새 깃을 줍는다) 구가 있다.

4) 鳳城(봉성): 서울. 북송의 수도 변경(汴京)을 말한다.

5) 旋(선): 곧. 즉시.

6) 漫(만): 헛되이. 공연히.

7) 暮雲凝碧(모운응벽): 저녁 구름이 짙푸르다. 강엄(江淹)의 「혜휴의 원별시를 본떠서(效惠休怨別)」 중 "日暮碧雲合, 佳人殊不來"(해 지고 푸른 구름 모이는데, 임은 아직도 오지 않네) 시의를 이용해, 그리운 사람이 오지 않는 것을 말한다. '凝碧'은 짙푸르다.

8) 拚(반): 내버리다. 단념하다. 헤어지다.

9) 而今(이금): 지금.

10) 怎生(즘생): 어떻게. 어찌. '즘양(怎樣)'과 같다.

11) 鱗鴻(인홍): 물고기와 기러기. 옛날에 물고기와 기러기가 편지를 전해준다는 전설이 있다.

[해설]

봄날에 이는 이별의 수심과 그리움을 통속적인 언어로 진솔하게 노래했다. 전단은 경물을 묘사하면서 정을 말했고, 후단은 수심과 그리움을 직서했다.

145 억왕손(憶王孫)*

이갑(李甲)

萋萋[1]芳草憶王孫。	무성한 봄풀을 보니 임이 그리워
柳外樓高空斷魂。	버드나무 밖 높은 누각에서 애간장 끊는 터에
杜宇[2]聲聲不忍聞。	두견이 울음소리는 차마 듣지 못할레라
欲黃昏。	황혼이 지려는데
雨打梨花深閉門。	배꽃을 때리는 빗속에 문을 닫누나

[주석]

* 單調31字, 5句5平韻.(詞譜2)

1) 萋萋(처처)구: 눈앞의 무성한 봄풀은 멀리 떠돌며 돌아오지 않는 임을 생각나게 한다는 뜻. 『초사·초은사(楚辭·招隱士)』에 "王孫遊兮不歸, 春草生兮萋萋"(왕손은 떠나 돌아오지 않고, 봄풀만 무성하네) 구가 있다. '萋萋'는 풀이 무성한 모양. '왕손(王孫)'은 원래 왕족의 자손을 뜻하나, 후에는 귀공자, 은자, 그리운 임 등을 뜻한다.

2) 杜宇(두우): 소쩍새, 두견이, 망제혼(望帝魂), 자규 등의 여러 이름이 있다. 울음소리가 '불여귀거(不如歸去)'라고 하는 것 같다고 한다.

[해설]

봄 경치에 촉발된 수심과 그리움을 노래했다. 이 사의 실제 작자는 이중원(李重元, 생졸년 미상)이다.

146 삼대(三臺)*

묵기영(万俟詠)

— 淸明應制[1]	— 청명절에 황제의 명을 받들어 짓다
見梨花初[2]帶夜月,	배꽃은 아직도 간밤의 달빛을 띠었고
海棠半含朝雨•	해당화는 아침 비를 반쯤 머금었도다
內苑春、[3]不禁過靑門,	금원의 봄기운이 성문 밖으로 나가는 걸 막지 않고
御溝[4]漲、潛通南浦•	궁중의 도랑물은 불어나 남쪽 포구로 흐르도다
東風靜,	봄바람은 조용하고
細柳垂金縷•	버드나무는 금빛 실가지를 드리웠어라
望鳳闕、[5]非煙非霧•	궁궐을 바라보니 연기도 안개도 아닌 서기(瑞氣)가 서렸도다
好時代、朝野多歡,	좋은 시절 조야에는 기쁨이 가득하여
遍九陌、[6]太平簫鼓•	거리마다 태평을 노래하는 피리와 북소리 울리도다
乍[7]鶯兒百囀[8]斷續,	꾀꼬리 고운 노랫소리 끊어질 듯 이어지고
燕子飛來飛去•	제비들은 이리저리 나는구나
近綠水、臺榭[9]映鞦韆,	근처 푸른 물엔 정자와 그네 그림자가 비치고
鬪草[10]聚、雙雙遊女•	쌍쌍이 노니는 여인들은 풀싸움하며 즐기도다
餳[11]香更、酒冷踏靑[12]路•	맛있는 간식과 시원한 술을 가지고 봄놀이 가는 길에서
會暗識、[13]夭桃朱戶•	복사꽃 핀 붉은 대문 집을 남몰래 눈여겨보네

向晩驟、寶馬雕鞍,	저녁엔 화려한 안장의 준마를 몰아 달리니
醉襟惹、亂花飛絮●	취한 옷깃에는 꽃과 버들개지가 어지러이 날리는구나
正輕寒輕暖漏永,[14]	쌀쌀한 듯 따뜻한 봄밤은 길고
半陰半晴雲暮●	구름 뜬 하늘 흐리다간 다시 개며 날이 저물도다
禁火[15]天、已是試新妝,	한식날에 새 옷 입고 치장하니
歲華到、三分佳處●	때는 춘삼월 중 가장 좋은 시절이어라
清明看、漢蠟傳宮炬[16]●	청명절이라 궁궐에서 불씨를 전하는 것을 보니
散翠煙、飛入槐府[17]●	푸른 연기를 날리며 날듯이 고관의 저택으로 들어 가도다
斂兵衛、閶闔[18]門開,	궁궐의 위병들을 거둬들이고 궁문은 활짝 열어놓았고
住傳宣、[19]又還休務●	황제의 어명도 없고 또 관아도 쉬는도다

[주석]

* 三段171字, 前段9句5仄韻, 後兩段各8句5仄韻.(詞譜39)

1) 應制(응제): 황제의 명을 받들어 시문을 짓다.

2) 初(초): 정말로. 곧. 바로. 본래. 어기를 강조하는 어기부사.

3) 內苑春(내원춘)구: 금원의 봄빛이 넘쳐흘러 밖으로 나간다. 황제의 은덕이 전국에 퍼지는 것을 암시했다. '內苑'은 황궁 안의 화원. 금원(禁苑). '청문(青門)'은 한나라 때의 장안의 동남쪽의 문. 여기서는 황궁의 문. 또는 성문을 말한다.

4) 御溝(어구): 궁궐 안에서 흘러나오는 개울.

5) 鳳闕(봉궐): 한나라 때의 궁전 이름. 여기서는 궁전을 말한다.

6) 九陌(구맥): 도성 안에 있는 큰 길거리.

7) 乍(사): 지금 바로. 갓. 방금.

8) 百囀(백전): 새 울음소리가 곱고 다양하다.

9) 臺榭(대사): 누각과 정자.

10) 鬪草(투초): 투백초(鬪百草)라고도 하는데, 각종 화초를 채집하여 화초의 다과(寡多)와 우열(優劣)을 겨루는 놀이.

11) 餳(당): 엿이나 단 음식. 청명 때 맥아당을 넣고 끓인 죽 따위.

12) 踏青(답청): 푸른 풀 위를 걷는다는 뜻으로, 봄날 교외에 나가 노는 일.

13) 會暗識(회암식)구: 응당 부귀한 집의 처녀를 남몰래 알게 될 것이다. '會'는 응당 ~할 것이다(일 것이다). '요도(夭桃)'는 예쁜 복사꽃. 아름다운 소녀를 뜻하기도 한다. '주호(朱戶)'는 붉은 칠을 한 대문. 부귀한 집. 주문(朱門).

14) 漏永(누영): 물시계의 물방울이 오랫동안 떨어지다. 여기서는 밤, 또는 밤이 긴 것을 말한다.

15) 禁火(금화): 한식. 옛날에는 한식 때 불을 금하는 풍속이 있었다.

16) 漢蠟傳宮炬(한랍전궁거): 고대에는 계절이 바뀔 때, 궁중에서 새 불씨를 만들어 대신들의 집에 나누어주었다. 117 「응천장(應天長)」 '又見漢宮' 참조.

17) 槐府(괴부): 삼공(三公)의 관서나 저택. 여기서는 고관의 저택을 말한다.

18) 閶闔(창합): 황궁의 정문.

19) 住傳宣(주전선): 황제의 명령을 전달하는 것을 멈추다. 태평무사한 것을 말한다.

[해설]

작자는 휘종(徽宗) 때 음악을 관장하는 대성부(大晟府)의 제찬관(制撰官)을 역임했는데, 그 임무는 황제를 위해 사와 악곡(樂曲)을 짓는 것이다. 이 사는 황제의 명을 받들어 지은 것으로, 청명절의 아름다운 풍경과 서울 변경(汴京)의 번화함, 조정과 백성이 함께 즐기는 '여민동락(與民同樂)'을 칭송했다. 황제의 공덕과 태평성세를 칭송하는 아첨의 작품이라고 할 수 있지만, 짜임새가 정연하고 청명절의 풍광과 분위기 묘사가 생동하고 전아하여, 응제사 가운데 수작에 속한다.

147 이랑신(二郎神)* **서신(徐伸)**

悶來彈鵲,[1]	애타고 답답해서 까치를 쏘아 쫓아버리고
又攪碎、[2]一簾花影●	또 발에 비친 꽃 그림자를 흔들어 부숴버리네
漫[3]試著春衫,	공연히 봄옷을 입어보며
還思纖手,[4]	섬섬옥수의 그녀를 그리워하는데
熏徹金猊[5]燼冷●	향불이 사위어 향로는 싸늘하구나
動[6]是愁端如何向,[7]	걸핏하면 수심이 이니 어이할꼬
但怪得、[8]新來多病●	요즈음 다병한 걸 탓할 뿐이네
嗟舊日沈腰,[9]	예전부터 몸이 야위었는데
如今潘鬢,[10]	지금은 또 머리까지 세었으니
怎堪臨鏡●	어찌 차마 거울을 마주보랴
重省●	거듭 생각느니

別時淚濕,	헤어질 때 흘린 눈물 자국
羅衣猶凝•	그녀 깁옷엔 아직도 남아 있으리라
料爲我厭厭,[11]	생각건대 나 때문에 그녀는 맥없이
日高慵起,	해가 높이 떠도 일어나려 하지 않고
長託春酲[12]未醒•	봄 술이 깨지 않았다고 늘 핑계 대리라
雁足[13]不來,	편지는 오지 않고
馬蹄難駐,	나그네 말은 멈추기 어려우니
門掩一庭芳景•	문 닫힌 정원엔 봄 경치만 가득하리라
空佇立,	그녀는 부질없이 우두커니
盡日闌干倚遍,	하루 종일 난간 여기저기 기대어 있으리니
晝長人靜•	낮은 길고 적적하리라

[주석]

* 雙調105字, 前段10句4仄韻, 後段11句5仄韻.(詞譜32)

1) 彈鵲(탄작): 탄궁(彈弓, 고무줄 새총)으로 까치를 쏘아 쫓다. 까치는 좋은 소식을 전한다고 하는데, 임이 온다는 기쁜 소식은 없고 시끄럽게 울기만 해서 까치를 쫓아버린다는 뜻.

2) 又攪碎(우교쇄): 발에 어린 꽃 그림자가 수심을 자아내기 때문에, 발을 흔들어 꽃 그림자를 부순다는 뜻.

3) 漫(만): 헛되이. 아무렇게나.

4) 纖手(섬수): 섬섬옥수. 봄옷을 지어준 여인을 뜻한다.

5) 金猊(금예): 사자 모양의 향로.

6) 動(동): 걸핏하면. 늘.

7) 如何向(여하향): 어찌. 어떻게. 어찌 된(어찌할) 것인가? '向'은 어조사로 의미가 없다.

8) 但怪得(단괴득): 다만 원망하고 한스러워하다. '怪'는 탓하다.

9) 沈腰(심요): 심약(沈約)의 여윈 허리. 근심과 병으로 여윈 몸. 심약이 「서면에게 주는 편지(與徐勉書)」에서 "百日數旬, 革帶常應移孔, 以手握臂, 率計月小半分. 以此推算, 豈能支久"(백 수십 일 동안에 허리띠가 헐거워지고, 손으로 팔뚝을 만져보면 반으로 줄었으니, 어찌 오래 버틸 수 있겠소)라고 한 말에서 유래한다.

10) 潘鬢(반빈): 머리털이 희끗희끗하다. 반악(潘岳)의 「추흥부서(秋興賦序)」 중 "余春秋三十有二, 始見二毛"(나는 나이 서른둘에 머리가 세기 시작했다) 전고를 이용했다.

11) 厭厭(염염): 기운이 없는 모양. 쇠약한 모양.

12) 酲(정): 숙취(하다).

13) 雁足(안족): 소식을 전해주는 사람. 편지. 『한서 · 소무전(漢書 · 蘇武傳)』에서 나온 말.

[해설]

이별의 슬픔과 상사의 정을 노래했다. 전단은 연인과 이별한 후의 울적한 심정을 서술했고, 후단은 헤어진 연인도 슬픔에 젖어 있으리라고 상상했다. 작자 혼자만의 그리움이 아니라 상대방의 그리움도 함께 서술하여 연인에 대한 애정과 그리움을 배가시켰다.

148 강신자만(江神子慢)*

전위(田爲)

玉臺[1]挂秋月●	가을 달은 누대에 걸렸고
鉛素淺、[2]梅花傅香雪[3]●	엷게 분을 바르고 눈같이 흰 이마엔 매화꽃 그렸네
冰姿潔●	빙옥 같은 자태로
金蓮[4]襯、[5]小小凌波羅襪[6]●	작은 비단 버선발은 연꽃 위를 가볍게 걷는 듯하네
雨初歇●	비는 막 그치고
樓外孤鴻聲漸遠,	누각 밖의 외기러기 소리 점점 멀어져 가는데
遠山外、行人音信絶●	먼 산 밖 길손의 소식은 끊겼어라
此恨對語猶難,	이 한은 마주하고도 말해내기 어려운데
那堪更寄書說●	하물며 어찌 편지로 말할 수 있으랴
教人紅消翠減[7]●	젊고 고운 얼굴은 시들고
覺衣寬金縷,	금실 옷이 헐렁하게 되었으니
都爲輕別●	모두 가볍게 이별한 때문이네
太情切●	그리는 마음 간절해서
消魂處、畵角黃昏時節●	넋을 잃었는데 황혼 무렵 나팔 소리는
聲嗚咽●	흐느끼는 듯 울리네
落盡庭花春去也,	마당의 꽃은 다 지고 봄도 떠나갔고
銀蟾[8]迥、無情圓又缺●	달은 멀리서 무정하게도 둥글었다 이지러지네
恨伊[9]不似餘香,	한스러워라 임은 남아 있는 향보다 못하니
惹[10]鴛鴦結[11]●	원앙 매듭엔 그래도 향내라도 묻어 있거늘

[주석]

* 雙調110字, 前段9句7仄韻, 後段10句7仄韻.(詞譜35 江城子慢)

1) 玉臺(옥대): 천제(天帝)가 거처하는 하늘의 옥 누대. 여기서는 하늘, 또는 부귀한 집의 화려한 누대를 말한다.

2) 鉛素淺(연소천): 분 화장이 엷다. '鉛'은 분. 연분(鉛粉). '鉛素'는 하얀 분 화장. 희고 깨끗한 용모.

3) 梅花傅香雪(매화부향설): 희고 향기로운 이마에 매화장(梅花粧)을 하다. 남조(南朝) 송(宋) 무제(武帝)의 수양공주(壽陽公主)가 낮잠을 자고 있을 때, 매화 꽃잎이 공주의 이마에 떨어져 아름답게 보였다. 후에 매화꽃을 이마에 그리는 매화장이 유행했다는 고사가 있다. '傅'는 붙이다. 부착하다. '부(附)'와 같다. '香雪'은 눈같이 희고 향기로운 피부.

4) 金蓮(금련): 여자의 작은 발. 『남사·제동혼후비(南史·齊東昏侯妃)』에 연꽃 모양으로 금박(金箔)을 오려 땅에 붙여놓고 반비(潘妃)로 하여금 그 위를 밟고 가도록 했다는 고사가 있다.

5) 襯(친): 안에다 대다(받치다).

6) 淩波羅襪(능파라말): 사뿐사뿐 아름답게 걷는 여인의 버선. 조식(曹植)의 「낙신부(洛神賦)」의 전고를 이용했다.

7) 紅消翠減(홍소취감): 붉은 꽃과 푸른 잎이 시들다. 여기서는 여자의 용모가 초췌해지는 것을 말한다.

8) 銀蟾(은섬): 밝은 달. 달에 두꺼비가 살고 있다는 전설에서 유래된 말.

9) 伊(이): 그 사람. 그이. 그것. 여기서는 임을 말한다. 또는 달을 말한 것으로 보기도 한다.

10) 惹(야): 묻다. 물들다.

11) 鴛鴦結(원앙결): 영원한 애정을 약속하는 매듭. '동심결(同心結)' '합환결(合

歡結)' 등과 같다.

[해설]

여인이 달빛 아래 서성이며 떠나간 임을 그리는 정경을 읊었으니, 그림으로 말하면 추야미인도(秋夜美人圖)라고 하겠다. 전단은 경물을 묘사하면서 정을 서술했고, 후단은 서정을 위주로 하면서 경물을 묘사했다.

149 맥산계(驀山溪)* 조조(曹組)

— 梅	— 매화
洗妝[1]眞態,	화장을 말끔히 씻어낸 참모습
不作鉛華御•	지분을 바르지 않았어라
竹外[2]一枝斜,	대나무 밖으로 비껴 나온 매화꽃 가지
想佳人[3]天寒日暮•	추운 저녁 무렵 대나무에 기대선 미인일레라
黃昏院落,[4]	황혼이 지는 뜰에는
無處著淸香,	맑은 향기를 둘 데 없거늘
風細細,	하물며 바람이 살랑살랑 불고
雪垂垂,	눈이 부슬부슬 내리는
何況江頭路•	강가 외진 곳이랴

月邊疏影,[5]	달빛 아래 성긴 매화 그림자
夢到消魂處●	꿈속에서도 넋을 잃게 하누나
結子[6]欲黃時,	매실이 누렇게 익을 때면
又須作、簾纖細雨●	또 가랑비 보슬보슬 내리리라
孤芳一世,	일세에 홀로 고결한 향기는
供斷[7]有情愁,	다정한 사람에겐 수심을 자아내나니
消瘦損,[8]	몸시 수척해진
東陽[9]也,	나를
試問花知否●	알아보는지 매화에 묻노라

[주석]

* 雙調82字, 前後段各9句3仄韻.(詞譜19)

1) 洗妝(세장)구: 소식(蘇軾)의 「양공제의 매화 시에 다시 화답하다(再和楊公濟梅花十絶)」 중 "洗盡鉛華見雪肌"(화장을 다 지웠더니 눈 같은 피부 보이네) 시의를 이용했다. '연화(鉛華)'는 백분(白粉). 화장. '어(御)'는 운용하다. 꾸미다. 사용하다.

2) 竹外(죽외)구: 소식의 「진태허의 매화 시에 화답하여(和秦太虛梅花)」에 "竹外一枝斜更好"(대나무 밖으로 매화 가지 하나 비스듬히 뻗었으니 더욱 좋구나) 시구가 있다.

3) 想佳人(상가인)구: 매화를 추운 저녁에 대나무에 기대어 있는 미인에 비유한 것이다. 두보(杜甫)의 「가인(佳人)」 중 "天寒翠袖薄, 日暮倚修竹"(날씨 추운데 푸른 옷소매는 얇고, 황혼에 대나무에 기대어 있네) 시구를 이용했다.

4) 黃昏院落(황혼원락) 5구: 황혼의 정원에 매화가 피어 있어도 청향을 맡아줄 사람이 없거늘, 하물며 눈 내리는 강가 외진 길에 피어 있는 매화를 누가 보아 줄 것인가라는 뜻이다. 매화의 고고한 품격을 말한 것이다. '착(著)'은 두다, 나타내다, 부착하다. '수수(垂垂)'는 떨어지는 모양

5) 月邊疏影(월변소영): 임포(林逋)의 매화를 읊은 「동산의 작은 매화(山園小梅)」 중 "疏影橫斜水淸淺"(성긴 꽃 그림자 비스듬히 맑은 물에 비치네) 구를 이용했다.

6) 結子(결자)구: 강남 지방엔 매실이 누렇게 익어갈 때 비가 많이 오는데, 이를 황매우(黃梅雨)라고 한다. '염섬(廉纖)'은 가늘다, 미세하다.

7) 供斷(공단): 제공하다. '斷'은 강조의 뜻으로 쓰여 '진·살·극(盡·煞·極)'과 같다.

8) 消瘦損(소수손): 매우 여위다. '損'은 매우, 몹시 등의 뜻으로 강조를 나타낸다.

9) 東陽(동양): 남조(南朝) 양(梁)의 심약(沈約). 심약은 동양태수(東陽太守)를 지냈으며, 병과 수심 때문에 몸이 여위었다는 고사가 있다. 147 「이랑신(二郎神)」 '沈腰' 참조.

[해설]

매화를 읊은 영매사(詠梅詞)다. 고결하고 외롭게 피어 있는 매화를 의인화하여 묘사했다. 작자는 사람들이 매화의 청향(淸香)을 알아주지 않는 것을 안타깝게 여기고 있으니, 매화를 읊으면서 또한 작자 자신을 읊었다.

150 하신랑(賀新郞)*

이옥(李玉)

篆縷[1]消金鼎[2]●	향로엔 실연기 스러지고
醉沈沈、[3]庭陰轉午，	취기는 몽롱한데 마당의 그림자는 한낮을 지나고
畵堂人靜●	화려한 대청은 조용하구나
芳草王孫[4]知何處，	봄풀은 푸르건만 임은 어디에 계신고
惟有楊花糝[5]徑●	길가엔 버들개지만 흩어져 있구나
漸玉枕、騰騰[6]春醒●	베갯머리에서 희미한 봄꿈 깨어나니
簾外殘紅春已透，[7]	주렴 밖 남았던 꽃도 져서 봄은 다 갔고
鎭[8]無聊、殢酒[9]厭厭病●	온종일 무료히 술병으로 노곤하여라
雲鬢亂，	구름 같은 머리카락 흐트러져도
未忺[10]整●	빗을 생각조차 않는구나
江南舊事休重省●	강남의 옛일을 다시는 생각 말리라
遍天涯、尋消問息，	임의 소식을 하늘 끝까지 찾고 싶건만
斷鴻難倩[11]●	외기러기에겐 부탁하기 어려워라
月滿西樓憑闌久，	달빛 가득한 누각 난간에 오래도록 기대섰나니
依舊歸期未定●	임은 여전히 돌아올 날짜를 정하지 못했나보다
又只恐、甁沈金井[12]●	우물 밑에 가라앉은 병처럼 무소식이 될까 두려워라
嘶騎不來銀燭暗，	임이 탄 말은 오지 않고 은촛대는 어두운데
枉教[13]人、立盡梧桐影●	부질없이 오동나무 그림자 다하도록 서 있구나
誰伴我，	그 누가 나와 짝해

對鸞鏡[14] • 난새 거울을 마주하라

[주석]

* 雙調116字, 前後段各10句6仄韻.(詞譜36)

1) 篆縷(전루): 실낱같은 향불 연기가 피어올라 감도는 모양이 마치 꾸불꾸불한 전자(篆字) 같다는 뜻.

2) 金鼎(금정): 향로.

3) 醉沈沈(취침침): 취기가 깊다.

4) 芳草王孫(방초왕손)구: 『초사·초은사(楚辭·招隱士)』의 "王孫遊兮不歸, 春草生兮萋萋"(왕손은 떠나 돌아오지 않고, 봄풀만 무성하네)를 이용했다. '왕손(王孫)'은 왕족의 후손. 여기서는 남자의 존칭. 길을 떠난 임의 대칭.

5) 糝(삼): 뿌리다. 떨어져 흩어지다.

6) 騰騰(등등): 혼미한 모양. 몽롱한 모양.

7) 透(투): 지나가다. 통과하다. 또는 깊다.

8) 鎭(진): 오랫동안. 하루 종일.

9) 殢酒(체주): 술을 많이 마셔 고단하다. 술병이 나다.

10) 忺(험): 원하다. ~하고자 하다.

11) 倩(천): 청하다.

12) 瓶沈金井(병침금정): 병이 우물에 빠지다. 연인이 떠나간 후 소식이 없는 것. 또는 애정이 파탄 난 것을 말한다. 한대 악부 「도붓장사의 노래(估客行)」의 "莫作瓶落井, 一去無消息"(우물에 떨어진 병처럼, 한 번 간 후에 무소식되지 마오) 시의를 이용했다.

13) 枉敎(왕교): 헛되이 ~하게 하다. '敎'는 사역동사.

14) 鸞鏡(난경): 난새를 조각한 거울. 002 「목란화(木蘭花)」 '鸞鏡' 참조.

[해설]

임을 그리는 여인의 고독한 정경을 노래했다. 전단은 여인이 낮잠에서 깨어난 장면을 중심으로 무료하고 적막한 분위기를 묘사했고, 후단은 밤에 홀로 있는 여인의 애절한 심정을 직서(直敍)했다.

151 촉영요홍(燭影搖紅)* **요세미(廖世美)**

— 題[1]安陸[2]浮雲樓	— 안륙의 부운루를 읊다
靄靄[3]春空,	안개 자욱한 봄 하늘
畫樓森聳[4]凌雲渚[5]●	단청 누각은 은하 위로 우뚝 솟았구나
紫薇[6]登覽最關情,[7]	옛날 두목이 이곳에 올라 감흥이 일어
絶妙誇能賦●	절묘한 글 솜씨를 자랑했더라
惆悵相思遲暮[8]●	저물녘 그리움에 슬퍼지나니
記當日、[9]朱闌共語●	그때 붉은 난간에서 함께 담소했던 일이 생각나네
塞鴻難問,[10]	변새의 기러기는 날아간 후 소식 묻기 어렵고
岸柳何窮,	강 언덕의 버드나무는 어찌 다할 날이 있으랴
別愁紛絮●	이별의 수심은 흩날리는 버들개지 같아라

催促年光, 재촉하듯 세월은 빨리 흘렀으니
舊來流水知何處● 옛 강물은 어디로 흘러갔는고
斷腸[11]何必更殘陽, 애끊는 터에 하필이면 또 석양이 되니
極目傷平楚[12]● 평평한 초 땅을 멀리 바라보며 상심하네
晩霽[13]波聲帶雨● 저녁 비가 개며 물결 소리는 비를 머금었고
悄無人、舟橫野渡● 사람 없는 들 나루터엔 배만 가로놓였네
數峰江上,[14] 강가엔 푸른 산봉우리들
芳草天涯, 방초는 하늘 끝까지 이어졌고
參差煙樹[15]● 안개 속에 나무는 들쑥날쑥하여라

[주석]

* 雙調96字, 前後段各9句5仄韻.(詞譜7)

1) 題(제): 글을 쓰다. 시를 짓다.

2) 安陸(안륙): 지금의 호북성(湖北省) 안륙현(安陸縣).

3) 靄靄(애애): 운무가 자욱한 모양.

4) 森聳(삼용): 우뚝 높이 솟다.

5) 雲渚(운저): 은하.

6) 紫薇(자미): 북두성 동북쪽에 있는 별. 여기서는 당대(唐代) 시인 두목(杜牧)을 말한다. 중서성(中書省)을 자미성(紫薇省)이라고도 하는데, 두목은 중서사인(中書舍人)을 지냈기 때문에 두자미(杜紫薇)라고 칭한다. 두목은 부운루에 올라 「안주 부운사를 읊어 호주의 장랑중에게 보내다(題安州浮雲寺寄湖州張郎中)」 시를 지었다.

7) 闕情(관정): 감흥이 일다. 감정이 일다(생기다). 정이 가다.

8) 遲暮(지모): 저물녘. 황혼. 늘그막.

9) 記當日(기당일) 4구: 두목의 「안주 부운사를 읊어 호주의 장랑중에게 보내다」 중 "去夏疏雨餘, 同倚朱闌語. 當時樓下水, 今日到何處? 恨如春草多, 事與孤鴻去. 楚岸柳何窮, 別愁紛若絮"(작년 여름 성긴 비 내린 후, 함께 붉은 난간에 기대어 담소했었지. 그때 누각 아래 흐르던 강물은, 지금은 어디로 흘러갔나. 한은 봄풀처럼 많고, 일은 외기러기와 함께 가버렸네. 초 땅 강 언덕의 버드나무는 어찌 끝이 있으랴, 이별의 근심은 버들개지처럼 흩날리네) 시구를 이용했다. '當日'은 당시. 그때.

10) 塞鴻難問(새홍난문): 그리운 사람은 변새의 기러기처럼 날아가 종적이 없으니 소식을 묻기 어렵다는 말이다. '塞鴻'은 변새의 기러기.

11) 斷腸(단장)구: 두목의 「지주에서 전 진사 괴희일을 전송하며(池州送前進士蒯希逸)」 중 "芳草復芳草, 斷腸還斷腸. 自然堪下淚, 何必更殘陽"(방초 밖에 또 방초, 애간장이 끊어지고 또 끊어지네. 절로 눈물이 나는데, 하필이면 또 황혼인가) 시구를 이용했다.

12) 平楚(평초): 평평하고 넓은 초 지방.

13) 晚霽(만제) 2구: 위응물(韋應物)의 「저주의 산골 시내(滁州西澗)」 중 "春潮帶雨晚來急, 野渡無人舟自橫"(봄 물결은 비가 내려 저녁에 더 급히 흐르고, 들 나루터엔 사람은 없고 배만 가로 걸려 있네) 시의를 이용했다.

14) 數峰江上(수봉강상): 전기(錢起)의 「성시에서 지은 거문고 타는 상수의 신(省試湘靈鼓瑟)」 중 "曲終人不見, 江上數峰青"(곡이 끝나자 사람은 보이지 않고, 강가에는 몇 개 산봉우리만 푸르네) 시의를 이용했다.

15) 參差煙樹(참치연수): 두목의 「선주 개원사의 수각 아래 완계 계곡의 주민을 읊다(題宣州開元寺水閣閣下宛溪夾溪居人)」 중 "惆悵無因見范蠡, 參差煙樹五湖

東"(슬프다 범려를 볼 수 없고, 오호 동쪽엔 안개 낀 나무만 들쑥날쑥하구나) 시구를 이용했다. '參差'는 들쑥날쑥하여 가지런하지 않다.

[해설]

작자가 부운루에 올라 눈에 보이는 경치를 묘사하면서 가슴속에 이는 추억과 생각들을 서술했다. 두목을 비롯한 이전 시인들의 시구를 이용해 지었으나 차용의 흔적이 없어 매우 자연스럽다.

152 박행(薄倖)* 　　　　**여빈로(呂濱老)**

青樓[1]春晚●	누각에 봄은 저물고
晝寂寂、梳匀[2]又懶●	낮은 적적한데 머리 빗고 화장하기도 귀찮아라
乍[3]聽得、鴉啼鶯哢,[4]	마침 까마귀 울고 꾀꼬리 노랫소리 들리니
惹起新愁無限●	새삼스레 이는 수심은 그지없구나
記年時、[5]偷擲春心,	생각노니 그때 사랑하는 마음을 몰래 전하면서
花前隔霧遙相見●	꽃나무 앞 안개 너머 먼발치로 서로 바라보았었네
便角枕[6]題詩,	그 후론 베갯머리에서 시를 지었고
寶釵貰酒,[7]	금비녀로 술을 사 와
共醉青苔深院●	이끼 낀 깊은 정원에서 함께 취했었네
怎忘得、迴廊下,	어찌 잊으랴 회랑 아래

攜手處、花明月滿●	손 마주잡고 있을 때 꽃은 환하고 달은 둥글었었네
如今但暮雨,	지금 저녁 비 내리고
蜂愁蝶恨,	벌도 나비도 수심에 잠겼으니
小窓閒對芭蕉展[8]●	부질없이 창가에 붙어 파초를 마주하고 있구나
卻誰[9]拘管[10]●	어찌 그리움을 억누를 수 있으랴
儘[11]無言、閒品[12]秦箏,[13]	말없이 한가로이 쟁을 뜯으려는데
淚滿參差雁[14]●	눈물이 들쑥날쑥한 기러기발에 떨어지네
腰肢漸小,	허리는 점점 가늘어지고
心與楊花共遠●	마음은 버들개지 따라 멀리멀리 날아가누나

[주석]

* 雙調108字, 前段9句5仄韻, 後段10句5仄韻.(詞譜35)

1) 青樓(청루): 일반적으로 기루를 뜻하나, 여기서는 여인이 거처하는 규방이나 누각을 말한다.

2) 梳匀(소윤): 빗질하고 고르게 화장하다.

3) 乍(사): 마침. 막. 갑자기.

4) 哢(롱): 지저귀다.

5) 年時(연시): 옛날. 그전. 그해.

6) 角枕(각침): 짐승의 뿔로 장식한 베개.

7) 貰酒(세주): 술을 사다.

8) 芭蕉展(파초전): 파초의 잎이 펼쳐져 있다. 잎이 펼쳐진 파초를 보면서 화자의 마음은 오히려 수심으로 가득한 것을 암시한다. 124 「석주만(石州慢)」 '芭

蕉' 참조.

9) 誰(수): 어찌.

10) 拘管(구관): 감독하다. 단속하다.

11) 儘(진): 비록(설사) ~하더라도. '진관(盡管)'과 같다.

12) 閒品(한품): 한가로이 연주하다.

13) 秦箏(진쟁): 진 지방의 쟁. 13현의 현악기.

14) 參差雁(참치안): 쟁의 들쑥날쑥한 기러기발(안족).

[해설]

한 폭의 미인도(美人圖)를 그린 듯하다. 작중의 여인은 첫사랑과 행복했던 때를 회상하며 지금은 홀로 그리움과 슬픔에 잠겨 있다.

153 남포(南浦)*

노일중(魯逸仲)

風悲畫角,	바람 소리 슬픈데 화각이 부는
聽單于、[1]三弄[2]落譙門[3]。	「선우삼롱」 소리가 높은 성루에서 들려오는구나
投宿駸駸[4]征騎,[5]	달리는 말을 멈춰 주막에 드니
飛雪滿孤邨。	외딴 마을엔 눈이 가득히 날리네
酒市[6]漸闌燈火,	주점의 등불은 가물가물 꺼져가고
正敲窓、亂葉舞紛紛。	창문을 두드리며 낙엽이 어지러이 춤추네
送數聲驚雁,	놀란 기러기는 몇 마디 울음소리를 내며

乍離煙水，	갑자기 안개 낀 물가를 떠나
嘹唳[7]度寒雲○	끼룩끼룩 울며 찬 구름 속으로 날아가는구나
好在[8]半朧淡月，	몽롱하게 맑은 달빛은 여전히 좋건만
到如今、無處不消魂○	지금은 모든 것이 수심이로다
故國梅花歸夢，	꿈속에서 매화 핀 고향에 돌아가보니
愁損綠羅裙[9]○	푸른 깁 치마의 그녀는 수심으로 여위었네
爲問暗香閒艷，[10]	묻노니 향기롭고 고아한 매화는
也相思、萬點付啼痕[11]○	그리움에 흘린 만 점 눈물이런가
算[12]翠屛應是，	생각건대 비취 병풍 안엔
兩眉餘恨[13]倚黃昏○	수심 어린 얼굴이 황혼 속에 있으리라

[주석]

* 雙調102字, 前段9句4平韻, 後段8句4平韻.(詞譜33)

1) 單于(선우): 당대(唐代)의 악곡 소선우(小單于)를 말한다.

2) 三弄(삼롱): 악곡 뒤에 붙어 쓰이는 명사. 예를 들면, 「매화삼롱(梅花三弄)」「선우삼롱(單于三弄)」 등이 있다. '弄'은 악기를 연주하다. 또는 곡조를 세는 단위.

3) 譙門(초문): 망루가 있는 성문.

4) 駸駸(침침): 말이 빨리 달리는 모양.

5) 征騎(정기): 출정하는 기사. 여기서는 길을 가는 말.

6) 酒市(주시): 주점.

7) 嘹唳(요려): 맑고 멀리 울리는 소리.

8) 好在(호재): 여전하다. 또는 (칭찬이나 찬미의 뜻으로) 좋다.

9) 綠羅裙(녹라군): 녹색의 비단 치마를 입은 여인.

10) 暗香閒艷(암향한염): 그윽한 향기와 고아한 아름다움. 매화를 말한다.

11) 啼痕(제흔): 눈물 자국. 여기서는 가지에 핀 매화꽃을 말한다.

12) 算(산): 생각하다. 헤아리다.

13) 兩眉餘恨(양미여한): 두 눈썹에 한이 서리다. 근심스러운 표정을 하다.

[해설]

객지에서 집과 아내를 그리워하는 작품이다. 전단은 여관에 투숙할 때의 정경으로 동적인 경물을 묘사하면서 객수를 표현했고, 후단은 정적인 경물을 묘사하면서 고향과 아내를 그리워했다.

154 만강홍(滿江紅)*

악비(岳飛)

怒髮衝冠,[1]	강개하여 노한 머리털이 치솟아 관을 찌르는데
憑闌處、瀟瀟[2]雨歇●	난간에 기대섰노라니 세차게 내리던 비 그치는구나
擡望眼、仰天長嘯,[3]	눈을 들어 하늘을 우러러보며 길게 휘파람 부나니
壯懷激烈●	장렬한 마음은 격하게 솟구치누나
三十[4]功名塵與土,	나이 삼십에 세운 공명은 보잘것없으나
八千里[5]路雲和月●	팔천 리 길을 구름과 달빛 아래 전전했노라
莫等閒、[6]白了少年頭,	젊음을 헛되이 보내고 백발이 되고 나서

空悲切●	부질없이 슬퍼하지 말아야 하리로다
靖康恥,[7]	정강의 치욕을
猶未雪●	아직 씻지 못했으니
臣子恨,	이 신하의 한은
何時滅●	어느 때에나 없어질꼬
駕長車[8]踏破,	병거를 몰고 달려가서 깨부수리라
賀蘭山[9]缺[10]●	하란산의 관문을
壯志飢餐胡虜肉,	장쾌히 오랑캐의 살로 주린 배를 채우고
笑談渴飲匈奴血●	담소하면서 흉노의 피로 마른 목을 축이리라
待[11]從頭、[12]收拾舊山河,	옛 산하를 모두 되찾은 후에
朝天闕[13]●	천자를 배알하리로다

[주석]

* 雙調93字, 前段8句4仄韻, 後段10句5仄韻.(詞譜22)

1) 怒髮衝冠(노발충관): 노한 머리카락이 치솟아 관을 추켜올리다. 매우 분노한 모양.

2) 瀟瀟(소소): 비나 바람이 세찬 모양.

3) 長嘯(장소): 감정이 격동하여 길게 휘파람을 불다. 비분에 차서 길게 탄식하다.

4) 三十(삼십)구: 이 작품을 쓸 때 작자의 나이는 30여 세였다. 자신의 공업(功業)이 티끌과 같다는 것은 겸손한 표현이다.

5) 八千里(팔천리)구: 금(金)과 대항하여 밤낮 없이 전선을 전전한 것을 말한다.

6) 等閒(등한): 가볍게. 아무렇게. 되는대로.

7) 靖康恥(정강치): 정강의 치욕. 북송 정강(靖康) 2년(1127)에 금나라가 변경(汴京)을 침공하여 휘종(徽宗)과 흠종(欽宗)을 포로로 잡아간 일을 말한다.

8) 長車(장거): 병거(兵車).

9) 賀蘭山(하란산): 지금의 영하(寧夏)와 내몽골 경계에 있는 산. 여기서는 송과 금의 경계에 있는 산을 말한다.

10) 缺(결): 연이어진 산봉우리 사이의 낮은 곳. 이곳에 좁은 길과 관(關)이 설치되어 있다.

11) 待(대): 장차 ~하려고 하다. ~할 작정이다.

12) 從頭(종두): 전부. 하나하나. 낱낱이.

13) 天闕(천궐): 천자의 궁궐.

[해설]

작자 악비는 금(金)나라에 항전하여 많은 전공을 세운 장군으로, 중국에서는 민족적 영웅으로 추앙을 받는 인물이다. 이 작품은 강개비분한 애국정서와 영웅적 기개를 노래한 항전 작품으로 유명하다. 그러나 이 작품은 후인의 위작이라는 설이 있다.

155 촉영요홍(燭影搖紅)* 장륜(張掄)

— 上元[1]有懷 — 대보름날의 감회

雙闕中天,[2]	궁문의 양쪽 누각은 중천에 솟아 있고
鳳樓十二[3]春寒淺●	궁전과 누각엔 봄추위가 상쾌했었더라
去年元夜奉宸遊,[4]	작년 대보름날 밤 신유를 받들어
曾侍瑤池宴[5]●	요지의 잔치에서 시중들었다네
玉殿珠簾盡捲●	주렴을 모두 걷어 올린 화려한 전각엔
擁群群仙、[6]蓬壺[7]閬苑[8]●	봉래와 낭원의 선녀들이 모여들었었네
五雲深處,	오색구름 깊은 곳
萬燭光中,	수많은 촛불 밝힌 가운데
揭天絲管●	풍악 소리는 하늘 높이 울려 퍼졌었더라
馳隙[9]流年,	쏜살같이 세월은 흘러
恍如[10]一瞬星霜換●	눈 깜짝할 사이에 해가 바뀌었구나
今宵誰念泣孤臣,	오늘 밤 그 누가 외로이 우는 나를 생각하랴
回首長安[11]遠●	장안을 돌아보니 아득하기만 하여라
可是塵緣[12]未斷●	그래도 티끌 세상의 미련을 끊지 못하고
漫惆悵、華胥[13]夢短●	부질없이 꿈같은 옛일을 슬퍼하누나
滿懷幽恨,	가슴 가득히 깊은 한을 품고
數點寒燈,[14]	몇 개 쓸쓸한 등불을 바라보며
幾聲歸雁●	돌아가는 기러기 소리 듣노라

[주석]

* 雙調96字, 前後段各9句5仄韻.(詞譜7)

1) 上元(상원): 음력 정월 보름. 원소절.

2) 雙闕中天(쌍궐중천): 궁문 양쪽의 높은 누각이 하늘 높이 솟아 있다. '中天'은 요순(堯舜) 시대를 '중천지세(中天之世)'라고 하기 때문에 황제의 덕을 칭송하는 뜻도 나타내고 있다.

3) 鳳樓十二(봉루십이): 궁중 안의 많은 궁전과 누각.

4) 宸遊(신유): 임금이 노는 일.

5) 瑤池宴(요지연): 신선들의 잔치. 궁중의 잔치를 말한다. '瑤池'는 서왕모(西王母)가 산다는 곳.

6) 群仙(군선): 무리를 이룬 많은 신선. 후비와 궁녀들을 말한다.

7) 蓬壺(봉호): 봉래산(蓬萊山). 바다 가운데 있다는 삼신산의 하나. 궁전을 말한다.

8) 閬苑(낭원): 곤륜산 위의 신선이 산다는 곳. 궁전을 말한다.

9) 馳隙(치극): 백마가 문틈을 지나듯 세월이 빨리 지나가다. 백마과극(白馬過隙).

10) 恍如(황여)구: 갑자기 눈 깜짝할 사이에 해가 바뀌다. 남송이 망해 세상이 바뀐 것을 암시한다. '恍如'는 갑자기. 문득. '성상(星霜)'은 한 해 동안의 세월.

11) 長安(장안): 당나라의 수도. 여기서는 북송의 수도 변경(汴京).

12) 塵緣(진연): 속세의 인연. 세상 일, 나라 일을 말한다.

13) 華胥(화서): 꿈. 꿈속의 이상향. 황제(黃帝)가 낮잠을 자다가 꿈속에서 화서씨(華胥氏)의 나라에 가서 놀았다는 고사가 『열자·황제(列子·黃帝)』에 있다. 여기서는 번영했던 변경의 옛일.

14) 寒燈(한등): 쓸쓸한 등불.

[해설]

전단은 북송이 멸망하기 전, 대보름날 밤의 화려한 궁중 잔치를 회상했고, 후단은 북송이 망한 후, 작자 홀로 대보름날 밤을 맞아 망국의 비애를 탄식했다.

156 수룡음(水龍吟)* 정해(程垓)

夜來風雨悤悤,[1]	간밤에 비바람이 휘몰아쳤더니
故園定是花無幾●	고향에도 필시 꽃이 다 졌으리라
愁多怨極,	수심도 많고 원한도 많아
等閒[2]孤負,[3]	그냥 보내버렸구나
一年芳意●	한 해의 이 좋은 봄날을
柳困桃慵,[4]	버들가지는 나른히 늘어졌고 복사꽃은 생기가 없고
杏青梅小,	살구와 매실이 파랗고 조그맣게 맺혔으니
對人容易[5]●	봄은 훌쩍 가버렸어라
算好春長在,	생각해보니 좋은 봄은 해마다 늘 있고
好花長見,	고운 꽃은 해마다 늘 보건만
原只是、人憔悴●	원래 사람만이 근심으로 초췌하구나
回首池南[6]舊事●	고향의 옛일을 돌이켜보건만
恨星星、[7]不堪重記●	백발이 되어 옛일을 다시 생각한들 무엇 하랴
如今但有,	지금은 다만
看花老眼,	꽃을 보는 늙은 눈과

傷時淸淚●	세월을 상심하는 눈물만이 있구나
不怕逢花瘦,	꽃이 시드는 건 두렵지 않아라
只愁怕、老來風味●	진정 두려운 건 늙어가는 내 마음이어라
待繁紅亂處,	온갖 꽃 활짝 피었을 때
留雲借月,[8]	구름을 잡아두고 달빛을 빌려
也須拚醉[9]●	모름지기 실컷 마셔 취해야 하리

[주석]

* 雙調102字, 前段11句4仄韻, 後段10句5仄韻.(詞譜30)

1) 悤悤(총총): 급하고 바쁜 모양.

2) 等閒(등한): 등한하다. 대수롭지 않게.

3) 孤負(고부): 저버리다. '고부(辜負)'와 같다.

4) 柳困桃慵(유곤도용): 버들가지가 피곤한 듯 늘어지고 복사꽃은 노곤한 듯 생기를 잃다. 늦봄의 풍경을 형용한 말.

5) 對人容易(대인용이): (봄은) 사람에 대해 소홀히 하다. 봄은 사람들이 애석해하는 것을 아랑곳하지 않고 훌쩍 가버리고 만다는 뜻. '容易'는 소홀히 하다. 아랑곳 않다. 함부로, 쉽사리, 경솔히.

6) 池南(지남): 못 남쪽. 고향. 예전에 즐겁게 놀았던 곳. 소식(蘇軾)의 「왕안석의 '서태일' 시에 화답하여(和王安石題西太一)」에 "從此歸耕劍外, 何人送我池南"(이제 검각 밖으로 돌아가려니, 누가 고향으로 가는 나를 전송하는가) 시구가 있다.

7) 星星(성성): 머리털이 희끗희끗하다.

8) 留雲借月(유운차월): 구름을 머물게 하고 달빛을 빌리다. 좋은 경치를 머물

게 하다. 좋은 때를 놓치지 않고 즐긴다는 뜻.

9) 拚醉(반취): 마음껏 취하다. 취하도록 마시다.

[해설]

작자는 쇠잔해가는 봄을 슬퍼하고 자신의 늙음을 개탄하면서, 때를 놓치지 말고 즐기자는 향락적인 태도를 보이고 있다. 그러나 당시의 시대 상황과 작품 가운데 '세월을 상심하는 눈물'이라는 말이 있는 것을 보면, 시대와 신세에 대한 감개를 기탁하고 있는 듯하다.

157 육주가두(六州歌頭)*

장효상(張孝祥)

長淮[1]望斷,[2]	멀리 회수를 바라다보니
關塞[3]莽然[4]平○	관새는 초목이 무성해서 평평하구나
征塵[5]暗,	길에 날리는 먼지는 어두컴컴하고
霜風勁,	서릿바람은 거세고
悄邊聲[6]○	변경은 조용하구나
黯消凝[7]○	암연히 슬픔에 차서
追想當年事,[8]	당년의 일을 회상하니
殆天數,[9]	아마도 천명이요
非人力,[10]	사람의 힘은 아닐 것이네
洙泗[11]上,	수수와 사수 가

絃歌地,[12]	거문고 타고 노래하던 문화의 고장에도
亦羶腥[13]。	역시 오랑캐 노린내가 가득하구나
隔水氈鄉,[14]	회하 건너 금나라 땅에선
落日牛羊下,	석양에 소와 양들이 산에서 내려오고
區脫[15]縱橫。	금나라 초소는 사방에 널려 있구나
看名王[16]宵獵,	금나라 장군이 밤에 사냥하는 걸 보니
騎火一川明。	기병들의 횃불로 온 들판이 환하고
笳鼓悲鳴。	피리 북소리가 비장하게 울려
遣[17]人驚。	사람을 놀라게 하는구나
念腰間箭,	생각노니 허리에 찬 화살과
匣中劍,	칼집의 검은
空埃蠹,	헛되이 먼지만 쌓이고 좀이 먹고 있으니
竟何成。	도대체 무슨 공을 이루었는고
時易失,	좋은 때는 잃기 쉬운데
心徒壯,	마음만 헛되이 비장할 뿐이어라
歲將零。	이 해도 저물어가고
渺神京[18]。	서울은 아득하기만 하구나
干羽[19]方懷遠,	지금 조정에선 예악(禮樂)으로 오랑캐를 회유하니
靜烽燧,	봉홧불은 조용하고
且休兵。	전투도 멎었네

冠蓋使,[20]	사신들은
紛馳騖,[21]	분주히 금(金)나라로 달려가니
若爲情[22]。	이내 마음은 괴롭기만 하구나
聞道中原遺老,	듣자니 중원에 남아 있는 백성들은
常南望、翠葆霓旌[23]。	늘 남쪽을 바라보며 천자의 군대를 기다린다더라
使行人[24]到此,	만약 사람들이 이런 것을 안다면
忠憤氣塡膺。	충정과 의분이 가슴에 가득 차고
有淚如傾。	눈물이 비 오듯 하리라

[주석]

* 雙調143字, 前後段各19句8平韻.(詞律20)(詞譜38)

1) 長淮(장회): 회하(淮河). 고종(高宗) 소흥(紹興) 11년(1141)에 남송과 금은 회하를 경계로 삼았다.

2) 望斷(망단): 시선이 미치는 데까지 멀리 바라보다.

3) 關塞(관새): 국경에 설치한 관문이나 요새.

4) 莽然(망연): 초목이 무성한 모양.

5) 征塵(정진): 길 가며 일으키는 먼지. 또는 군마가 일으키는 모래 먼지.

6) 悄邊聲(초변성): 변경은 적막하게 아무 소리도 없다. 군사 행동이 정지되어 항전의 분위기가 없는 것을 말한다. '邊聲'은 군마, 바람, 병영의 나팔 소리 등 변새에서 나는 소리.

7) 黯消凝(암소응): 마음이 극도로 슬프고 근심에 차다.

8) 當年事(당년사): 흠종 정강(靖康) 2년(1127)에 중원이 함락되고 휘종과 흠종

이 금의 포로가 되어 북쪽으로 끌려간 일을 말한다.

9) 天數(천수): 하늘의 뜻. 운명.

10) 非人力(비인력): 사람의 힘으로 어찌할 수 있는 것이 아니다.

11) 洙泗(수사): 수수(洙水)와 사수(泗水). 공자(孔子)가 학문을 가르쳤던 곡부(曲阜)를 흐르는 강.

12) 絃歌地(현가지): 거문고와 노랫소리가 일던 곳. 공자는 예악을 중시하여 학당에서는 늘 음악 소리가 났다고 한다. 공자가 강학(講學)했던 문화의 땅을 말한다.

13) 羶腥(전성): 소나 양 따위 짐승에서 나는 노린내.

14) 氈鄕(전향): 유목민족의 거주지. '氈'은 짐승의 털로 짜 만든 모전.

15) 區脫(구탈): 한나라 때 흉노가 국경에 만든 초소. 금의 초소.

16) 名王(명왕): 고대 소수 민족의 우두머리에 대한 호칭. 금나라의 장수.

17) 遣(견): ~하도록 시키다. '사(使)'와 같다.

18) 渺神京(묘신경): 서울이 아득히 멀다. 서울은 공간상으로 멀 뿐만 아니라, 서울을 수복할 수 있는 시일도 아득히 멀다는 것을 뜻한다. '神京'은 서울. 북송의 수도 변경.

19) 干羽(간우)구: 예악과 문화로 먼 곳의 이민족을 회유하다. '干羽'는 방패와 깃. 옛날 춤출 때 사용했던 도구로 문무(文舞)는 꿩의 깃털을 잡고 춤을 추고, 무무(武舞)는 방패를 잡고 춤을 추었다. 후에 문덕(文德)과 교화(敎化)를 뜻하는 말로 사용된다.

20) 冠蓋使(관개사): 사신. '冠蓋'는 관리의 복장과 수레의 지붕 덮개.

21) 馳騖(치무): 급히 달리다.

22) 若爲情(약위정): 어찌 마음이 편하랴. '하이위정(何以爲情)' '난위정(難爲情)'과 같다. '若'은 어떻게. 어찌. '하(何)'와 같다.

23) 翠葆霓旌(취보예정): 깃털로 장식한 수레 덮개와 채색 깃발. 황제의 어가와

의장. 여기서는 황제의 군대를 말한다.

24) 使行人(사행인)구: 만약 행인들이 이곳에 와서 이러한 광경을 본다면. '使'는 만약. '가사(假使)'와 같다. '行人'은 길가는 사람. 또는 사신(使臣). 금으로 파견되어가는 사신.

[해설]

소흥(紹興) 32년(1162), 주전파인 장준(張浚)이 건강(建康, 지금의 남경南京) 유수(留守)로 있을 때, 작자는 그의 막부에 있었다. 작자는 밖으로는 금의 위협과 안으로는 화의파에 대한 불만을 느껴 비분의 소리로 이 사를 노래했다. 전단에서 작자는 조용한 국경의 상황과 중원이 금에 점령당한 사실을 비통하게 여기고, 남송을 호시탐탐 노리는 금과 아무런 준비도 없이 안일에 빠져 있는 남송을 대비시켜 분노와 우려를 나타냈다. 후단에서 작자는 시국을 만회하지 못하는 무력감, 화의파의 굴욕적인 정책에 대한 비판, 중원 유민들의 남송에 대한 기대감 등을 말하면서 시대를 근심했다.

158 염노교(念奴嬌)* 장효상(張孝祥)

— 過洞庭	— 동정호를 지나며
洞庭青草,[1]	동정호와 청초호
近中秋、[2]更無一點風色●	추석이 가까운데다가 바람 한 점 없구나

玉界瓊田[3]三萬頃,	달빛 아래 맑은 호수는 삼만 경으로 너른데
著[4]我扁舟一葉●	내 일엽편주만 떠 있구나
素月分輝,	흰 달빛이 비치고
銀河共影,	은하도 함께 호수에 비치니
表裏[5]俱澄澈●	안팎이 모두 환하게 맑아라
怡然心會,[6]	가슴속이 상쾌하고 즐거우니
妙處難與君說[7]●	이 묘한 느낌은 그대에게 말해주기 어렵구나
應[8]念嶺海[9]經年,[10]	생각느니 영남에서 세월을 보내며
孤光[11]自照,	외로운 달빛을 몸에 받았더니
肝膽皆冰雪●	간담은 모두 얼음과 눈인 듯 희고 깨끗하여라
短髮蕭騷[12]襟袖[13]冷,	짧은 머리털은 성기고 옷깃은 싸늘한데
穩泛滄浪空闊●	공활한 푸른 물결에 조용히 배를 띄우고 있도다
盡挹西江,[14]	서강의 물을 모두 퍼서 술을 빚고
細斟[15]北斗,	북두칠성을 국자 삼아 천천히 술을 따르노니
萬象爲賓客●	삼라만상이 내 귀한 손님이로다
扣舷獨嘯,[16]	뱃전을 두드리며 홀로 휘파람 부노니
不知今夕何夕[17]●	오늘 밤은 그 얼마나 아름다운 밤인고

[주석]

* 雙調100字, 前段9句4仄韻, 後段10句4仄韻.(詞譜28)

1) 洞庭青草(동정청초): 호남성(湖南省) 악양(岳陽)에 있는 동정호와 청초호. 두

호수는 서로 연결되어 있다.

2) 中秋(중추): 음력 8월의 이칭. 추석.

3) 玉界瓊田(옥계경전): 달빛 아래 옥같이 깨끗하고 맑은 호수.

4) 著(착): 놓아두다. 붙다. 용납하다.

5) 表裏(표리): 안팎. 여기서는 하늘과 호수 상하, 작자의 마음속과 우주 만물을 말한다.

6) 心會(심회): 마음속으로 깨닫다.

7) 難與君說(난여군설): 그대에게 말해주기 어렵다. 말로 표현하기 어렵다.

8) 應(응): 인하다. 때문에. '인(因)'과 같다. 여기서는 동정호의 경치로 말미암아.

9) 嶺海(영해): 영남(嶺南). 광동(廣東)과 광서(廣西) 지방. 북쪽에는 오령(五嶺)이 있고 남쪽에는 남해(南海)가 있기 때문에 영해라고 한다.

10) 經年(경년): 한 해 또는 여러 해가 지나다. 작자는 약 1년 동안 정강지부겸광남서로경략안무사(靜江知府兼廣南西路經略安撫使)를 지냈다. 정강(靜江)은 지금의 계림(桂林).

11) 孤光(고광): 외로운 달빛.

12) 蕭騷(소소): 쓸쓸하다. 처량하다. 드물고 성기다.

13) 襟袖(금수): 옷깃과 소매. 또는 흉회(胸懷).

14) 盡挹西江(진읍서강): 서강의 물을 모두 떠내서 술을 만든다는 뜻. 『전등록(傳燈錄)』에 "待汝一口吸盡西江水, 卽向汝道"(네가 한 입으로 서강의 물을 다 마실 때 너에게 말하리라)라는 말이 있다. '挹'은 물을 뜨다(푸다).

15) 細斟(세짐): 천천히 따르다.

16) 嘯(소): 휘파람 불다. 소리를 길게 뽑아 읊조리다.

17) 今夕何夕(금석하석): 아름다운 저녁이나 밤을 찬탄하는 말. 『시경·주무(詩經·綢繆)』에 "今夕何夕, 見此良人"(오늘 밤은 어떤 밤이기에, 이 좋은 임을

보는가) 구가 있다.

[해설]

작자는 효종(孝宗) 건도(乾道) 원년(1165)에 정강(靜江 지금의 廣西 桂林) 지부(知府)로 나갔다가, 다음 해에 정적의 모함으로 파직되어 북으로 돌아오는 길에 동정호를 지나며 이 사를 지었다. 전단은 달빛에 비친 호수의 야경을 묘사했고, 후단은 작자의 광달하고 호방한 기상을 노래했다. 호수와 달빛, 작자와 삼라만상이 잘 어우러져, 작자의 고결한 인품과 활달한 흉금이 잘 드러나고 있다.

159 육주가두(六州歌頭)* **한원길(韓元吉)**

— 桃花	— 복사꽃
東風著意,[1]	봄바람도 정이 있는지
先上小桃[2]枝○	먼저 복사꽃 작은 가지에 불었구나
紅粉[3]膩	화장한 얼굴은 윤기가 흐르고
嬌如醉,	술에 취한 듯 홍조를 띠고
倚朱扉○	붉은 문짝에 기대섰구나
記年時[4]○	생각느니 예전에
隱映[5]新妝面●	새로 화장한 얼굴은 복사꽃과 곱게 어울렸네

臨水岸●	물가 언덕
春將半●	봄이 한창인 때
雲日暖●	구름 낀 따뜻한 날씨에
斜橋[6]轉●	사교를 돌아 이른 곳은
夾城[7]西○	성 서쪽이었더라
草軟莎平,	봄풀은 부드럽고 평평한데
跋馬[8]垂楊渡,	말을 달려 수양버들 늘어진 나루터로 가니
玉勒[9]爭嘶○	옥 굴레의 말들은 다투어 울었네
認蛾眉凝笑,[10]	웃음을 띤 아리따운 그녀를 만났으니
臉薄拂燕脂○	뺨엔 엷게 연지를 발랐네
繡戶[11]曾窺○	그녀의 집을 찾아 엿보았으나
恨依依○	한스럽고 못내 그리웠더니라
共攜手處●	예전에 함께 손잡고 거닐었던 곳
香如霧●	꽃향기는 안개 같고
紅隨步●	붉은 꽃잎은 걸음마다 밟히니
怨春遲○	저무는 봄을 원망하는구나
消瘦損●	나는 그리움으로 여위었나니
憑誰問●	뉘에게 그녀 소식을 물어볼꼬
只花知○	꽃만은 알고 있으련만
淚空垂○	눈물만 부질없이 흘리누나
舊日堂前燕,[12]	예전에 당 앞에 깃들었던 제비는

和煙雨,	안개비 속에
又雙飛○	또 쌍쌍이 날고 있구나
人自老●	사람은 절로 늙어가건만
春長好●	봄은 언제나 아름답고
夢佳期○	좋았던 시절은 꿈만 같아라
前度劉郎,[13]	지난번의 유랑이 다시
幾許[14]風流地,	풍류를 즐겼던 곳을 찾아왔으니
花也應悲○	꽃도 응당 슬퍼하리라
但茫茫暮靄,	지금 망망한 저녁노을 속에
目斷武陵溪[15]○	멀리 무릉의 계곡을 바라보노니
往事難追○	지난 일은 되찾을 수 없어라

[주석]

* 雙調143字, 前段19句8平韻兩叶韻5仄韻, 後段20句8平韻7仄韻.(詞譜38)

1) 著意(착의): 마음에 두다(들다). ~할 마음(생각)이 있다.

2) 小桃(소도): 음력 정월 무렵에 꽃이 피는 복숭아나무의 한 종류. 또는 작은 복숭아나무.

3) 紅粉(홍분) 3구: 복사꽃을 의인화하여 묘사한 것이다. '紅粉'은 연지와 분. 화장. '니(膩)'는 보드랍고 매끄럽다. 윤기가 흐르다.

4) 年時(연시): 옛날. 작년.

5) 隱映(은영)구: 복사꽃과 곱게 화장한 얼굴이 서로 어울려 돋보이는 것을 말한다. 최호(崔護)의 「도성의 남쪽 집에서(題都城南莊)」 중 "去年今日此門中,

人面桃花相映紅"(지난해 오늘 이 문 안에선, 그녀의 얼굴과 복사꽃이 서로 어울려 고왔네) 시구를 이용했다. '隱映'은 두 사물이 서로 가리면서 어울려 돋보이다. 또는 가려진 사이로 보이다. 숨었다 나타나다 하다.

6) 斜橋(사교): 비스듬히 경사진 다리.

7) 夾城(협성): 성곽의 바깥 둘레에 쌓은 성벽. 또는 양쪽에 높은 담이 있는 길.

8) 跋馬(발마): 말을 달리다. 또는 고삐를 당겨 말을 돌리다.

9) 玉勒(옥륵): 옥으로 장식한 고삐. 여기서는 좋은 말.

10) 凝笑(응소): 한참 동안 웃음을 머금다.

11) 繡戶(수호) 2구: 그녀를 만나려고 다시 찾았지만 만나지 못해서 한이 이어진다는 뜻. '繡戶'는 아름답게 조각한 문. 여인이 거처하는 집이나 방. '의의(依依)'는 잊지 못하는 모양. 아쉬워하는 모양.

12) 舊日堂前燕(구일당전연): 당(唐) 유우석(劉禹錫)의 「오의 마을(烏衣巷)」 중 "舊時王謝堂前燕, 飛入尋常百姓家"(옛날에 왕씨 사씨 집 당 앞에서 날던 제비, 지금은 평범한 여염집으로 날아드네) 시구를 이용했다.

13) 前度劉郎(전도유랑): 유우석의 「또다시 현도관에서 노닐며(再游玄都觀)」 중 "種桃道士歸何處, 前度劉郎今又來"(복숭아나무 심은 도사는 어디로 갔나, 지난번 유랑이 지금 다시 왔네) 시구가 있다. 여기서는 작자 자신을 말한다. 097 「서룡음(瑞龍吟)」 '劉郎' 참조.

14) 幾許(기허)구: 옛날 놀았던 곳을 다시 찾아왔으나 사람은 만날 수 없다는 뜻이다. '幾許'는 의문사 '얼마'의 뜻도 있고, 감탄사 '얼마나'의 뜻도 있다.

15) 武陵溪(무릉계): 무릉의 어부가 도화원에 들어갔다가 나와서 다시 찾아갔으나 찾지 못했다는 고사. 도연명의 「도화원기(桃花源記)」에 보인다. 또는 『유명록(幽明錄)』의 유신(劉晨)의 고사로 보기도 한다. 097 「서룡음(瑞龍吟)」 '劉郎' 참조.

[해설]

이 작품은 복사꽃을 읊은 영물사로, 꽃을 읊으면서 동시에 여인을 읊었다. 전단에서 작자는 복사꽃을 보면서 여인의 아름다운 용모를 연상하고, 옛날 여인을 찾아갔던 일을 회상했다. 후단은 옛 곳을 다시 찾았건만 복사꽃은 흩날려 떨어지고 옛 여인은 볼 수 없는 것을 한탄했다. 당(唐) 최호의 「도성의 남쪽 집에서」 시를 사로 읊은 것이라고 할 수 있다.

160 호사근(好事近)* 한원길(韓元吉)

凝碧[1]舊池頭,	응벽지 옛 연못가에서
一聽管絃淒切●	관현 소리 들으니 처량하기 그지없어라
多少梨園[2]聲在,	이원의 옛 소리는 많이 남아 있으나
總不堪華髮[3]●	백발의 늙은이는 차마 듣지 못하겠구나
杏花無處避春愁,	살구꽃도 봄 수심을 피할 데 없어
也傍野煙[4]發●	안개 낀 들가에 피었어라
惟有御溝[5]聲斷,	다만 궁중의 개울엔 물소리 끊겼으니
似知人嗚咽●	목메어 우는 내 마음을 아는 듯하구나

[주석]

* 雙調45字, 前後段各4句兩仄韻.(詞譜5)

1) 凝碧(응벽) 2구: 작자가 변경(汴京)의 고궁에서 금의 사연(賜宴)에 참석하여 슬픔을 말한 것이다. '凝碧'은 당대(唐代) 낙양(洛陽)의 금원에 있던 연못 이름. 여기서는 변경의 고궁을 말한다. 천보(天寶) 15년(756)에 안록산(安祿山)이 낙양을 점령한 후 응벽지에서 연회를 베풀고 궁정의 악공을 불러 연주하게 하였다. 당시 구금되어 있던 왕유(王維)는 이 소식을 전해 듣고 「보제사에 갇혀 있을 때 배적이 찾아와서 …… 시를 읊조려 배적에게 보이다(菩提寺禁裴廸來相看 … 私成口號誦示裴迪)」를 지어 "萬戶傷心生野煙, 百僚何日更朝天. 秋槐葉落空宮裏, 凝碧池頭奏管絃"(만백성이 상심하니 들에 안개 피어오르고, 백관들은 언제 다시 천자를 알현할까. 빈 궁정 안에는 가을 홰나무 잎이 지고, 응벽지 가에선 풍악 소리 울리네)이라고 읊었다.

2) 梨園(이원): 당 현종(玄宗)이 악공과 궁녀에게 음악과 무용을 연습시키던 곳. 여기서는 옛 북송의 악공을 말한다.

3) 總不堪華髮(총불감화발): 백발의 작자는 차마 옛 북송의 음악을 듣지 못하겠다는 뜻이다. '華髮'은 백발. 또는 머리가 백발이 된 악공들의 음악 소리를 차마 듣지 못하겠다는 뜻으로도 볼 수 있다.

4) 野煙(야연): 황량한 들에 서린 안개. 여기서는 왕유의 「보제사에 갇혀 있을 때 배적이 찾아와서 …… 시를 읊조려 배적에게 보이다」 시구를 인용한 것으로, 전후의 황량한 풍경과 백성들의 상심을 암유한 것이다.

5) 御溝(어구): 궁궐에서 흘러나오는 개울.

[해설]

별본(別本)에는 '汴京賜宴聞教坊樂有感'(변경의 사연에서 교방의 음악을 듣고 감회가 일다)이라는 제서(題序)가 붙어 있다. 남송 효종(孝宗) 건도(乾道) 8년(1172)에 작자는 금나라의 만춘절(萬春節, 완안옹完顏雍의 생일)

을 축하하는 사신으로 파견되었다. 작자는 변경에서 금나라 조정에서 베푼 연회에 참석하고, 그 자리에서 북송 당시의 옛 음악을 듣고 망국의 슬픔을 이기지 못하여 이 사를 지었다고 한다.

161 서학선(瑞鶴仙)* 원거화(袁去華)

郊原初過雨●	교외 벌판엔 비가 막 지나가고
見數葉零亂,[1]	낙엽 몇 잎이 이리저리 날리며
風定猶舞●	바람이 자도 춤을 추는구나
斜陽挂深樹●	저녁 해는 깊은 숲 위에 걸려
映濃愁淺黛,[2]	수심 어린 여인의 눈썹 같은 먼 산을 비추니
遙山媚嫵[3]●	먼 산은 사랑스럽기도 하여라
來時舊路●	지난번 올 때 지나왔던 옛 길
尙巖花、嬌黃半吐●	바위 가엔 노란 꽃이 반쯤 피어 있었건만
到而今,	지금은
惟有溪邊流水,	다만 시냇가 흐르는 물만이
見人如故●	전과 같이 나를 반기는구나
無語●	말없이
郵亭[4]深靜,	역참은 그윽하고 조용한데
下馬還尋,	말에서 내려

舊曾題[5]處●	옛날에 시를 썼던 곳을 찾노라
無聊倦旅●	무료하고 고달픈 나그넷길
傷離恨,	이별의 한으로 상심하노니
最愁苦●	슬프고 괴롭기 그지없어라
縱收香[6]藏鏡,[7]	그녀가 준 향과 거울을 지니고 있건만
他年重到,	훗날 다시 찾아가면
人面桃花[8]在否●	복사꽃 고운 얼굴은 아직도 있을런가
念沈沈、小閣幽窓,[9]	그리워라 작은 누각의 그윽한 창
有時夢去●	꿈속에서나 가끔 찾아가네

[주석]

* 雙調102字, 前段11句7仄韻, 後段12句6仄韻.(詞譜31)

1) 零亂(영란): 어지럽다. 어지럽게 흩어지다.

2) 濃愁淺黛(농수천대): 깊은 수심에 잠긴 여인의 눈썹. '淺黛'는 엷고 가늘게 그린 눈썹. 여기서는 먼 산을 말한다. '黛'는 흑청색. 눈썹을 그리는 먹.

3) 媚嫵(미무): 아름답다. 사랑스럽다.

4) 郵亭(우정): 역참(驛站). 객사.

5) 題(제): 시문을 짓다. (서화나 벽 따위에) 시를 쓰다.

6) 收香(수향): 향을 지니다(받다). 진나라 때 가충(賈充)의 딸이 아버지의 귀한 향을 훔쳐 한수(韓壽)에게 주었다가 후에 결혼해서 부부가 되었다는 고사. 098 「풍류자(風流子)」 '韓香' 참조.

7) 藏鏡(장경): 거울을 간직하다. 남조의 진(陳)이 망하자 부마(駙馬) 서덕언(徐

德言)과 그의 처 낙창(樂昌)공주가 거울을 반쪽씩 나누어 갖고 헤어졌다가 후에 다시 만나서 거울을 합쳤다는 고사. 맹계(孟棨)의 「본사시 · 정감(本事詩 · 情感)」에 보인다. 남녀의 변치 않는 애정이나 재결합을 뜻한다.

8) 人面桃花(인면도화): 복사꽃 같은 얼굴. 013 「청평악(淸平樂)」 '人面' 참조.

9) 小閣幽窓(소각유창): 작은 누각의 그윽한 방.

[해설]

나그네의 수심과 연인에 대한 그리움을 노래했다. 전단은 여로 중에 보이는 경물을 묘사하면서 나그네의 고달픈 신세를 말했다. 후단은 객사에 투숙하는 정경을 묘사하고, '종수향(縱收香)'구 이하는 그녀에 대한 애정은 변함없건만 미래의 만남은 예측하기 어렵다는 사실을 슬퍼했다.

162 검기근(劍器近)*

원거화(袁去華)

夜來雨●	간밤에 내리던 비는
賴[1]倩得、[2]東風吹住●	다행히 봄바람이 불어와 그쳤네
海棠正妖饒[3]處●	해당화 마침 곱게 피어 있어
且留取●	봄빛을 잠시 머물게 하고 있구나
悄庭戶●	고요한 정원에서
試細聽、鶯啼燕語●	꾀꼬리와 제비들이 지저귀는 소리에 귀를 기울이노니

分明共人愁緖●	분명 새들도 사람과 함께 수심에 차서
怕春去●	봄이 갈까 봐 걱정하는구나
佳樹●	아름다운 나무의
翠陰初轉午●	시원한 그늘은 막 정오를 지나고
重簾未捲,	주렴은 겹겹이 드리워져 있는데
乍睡起,	막 잠깨어 일어나서
寂寞看風絮●	적막 속에 날리는 버들개지를 바라보네
偸彈淸淚[4]寄煙波,	남몰래 눈물을 뿌려 안개 낀 물결에 흘려보내니
見江頭故人,	강가에서 옛 임을 보거든
爲言憔悴如許●	내 이처럼 초췌했다고 전해주려무나
彩箋[5]無數●	임이 보내준 편지는 무수하건만
去卻[6]寒暄,[7]	안부 말 외엔
到了渾無定據[8]●	돌아온다는 소식은 전혀 없구나
斷腸落日千山暮●	해는 지고 산은 어두운데 애간장 끊누나

[주석]

* 雙調96字, 前段8句8仄韻, 後段12句7仄韻.(詞譜24)

1) 賴(뢰): 다행히.

2) 倩得(천득): (간절히) 청하다.

3) 妖饒(요요): 요염하도록 아름답다.

4) 偸彈淸淚(투탄청루): 남몰래 눈물을 뿌리다(흘리다). '彈淚'는 눈물을 뿌리다.

5) 彩箋(채전) : 고운 채색 종이. 편지의 미칭.

6) 去卻(거각) : 제외하다. '제각(除卻)'과 같다.

7) 寒暄(한훤) : 인사말.

8) 渾無定據(혼무정거) : 확실한 근거(소식)는 전혀 없다. '渾'은 전혀.

[해설]

이 작품은 3단으로 나뉘는데, 앞의 두 단은 사구의 형식과 성운(聲韻)이 같다. 전단과 중단에서는 봄 풍경과 가는 봄에 대한 아쉬움을 나타냈고, 후단은 외로운 여인의 모습과 심정을 묘사했다. 전단은 아침의 정경을, 중단은 한낮의 정경을, 그리고 후단은 오후에서 황혼까지의 정경을 그렸는데, 시간의 흐름에 따라 고독감과 그리움도 깊어지고 있다. 『흠정사보(欽定詞譜)』는 이 사를 2단으로 나누었다.

163 안공자(安公子)*

원거화(袁去華)

弱柳千絲縷•	여린 실버들 가지는 하늘하늘
嫩黃[1]勻徧[2]鴉啼處•	모두 연노랑으로 물들고 까마귀 울고 있네
寒入羅衣春尙淺,	봄이 아직 일러 한기가 옷 속으로 스며드는데
過一番風雨•	한바탕 비바람이 지나가네
問燕子來時,	묻노니 제비야 너 올 때
綠水橋邊路•	녹수 다리 가 길 옆

曾畵樓、見箇人人[3]否●	단청 누각에 있는 그녀를 보았느뇨
料靜掩雲窓,[4]	생각건대 닫힌 방은 조용하고
塵滿哀絃危柱[5]●	거문고 슬픈 현과 기러기발엔 먼지만 가득하리라
庾信[6]愁如許[7]●	유신처럼 이렇게 많은 수심은
爲誰都著眉端聚●	누구 때문에 미간에 모였는고
獨立東風彈淚眼,	봄바람 속에 홀로 서서 눈물을 뿌려
寄煙波東去●	동으로 흐르는 연파에 띄워 보내네
念永晝春閒,	낮은 길고 봄은 무료하고
人倦如何度●	사람은 노곤하니 이 봄날을 어이 보낼꼬
閒傍枕、百囀黃鸝語●	하염없이 베개에 기대어 꾀꼬리 소리 듣다가
喚覺來厭厭,[8]	꿈에서 깨어나 나른한데
殘照依然花塢[9]●	석양은 여전히 꽃밭을 비추고 있구나

[주석]

* 雙調106字, 前後段各9句6仄韻.(詞譜19)

1) 嫩黃(눈황): 연한 노랑. 담황색.

2) 勻徧(윤편): 고르게 두루.

3) 人人(인인): 애인. 사랑하는 사람에 대한 애칭. 송나라 때의 구어(口語).

4) 雲窓(운창): 아름다운 창(문). 여인이 거처하는 곳을 말한다.

5) 哀絃危柱(애현위주): 현악기의 현과 오리발. 여기서는 현악기를 말한다. '哀'와 '危'는 수식어로 음색이 애절하고 높은 것을 나타낸다.

6) 庾信(유신): 북주의 유명한 시인. 「수부(愁賦)」와 「애강남부(哀江南賦)」를 지어, 세상이 어지러운 때에 수심이 많고 고향을 그리워하는 문인의 전고로 사용된다. 106 「대포(大酺)」 '蘭成' 참조.

7) 如許(여허): 이처럼. 이렇게. 이렇게 많다.

8) 厭厭(염염): 기운이 없는 모양. 무료한 모양.

9) 花塢(화오): 꽃밭.

[해설]

타향에서 봄을 맞아 연인을 그리워하는 노래다. 전단은 이른 봄의 경치를 묘사하면서 경물에 의해 촉발된 그리움을 묘사했고, 후단은 작자의 수심과 무료를 직서(直敍)했다. 경치 묘사로 시작하여 경치 묘사로 끝을 맺었다.

164 서학선(瑞鶴仙)* 육송(陸淞)

臉霞紅[1]印枕•	베개 자국이 난 뺨은 노을인 듯 발그레하고
睡覺來、冠兒[2]還是不整•	잠 깨어나서도 옷차림은 흐트러진 채로 있구나
屛間麝煤冷[3]•	병풍 속의 그림은 쓸쓸하고
但眉峯壓翠,[4]	파르스름한 눈썹엔 수심이 서리고
淚珠彈粉[5]•	흰 뺨엔 눈물방울이 흘러내리네
堂深晝永•	당은 조용하고 낮은 길어
燕交飛、風簾[6]露井[7]•	제비는 주렴과 우물가를 번갈아 날고 있네

恨無人,	한스럽구나 아무도 없으니
說與相思,	그리움을 뉘에게 말할꼬
近日帶圍寬盡[8]●	요즘엔 허리띠가 아주 헐거워졌구나
重省●	또다시 생각노니
殘燈朱幌,	등불 가물거리는 붉은 휘장과
淡月紗窓,[9]	달빛 은은한 사창
那時風景●	그때의 정경이 그리워라
陽臺[10]路迥●	양대의 길은 멀고
雲雨夢,	운우의 꿈은
便無準●	믿을 수 없어라
待歸來,	임이 돌아오면
先指花梢敎看,	먼저 꽃가지를 가리켜 보이며
欲把心期[11]細問●	임의 마음을 자세히 물어보리라
問因循、[12]過了青春,	'청춘을 헛되이 보내고도
怎生[13]意穩●	어찌 마음이 편할 수 있나요'

[주석]

* 雙調102字, 前段10句7仄韻, 後段12句6仄韻.(詞譜31)

1) 臉霞紅(겸하홍)구: 베개 자국으로 뺨이 붉은 노을인 듯 발그스름하다. 방금 잠에서 깬 여인의 모습을 형용했다. '臉'은 뺨. '인침(印枕)'은 베개 자국.

2) 冠兒(관아): 모자. 머리 장식. 여기서는 옷차림 전체를 가리킨다.

3) 麝煤冷(사매랭): 병풍의 그림이 쓸쓸하고 싸늘한 느낌을 준다는 뜻. '麝煤'는 향기가 좋은 먹. 여기서는 병풍 속의 묵화.

4) 眉峯壓翠(미봉압취): 수심이 눈썹에 서리다. '眉峯'은 눈썹. '壓'은 뒤덮다. (연기 따위가) 끼다. '翠'는 청록색. 여기서는 수심의 뜻.

5) 淚珠彈粉(누주탄분): 화장한 얼굴에 눈물방울이 흘러내리다. '淚珠'는 눈물방울. '彈淚'는 눈물을 뿌리다(흘리다). '粉'은 분. 백분. 여기서는 분을 바른 얼굴.

6) 風簾(풍렴): 바람에 흔들리는 발.

7) 露井(노정): 지붕이 없는 우물. 왕창령(王昌齡)의 「춘궁곡(春宮曲)」에 "昨夜風開露井桃"(어젯밤 바람 불어 우물가 복사꽃이 피었네) 시구가 있다.

8) 帶圍寬盡(대위관진): 허리띠가 매우 느슨해지다. 사람이 몹시 여윈 것을 말한다.

9) 紗窓(사창): 깁을 바른 창. 규방의 창문.

10) 陽臺(양대) 3구: 남녀가 서로 멀리 떨어져 있어서 즐거움을 함께할 수 없다는 뜻. 송옥(宋玉)의 「고당부서(高唐賦序)」에, 초왕이 꿈에서 여신과 만나 즐긴 후, 여신이 떠나갈 때 "妾在巫山之陽, 高丘之阻, 旦爲朝雲, 暮爲行雨, 朝朝暮暮, 陽臺之下"(첩은 무산의 남쪽, 높은 산 험준한 곳에 있습니다. 아침에는 구름이 되고, 저녁에는 지나가는 비가 되어, 아침저녁으로 양대 아래에 있습니다)라고 했다는 전고가 있다. '陽臺'는 남녀가 만나는 장소. '운우(雲雨)'는 남녀의 애정과 환락. 054 「목란화(木蘭花)」 '襄王春夢' 참조.

11) 心期(심기): 마음. 의향. 마음속 생각.

12) 因循(인순): 그럭저럭 보내다. 세월을 낭비하다.

13) 怎生(즘생): 어찌. 어떻게.

[해설]

봄날 외로운 여인의 모습과 심리를 묘사했다. 전단은 낮잠에서 깨어난 여인의 모습과 심정을 그렸고, 후단은 지난날의 추억과 만나지 못하고 있는 괴로움, 청춘을 허송하는 애원(哀怨)을 말했다.

165 복산자(卜算子)* 육유(陸游)

— 詠梅	— 매화를 읊다
驛[1]外斷橋邊,	역참 밖 끊어진 다리 가에
寂寞開無主[2]●	적막하게 피었으니 보는 사람이 없네
已是黃昏獨自愁,	황혼 속 홀로 시름에 잠겼는데
更著[3]風和雨●	게다가 비바람까지 부는구나
無意苦爭春,	수고롭게 춘광을 다툴 뜻이 없으니
一任[4]群芳妒●	온갖 꽃들의 질투에는 아랑곳 않네
零落成泥碾[5]作塵,	떨어져 진흙이 되고 짓눌려 티끌이 되어도
只有香如故●	향기만은 여전하여라

[주석]

* 雙調44字, 前後段各4句兩仄韻.(詞譜5)

1) 驛(역): 역참. 객사.

2) 無主(무주): 주인이 없다. 보호하고 감상하는 사람이 없다. 두보(杜甫)의 「강가에서 꽃을 찾아(江畔尋花)」에 "桃花一簇開無主"(복사꽃 무더기로 피었으나 보는 사람이 없구나) 시구가 있다.

3) 更著(갱착): 게다가(또) 당하다(만나다).

4) 一任(일임): 일임하다. ~하도록 내맡기다.

5) 碾(넌): 빻다. (수레바퀴나 연자매 등이) 눌러 부수다.

[해설]

쓸쓸한 역참 가에 외로이 핀 매화의 고고한 모습과 청향(淸香)을 노래했으니, 불우한 처지에도 굽히지 않는 작자의 고결한 뜻이기도 하다.

166 수룡음(水龍吟)* 진량(陳亮)

鬧花[1]深處樓臺,	만발한 꽃나무 속 깊숙한 곳의 누대
畫簾半捲東風軟●	주렴을 반쯤 걷어 올리니 봄바람이 부드럽구나
春歸翠陌,	봄이 돌아온 길엔 방초가 곱고
平莎茸嫩,[2]	들판의 풀은 부드럽고
垂楊金淺[3]●	수양버들은 엷은 황금빛이로구나
遲日[4]催花,	봄 햇살은 개화를 재촉하고
淡雲閣雨,[5]	비 그친 뒤 구름은 엷고

輕寒輕暖●	날씨는 쌀쌀하다간 또 따뜻해지네
恨芳菲世界,	한스럽게도 꽃 천지인 이 경치를
遊人未賞,	사람들은 즐기지 못하고
都付與、鶯和燕●	모두 꾀꼬리와 제비에게 내주었어라
寂寞憑高念遠●	쓸쓸히 높은 곳에 올라 멀리 임을 생각는데
向南樓、一聲歸雁●	남루엔 북으로 돌아가는 기러기 소리 들리누나
金釵[6]鬪草,[7]	처녀들은 풀싸움 놀이를 하고
青絲勒馬,[8]	청년들은 말달리며 놀았더니
風流雲散●	바람에 흩날려 구름처럼 흩어졌구나
羅綬分香,[9]	그녀는 향기로운 띠를 건네주며
翠綃封淚,[10]	푸른 깁 손수건에 눈물을 적셨더니
幾多幽怨●	한은 얼마나 깊고 많았던고
正消魂,	슬픔으로 넋 잃고 있는데
又是疏煙淡月,	엷은 안개 은은한 달빛 속에
子規[11]聲斷●	소쩍새 울음소리 그치는구나

[주석]

* 雙調102字, 前段11句4仄韻, 後段11句5仄韻.(詞譜30)

1) 鬧花(뇨화): 한창 만발한 꽃.

2) 平莎茸嫩(평사용눈): 들의 풀이 여리고 부드럽다.

3) 金淺(금천): 금빛(황금색)이 옅다. 버들잎의 연노란색.

4) 遲日(지일): 봄날. 봄 햇살.

5) 閣雨(각우): 비를 그치게 하다. '閣'은 '각(擱)'과 같다.

6) 金釵(금차): 금비녀. 여기서는 여인을 말한다.

7) 鬪草(투초): 풀싸움. 봄날 교외에 나가 서로 채집한 풀의 다과와 우열을 겨루는 놀이. '투백초(鬪百草)'라고도 한다.

8) 青絲勒馬(청사륵마): 푸른 고삐를 당겨 말을 멈추다. 여기서는 말 타고 들에 나가 노는 것. '青絲'는 푸른 끈으로 만든 말고삐.

9) 羅綬分香(나수분향): 이별할 때 정표로 향기로운 비단 띠를 주다. 이별을 뜻한다. '羅綬'는 비단 끈. 허리띠.

10) 翠綃封淚(취초봉루): 푸른 비단 손수건에 눈물을 적시다. 수건에 눈물 자국이 남아 있다.

11) 子規(자규): 소쩍새. 울음소리가 '불여귀거(不如歸去)'라는 것 같다고 한다. 170「하신랑(賀新郎)」'杜鵑' 참조.

[해설]

봄날의 애상을 노래했다. 그러나 단순히 봄이 가는 것을 슬퍼하고 이별한 임을 그리워하는 작품이 아니라, 높은 누대에 올라 북쪽을 바라보며 금나라에 빼앗긴 중원을 그리워하는 심정을 노래한 작품이다. 예를 들면, '한방비세계(恨芳菲世界)' 이하 3구는 중원의 아름다운 강산이 금(金)의 통치 아래에 있는 것을 안타까워한 것이다. 후단은 전단을 이어받아서 과거 북송의 태평 시절을 그리워했다. 아름다웠던 과거, 이별한 여인, 그리고 소쩍새 등은 멸망한 북송을 암시하고 있으니, 작자가 아름다운 봄 경치를 대하고도 마음이 어두운 것은 시대를 근심하고 망국을 슬퍼하기 때문이다. 망국의 비애를 매우 부드럽고 미려하게 표현했다.

167 억진아(憶秦娥)* 범성대(范成大)

樓陰缺[1]●	누각의 그림자는 이지러지고
闌干影臥東廂月●	난간 그림자는 마당에 누웠는데 동쪽 곁채엔 환한 달빛
東廂月,	동쪽 곁채엔 달빛 환하고
一天[2]風露,	하늘엔 바람과 이슬이 가득하고
杏花如雪●	살구꽃은 눈인 듯 희어라
隔煙催漏[3]金虯[4]咽●	안개 저편 흐느끼는 경루 소리에 밤은 깊어가고
羅幃[5]黯淡燈花結[6]●	깁 휘장 안은 어두운데 등화가 지네
燈花結,	등화가 지는데
片時[7]春夢,	봄밤의 꿈은 짧고
江南天闊●	강남 하늘은 넓고 넓어라

[주석]

* 雙調46字, 前後段各5句3仄韻1疊韻.(詞譜5)

1) 樓陰缺(누음결): (달빛의 이동으로) 누각의 그림자가 이지러지다. 또는 누각의 그림자가 지지 않다. 두보(杜甫)의 「회포를 풀다(遣懷)」에 "水靜樓陰直, 山昏壅日斜"(물 잔잔하니 누각 그림자 곧고, 산 어두워져 기우는 햇빛을 막는다) 시구가 있다. '缺'은 이지러지다. 비다. 모자라다.

2) 一天(일천): 온 하늘. 만천(滿天).

3) 催漏(최루): 물시계를 재촉하다. 경루의 소리가 시간이 빨리 가도록 재촉하

는 듯하다. '漏'는 경루(更漏). 물시계.

4) 金蚪(금규): 물시계에 붙어 있는 용머리 장식으로, 물이 이곳을 통해 떨어진다. '蚪'는 뿔이 있는 새끼 용.

5) 羅幃(나위): 비단 휘장. 규방을 말한다.

6) 燈花結(등화결): 심지 끝에 등화가 생기다. 불똥(등화)이 앉다. 불똥이 갑자기 환하게 빛나면 좋은 소식이 있다는 말이 있다. 옛사람들은 까치 소리, 거미줄을 치는 거미와 함께 등화를 길조로 여겼다.

7) 片時(편시) 2구: 잠삼(岑參)의 「춘몽(春夢)」 중 "枕上片時春夢中, 行盡江南數千里"(베갯머리 짧은 봄밤의 꿈속에서, 강남 수천 리를 두루 다녔네) 구를 이용했다.

[해설]

봄밤의 규원(閨怨)을 노래했다. 전단은 누각 밖의 고요한 야경을 묘사하여 여인의 적막감을 암시했고, 후단은 규방 안을 묘사하면서 여인의 임 그리는 정을 부각시켰다.

168 안아미(眼兒媚)* 범성대(范成大)

— 萍鄉[1]道中乍晴, 臥輿[2]中困甚, 小憩柳塘

— 평향으로 가는 도중에 마침 날씨가 개고, 가마 타고 가다가 피곤해서, 버드나무 서 있는 못가에서 잠시 쉬다

酣酣[3]日脚[4]紫煙[5]浮。	화창한 햇살 아래 보랏빛 아지랑이 피어오르고
妍暖[6]破輕裘。	날씨 따스해 가벼운 갖옷을 벗네
困人天色,	사람을 노곤하게 하는 날씨
醉人花氣,	사람을 취하게 하는 꽃향기
午夢扶頭[7]。	한낮 꿈에 취해 몽롱하구나
春慵恰似春塘水,	봄날의 나른함은 연못 봄물 같고
一片縠紋[8]愁。	한 조각 수심은 비단 물결 같아라
溶溶曳曳,[9]	물결은 찰랑찰랑
東風無力,	봄바람은 기운이 없어
欲皺還休。	잔물결 일으키려다 그만두는구나

[주석]

* 雙調48字, 前段5句3平韻, 後段5句兩平韻,(詞譜7)

1) 萍鄉(평향): 지금의 강서성 평향시.

2) 輿(여): 수레. 가마.

3) 酣酣(감감): 따뜻하다. 화창하다.

4) 日脚(일각): 햇발. 햇살.

5) 紫煙(자연): 보랏빛 연기. 햇빛을 받아 지면에서 올라오는 수증기.

6) 妍暖(연난): 따스하다. 따뜻하다.

7) 扶頭(부두): 술에 취한 모양. 술(해장술)을 마시다.

8) 縠紋(곡문): 주름진 비단의 가는 무늬. 수면의 잔물결.

9) 溶溶曳曳(용용예예) : 물결이 출렁이는 모양.

[해설]

화창한 봄날의 정취와 내심에서 이는 미묘한 정서를 아름답고 부드럽게 노래했다.

169 상천효각(霜天曉角)* 범성대(范成大)

晩晴風歇●	저녁에 날씨 개고 바람 그치더니
一夜春威[1]折●	하룻밤 사이에 봄추위가 꺾였네
脈脈[2]花疏天淡,	정을 머금은 성긴 꽃과 맑은 하늘
雲來去,	구름은 오가고
數枝雪[3]●	몇 개 나뭇가지엔 눈꽃이 피었구나
勝絶[4]●	아름답기 그지없고
愁亦絶,	수심 또한 그지없어라
此情誰共說●	이 정을 뉘와 함께 얘기할꼬
惟有兩行低雁,	저 두 줄로 낮게 날아가는 기러기만이
知人倚、畵樓月●	달빛 아래 누각에 기대선 마음을 알리라

[주석]

* 雙調43字, 前段4句3仄韻, 後段5句3仄韻1疊韻.(詞譜4)

1) 春威(춘위): 봄날의 싸늘한 기운. 춘한.

2) 脈脈(맥맥): 말없이 정을 품고 있는 모양.

3) 數枝雪(수지설): 매화가 핀 나뭇가지를 말한다.

4) 勝絶(승절): 매우 아름답다.

[해설]

매화와 수심을 함께 읊었다. 고아하고 청신한 매화는 사모의 정이며 또한 그리운 사람의 화신이기도 하다.

170 하신랑(賀新郎)* 신기질(辛棄疾)

— 別茂嘉十二弟[1]	— 아우 무가와 작별하며
綠樹聽鵜鴂[2]●	푸른 나무숲에서 때까치 울음소리 들리는구나
更那堪、[3]鷓鴣[4]聲住,	더욱이 어찌 견디랴 자고새 소리 그치고
杜鵑[5]聲切●	두견이 울음소리 처절한 것을
啼到春歸無尋處,	봄이 다 가서 흔적이 없을 때까지 내내 울면서
苦恨芳菲都歇●	향기로운 꽃이 시드는 걸 한하는구나
算未抵、[6]人間離別●	생각하면 사람의 이별처럼 한스럽지는 않으리라

馬上琵琶[7]關塞黑	말 위에서 비파를 타며 어두운 변새를 나서고
更長門、[8]翠輦辭金闕●	장문궁으로 향하는 수레는 황궁을 하직하고
看燕燕,[9]	쌍쌍이 나는 제비를 바라보며
送歸妾●	돌아가는 첩을 전송했다네
將軍百戰[10]身名裂●	장군은 백 번 싸우고도 몸과 명성은 찢어졌으니
向河梁、回頭萬里,	다리에서 머리 돌려 만 리 길 바라보며
故人長絶●	친한 벗과 영영 이별했다네
易水[11]蕭蕭西風冷,	역수 가에서 쏴쏴 불어오는 가을바람은 찬데
滿座衣冠似雪●	만좌의 의관은 눈처럼 희고
正壯士、悲歌未徹●	장사의 비장한 노래는 그치지 않았다네
啼鳥還知[12]如許恨,	저 구슬피 우는 새가 만약 이런 한을 안다면
料不啼淸淚長啼血●	아마도 맑은 눈물 대신 늘 피눈물 흘리며 울리라
誰共我,	그 누가 나와 더불어
醉明月●	밝은 달빛 아래서 취할 건가

[주석]

* 雙調115字, 前後段各10句6仄韻.(詞譜36)

1) 茂嘉十二弟(무가십이제): 신기질의 족제(族弟)로 당시 계림(桂林)으로 좌천당했다. '十二'는 형제의 장유의 차례.

2) 鵜鴂(제결): 때까치. 백로(伯勞). 봄이 끝나갈 무렵에 우는 새. 또는 두견이, 소쩍새로 보기도 한다. 굴원의 「이소(離騷)」에 "恐鵜鴂之先鳴兮, 使百草爲

之不芳"(때까치가 먼저 울어 온갖 화초 시들게 할까봐 두렵네) 구절이 있다.

3) 那堪(나감): 어찌 견디랴. 어찌 감당하랴.

4) 鷓鴣(자고): 자고(새). 울음소리는 '行不得也哥哥'(갈 수 없어요 임이여. 또는 가면 안 돼요 임이여)처럼 들린다고 한다.

5) 杜鵑(두견): 두견이, 소쩍새, 자규(子規), 불여귀(不如歸) 등의 여러 이름이 있다. 애절한 울음소리는 '不如歸'라고 말하는 것 같다고 한다. 옛날 촉(蜀)의 임금인 망제(望帝) 두우(杜宇)가 나라를 잃은 뒤 혼백이 두견이로 변했다는 전설이 있다.

6) 算未抵(산미저)구: 앞에서 말한 새들이 봄이 가는 것을 슬퍼해서 울지만, 사람들의 이별하는 슬픔에는 미치지 못한다는 뜻. '算'은 생각하다. 헤아리다. '抵'는 상당하다.

7) 馬上琵琶(마상비파)구: 왕소군(王昭君)이 말 위에서 비파를 타며 갈 때, 바라보이는 관새는 황량하고 어둡다는 뜻이다. 한(漢) 원제(元帝) 때의 궁녀 왕소군이 흉노의 선우에게 시집갈 때, 말 위에서 비파를 연주했다는 고사를 인용했다.

8) 長門(장문)구: 한 무제(武帝)의 진황후(陳皇后)가 총애를 잃고 장문궁에 유폐된 고사를 이용하였다. '長門'은 궁 이름. '취련(翠輦)'은 비취새 깃털로 장식한 수레. '금궐(金闕)'은 황제의 궁궐.

9) 看燕燕(간연연)구: 『시경·패풍·연연(詩經·邶風·燕燕)』에 "燕燕于飛, 差池其羽. 之子于歸, 遠送於野. 瞻望弗及, 涕泣如雨"(제비들 나는데, 그 깃은 들쑥날쑥하네. 이 사람 돌아가니, 멀리 들에서 전송하네. 멀리 바라보아도 미치지 못하여, 눈물 비 오듯 하네)라는 시가 있다. 모형(毛亨)의 주석에 의하면, 위(衛) 장공(莊公)의 처 장강(莊姜)은 자식이 없어, 첩 대규(戴嬀)의 아들 완(完)을 양자로 삼았다. 장공이 죽은 후, 완을 군주로 세웠으나 얼마 안 되어 피살되었다. 대규가 외가인 진(陳)으로 돌아갈 때, 장강이 교외에서 대규를 전송하

면서 「연연(燕燕)」 시를 지었다고 한다.

10) 將軍百戰(장군백전) 4구: 한 무제 때의 장군 이릉(李陵)이 소무(蘇武)와 이별하는 고사를 이용했다. 이릉은 흉노를 맞아 잘 싸웠으나 중과부적으로 결국은 항복했고, 소무는 흉노 지방에서 19년 동안 포로 생활을 하다가 고국으로 돌아가게 되자, 이릉은 「소무에게 주는 시(與蘇武詩)」를 지어 전송했다. 그 시에 "攜手上河梁, 遊子暮何之"(손잡고 다리 위에 오르니, 그대는 저녁에 어디로 가는가) 시구가 있다.

11) 易水(역수) 2구: 연(燕)의 태자 단(丹)이 진시황(秦始皇)을 암살하기 위해 형가(荊軻)를 진나라로 보낼 때, 태자와 빈객들은 모두 흰옷을 입고 역수에서 전송했다. 형가는 "風蕭蕭兮易水寒, 壯士一去兮不復還"(바람은 휘휘 불고 역수는 찬데, 장사는 한 번 떠나가서 다시는 돌아오지 못하리)이라고 노래했다. '미철(未徹)'은 노래가 아직 끝나지 않다. 노랫소리가 아직도 귀에 쟁쟁하다는 의미도 포함하고 있다.

12) 還知(환지): 만약 안다면. '還'은 만약.

[해설]

계림(桂林)으로 좌천되어 가는 작자의 당제(堂弟)인 신무가를 전송한 작품이다. 이 작품은 고금의 이별의 전고를 나열하고 있어서, 강엄(江淹)의 「별부(別賦)」와 같은 느낌을 주고 있다. 작품의 첫머리에서 이별을 앞둔 슬픈 감정과 분위기를 만들고, 이어서 왕소군 등 다섯 인물의 전고를 열거하여 이별의 한과 슬픔을 말했다. 말미의 4구는 헤어지는 슬픔을 다시 강조하면서 석별의 정을 말했다. 작품 속에는 자신의 처지에 대한 울분과 감개도 기탁되었다.

171 염노교(念奴嬌)*　　　　신기질(辛棄疾)

— 書東流[1]村壁	— 동류촌 벽에 쓰다
野塘[2]花落,	들 연못에 꽃이 지노니
又悤悤過了,	또 총총히 지나가누나
淸明時節●	청명 이 좋은 절기가
刬地[3]東風欺客夢,[4]	공연히 봄바람은 나그네의 꿈을 깨우나니
一枕雲屛[5]寒怯[6]●	운모병 안의 베갯머리는 싸늘하구나
曲岸持觴,	굽이진 강기슭에서 술잔을 들고
垂楊繫馬,	수양버들에 말을 매어놓고
此地曾輕別●	이곳에서 그녀와 가벼이 헤어졌었네
樓空人去,	사람은 떠나가고 누각은 비었는데
舊遊飛燕能說●	날아다니는 제비는 옛 놀던 일을 말할 수 있으리라
聞道綺陌[7]東頭,	듣자니 꽃이 핀 아름다운 동쪽 길 어귀에서
行人曾見,	행인들은 보았다고 하더라
簾下纖纖月[8]●	주렴 아래 초승달 같은 그녀의 작은 발을
舊恨春江流不斷,	옛 한은 끝없이 흐르는 봄 강물이요
新恨雲山千疊●	새 한은 구름 낀 첩첩한 산이로다
料得明朝,	생각건대 내일
尊前重見,	술잔 앞에서 그녀를 다시 만나본들

鏡裏花難折[9]●	거울 속의 꽃은 꺾기 어려우리라
也應驚問,	그녀 또한 놀라 물으리라
近來多少華髮●	'요즘 백발은 왜 그리 많아졌나요'라고

[주석]

* 雙調100字, 前後段各10句4仄韻.(詞譜28)

1) 東流(동류): 지금의 안휘성(安徽省) 귀지현(貴池縣) 경내에 있는 촌.

2) 野塘(야당): 들에 있는 연못. '야당(野棠)'으로 되어 있는 판본도 있다.

3) 刬地(잔지): 공연히. 까닭 없이.

4) 欺夢(기몽): 꿈을 깨우다.

5) 雲屛(운병): 운모병(雲母屛). 운모로 만든 병풍.

6) 寒怯(한겁): 추위를 타다. 추위에 몸이 움츠러들다.

7) 綺陌(기맥): 꽃이 핀 길거리. 아름답고 번화한 거리.

8) 纖纖月(섬섬월): 가늘고 작은 만월(彎月). 미인의 발이나 눈썹을 말한다.

9) 鏡裏花難折(경리화난절): 거울 속에 비친 꽃을 꺾을 수 없는 것처럼 예전의 기쁨을 잇기 어렵다는 말. 그녀는 이미 남의 여자가 되어 있는 것을 암시하고 있다.

[해설]

이별한 여인에 대한 그리움과 이별의 슬픔을 노래했으나, 작자의 신세와 수심이 기탁되었다고 볼 수 있다. 전단은 예전에 여인과 헤어졌던 곳을 다시 지나며 지난날 여인과의 이별을 회상했다. 후단은 옛 여인을 그리워하면서 그녀와 다시 결합할 수 없는 것과 늙어가는 자신을 한탄했다.

여인과의 이별과 그리움은 북쪽 고향을 떠나온 슬픔과 그리움이며, '구한(舊恨)'과 '신한(新恨)'은 뜻을 이루지 못하고 늙어가는 '한(恨)'이라고 할 수 있다.

172 한궁춘(漢宮春)* 신기질(辛棄疾)

— 立春	— 입춘
春已歸來,	봄이 어느덧 돌아왔으니
看美人頭上,	미인의 머리 위에
裊裊[1]春幡[2]。	하늘거리는 춘번 머리 장식을 보네
無端[3]風雨,	허나 공연히 비바람이 불어
未肯收盡餘寒。	늦추위를 거두려 하지 않는구나
年時[4]燕子,	작년에 왔던 제비는
料今宵、夢到西園。	생각건대 오늘 밤에 서원으로 돌아가는 꿈을 꾸리라
渾未辦、[5]黃柑薦酒,	황감주를 전혀 준비 못했는데
更傳青韭堆盤。	어찌 부추 담긴 오신반을 전해줄 수 있으랴
却笑東風從此,	우습구나 봄바람은 지금부터
便薰梅染柳,	매화를 향기롭게 하고 버들가지를 물들이느라고
更沒些閒。	조금도 한가할 틈이 없으리라

閒時又來鏡裏,	봄바람은 한가로울 때면 또 거울 안으로 들어와서
轉變朱顔。	내 젊은 얼굴을 바꿔놓으리라
淸愁不斷,	근심은 끊이지 않으니
問何人、會解連環[6]。	그 누가 근심의 옥련환을 풀어줄 수 있으랴
生怕見、[7]花開花落,	몹시 두려운 건, 꽃이 피었다 지면
朝來塞雁先還。	어느 날 아침 기러기가 먼저 북으로 돌아가는 것이어라

[주석]

* 雙調96字, 前後段各9句4平韻.(詞譜24)

1) 裊裊(뇨뇨): 하늘거리는 모양.

2) 春幡(춘번): 입춘 때 여인들이 종이나 헝겊으로 꽃, 나비, 제비 등의 모양을 만들어 머리에 꽂는 수식(首飾). '번승(幡勝)' '채승(彩勝)'이라고도 한다.

3) 無端(무단): 공연히. 까닭 없이.

4) 年時(연시) 2구: 작년에 남쪽으로 날아온 제비는 아직 북쪽으로 돌아가지 않고 있는데 아마 오늘 밤에 서원으로 돌아가는 꿈을 꿀 것이다. '年時'는 작년. 예전. '서원(西園)'은 한(漢)나라 때 장안 서쪽에 있는 상림원(上林苑). 북송의 수도 변경(汴京) 서쪽에 있는 경림원(瓊林苑). 고향의 대칭. 여기서는 후자를 말하며 고향에 대한 그리움을 나타내고 있다.

5) 渾未辦(혼미판) 2구: 경황없이 지내는 통에 황감주도 준비하지 못했는데, 어찌 부추를 담은 오신반(五辛盤)을 이웃들에게 전하랴? 작자가 근심 걱정이 가득하여 입춘 때 먹는 술과 음식을 장만하지 못했다는 말이다. '渾'은 전혀. '황감천주(黃柑薦酒)'는 감귤로 양조한 술. '경(更)'은 어찌. '청구퇴반(靑韭堆盤)'은

입춘 날에 접시에 담아놓은 부추, 파, 마늘, 여뀌, 갓 등 다섯 가지 햇나물로 만든 음식. 오신반 또는 춘반(春盤)이라고 한다. 송대에는 술과 오신반을 이웃과 함께 나누어 먹으며 입춘을 축하하는 풍속이 있다. 소식(蘇軾)의 「입춘날 연석에서 이단숙에게(立春日小集戲李端叔)」에 "辛盤得靑韭, 臘酒是黃柑"(오신반에 부추를 담고, 납주는 황감주라) 시구가 있다.

6) 解連環(해련환): 연결된 고리를 풀다. 문제나 고민을 해결하다. 109「해련환(解連環)」'解連環' 참조.

7) 生怕見(생파견) 2구: 꽃이 피고 지면서 어느덧 봄이 가면 기러기가 나보다 먼저 북쪽 고향으로 돌아가는 것을 보게 될까 두렵다. '生怕'는 몹시 두렵다. '새안(塞雁)'은 변방에서 날아온 기러기.

[해설]

작자는 입춘을 맞은 감회와 시국에 대한 우려를 매우 함축적으로 노래했다. 작자는 소흥(紹興) 32년(1162)에 금(金)나라에서 남송으로 왔는데, 그 다음 해에 이 사를 지은 듯하다. 전단의 '무단풍우(無端風雨)' 2구는 불안한 시국을 암유(暗喩)했고, '연시연자(年時燕子)' 2구는 고향에 대한 그리움을 기탁한 것이며, '혼미판(渾未辦)' 2구는 타향에서 생활이 안정되지 않고 근심이 많아서 남들처럼 입춘을 즐길 마음이 없다는 것을 말했다. 후단의 '동풍(東風)' 3구는 남송 조정이 태평을 분식하는 현실을 풍자했고, 그 이하는 세월을 헛되이 보내면서 고향에 돌아가지 못하는 신세를 개탄했다.

173 하신랑(賀新郞)* 신기질(辛棄疾)

— 賦琵琶	— 비파를 읊다
鳳尾龍香撥[1]●	봉황 꼬리 모양의 몸채와 용향목의 발목(撥木)
自開元、[2]霓裳曲罷,	개원 때의 「예상우의곡」 연주가 끝난 후
幾番風月●	얼마나 많은 세월이 흘렀던고
最苦潯陽[3]江頭客,	심양 강가의 나그네 백거이가 가장 괴로웠나니
畵舸亭亭待發●	배는 우뚝 서서 떠나길 기다렸더라
記出塞、[4]黃雲堆雪●	왕소군이 변새를 나서니 누런 구름과 쌓인 눈뿐
馬上離愁三萬里,	말 타고 가는 이수는 삼만 리나 되고
望昭陽、宮殿孤鴻沒●	바라보면 외기러기는 소양궁 쪽으로 사라지는구나
絃解語,	비파 줄이 말할 줄 안다 해도
恨難說●	이런 한은 말해내지 못하리라
遼陽[5]驛使音塵絶●	요양 역참의 파발꾼 편지는 끊어지고
瑣窓寒、輕攏慢撚,	창 안은 싸늘한데 조용히 비파를 타니
涙珠盈睫●	눈엔 눈물이 그렁그렁하구나
推手含情[6]還卻手,	정을 머금고 비파 줄을 퉁기고 당기고 하다가
一抹梁州哀徹●	한 번 그어 애절한 「양주곡」을 끝내누나
千古事、雲飛煙滅●	천고의 일들은 구름처럼 날아갔고 연기처럼 사라졌어라
賀老[7]定場[8]無消息,	하노인의 뛰어난 비파 연주는 들을 길 없고

想沈香亭[9]北繁華歇● 침향정 북쪽의 번화도 사라졌어라
彈到此,[10] 비파 연주는 이에 이르러
爲嗚咽● 목메어 흐느끼누나

[주석]

* 雙調115字, 前後段各10句6仄韻.(詞譜36)

1) 鳳尾龍香撥(봉미룡향발): 진귀한 비파를 형용한 말. '鳳尾'는 비파의 몸통이 봉황의 꼬리 모양 같다는 말. 또는 끝 부분에 봉황을 조각한 비파라는 뜻. '龍香撥'은 용향목(龍香木)으로 만든 발목(撥木).

2) 自開元(자개원) 2구: 이 비파의 역사는 아주 오래되어 당 개원(開元) 때「예상우의곡(霓裳羽衣曲)」을 연주한 이래 많은 세월이 흘렀다는 말이다. '開元'은 당 현종의 연호(713~741). '霓裳'은 당대의 비파 곡명인「예상우의곡」. 백거이(白居易)의「장한가(長恨歌)」에 "漁陽鼙鼓動地來, 驚破霓裳羽衣曲"(어양의 북소리 땅을 뒤흔들며 오니, 놀라서「예상우의곡」연주를 그쳤네) 구가 있다. '풍월(風月)'은 세월.

3) 最苦潯陽(최고심양) 2구: 백거이의「비파행(琵琶行)」전고를 이용했다. 백거이가 강주사마(江州司馬)로 폄적되어 밤에 심양 강가에서 친구를 전송하려는데, 배 위에서 여인이 비파 타는 소리를 듣고「비파행」을 지었다. "潯陽江頭夜送客, … 忽聞水上琵琶聲, 主人忘歸客不發"(심양강 강가 한밤중에 나그네를 보내니, …… 홀연히 물 위에 비파 소리 들려, 주인은 돌아가길 잊고 나그네는 떠나지 않는구나) 시구가 있다. '정정(亭亭)'은 우뚝 솟아 아름다운 모양.

4) 記出塞(기출새) 3구: 왕소군(王昭君)의 고사를 이용했다. '소양(昭陽)'은 한나

라 궁전 이름. 170 「하신랑(賀新郎)」 '馬上琵琶' 참조.

5) 遼陽(요양) 3구: 작자의 상상으로, 규방의 젊은 여인이 비파를 타며 먼 변경에서 수자리 사는 남편의 소식을 기다리는 상황을 말한 것이다. '遼陽'은 지금의 요령성(遼寧省) 요양시. 여기서는 북방의 범칭. '쇄창(瑣窗)'은 아름다운 무늬를 새긴 창문. 여인의 거실을 말한다. '롱(攏)'과 '연(撚)'은 모두 손가락으로 줄을 퉁기거나 누르는 비파 연주법.

6) 推手含情(추수함정) 2구: '推手'는 몸 바깥쪽으로 줄을 퉁기는 동작이고, '각수(卻手)'는 몸 안쪽으로 줄을 퉁기는 동작이다. '말(抹)'은 줄을 가볍게 누르는 비파 연주법. '양주(梁州)'는 당대의 교방곡(教坊曲)의 하나. '양주(涼州)'라고도 함. '철(徹)'은 끝나다.

7) 賀老(하로): 당 개원(開元)·천보(天寶) 연간에 비파를 잘 탄 하회지(賀懷智). '老'는 존칭을 표시하는 접미어.

8) 定場(정장): 장내의 청중을 압도하다.

9) 沈香亭(침향정): 당 궁중 안에 있는 정자. 당 현종이 양귀비와 함께 이 정자에서 모란꽃을 감상하며 즐겼다고 한다. 이백(李白)의 「청평조(清平調)」에 "沈香亭北倚欄干"(침향정의 북쪽 난간에 기대었구나) 시구가 있다.

10) 彈到此(탄도차) 2구: 비파가 슬픈 가락을 탈 때, 그 소리가 목메어 우는 듯하다. 또는 사람도 슬퍼져서 목메어 운다. '彈'은 (비파 따위를) 타다. 연주하다.

[해설]

비파를 읊은 영물사다. 작자는 비파와 관계있는 고사들을 이용하여 인간사의 불행과 영고성쇠(榮枯盛衰)에 대한 감개를 말하고, 가슴속의 한과 울적한 심정을 토로했다. 작품에서 인용한 비극적인 고사들은 작자의 불운한 처지를 암시하고 있으며, 후단의 '하로(賀老)' 2구는 당시 조정에 훌륭한 인재가 없는 것과 번성했던 북송의 멸망을 개탄한 것으로 해석할 수 있다. 때문에 '탄도차, 위오열(彈到此, 爲嗚咽)'이라고 끝을 맺고 있다.

174 수룡음(水龍吟)* **신기질(辛棄疾)**

— 登建康[1]賞心亭[2]	— 건강의 상심정에 오르다
楚天[3]千里淸秋,	강남의 하늘은 천 리 맑은 가을
水隨天去秋無際●	강물은 하늘 따라 흐르고 가을빛은 끝이 없어라
遙岑遠目,	아득한 산봉우리를 멀리 바라다보니
獻愁供恨,	근심과 한을 일으키는데
玉簪螺髻[4]●	옥비녀를 꽂은 여인의 트레머리 같아라
落日樓頭,	해 지는 누각
斷鴻[5]聲裏,	외기러기 울음소리 속에
江南遊子[6]●	강남을 떠도는 나그네 신세로다
把吳鉤[7]看了,	오구검을 잡고 보다가
闌干拍徧,	난간을 여기저기 두드리노니
無人會、登臨意●	높은 정자에 오른 내 마음을 아는 이 없구나
休說鱸魚[8]堪膾●	농어회가 맛있다고 말하지 마오

儘西風、季鷹歸未●	가을바람이 불어도 내 어찌 계응처럼 돌아갈 수 있으랴
求田問舍,[9]	논밭을 사고 집 걱정만 하는 소인배들은
怕應羞見,	아마도 보기 부끄러워하리라
劉郎才氣●	재기 넘치는 영웅 유비를
可惜流年,	흐르는 세월이 안타까운데
憂愁風雨,	근심 걱정의 비바람 속에도
樹猶如此[10]●	나무는 이렇게 크게 자랐구나
倩[11]何人、喚取紅巾翠袖,[12]	뉘에게 부탁해 아름다운 여인을 불러와서
搵英雄淚●	영웅의 눈물을 닦게 할꼬

[주석]

* 雙調102字, 前段11句4仄韻, 後段10句5仄韻.(詞譜30)

1) 建康(건강): 지금의 남경(南京).

2) 賞心亭(상심정): 건강 서쪽 성 위에 있는 정자. 아래에는 진회하(秦淮河)가 흐른다.

3) 楚天(초천): 강남 지방의 하늘. 장강(長江)의 중하류는 옛날 초(楚)나라에 속했다.

4) 玉簪螺髻(옥잠라계): 산봉우리의 아름다운 모양이 마치 옥비녀를 꽂은 여인의 틀어 올린 머리 같다는 뜻.

5) 斷鴻(단홍): 무리를 잃은 외기러기.

6) 江南遊子(강남유자): 강남 지방을 떠도는 나그네. 작자 자신을 말한다.

7) 吳鉤(오구): 오 지방에서 나는 도보(寶刀).

8) 休說鱸魚(휴설로어) 3구: 진(晉) 장한(張翰, 자는 季鷹)이 낙양에서 벼슬살이를 하고 있을 때, 가을바람이 이는 것을 보고 고향의 순채국과 농어회 생각이 나서 관직을 버리고 고향으로 돌아갔다는 고사. 『세설신어 · 식감(細說新語 · 識鑑)』에 보인다. 여기서는 반의(反意)로 쓰였다. '노어감회(鱸魚堪膾)'는 농어가 회를 쳐 먹을 만하다. 농어회가 맛있다. '계응(季鷹)'은 장한의 자. '미(未)'는 의문을 나타내는 어조사.

9) 求田問舍(구전문사) 3구: 자기의 논밭과 집을 늘릴 걱정만 하고 나라 일은 걱정하지 않는 허범(許氾)을 유비(劉備)가 비판한 고사. 『삼국지 · 진등전(三國志 · 陳登傳)』에 보인다. '求田問舍'는 자기의 논밭이나 집 걱정만 한다는 뜻으로, 원대한 뜻이 없이 사사로운 이익만 탐하는 것을 이르는 말. '유랑(劉郎)'은 유비(劉備).

10) 樹猶如此(수유여차): 동진(東晉)의 환온(桓溫)이 북벌할 때, 금성(金城)을 지나면서 자기가 어렸을 적에 심은 나무가 열 아름이나 되도록 크게 자란 것을 보고 "나무도 이와 같거늘 사람인들 어찌 세월에 늙지 않으랴"라고 탄식했다는 고사. 유의경(劉義慶)의 『세설신어 · 언어(世說新語 · 言語)』에 보인다. 공을 세우지 못하고 나이만 먹었다는 자탄의 뜻이다.

11) 倩(천): 청하다. '청(請)'과 같다.

12) 紅巾翠袖(홍건취수): 붉은 손수건과 푸른 옷소매. 가기(歌妓)를 말한다.

[해설]

작자는 22세 때, 산동성(山東省) 제남(濟南)에서 의병을 일으켜 금나라에 대항해 싸우다가 남도하여 남송으로 왔다. 그러나 남송 조정은 그를 중용하지 않아 작자는 강남을 떠도는 신세가 되었다. 이 작품은 아마도 그 당시에 지은 것으로 추정된다. 전단은 상심정에 올라 바라보이는 경치를 묘사하면서 가슴에 이는 복잡한 감정을 토로했고, 후단은 세 개의 전고를 사용해 시국에 대한 우려와 덧없이 흘러가는 세월을 한탄했다.

175 모어아(摸魚兒)* 신기질(辛棄疾)

— 淳熙己亥,[1] 自湖北漕[2]移湖南, 同官王正之[3]置酒小山亭,[4] 爲賦.

— 순희 기해년에 호북전운사에서 호남으로 전직하게 되어, 동관인 왕정지가 소산정에 주연을 베풀어주어서, 이 사를 짓다.

更能消、[5]幾番風雨●	어찌 몇 차례의 비바람을 견뎌낼 수 있으랴
悤悤春又歸去●	총총히 봄은 또 돌아가는구나
惜春長怕花開早,	봄을 아껴서 늘 꽃이 일찍 필까 걱정했더니
何況落紅無數●	하물며 낙화 무수한 지금이랴
春且住●	봄아 잠시 머물려무나
見說道、[6]天涯芳草無歸路●	듣자니 하늘 끝까지 방초 우거져 돌아갈 길 없다더라
怨春不語●	원망스럽게도 봄은 아무 말 없이 돌아가누나
算只有[7]殷勤,	생각해보니 다만 정성스러운
畫檐蛛網,	단청 처마 끝의 거미줄만이
盡日惹飛絮●	온종일 흩날리는 버들개지를 붙잡는구나

長門事,[8]	장문궁의 옛일을 바라건만
準擬佳期又誤●	필시 좋은 기약은 또다시 어그러지리니
蛾眉[9]曾有人妒●	고운 얼굴을 질투하는 사람이 있기 때문이라네
千金縱[10]買相如賦,	천금을 주고 사마상여의 부를 산다 해도
脈脈[11]此情誰訴●	한없는 이 정을 뉘에게 호소하랴
君莫舞[12]●	그대들이여 기뻐 춤추지 마오
君不見、玉環[13]飛燕皆塵土●	그대들은 모르는가, 옥환과 비연이 모두 흙먼지 된 것을
閒愁[14]最苦●	한가로이 지내는 수심이 가장 괴롭구나
休去倚危闌,[15]	높은 누각 난간에 기대서지 말지니
斜陽[16]正在,	석양은 지금 바로
煙柳斷腸處●	안개 서린 버드나무 애끊는 곳에 비꼈어라

[주석]

* 雙調116字, 前段10句7仄韻, 後段11句7仄韻.(詞譜36)

1) 淳熙己亥(순희기해): 남송 효종(孝宗) 순희(淳熙) 6년(1179).

2) 漕(조): 원래는 수로운수(水路運輸)를 뜻하나, 여기에서는 사조(漕司), 즉 재정과 곡물 운반을 맡아보는 전운사(轉運司)를 말한다. 작자는 호북전운부사(湖北轉運副使)로 있었다.

3) 王正之(왕정지): 호북(湖北)의 전운판관(轉運判官)을 역임했고 신기질의 후임으로 호북전운부사가 되었다.

4) 小山亭(소산정): 악주(鄂州, 지금의 호북성 무한武漢)의 전운부사 관서 안에

있는 정자.

5) 更能消(갱능소): 어찌 견딜 수 있으랴. '更'은 어찌. '消'는 참다. 견디다.

6) 見說道(견설도): 듣건대. 듣자하니.

7) 算只有(산지유) 3구: 생각건대 처마의 거미줄만이 가는 봄을 막으려는 듯 날아다니는 버들개지를 붙잡아두고 있다는 뜻. '算'은 생각하다. 헤아리다. '은근(殷勤)'은 정성스럽다. 다정하다. '은근(慇懃)'과 같다. '야(惹)'는 붙잡다. 들러붙다.

8) 長門事(장문사) 5구: 한(漢) 무제(武帝)의 진황후(陳皇后)가 총애를 잃고 장문궁에 유폐되어 있을 때, 사마상여(司馬相如)에게 황금 백 근을 주고 「장문부(長門賦)」를 짓게 하여 진정(陳情)하였다. 한 무제는 이 부를 읽고 감동하여 진황후를 다시 불러들였다는 고사가 있다. '준의(準擬)'는 반드시. 틀림없이.

9) 蛾眉(아미)구: '蛾眉'는 미인의 눈썹. 미인. 여기서는 군자의 덕이나 능력. 소인들이 충신이나 의인을 질투하는 것을 말한다.

10) 縱(종): 비록. 설사.

11) 脈脈(맥맥): 끊이지 않고 이어지는 모양.

12) 君莫舞(군막무): 그대들이여 기뻐 날뛰지 말라. '君'은 그대. 의인을 배척하는 소인배를 말한다. '舞'는 춤추다. 여기서는 득의양양하다. 우쭐대며 뽐내다.

13) 玉環(옥환)구: 당 현종 때의 양귀비(楊貴妃)와 한(漢) 성제(成帝) 때의 조비연(趙飛燕)이 모두 황제의 총애를 받다가 비참한 최후를 맞은 것을 말한다. '玉環'은 양귀비의 소자(小字). 양귀비는 마외(馬嵬)에서 반란을 일으킨 병사들에 의해 피살되었다. '飛燕'은 조비연. 한 성제의 총애를 받았으나 후에 총애를 잃고 서인이 되었다가 자살했다.

14) 閒愁(한수): 공연한 근심. 여기서는 하는 일 없이 세월을 보내는 근심.

15) 危闌(위란): 높은 누각의 난간.

16) 斜陽(사양) 2구: 기우는 국세와 시대 상황, 그리고 늙어가는 자신을 암유한 것이다.

[해설]

작자가 금(金)나라에서 남송으로 남하한 지 오래되었지만, 중원(中原) 수복의 뜻은 실현할 수 없었고, 그의 애국충정을 알아주는 사람도 없었다. 게다가 작자는 지금보다 더욱 멀리 있는 임지로 가게 되자, 좌절과 울분을 느꼈을 것이다. 전단에서 작자는 봄이 가는 것을 슬퍼하고 있는데, 이는 자신의 신세와 쇠미해가는 남송의 국세와 시대상을 암시한 것이다. 후단은 작자가 반대파들의 참언과 배척을 받고 있는 처지와 자신의 충정을 호소할 데 없는 슬픔과 원망을 나타냈다. 표면적으로는 총애를 잃은 여인과 가는 봄을 애달파 하는 노래이나, 내면에는 시대와 자신의 신세를 근심하는 울적한 마음과 고뇌가 가득하다. 미인향초(美人香草)에 정치적 감개를 기탁하는 표현 기법은 중국의 전통적인 수법이다.

176 영우락(永遇樂)* **신기질(辛棄疾)**

— 京口[1]北固亭[2]懷古 — 경구 북고정에서 회고하다

千古江山, 천고에 걸쳐 강산은 의구한데
英雄無覓, 영웅은 찾을 데 없으니

孫仲謀[3]處●	손권은 지금 어디에 있는고
舞榭[4]歌臺,	춤추고 노래하던 누대와
風流總被,	영웅의 풍류와 업적은 모두
雨打風吹去●	비바람에 날려 사라졌어라
斜陽草樹,	석양이 비낀 초목과
尋常巷陌,	평범한 여염집 골목길을
人道寄奴[5]曾住●	사람들은 옛날 유유가 살았던 곳이라고 말하네
想當年、[6]金戈鐵馬,	회상하면 당년에 유유는 용맹한 병마를 거느렸고
氣呑萬里如虎●	호랑이 같은 기세는 만 리를 삼켰다네
元嘉草草,[7]	원가년에 문제(文帝)는 경솔하게
封狼居胥,[8]	큰 공을 세워 낭거서산에 올라 봉선하려다가
贏得[9]倉皇北顧●	오히려 황급히 도망치며 북쪽을 돌아보는 신세가 되었더라
四十三年,[10]	사십삼 년 전의 일
望中猶記,	북고정에서 바라보며 아직도 기억하는 건
烽火揚州路[11]●	봉홧불 타올랐던 양주이어라
可堪[12]回首,	어찌 차마 머리 돌려 바라보랴
佛狸祠下,	불리사에선
一片神鴉社鼓●	사당의 북소리가 울리고 까마귀 날고 있는 것을
憑誰問、[13]廉頗老矣,	그 누가 물어보랴 염파 장군이 늙었어도
尚能飯否●	아직도 밥을 잘 먹는지를

[주석]

* 雙調104字, 前後段各11句4仄韻.(詞譜32)

1) 京口(경구): 지금의 강소성(江蘇省) 진강시(鎭江市). 삼국 시대 오(吳)나라의 손권(孫權)이 한때 이곳을 수도로 정하고 강동의 패권을 잡았다.

2) 北固亭(북고정): 진강시 동북쪽 북고산(北固山) 위에 있는 정자. 밑에는 장강(長江)이 흐른다.

3) 孫仲謀(손중모): 손권의 자(字).

4) 舞榭(무사) 3구: 세월이 흘러 옛날 영웅들의 업적과 풍류는 모두 사라졌다는 뜻. '榭'는 높은 대 위에 지은 정자. '풍류(風流)'는 멋스럽고 풍치가 있는 일과 업적.

5) 寄奴(기노): 남조(南朝)의 송(宋) 무제(武帝) 유유(劉裕)의 아명. 유유는 경구(京口)에서 군사를 일으켜 환현(桓玄)의 반란을 토벌한 후, 병사를 이끌고 북벌하여 동진(東晉)에 이어 유송(劉宋) 왕조를 세웠다.

6) 想當年(상당년) 3구: 유유가 북벌할 때, 천하를 삼킬 듯 기세가 높았던 것을 말한다. '금과철마(金戈鐵馬)'는 굳센 창과 갑주를 두른 군마. 강한 병마.

7) 元嘉草草(원가초초) 3구: 유유의 아들 문제(文帝)가 원가 27년(450)에 경솔하게 북벌을 감행하였으나 준비 부족으로 대패하여 돌아온 사실을 말한다. 신기질은 이런 역사적 사실을 들어 당시 주전파(主戰派)의 권신인 한탁주(韓侂胄)에게 금나라와 전쟁하는 것에 신중을 기하라고 경고한 것이다. '元嘉'는 송 문제의 연호. '草草'는 경솔하다. 경망스럽다.

8) 封狼居胥(봉랑거서): 한(漢)의 장군 곽거병(霍去病)이 흉노를 추격하여 낭거서산(지금의 내몽골 서북쪽에 있음)에 이르러, 산 위에 제단을 쌓고 하늘에 제사를 지냈다. '封'은 봉선(封禪). 산 위에 제단을 쌓고 하늘에 공을 고하며 제사 지내는 것. 여기서는 북벌의 공을 세우려는 것을 말한다.

9) 羸得(영득)구: 황급히 쫓겨 북쪽을 돌아보며 후회하는 처지가 되었다는 뜻. 송 문제가 북벌에 실패해 황급히 후퇴하며 북고루에 올라 북쪽을 바라보면서 눈물을 흘리며 후회했다는 고사가 있다. '羸得'은 ~가 되고 말다. ~의 결과가 되다. '창황(倉皇)'은 창황하다. 황급하다.

10) 四十三年(사십삼년): 작자가 소흥(紹興) 32년(1162)에 의병을 이끌고 남하하여 이 작품을 지을 때까지 43년의 세월이 흘렀다.

11) 烽火揚州路(봉화양주로): 작자가 남도(南渡)하기 전, 양주 일대에서 금에 대항해서 싸운 사실을 말한다. '路'는 송대의 행정구역 명칭. 당시 양주는 회남동로(淮南東路)에 속했다.

12) 可堪(가감) 3구: 불리사(佛狸祠)는 북위(北魏)의 태무제(太武帝)가 세운 행궁으로, 금의 완안량(完顔亮)은 불리사가 있는 과보산(瓜步山, 지금의 강소江蘇 육합六合)에 주둔하여 장강(長江)을 건너 남송을 공략할 준비를 했었다. 지금 백성들은 이러한 역사적 사실을 모르고, 불리사에서 사일(社日) 제사를 지내며 떠들썩하게 즐기고 노는데, 작자는 이런 광경을 차마 보지 못하겠다는 뜻이다. 남송의 조야가 굴욕적인 역사를 잊은 채, 안일에 빠져 지내는 것을 차마 보지 못하겠다는 말이다. '可堪'은 어찌 ~을 (감당)할 수 있으랴. '하감(何堪)' '나능(哪能)'과 같다. '불리사'는 북위 태무제 탁발도(拓跋燾)가 원가 27년(450)에 유송 왕현모(王玄謨)의 군대를 무찌른 후, 장강 북안의 과보산까지 쫓아와 산 위에 행궁을 지었는데, 후에 불리사라고 불렀다. '불리(佛狸)'는 태무제의 아명. '신아(神鴉)'는 제사 지내고 난 후 제물을 쪼아 먹는 사당의 까마귀. '사고(社鼓)'는 사일(社日)에 제사 지내는 북소리.

13) 憑誰問(빙수문) 3구: 염파(廉頗)는 조(趙)나라의 명장이었으나 만년에 모함을 받아 양(梁)나라로 갔다. 진(秦)나라가 조나라를 침공하자, 조왕은 염파를 다시 기용하려고 사자를 양나라로 파견해 그의 건강을 알아보았다. 염파는

쌀 한 되의 밥과 고기 열 근을 먹은 뒤 갑옷을 입고 말에 올라타고 건재함을 보여주었다. 그러나 반대파의 뇌물을 받은 사자는 돌아가서 조왕에게 "염 장군은 늙었지만 여전히 음식을 잘 먹습니다. 다만 저와 함께 있는 동안에 세 차례나 변을 보았습니다"라고 거짓 보고를 하였다. 이에 조왕은 염파가 늙었다고 여겨 등용하지 않았다. 『사기·염파린상여열전(史記·廉頗藺相如列傳)』에 보인다. 능력이 있으나 중용되지 못하고 있는 자신을 염파에 비유해 말한 것이다.

[해설]

남송 개희(開禧) 원년(1205), 66세의 작자는 진강지부(鎭江知府)로 있으면서 북고정에 올라 이 사를 지었다. 당시의 재상 한탁주(韓侂胄)는 북벌을 준비하고 있었는데, 작자는 항전(抗戰)을 주장하면서도 준비 없는 경솔한 전쟁에는 반대했다. 작자는 역사적 인물에 대한 포폄(褒貶)을 통해 시국을 우려하고 자신의 신세를 개탄했다. 이 사에는 많은 고사가 인용되어 읽기가 번거롭고 난해하나, 함의가 풍부하고 풍격이 침울 비장하여 작자 만년의 대표작으로 평가된다.

177 목란화만(木蘭花慢)*

신기질(辛棄疾)

— 滁州[1]送范倅[2] — 저주에서 통판 범앙을 전송하다

老來情味減,	늙어가면서 흥은 줄어들고
對別酒,	이별의 술잔을 대하니
怯流年。	흐르는 세월이 두려워라
況屈指中秋,	게다가 손꼽아보니 어느덧 중추여서
十分好月,	달은 둥글고 밝건만
不照人圓[3]。	굳이 헤어지는 우리를 비추누나
無情水、都不管,	무정한 강물은 아랑곳없이
共西風、只管[4]送歸船。	서풍과 함께 돌아가는 배를 보내기만 하네
秋晚蓴鱸[5]江上,	그대는 늦가을 순채와 농어가 맛있는 고향에서
夜深兒女燈前。	밤 깊도록 등불 앞에서 아들딸을 마주하리라
征衫[6]便好去朝天。	떠나가는 그대여 잘 가서 천자를 배알하게
玉殿[7]正思賢。	조정에선 현명한 인재를 찾는다 하네
想夜半承明,[8]	생각건대 그대는 깊은 밤 승명려에서
留教視草,[9]	숙직하면서 조서를 기초할 것이고
卻遣籌邊[10]。	또 변방의 일을 맡게 될 것이네
長安故人問我,	장안의 옛 벗들이 내 소식을 묻거든
道愁腸殢酒[11]只依然。	전해주게나 여전히 수심으로 술에 빠져 있고
目斷[12]秋霄落雁,	가을 하늘에 날아 내리는 기러기를 바라보면서
醉來時響空絃。	취기 오를 때면 빈 활시위 소리를 낸다고

[주석]

* 雙調101字, 前段10句4平韻, 後段9句5平韻.(詞譜29)

1) 滁州(저주): 지금의 안휘성 저현(滁縣).

2) 范倅(범쉬): 통판으로 있는 범앙(范昻)을 말한다. '倅'는 부관(副官). 통판은 지주를 보좌하는 직책이기 때문에 '倅'라고 했다.

3) 不照人圓(부조인원): 보름달은 헤어졌다가 다시 만나는 사람을 비추지 않고, 헤어지는 우리를 비춘다는 뜻. '圓'은 헤어졌다가 다시 모이다. 보름달에는 원만(圓滿), 헤어진 사람이 다시 모인다는 '단원(團圓)'의 뜻이 있다.

4) 只管(지관): ~하기만 하다.

5) 蓴鱸(순로): 순채국과 농어회. 174 「수룡음(水龍吟)」 '鱸魚' 참조.

6) 征衫(정삼): 길 가는 사람의 옷. 길 가는 사람.

7) 玉殿(옥전): 궁전을 아름답게 일컫는 말. 여기서는 조정이나 천자를 말한다.

8) 承明(승명): 승명려(承明廬). 한대(漢代) 황궁에는 승명전(承明殿)이 있고, 그 곁에 있는 승명려에서 관리들이 조서를 기초하거나 숙직했다.

9) 視草(시초): 조서(詔書)를 기초하거나 초고를 보다.

10) 卻遣籌邊(각견주변): 또 파견하여 변경의 일을 계획하게 하다. '遣'은 파견하여 ~하게 하다. '籌邊'은 변경의 일을 계획하다.

11) 殢酒(체주): 술에 빠지다. 술병이 나다.

12) 目斷(목단) 2구: 기러기가 날아가는 것을 보며 취중에 빈 활을 당겨 시위 소리만 울리다. 자신의 재능을 펼 수 없는 회재불우(懷才不遇)를 개탄하는 말이다.

[해설]

건도(乾道) 8년(1172) 작자가 저주지주(滁州知州)로 있을 때, 서울 임안(臨安)으로 가는 범앙을 전송하며 지은 작품이다. 전단은 석별의 정을 노래하며 범앙이 가족과 재회하는 것을 축하했다. 후단은 범앙에 대한 기대를 말하면서 포부를 펼치지 못하고 있는 자신의 불우와 울분을 말했다.

178 축영대근(祝英臺近)*

신기질(辛棄疾)

— 晚春	— 늦봄
寶釵分,[1]	비녀를 둘로 나누어 헤어진 건
桃葉渡[2]●	도엽 나루터
煙柳暗南浦[3]●	안개 서리고 버들 우거진 남쪽 물가였네
怕上層樓,	높은 누각에 오르기 두려우니
十日九風雨●	열흘 중 아흐레는 비바람이 부는구나
斷腸片片飛紅,	슬프구나 붉은 꽃잎이 편편이 흩날려도
都無人管,	아무도 보는 사람 없으니
更誰勸、啼鶯聲住●	또 누가 꾀꼬리 울음을 멈추게 하랴
鬢邊[4]覷●	살쩍 가의 꽃을 문득 보고
試把花卜歸期,	꽃을 뽑아들고 임이 돌아올 날짜를 점치고
纔簪又重數●	머리에 꽂았다가 다시 세어보네

羅帳燈昏,	휘장 안 등불은 어두운데
哽咽夢中語●	꿈결에 흐느끼며 말하는구나
是他春帶愁來,	'저 봄은 수심을 가지고 왔다가
春歸何處●	봄은 어디로 돌아가는지
卻不解、[5]帶將愁去●	수심을 가지고 갈 줄 모르네요'

[주석]

* 雙調77字, 前段8句4仄韻, 後段8句5仄韻.(詞譜18)

1) 寶釵分(보차분): 보배로운 비녀를 나누다. 옛날 이별할 때 여자가 비녀를 둘로 나누어 주는 풍속이 있었다. 남녀의 이별을 말한다. 밑의 두 구와 함께 이별을 회상한 것이다.

2) 桃葉渡(도엽도): 이별의 나루터. 진(晉) 왕헌지(王獻之)가 애첩 도엽(桃葉)과 이별한 장소로, 남경(南京) 진회하(秦淮河)와 청계(青溪)가 합류하는 곳에 있다. 이별의 장소를 말한다.

3) 南浦(남포): 남쪽 물가. 강엄(江淹)의 「별부(別賦)」에 "送君南浦, 傷如之何"(그대를 남포에서 보내니, 어찌 이리도 슬픈가) 구가 있다. 송별의 장소를 말한다.

4) 鬢邊(빈변) 3구: 여인이 거울을 보다가 머리에 꽂힌 꽃을 빼어들고, 꽃잎의 수를 세어보아 임이 돌아올 날을 점친 후, 꽃을 머리에 꽂았다가 또다시 빼어들고 다시 세어보는 정경이다. '처(覷)'는 보다. '잠(簪)'은 꽂다.

5) 卻不解(각불해): 오히려(도리어) ~할 줄 모르다.

[해설]

부드러운 필치로 여인이 봄날에 느끼는 애상과 상사의 정을 그렸다. 혹자는 작자가 큰 뜻과 재주를 가지고 있으나 세월을 헛되이 보내고 있는 신세 한탄과 등용될 날을 기다리는 심정을 기탁한 것으로 보기도 한다.

179 청옥안(靑玉案)*

신기질(辛棄疾)

— 元夕[1]	— 정월 대보름 밤
東風[2]夜放花千樹●	봄바람이 밤에 수많은 나무에 꽃을 피워놓고는
更吹落、星如雨[3]●	또 불어 떨어뜨리니 불꽃이 비 오듯 쏟아지누나
寶馬雕車[4]香滿路●	화려한 거마가 왕래하는 길엔 향기 가득하고
鳳簫[5]聲動,	퉁소 소리 울려 퍼지고
玉壺光轉,[6]	백옥 같은 달은 밝게 빛나고
一夜魚龍舞[7]●	밤새도록 어룡(魚龍) 꽃등은 춤을 추는구나
蛾兒雪柳黃金縷[8]●	화려하고 아름답게 치장한 여인들
笑語盈盈[9]暗香去●	웃고 떠들면서 그윽한 향기를 풍기며 지나가네
衆裏尋他千百度●	인파 속에서 천백 번 그녀를 찾다가
驀然[10]回首,	문득 머리를 돌려 보니
那人卻在,	그녀는 뜻밖에도

燈火闌珊[11]處●	등불이 드문 곳에 쓸쓸히 서 있구나

[주석]

* 雙調67字, 前後段各6句4仄韻.(詞譜15)

1) 元夕(원석): 음력 정월 보름밤. 원소절 밤. 정월 보름밤에 등불을 달고 불꽃놀이하는 풍속이 있다.

2) 東風(동풍)구: 봄바람에 꽃이 만발한 듯이 꽃등과 불꽃이 찬란한 것을 형용한 말이다.

3) 星如雨(성여우): 유성이 비가 오는 듯하다. 공중에 수많은 등이 흔들리는 것을 형용. 또는 불꽃놀이를 할 때 불꽃이 마치 비 오듯 떨어진다는 말.

4) 寶馬雕車(보마조거): 화려하게 장식한 말과 수레.

5) 鳳簫(봉소): 퉁소의 미칭(美稱).

6) 玉壺光轉(옥호광전): 밝은 달이 밤하늘에서 빛을 발하며 움직이다. 또는 화등(花燈)이 찬란하게 빛나며 돌다. '玉壺'는 옥으로 만든 병. 여기서는 달 또는 꽃등을 말한다.

7) 魚龍舞(어룡무): 물고기나 용 따위 각종 모양으로 만든 꽃등이 춤추듯이 흔들리다.

8) 蛾兒, 雪柳, 黃金縷(아아, 설류, 황금루): 원소절에 부녀자들이 머리에 꽂는 각종 장식품. 여기서는 화려하게 치장한 여인을 말한다.

9) 盈盈(영영): 자태가 아름다운 모양.

10) 驀然(맥연): 갑자기. 문득.

11) 闌珊(난산): 쇠잔하다. 시들다. 여기서는 등불이 드물어 쓸쓸한 것을 말한다.

[해설]

작자는 대보름날 밤의 찬란한 등불과 불꽃놀이, 그리고 아름답게 치장한 여인들과 볼거리로 흥청거리는 인파 속에서 애써 한 여인을 찾아 헤맨다. 문득 고개를 돌려 보니, 그녀가 쓸쓸한 곳에 외로이 서 있는 것을 발견한다. 작품은 원소절의 번화한 야경과 들뜬 분위기를 배경으로 홀로 떨어져 있는 여인에 초점을 맞추었으니, 고독한 여인은 작자의 외로움과 세속을 따르지 않는 고고함을 형상화한 것이리라.

180 자고천(鷓鴣天)* 신기질(辛棄疾)

— 鵝湖[1]歸, 病起作	— 아호에서 돌아온 후, 병석에서 일어나 짓다.
枕簟溪堂[2]冷欲秋。	시냇가 초당 돗자리엔 가을 기운이 써늘하고
斷雲依水晚來收。	물가에 떠돌던 조각구름은 저녁 되자 돌아가네
紅蓮相倚渾[3]如醉,	붉은 연꽃은 술 취한 듯 서로 기대어 있고
白鳥無言定[4]自愁。	백로는 말없이 수심에 잠겼구나
書咄咄,[5]	혀를 차며 탄식하노니
且休休[6]。	응당 물러나 쉬어야 하리로다
一邱一壑[7]也風流。	언덕마다 골짜기마다 풍치가 있구나
不知筋力衰多少,	내 근력이 얼마나 쇠했는지는 모르겠으나

但覺新來[8]懶[9]上樓○	다만 요즘엔 누각에 오르고 싶지 않구나

[주석]

* 雙調55字, 前段4句3平韻, 後段5句3平韻.(詞譜11)

1) 鵝湖(아호): 강서성(江西省) 연산현(鉛山縣)에 있는 아호산. 작자가 은거할 때 자주 노닐던 곳이다.

2) 溪堂(계당): 물가에 지은 초당이나 정자 따위.

3) 渾(혼): 완전히. 정말. 실로.

4) 定(정): 반드시.

5) 書咄咄(서돌돌): 진(晉)의 은호(殷浩)가 파직 당한 후, 원망하는 말은 한 마디도 없었지만 하루 종일 손가락으로 허공에 '咄咄怪事'(아아, 괴이쩍은 일이로다)라는 네 글자를 썼다는 고사. 『진서·은호전(晉書·殷浩傳)』에 보인다. '咄咄'은 혀를 차는 소리. 탄식 또는 놀람을 나타낸다.

6) 休休(휴휴): 관직을 내놓고 은퇴하다. 당말(唐末) 사공도(司空圖)가 중조산(中條山)에 은거할 때, 휴휴정(休休亭)이라는 정자를 짓고 「휴휴정기(休休亭記)」를 지었는데, 그 글에 "量才一宜休, 揣分二宜休, 耄而聵, 三宜休"(재주를 헤아려보니 응당 은퇴해야 하고, 내 분수를 헤아려보니 응당 은퇴해야 하고, 늙어 귀먹었으니 응당 은퇴해야 한다)라는 문구가 있다.

7) 一邱一壑(일구일학): 언덕과 골짜기. 여기서는 은거지의 산수.

8) 新來(신래): 근래. 요즘.

9) 懶(나): 게으르다. ~할 마음(기분)이 나지 않다. 내키지 않다.

[해설]

작자가 관직에서 물러나 은거할 때 지은 사다. 전단은 냇가 초당 근처의 청량한 가을 경치를 묘사했고, 후단은 자연 속에 사는 한가한 생활을 말하고 있다. 작자는 은거 생활에 만족한 듯하지만 이면에는 고뇌와 울분이 서려 있으니, 깊은 울분과 수심을 담담한 필치로 풀어내었다.

181 보살만(菩薩蠻)* 신기질(辛棄疾)

— 書江西造口[1]壁 — 강서 조구의 벽에 쓰다

鬱孤臺[2]下淸江[3]水●	울고대 아래 흐르는 맑은 강물
中間多少行人[4]淚●	강물엔 수많은 나그네 눈물이 흐르네
西北望[5]長安○	서북쪽 장안을 바라보건만
可憐無數山○	안타깝게도 무수한 산뿐이어라
靑山[6]遮不住●	청산은 강물을 막지 못하나니
畢竟東流去●	끝내 동으로 흘러가네
江晚正愁余○	해 저문 강가 수심에 차 있는데
山深聞鷓鴣[7]○	깊은 산 자고새 소리 들려오누나

[주석]

* 雙調44字, 前後段各4句兩仄韻兩平韻.(詞譜5)

1) 造口(조구): 지금의 강서성 만안현(萬安縣) 서북쪽에 있다. '조구(皀口)'라고 도 한다. 건염(建炎) 3년(1129)에 금의 병마가 융우태후(隆祐太后)의 배를 추격하여 조구까지 이르렀으며, 강서성 서부 일대가 금의 침략을 받아 어수선하였다.
2) 鬱孤臺(울고대): 지금의 감주(贛州) 서북쪽에 있는 누대.
3) 淸江(청강): 감강(贛江)을 말한다. 이 강은 울고대 밑을 지나 조구에 이르러 파양호(鄱陽湖)로 흘러 들어간다.
4) 行人(행인): 나그네. 여기서는 금의 침입으로 고향을 떠난 피난민을 말한다.
5) 西北望(서북망) 2구: 멀리 서북쪽 서울을 바라보건만 안타깝게도 산들이 시선을 막는다. '장안(長安)'은 북송의 수도 변경(汴京)을 말한다. '가련(可憐)'은 안타깝다. 애석하다.
6) 靑山(청산) 2구: 청산이 시선을 가로막고 있지만 동쪽으로 흘러가는 강물은 막지 못한다. 북방의 실지를 되찾으려는 대업(大業)은 필연적인 추세이며 어떠한 것도 이를 방해할 수 없다는 뜻. 또는 고향을 그리는 마음을 막지 못한다는 뜻. 또는 강물은 산이 막아도 흘러가건만 사람은 북쪽 고향으로 돌아갈 수 없다는 뜻.
7) 鷓鴣(자고): 자고새. 자고의 울음소리는 "行不得也哥哥"(갈 수 없어요 임이여. 또는 가면 안 돼요 임이여)라고 말하는 것 같다고 한다. 나대경(羅大經)은 『학림옥로(鶴林玉露)』에서 "자고새 울음소리는 중원 회복을 실행할 수 없다는 것을 의미한다"라고 했다. 작자는 자고새의 울음소리를 듣고 고향으로 돌아갈 수 없는 슬픔과 중원(中原)을 회복하기 어렵다는 뜻을 말했다.

[해설]

우국의 감정을 노래한 작품이다. 전단은 과거 금나라가 침입했던 역사적 사실을 회고하고 고향에 돌아갈 수 없는 슬픔을 말했다. 후단은 고향을 그리는 마음과 중원 회복의 소망을 담았다. 어구는 평이하지만 함축된 감정은 매우 깊다.

182 점강순(點絳脣)* **강기(姜夔)**

— 丁未[1]冬, 過吳松[2]作	— 정미년 겨울 오송을 지나며 짓다
燕雁[3]無心,[4]	기러기는 무심히
太湖[5]西畔隨雲去●	태호 서편에서 구름 따라 날아가고
數峯淸苦[6]●	몇 개 산봉우리는 고요하고 쓸쓸한데
商略[7]黃昏雨●	황혼에 비가 올 듯하구나
第四橋[8]邊,	제사교 다리 가에서
擬共天隨[9]住●	천수자와 함께 살고 싶건만
今何許[10]●	지금 어디메에 있는고
憑闌懷古●	난간에 기대어 옛일을 생각는데
殘柳參差[11]舞●	잎 진 버드나무는 이리저리 춤추는구나

[주석]

* 雙調41字, 前段4句3仄韻, 後段5句4仄韻.(詞譜4)

1) 丁未(정미): 남송(南宋) 효종(孝宗) 순희(淳熙) 14년(1187).

2) 吳松(오송): 지금의 강소성 오현(吳縣).

3) 燕雁(연안): 북쪽에서 날아온 기러기. '燕'은 주(周)나라 때 제후국의 하나로 북쪽에 있었기 때문에, 여기서는 북쪽을 의미한다.

4) 無心(무심): 무심히. 세상의 명리에 관심이 없는 마음. 기심(機心)이 없는 마음.

5) 太湖(태호): 호수 이름. 강소(江蘇)와 절강(浙江) 두 성에 연접되어 있다.

6) 清苦(청고): 조용하고 쓸쓸하다.

7) 商略(상략): 상의하다. (분위기나 조건을) 준비하다. 조성하다.

8) 第四橋(제사교): 오강(吳江) 성 밖에 있는 다리. 감천교(甘泉橋)라고도 한다. 이 근처의 샘물 맛이 전국에서 네번째로 좋다는 평이 있어서 제사교라고 한다.

9) 天隨(천수): 천수자(天隨子). 당대(唐代)의 시인 육구몽(陸龜蒙)의 호. 그는 오강의 포리(浦里)에 은거했는데, 배에 필묵, 차, 화로, 낚시를 싣고 강호 사이를 왕래하며 살았다. 강기는 그를 매우 추앙하였다.

10) 今何許(금하허): 지금 어디에 있나. 또는 지금은 어느 때(시대)인가. '何許'는 어디, 어느 때, 어째서 등의 여러 가지 뜻이 있다.

11) 參差(참치): 들쑥날쑥하여 고르지 않은 모양. 어지러운 모양.

[해설]

오송을 지나며 쓸쓸한 경치에 자신의 감정과 뜻을 기탁했다. 전단은 무심히 호수 위를 나는 기러기를 빌려 자신의 신세를 말했고, 후단은 천수자를 그리워하면서 은거의 뜻을 말했다. 작품 속의 경치는 적막하고 애상적인 분위기를 자아내고 있는데, 작자의 신세와 적막감뿐만 아니라 쇠미해가는 시대상을 반영하고 있다.

183 자고천(鷓鴣天)* **강기(姜夔)**

— 元夕有所夢	— 정월 보름밤 꿈을 꾸다
肥水[1]東流無盡期○	비수는 동으로 흘러 다할 날이 없나니
當初不合種相思[2]○	애초에 상사의 정을 심는 게 아니었어라
夢中未比[3]丹青[4]見,	꿈속은 희미해서 그림을 보는 것만 못한데
暗裏[5]忽驚山鳥啼○	그나마 홀연 산새 소리에 놀라 깨었네
春未綠,	봄은 아직 푸르지 않았건만
鬢先絲○	내 머리가 먼저 세었어라
人間別久不成悲○	세상의 이별은 오래되면 슬프지 않다는데
誰教歲歲紅蓮夜,[6]	어이해 해마다 꽃등 걸린 대보름날 밤이면
兩處沈吟[7]各自知[8]○	각각 떨어져서 깊은 그리움에 잠겨 있는고

[주석]

* 雙調55字, 前段4句3平韻, 後段5句3平韻.(詞譜11)

1) 肥水(비수): 강 이름. 합비현(合肥縣, 지금의 합비시合肥市) 서남쪽의 자봉산

(紫蓬山)에서 발원하여 흐르는 강으로, 작자가 젊었을 때 사랑하는 여인을 처음 만난 장소이다.

2) 不合種相思(불합종상사): 상사의 정을 심어서는 안 된다. '不合'은 ~해서는 안 된다. '相思'는 서로 그리워함. 또는 나무 이름. '種'은 심다.
3) 未比(미비): ~보다 못하다.
4) 丹青(단청): 그림. 여기서는 여인의 초상화를 뜻한다.
5) 暗裏(암리): 남몰래.
6) 紅蓮夜(홍련야): 정월 보름날 밤. 대보름날 밤에 화려한 꽃등을 내걸기 때문에 '紅蓮夜'라고 했다.
7) 沈吟(침음): 깊이 생각에 잠기다.
8) 各自知(각자지): 피차 서로 상대방을 그리워하고 있다는 것을 알고 있다. 또는 각자 상사의 괴로움을 알고 있다.

[해설]

작자는 젊었을 때, 합비(合肥)에서 한 기녀를 사랑하여 오랜 세월이 흐른 뒤에도 여전히 그녀를 잊지 못했다. 작자의 사집(詞集) 중에 그녀를 회고하여 지은 작품이 20여 수에 달한다. 이 작품 역시 그녀를 꿈꾸고 지은 것으로 연정과 그리움을 완곡하게 나타냈다.

184 답사행(踏莎行)*　　　　　　　　　　　　　　　　　　**강기(姜夔)**

— 自沔[1]東來, 丁未[2]元日, 至金陵, 江上感夢而作.

— 면주에서 동쪽으로 오는 길에, 정미년 정월 초하루에 금릉에 이르러, 강가에서 꿈을 꾸고 짓다.

燕燕輕盈,	제비처럼 가볍고 어여쁜 자태
鶯鶯[3]嬌軟●	꾀꼬리처럼 부드럽고 고운 목소리
分明又向華胥[4]見●	분명히 또다시 꿈속에서 그녀를 보았네
夜長[5]爭得薄情知,	'밤이 긴 걸 박정한 임이 어찌 알겠어요
春初早被相思染●	초봄부터 벌써 그리움에 젖어 있어요'라고 말하네
別後書辭,	이별 후 보내온 편지와
別時針線●	헤어질 때 지어준 옷은 그대로 있건만
離魂[6]暗逐郎行[7]遠●	그녀의 넋은 남몰래 멀리 나를 찾아왔다가
淮南[8]皓月冷千山,	회남의 흰 달빛이 수많은 산을 차갑게 비추는데
冥冥歸去無人管●	어두컴컴한 밤에 홀로 돌아가누나

[주석]

* 雙調58字, 前後段各5句3仄韻.(詞譜13)

1) 沔(면): 지금의 호북성(湖省北) 한양(漢陽).

2) 丁未(정미): 송 효종(孝宗) 순희(淳熙) 14년(1187).

3) 燕燕, 鶯鶯(연연, 앵앵): 여인의 이름으로 많이 사용되어 여인을 뜻한다. 여인의 자태와 목소리를 형용하는 뜻도 포함하고 있다. 소식(蘇軾)의 「여든다섯의 장자야가 첩을 들였다는 말을 듣고, 술고가 내게 시를 지으라고 하다(張子野八十五歲尙聞買妾, 述古令作詩)」에 "詩人老去鶯鶯在, 公子歸來燕燕忙"(시인은 늙었지만 앵앵이 있고, 귀공자 돌아오니 연연이 바쁘네) 시구가 있다.

4) 華胥(화서): 꿈. 꿈속. 『열자·황제(列子·黃帝)』에 "黃帝晝寢而夢, 遊于華胥氏之國"(황제가 낮잠을 자다가 꿈을 꾸어, 화서씨의 나라에서 노닐었다)라는 전고가 있다.

5) 夜長(야장) 2구: 꿈속에서 여인이 이별 후의 그리움을 하소연하는 말이다. '쟁득(爭得)'은 어찌. '박정(薄情)'은 박정한 임. 여기서는 애칭으로 쓰였다.

6) 離魂(이혼): 육체를 떠난 영혼. 혼백.

7) 郎行(낭행): 임의 곁. 임이 있는 곳.

8) 淮南(회남) 2구: 작자가 꿈을 깬 뒤 여인의 혼백이 홀로 회남으로 돌아가는 쓸쓸한 모습을 상상한 것이다. 두보(杜甫)의 「이백의 꿈을 꾸고(夢李白)」 중 "魂來楓林靑, 魂返關塞黑"(혼이 올 때 단풍나무 푸르더니, 혼이 돌아갈 때 관새는 어둡네)과 「고적을 읊다(詠懷古跡)」 중 "環佩空歸月夜魂"(패옥을 찬 혼백은 달밤에 쓸쓸히 돌아가네) 시의를 이용했다. '淮南'은 여인이 있는 합비(合肥), 회남동로(淮南東路)에 속해 있었다. '명명(冥冥)'은 어두컴컴하다. 아득히 멀다. '관(管)'은 돌보다.

[해설]

작자가 연인을 꿈꾸고 지은 연정사(戀情詞)다. 전단은 꿈속의 정경을 서술했고, 후단은 작자가 꿈을 깬 후, 그녀의 혼백이 외로이 돌아가는 정경을 상상한 것이다. 편말의 2구는 역대 평자들로부터 호평을 받고 있다.

185 경궁춘(慶宮春)*

강기(姜夔)

— 紹熙辛亥[1]除夕, 余別石湖[2]歸吳興,[3] 雪後夜過垂虹,[4] 嘗賦詩[5]云: "笠澤[6]茫茫雁影微, 玉峯重疊護雲衣. 長橋寂寞春寒夜, 只有詩人一舸歸." 後五年冬, 復與俞商卿, 張平甫, 銛朴翁[7]自封禺[8]同載, 詣梁溪.[9] 道經吳松,[10] 山寒天逈, 雲浪四合. 中夕[11]相呼步垂虹, 星斗下垂, 錯雜漁火, 朔吹凜凜, 卮酒不能支. 朴翁以衾自纏, 猶相與行吟. 因賦此闋, 蓋過旬塗稿乃定. 朴翁咎余無益, 然意所耽, 不能自已也. 平甫, 商卿, 朴翁皆工於詩, 所出奇詭. 余亦强追逐之. 此行旣歸, 各得五十餘解.[12]

— 소희 신해년 섣달 그믐날 저녁, 나는 석호(범성대)와 작별하고 오흥으로 돌아오는데, 눈이 온 후 밤에 수홍교를 지나며 시를 지어 "태호는 아득히 넓은데 기러기 그림자는 희미하고, 하얗게 눈 쌓인 산봉우리는 첩첩한데 엷은 구름이 끼어 있네. 긴 다리는 적막하고 봄밤은 추운데, 시인이 타고 돌아가는 배 한 척 있구나"라고 읊었다. 5년 후 겨울, 다시 유상경, 장평보, 섬박옹과 함께 봉우에서 배를 타고 양계로 갔다. 길은 오송을 지나는데, 산은 쓸쓸하고 하늘은 멀고, 구름과 물결은 사방을 둘러쌌다. 밤중에 서로 소리쳐 부르며 수홍교를 걸을 때, 하늘의 별은 아래로 드리워져 고깃배 불과 어울려 빛나고, 삭풍은 살을 에는 듯 불어오니, 한두 잔 술로는 추위를 이길 수 없었다. 박옹은 몸에 이불을 두르고 우리와 함께 걸어가며 시를 읊조렸다. 그래서 나도 이 사를 지었고, 열흘 넘게 초고를 고쳐서 완성했다. 박옹은 내가 쓸데없는 것에 힘쓴다며 나무랐으나, 내가 마음으로 좋아하니 그만둘 수가 없었다. 평보, 상경, 박옹은 모두 시에 능해, 작품이 모두 기이하고 훌륭하다. 나 또한 애써 그들의 뒤를 좇으려 한다. 이번 여

행에서 돌아온 후, 각각 50여 수를 지었다.

雙槳蓴波,	순채 떠 있는 물결을 노 저어 가노니
一蓑松雨,[13]	송풍에 빗방울이 도롱이 위에 듣고
暮愁漸滿空闊●	저녁 수심은 점차 넓은 물에 가득하여라
呼我盟鷗,[14]	나와 친한 갈매기를 소리쳐 부르니
翩翩欲下,	훨훨 날아 내려오려다가
背人還過木末●	나를 등지고 나뭇가지를 스치며 날아가누나
那回[15]歸去,	지난번 돌아갈 때
蕩雲雪、孤舟夜發●	구름과 눈 속에 외로운 배는 밤에 떠났었네
傷心重見,	옛 곳을 다시 와 보니 마음 상하고
依約[16]眉山,[17]	어렴풋한 먼 산은 여인의 눈썹인 양
黛痕低壓[18]●	다소곳이 아미를 숙이고 있구나
采香徑[19]裏春寒,	채향경엔 봄추위가 싸늘한데
老子[20]婆娑,[21]	이 늙은이 한가로이 배회하며
自歌誰答●	홀로 노래하니 그 누가 화답하랴
垂虹西望,	서쪽으로 수홍교 바라보며
飄然[22]引去,	배는 물위를 가볍게 떠가니
此興[23]平生難遏●	이런 흥은 평생 억제하기 어렵구나
酒醒波遠,	술 깨니 물결은 아득히 멀고
政凝想、[24]明璫素襪[25]●	구슬 귀걸이에 하얀 버선발의 고운 그녀가 그립구나

如今安在,	지금 그녀는 어느 곳에 있는고
唯有[26]闌干,	오직 난간만이
伴人一霎●	잠시 나를 짝하고 있구나

[주석]

* 雙調102字, 前後段各11句4仄韻.(詞譜30 慶春宮)

1) 紹熙辛亥(소희신해): 광종(光宗) 소희(紹熙) 2년(1191).

2) 石湖(석호): 범성대(范成大)의 호. 범성대는 소주 석호에 별장이 있었다.

3) 吳興(오흥): 절강성(浙江省) 호주(湖州).

4) 垂虹(수홍): 강소성 오현(吳縣) 동쪽에 있는 다리 이름.

5) 賦詩(부시): 시를 짓다. 강기는 당시에 「섣달 그믐날 밤에 석호에서 초계로 돌아오며(除夜自石湖歸苕溪)」 절구 10수를 지었는데, 여기에 인용된 시는 제7수이다.

6) 笠澤(입택): 태호(太湖)를 말한다.

7) 兪商卿, 張平甫, 銛朴翁(유상경, 장평보, 섬박옹): 작자의 친구인 유호(兪灝), 장감(張鑑), 갈천민(葛天民).

8) 封禺(봉우): 절강성 덕청현(德淸縣) 서남쪽에 있는 봉산(封山)과 우산(禺山).

9) 梁溪(양계): 강소성 무석(無錫).

10) 吳松(오송): 강소성의 오강(吳江).

11) 中夕(중석): 밤중. 야반.

12) 解(해): 수(首). 시나 사를 세는 단위.

13) 松雨(송우): 소나무 숲에 내리는 비. 솔바람에 불려 떨어지는 빗방울.

14) 盟鷗(맹구): (함께 강호에 살 것을) 맹세한 갈매기. 흔히 은거를 뜻한다.

15) 那回(나회): 지난번. 그때. 여기서는 5년 전 소주(蘇州)에서 호주(湖州)로 돌아가던 때를 말한다.

16) 依約(의약): 희미하다. 어렴풋하다. 아련하다.

17) 眉山(미산): 여인의 아름다운 눈썹. 눈썹 같은 먼 산.

18) 黛痕低壓(대흔저압): 여인이 수줍거나 근심에 차서 머리를 숙이다. 먼 산을 형용한 말. '黛痕'은 검게 눈썹을 그린 흔적. 흑청색으로 그린 눈썹. '低壓'은 숙이다. 내려뜨리다. '저미(低眉)' '저대(低黛)'는 머리를 숙이다. 부끄러워하는 모양.

19) 采香徑(채향경): 소주 향산(香山) 옆에 있는 시내 이름. 『소주부지(蘇州府志)』에 "采香徑在香山之旁, 小溪也. 吳王種香于香山, 使美人泛舟于溪以采香. 今自靈巖山望之, 一水直如矢, 故俗名箭徑"〔채향경은 향산 옆에 있는 작은 시내다. 오왕은 향산에 향초를 심어놓고 미인에게 배를 띄워 향초를 따게 했다. 지금 영암산에서 바라보면 물길이 화살처럼 곧으니 속칭 전경(箭徑)이라고 한다〕이라고 했다.

20) 老子(노자): 늙은이. 작자 자신을 말한다.

21) 婆娑(파사): 한가롭게 거닐다. 소요하다. 배회하다.

22) 飄然(표연): 가볍고 빠른 모양. 자유롭고 한적한 모양.

23) 此興(차흥): 이런 홍취. 자연 속에 노니는 홍취를 말한다.

24) 政凝想(정응상): 마침 깊이 생각에 잠기다. '政'은 마침. '正'과 같다. '凝想'은 골똘히 생각하다.

25) 明璫素襪(명당소말): 명주(明珠) 귀걸이와 흰 버선. 미인을 말한다. 조식(曹植)의 「낙신부(洛神賦)」에 있는 전고를 사용했다.

26) 唯有(유유) 2구: 사람은 없고 난간만 남아 있어, 홀로 난간에 기대어 있다

는 뜻.

[해설]

작자는 서문에서 이 작품을 짓게 된 배경과 연유를 자세히 말했다. 작품은 지난날의 회상, 옛 여인에 대한 그리움, 오왕 궁중의 서시(西施)와 궁녀들에 대한 회고, 그리고 배회하며 노니는 홍취 등을 담았다. 경물과 감정의 묘사가 맑고 깨끗하여 속세를 떠나 노니는 듯해, 작자의 고아한 심성이 잘 나타나 있다.

186 제천락(齊天樂)* 강기(姜夔)

— 丙辰歲[1]與張功甫[2]會飮張達可[3]之堂, 聞屋壁間蟋蟀有聲, 功甫約余同賦, 以授歌者. 功甫先成, 詞甚美. 余徘徊茉莉花間, 仰見秋月, 頓起幽思, 尋亦得此. 蟋蟀, 中都[4]呼爲促織, 善鬪. 好事者或以三二十萬錢致一枚, 鏤象齒爲樓觀以貯之.

— 병진년, 장공보와 함께 장달가의 집에 모여 술을 마시다가, 벽 사이에서 나는 귀뚜라미 소리를 듣고, 공보는 나와 함께 사를 지어 가기에게 주기로 했다. 공보가 먼저 지었는데 가사가 매우 아름다웠다. 나는 말리꽃 사이를 거닐며 가을 달을 우러러보다가 문득 그윽한 생각이 일어, 잠시 후 이 사를 지었다. 귀뚜라미를 서울에서는 촉직이라고 하는데 싸움을 잘한다. 호사가들 중에는 귀뚜라미 한 마리를 이삼십만 냥에 사서, 상아를 조각해 만든 누각 모양의 용기에 넣어 기르

기도 한다.

庾郎[5]先自吟愁賦● 유신이 먼저 「수부」를 읊었으니
淒淒[6]更聞私語● 소곤거리는 듯 쓸쓸한 귀뚜라미 소리 들리네
露濕銅鋪,[7] 이슬에 젖은 문 근처와
苔侵石井, 이끼 낀 돌우물가는
都是曾聽伊[8]處● 모두 예전에 귀뚜라미 소리를 들었던 곳이네
哀音似訴● 호소하는 듯 애절한 소리에
正思婦無眠, 임 그리는 아낙은 잠 못 이루어
起尋機杼[9]● 일어나 베틀에 오르네
曲曲屛山,[10] 굽이굽이 둘러친 병풍 안
夜涼獨自甚情緖● 싸늘한 밤 홀로 있는 심정은 어떠할꼬

西窓又吹暗雨● 서창엔 또 밤비가 흩뿌리는데
爲誰頻斷續, 뉘를 위해 귀뚜라미 소리는 끊겼다 이어지며
相和砧杵[11]● 다듬이 소리에 화답하는고
候館[12]迎秋, 객사에서 가을을 맞는 나그네와
離宮[13]弔月, 행궁에서 달빛을 슬퍼하는 궁녀는
別有傷心無數● 귀뚜라미 소리에 남다른 슬픔이 한없으리라
豳詩[14]漫與[15]● 귀뚜라미를 시로 읊고 있는데
笑籬落[16]呼燈, 우습구나 울타리 가에선 등불 들고 귀뚜라미를 잡는
世間兒女● 세간의 아이들이 떠들썩하구나

寫入琴絲,[17]	귀뚜라미 소리를 거문고 줄에 담아서 타니
一聲聲更苦●	소리마다 더욱 괴롭구나

[주석]

* 雙調102字, 前段10句6仄韻, 後段11句6仄韻.(詞譜31)

1) 丙辰歲(병진세): 영종(寧宗) 경원(慶元) 2년(1196).

2) 張功甫(장공보): 장자(張鎡). 남송의 명장 장준(張俊)의 손자로 강기의 경제적 후원자였다.

3) 張達可(장달가): 생애 미상. 장자의 형제 항렬에 속한 듯하다.

4) 中都(중도): 수도. 성안. 남송의 수도 임안(臨安, 지금의 항주抗州)을 말한다.

5) 庾郎(유랑): 남북조 시기의 문인 유신(庾信)으로 「애강남부(哀江南賦)」「수부(愁賦)」 등을 지었다. 여기서는 장자(張鎡)를 말한다. 106 「대포(大酺)」 '蘭成' 참조.

6) 淒淒(처처): 싸늘한 모양. 처량한 모양.

7) 銅鋪(동포): 구리로 만든 문고리. 여기서는 대문 안의 마당이나 울타리를 말한다.

8) 伊(이): 그이. 그녀. 그것. 여기서는 귀뚜라미를 말한다.

9) 機杼(기저): 베틀. 베틀 북.

10) 屛山(병산): 병풍.

11) 砧杵(침저): 다듬잇돌과 방망이. 다듬이질.

12) 候館(후관): 여관. 객사.

13) 離宮(이궁): 행궁(行宮).

14) 豳詩(빈시): 『시경·빈풍·칠월(詩經·豳風·七月)』에 "七月在野, 八月在宇, 九月在戶, 十月蟋蟀入我床下"(칠월에는 들에 있고, 팔월에는 처마 밑에 있고, 구월에는 문 안에 있고, 시월이면 귀뚜라미는 침상 밑으로 들어오네) 시구가 있다. 여기서는 귀뚜라미를 읊은 시를 말한다.

15) 漫與(만여): 흥이 나는 대로 짓다.

16) 笑籬落(소리락) 2구: 수심을 모르는 아이들이 울타리 가에서 등불을 들고 귀뚜라미를 잡으며 즐거워하는 모습이 우습다는 뜻. '籬落'은 울타리. '호등(呼燈)'은 등불을 가져오라고 소리쳐 부르다.

17) 寫入琴絲(사입금사): 금곡(琴曲)을 작곡하다. 작자가 자주(自注)하기를 "선정(宣政) 연간에 한 사대부가 「실솔음(蟋蟀吟)」을 지었다"라고 했다.

[해설]

귀뚜라미 소리를 듣고 떠오른 연상(聯想)과 감상(感傷)을 서술했다. 첫째 구에서 장공보가 지은 사를 유신의 「수부」에 비유했는데, 수심이 이 작품의 주제로 전편을 관통하고 있다. 작품 중의 사어(私語), 기저(機杼), 암우(暗雨), 침저(砧杵) 등은 귀뚜라미 소리를 더욱 애절하게 만들고 있으며, 사부(思婦), 나그네, 궁녀 등을 통해 수심을 말하고 있다. 근심을 모르는 아이들이 귀뚜라미를 잡으며 즐거워하는 모습은 작자의 수심과 대조를 이루고 있다.

187 비파선(琵琶仙)*

강기(姜夔)

— 吳都賦[1]云: "戶藏煙浦, 家具畵船." 惟吳興爲然, 春遊之盛, 西湖未能過也. 己酉歲,[2] 余與蕭時父[3]載酒南郭, 感遇成歌.

—「오도부」에 이르기를 "집들은 안개 낀 물가에 있고, 집마다 아름다운 배를 가지고 있다"라고 했는데, 오직 오흥이 그러하니, 봄놀이의 성대함은 서호도 능가하지 못한다. 기유년에 나는 소시보와 술을 싣고 성 남쪽에서 놀다가 감흥이 일어 이 사를 짓는다.

雙槳來時,[4]	노를 저어 다가올 때
有人似、舊曲桃根桃葉●	배 위의 여인은 옛날 사랑했던 그녀와 닮았네
歌扇輕約[5]飛花,	여인은 부채로 날리는 꽃잎을 가볍게 받는데
蛾眉[6]正奇絶●	그 용모 정말 곱고 사랑스러워라
春漸遠、汀洲[7]自綠,	봄은 점점 멀어져 가고 정주는 푸르른데
更添了、幾聲啼鴂[8]●	게다가 두견이 울음소리 들리네
十里揚州,[9]	십 리 길 양주의 아름다웠던 일들
三生杜牧,[10]	나는 마치 삼생이 모두 두목인 듯
前事休說●	지난 일들은 말하지 않으려네
又還是、宮燭分煙,[11]	궁중에서 불을 나누어주는 한식이 되었으니
奈愁裏、匆匆換時節●	수심 속에 계절이 어느덧 총총히 바뀌었구나
都把[12]一襟芳思,	가슴속 가득한 연정을 모두

與空階榆莢●	빈 섬돌에 떨어지는 느릅나무 꼬투리에게 내주었구나
千萬縷、[13]藏鴉細柳,	버들 실가지는 무성해져 까마귀가 숨을 만하고
爲玉尊、起舞回雪●	버들 꽃은 눈송이처럼 옥 술잔을 맴돌며 춤추네
想見西出[14]陽關,	예전에 서쪽으로 양관을 나서며
故人初別●	그녀와 이별하던 정경이 보이는 듯하여라

[주석]

* 雙調100字, 前段9句4仄韻, 後段8句4仄韻.(詞譜28)

1) 吳都賦(오도부): 여기서 인용한 것은 당(唐) 이유(李庾)의 「서도부(西都賦)」에 있는 구절이다.

2) 己酉歲(기유세): 송 효종(孝宗) 순희(淳熙) 16년(1189).

3) 蕭時父(소시보): 소덕조(蕭德藻)의 조카로 강기의 인척이다. '父'는 '보'로도 읽는다.

4) 雙槳來時(쌍장래시) 2구: 물 위로 노를 저어 오는 배를 보니, 배 위의 여인이 예전에 사랑했던 기녀와 비슷하다는 말이다. '槳'은 배의 노. '구곡(舊曲)'은 예전에 놀던 동리. '곡(曲)'은 기녀들이 거처하는 동리, 방곡(坊曲)을 말한다. '도근도엽(桃根桃葉)'은 진(晉) 왕헌지(王獻之)의 애첩 도엽(桃葉)과 동생 도근(桃根). 왕헌지는 도엽을 좋아하여 「도엽가(桃葉歌)」를 지었다. 여기서는 작자가 사랑했던 가기를 말한다. 196 「행화천영(杏花天影)」 '桃葉' 참조.

5) 歌扇輕約(가선경약)구: 여인이 부채를 들어 바람에 날리는 꽃을 슬쩍 치거나 받는다는 뜻이다. '歌扇'은 가기가 노래할 때 손에 잡고 있는 부채. '約'은 송대의 구어(口語)로 스치다, 가로막다.

6) 蛾眉(아미): 여인의 아름다운 눈썹. 여기서는 용모를 말한다.

7) 汀洲(정주): 늪, 못, 강 따위에서 물이 얕고 흙이나 모래가 드러난 곳.

8) 啼鴂(제결): 제결의 울음소리. '鴂'은 제결(鶗鴂). 때까치. 또는 두견이. 소쩍새. 늦봄에 운다. 005「천추세(千秋歲)」'鶗鴂' 참조.

9) 十里揚州(십리양주): 작자가 자신을 당대 시인 두목(杜牧)에 비유하며, 지난날의 추억을 잊지 못하고 있는 것을 말한다. 두목은 양주에서 많은 애정 일화를 남겼는데, 그의「증별(贈別)」시에 "春風十里揚州路, 卷上珠簾總不如"(봄바람 부는 십 리 양주 길, 기루의 주렴 걷고 보아도 모두 그녀만 못하네) 시구가 있다.

10) 三生杜牧(삼생두목): 삼생에 걸쳐 내가 두목인 듯하다. 자신을 두목에 비유한 말이다. 황정견(黃庭堅)의「광릉의 이른 봄(廣陵早春)」에 "春風十里珠簾卷, 彷佛三生杜牧之"(봄바람 부는 십 리 길에 주렴을 걷어 올리니, 이 몸은 삼생의 두목인 듯하네) 시구가 있다. '三生'은 불교에서 말하는 과거, 현재, 미래.

11) 宮燭分煙(궁촉분연): 청명이나 한식을 말한다. 고대에는 한식 때, 궁중에서 새 불씨를 만들어 대신들의 집에 나누어주었다. 117「응천장(應天長)」'又見漢宮' 참조.

12) 都把(도파) 2구: 마음속의 연정(戀情)을 모두 빈 계단에 떨어지는 무정한 느릅나무 꼬투리에게 내어주다. 가슴속의 연정은 이루지 못하고 식어버린 재가 되었으니, 빈 계단에 떨어진 느릅나무 꼬투리 같다는 뜻. 한유(韓愈)의「만춘(晩春)」중 "楊花楡莢無才思, 唯解漫天作雪飛"(버들개지와 느릅나무 꼬투리는 생각이 없어, 다만 하늘 가득히 눈처럼 흩날릴 줄만 아네) 구를 이용했다. '여(與)'는 내주다. 부여하다.

13) 千萬縷(천만루) 2구: 이 두 구는 현재 눈앞에 보이는 풍경을 묘사한 것이다. 또는 앞의 구는 현재이고 뒤의 구는 현재의 버드나무에서 촉발된 과거의 석별연의 회상으로 보기도 한다. '옥준(玉尊)'은 옥 술잔. 주연(酒筵). '회설(回

雪)'은 (춤추는 모습이) 맴도는 눈송이 같다.

14) 想見西出(상견서출) 2구: 과거 이별의 정경을 연상한 것이다. 왕유(王維)의 「안서로 가는 원이를 보내며(送元二使安西)」 중 "勸君更盡一杯酒, 西出陽關無故人"(그대 술 한 잔 더 들게, 서쪽으로 양관을 나서면 아는 사람 없을 터이니) 시의를 이용했다.

[해설]

작자가 교외로 봄놀이를 나갔다가, 과거에 사랑했던 기녀와 흡사한 여인을 보고 과거를 회상하고 이 사를 지었다. 전단은 배 위의 여인을 보고 옛 연인을 떠올리고, 가버린 봄처럼 젊었을 적의 사랑과 낭만이 사라진 것을 아쉬워했다. 후단은 이루지 못한 사랑을 아쉬워하며 옛날 여인과 이별하던 장면을 회상했다.

188 팔귀(八歸)* **강기(姜夔)**

— 湘中[1]送胡德華[2]	— 상중에서 호덕화를 전송하며
芳蓮墜粉,[3]	향기롭던 연꽃이 떨어지고
疏桐吹綠,	성긴 오동잎이 바람에 날리더니
庭院暗雨[4]乍歇●	정원엔 밤비가 막 그쳤네
無端抱影[5]銷魂處,	부질없이 그림자 대하고 슬픔에 넋을 잃고 있는데

還見篠牆[6]螢暗,	대울타리 근처엔 반딧불 흐릿하고
蘚階蛩切●	이끼 낀 섬돌에선 귀뚜라미 소리 애절하구나
送客[7]重尋西去路,	나그네 전송하려고 서쪽 가는 길을 다시 찾으니
問水面琵琶誰撥●	강 위에선 누가 비파를 타는고
最可惜、一片江山,	참으로 아깝게도 이 작은 강산을
總付與啼鴂●	모두 슬피 우는 소쩍새에게 내주었구나
長恨相從未款,[8]	우리 상종하며 우정을 다하지 못해 늘 한스러웠는데
而今何事,	지금 어인 일로
又對西風離別●	또 가을바람을 대하고 헤어지는고
渚寒煙淡,	물가는 차고 안개는 엷은데
棹移人遠,	배 움직이자 사람도 멀어지고
飄渺行舟如葉●	아득히 떠가는 배는 나뭇잎 같아라
想文君[9]望久,	생각건대 부인은 그대를 오랫동안 기다리며
倚竹愁生步羅襪[10]●	대나무에 기대어 근심하다가 서성거리리라
歸來後、翠尊[11]雙飮,	그대 돌아가 부인과 함께 비취 잔으로 술 마시며
下了珠簾,	주렴을 내리고
玲瓏閒看月●	한가로이 영롱한 달을 바라보리라

[주석]

* 雙調115字, 前段10句4仄韻, 後段11句4仄韻.(詞譜36)

1) 湘中(상중): 호남성(湖南省)의 상강(湘江) 일대. 여기서는 장사(長沙)를 말한다.

2) 胡德華(호덕화): 작자의 벗.

3) 墜粉(추분): 꽃잎이 떨어지다.

4) 暗雨(암우): 밤비.

5) 抱影(포영): 홀로 자기의 그림자를 대하고 있다. 고독을 형용한 말.

6) 篠牆(소장): 대나무 울타리. '篠'는 가는 대나무.

7) 送客(송객) 2구: 백거이(白居易)의 「비파행(琵琶行)」 중 "忽聞水上琵琶聲"(홀연히 물 위에서 비파 소리 들려오네) 시의를 이용했다.

8) 未款(미관): 아직 우정을 다하지 못하다. 총총히 작별하는 것을 말한다. '款'은 친하다. 정답고 친절하다. 정성스럽다.

9) 文君(문군): 사마상여의 처 탁문군(卓文君). 여기서는 친구의 부인을 말한다.

10) 倚竹愁生步羅襪(의죽수생보라말): 대나무에 기대어 근심하다가 비단 버선발로 배회하다. 부인이 수심 속에 기다리는 것을 말한다. 두보(杜甫)의 「가인(佳人)」 중 "日暮倚修竹"(저녁에 긴 대나무에 기대어 있네) 구와 이백(李白)의 「옥계원(玉階怨)」 중 "玉階生白露, 夜久侵羅襪. 卻下水晶簾, 玲瓏望秋月"(섬돌에 흰 이슬이 맺혀, 밤 깊어 비단 버선에 스며드네. 수정 발을 내리고, 영롱한 가을 달 바라보네) 시의를 이용했다.

11) 翠尊(취준): 비취색의 술잔. 술잔의 미칭.

[해설]

벗 호덕화를 송별하는 작품이다. 전단의 앞 6구는 이별하기 전의 정경으로 이별의 쓸쓸한 분위기를 조성했고, '송객(送客)' 이하는 송별의 장소와 때를 묘사하면서 석별의 정을 말했다. 후단의 전반은 석별의 정경을, 후반은 호덕화가 귀가해서 부인과 재회하는 기쁨을 말했다.

189 염노교(念奴嬌)*

강기(姜夔)

— 余客武陵,[1] 湖北憲治[2]在焉. 古城野水, 喬木參天. 余與二三友, 日蕩舟其間, 薄[3]荷花而飮, 意象幽閒, 不類人境. 秋水且涸,[4] 荷葉出地尋丈,[5] 因列坐其下, 上不見日, 淸風徐來, 綠雲[6]自動, 間於疏處, 窺見游人畫船, 亦一樂也. 揭來[7]吳興,[8] 數得相羊[9]荷花中, 又夜泛西湖, 光景奇絶, 故以此句寫之.

— 나는 무릉에서 나그네로 머물렀는데, 호북의 제점형옥(提點刑獄) 관서가 이곳에 있다. 고성의 야외에는 물이 있고 교목은 하늘을 찌를 듯했다. 나와 친구 두셋이 날마다 그곳에서 뱃놀이하며 연꽃 가까이에서 술을 마셨는데, 마음과 경치가 그윽하고 한가로워 인간 세상이 아닌 듯했다. 가을 물이 마를 때라 연잎은 땅에서 한 길 넘게 높이 솟아 있는데, 그 밑에 늘어앉으면 위로는 해가 보이지 않고, 시원한 바람이 불어오면 수많은 푸른 연잎이 흔들리며, 연잎 사이로 아름다운 놀잇배가 보이니, 이 또한 한 가지 즐거움이었다. 오홍에 와서 자주 연꽃 가운데서 노닐고 또 밤이면 서호에서 배를 타고 노니, 그 경치가 매우 훌륭해서 이 작품을 지었다.

鬧紅[10]一舸,	활짝 핀 연꽃 사이로 배를 저으니
記來時,	전에 왔을 때에도
嘗與鴛鴦爲侶.●	원앙과 함께 동무가 되었었네
三十六陂[11]人未到,	서른여섯 수많은 연못엔 인적이 없고
水佩風裳[12]無數●	물과 바람 속에 무수한 연꽃과 연잎뿐이어라

翠葉吹涼,	푸른 연잎에 시원한 바람이 불어오면
玉容消酒,[13]	옥같이 고운 얼굴은 술이 깨고
更灑菰蒲[14]雨●	또 줄과 부들에 가는 비 뿌릴 때면
嫣然[15]搖動	방긋 웃으며 몸을 흔드니
冷香飛上詩句●	청량한 꽃향기가 시구 안으로 날아드네
日暮●	일모에
青蓋亭亭[16],	푸른 연잎 아름답게 우뚝 서 있나니
情人不見,	정든 임을 보지 않고
爭忍[17]淩波去[18]●	어찌 차마 물결 위를 걸어 떠나가랴
只恐舞衣[19]寒易落,	연잎이 추위에 쉬이 지고
愁入西風南浦●	수심이 가을바람 따라 남포로 들어올까 두렵구나
高柳垂陰,	높은 버드나무는 그늘을 드리우고
老魚吹浪,	물고기는 물 위로 떠올라 물결을 일으키며
留我花間住●	나를 연꽃 사이에 머물게 하네
田田[20]多少,	둥근 연잎이 얼마나 곱고 많은지
幾回沙際歸路●	몇 번이고 모래톱 가 귀로에서 배회하노라

[주석]

* 雙調100字, 前段10句4仄韻, 後段11句5仄韻.(詞譜28)

1) 武陵(무릉): 지금의 호남성(湖南省) 상덕(常德).

2) 憲治(헌치): 송대의 사법 담당 기관인 제점형옥(提點刑獄)의 관서.

3) 薄(박): 가까이하다. 접근하다.

4) 且涸(차학): (물이) 장차 마르려고 하다.

5) 尋丈(심장): 여덟 자 내지 한 길. '尋'은 팔 척. '丈'은 길. 한 척의 10배.

6) 綠雲(녹운): 푸른 구름. 여기서는 연잎을 말한다.

7) 揭來(걸래): 오다. 돌아오다.

8) 吳興(오흥): 지금의 절강성(浙江省) 호주(湖州).

9) 相羊(상양): 배회하다. 한가로이 거닐다. '상양(徜徉)'과 같다.

10) 鬧紅(뇨홍): 성개한 붉은 연꽃. '鬧'는 왁자하다. 왕성하다. 번성하다.

11) 三十六陂(삼십육피): 많은 연못. '三十六'은 수가 많은 것을 말한다. '陂'는 못. 저수지.

12) 水佩風裳(수패풍상): 물과 바람 속에 있는 연꽃과 연잎을 말한다. 미인의 복식(服飾). 이하(李賀)의 「소소소묘(蘇小小墓)」에 "水爲佩, 風爲裳"(물을 노리개로 삼고, 바람을 치마로 삼네) 구가 있다.

13) 玉容消酒(옥용소주): 연꽃이 마치 미인이 술 마신 후 얼굴에 홍조를 띤 것 같다는 뜻. '消酒'는 술이 깨다.

14) 菰蒲(고포): 줄과 부들. 물가에 자라난 식물을 말한다.

15) 嫣然(언연): 미녀가 곱게 웃는 모양. 아름다운 모양.

16) 靑蓋亭亭(청개정정): 둥글고 넓은 연잎이 우뚝 아름답게 서 있다. '靑蓋'는 푸른색의 차개(車蓋). 여기서는 크고 둥근 연잎을 말한다. '정정(亭亭)'은 우뚝 서 있는 모양. 고결한 모양. 맑고 아름다운 모양.

17) 爭忍(쟁인): 어찌 차마 ~하랴.

18) 淩波去(능파거): 물결 위를 가볍게 걸어 떠나가다. '淩波'는 여인의 가볍고 아름다운 걸음걸이. 물의 여신 능파선자(淩波仙子)가 물 위를 걷는 것을 말한다. 조식(曹植)의 「낙신부(洛神賦)」에 "淩波微步, 羅襪生塵"(물결 위를 가볍

게 사뿐사뿐 걸으니, 비단 버선 아래 잔물결이 이네) 구가 있다.

19) 舞衣(무의): 춤출 때 입는 옷. 연잎을 말한다.

20) 田田(전전): 둥근 연잎이 곱고 많은 모양. 고악부의 「강남곡(江南曲)」에 "江南可采蓮, 蓮葉何田田"(강남은 연을 딸 만하니, 연잎은 어찌 그리도 둥글고 고운가) 구가 있다.

[해설]

연꽃과 호수 주위의 아름다운 경치를 묘사했는데, 작자의 청아한 생활 정취와 정신세계를 말한 것이기도 하다. 작자는 연꽃을 의인화하여 연꽃이 미인이며 미인이 연꽃이니, 이러한 복합심상(複合心象)은 연꽃의 형상뿐만 아니라 연꽃의 운치를 잘 나타내고 있다.

190 양주만(揚州慢)* 강기(姜夔)

— 淳熙丙申[1]至日, 余過維揚,[2] 夜雪初霽, 薺麥[3]彌望. 入其城, 則四顧蕭條, 暮色漸起, 戍角[4]悲吟. 余懷愴然, 感慨今昔, 因自度此曲.[5] 千巖老人[6]以爲有黍離之悲[7]也.

— 순희 병신년 동짓날, 나는 유양에 들렀는데, 밤 눈이 막 개고, 냉이와 보리가 시야에 가득했다. 성 안으로 들어가니 사방은 쓸쓸하고 물은 차고 푸르렀다. 저녁 어스레한 빛이 차츰 퍼지고 수루의 나팔 소리는 구슬피 울렸다. 내 마음도 슬퍼지고 금석지감의 감개가 일어, 이 사를 지었다. 천암노인은 망국을 한탄하는

비애가 있다고 평했다.

淮左名都,[8]	회하 동쪽의 이름난 도읍
竹西[9]佳處,	죽서루 경치 좋은 곳
解鞍少駐初程[10]○	나그넷길 첫 노정에서 말안장을 풀고 잠시 머무노라
過春風十里,[11]	봄바람 부는 십 리 길을 지나가니
盡薺麥青青○	온통 냉이와 보리만이 푸릇푸릇하여라
自胡馬[12]窺江去後,	금나라 군마가 장강을 휩쓸고 간 뒤
廢池喬木,	황폐한 연못과 교목조차도
猶厭言兵○	전쟁을 말하기 싫어하는 듯하구나
漸黃昏、清角吹寒,	황혼에 맑은 나팔 소리 쓸쓸히 울려
都在空城○	텅 빈 성 안에 퍼지누나

杜郎俊賞,[13]	그 옛날 두목은 여기서 풍류를 즐겼더니
算而今、重到須驚○	생각건대 오늘 다시 찾아오면 반드시 놀라리라
縱豆蔻詞工,[14]	두목이 여인을 노래한 시를 잘 지었고
青樓夢好,[15]	청루의 꿈을 잘 읊었다지만
難賦深情○	이내 깊은 정은 읊어내지 못하리라
二十四橋[16]仍在,	이십사교는 여전히 있고
波心蕩、冷月無聲○	강물은 차가운 달빛 아래 소리 없이 흐르네
念橋邊紅藥,[17]	다리 가의 붉은 작약꽃은
年年知爲誰生[18]○	해마다 누굴 위해 피어나느뇨

[주석]

* 雙調98字, 前段10句4平韻, 後段9句4平韻.(詞譜26)

1) 淳熙丙申(순희병신): 남송 효종(孝宗) 순희(淳熙) 3년(1176).

2) 維揚(유양): 양주(揚州)의 다른 이름.

3) 薺麥(제맥): 냉이와 보리. 일설에는 야생의 보리라고 한다.

4) 戍角(수각): 군영의 화각 소리. '角'은 나팔 모양의 관악기. 화각. 호각.

5) 自度此曲(자도차곡): 스스로 이 사(곡)를 짓다. '度曲'은 작곡하다. 사를 짓다.

6) 千巖老人(천암노인): 시인 소덕조(蕭德藻)의 호.

7) 黍離之悲(서리지비): 나라가 망해 궁실이 황폐한 것을 슬퍼함. 『시경·왕풍·서리(詩經·王風·黍離)』는 옛 왕궁이 황폐해져 기장이 가득히 자라난 것을 한탄한 시이다. 후에는 망국이나 영고성쇠를 한탄하는 말로 쓰인다.

8) 淮左名都(회좌명도): 회하(淮河)의 동쪽에 있는 이름난 도시인 양주(揚州). 송대에는 회남동로(淮南東路)를 회좌(淮左)라고 했으며, 양주는 회남동로에 속했다. 옛날에는 동쪽을 '左'라고 했다.

9) 竹西(죽서): 정자 이름. 양주성 동쪽 선지사(禪智寺) 옆에 있으며 명승지이다.

10) 初程(초정): 여행에서 최초의 노정(路程).

11) 過春風十里(과춘풍십리) 2구: 옛날 번성했던 양주는 지금 황폐해져 냉이와 보리만이 자라고 있다는 뜻. 두목(杜牧)의 「증별(贈別)」에 "春風十里揚州路, 卷上珠簾總不如"(봄바람 부는 십 리 양주 길, 기루의 주렴 걷고 보아도 모두 그녀만 못하네) 시구가 있다.

12) 自胡馬(자호마) 3구: 금의 병마가 양주를 침략한 후, 연못과 교목들까지도 전쟁을 말하기 싫어한다는 뜻. 남송 고종(高宗) 건염(建炎) 3년(1129)과 소흥(紹興) 30년(1160)에 금나라는 남침하여 양주를 점령했다.

13) 杜郎俊賞(두랑준상): 당대(唐代)의 시인 두목이 아름다운 풍경과 풍류를 잘

즐기다. 두목은 양주에서 관직 생활을 하면서 양주의 경물을 시로 많이 읊었다. '杜郎'은 두목(杜牧). '俊賞'은 훌륭하게 즐기고 완상하다. 뛰어난 감상력.

14) 縱豆蔻詞工(종두구사공) 3구: 풍류와 문재가 뛰어난 두목이 다시 이곳에 온다 하더라도, 지금 내가 느끼고 있는 깊은 감정을 표현하기 어렵다는 뜻. 두목의 「증별」에 "娉娉裊裊十三餘, 豆蔻梢頭二月初"(여리고 예쁜 열서너 살 아가씨, 이월 초에 돋아 나온 두구꽃 같구나) 시구가 있다. '縱'은 비록. '심정(深情)'은 작자가 느끼고 있는 깊은 정.

15) 靑樓夢好(청루몽호): 술집에 드나들며 노는 낭만적인 생활을 말한다. 두목의 「회포를 풀다(遣懷)」에 "十年一覺揚州夢, 贏得靑樓薄幸名"(십 년 양주의 꿈을 깨어보니, 청루에서 박정한 사람이라는 이름만 얻었네) 시구가 있다.

16) 二十四橋(이십사교): 당대(唐代) 양주의 서문 밖에 있었던 다리. 일설에는 홍작교(紅芍橋), 또는 오가전교(吳家磚橋)라고 한다. 옛날 24명의 미인이 이 다리에서 퉁소를 불었다고 한다. 두목의 「양주의 한작 판관에게(寄揚州韓綽判官)」에 "二十四橋明月夜, 玉人何處敎吹簫"(이십사교 달 밝은 밤, 미녀들은 어디서 퉁소를 가르치고 있는가) 시구가 있다.

17) 紅藥(홍약): 작약. 작약은 양주의 명화(名花)다.

18) 知爲誰生(지위수생): 누구를 위해 피어나는지 모르겠다. '知'는 여기서는 '不知'의 뜻.

[해설]

작자는 여행길에 전쟁으로 폐허가 된 양주성에 들러, 전쟁 후의 황량한 모습과 영고성쇠(榮枯盛衰)에 대한 감개를 노래했다. 작자는 두목의 시구를 빈번히 이용하고 있는데, 이는 두목이 양주에서 관직 생활을 하면서 명시를 많이 남겼기 때문이고, 또한 과거의 번화했던 양주와 지금의 황폐한 양주를 대비하여 회고의 정과 망국의 한을 강조하기 위해서다.

191 장정원만(長亭怨慢)* **강기(姜夔)**

— 余頗喜自製曲, 初率意[1]爲長短句, 然後協以律. 故前後闋多不同. 桓大司馬[2]云, "昔年種柳,[3] 依依漢南. 今看搖落, 悽愴江潭. 樹猶如此, 人何以堪." 此語余深愛之.

— 나는 스스로 작곡하기를 매우 좋아하는데, 처음엔 마음대로 장단구를 지은 뒤에 다시 음률에 맞춘다. 때문에 먼저 지은 사와 나중에 지은 사가 다른 경우가 많다. 환온이 말하기를 "옛날 버드나무를 심어, 한남 땅 무성한 버들가지 하늘거렸더라. 이제 잎이 흔들려 떨어지는 것을 보며, 강가에서 슬퍼하네. 나무도 이와 같거늘, 사람이 어찌 견뎌내랴"라 했다. 이 말을 나는 매우 좋아한다.

漸[4]吹盡、枝頭香絮●	가지의 버들개지는 바람에 다 날려갔고
是處[5]人家,	집집마다
綠深門戶●	문 앞 버들은 녹음이 깊었구나
遠浦縈回,[6]	이별의 포구엔 물결이 감도는데
暮帆零亂[7]向何許●	저녁에 돛을 흔들거리며 어디로 가느뇨
閱人多矣,	떠나가는 사람을 많이 보아온 것으로는
誰得似、[8]長亭樹●	장정의 버드나무만 한 게 없으리라
樹若有情時,[9]	버드나무가 정이 있다면

不會得、青青如此●	이처럼 푸르지는 못하리라
日暮●	날이 저무는데
望高城[10]不見,	높은 성을 바라보나 보이지 않고
只見亂山無數●	어지러이 무수한 산만 보이네
韋郞[11]去也,	내가 떠나간들
怎忘得、玉環分付●	그녀가 당부한 말을 어찌 잊으랴
第一是、早早歸來,	'제발 일찍 돌아오소서
怕紅蕚、[12]無人爲主●	붉은 꽃을 봐줄 이 없을까 두려워요'
算空有幷刀,[13]	병주의 좋은 가위도 헛되나니
難剪離愁千縷●	천만 가닥 이별의 수심을 자를 수 없어라

[주석]

* 雙調97字, 前後段各9句5仄韻.(詞譜25)

1) 率意(솔의): 마음대로. 자유로이.

2) 桓大司馬(환대사마): 동진(東晉)의 환온(桓溫)으로, 대사마(大司馬)를 지냈다. 환온이 북정할 때, 이전에 손수 심은 버드나무가 열 아름이나 되도록 크게 자란 것을 보고 "나무도 이와 같거늘 사람이 어찌 세월을 감당하랴"라고 탄식했다는 고사가 『세설신어·언어(世說新語·言語)』에 보인다. 『진서·환온전(晉書·桓溫傳)』에도 환온이 강릉(江陵)을 떠나 북행하는데, 어렸을 때 버드나무를 심었던 곳을 지나다가 크게 자란 버드나무를 보고 탄식했다는 기록이 있다.

3) 昔年種柳(석년종류) 6구: 이 6구는 유신(庾信)의 「고수부(枯樹賦)」에 보이고,

환온이 한 말은 아니다. '한남(漢南)'은 한수(漢水)의 남쪽. '의의(依依)'는 버들 가지가 늘어져 하늘거리는 모양. '강담(江潭)'은 강가.

4) 漸(점): 마침. 바야흐로. 바로.

5) 是處(시처): 곳곳. 도처. '처처(處處)'와 같다.

6) 遠浦縈回(원포영회): 이별의 포구에는 물결이 감돌다. 먼 포구로 향해 배가 떠나간 후 물결만이 감돈다. 또는 먼 포구로 배를 저어 떠나간다는 뜻으로 보기도 한다. '遠浦'는 먼 포구. 또는 이별의 포구. '縈回'는 선회하다. 감돌다.

7) 零亂(영란): 어지럽다. 어지러이 움직이는 모양.

8) 誰得似(수득사): 누가(무엇이) ~과 같으랴.

9) 樹若有情時(수약유정시): 이하(李賀)의 「금동선인이 한나라를 떠나가는 노래(金銅仙人辭漢歌)」 중 "天若有情天亦老"(하늘에게도 정이 있다면 하늘도 늙으리라) 시의를 이용했다.

10) 望高城(망고성)구: 구양첨(歐陽詹)의 「태원을 떠나가는 도중에 태원의 그리운 이에게(初發太原途中寄太原所思)」 중 "高城已不見, 況復城中人"(높은 성은 이미 보이지 않는데, 하물며 성 안에 있는 사람이랴) 시의를 이용했다.

11) 韋郎(위랑) 2구: 당나라 때, 위고(韋皐)라는 사람이 강하(江夏)에서 기녀 옥소(玉簫)와 서로 사랑했다. 이별할 때, 위고는 옥지환을 주면서 돌아와서 결혼하겠다고 약속했으나, 약속한 기일이 지나도 오지 않자, 옥소는 식음을 전폐하고 죽었다. 후에 위랑이 옥소와 닮은 가기를 만났는데, 그녀의 중지는 마치 옥지환을 낀 듯이 도드라져 있었다는 고사가 『운계우의(雲溪友議)』에 보인다. 여기서 위랑은 작자 자신을 뜻한다. '옥환(玉環)'은 옥가락지. 여기서는 여인을 뜻한다. '분부(分付)'는 부탁하다. 주다.

12) 怕紅萼(파홍악)구: 앞의 구와 연결되어 여인이 당부하는 말이다. '紅萼'은 홍매(紅梅). 여기서는 미인을 말한다. '무인위주(無人爲主)'는 주인이 될 사람이

없다. 보아줄 사람이 없다.

13) 幷刀(병도) : 병주(幷州)의 가위. 병주에서 만든 가위는 예리하기로 유명하다.

[해설]

작자는 젊었을 때, 합비(合肥)에서 한 가기(歌妓)를 만나 서로 사랑했는데, 이 작품은 그녀와의 이별을 노래한 것이다. 전단은 이별할 때의 정경을 묘사했고, 후단은 이별 후의 슬픔과 그리움을 말했다. 작품 가운데 버드나무를 언급한 것은, 버드나무는 이별과 관계있기도 하고, 가기가 사는 집 근처에는 버드나무가 많았기 때문이라고 한다.

192 담황류(淡黃柳)* **강기(姜夔)**

— 客居合肥南城赤闌橋之西, 巷陌淒涼, 與江左[1]異. 惟柳色夾道, 依依可憐.[2] 因度此曲, 以紓客懷.

— 나는 합비성 남쪽에 있는 적란교 서쪽에서 나그네로 머물고 있는데, 거리는 쓸쓸하여 강남과 풍경이 다르다. 다만 길 양쪽의 푸른 수양버들이 늘어져 하늘거리는 것이 보기 좋다. 그래서 이 사를 지어 나그네의 회포를 푼다.

空城曉角●	빈 성엔 새벽 나팔 소리가
吹入垂楊陌●	수양버들 늘어선 거리에 울려 퍼지고
馬上單衣寒惻惻[3]●	말 위 홑옷 입은 몸은 으스스하게 춥구나

看盡鵝黃嫩綠[4]●	노릇노릇 파릇파릇한 여린 버들가지를 보니
都是江南舊相識●	모두가 예전 강남에서 보던 풍경이로고
正岑寂[5]●	적막하여라
明朝又寒食●	내일은 또 한식날
强攜酒、小橋[6]宅●	억지로 술병 들고 그녀의 집을 찾아가려 하나
怕梨花[7]落盡成秋色●	배꽃 다 떨어져 가을처럼 쓸쓸할까 걱정이어라
燕燕飛來,	제비들 날아왔건만
問春何在,	묻노니 봄은 어디메에 있는고
惟有池塘自碧●	오직 연못만이 절로 푸르러라

[주석]

* 雙調65字, 前段5句5仄韻, 後段7句5仄韻.(詞譜14)

1) 江左(강좌): 강남. 강동.

2) 依依可憐(의의가련): 여리고 부드러워 사랑스럽다. '依依'는 (버들가지가) 가볍고 부드럽다. '可憐'은 사랑스럽다.

3) 惻惻(측측): 슬픈 모양. 쌀쌀한 모양.

4) 鵝黃嫩綠(아황눈록): 연한 노란색과 녹색. 새로 돋은 버들 빛.

5) 岑寂(잠적): 쓸쓸하고 적적하다.

6) 小橋(소교): 삼국 시대 오(吳)나라 교현(橋玄)에게는 대교(大橋)와 소교(小橋) 두 딸이 있었는데, 자색이 매우 뛰어났다. 여기서는 연인, 또는 기녀를 말한다.

7) 怕梨花(파리화) 구: 이하(李賀)의 「하남부의 과시에서 지은 열두 달의 즐거움

(河南府試十二月樂詞)」 중 "曲水飄香去不歸, 梨花落盡成秋苑"(굽이진 물가에 낙화 향기 흩날려 가버리고, 배꽃 다 떨어져 가을 정원이 되는구나) 시구가 있다. 봄이 가는 것을 안타까워하는 심정을 말한 것이다. '성추색(成秋色)'은 가을처럼 쓸쓸한 경치가 되다.

[해설]

작자가 합비(合肥)에서 나그네로 머무는 회포를 노래했다. 당시 합비는 송과 금의 접경 지대였으며, 몇 차례의 전화를 겪었기 때문에 황량했다. 풍경은 봄날이지만 마음속으로 느끼는 계절은 가을처럼 쓸쓸하다. 혹자는 시대를 근심하는 애상(哀傷)이 기탁되어 있는 것으로 보기도 한다.

193 암향(暗香)* **강기(姜夔)**

— 辛亥[1]之冬, 余載雪詣石湖. 止旣月,[2] 授簡索句, 且徵新聲, 作此兩曲. 石湖[3]把玩不已, 使工妓肄習[4]之, 音節諧婉, 乃名之曰暗香、疏影.

— 신해년 겨울, 나는 눈을 맞으며 석호거사를 방문했다. 한 달 동안 머물렀는데, 석호거사가 내게 종이를 주면서 사를 짓고 또 새 곡조도 지어달라고 청하기에, 이 두 곡을 지었다. 석호거사는 한참 동안 완상하다가, 악공과 가기에게 연습하여 부르게 하였더니, 음절이 잘 조화되고 아름다워 「암향」「소영」이라고 이름 지었다.

舊時月色• 옛날에 달빛은

算幾番照我,	몇 번이나 비추었던가
梅邊吹笛●	매화 옆에서 피리 부는 나를
喚起玉人,	옥 같은 여인을 불러 깨워
不管淸寒與攀摘●	싸늘한 날씨에도 함께 매화 가지를 꺾었었네
何遜[5]而今漸[6]老,	하손은 지금 늙어
都忘卻春風詞筆●	매화를 읊던 흥과 글 솜씨를 모두 잊었어라
但怪得竹外疏花,	다만 이상히 여기나니 대나무 밖 성긴 꽃에서
香冷入瑤席[7]●	웬 차가운 향기가 예까지 풍겨오는고
江國[8]●	강남의 수향은
正寂寂●	적적도 하여라
歎寄與[9]路遙,	매화를 보내주려나 길은 멀고
夜雪初積●	게다가 밤눈이 내려 쌓였구나
翠尊易泣[10]●	비취 술잔 대하니 쉬이 눈물이 나고
紅萼無言耿相憶●	붉은 매화꽃을 대하고 말없이 그리워만 하누나
長記曾攜手處,	언제나 늘 기억하노니 우리 손잡고 거닐 때
千樹壓、[11]西湖寒碧●	수많은 매화가 서호의 차고 푸른 물에 비쳤었더라
又片片吹盡也,	이제 또 매화가 한 잎 한 잎 흩날려 떨어지면
幾時見得●	언제 다시 볼 수 있을꼬

[주석]

* 雙調97字, 前段9句5仄韻, 後段10句7仄韻.(詞譜25)

1) 辛亥(신해): 광종(光宗) 소희(紹熙) 2년(1191).

2) 止旣月(지기월): 한 달 동안 머물다. '旣月'은 한 달.

3) 石湖(석호): 시인 범성대(范成大)의 호. '石湖'는 강소성 오현(吳縣) 서남쪽에 있는 호수. 범성대가 만년에 이곳에 은거하면서 석호거사(石湖居士)라고 호를 지었다.

4) 肄習(이습): 익히다. 연습하다.

5) 何遜(하손): 남조(南朝) 양(梁)의 시인. 매화를 매우 좋아했고 「일찍 핀 매화를 읊다(詠早梅)」 시를 지었다. 여기서는 작자 자신을 말한다.

6) 而今漸(이금점): 지금 바로. '漸'은 바로.

7) 瑤席(요석): 아름다운 좌석. 연석(宴席).

8) 江國(강국): 호수와 강이 많은 수향(水鄕).

9) 歎寄與(탄기여)구: 남조(南朝)의 송(宋) 육개(陸凱)의 「범엽에게(贈范曄)」 중 "折梅逢驛使, 寄與隴頭人. 江南無所有, 聊贈一枝春"(매화 꺾어 들고 파발꾼을 만나, 먼 변새의 그대에게 보내노라. 강남에는 아무것도 없어, 그저 봄 매화 한 가지 보내주네) 시의를 이용했다.

10) 翠尊易泣(취준이읍) 2구: 술잔과 매화를 대하고 눈물 흘리며 그리워한다는 뜻. 또는 감정이입의 표현으로 보아, 술잔도 눈물 흘리고 매화도 잊지 못하고 그리워한다는 뜻으로 해석할 수도 있다. '翠尊'은 비취색의 술잔. 비취옥 술잔. 황요매(黃孝邁)의 「상춘야월(湘春夜月)」에 "空尊夜泣, 青山不語"(빈 술잔은 밤에 울고, 청산은 말이 없다) 구가 있다. '홍악(紅萼)'은 붉은 꽃받침. 홍매(紅梅)를 말한다. '경(耿)'은 마음에 두고 잊지 못하다.

11) 千樹壓(천수압)구: 수많은 매화가 서호에 비쳐 아름다운 풍경을 이룬 것을 말한다. 송나라 때, 항주 서호(西湖) 가의 고산(孤山)에는 매화가 많아 숲을 이루었다. '壓'은 누르다. 덮다. 여기서는 수면에 그림자가 비치다.

[해설]

서문에서 밝혔듯이 범성대의 요청으로 지은 영매사(詠梅詞)로, 매화에 얽힌 과거의 추억과 매화를 사랑하는 마음을 노래했다. 작자는 매화와 여인을 동시에 노래하고 있기 때문에, 혹자는 매화를 빌려 연정을 노래한 것으로 보기도 한다.

194 소영(疏影)* **강기(姜夔)**

苔枝[1]綴玉●	이끼 낀 가지엔 백옥 같은 꽃
有翠禽[2]小小,	작은 비취새도 있어
枝上同宿●	가지 위에서 사이좋게 같이 지내네
客裏相逢,	객지에서 상봉하였나니
籬角黃昏,	울타리 모퉁이 황혼 속에
無言自倚修竹[3]●	말없이 대나무에 기대선 여인을 보노라
昭君不慣[4]胡沙遠,	왕소군은 먼 낯선 호(胡) 땅의 사막에서
但暗憶江南江北●	몰래 강남 강북의 풍경을 그리워했으니
想佩環月夜歸來,	그녀의 넋이 패옥을 차고 달밤에 돌아와
化作此花幽獨●	그윽하고 외로운 매화로 피어났어라
猶記深宮舊事,[5]	깊은 궁궐의 옛일을 기억하노니
那人正睡裏,	수양공주가 마침 자고 있는데

飛近蛾綠●	매화 꽃잎은 미간으로 날아가 떨어졌더라
莫似春風,[6]	봄바람이
不管盈盈,	고운 매화를 내버려두듯 하지 말고
早與安排金屋●	일찌감치 황금 집을 마련해주어야 하리라
還教一片[7]隨波去,	매화 꽃잎이 물결 따라 흘러가버리면
又卻怨玉龍哀曲●	또 슬픈 「매화락」 피리 소리를 원망하리라
等恁時、[8]重覓幽香,	그때에 이르러 그윽한 매화 향기를 다시 찾는다면
已入小窓橫幅●	이미 작은 창 위 가로 걸린 화폭에 들어가 있으리라

[주석]

* 雙調110字, 前段10句5仄韻, 後段10句4仄韻.(詞譜35)

1) 苔枝(태지)구: 이끼가 낀 매화 가지에 백옥 같은 꽃이 붙어 있다. '苔枝'는 이끼가 돋아난 가지. 소흥(紹興) · 오흥(吳興) 일대에 자라는 태매(苔梅) 가지. '철옥(綴玉)'은 점철된 옥. 옥을 점철하다.

2) 有翠禽(유취금) 2구: 수(隋)나라 때 조사웅(趙師雄)이 길을 가다가 한 미인을 만나 함께 술을 마셨는데, 그때 녹의동자(綠衣童子)가 옆에서 가무로 흥을 돋우었다. 술이 깨서 보니 큰 매화나무 밑에 누워 있었다. 미인은 매화신(梅花神)이고 녹의동자는 물총새였다는 고사가 『용성록(龍城錄)』에 있다. 이 고사를 염두에 두고 쓴 구절인 듯하다. '翠禽'은 물총새. 비취새.

3) 倚修竹(의수죽): 두보의 「가인(佳人)」 중 "天寒翠袖薄, 日暮倚修竹"(날씨는 추운데 푸른 옷소매 얇고, 저녁에 긴 대나무에 기대어 있네) 구를 이용했다. 여기서는 매화를 가인에 비유했다. '修竹'은 길게 자란 대나무.

4) 昭君不慣(소군불관) 4구: 왕소군(王昭君)의 혼백이 매화로 피어난 것이라고 상상한 것이다. 왕소군의 고사와 두보의 「고적을 읊다(詠懷古迹)」 중 "畫圖省識春風面, 環佩空歸月夜魂"(그림으로는 봄바람 같은 용모를 알아보지 못하니, 패옥을 찬 혼백은 헛되이 달밤에 돌아오네) 시의를 이용했다. '昭君'은 왕소군. '호사(胡沙)'는 북방의 사막. '환패(環佩)'는 몸에 차는 옥 패물.

5) 猶記深宮舊事(유기심궁구사) 3구: 남조(南朝) 송(宋) 무제(武帝)의 수양공주(壽陽公主)가 낮잠을 잘 때, 마침 매화꽃이 바람에 날려 그녀의 이마에 붙었는데 3일이 지나서야 떨어졌다. 그 뒤 궁녀들이 다투어 공주의 이마 모양을 본떠 화장을 하였으니, 이를 매화장(梅花粧)이라고 했다는 고사. 『태평어람(太平御覽)』에 보인다. '아록(蛾綠)'은 미인의 눈썹.

6) 莫似春風(막사춘풍) 3구: 매화를 아끼는 심정을 말한 것으로, 봄바람처럼 무정하게 꽃이 흩날리도록 놓아두지 말고 금옥(金屋)을 지어 잘 보호해야 한다는 뜻이다. '영영(盈盈)'은 자태가 아름다운 모양. 여기서는 매화를 말한다. '금옥'은 황금으로 지은 집. 한(漢) 무제(武帝)가 어렸을 때, 고모에게 말하기를 "만약 아교(阿嬌, 고모의 딸로 후에 황후가 되었다)와 결혼하면 황금으로 집을 지어 살게 하겠어요"라고 말했다는 고사. 『한무고사(漢武故事)』에 보인다.

7) 還教一片(환교일편) 2구: 매화가 시들고 꽃잎이 물결 따라 흘러가는 것을 막을 수 없고 다만 「매화락(梅花落)」의 슬픈 피리 곡조만을 원망할 뿐이다. '還'은 만약. '教'는 ~하도록 하다. 사역의 뜻. '옥룡(玉龍)'은 옥적(玉笛). '애곡(哀曲)'은 슬픈 곡조. 여기서는 피리 곡조인 「매화락」을 말한다.

8) 等恁時(등임시) 2구: 매화가 다 진 그때에 이르러 매화를 찾는다면, 창문 위에 가로 걸린 매화 그림에서나 볼 수 있을 것이다. 또는 창문에 가로 비친 매화 가지 그림자나 볼 수 있을 것이다. '恁時'는 이때. 그때. 곧 매화가 다 진 때. '횡폭(橫幅)'은 가로 걸려 있는 화폭.

[해설]

창작 배경은 193 「암향(暗香)」과 같다. 작품의 주제에 대해서는 여러 설이 있다. 금나라에 포로로 끌려간 휘종(徽宗)과 후비의 한을 기탁했다는 설, 범성대(范成大)의 고상한 인품을 찬양했다는 설, 연정을 노래했다는 설 등이 있으나, 모두 견강부회한 느낌이 있다. 작자는 매화를 보고 미인을 연상하고, 이들 미인의 심상을 통해 매화의 운치와 자태를 읊었다고 보는 것이 타당하다.

195 취루음(翠樓吟)*

강기(姜夔)

— 淳熙丙午[1]冬, 武昌[2]安遠樓[3]成, 與劉去非[4]諸友落之, 度曲見志. 余去武昌十年, 故人有泊舟鸚鵡洲[5]者, 聞少姬歌此詞, 問之, 頗能道其事, 還吳, 爲余言之. 興懷昔遊, 且傷今之離索[6]也.

— 순희 병오년 겨울, 무창의 안원루가 준공되어, 나는 유거비 등 여러 벗들과 함께 낙성식에 참석하고, 노래를 지어 내 뜻을 말했다. 내가 무창을 떠난 지 10년이 되었는데, 내 친구 하나가 앵무주에 정박했을 때, 젊은 가기가 이 사를 노래하는 것을 듣고, 그녀에게 물었더니, 그녀는 내 사에 관한 일들을 말해주었다고, 그가 오흥(吳興)으로 돌아와서 내게 알려주었다. 나는 옛날 놀던 일이 그리워지고, 또 지금 쓸쓸한 것이 서글퍼졌다.

月冷龍沙,[7]	달빛 차갑게 비치는 변새 지방

塵淸虎落,[8]	방책엔 전진이 일지 않아 평화로우니
今年漢酺[9]初賜●	올해 조정에선 술과 음식을 하사했도다
新翻[10]胡部曲,[11]	새로 편곡한 변새의 노래를
聽氈幕[12]元戎[13]歌吹●	장군의 장막에선 소리 높여 부르는구나
層樓高峙●	안원루는 여러 층으로 높이 솟아 있으니
看檻曲縈紅,	붉은 난간은 굽이굽이 둘려 있고
檐牙飛翠●	푸른 처마는 날아갈 듯하여라
人姝麗[14]●	기녀들은 산뜻하고 아름다운데
粉香吹下,	지분 향기 풍기니
夜寒風細●	밤은 쌀쌀하나 바람은 부드럽구나
此地[15]●	여기엔
宜有詞仙,	응당 시선이 있어
擁素雲黃鶴,	흰 구름을 몰고 누런 학을 타고
與君遊戲●	그대들과 더불어 노닐어야 하리로다
玉梯凝望久,	층계를 올라가 한참 동안 바라보니
但芳草萋萋[16]千里●	천 리엔 방초만 무성하구나
天涯情味●	하늘가 떠도는 쓸쓸한 마음
仗酒祓淸愁,[17]	술로 시름을 없애고
花消英氣●	꽃구경하며 영웅의 호기를 삭이노라
西山外[18]●	서산 밖 저쪽
晩來還捲,	저녁에 주렴을 걷고 바라보니

[주석]

* 雙調101字, 前段11句6仄韻, 後段12句7仄韻.(詞譜29)

1) 淳熙丙午(순희병오): 효종(孝宗) 순희(淳熙) 13년(1186).

2) 武昌(무창): 지금의 호북성 무한(武漢)시 무창.

3) 安遠樓(안원루): 무창 서남쪽 황학산(黃鶴山) 위에 있는 누각.

4) 劉去非(유거비): 작자의 벗으로 생평은 미상이다.

5) 鸚鵡洲(앵무주): 무한시 서남쪽 장강 가운데 있는 섬.

6) 離索(이색): 무리를 떠나 쓸쓸히 지내다.

7) 龍沙(용사): 원래는 신강(新疆)에 있는 백룡퇴(白龍堆) 사막. 여기서는 변새(邊塞). 국경 지방.

8) 塵淸虎落(진청호락): 방어용 목책엔 전진이 없다. 평화롭다. '塵'은 전진(戰塵). '虎落'은 방책(防柵). 성보(城堡)를 방어하는 울타리.

9) 漢酺(한포): 조정에 경사가 있을 때, 백성들이 모여 술 마시며 즐기는 것을 허가하는 일. 또는 조정이나 관청에서 음식을 베풀어주는 일. 한(漢)나라 때는 백성들이 모여 음주하는 것을 금했다. 다만 조정에 경사가 있을 때는 예외였다. 여기서는 순희 13년에 고종(高宗)의 팔순 생신 축하를 위해 음식을 하사한 일을 말한다.

10) 新翻(신번): 새로이 개편(편곡)하다.

11) 胡部曲(호부곡): 당나라 때 서량(西涼) 지방의 악곡. 여기서는 변새의 음악을 말한다.

12) 氈幕(전막): 모전으로 만든 천막.

13) 元戎(원융): 장수. 장군.

14) 姝麗(주려): 아름답다.

15) 此地(차지) 4구: 이곳 황학산에는 시선(詩仙)이 백운과 황학을 타고 와서 낙성식을 축하해야 한다는 뜻. 당대 시인 최호(崔顥)의 「황학루(黃鶴樓)」 중 "黃鶴一去不復返, 白雲千載空悠悠"(황학은 한 번 떠나 돌아오지 않고, 흰 구름만 천 년 동안 유유히 흐르네) 시의를 이용했다.

16) 芳草萋萋(방초처처): 아름다운 풀이 무성하다. 최호의 「황학루」 중 "晴川歷歷漢陽樹, 芳草萋萋鸚鵡洲"(맑게 갠 강 저쪽엔 한양의 나무가 선명하게 보이고, 앵무주엔 방초가 무성하네) 시의를 이용했다.

17) 仗酒祓清愁(장주불청수): 술에 의지해 수심을 없애다. '仗'은 의지하다. '祓'은 없애다. 원래는 굿 따위를 하여 재앙을 없애는 것을 말함.

18) 西山外(서산외) 3구: 왕발(王勃)의 「등왕각서·시(滕王閣序·詩)」 중 "虹銷雨霽, … 秋水共長天一色"(무지개 사라지고 비가 개니, …… 가을 물은 넓은 하늘과 한 가지 색이네) 구와 "珠簾暮捲西山雨"(저녁에 주렴 걷으니 서산에 비 내리네) 구를 이용했다.

[해설]

안원루가 낙성된 것을 기념하여 지은 것으로, 제서(題序)는 10년 후에 써서 보충한 것이다. 전단은 '안원(安遠)'의 뜻을 살려 당시의 평화로운 시국을 칭송하고, 새로 준공한 누각의 화려하고 웅장한 모습 및 낙성식의 흥겨운 분위기를 묘사했다. 후단은 나그네의 객수와 세월을 헛되이 보내고 있는 울적한 심정을 은연중에 내보였다. 그러나 이 사는 안원루의 낙성을 축하하는 작품이기 때문에, 결말에는 다시 안원루의 시원한 조망을 칭찬했다.

196 행화천(杏花天)* 강기(姜夔)

— 丙午[1]之冬, 發沔口,[2] 丁未[3]正月二日, 道金陵, 北望淮楚, 風日清淑, 小舟挂席,[4] 容與[5]波上.

— 병오년 겨울, 면구를 출발하여 다음 해 정미년 정월 2일 금릉을 지나는데, 북쪽으로 회남 일대를 바라보니 풍광이 맑고 아름다워, 작은 배에 돛을 달고 한가로이 물결에 맡겨 놀았다.

綠絲低拂鴛鴦浦[6] •	푸른 버들가지 낮게 드리운 원앙 물가
想桃葉、[7]當時喚渡[8] •	도엽은 당시 여기서 뱃사공을 불렀으리라
又將愁眼[9]與春風,	나 또한 봄바람 속에 수심 어린 눈으로 바라보며
待去•	떠나려다가
倚蘭橈、[10]更少駐•	뱃전에 기대어 잠시 머무노라
金陵路、鶯吟燕舞[11] •	금릉 길엔 꾀꼬리 지저귀고 제비 춤추는데
算潮水、知人最苦•	아마도 강물은 내 깊은 괴로움을 알리라
滿汀芳草[12]不成歸,	물가 가득히 방초 돋아났건만 돌아가지 못하고
日暮•	날은 저무는데
更移舟、向甚處•	다시 배를 옮겨 어디로 가려느뇨

[주석]

* 雙調58字, 前段5句4仄韻, 後段5句4仄韻.(詞譜 無)

1) 丙午(병오): 효종(孝宗) 순희(淳熙) 13년(1186).

2) 沔口(면구): 한수(漢水)가 장강(長江)으로 흘러드는 곳. 지금의 무한(武漢).

3) 丁未(정미): 순희 14년(1187).

4) 挂席(괘석): 돛을 달다(올리다).

5) 容與(용여): 한가롭고 만족한 모양. 물결에 흔들리는 모양.

6) 鴛鴦浦(원앙포): 원앙이 떠도는 물가. 물가의 미칭.

7) 桃葉(도엽): 진(晉) 왕헌지(王獻之)의 애첩 이름. 애첩, 연인, 미녀의 범칭. 왕헌지는 도엽을 좋아하여 「도엽가(桃葉歌)」를 지어 "桃葉復桃葉, 渡江不用楫, 但渡無所苦, 我自迎接汝"(도엽아 도엽아, 강 건너는 데는 노가 필요 없네, 걱정 말고 건너오기만 해라, 내가 너를 영접하리니)라고 노래했다. 후에 '도엽도(桃葉渡)'라는 나루 명칭이 생겼다.

8) 喚渡(환도): 뱃사공을 불러 강을 건너다.

9) 愁眼(수안): 수심에 잠긴 눈. 또는 버들잎. 버들잎을 '유안(柳眼)'이라고 한다. 여기서는 눈과 버들잎을 함께 뜻하는 쌍관어(雙關語)로 사용되었다.

10) 蘭橈(난요): 목란으로 만든 배의 노. 작은 배의 미칭.

11) 鶯吟燕舞(앵음연무): 아름다운 경치와 여인의 노래와 춤을 함께 의미한다.

12) 滿汀芳草(만정방초)구: 『초사·초은사(楚辭·招隱士)』 중 "王孫遊兮不歸, 春草生兮萋"(왕손은 떠나가선 돌아오지 않고, 봄풀은 돋아나 무성하네) 구를 이용했다. '춘초(春草)'는 이별의 수심을 상징한다. '汀'은 물가의 평지. 강 가운데의 작은 섬.

[해설]

하승도(夏承燾)의 고증에 따르면, 이 사는 「답사행; 연연경영(踏莎行; 燕燕輕盈)」을 지은 후 그 다음 날 지은 것으로, 합비(合肥)의 연인을 그리워하는 심정과 이리저리 떠도는 자신의 신세를 읊었다. 강기의 연정사(戀情詞)는 애정 표현이 매우 완곡하기 때문에, 이 작품도 내용과 서술이 어렴풋하고 모호하다. 경물의 서술이 현재 눈앞에 보이는 풍경인지 또는 회상이나 상상을 서술한 것인지도 분명하지 않다. 이 사는 원래의 사조인 「행화천(杏花天)」에 비해 '대거(待去)' '일모(日暮)' 두 구가 많고 평측이 약간 다르기 때문에, 「행화천영(杏花天影)」이라고도 한다.

197 일악홍(一萼紅)* 강기(姜夔)

— 丙午人日,[1] 余客長沙別駕[2]之觀政堂. 堂下曲沼,[3] 沼西負古垣, 有盧橘[4]幽篁, 一徑深曲. 穿徑而南, 官梅[5]數十株, 如椒如菽, 或紅破白露, 枝影扶疏.[6] 著屐[7]蒼苔細石間, 野興橫生, 亟命駕[8]登定王臺.[9] 亂[10]湘流, 入麓山.[11] 湘雲低昂, 湘波容與,[12] 興盡悲來, 醉吟成調.

— 병오년 정월 7일, 나는 장사 통판(通判)의 관정당에 객으로 머물렀다. 당 아래로는 구불구불한 연못이 있고, 연못 서쪽은 오래된 담을 등지고 있고, 비파나무와 무성한 대나무 사이로 고즈넉한 작은 길이 있다. 그 길을 통해 남쪽으로 가다보면 매화 수십 그루가 있어, 꽃망울이 산초열매나 콩알 같은데, 꽃망울이 터져 빨갛고 하얀 꽃이 피었고, 나뭇가지는 무성해서 넓게 그림자를 드리웠다. 파

랗게 이끼가 덮인 작은 돌 위를 한가로이 걷다가 흥취가 갑자기 일어, 급히 출발해서 정왕대에 오르고 상강을 가로질러 악록산으로 들어갔다. 상강 위의 구름은 피어올랐다 스러지고 상강의 물결은 유유히 흐르니, 흥이 다하고 슬픔이 밀려와 술에 취해 읊조리며 이 곡을 지었다.

古城陰○	옛 성벽 뒤쪽에
有官梅幾許,	매화 몇 그루 있는데
紅萼未宜簪○	붉은 꽃은 아직 머리에 꽂을 만하지 않구나
池面冰膠,[13]	연못의 수면은 얼음이 얼었고
牆腰雪老,[14]	담장 허리엔 눈이 아직 남아 있는데
雲意還又沈沈○	구름은 또 눈이 내릴 듯 침침하구나
翠藤共、閒穿徑竹,	푸른 등나무와 대나무 길을 함께 한가로이 지나며
漸笑語、驚起臥沙禽○	웃고 떠드는 소리에 모래펄엔 물새가 놀라 날아오르네
野老林泉,[15]	촌 늙은이 숨어 사는 숲과 샘물 그리고
故王臺榭,	옛 정왕의 누대와 정자를
呼喚登臨○	소리쳐 서로 부르며 오르노라
南去北來何事,	어인 일로 남북 이곳저곳을 떠도느뇨
蕩湘雲楚水,[16]	상강 위 떠가는 구름과 초 땅을 흐르는 강물을
目極傷心○	아득히 바라보며 상심하노라
朱戶黏雞,[17]	붉은 대문에 닭 그림을 붙이고
金盤簇燕,[18]	춘반에는 봄나물이 담긴 것을 보고

空歎時序侵尋[19]。	빠른 세월을 부질없이 탄식하네
記曾共、西樓雅集，[20]	함께 서루에서 즐겼던 모임을 잊지 못하니
想垂柳、還嫋萬絲金。	생각건대 수양버들은 아직도 황금 실가지를 하늘거리리라
待得歸鞍到時，	내가 돌아갔을 때는
只怕春深。	아마도 봄은 이미 깊었으리라

[주석]

* 雙調108字, 前段11句5平韻, 後段10句4平韻.(詞譜35)

1) 丙午人日(병오인일): 순희(淳熙) 13년(1186) 정월 7일. '인일(人日)'은 음력 초이렛날.

2) 長沙別駕(장사별가): 소덕조(蕭德藻)를 말한다. 소덕조는 당시 장사 통판(通判)으로 있었다. '別駕'는 통판의 별칭.

3) 曲沼(곡소): 굽이진 못.

4) 盧橘(노귤): 비파나무. 또는 금귤의 이칭(異稱).

5) 官梅(관매): 관가에서 심은 매화나무.

6) 扶疏(부소): 나뭇가지와 잎이 무성한 모양.

7) 著屐(착극): 나막신을 신다. 산보하다.

8) 命駕(명가): 거마(車馬)를 준비하도록 명령하다. 출발하다.

9) 定王臺(정왕대): 한(漢) 경제(景帝)의 아들 장사(長沙) 정왕(定王)이 쌓은 대.

10) 亂(란): (강을) 가로 건너다.

11) 麓山(녹산): 악록산(岳麓山). 장사 서쪽에 있으며 산 밑으로 상강(湘江)이 흐

른다.

12) 容與(용여): 조용하고 느리다. 한가하다.

13) 冰膠(빙교): 얼음이 얼다.

14) 雪老(설로): 눈이 녹지 않고 오래 남아 있다.

15) 野老林泉(야로림천): 촌 늙은이가 사는 숲과 샘. 정왕대 부근의 산천을 말한 것이다. '野老'는 촌 늙은이. 또는 은자.

16) 蕩湘雲楚水(탕상운초수): 상강의 구름과 초 땅의 강물이 늘 움직이는 것처럼 작자도 늘 떠돌아다니는 것을 말한 것이다. '蕩'은 움직이다. 흔들리다.

17) 朱戶黏鷄(주호점계): 정월 인일(人日)에 닭 그림을 문에 붙이고 새끼줄을 그 위에 걸고, 그 옆에 부적을 꽂아 악귀를 쫓는 풍속이 있었다.

18) 金盤簇燕(금반족연): 입춘 때의 풍속으로 접시에 다섯 가지 햇나물로 만든 요리를 담아 먹고 또 남에게 주는데, 이것을 춘반(春盤)이라고 한다. 생채(生菜)로 제비 모양을 만들어 쟁반에 담는다고 한다. 172「한궁춘(漢宮春)」'渾未辨' 참조.

19) 侵尋(침심): 점차 나아가다. 세월이 점차 지나가다.

20) 西樓雅集(서루아집): 서루의 좋은 모임.

[해설]

작자가 장사(長沙)에서 정왕대를 오르고 상강을 건너는 등 유람한 내용과 감흥을 노래했다. 전단은 작자가 이른 봄날 매화를 감상하고 산을 오르는 흥취를 묘사했고, 후단은 해가 바뀌었는데도 타향에서 유랑하는 신세와 옛일을 그리는 마음을 노래했다.

198 예상중서제일(霓裳中序第一)*

강기(姜夔)

— 丙午[1]歲, 留長沙, 登祝融,[2] 因得其祠神之曲曰:「黃帝鹽」「蘇合香」.[3] 又於樂工故書中得商調[4]「霓裳曲」[5] 十八闋, 皆虛譜無辭. 按沈氏「樂律」,[6]「霓裳」道調,[7] 此乃商調. 樂天詩云[8]: '散序六闋'. 此特兩闋, 未知孰是. 然音節閒雅, 不類今曲. 余不暇盡作, 作「中序」一闋[9]傳於世. 余方羈遊, 感此古音, 不自知其辭之怨抑也.

— 병오년 장사에 머물면서 축융산에 올랐다가, 신에게 제사를 지내는 헌신곡(獻神曲)을 얻었는데 「황제염」「소합향」이라는 곡조다. 또 악공들의 고서에서 상조 「예상곡」 18결을 얻었는데, 모두 곡보만 있고 가사는 없었다. 심괄의 『몽계필담·악률(夢溪筆談·樂律)』에 의하면, 「예상곡」은 도조라고 했는데, 내가 얻은 이것은 상조이다. 백거이의 시에는 '산서육결(散序六闋)'이라고 했는데, 이것은 단지 2결뿐이니, 어느 것이 옳은지 알 수 없다. 그러나 음절이 한아하여 지금의 곡과는 다르다. 내가 18결을 다 지을 겨를이 없어, 중서(中序) 1결만을 지어 세상에 전한다. 나는 지금 객지에서 떠돌아다니는데, 이 옛 노래에 감동하여 나도 모르게 언사에 원망과 억울함이 배어 있다.

亭皐[10]正望極●	물가 언덕에서 아득히 바라보니
亂落江蓮[11]歸未得●	연꽃은 어지러이 떨어지는데 돌아가지 못하누나
多病卻[12]無氣力●	병이 많고 또 기력조차 없는데
況紈扇漸疏,[13]	더구나 부채를 이제 멀리하게 되고
羅衣初索●	깁옷이 이제는 싸늘하구나

流光過隙[14]●	세월은 눈 깜짝할 사이에 지나가니
歎杏梁、[15]雙燕如客●	대들보 위의 한 쌍 제비도 나그네 같아라
人何在,	그녀는 어디에 있는고
一簾淡月,[16]	은은한 달빛은 발에 가득한데
彷彿照顏色●	그녀의 얼굴이 비치는 듯하구나
幽寂●	쓸쓸하고 고요하여라
亂蛩吟壁●	벽에선 귀뚜라미 어지러이 울어
動庾信、[17]淸愁似織●	유신의 맑은 수심을 자아내누나
沈思年少浪迹●	젊은 시절의 방랑을 곰곰이 생각하면
笛裏關山,[18]	피리 소리 속에 관산을 지났고
柳下坊陌[19]●	버드나무 늘어선 거리를 찾기도 했다네
墜紅[20]無信息●	붉은 꽃 떨어져 소식이 없고
漫暗水、[21]涓涓[22]溜碧●	공연히 졸졸 흐르는 물은 푸르기만 하구나
飄零[23]久、而今何意,	오랫동안 영락해 떠도나니 지금 무슨 흥이 있어
醉臥酒壚側●	술청 옆에 취해 누워 있으랴

[주석]

* 雙調101字, 前段10句7仄韻, 後段11句8仄韻.(詞譜29)

1) 丙午(병오): 송(宋) 효종(孝宗) 순희(淳熙) 13년(1186).

2) 祝融(축융): 호남성(湖南省) 장사(長沙)에 있는 형산(衡山)의 72봉 가운데 제일 높은 봉우리.

3) 黃帝鹽, 蘇合香(황제염, 소합향): 제사 지낼 때 연주하는 악곡 이름. 원래 당대(唐代)의 악곡이다.

4) 商調(상조): 궁조(宮調)의 하나. 이칙상(夷則商)의 속명.

5) 霓裳曲(예상곡): 성당 시대의 궁정악곡인 「예상우의곡(霓裳羽衣曲)」. 전체 악곡은 산서(散序), 중서(中序), 곡파(曲破) 세 부분으로 되었고, 모두 18결(闋)이다.

6) 沈氏樂律(심씨악률): 심괄(沈括)의 『몽계필담·악률(夢溪筆談·樂律)』을 말한다.

7) 道調(도조): 궁조(宮調)의 하나. 임종궁(林鐘宮)이라고도 하며, 속명은 남려궁(南呂宮)이다.

8) 樂天詩云(낙천시운) 구: 백거이(白居易)의 「예상우의가(霓裳羽衣歌)」에 "散序六奏未動衣, 陽臺宿雲慵不飛"(산서 여섯 곡에 옷은 움직이지 않고, 양대에 머무는 구름은 날지 않네) 구가 있다. '육주(六奏)'는 '육결(六闋)'과 같다.

9) 作中序一闋(작중서일결) 구: 당대의 법곡(法曲)인 「예상우의곡」의 중서(中序) 1결의 곡조를 취하여 가사를 지어 세상에 전하다.

10) 亭皐(정고): 물가의 평지. 평평한 언덕.

11) 江蓮(강련): 수향(水鄕)의 연꽃.

12) 卻(각): 또. 다시.

13) 紈扇漸疏(환선점소) 2구: 여름이 가고 가을이 오는 계절의 변화를 말한 것이다. 아울러 여름 부채와 옷이 쓸모없게 되어 버려지는 것처럼 사랑하는 사람과 소원해지는 것을 말한다. '소(疎)'는 소원해지다. '삭(索)'은 쓸쓸하다. 스산하다.

14) 流光過隙(유광과극): 흐르는 세월이 눈 깜짝할 사이에 지나가다. '過隙'은 '백구과극(白駒過隙)'에서 나온 말로, 세월이 덧없이 매우 짧다는 뜻.

15) 歎杏梁(탄행량) 구: 제비는 나그네처럼 오래 머물지 못하고 떠나려 한다는 뜻. '杏梁'은 대들보의 미칭.

16) 一簾淡月(일렴담월) 2구: 담담한 달빛이 발에 가득한데, 발에 임의 얼굴이

비쳐 보이는 듯하다는 뜻. 두보(杜甫)의 「이백의 꿈을 꾸고(夢李白)」 중 "落月滿屋梁, 猶疑照顏色"(기우는 달빛 대들보에 가득한데, 그대 얼굴이 비치는 듯하구나) 시의를 이용했다. '안색(顏色)'은 얼굴.

17) 庾信(유신): 유신은 남조(南朝)의 유명한 문인으로, 서위(西魏)에 사신으로 갔다가 돌아오지 못하고 수심 속에서 「애강남부(哀江南賦)」「수부(愁賦)」 등을 지었다.

18) 笛裏關山(적리관산): 슬픈 피리 소리 속에 관산을 지난다는 뜻. 두보(杜甫)의 「병마를 씻다(洗兵馬)」에 "三年笛裏關山月"(삼 년 동안 피리 소리 속에 관산의 달) 시구가 있다.

19) 柳下坊陌(유하방맥): 버드나무 아래의 거리와 골목. 또는 기녀들이 사는 곳. 여기서는 합비(合肥)에 있는 연인이 사는 곳을 말한 듯하다. '坊陌'은 거리와 골목. 기녀들이 사는 곳.

20) 墜紅(추홍): 낙화. 그리워하는 여인을 암시한다. 혹은 '제홍엽(題紅葉)'의 고사와 비슷한 표현일 수도 있다. 101 「육추(六醜)」 '恐斷紅' 참조.

21) 暗水(암수): 복류(伏流). 무성한 초목에 덮인 냇물.

22) 涓涓(연연): 물이 졸졸 흐르는 모양.

23) 飄零(표령) 2구: 영락해서 떠돌아다닌 지 오래되어, 예전에 술청 옆에 취해 눕는 호기와 낭만은 이미 다 없어졌다는 뜻. 위(魏)나라의 완적(阮籍)은 늘 이웃에 있는 술집에서 술을 마시고는 취해서 술청 옆에서 미인의 무릎을 베고 잠을 잤으나 별다른 마음이나 행동이 없었다는 고사가 『세설신어·임탄(世說新語·任誕)』에 있다. '주로(酒壚)'는 술청. 목로.

[해설]

서문에서 밝힌 바와 같이, 옛 「예상우의곡」 악보(樂譜)에 맞추어 지어 넣은 가사이다. 전단은 초가을 풍경을 배경으로 떠도는 신세와 이별의 수심을 말했고, 후단에서도 전단의 감정을 이어받으면서 연인에 대한 그리움과 젊은 날의 호기를 다시 찾을 수 없는 서글픔을 말했다.

199 소중산(小重山)* **장량능(章良能)**

柳暗花明[1]春事深。	버들은 우거지고 꽃은 만발하여 봄이 깊었구나
小闌紅芍藥,	작은 난간 가의 작약도
已抽簪[2]。	벌써 봉오리가 돋아나왔네
雨餘風軟碎鳴禽。	비 온 뒤에 바람은 부드럽고 새들은 재잘거리고
遲遲[3]日,	해는 길어져 따뜻한데
猶帶一分陰。	날씨는 약간 흐렸구나
往事莫沈吟。	지난 일은 깊이 생각 말 것이라
身閒時序好,	몸은 한가하고 절기도 좋으니
且登臨。	산에 오르고 강을 찾아 나섰네
舊遊無處不堪尋。	옛 놀던 자취는 다 찾을 수 있건만
無尋處,	찾을 수 없는 건
惟有少年心。	젊었을 적 마음이어라

[주석]

* 雙調58字, 前後段各4句4平韻.(詞譜13)

1) 柳暗花明(유암화명): 버드나무는 잎이 무성하여 녹음이 짙고 꽃은 성개하여 밝게 빛난다.

2) 抽簪(추잠): 돋아나온 꽃봉오리. 꽃봉오리의 모양이 비녀 같기 때문에 이런 표현을 했다.

3) 遲遲(지지): 해가 길어지고 따뜻하다. 봄날을 말한다. 『시경 · 빈풍(詩經 · 豳風)』에 "春日遲遲"(봄날 해가 따뜻하고 길다) 구가 있다.

[해설]

전단은 봄날 비 온 후의 풍경을 경쾌하게 묘사했다. 그러나 후단 말미는 오히려 깊은 감개를 담고 있다.

200 당다령(唐多令)*

유과(劉過)

— 安遠樓[1]小集, 侑觴歌板[2]之姬黃其姓者, 乞詞於龍洲道人,[3] 爲賦此. 同柳阜之, 劉去非, 石民瞻, 周嘉仲, 陳孟參, 孟容, 時八月五日也.

— 안원루의 작은 모임에서, 술잔을 권하고 노래를 부르는 황씨 성의 기녀가 나에게 사를 지어줄 것을 청해서 이 사를 지었다. 유부지, 유거비, 석민첨, 주가중, 진맹삼, 맹용과 함께하였고, 때는 8월 5일이다.

蘆葉滿汀洲[4]○	정주엔 갈대가 가득하고
寒沙帶淺流○	찬 모래밭 가엔 얕은 물이 흐르네

二十年、重過南樓[5]○	이십 년 만에 다시 안원루에 들러
柳下繫船猶未穩,	버드나무 밑에 배를 잠시 매어놓고 있으니
能幾日、[6]又中秋○	며칠만 있으면 또 추석이 되는구나
黃鶴斷磯[7]頭○	황학기 절벽 위 안원루에 오르니
故人今在否○	옛 벗들은 지금 살아 있는지 궁금하고
舊江山、渾是[8]新愁○	옛 강산은 모두 새삼스레 수심을 자아내누나
欲買桂花同載酒,[9]	계화꽃 사 들고 함께 술 마시며 놀고 싶건만
終不似、少年遊○	끝내 젊었을 적 같지는 않으리라

[주석]

* 雙調60字, 前後段各5句4平韻.(詞譜13)

1) 安遠樓(안원루): 무창 서남쪽 황학산(黃鶴山) 위에 있는 누각.

2) 侑觴歌板(유상가판): 술잔을 권하고 박자를 맞추어 노래하다.

3) 龍洲道人(용주도인): 작자 유과(劉過)의 호다.

4) 汀洲(정주): 정주. 늪, 못, 강 따위에서 물이 얕고 흙이나 모래가 드러난 곳.

5) 南樓(남루): 안원루를 말한다.

6) 能幾日(능기일): 다만 며칠만 지나면. '能'은 다만. '지(只)'와 같다.

7) 黃鶴斷磯(황학단기): 무창의 황학산 서북쪽에 황학기(黃鶴磯)가 있고, 그 위에 안원루가 있다. '斷磯'는 물가에 있는 단애. 절벽.

8) 渾是(혼시): 모두. 전부.

9) 載酒(재주): 술을 수레나 배에 싣고 놀러 가다. 술 마시며 놀다.

[해설]

작자가 이 사를 지을 당시, 남송은 금(金)과의 전쟁에서 불리하여 무창(武昌)은 금과 교전하는 전선이 되었고, 국운은 날로 쇠미해가는 때였다. 작자는 청년 시절에 품었던 포부를 이루지 못하고 표박하는 신세가 되어 옛날 놀던 곳을 다시 찾아왔으나, 옛 벗들은 볼 수 없고 눈에 보이는 경치는 수심을 자아낼 뿐이라고 한탄했다.

201 목란화(木蘭花)* **엄인(嚴仁)**

春風只在園西畔●	봄바람이 정원 서편에만 부는 듯
薺菜花繁蝴蝶亂●	냉이꽃이 한창이고 나비는 어지럽게 나는구나
冰池[1]晴綠照還空,[2]	차고 푸른 연못물은 햇빛 아래 투명하게 맑고
香徑落紅吹已斷●	꽃길엔 붉은 꽃이 벌써 다 떨어졌구나
意長翻恨[3]游絲短●	정(情)이 길어 오히려 버들가지 짧은 게 한스럽고
盡日相思羅帶緩[4]●	온종일 그리움 속에 비단 허리끈은 헐거워졌어라
寶奩[5]如月不欺人,	달처럼 맑은 거울은 사람을 속이지 않으니
明日歸來君試看●	훗날 돌아오면 임이여 한번 보옵소서

[주석]

* 雙調56字, 前後段各4句3仄韻.(詞譜12 玉樓春)

1) 冰池(빙지): 얼음이 언 연못. 여기서는 얼음같이 깨끗하고 맑은 연못.

2) 照還空(조환공): 햇빛이 비쳐 물속까지 투명하게 보이다.

3) 意長翻恨(의장번한)구: 유사(游絲)는 원래 길지만, 상사의 정과 비교하면 오히려 짧은 걸 원망한다. 또는 여인의 생각과 그리움은 길고, 지난날의 애정과 기쁨은 짧고 믿을 수 없는 것을 한스러워한다. '翻'은 도리어. '유사(游絲)'는 봄날 공중에 떠도는 곤충이 토해낸 가는 실. 또는 버들가지.

4) 羅帶緩(나대완): 여위어서 허리띠가 헐겁다.

5) 寶奩(보렴): 장렴(粧奩). 경대. 여기서는 경대의 거울.

[해설]

봄날의 규원을 완곡하게 노래했다. 전단은 정원의 봄 풍경을 통해 봄바람이 불지 않는 여인의 심정을 넌지시 말했고, 후단은 버들가지와 허리띠, 그리고 거울을 빌려 여인의 한과 그리움을 말했다.

202 풍입송(風入松)* **유국보(俞國寶)**

一春長費買花[1]錢○	봄철 내내 꽃놀이에 돈을 뿌리고
日日醉湖邊○	날마다 호숫가에서 술에 취하는구나
玉驄[2]慣識西湖路,	총이말도 서호 길을 잘 알아서
驕嘶[3]過、沽酒樓前○	뽐내듯 힝힝거리며 술집 앞을 지나누나
紅杏香中簫鼓,[4]	붉은 살구꽃 향기 속에 풍악 소리 일고

綠楊影裏鞦韆。	푸른 버드나무 그늘에선 그네를 뛰는구나
暖風十里麗人天[5]。	봄바람 부는 십 리 길에 노니는 미녀들
花壓[6]鬢雲偏。	구름 같은 머리털은 꽃에 눌려 기울었어라
畵船載取春歸去,	그림배는 봄을 싣고 돌아가노니
餘情付、湖水湖煙。	남은 정은 호수의 물과 안개에 맡겨두노라
明日重扶殘醉,	내일 취기 남은 몸을 다시 일으켜
來尋陌上[7]花鈿。	길가에 떨어진 비녀를 찾으러 가리로다

[주석]

* 雙調76字, 前後段各6句4平韻.(詞譜17)

1) 買花(매화): 꽃을 사다. 여기서는 꽃구경하고 음주가무를 즐기는 일을 말한다.

2) 玉驄(옥총): 준마. 옥화총(玉花驄).

3) 驕嘶(교시): 말이 기쁜(뽐내는) 듯이 울다.

4) 簫鼓(소고): 퉁소와 북. 여기서는 풍악. 각종 악기.

5) 麗人天(여인천): 아름다운 여인들이 답청하며 즐기는 계절.

6) 花壓(화압)구: 머리에 꽃을 많이 꽂아 머리털이 기울어졌다는 뜻.

7) 來尋陌上(내심맥상)구: 길가에 떨어뜨린 비녀를 찾으러 가다. 여인을 찾아간다는 뜻. '화전(花鈿)'은 금은주옥으로 만든 머리 장식. 여인의 별칭으로 볼 수 있다.

[해설]

한 폭의 서호유락도(西湖遊樂圖)를 보는 듯, 당시의 태평스럽고 향락적인 분위기를 느끼게 한다. 그러나 작자가 정말 태평성세를 구가한 것인지, 또는 사치와 향락에 빠진 고관귀족들을 풍자한 것인지 생각해볼 문제다. 원래 이 작품의 말미는 "明日再携殘酒, 來尋陌上花鈿"(내일 다시 남은 술을 가지고 가서, 길가의 비녀를 찾으리라)이라고 되어 있는데, 고종(高宗)이 가난뱅이의 궁기(窮氣)가 느껴진다고 하여, '明日重扶殘醉'로 고쳤다는 일화가 있다.

203 만정방(滿庭芳)* **장자(張鎡)**

— 促織兒	— 귀뚜라미
月洗高梧,	달빛은 높은 오동나무를 씻고
露溥[1]幽草,	이슬은 그윽한 풀을 적시니
寶釵樓[2]外秋深。	보차루 밖엔 가을이 깊었어라
土花[3]沿翠,	이끼는 담 밑을 따라 파랗고
螢火墜牆陰。	반딧불이는 담 구석으로 떨어지네
靜聽寒聲[4]斷續,	끊겼다 이어지는 쓸쓸한 귀뚜라미 소리를 조용히 듣노니
微韻[5]轉、[6]淒咽悲沈。	가늘고 약한 소리는 점차 흐느껴 우는 듯 슬퍼지누나
爭求侶,	다투어 짝을 찾는 듯
殷勤[7]勸織,	은근히 길쌈을 권하는 듯

促破曉[8]機心○	새벽까지 길쌈하는 여인의 마음을 재촉하누나
兒時曾記得,	어릴 적 일이 생각나니
呼燈灌穴,	소리 쳐 등불을 가져오고 귀뚜라미 구멍에 물을 붓고
斂步[9]隨音○	발걸음 멈추고 귀뚜라미 소리를 좇았더라
任滿身花影,	온몸에 꽃 그림자를 받으며
獨自追尋○	홀로 귀뚜라미를 잡으려고 찾아다녔더라
攜向華堂[10]戲鬪,	귀뚜라미를 대청으로 가져와 싸움을 붙이며 놀았는데
亭臺[11]小、籠巧妝金[12]○	누대 모양의 작은 귀뚜라미 집은 금장식이 고왔더라
今休說,[13]	지금은 옛일을 말하지 말지니
從[14]渠[15]牀下,	귀뚜라미가 침상 밑에서
涼夜伴孤吟○	싸늘한 밤 외로운 나와 짝해 울도록 내버려두노라

[주석]

* 雙調95字, 前後段各10句4平韻.(詞譜24)

1) 溥(단): 이슬이 많이 내린 모양.

2) 寶釵樓(보차루): 당송 때 함양(咸陽)에 있었던 주루(酒樓)의 이름. 여기서는 작자의 친구 장달가(張達可)의 누대를 말한다.

3) 土花(토화): 이끼.

4) 寒聲(한성): 쓸쓸한 (귀뚜라미) 소리.

5) 微韻(미운): 미약한 (귀뚜라미) 소리.

6) 轉(전): 바뀌다. 전변하다.

7) 殷勤(은근): 은근하다. 정이 깊다. 정성스럽다.

8) 破曉(파효): 동이 트다. 날이 새다.

9) 斂步(염보): 발걸음을 멈추다.

10) 華堂(화당): 아름다운 대청.

11) 亭臺(정대): 정자와 대사(臺榭). 여기서는 정자나 누각 모양으로 만든 귀뚜라미를 넣는 그릇.

12) 籠巧妝金(농교장금): 아름답게 장식한 귀뚜라미를 넣는 그릇. '籠'은 대그릇. 『천보유사(天寶遺事)』에 따르면, 매해 가을이면 궁중에서 궁녀들이 작은 금롱(金籠)에 귀뚜라미를 넣어 베갯머리에 놓고 밤에 귀뚜라미 소리를 들었는데, 민간에서도 유행했다고 한다.

13) 今休說(금휴설): 지금은 옛일을 말하지 말라. 지난날의 즐거웠던 일은 작자를 더욱 슬프고 고독하게 만들 뿐이니, 옛일을 말하지 않는 것이 좋다는 뜻.

14) 從(종): ~하도록 내버려두다.

15) 渠(거): 그. 그것. 여기서는 귀뚜라미를 말한다.

[해설]

강기(姜夔)의 「제천락(齊天樂)」 제서(題序)에 따르면, 작자는 강기와 함께 장달가(張達可)의 집에서 술을 마시다가 귀뚜라미 소리를 듣고, 두 사람이 동시에 귀뚜라미를 소재로 사를 지었다고 한다. 전단은 야경과 함께 귀뚜라미 소리를 묘사했고, 후단은 어렸을 적 귀뚜라미를 잡으며 즐겁게 놀던 일을 회상하고, 지금은 세파에 시달린 몸으로 귀뚜라미 소리를 듣고 있다고 했다.

204 연산정(宴山亭)*

장자(張鎡)

幽夢初回,[1]	그윽한 꿈에서 막 깨어나 보니
重陰未開,	음침한 날씨는 개지 않고
曉色催成疏雨●	새벽에 성긴 비가 내리네
竹檻氣寒,	대나무 난간엔 한기가 서리고
蕙畹[2]聲搖,	꽃밭엔 꽃나무 흔들리는 소리가 나고
新綠[3]暗通南浦[4]●	불어난 봄물은 조용히 남쪽 물가로 흘러가누나
未有人行,	아직 다니는 사람이 없는데
纔半啓、回廊朱戶●	회랑의 붉은 문을 반쯤 열어보네
無緒[5]●	심란하고 쓸쓸하여라
空望極霓旌,[6]	하염없이 구름을 아득히 바라보노니
錦書難據●	소식은 기대할 수 없구나
苔徑追憶曾遊,	이끼 낀 길에 서서 옛날 놀던 일을 추억하니
念誰伴鞦韆,	지금 뉘와 짝해 그네를 타리오
綵繩芳柱●	그넷줄과 기둥만 남았어라
犀簾黛捲,[7]	무소뿔 장식의 흑청색 발을 걷고 보면
鳳枕[8]雲孤,[9]	봉황 자수 베개엔 구름이 외롭나니
應[10]也幾番凝竚[11]●	몇 번이나 우두커니 넋 잃고 있었던고
怎得伊[12]來,	어이하면 임을 돌아오게 할꼬
花霧繞、小堂深處●	꽃 안개에 둘러싸인 이 작고 아늑한 집으로

留住•	돌아오면 머물게 하여
直到老、不教歸去•	늙도록 떠나보내지 않으려네

[주석]

* 雙調99字, 前段11句5仄韻, 後段10句5仄韻.(詞譜27)

1) 夢回(몽회): 꿈이 깨다.

2) 蕙畹(혜원): 향초를 심은 밭. 꽃밭. '畹'은 옛 면적의 단위.

3) 新綠(신록): 여기서는 봄이 되어 새로 불어난 물을 말한다.

4) 南浦(남포): 남쪽의 물가. 송별의 장소를 뜻한다.

5) 無緖(무서): 정서(情緖)가 없다. 흥이 없다. 울적하다.

6) 霓旌(예정): 구름이나 놀. 전설에 신선이 구름과 놀을 깃발로 삼는다고 한다. 여기서는 연인이 있는 곳의 구름(하늘)을 말한다.

7) 犀簾黛捲(서렴대권): 무소의 뿔로 장식한 흑청색 발을 걷어 올리다.

8) 鳳枕(봉침): 봉황을 수놓은 베개.

9) 雲孤(운고): 외로운 여인을 뜻한다. 054「목란화(木蘭花)」'襄王春夢' 참조.

10) 應(응): 일찍이. 추측을 나타내는 뜻으로 많이 사용되나, 여기서는 '증(曾)'(일찍이)의 뜻.

11) 凝佇(응저): 우두커니 서 있다. 바라보며 서 있다.

12) 伊(이): 그. 그이. 그 사람.

[해설]

여인의 고독과 그리움을 읊은 규원사다. 전단은 화자가 새벽꿈에서 깨어나, 흐린 날씨에 비가 오는 쌀쌀한 봄추위 속에 임을 그리는 정경이다. 후단은 화자가 정원에서 그네를 보고 지난날 즐겁게 놀던 일을 생각하고, 방에 들어와서는 베개를 보고 외로움 속에 임을 그리는 정경이다. 화자를 남성으로 볼 수도 있다.

205 기라향(綺羅香)* 사달조(史達祖)

— 詠春雨	— 봄비를 읊다
做冷欺花,[1]	봄비는 추위로 꽃을 괴롭히고
將[2]煙困柳,	안개로 버드나무를 곤하게 하며
千里[3]偷催春暮●	천 리에 봄이 빨리 저물도록 재촉하네
盡日冥迷,	봄비는 온종일 자욱하고 어둡게
愁裏欲飛還住●	수심 속에서 흩날리다간 멈추곤 하네
驚粉重、[4]蝶宿西園,	봄비에 젖은 날개가 무거워서 나비는 서원에서 자고
喜泥潤、燕歸南浦●	진흙이 촉촉이 젖어서 즐거운 제비는 남쪽 물가로 돌아오네
最妨他、佳約風流,	봄비는 연인과 만날 아름다운 약속을 방해하니
鈿車[5]不到杜陵[6]路●	화려한 수레는 두릉 길로 가지 못하네
沈沈[7]江上望極,	봄비 내리는 강가에서 아득히 바라보노니

還被春潮晩急,[8]	봄물은 저녁 무렵 급하게 흘러
難尋官渡●	나루를 찾기 어렵구나
隱約遙峯,	봄비 속에 희미한 먼 산봉우리들은
和淚謝娘[9]眉嫵[10]●	눈물 머금은 미인의 눈썹처럼 사랑스러워라
臨斷岸、新綠[11]生時,	강가 절벽에서 내려다보면 봄물이 불어나서
是落紅、帶愁流處●	낙화는 수심을 가지고 흘러가는구나
記當日、門掩梨花,[12]	기억하느니 그날 배꽃 속에서 문을 닫고
剪燈深夜語●	등불 심지 자르며 밤이 이슥하도록 얘기했었네

[주석]

* 雙調104字, 前後段各9句4仄韻.(詞譜33)

1) 做冷欺花(주랭기화): 봄비가 날씨를 춥게 해서 꽃을 괴롭히다(시들게 하다). '做'는 만들다. '欺'는 못살게 굴다.

2) 將(장): ~을 가지고. '지(持)' '파(把)'와 같다.

3) 千里(천리)구: 천 리에 걸쳐 내리는 비가 봄이 저물기를 재촉하다. 봄비에 꽃이 지고 봄이 빨리 지나가다.

4) 粉重(분중): 나비의 날개가 비에 젖어 무겁다. '粉'은 날개에 묻어 있는 가루.

5) 鈿車(전거): 화려하게 장식한 수레.

6) 杜陵(두릉): 당대 장안(長安) 동남쪽에 있는 지명. 한(漢) 선제(宣帝)의 묘가 있고 경치가 좋은 명승지. 낙유원(樂遊原)이라고도 한다.

7) 沈沈(침침): 비가 많이 내리는 모양.

8) 春潮晩急(춘조만급) 2구: 위응물(韋應物)의 「저주의 산골 물(滁州西澗)」 중

"春潮帶雨晚來急, 野渡無人舟自橫"(봄물은 비가 와서 저녁 무렵에 급히 흐르고, 시골 나루엔 사람 없이 배만 가로놓였구나) 시의를 이용했다. '관도(官渡)'는 관가에서 설치한 나루터.

9) 謝娘(사낭): 진(晋) 왕응지(王凝之)의 처 사도온(謝道韞)으로 문재가 있었다. 처, 또는 문재가 있는 여인. 또는 당 이덕유(李德裕)의 가기 사추낭(謝秋娘). 가기 또는 미녀의 범칭.

10) 眉嫵(미무): 눈썹 모양이 곱다. 예쁘고 사랑스럽다. '미무(媚嫵)'와 같다.

11) 新綠(신록): 봄날 새로 불어난 물.

12) 門掩梨花(문엄리화) 2구: 옛날 봄비 내리는 밤에 연인과 함께 지냈던 정경을 회상한 것이다. 이중원(李重元)의 「억왕손(憶王孫)」 중 "欲黃昏, 雨打梨花深閉門"(황혼이 되려는데, 비가 배꽃을 때리는 가운데 문을 닫네)과 이상은(李商隱)의 「밤비 속에 북에 있는 임에게(夜雨寄北)」 중 "何當共剪西窓燭, 卻話巴山夜雨時"(언제면 서창 아래서 촛불 심지 함께 자르며, 파산 비 올 적의 얘기를 할 것인가) 시의를 이용했다.

[해설]

봄비를 노래한 영물사다. 영물사는 어느 한 사물을 제재로 하여 사를 짓는 것인데, 읊는 대상물을 작품에서 직접 언급하지 않는 것이 일반적인 작법이자 기교다. 이 사에서도 전편에 걸쳐 '춘우(春雨)'를 직접 언급하지는 않았지만, 모든 구가 봄비와 연관된다. 전단은 봄비 속의 춘경을 묘사하면서 봄비로 인해 만나지 못하는 연인을 그렸다. 후단은 봄비 속의 강과 산, 봄물에 떠내려가는 낙화를 묘사하고 과거의 아름다웠던 추억을 회상했다.

206 쌍쌍연(雙雙燕)*

사달조(史達祖)

— 詠燕	— 제비를 읊다
過春社[1]了,	춘사가 지나 돌아와
度簾幕[2]中間,	주렴 사이를 날아 들어와 보니
去年塵冷●	작년의 둥지는 먼지가 쌓여 썰렁하구나
差池[3]欲住,	날개를 파닥이며 깃들이려고
試入舊巢相[4]並●	옛 둥지로 들어가 나란히 앉아보네
還相雕梁藻井[5]●	또 조각한 들보와 곱게 꾸민 천장을 살펴보고
又軟語、商量不定●	재잘거리며 의논을 정하지 못하는구나
飄然快拂花梢,	바람같이 가볍게 꽃가지를 스쳐 날고
翠尾分開紅影●	비취색 꼬리로 붉은 꽃 그림자를 가르네
芳徑●	꽃길이나
芹泥[6] 雨潤●	비에 젖은 미나리 밭 진흙 위로
愛[7]貼地爭飛,	땅에 닿을 듯 다투어 날아다니며
競誇輕俊●	경쾌하고 날씬한 자태를 다투어 뽐내네
紅樓[8]歸晚,	저녁 늦게 홍루로 돌아와서는
看足柳昏花暝●	황혼 속의 버들과 꽃을 한동안 바라보는구나
應自棲香正穩●	아마도 둥지에서 달콤하게 잠든 제비는
便忘了、天涯芳信[9]●	하늘가 임의 소식 전하는 걸 잊었나보다

愁損[10]翠黛雙蛾,[11]	곱게 그린 아미엔 수심이 어려
日日畫闌獨憑●	날마다 홀로 난간에 기대섰구나

[주석]

* 雙調98字, 前段9句5仄韻, 後段10句7仄韻.(詞譜26)

1) 春社(춘사): 입춘(立春) 뒤 다섯번째 무일(戊日)에 토지신(土地神)에게 제사 지내는 날. 춘분 전후로, 이때 제비가 돌아온다고 한다.

2) 度簾幕(도렴막)구: 제비가 발 사이를 뚫고 옛 둥지로 돌아와 보니 먼지가 쌓였고 썰렁하다. '度'는 날아 건너다. 날아들다. '도(渡)'와 같다. '簾幕'은 발과 장막.

3) 差池(치지): (제비의 날개깃이) 가지런하지 않은 모양. 또는 날개를 편 모양.

4) 相(상): 보다. 살피다.

5) 藻井(조정): 아름답게 꾸민 천장.

6) 芹泥(근니): 미나리 밭의 진창(진흙).

7) 愛(애): ~하기를 좋아하다.

8) 紅樓(홍루): 붉은 누각. 여인이 거처하는 화려한 누각.

9) 芳信(방신): 좋은 소식. 임의 소식.

10) 愁損(수손): 몹시 근심하다. 매우 수심에 잠기다. '損'은 뜻을 강조하는 어조사.

11) 翠黛雙蛾(취대쌍아): 눈썹먹으로 그린 아름다운 눈썹. 미인. 미녀의 용모. '翠黛'는 눈썹의 별칭. 눈썹먹.

[해설]

제비를 읊은 영물사다. 전편에 걸쳐 '연(燕)'이라는 글자를 한 자도 사용하지 않으면서 제비의 형모(形貌)와 운치를 그렸다. 봄이 되어 옛 보금자리로 찾아들고, 꽃가지 사이를 날아다니는 한 쌍의 제비와 편말의 여인의 외로운 모습이 대조적이다.

207 동풍제일지(東風第一枝)* 사달조(史達祖)

— 春雪	— 봄눈
巧沁[1]蘭心,	봄눈은 교묘히 난초 속잎을 적시거나
偷黏[2]草甲,[3]	살그머니 풀의 새싹을 덮기도 하면서
東風欲障新暖●	동풍에 불려오는 봄기운을 막으려 하는구나
漫凝碧瓦難留,	헛되이 푸른 기와에 얼어붙지만 오래 머물지 못하니
信知[4]暮寒猶淺●	늦추위가 얼마 남지 않은 걸 알겠구나
行天入鏡,[5]	하늘을 떠돌다가 거울 같은 연못으로 내려앉으며
做弄出、[6]輕鬆纖●	가볍고 부드러운 설경을 만들어 보이네
料故園、[7]不捲重簾	고향에선 겹겹이 친 주렴을 걷지 않아서
誤了乍來雙燕●	막 날아온 쌍쌍의 제비는 소식을 전할 수 없으리라
青未了、[8]柳回白眼●	아직 푸르지 않은 버들잎은 흰자위를 드러내며 돌

	아보고
紅欲斷、杏開素面●	살구꽃은 붉은 빛을 잃고 흰 얼굴을 내밀었구나
舊遊[9]憶著山陰,	산음에 놀러 갔던 옛일이 생각나고
後盟[10]遂妨上苑●	상원에 늦게 간 건 봄눈이 방해했기 때문이네
寒爐重熨,[11]	싸늘한 화로에 다시 불을 피우고
便放慢、春衫針線●	봄옷 짓는 바느질을 늦추네
怕鳳靴、[12]挑菜歸來,	봄나물 캐고 돌아오는 처녀들은 고운 신발이
萬一灞橋[13]相見●	파교에서 봄눈을 맞을까 걱정하누나

[주석]

* 雙調100字, 前段9句4仄韻, 後段8句5仄韻.(詞譜28)

1) 沁(심): 적시다. 스며들다.

2) 黏(점): 붙다. 들러붙다.

3) 草甲(초갑): 풀의 싹을 싸고 있는 겉껍질.

4) 信知(신지): 확실히 알다.

5) 行天入鏡(행천입경): 눈이 내린 연못과 다리의 맑고 깨끗한 경치를 형용한 것이다. 한유(韓愈)의 「춘설(春雪)」 중 "入鏡鸞窺沼, 行天馬渡橋"(새가 연못을 엿보니 마치 거울 속으로 들어온 듯하고, 말이 다리를 건너니 마치 하늘을 지나가는 듯하네) 구를 이용했다.

6) 做弄出(주롱출)구: 눈송이가 여러 모양을 만들어내는 모습을 형용한 것이다. '做弄出'은 일부러 만들어내다.

7) 料故園(요고원) 2구: 고향에도 춘설이 내려서 발과 휘장을 겹겹이 쳤기 때문

에, 제비가 방에 들어갈 수 없어서 소식을 전하지 못한다고 상상한 것이다. '故園'은 고향. '오료(誤了)'는 잘못되게 하다. 방해하다.

8) 青未了(청미료) 2구: 버들 빛은 아직 푸르지 않은데 춘설에 덮여 하얗고, 붉은 살구꽃도 눈에 덮여 흰 얼굴이 되었다. '青未了'는 아직 완전히 푸르게 되지 않다. '유회백안(柳回白眼)'은 버들잎이 흰 눈에 덮인 것을 말한다. 버들잎을 '유안(柳眼)'이라고 한다. '회안(回眼)'은 시선을 이리저리 돌려보다. '백안(白眼)'은 눈의 흰자위. 앞의 '청(青)'과 대(對)를 이루고, 완적(阮籍)의 청백안(青白眼) 전고를 이용했다. 093 「동선가(洞仙歌)」 '青眼' 참조.

9) 舊遊(구유)구: 진(晉)나라 때, 산음(山陰)의 왕휘지(王徽之)가 눈 내린 밤에 배를 타고 섬계(剡溪)에 사는 대규(戴逵)를 찾아갔다가, 대규의 집 근처에 이르러서는 그를 만나지 않고 되돌아왔다. 사람들이 그 까닭을 물으니 "乘興而來, 興盡而返, 何必見"(흥이 일어서 갔다가 흥이 없어져서 돌아왔으니, 어찌 꼭 만나볼 필요가 있겠는가)라고 말했다. 『세설신어(世說新語)』에 보인다. 설경을 감상하는 아치(雅致)를 뜻한다. '산음(山陰)'은 절강성(浙江省) 소흥(昭興).

10) 後盟(후맹)구: 서한의 양효왕(梁孝王)이 토원(兎園)에 빈객을 초청하여 설경을 감상하고 늦게 온 사마상여(司馬相如)에게 부를 짓도록 했다는 고사. 사혜련(謝惠連)의 「설부(雪賦)」에 보인다. 설경을 구경하는 운치를 말한다. '後盟'은 모임에 늦게 도착하다. '상원(上園)'은 제왕의 원림.

11) 寒爐重熨(한로중위) 2구: 봄눈이 오기 때문에 화로에 불을 다시 담고, 봄옷 짓는 일을 늦추다.

12) 怕鳳靴(파봉화) 2구: 나물 캐는 초봄에 춘설이 내릴까 걱정이라는 뜻. '鳳靴'는 봉황을 수놓은 아녀자의 신발. 여기서는 아녀자를 말한다. '도채(挑菜)'는 나물을 캐다. 음력 2월 2일을 도채절(挑菜節)이라고 하여, 여인들이 교외로 나가 나물을 캐고 노는 풍속이 당송 시대에 있었다.

13) 萬一灞橋(만일파교)구: 어떤 사람이 당(唐) 정계(鄭綮)에게 요즘에 시를 지었는지를 물으니, 정계는 "詩思在灞橋風雪中驢子上, 此處何以得之"(시상은 파교의 풍설 가운데 나귀 타고 갈 때 떠오르는 것이니, 이곳에서 어떻게 시상을 얻을 수 있겠는가)라고 했다는 고사. 손광헌(孫光憲)의 『북몽쇄언(北夢瑣言)』에 보인다. '灞橋'는 장안(長安)성 동문 밖에 있는 다리.

[해설]

봄눈을 읊은 것으로, 전편에 걸쳐 '춘설(春雪)'이라는 글자가 한 번도 보이지 않으나 구절마다 봄눈과 관계가 있다. 사물에 대한 세밀한 묘사와 적절한 비유와 전고로 봄눈의 여러 면모와 운치를 묘사했다. 그러나 기교에 치우쳐 진실한 감정이 부족하고 전고의 사용이 너무 많은 것이 흠이라는 평이 있다.

208 희천앵(喜遷鶯)* 　　　**사달조(史達祖)**

月波疑滴●	달빛은 방울져 떨어질 듯
望玉壺[1]天近,	백옥 같은 달을 바라보니 하늘은 가깝고
了無[2]塵隔●	티끌 한 점 없어라
翠眼圈花,[3]	비취색 만안등(萬眼燈)과 찬란한 꽃등
冰絲織練,[4]	하얀 깁으로 만든 등
黃道[5]寶光相直●	거리엔 달빛과 등불이 서로 마주해 환하구나

自憐詩酒瘦,	가련하게도 시와 술로 여윈 나는
難應接、許多春色●	이 좋은 봄빛을 맞아 즐기지 못하누나
最無賴,[6]	제일 즐거웠던 일은
是隨香趁燭,	향기를 따라가고 촛불을 좇아가며
曾伴狂客●	호탕한 벗들과 함께 놀았던 것이어라
蹤迹●	옛적 놀던 일을
漫記憶●	부질없이 기억하고 있노니
老了杜郎,[7]	늙은 나는
忍聽東風笛●	봄바람 속 피리 소리를 차마 듣지 못하겠구나
柳院燈疏,	버드나무 늘어선 정원엔 등불이 드물고
梅廳雪在,	매화 핀 대청 아래엔 잔설이 있는데
誰與細傾春碧[8]●	뉘와 함께 한가로이 봄 술을 마시리오
舊情拘未定,	옛 정을 누를 수 없어
猶自學、[9]當年遊歷●	젊었을 적처럼 돌아다니며 놀고 싶어라
怕萬一,[10]	허나 만일 내가 없는 사이에
誤玉人夜寒簾隙●	옥 같은 여인이 추운 밤에 찾아올까 저어하노라

[주석]

* 雙調103字, 前段11句5仄韻, 後段12句6仄韻.(詞譜6)

1) 玉壺(옥호): 옥으로 만든 병. 여기서는 달 또는 등을 말한다.

2) 了無(료무): 조금도 없다.

3) 翠眼圈花(취안권화): 여러 종류의 화려한 등. '翠眼'은 비취색 비단으로 만든 만안등(萬眼燈). '圈花'는 오색찬란한 꽃등.
4) 冰絲織練(빙사직련): 흰 비단으로 만든 등. 또는 밝은 달빛으로 보기도 한다. '冰絲'는 견사. 비단실.
5) 黃道(황도)구: 수도 임안(臨安)의 대로에 등불과 달빛이 서로 환하게 비추는 것을 형용했다. '黃道'는 태양이 운행하는 궤도. 또는 황제가 다니는 길. '보광(寶光)'은 등불의 빛. 연등. 또는 월광. '상치(相直)'는 서로 마주 대하다. '상치(相值)'와 같다.
6) 無賴(무뢰): 즐겁다. 사랑스럽다.
7) 杜郎(두랑): 당대의 시인 두목(杜牧). 여기서는 작자 자신.
8) 春碧(춘벽): 봄에 새로 양조한 술. 좋은 술.
9) 學(학): 흉내 내다.
10) 怕萬一(파만일)구: 혹시 내가 외출한 사이에 달이 나를 찾아올까 걱정이다. 화자가 옛날처럼 나가 놀지 못하는 핑계를 댄 것이다. '옥인(玉人)'은 옥 같은 미인. 여기서는 달. '오(誤)'는 잘못되게 하다. 그르치다.

[해설]

정월 대보름 밤의 달과 연등(燃燈)을 묘사하면서, 지난날을 그리워하고 지금의 외로움을 노래했다. 전단은 밝은 달빛과 휘황찬란한 등불을 묘사하면서 작자의 고독하고 초췌한 모습을 말했고, 후단은 늘그막의 적막감을 토로했다.

209 삼주미(三姝媚)*

사달조(史達祖)

煙光[1]搖縹瓦●	옥색 기와 위로 봄빛이 아른거리고
望晴檐多風,	맑게 갠 날 처마엔 바람이 많아
柳花如灑●	버들개지는 흩뿌리듯 날리네
錦瑟[2]橫牀,	상 위엔 거문고 가로놓였으나
想淚痕塵影,	생각건대 그녀는 지난 일로 눈물 흘리며
鳳絃常下●	거문고 줄은 언제나 풀어놓고 있었으리라
倦出犀帷,[3]	그녀는 휘장 밖으로 나오길 싫어하고
頻夢見、王孫驕馬[4]●	말 타고 돌아오는 나를 자주 꿈꾸었으리라
諱道[5]相思,	그립다는 말은 않건만
偸理綃裙,	남몰래 깁 치마를 정리하다가
自驚腰衩[6]●	여윈 허리에 놀랐으리라
惆悵南樓遙夜[7]●	슬프구나 남루의 그 옛날 긴긴 밤
記翠箔[8]張燈,	기억하노니 푸른 휘장 안에 등불 밝혀놓고
枕肩歌罷[9]●	그녀는 내 어깨에 기대어 노래를 마쳤었더라
又入銅駝,[10]	지금 다시 동타 거리에 돌아와
遍舊家[11]門巷,	예전 집과 골목을 두루 찾아다니며
首詢聲價[12]●	먼저 그녀의 소식을 물어보았네
可惜東風,[13]	애석하게도 봄바람이
將恨與、閒花俱謝●	한과 고운 꽃을 모두 사라지게 했구나

記取崔徽[14]模樣,	그녀의 고운 모습을 기억하며
歸來暗寫●	돌아와 남몰래 마음속에 그려보노라

[주석]

* 雙調99字, 前段11句5仄韻, 後段10句5仄韻.(詞譜27)

1) 煙光(연광) 3구: 봄날에 작자가 찾아간 여인의 집을 묘사했다. '煙光'은 봄빛. 봄날의 풍광. '표와(縹瓦)'는 옥색 기와. 또는 옥색 유리 기와.

2) 錦瑟(금슬) 3구: 거문고가 상 위에 놓여 있는 것을 보고, 작자는 헤어진 후의 여인의 모습과 정경을 상상해서 말한 것이다. '錦瑟'은 거문고의 미칭. '진영(塵影)'은 과거사. 지난 일. '전진영사(前塵影事)'와 같다. '봉현(鳳絃)'은 거문고 줄의 미칭. '상하(常下)'는 늘 내려놓고 있다. 연주하지 않는 것을 말한다.

3) 犀帷(서유): 무소뿔로 장식한 휘장.

4) 王孫驕馬(왕손교마): 임이 탄 말. '王孫'은 여기서는 임. 작자 자신을 말한다. '驕馬'는 크고 좋은 말.

5) 諱道(휘도): 감히 말하지 않다.

6) 腰衩(요차): (옷의) 허리 품(둘레). '衩'는 치마 아래 갈라진 부분.

7) 遙夜(요야): 긴 밤. 장야.

8) 翠箔(취박): 녹색의 발이나 장막.

9) 枕肩歌罷(침견가파): 어깨에 기대어 노래를 끝내다. 또는 노래를 끝내고 내 어깨를 베다. '枕'은 (베개 삼아) 베다. 기대다. '歌罷'는 노래를 끝내다.

10) 銅駝(동타): 낙양에 있는 번화한 거리 이름. 여기서는 수도 임안(臨安)의 거리를 말한다.

11) 舊家(구가): 예전의. 종전의.

12) 聲價(성가): 명성. 여기서는 소식.

13) 可惜東風(가석동풍) 3구: 봄바람이 불어 꽃이 떨어지는 것은 기녀의 사망을 뜻한다. '한화(閑花)'는 그윽하고 고아한 꽃. 담담한 꽃. 기녀를 말한다.

14) 崔徽(최휘): 당대(唐代) 기녀의 이름. 최휘와 배경중(裵敬中)은 서로 사랑하는 사이였는데, 후에 배경중이 떠나자 최휘는 자신의 초상화를 그려 배경중에게 전해달라고 부탁을 하고 한을 품고서 죽었다는 고사. 『여정집(麗情集)』에 보인다.

[해설]

사랑했던 여인의 죽음을 애도한 도망사(悼亡詞)다. 전단은 봄날 옛 여인의 집을 찾아갔으나 사람은 없고 거문고만 남아 있는 것을 보고, 이별한 후의 그녀를 상상해서 서술한 것이다. 후단의 첫 3구는 지난날의 회상이고, '우입(又入)' 이하는 그녀의 사망을 알고 난 후의 슬픈 심정을 말했다. 작자는 정(情)과 경(景), 과거와 현재, 그리고 죽은 여인의 다정(多情)과 자신의 여한(餘恨)을 교차시켜 노래했다.

210 추제(秋霽)* **사달조(史達祖)**

江水蒼蒼,[1]	너른 강물은 푸르고
望倦柳愁荷,[2]	시든 버드나무와 수심스러운 연꽃을 바라보니

共感秋色●	모두 가을빛을 느끼게 하네
廢閣先涼,	황폐한 누각은 먼저 싸늘해지고
古簾空暮,[3]	낡은 발을 드리운 방은 쓸쓸히 저녁이 되는데
雁程[4]最嫌風力●	기러기는 거센 역풍을 몹시 두려워하네
故園[5]信息●	고향 소식과
愛渠[6]入眼[7]南山碧●	눈에 선한 그 푸른 남산이 그립구나
念上國[8]●	서울을 그리며
誰是、膾鱸[9]江漢未歸客●	강한에서 돌아가지 못하는 객은 뉘인고
還又歲晚,	또 한 해가 저무는데
瘦骨臨風,	여윈 몸은 바람을 마주하고 있노니
夜聞秋聲,	밤에 들려오는 가을 소리는
吹動岑寂[10]●	적막감을 불러일으키누나
露蛩悲、青燈冷屋,	이슬은 내리고 귀뚜라미 소리 슬픈데 찬 방 안 등불 아래서
翻書愁上鬢毛白●	책을 뒤적이며 머리털은 수심으로 세었어라
年少俊遊[11]渾斷得●	젊었을 적의 행락과 벗은 모두 끊어졌구나
但可憐處,[12]	가련하게도
無奈[13]苒苒[14]魂驚,	놀란 여린 마음을 가눌 길 없으니
采香南浦,[15]	남쪽 물가에서 향초를 뜯고
剪梅煙驛[16]●	안개 낀 역사에서 매화를 꺾노라

[주석]

* 雙調105字, 前段10句6仄韻, 後段11句4仄韻.(詞譜34)

1) 蒼蒼(창창): 가없이 넓다. 짙푸르다.

2) 倦柳愁荷(권류수하): 피곤한 버드나무와 수심에 찬 연꽃. 가을의 시들어가는 버드나무와 연꽃.

3) 古簾空暮(고렴공모): 낡은 염막이 쳐진 빈 방은 쓸쓸히 날이 저물다.

4) 雁程(안정)구: 기러기가 날아가는 길에 역풍이 거세게 부는 것을 싫어한다는 뜻. 작자가 처한 역경과 편지가 오지 않는 것을 비유한 말이다. '雁程'은 기러기가 날아가는 노정. '혐(嫌)'은 싫어하다. 두려워하다.

5) 故園(고원): 고향. 여기서는 수도 임안(臨安)을 말한다.

6) 渠(거): 그(것). 저(것). '타(他)'와 같다.

7) 入眼(입안): 시야에 들어오다.

8) 上國(상국): 서울. 경사(京師).

9) 膾鱸(회로)구: 농어회가 맛있는 강한 지방에 있건만, 그래도 고향인 서울로 돌아가는 것만 못하다는 뜻이다. '膾鱸'는 농어회. 진(晉)의 장한(張翰)이 가을바람이 이는 것을 보고, 고향의 농어회와 순챗국 생각이 나서 벼슬을 그만두고 고향으로 돌아갔다는 고사가 있다. 174「수룡음(水龍吟)」'休說鱸魚' 참조. '강한(江漢)'은 장강(長江)과 한수(漢水) 사이. 작자가 폄적되어 와 있는 곳을 말한다. 두보(杜甫)의「강한(江漢)」에 "江漢思歸客, 乾坤一腐儒"(강한에서 돌아갈 생각하는 나그네, 하늘과 땅 사이에서 쓸모없는 선비) 시구가 있다.

10) 岑寂(잠적): 쓸쓸하고 적막하다.

11) 俊遊(준유): 즐거운 유람과 행락.

12) 可憐處(가련처): 가련한 때(곳). '處'는 곳. 또는 때.

13) 無奈(무내): 어찌할 도리가 없다. 어떻게 할 수 없다. '무가내하(無可奈何)'

와 같다.

14) 苒苒(염염): 연약한 모양.

15) 采香南浦(채향남포): 남쪽 물가에서 향초를 뜯다. '南浦'는 이별의 장소. 강엄(江淹)의 「별부(別賦)」 중 "送君南浦, 傷如之何"(남쪽 물가에서 임을 보내니, 이 슬픔을 어이할까)의 뜻을 이용했다. '采香'은 향초를 뜯어 임에게 보낸다는 뜻, 임을 그리워한다는 뜻이 있다.

16) 剪梅煙驛(전매연역): 안개 낀 역참에서 매화 가지를 꺾다. 작자가 폄적지에서 멀리 있는 벗을 그리워한다는 뜻. 육개(陸凱)의 「증범엽(贈范曄)」 시의를 이용했다. 088 「우미인(虞美人)」 '一枝梅' 참조.

[해설]

작자는 재상 한탁주(韓侂胄)의 막하에 있었는데, 개희(開禧) 2년(1206)에 한탁주는 중원을 회복하기 위해 금나라와 전쟁을 일으켰으나 참패하여 사형 당하고, 작자는 하옥되었다가 강한(江漢) 지방으로 폄적되었다. 이 사는 작자가 폄적지에서 고독과 실의 속에 지내는 신세와 고향을 그리는 심정을 노래한 것으로, 가슴속의 한과 울적한 심정을 매우 함축적으로 표현했다.

211 야합화(夜合花)* 사달조(史達祖)

柳鎖[1]鶯魂,	버드나무에선 꾀꼬리 노래 멈췄고
花翻蝶夢,	꽃 사이에서 날던 나비 꿈은 깨졌나니

自知愁染潘郎[2]。	수심이 내 머리털을 하얗게 물들인 걸 알겠구나
輕衫[3]未攬,	가벼운 봄옷으로 갈아입지 않은 건
猶將淚點偸藏。	그녀의 눈물 자국을 남몰래 간직하고 싶기 때문이네
念前事,	지난 일을 생각하고
怯流光。	흘러간 세월에 놀라는데
早春窺、酥雨[4]池塘。	초봄은 보슬비 내리는 연못을 엿보는구나
向消凝[5]裏,	넋 잃고 우두커니 있는데
梅開半面,	매화가 반쯤 얼굴을 내밀고 있어
情滿徐妝[6]。	다정한 서비(徐妃)가 화장한 듯하여라
風絲[7]一寸柔腸。	그녀의 부드러운 마음은 실바람 같았으니
曾在歌邊[8]惹恨,	노래하는 곁엔 한이 일었었고
燭底縈香。	촛불 아래엔 향기가 감돌았더라
芳機[9]瑞錦,	베틀 위 고운 비단엔
如何未織鴛鴦。	어이하여 원앙 무늬를 다 짜 넣지 못했던고
人扶醉,[10]	그녀는 취한 나를 부축해주었고
月依牆。	달은 벽을 환하게 비췄었더라
是當初、誰敢疏狂。	그때 누가 감히 나처럼 자유분방했으랴
把閒言語,[11]	정다운 말 나누며
花房[12]夜久,	아늑한 방에서 밤은 깊어갔었더니
各自思量。	지금은 각각 떨어져 그리움에 잠겼구나

[주석]

* 雙調100字, 前段11句5平韻, 後段11句6平韻.(詞譜25)

1) 柳鎖(유쇄) 2구: 버드나무는 꾀꼬리의 혼을 가두고, 꽃은 나비의 꿈을 뒤집어엎다. 꾀꼬리는 노래를 부르지 않고, 나비의 꿈은 깨지다. 연인의 노래를 들을 수 없고, 아름다운 꿈은 깨지다. '접몽(蝶夢)'은 『장자·제물론(莊子·齊物論)』에서 장자가 꿈속에서 나비가 되어 훨훨 날아다니다가 꿈에서 깼다는 고사에서 나온 말.

2) 潘郞(반랑): 서진(西晋)의 문인 반악(潘岳). 「도망시(悼亡詩)」 3수가 유명하며, 「추흥부서(秋興賦序)」에 "내 나이 서른둘에 백발이 생겨났다"라는 말이 보인다. 여기서는 작자 자신을 말한다.

3) 輕衫(경삼) 2구: 지금 입고 있는 옷에 그녀의 눈물 자국이 남아 있기 때문에 새 옷으로 바꿔 입지 않는다는 뜻. '輕衫'은 가벼운 적삼. 봄옷. '람(攬)'은 손에 쥐다.

4) 酥雨(수우): 부드럽게 내리는 가랑비.

5) 消凝(소응): 슬픔에 넋을 잃고 깊이 생각에 잠기다. '소혼응신(消魂凝神)'과 같다.

6) 徐妝(서장): 남조(南朝) 양(梁) 원제(元帝)의 비(妃) 서소패(徐昭佩)는 원제가 애꾸눈이기 때문에, 원제가 올 때는 얼굴 반쪽만 화장해서, 원제가 크게 노해 돌아갔다. 후에 서비는 원제의 신하 계강(季江)과 사통했다. 계강이 탄식해서 말하길 "서비는 중로(中老)인데도 아직 정이 많구나"라고 했다. 『남사·양원제서비전(南史·梁元帝徐妃傳)』에 보인다. 여기서는 매화가 반쯤 핀 것을 형용한 것이다.

7) 風絲(풍사): 실바람. 미풍.

8) 曾在歌邊(증재가변) 2구: 지난날 연인과 함께 있던 일을 회상한 것으로, '야

한(惹恨)'과 '영향(縈香)'은 연인 사이의 한과 애정을 말한다.

9) 芳機(방기) 2구: 비단을 짜는데 원앙 무늬를 다 짜 넣지 못한 것처럼 남녀 간의 사랑이 이루어지지 못한 것을 뜻한다.

10) 人扶醉(인부취) 3구: 달빛이 벽을 환하게 비추는데, 그녀는 술 취한 나를 부축해주었고, 그때 누가 우리처럼 자유분방하고 열렬히 사랑했으랴. 과거의 사랑과 아름다운 추억을 말한 것으로 볼 수 있다. 혹은 달이 벽 위로 떠오를 때, 취한 몸을 가누지 못하며 마음대로 행동했던 것을 후회한다는 뜻으로도 볼 수 있다. '당초(當初)'는 과거. '수(誰)'는 누구. 어찌. '소광(疏狂)'은 소탈하여 상규를 벗어나다. 자유분방하여 제약을 받지 않다.

11) 閒言語(한언어): 연인들의 정다운 말.

12) 花房(화방): 아름다운 방.

[해설]

전단은 봄 경치를 묘사하면서 연인과 헤어진 슬픔을 말했고, 후단은 과거 연인과 함께했던 행복을 회상하면서 사랑을 이루지 못하고 이별한 아픔과 고독을 토로했다.

212 옥호접(玉蝴蝶)*

사달조(史達祖)

晚雨未摧宮樹,[1]	저녁 비에도 나무엔 낙엽이 다 지지 않아
可憐閒葉,	가련하게도 성긴 잎에는

猶抱涼蟬[2]。	아직도 가을 매미가 붙어 있구나
短景[3]歸秋，	햇살이 짧은 늦가을이 되니
吟思[4]又接愁邊。	시심(詩心)은 또 수심으로 이어지누나
漏初長、[5]夢魂[6]難禁，	이제 밤이 길어지니 꿈을 막기 어렵고
人漸老、風月[7]俱寒。	사람은 늙어 흥과 경치는 모두 쓸쓸하여라
想幽歡[8]。	그윽했던 즐거움이 그립기만 한데
土花[9]庭甃，[10]	마당 우물엔 이끼가 끼었고
蟲網闌干。	난간엔 거미줄이 걸렸네
無端。	공연히
啼蛄[11]攪夜，	풀벌레는 밤을 시끄럽게 울고
恨隨團扇，[12]	원한은 가을 부채를 좇아 일어나니
苦近秋蓮[13]。	괴로움은 가을 연밥처럼 쓰구나
一笛當樓，	피리 소리 들려오는 누각에서
謝娘[14]懸淚立風前。	그녀는 눈물 글썽이며 바람 앞에 서 있으리라
故園晚、强[15]留詩酒	고향 길 늦어져 억지로 시와 술을 벗 삼아 지내니
新雁遠、不致寒暄[16]。	기러기는 길이 멀어 소식을 전하지 못하네
隔蒼煙。	어슴푸레한 안개 저편
楚香羅袖，[17]	초 땅 향기로운 옷소매의
誰伴嬋娟[18]。	고운 그녀는 뉘와 함께 있을꼬

[주석]

* 雙調99字, 前段10句5平韻, 後段11句6平韻.(詞譜4)

1) 宮樹(궁수): 궁 안의 나무.

2) 涼蟬(양선): 가을 매미. 추선(秋蟬).

3) 短景(단경): 짧은 햇빛. 가을이 되어 해가 짧아지다.

4) 吟思(음사): 시를 읊고 생각에 잠기다.

5) 漏初長(누초장): 밤이 길어지기 시작하다. '漏'는 물시계를 말한다.

6) 夢魂(몽혼): 꿈속의 넋. 꿈.

7) 風月(풍월): 바람과 달. 경치. 경치를 보고 일어나는 감흥. 풍류.

8) 幽歡(유환): (남녀의) 밀회의 기쁨.

9) 土花(토화): 이끼.

10) 甃(추): 우물의 벽. 벽돌.

11) 蛄(고): 땅강아지. 「고시십구수(古詩十九首)」에 "螻蛄夕鳴悲"(땅강아지 저녁에 슬피 우네) 시구가 있다.

12) 恨隨團扇(한수단선): 가을이 되어 부채가 버려지게 되는 것처럼 버림받은 원한을 말한다. '團扇'은 비단으로 만든 둥근 부채. 서한(西漢) 성제(成帝)의 비(妃) 반첩여(班婕妤)가 총애를 잃은 후, 「단선(團扇)」 시를 지어 자신을 가을 부채에 비유했다.

13) 苦近秋蓮(고근추련): 내심의 괴로움을 연밥의 쓴맛에 비유한 말.

14) 謝娘(사낭): 당대(唐代)의 가기 이름. 여기서는 사랑하는 연인을 말한다.

15) 强(강): 억지로.

16) 寒暄(한훤): 안부. 소식.

17) 楚香羅袖(초향라수): 초 땅의 향기로운 비단 옷소매. 여인을 말한다.

18) 嬋娟(선연): 자태가 아름다운 모양. 미인.

[해설]

나그네 신세로 있는 작자가 고향과 연인을 그리워하는 노래다. 가을의 쓸쓸한 경물을 빌려 처량한 심정을 노래했다.

213 팔귀(八歸)* **사달조(史達祖)**

秋江帶雨,	가을 강에 비가 내려
寒沙縈水,	물은 찬 모래톱을 감돌아 흐르는데
人瞰[1]畵閣愁獨●	홀로 누각에서 내려다보니 수심이 이누나
煙蓑散響[2]驚詩思,	도롱이에 흩어지는 빗방울 소리는 시상을 흩뜨리고
還被亂鷗飛去,	또 갈매기들이 어지러이 날아가니
秀句難續●	좋은 시구를 잇기 어렵구나
冷眼[3]盡歸圖畵上,	조용히 바라보는 풍경은 한 폭 그림
認隔岸、微茫[4]雲屋●	강 건너 어렴풋이 구름 속에 집들이 보이네
想半屬、漁市樵郵,	아마도 어촌이나 산촌이리라
欲暮競然竹[5]●	저녁 무렵 집집마다 연기가 피어오르네
須信風流未老,	풍류는 아직 늙지 않았다고 자신하며
憑持尊酒,	술잔을 들어
慰此凄涼心目●	처량한 마음을 달래보노라
一鞭南陌,	지난날 남쪽 길을 채찍질하며 달렸고

幾篙官渡,[6]	또 몇 번이나 삿대질하며 나루를 건넜던고
賴[7]有歌眉舒綠[8]●	다행히 여인의 즐거운 노래도 있었네
只怱怱殘照,	지금 총총히 지는 석양 속에
早覺閒愁挂喬木●	벌써 부질없는 수심은 높은 나무에 걸렸어라
應難奈、故人天際,	어이하나 그리운 사람은 하늘가 멀리 있으니
望徹[9]淮山,	회산을 아득히 바라볼 뿐
相思無雁足[10]●	그립건만 소식이 없구나

[주석]

* 雙調115字, 前段10句4仄韻, 後段11句4仄韻.(詞譜36)

1) 瞰(감): 굽어보다. 내려다보다.

2) 煙蓑散響(연사산향): 작자가 걸치고 있는 도롱이에 흩어지는 빗방울 소리. 또는 도롱이를 걸친 어부가 부르는 노랫소리. '煙蓑'는 연우(煙雨) 속의 도롱이.

3) 冷眼(냉안): 차분한 눈길.

4) 微茫(미망): 어슴푸레하다.

5) 然竹(연죽): 대나무를 태워 밥 짓는 것을 말한다. '然'은 '연(燃)'과 같다. 유종원(柳宗元)의 「어옹(漁翁)」 중 "漁翁夜傍西巖宿, 曉汲淸湘然楚竹"(늙은 어부는 밤에 서쪽 바위에서 자고, 새벽에 맑은 상수 물을 긷고 대나무를 태워 밥을 짓네) 시의를 이용했다.

6) 官渡(관도): 나루터. 옛날 관에서 설치한 나루터.

7) 賴(뢰): 다행히.

8) 歌眉舒綠(가미서록): 가기가 즐겁게 노래하다. '歌眉'는 가기의 눈썹. 가기.

'舒綠'은 미간을 펴다. 유쾌한 표정이 되다. '綠'은 눈썹을 뜻한다.

9) 望徹(망철): 아득히 바라보다. '망단(望斷)'과 같다.

10) 雁足(안족): 서신. 편지. 한대의 소무(蘇武)가 기러기의 발에 편지를 묶어 전했다는 고사에서 나온 말.

[해설]

작자는 가을 풍경을 바라보면서 수심에 잠기고 멀리 헤어져 있는 사람을 그리워하고 있는데, 아마도 작자가 폄적 당한 후에 지은 작품인 듯하다. 가을의 경치 묘사가 잘되었고, 작자의 고독한 심정과 잘 어울리고 있다. '연사산향(煙蓑散響)'구는 뛰어난 시구라는 평이 있다.

214 생사자(生查子)* 유극장(劉克莊)

— 元夕[1]戲陳敬叟[2]	— 정월 보름날 밤에 진경수에게 희작해서 주다
繁燈奪霽華,[3]	휘황한 등불에 달빛은 빛을 잃고
戲鼓侵明發[4]●	북 치며 노는 소리는 새벽까지 이어지네
物色舊時同,	풍경은 옛날과 같건만
情味中年別●	마음과 흥은 중년이 되어 다르구나
淺畫鏡中眉,	여인들은 거울 마주해 눈썹을 그리고

深拜[5]樓中月●	누각에 올라 달을 향해 깊이 절하네
人散市聲收,	사람들 흩어지고 떠들썩한 소리 멈추니
漸入愁時節●	바로 수심에 젖어드는 때로구나

[주석]

* 雙調40字, 前後段各4句兩仄韻.(詞譜3)

1) 元夕(원석): 정월 보름날 밤. 원소절(元宵節).

2) 陳敬叟(진경수): 진이장(陳以莊). 작자의 친구로, 자는 경수(敬叟), 호는 월계(月溪), 복건(福建) 사람이다.

3) 霽華(제화): 밝은 달빛. 명월.

4) 侵明發(침명발): 새벽이 가깝다. '侵'은 접근하다. '明發'은 새벽.

5) 深拜(심배): 깊이 절하다. 당송 때 부녀자들이 달에 절하며 소원을 비는 풍속이 있는데 이를 '배월(拜月)'이라고 한다.

[해설]

작자가 벗에게 희작해서 보낸 작품으로, 타향에서 원소절을 맞은 감회를 노래했다. 전단에서는 원소절의 야경을 묘사하면서 중년이 되어 느끼는 감정이 옛날과 다름을 말했는데, 인생의 많은 풍파를 겪고 난 후의 감개가 엿보인다. 후단에서는 오늘 밤 벗의 부인이 누각에 올라 달을 향해 남편이 빨리 돌아오기를 빌고 홀로 수심에 젖을 것이라고 농담조로 말했다.

215 하신랑(賀新郎)*

유극장(劉克莊)

— 端午	— 단오
深院榴花吐●	깊은 정원엔 석류꽃이 피어나고
畫簾開、練衣[1]紈扇,[2]	주렴을 걷고 삼베옷에 부채를 쥐고서
午風淸暑●	한낮 바람에 더위를 식히노라
兒女紛紛誇結束,[3]	아녀자들은 야단스레 치장을 자랑하니
新様釵符艾虎[4]●	머리 장식과 부적 모양이 모두 새롭구나
早已有、遊人觀渡[5]●	벌써부터 경조(競漕) 구경꾼들이 모여드는구나
老大逢場[6]慵作戲,	늙은 나는 노는 자리에 끼어들 흥이 없는데
任陌頭、[7]年少爭旗鼓●	거리의 젊은이들은 다투어 깃발을 휘두르고 북을 치는구나
溪雨急,	골짜기 시냇물에 소나기 쏟아지듯
浪花舞●	배는 물보라를 일으키는구나
靈均標致[8]高如許●	굴원의 풍도는 참으로 훌륭했도다
憶生平、既紉蘭佩,[9]	평생 난초처럼 고상했고
更懷椒醑●	제물처럼 향기롭고 고결했도다
誰信騷魂[10]千載後,	누가 믿으랴, 굴원의 혼이 천 년 후에
波底垂涎角黍●	물 밑에서 종자(粽子)를 먹고 싶어서 침 흘린다는 말을
又說是、蛟饞龍怒●	또 탐심 많고 노한 교룡을 달래기 위해서라고 말하네

把似[11]而今醒到了,	만약에 굴원이 지금 깨어 있다면
料當年、醉死差無苦●	생각건대 그때 술 취해 죽어 고통이 없는 것만 못하리라
聊一笑,[12]	잠시 한 번 웃고
弔千古●	천고의 굴원을 애도하노라

[주석]

* 雙調116字, 前後段各10句6仄韻.(詞譜36)

1) 練衣(소의): 거친 삼베옷. 갈포 옷.

2) 紈扇(환선): 흰 깁으로 만든 부채. 단선(團扇).

3) 結束(결속): 치장. 장식

4) 釵符艾虎(차부애호): 단오의 풍속으로 행해지는 장식물. '釵符'는 차두부(釵頭符)라고도 하며, 채색 비단을 오려 만든 수식(首飾). '艾虎'는 쑥으로 만든 호랑이 모양의 장식물로, 이것을 지니면 재앙을 막는다고 한다.

5) 觀渡(관도): 용주(龍舟)의 경조(競漕)를 구경하다. 중국에서는 단오 때 굴원을 기념하기 위하여 조정 경기를 하는 풍속이 있다.

6) 老大逢場(노대봉장)구: 늙었기 때문에 조정 경기를 구경하러 갈 마음이 내키지 않다. '봉장작희(逢場作戱)'는 노는 자리에 끼어들어 놀다. '용(慵)'은 게으르다. ~할 마음이 내키지 않다.

7) 任陌頭(임맥두) 3구: 단오 날 젊은이들의 조정 경기와 파도타기를 묘사한 것이다. 주밀(周密)의 『무림구사·관조(武林舊事·觀潮)』에는 젊은이들이 손에 채색 깃발을 들고 북을 치며 조정 경기를 하고 파도타기 하는 장면을 기술하고

있다. '任'은 ~하도록 방임하다. 내버려두고 상관하지 않다.

8) 靈均標致(영균표치): 굴원의 풍도. '靈均'은 굴원의 자. '標致'는 풍격(風格). 풍도(風度). 운치(韻致).

9) 旣紉蘭佩(기인란패) 2구: 굴원의 고결한 품행을 말한 것이다. 「이소(離騷)」에 "紉秋蘭以爲佩"(난초를 실로 꿰어서 몸에 찼네) 구가 있고, 또 "懷椒醑而要之"(초서를 품고 신을 맞이하네) 구가 있다. '초서(椒醑)'는 신에게 바치는 제물. '초(椒)'는 강신(降神)하는 데 쓰이는 향물(香物). '서(醑)'는 신에게 바치는 정미(精米).

10) 誰信騷魂(수신소혼) 3구: 굴원이 강에 투신자살한 후, 단오 날에 굴원의 혼을 위로하기 위해 종자(粽子)를 강물에 던져 넣는 풍속이 있다. 일설에는 물 밑의 교룡이 굴원을 잡아먹지 못하도록 종자를 강에 던져 넣는다고 한다. 죽은 뒤 천 년이 지났는데, 굴원이 종자를 탐해서 침을 흘린다는 것은 믿을 수 없는 일이라고 말하고 있다. '騷魂'은 굴원의 혼. '각서(角黍)'는 종자. 찹쌀을 댓잎이나 갈잎 등에 싸서 찐 음식물로 단오 때 먹는다. '교참룡노(蛟饞龍怒)'는 교룡이 게걸스럽게 굴원을 잡아먹으려 하며 노하다.

11) 把似(파사) 2구: 만약 굴원이 오늘날 깨어난다면, 그때 술에 취해 죽어 고통이 없는 것보다 못할 것이다. 만약 굴원이 지금 홀로 깨어 있다면, 현재의 시대상을 보고 괴로워할 것이니, 그 당시에 죽은 것이 오히려 고통이 없다는 뜻. 『초사·어부(楚辭·漁父)』 중 "衆人皆醉我獨醒"(여러 사람들 모두 취했는데 나만 홀로 깨어 있네) 구를 이용했다. '把似'는 만약. 만일. '차(差)'는 아마도.

12) 聊一笑(료일소) 2구: 당시의 잘못된 시대상과 소인배에 대해 씁쓸한 웃음을 웃고, 천 년 전의 굴원을 애도한다는 뜻. '聊'는 잠시.

[해설]

단오를 노래한 작품이다. 전단은 단오의 풍속과 풍물을 서술했고, 후단은 굴원의 절개와 품행을 추모하고, 해학적인 필치로 종자(粽子)를 강에 던져 굴원을 제사 지내는 풍습을 언급했다. 세인들이 굴원의 진정한 정신을 본받으려 하지 않고, 다만 굴원을 귀신으로 여겨 제사 지내는 것에 대해 작자는 고소를 금치 못한다. 작자는 애국 시인 굴원을 추도하면서, 현실에 대한 비판과 울분을 넌지시 내비치고 있다.

216 하신랑(賀新郎)* 　　유극장(劉克莊)

— 九日[1]	— 중양절
湛湛[2]長空黑●	가없이 넓은 하늘은 잔뜩 흐려 어두운데
更那堪、[3]斜風細雨,	게다가 비껴 부는 바람에 가랑비 내리니
亂愁如織●	근심은 어지럽게 뒤엉키누나
老眼[4]平生空四海,	평생 동안 이 늙은이 안중엔 천하가 없었으니
賴[5]有高樓百尺[6]●	마침 백 척 높은 누각에 올라
看浩蕩、千崖秋色●	광활한 산천의 가을 경치를 바라보노라
白髮書生[7]神州淚,	백발서생이건만 나라 일로 눈물 흘리나니
盡淒涼、不向牛山滴[8]●	아무리 처량해도 아녀자의 눈물은 흘리지 않는도다
追往事,	지난 옛일을 찾건만

去無迹●	사라져 흔적조차 없어라
少年自負凌雲筆[9]●	젊어서는 하늘을 찌를 듯한 글 솜씨를 자부했건만
到而今、春華[10]落盡,	지금 봄꽃은 다 시들어 떨어졌고
滿懷蕭瑟●	마음은 온통 쓸쓸하기만 하여라
常恨世人新意少,	늘 한하노니 세인들은 새로운 정취가 적어
愛說南朝狂客[11]●	남조 맹가의 고사만을 즐겨 말하고
把破帽、年年拈出●	해마다 낡은 시구만을 쓰는구나
若對黃花孤負[12]酒,	국화꽃 대하고서 술 마시지 않는다면
怕黃花、也笑人岑寂●	국화꽃도 적막한 나를 웃으리라
鴻去北,	기러기는 북쪽으로 날아가고
日西匿●	해는 서쪽으로 숨는구나

[주석]

* 雙調116字, 前後段各10句6仄韻.(詞譜36)

1) 九日(구일): 음력 9월 9일은 중양절(重陽節)이라고 하여, 높은 곳에 올라 술을 마시며 노는 풍속이 있다.

2) 湛湛(잠잠): 물이 깊은 모양. 여기서는 날씨가 음침한 모양.

3) 更那堪(갱나감): 더욱이 어찌 견디랴? 어찌 감당하랴?

4) 老眼(노안)구: 노년에 든 지금에 와서 회상해보니, 평생 동안 포부가 매우 높았다는 말이다. '안공사해(眼空四海)'는 눈에 사해가 없다. 즉 포부가 매우 높고 크다. '목공사해(目空四海)'와 같다.

5) 賴(뢰): 다행히. 마침.

6) 高樓百尺(고루백척): 백 척의 높은 누대. '백척루(百尺樓)'는 『삼국지·진등전(三國志·陳登傳)』에 보이는 고사성어로 호매한 기개나 애국적 지사의 뜻을 상징한다. 여기서도 천하사에 관심을 두고 있는 것을 암시한다.

7) 白髮書生(백발서생)구: 백발의 서생인 작자는 나라 일 때문에 눈물을 흘린다는 뜻. '신주(神州)'는 중국의 옛 칭호. 여기서는 금(金)의 치하에 있는 중원을 말한다.

8) 牛山滴(우산적): 춘추 시대 제(齊) 경공(景公)이 우산(牛山)에 올라 인생무상을 비탄하며 눈물을 흘렸다는 고사가 있다. 두목(杜牧)의 「중양절에 제산에 올라서(九日齊山登高)」에 "古往今來只如此, 牛山何必獨沾衣"(옛날부터 지금까지 인생은 이와 같거늘, 하필 우산에서 홀로 눈물로 옷을 적시리오) 구가 있다. 개인적인 일이나 인생무상 때문에 눈물을 흘리지 않는다는 뜻이다.

9) 凌雲筆(능운필): 구름까지 솟을 듯이 힘찬 글재주. 뛰어난 글재주.

10) 春華(춘화): 봄꽃. 청춘. 젊은 시절의 호기와 재주.

11) 愛說南朝狂客(애설남조광객) 2구: 후세 사람들은 늘 맹가의 '용산낙모(龍山落帽)' 고사를 이용하여 중양절을 읊고 있는데, 이러한 작품은 진부하여 새로운 뜻이 없다는 뜻. '남조광객(南朝狂客)'은 동진(東晉)의 맹가(孟嘉)를 말한다. 9월 9일에 환온(桓溫)이 용산(龍山)에서 잔치를 베풀어 관리들이 모두 모였다. 그때 관원들은 군복을 입고 있었다. 바람이 불어와 맹가의 모자가 땅에 떨어졌는데도 맹가는 알지 못했다. 환온은 측근들에게 알려주지 말라고 하고, 그의 행동거지를 보고자 했다. 맹가는 한참 지나 뒷간에 갔다. 환온은 모자를 가져다 돌려주게 하고, 손성(孫盛)에게 맹가를 조롱하는 문장을 지어서 맹가의 앉은자리에 붙이도록 했다. 맹가가 돌아와 보고서 즉시 답하였는데 그 문장이 몹시 아름다워 모든 사람들이 감탄했다는 고사. 『진서·맹가전(晋

書·孟嘉傳)』에 보인다.

12) 孤負(고부) : 저버리다. '고부(辜負)'와 같다.

[해설]

일반적으로 중양절을 읊은 작품은 유흥(遊興)을 중심으로 노래한 것이 많은데, 이 작품은 시대에 대한 근심과 감개를 위주로 노래했다. 전단은 풍경을 바라보며 작자의 장지(壯志)와 시사(時事)에 대한 우려를 나타냈다. 후단은 자신의 노경을 한탄하며 당시 문인들의 진부한 작풍을 비판하고, 북으로 가는 기러기와 지는 해를 바라보는 것으로 끝을 맺어 여운을 남겼다.

217 목란화(木蘭花)*

유극장(劉克莊)

— 戲林推[1] — 임추관에게 희작하여 주다

年年躍馬長安[2]市● 해마다 장안 시가에서 말을 달리고
客舍[3]似家家似寄[4]● 술집과 기루를 집으로 삼고 집은 객사 같다네
青錢[5]換酒日無何,[6] 낮에는 술 사 마시며 빈둥거리고
紅燭呼盧[7]宵不寐● 밤에는 촛불 아래 노름으로 밤을 샌다네

易挑錦婦機中字[8]● 베 짜는 아내의 사랑은 얻기 쉬워도
難得玉人[9]心下事● 기생의 속마음은 얻기 어렵다네

男兒[10]西北有神州,	남아 대장부는 서북 쪽 중원에 뜻을 두나니
莫滴水西橋[11]畔淚●	수서교 가에서 눈물 흘리지 말게나

[주석]

* 雙調56字, 前後段各4句3仄韻.(詞譜12 玉樓春)

1) 林推(임추): 성이 임씨(林氏)인 추관(推官). 추관은 지방의 형옥(刑獄)을 관장하는 관직. 군사추관(軍事推官)이라고도 한다.

2) 長安(장안): 여기서는 남송의 수도 임안(臨安).

3) 客舍(객사): 여관. 여기서는 술집과 기생집을 말한다.

4) 寄(기): 기거(寄居)하다. 여기서는 객사.

5) 青錢(청전): 동전.

6) 無何(무하): 하는 일이 아무것도 없다.

7) 呼盧(호로): 옛날 도박의 일종. 또는 도박할 때 외치는 소리.

8) 錦婦機中字(금부기중자): 길쌈하는 부인이 비단에 짜 넣은 글자. '錦婦'는 회문시를 지은 소혜(蘇蕙). 여기서는 임추관의 부인을 말한다. '機中字'는 비단에 짜 넣은 글자, 즉 회문시(回文詩). 여기서는 아내의 사랑을 말한다. 032「곡옥관(曲玉管)」'錦字' 참조.

9) 玉人(옥인): 미인. 여기서는 기녀를 말한다.

10) 男兒(남아)구: 임추관에게 권면하는 말로, 국가 대사에 관심을 두라는 뜻. '서북유신주(西北有神州)'는 서북쪽에 금에 점령당한 중원이 있다는 뜻.

11) 水西橋(수서교): 다리 이름. 당시 이 근처에 기녀들이 많이 살았다.

[해설]

제서(題序)에서 친구 임추관에게 희작한다고 했지만, 실은 충고의 말을 한 것이다. 전단은 겉으로는 친구의 호탕함을 칭찬하는 것 같으나, 실은 친구의 방탕을 안타깝게 여기고 있다. 후단은 친구에게 방탕한 생활을 청산하고 국가 대사에 힘쓰라고 권면했다. 우스갯소리하듯이 말하고 있지만 준엄한 꾸짖음이 있다. 다른 판본에는 '戱呈林節推鄉兄'(절도추관인 동향의 임형께 장난삼아 드림)이라는 제서가 있다.

218 강성자(江城子)* 노조고(盧祖皐)

畵樓簾幕捲新晴。	누각의 발을 걷으니 날씨는 활짝 갰는데
掩銀屛。	둘러친 병풍 안은
曉寒輕。	새벽 추위가 쌀쌀하구나
墜粉飄香,[1]	떨어지는 꽃잎과 풍겨오는 꽃향기는
日日喚愁生。	날마다 수심만 자아내누나
暗數十年湖上路,	가만히 헤아려보니 십 년 동안 호숫가 길에서
能幾度、[2]著娉婷[3]。	몇 번이나 미인과 함께 놀았던고
年華[4]空自感飄零[5]。	흘러간 세월과 영락한 신세를 헛되이 한탄하노니
擁春酲[6]。	봄 술에 취하건만
對誰醒。	누구를 마주하고 술이 깰 건가

天闊雲閒,	하늘은 넓고 구름은 한가로운데
無處覓簫聲[7]。	퉁소 소리는 찾을 길 없어라
載酒買花[8]年少事,	술 싣고 꽃놀이 가는 건 젊은이의 일이어니
渾不似、[9]舊心情。	도무지 옛 젊었을 적 마음 같지 않구나

[주석]

* 雙調70字, 前後段各7句5平韻.(詞譜2 一名江神子)

1) 墜粉飄香(추분표향): 낙화를 형용한 말.

2) 能幾度(능기도): 몇 번. 몇 차례. '能'은 의문사 앞에 쓰여 의문의 어기를 나타낸다. 두보(杜甫)의 「위팔 처사에게 드림(贈衛八處士)」 중 "少壯能幾時"(젊음은 얼마나 오래가랴), 안기도(晏幾道)의 「목란화(木蘭花)」 중 "看盡落花能幾醉"(낙화를 바라보며 몇 번이나 취할 것인가) 등이 이러한 예다.

3) 著娉婷(착빙정): 미인과 가까이하다. '著'은 접촉하다. 가까이하다. '娉婷'은 자태가 아름다운 모양. 여기서는 미인.

4) 年華(연화): 세월. 춘광.

5) 飄零(표령): 바람에 날려 떨어지다. 영락하여 떠돌다. 시들다.

6) 擁春酲(옹춘정): 봄날 몽롱하게 술에 취하다. 봄날 술병이 나다. '酲'은 술병. 숙취.

7) 簫聲(소성): 퉁소 소리. 여기서는 연인, 또는 즐거운 노랫소리를 말한다. 진(秦) 목공(穆公)의 딸 농옥(弄玉)과 퉁소를 잘 분 소사(簫史)의 전고를 이용했다. 또는 두목(杜牧)의 「양주의 한작 판관에게(寄揚州韓綽判官)」 중 "二十四橋明月夜, 玉人何處教吹簫"(이십사교 달 밝은 밤, 미녀들은 어디서 퉁소를 가르

치고 있는가) 시의를 이용했다.

8) 載酒買花(재주매화): 주연을 베풀고 꽃구경하다.

9) 渾不似(혼불사): 전혀 ~과 같지 않다.

[해설]

낙화를 보며 덧없는 세월과 영락한 신세를 슬퍼하고, 다시 찾을 수 없는 젊음과 연인을 그리워하는 노래다. 내용이나 의경은 평범하나 사어(詞語)가 맑고 부드럽다.

219 연청도(宴淸都)*

노조고(盧祖皐)

春訊飛瓊管[1]●	봄소식이 옥피리 속에서 날아오르니
風日薄,	바람과 햇빛은 부드럽고
度牆啼鳥聲亂●	담 너머 새소리 어지럽구나
江城次第,[2]	강가 성에는 어느새
笙歌翠合,[3]	생황과 노랫소리에 아름다운 여인들이 모여들고
綺羅香暖●	비단 옷자락은 향기롭고 따뜻하구나
溶溶[4]澗淥冰泮[5]●	얼음 녹아 계곡의 맑은 물은 콸콸 흐르니
醉夢裏、年華暗換●	취몽 중에 세월은 어느덧 바뀌었어라
料黛眉、[6]重鎖隋隄,	생각건대 푸른 버들은 겹겹이 고향 강둑을 둘러싸고
芳心[7]還動梁苑●	온갖 꽃들은 또다시 고향 동산을 뒤흔들리라

新來雁闊[8]雲音,	요즈음 구름 속 기러기 소리는 아득히 멀고
鸞分鑑影,[9]	서로 헤어진 후로는
無計重見●	다시 만나볼 길 없구나
春啼細雨,	봄이 우는 듯 보슬비 내리거나
籠愁淡月,	수심이 어리는 듯 달빛이 은은하거나
恁時[10]庭院●	이런 때면 정원에서
離腸未語先斷●	이별한 애간장은 말하기 전에 먼저 끊어지누나
算[11]猶有、憑高望眼●	높은 곳에 올라 멀리 바라보고 싶건만
更那堪、[12]衰草連天,	시든 풀은 하늘과 이어졌고
飛梅弄晚●	저물녘 매화 흩날리는 걸 어이 차마 바라보랴

[주석]

* 雙調102字, 前段10句6仄韻, 後段10句5仄韻.(詞譜30)

1) 飛瓊管(비경관): 옥으로 만든 관의 재가 날리다. 옛날 갈대를 태운 재를 12개의 율관(律管)에 넣은 후, 재가 날리는 것을 보고 절기를 측정했다고 한다. 여기서는 봄이 오는 것을 말한다.

2) 次第(차제): 경각. 눈 깜짝할 사이.

3) 翠合(취합): 비취(翡翠, 물총새)가 모여들다. 여기서는 봄놀이하는 여인들을 말한다.

4) 溶溶(용용): 물이 많고 넓은 모양. 물이 힘차게 흐르는 모양.

5) 冰泮(빙반): 얼음이 녹다.

6) 黛眉(대미)구: 여인의 눈썹 같은 버들잎이 강둑을 에워싸다. 또는 수심으로

여인이 눈썹을 찌푸린다는 뜻으로 보아, 여인이 이별한 장소에서 수심에 잠긴다는 의미로 볼 수 있다. '黛眉'는 미인의 검푸른 눈썹. 버들잎을 말한다. '중쇄(重鎖)'는 겹겹이 잠그다. 눈썹을 찌푸리다. '수제(隋隄)'는 수(隋) 양제(煬帝)가 변경(汴京) 일대에 운하를 만들고 양쪽에 쌓은 둑.

7) 芳心(방심)구: 백화가 정원에 만발하다. 또는 여인이 고향에서 떠나간 사람을 그리워한다는 뜻으로도 볼 수 있다. '芳心'은 여인의 마음. 여기서는 정원의 백화를 말한다. '양원(梁苑)'은 한(漢) 양효왕(梁孝王)이 만들었다는 정원. 지금의 하남 개봉(開封)시 동남쪽에 있었으며, 토원(兎園)이라고도 한다. 여기서는 정원, 또는 고향의 정원을 말한다.

8) 雁闊(안활)구: 소식이 없다는 뜻. '雁'은 기러기. 소식, 편지를 뜻한다. '闊'은 멀다. 드물다. '운음(雲音)'은 구름 속의 기러기 소리. 편지.

9) 鸞分鑑影(난분감영): 난새와 거울 속의 그림자가 나뉘다. 부부나 연인들이 이별하다. 002 「목란화(木蘭花)」 '鸞鏡' 참조.

10) 恁時(임시): 이때.

11) 算(산): 비록(설령) ~하더라도.

12) 更那堪(갱나감): 어찌 감당하랴. 어찌 견디랴.

[해설]

새봄을 맞아 봄 경치에 촉발된 향수와 헤어져 있는 사람을 그리는 심정을 노래했다.

220 남향자(南鄉子)* 　　반방(潘牥)

— 題[1]南劍州[2]妓館[3]	— 남검주의 기루에 써 붙이다
生怕[4]倚闌干。	난간에 기대어 있기 몹시 두렵나니
閣下溪聲閣外山。	누각 아래 냇물 소리와 누각 밖의 산 때문이라네
惟有舊時山共水,	오직 옛날의 산과 물은
依然。	여전하건만
暮雨朝雲[5]去不還。	임은 떠나가선 아니 오네
應是[6]躡飛鸞[7]。	임은 난새를 타고 훨훨 날아가
月下[8]時時整佩環。	언제나 달빛 아래서 패옥을 매만지리라
月又漸低霜又下,	달이 점차 기울고 또 서리도 내려
更闌[9]。	밤은 깊었는데
折得梅花獨自看。	매화꽃 꺾어 들고 홀로 보노라

[주석]

* 雙調56字, 前後段各5句4平韻.(詞譜1)

1) 題(제): (그림, 벽, 기둥 따위에) 쓰다. 제시(題詩)하다.

2) 南劍州(남검주): 지금의 복건성(福建省) 남평현(南平縣).

3) 妓館(기관): 기루(妓樓).

4) 生怕(생파): 매우 두렵다. '生'은 매우. 몹시.

5) 暮雨朝雲(모우조운): 아름다운 여인. 또는 남녀의 환락. 여기서는 기녀를 말한다. 또한 누각에서 보이는 실경(實景)으로 볼 수도 있다. 송옥(宋玉)의 「고당부서(高唐賦序)」에 나오는 초왕(楚王)과 무산(巫山) 신녀의 전고를 이용하였다. 054 「목란화(木蘭花)」 '襄王春夢' 참조.

6) 應是(응시): (생각건대) 응당 ~일 것이다.

7) 躡飛鸞(섭비란): 난새를 타고 날다. 전설 속의 신선은 대부분 난새나 봉황을 타고 다니는데, 여기서는 기녀가 떠나간 것을 말한다. 다음 구와 함께 죽음을 암시하고 있다.

8) 月下(월하)구: 두보(杜甫)의 「고적을 읊다(詠懷古迹)」 중 "佩環空歸月夜魂"(패옥을 찬 혼백은 헛되이 달밤에 돌아오네) 시의를 이용했다. '패환(佩環)'은 몸에 차는 고리 모양의 옥. 패옥.

9) 更闌(경란): 밤이 깊다. '更'은 옛날 시간의 단위. '闌'은 늦다. 다하다.

[해설]

작자는 옛날 사귀었던 기녀를 회상하고 있는데, 아마도 죽은 기녀를 애도하는 것 같다. 전단에서 작자는 산수는 의구한데 사람은 없다는 사실에 슬퍼하고, 후단에서 작자는 밤 깊도록 그녀를 그리워하며 매화를 꺾어 든다. 경물을 빌려 완곡하게 깊은 정을 노래했다.

221 서학선(瑞鶴仙)* 　　　　육예(陸叡)

溼雲黏雁影●	비를 머금은 구름엔 기러기 그림자가 붙어 있고
望征路愁迷,[1]	임 떠나간 길 바라보니 시름이 일어
離緒難整●	이별의 슬픔을 가눌 수 없어라
千金[2]買光景●	천금 같은 광음인데
但疏鐘催曉,	성긴 종소리는 새벽을 재촉하고
亂鴉啼暝●	까마귀 어지러이 울어 저녁이 되는구나
花悰[3]暗省●	꽃 사이에서 놀던 기쁨을 가만히 생각해보니
許多情,	얼마나 다정했던고
相逢夢境●	서로 만났던 게 꿈인 듯하여라
便[4]行雲、[5]都不歸來,	떠가는 구름이라 돌아오지는 못할망정
也合[6]寄將音信●	응당 소식은 전해주어야 하거늘
孤迥[7]●	외롭고 적막하여라
盟鸞[8]心在,	사랑의 맹세는 이내 마음에 있건만
跨鶴[9]程高,	임은 학을 타고 높이 날아갔고
後期無準●	후일의 기약은 믿을 수가 없어라
情絲[10]待剪●	얽히고설킨 정을 잘라버리려나
翻惹得、舊時恨●	오히려 옛 한만 생겨나누나
怕天教何處,[11]	임은 어디서 무얼 하고 있는고
參差雙燕,	짝 지어 나는 제비 날개엔

還染殘朱剩粉●	아직도 옛날의 지분이 묻어 있구나
對菱花、[12]與說相思,	거울 속 그림자를 마주해 그리움 말하면서
看誰瘦損●	누가 더 수척한지 보는구나

[주석]

* 雙調102字, 前段11句7仄韻, 後段11句6仄韻.(詞譜31)

1) 愁迷(수미): 수심으로 마음이 어지럽다.

2) 千金(천금)구: 천금으로 광음을 사다. 천금과 같이 귀중한 시간이 지나가는 것을 안타까워하는 말이다. 소식(蘇軾)의 「춘야(春夜)」에 "春宵一刻值千金"(봄밤의 일각은 천금의 값이네) 시구가 있다. '광경(光景)'은 광음.

3) 花悰(화종): 꽃 사이에서 노는 즐거움. 아름다운 연정(戀情). '悰'은 기쁨. 즐거움.

4) 便(변): 비록.

5) 行雲(행운): 흘러가는 구름. 여기서는 떠도는 임을 말한다.

6) 合(합): 응당.

7) 孤迥(고형): 고독하다. 적막하다.

8) 盟鸞(맹란): 사랑의 맹서(약속). 002「목란화(木蘭花)」'鸞鏡' 참조.

9) 跨鶴(과학): 학을 타고 하늘에 올라가 신선이 되다. 여기서는 임이 떠나간 것을 말한다. '과학양주(跨鶴揚州)'는 호화로운 행락의 뜻이 있는데, 여기서도 행락지로 놀러 다니는 것을 암시한다.

10) 情絲(정사) 2구: 이욱(李煜)의 「오야제(烏夜啼)」 중 "剪不斷, 理還亂, 是離愁"(잘라도 끊어지지 않고, 가다듬어도 다시 어지러워지는 것은, 이별의 근심이네)를 이용했다. '情絲'는 남녀의 애정. 얽히고설킨 애정. '대(待)'는 ~하려

고 하다. '번(飜)'은 도리어. 오히려.

11) 怕天教何處(파천교하처) 3구: 혹시나 하늘은 임으로 하여금 어디에선가 다른 여인과 어울리게 하지나 않을까 걱정이다. 지금 쌍쌍이 나는 제비에는 아직도 지난날에 묻은 지분(脂粉)이 남아 있다. 즉 행복할 때의 추억을 간직하고 있다는 뜻으로, 여인의 고독을 부각시키고 있다. '怕'는 두렵다. 또는 만약. '教'는 하여금 ~하게 하다. '참치(參差)'는 들쑥날쑥하다. 제비의 날개를 형용한 말. '잔주잉분(殘朱剩粉)'은 남아 있는 연지와 분.

12) 菱花(능화): 마름꽃. 여기서는 거울 배면에 능화를 새긴 거울. 능화경.

[해설]

치정(癡情)에서 헤어나지 못하는 여인과 박정한 남자는 시사(詩詞)에서 즐겨 취급하는 흔한 제재다. 전단은 여인이 임이 떠나간 길을 바라보며 수심에 잠기고, 임과 같이 있어서 행복했던 때를 회상하며 떠나간 임을 원망했다. 후단에서 여인은 떠나간 임을 잊으려 하지만 더욱 시름에 잠기고, 쌍쌍이 나는 제비를 보며 더욱 외로움을 느끼고 있다.

222 도강운(渡江雲)* 오문영(吳文英)

— 西湖清明	— 서호의 청명
羞紅顰淺恨,[1]	꽃들은 부끄러워 홍조를 띠고 한으로 미간을 찌푸리며

晩風未落,	저녁 바람에 떨어지지 않고 있다가
片繡點重茵[2]○	한 잎 한 잎 날려 풀밭을 수놓았구나
舊隄分燕尾,[3]	서호의 옛 둑은 제비꼬리처럼 나뉘었는데
桂棹[4]輕鷗,	배는 갈매기처럼 가볍게 떠가고
寶勒倚殘雲[5]○	말고삐 옆에는 엷은 구름이 떠 있었네
千絲怨碧,	실버들은 원망스러운 푸른빛인데
漸路入、仙塢迷津[6]○	길은 점점 선녀의 무릉도원으로 들어갔네
腸漫回,[7]	공연히 애만 태웠나니
隔花時見、背面楚腰身[8]○	꽃 사이로 때때로 날씬한 뒷모습만 보였네
逡巡[9]○	배회하며
題門[10]惆悵,	만나지 못해 슬퍼하고
墮履[11]牽縈,[12]	만날 기대로 애태우며
數幽期難準[13]○	은밀한 기약을 손꼽아보건만 믿기 어렵구나
還始覺留情緣眼,[14]	비로소 깨달았네 그리는 정은 그녀의 눈길 때문이고
寬帶因春[15]○	몸이 여윈 건 봄 때문이라는 것을
明朝事與孤煙冷,	내일이면 옛일들은 외로운 연기와 함께 싸늘해지고
做滿湖風雨愁人[16]○	호수 가득한 비바람이 되어 나를 수심에 잠기게 하리라
山黛[17]暝、塵波[18]澹綠無痕○	푸른 산색은 어두워지고 잔잔한 물결엔 아무 흔적도 없구나

[주석]

* 雙調100字, 前段10句4平韻, 後段9句5平韻.(詞譜28)

1) 羞紅(수홍)구: 꽃이 부끄러워 홍조를 띤 듯하고 미간을 찌푸리고 한을 머금은 듯하다. 꽃을 의인화한 표현이다.

2) 片繡(편수)구: 꽃잎이 풀밭에 떨어진 것을 형용한 말이다. '片'은 화편(花片). '중인(重茵)'은 두꺼운 자리(요). 여기서는 아름다운 풀밭.

3) 舊隄(구제)구: 서호의 두 개의 둑, 즉 백제(白隄)와 소제(蘇隄)가 교차된 모습이 제비 꼬리 모양 같다는 뜻. '舊隄'는 예전에 백거이(白居易)와 소식(蘇軾)이 쌓은 서호의 둑.

4) 桂棹(계도): 계수나무로 만든 노. 배의 미칭.

5) 寶勒(보륵)구: 말을 타고 산길을 오를 때, 구름이 말머리 옆에서 피어오르는 것을 형용한 것이다. 두보(杜甫)의 「정씨의 정자를 거듭 읊다(重題鄭氏東亭)」에 "殘雲傍馬飛"(남아 있는 구름은 말 옆에서 날고)구가 있다. '寶勒'은 말의 굴레. 말의 미칭.

6) 漸路入(점로입)구: 여인이 있는 곳을 찾아가는 것을 말한다. '선오미진(仙塢迷津)'은 여인의 거처. '선오(仙塢)'는 신선이 사는 곳. '미진(迷津)'은 나루를 잃다. 도연명(陶淵明)의 「도화원기(桃花源記)」에 나오는 무릉도원.

7) 腸回(장회): 창자가 뒤틀리다. 애끊다. 애타다.

8) 隔花(격화)구: 소식의 「속려인행(續麗人行)」 중 "隔花臨水時一見, 只許腰肢背後看"(꽃나무 너머 물가에서 언뜻 보았는데, 가는 허리 뒷모습만 보일 뿐이네) 시의를 이용했다. '초요(楚腰)'는 미인의 가는 허리. 초나라 영왕(靈王)이 가는 허리를 좋아해서 궁중에 아사자가 많이 생겼다는 고사에서 나온 말.

9) 逡巡(준순): 배회하다. 머뭇거리다.

10) 題門(제문): 시문을 지어 문에 써 붙이다. 사람을 찾아갔으나 만나지 못하

다. 『세설신어 · 간오(世說新語 · 簡傲)』에 나오는 여안(呂安)과 혜강(嵇康)의 '제봉(題鳳)' 고사를 이용했다.

11) 墮履(타리): 신발을 떨어뜨리다. 장량(張良)과 황석공(黃石公)의 고사. 황석공이 다리 밑으로 신발을 떨어뜨려, 장량에게 신발을 주워 오게 하고, 후일에 만날 약속을 하고 병서(兵書)를 전해주었다는 고사. 『사기 · 유후세가(史記 · 留侯世家)』에 보인다. 여기서는 만나기로 약속하는 것을 말한다.

12) 牽縈(견영): 감정이 얽히고설키다. (감정이) 마음을 얽매다.

13) 數幽期(수유기)구: 은밀히 만날 약속을 손꼽아 세건만 믿기 어렵다. '數'는 (수를) 세다. '幽期'는 유회의 기약. '난준(難準)'은 확실하지 않다. 믿기 어렵다.

14) 留情緣眼(유정연안): 정을 품게 된 것은 그녀의 눈길 때문이다. '緣'은 ~때문에. '眼'은 여인의 눈길. 추파.

15) 寬帶因春(관대인춘): 몸이 여윈 것은 춘심 때문이다. '寬帶'는 몸이 여위어 허리띠가 헐렁하다.

16) 明朝事(명조사) 2구: 내일엔 기쁨이 사라진 호수는 적막하기만 하리라는 뜻. 주방언(周邦彦)의 「서룡음(瑞龍吟)」 중 "事與孤鴻去"(옛일은 외로운 기러기와 함께 날아갔네)와 비슷한 표현이다.

17) 山黛(산대): 짙푸른 산색.

18) 塵波(진파): 미파(微波). 연파. 조식(曹植)의 「낙신부(洛神賦)」 중 "凌波微步, 羅襪生塵"(물결 위를 가볍게 걸어가니, 비단 버선에선 잔물결이 인다)에서 나온 말인 듯하다.

[해설]

청명절을 맞아 서호에서 한 여인을 사랑했던 일을 회상한 작품이다. 전단은 서호의 경치를 묘사하면서 배와 말을 타고 여인을 찾아가는 연도의 풍경과 사랑에 빠졌던 옛일을 회상한 것이다. 후단은 회상에서 현재로 전환하여, 작자가 여인을 그리워하면서 수심에 잠겨 있는 정경이다. 혹자는 청명절은 성묘하는 계절이기 때문에, 죽은 연인을 애도한 작품으로 보기도 한다. 작자가 옛일을 회상하는 정경과 현재 직접 보고 있는 정경의 구분이 모호하여 기이하고 몽롱한 느낌을 주고 있다.

223 야합화(夜合花)* **오문영(吳文英)**

— 自鶴江[1]入京, 泊葑門,[2] 有感.

— 백학강에서 서울 임안(臨安)으로 가는 길에 봉문에 정박하여, 감회가 일다

柳暝河橋,	개울 다리 가엔 버들이 우거졌고
鶯晴臺苑,	맑게 갠 날 누대와 동산에선 꾀꼬리 노래하는데
短策[3]頻惹春香○	말채찍 휘두르며 자주 꽃향기를 일으켰더라
當時夜泊,	그날 밤 배를 대고
溫柔[4]便入深鄉○	따뜻하고 부드러운 사랑의 보금자리로 들었더라
詞韻窄,[5]	기쁨은 글로 표현할 수 없었으니
酒杯長[6]○	오랫동안 술잔을 기울이며
剪蠟花,[7]壺箭催忙[8]○	촛불 심지를 자르는 가운데 밤은 빨리 흘렀더라
共追遊處,	함께 좇아 노닐 때

凌波[9]翠陌,[10]	방초 길을 그녀는 사뿐사뿐 곱게 걸었고
連棹橫塘[11]○	횡당에서 배 타고 놀았었더니라
十年一夢淒涼○	십 년 전 일은 한바탕 꿈이니 처량하여라
似西湖燕去,	서호의 제비 날아간 후
吳館[12]巢荒○	오관의 황폐한 둥지처럼 되었어라
重來萬感,	다시 와보니 만감이 일어
依前喚酒銀罌[13]○	예전처럼 소리쳐 술을 청해 마시노라
溪雨急,	개울엔 갑자기 소나기가 쏟아지고
岸花狂○	언덕의 꽃은 미친 듯 춤추다가
趁殘鴉、[14]飛過蒼茫○	저녁 까마귀를 좇아 하늘 멀리 날아가는구나
故人樓上,	옛 그녀의 누각에 올라
憑誰指與,[15]	뉘와 함께
芳草斜陽○	석양 속 방초를 가리키며 이야기하리오

[주석]

* 雙調100字, 前段11句5平韻, 後段11句6平韻.(詞譜25)

1) 鶴江(학강): 백학강(白鶴江). 소주(蘇州) 서북쪽에 있는 강.

2) 葑門(봉문): 지명. 소주 동남쪽에 있다.

3) 短策(단책): 짧은 지팡이. 말채찍.

4) 溫柔(온유)구: 남녀 간의 사랑과 환락을 말한 것이다. '온유향(溫柔鄉)'은 남녀 간의 애정을 의미하는 말. 사랑의 보금자리.

5) 詞韻窄(사운착): 사를 지을 때 압운할 수 있는 글자가 적다. 사를 짓기 힘들다. (감정을) 글로 표현하기 어렵다는 뜻.

6) 酒杯長(주배장): 오랫동안 술을 마시다. 두보(杜甫)의 「최씨 집의 밤잔치(夜宴崔氏莊)」에 "檢書燒燭短, 看劍引杯長"(책을 보는데 촛불이 빨리 타들어가고, 칼을 보며 술을 천천히 오래 마시네) 시구가 있다.

7) 蠟花(납화): (심지가 타서 맺힌) 불똥. 등화.

8) 壺箭催忙(호전최망): 시간이 빨리 지나가다. '壺箭'은 물시계에 있는 눈금을 새긴 화살.

9) 凌波(능파): 미인의 가볍고 우아한 걸음걸이. 조식(曹植)의 「낙신부(洛神賦)」 중 "凌波微步"에서 나온 말.

10) 翠陌(취맥): 나무와 풀이 아름다운 길.

11) 横塘(횡당): 지명. 지금의 소주시(蘇州市) 서남쪽에 있다.

12) 吳館(오관): 춘추 시대 오왕(吳王) 부차(夫差)가 서시(西施)를 위해 지은 관왜궁(館娃宮)으로 소주 영암산(靈巖山)에 있다. 여기서는 옛날에 연인이 살았던 곳을 말한다.

13) 銀罌(은앵): 은 술잔. '罌'은 입이 작고 배가 부른 항아리.

14) 趁殘鴉(진잔아)구: 과거의 행복했던 일, 또는 여인이 사라진 것을 암시한다. '趁'은 좇아가다. 쫓다. '殘鴉'는 남아 있는 까마귀. 늦게 둥지로 돌아가는 저녁 까마귀.

15) 憑誰指與(빙수지여)구: 누구와 함께 손가락으로 (옛 곳을) 가리킬 것인가. 지난 일과 장소를 손가락으로 가리키며 함께 이야기할 사람이 없는 것을 말한 것이다. '憑'은 청하다. 대하다. 향하다. '指與'는 손가락으로 가리키다.

[해설]

작자는 한때 소주에서 한 여인과 살다가 헤어졌다. 이 사는 작자가 소주를 지나며 과거의 여인을 회상하고 지은 작품이다. 전단의 서술은 모두 과거사로, 여인과 함께했던 행복한 시절을 회상한 것이다. 후단은 현재의 정경을 서술한 것으로, 여인은 떠나갔고 풍경은 쓸쓸한 가운데 생리사별(生離死別)의 감개를 말했다. 끝의 3구는 작자가 정박한 곳에서 옛날 여인과 함께 살던 누각을 멀리 바라보면서 애상에 잠기는 정경이다. 전단과 후단의 경물 묘사가 대조적이며 감정의 명암도 매우 다르다.

224 상엽비(霜葉飛)*

오문영(吳文英)

— 重九	— 중양절
斷煙離緒[1]•	외로운 연기는 이별의 수심인 듯하구나
關心事,[2]	내 관심사는
斜陽紅隱霜樹•	붉은 석양이 서리 맞은 나무 뒤로 숨는 풍경이건만
半壺秋水薦[3]黃花,	가을 물 담긴 병에 국화를 꽂나니
香噀[4]西風雨•	가을 비바람 속에서 향기를 뿜어내는구나
縱玉勒、[5]輕飛迅羽[6]•	말고삐를 풀어 가볍게 나는 듯 달려가서
淒涼誰弔荒臺古[7]•	처량하게 그 누가 황량한 누대에 올라 옛일을 생각하랴

記醉踏南屛,[8]	기억하노니 남병산에서 술 마시며 노닐 때
彩扇[9]咽寒蟬,	채선을 든 그녀는 가을 매미처럼 구슬피 노래했더니
倦夢不知蠻素[10]●	꿈만 어수선하고 그녀는 어디에 있는지 모르겠구나
聊對[11]舊節傳杯,	애오라지 중양절을 맞아 술잔을 기울이니
塵箋蠹管,	종이엔 먼지 쌓이고 붓은 좀이 먹어도
斷闋[12]經歲慵賦[13]●	짓다 만 시를 한 해가 지나도록 그냥 놔두고 있구나
小蟾[14]斜影轉東籬,	기우는 조각달빛은 동쪽 울타리를 돌아 비치고
夜冷殘蛩語●	밤은 싸늘하고 귀뚜라미 소리 쓸쓸하여라
早白髮、緣愁萬縷●	수심으로 벌써 온통 백발이 되었으니
驚飆[15]從捲烏紗去●	세찬 회오리바람에 오사모 날려가도 내버려두네
漫細將、茱萸[16]看,	부질없이 산수유꽃 들고 자세히 보노니
但約明年,[17]	내년 중양절 때나
翠微高處●	산 높은 곳에 오르자고 기약하누나

[주석]

* 雙調111字, 前段10句6仄韻, 後段10句5仄韻.(詞譜35)

1) 斷煙離緖(단연리서): 외로운 연기를 보고 이별의 수심이 인다는 뜻. '斷煙'은 외로운 연기(안개). 흩어지는 연기(안개).

2) 關心事(관심사) 2구: 작자의 관심사는 맑게 갠 날씨 속에 낙조 풍경을 보는 것인데, 오늘 중양절은 비바람이 치는 날씨이기 때문에 낙조를 보지 못한다는 뜻.

3) 薦(천): 바치다. 진설하다. 여기서는 꽂다.

4) 噀(손): (입에 머금고 있는 물을) 뿜다.

5) 縱玉勒(종옥륵): 고삐를 풀어 말을 달리다. '玉勒'은 옥으로 장식한 굴레. 여기서는 말의 뜻.

6) 迅羽(신우): 빨리 나는 새. 나는 듯 빨리.

7) 弔荒臺古(조황대고): 황폐한 누대에서 회고하다(슬퍼하다). '弔古'는 옛일을 추모(회고)하다.

8) 南屛(남병): 서호(西湖) 가에 있는 남병산(南屛山).

9) 彩扇(채선): 가기가 노래할 때 손에 잡는 채색 부채. 가기의 뜻.

10) 蠻素(만소): 가기나 무녀를 말한다. 당대(唐代)의 시인 백거이(白居易)에게는 소만(小蠻)과 번소(樊素)라는 가기가 있었다는 데서 유래한다.

11) 聊對(료대)구: 애오라지 중양절을 맞아 술을 마시다. 술을 마실 흥이 없으나 수심을 풀기 위해 술을 마신다는 뜻이 있다. '구절(舊節)'은 중양절. '전배(傳杯)'는 술잔을 돌려가며 마시다.

12) 斷闋(단결): 짓다가 그만둔 시. 미완의 시.

13) 慵賦(용부): 시 짓는 것을 게을리 하다. 시를 지으려 하지 않다.

14) 小蟾(소섬): 반달. 작은 달. 여기서는 중양절의 달. '蟾'은 두꺼비. 달에 두꺼비가 있다는 전설이 있다.

15) 驚飆(경표)구: 세찬 회오리바람에 오사모가 날아가도 그냥 내버려두다. '驚飆'는 갑자기 부는 회오리바람. '종(從)'은 ~하도록 내버려두다. '오사(烏紗)'는 옛날 관리들이 쓰던 오사모(烏紗帽). 두보(杜甫)의 「중양절에 남전의 최씨 집에서(九日藍田崔氏莊)」 중 "羞將短髮還吹帽, 笑倩傍人爲正冠"(바람에 모자가 벗겨져 백발이 보일까봐, 웃으며 옆 사람에게 모자를 바로해달라고 하네) 구를 이용한 것으로, 두보와는 반대로 백발이 보여도 상관 않는다는 뜻이다.

중양절에 모자를 떨어뜨린 맹가(孟嘉)의 고사를 이용했다. 216「하신랑(賀新郎)」'愛說南朝狂客' 참조.

16) 茱萸(수유): 산수유. 옛날 중양절에 산수유를 몸에 차고 높은 곳에 올라 국화주를 마시는 풍속이 있다.

17) 但約明年(단약명년) 2구: 금년의 중양절은 풍우 때문에 높은 산에 오르지 못했으니, 내년 중양절에 산에 올라 즐기자는 뜻. 두보의 「중양절에 남전의 최씨 집에서」에 "明年此會知誰健, 醉把茱萸仔細看"(내년 이 모임에 누가 건재할지 모르겠네, 취해서 산수유꽃 들고 자세히 들여다보네) 구가 있다. '취미(翠微)'는 푸른 산의 높은 곳.

[해설]

작자가 중양절을 맞아 이별한 여인을 회상하며 울적한 심회를 노래한 작품이다. 전단은 중양절에 비가 와서 산에 오르지 못하는 쓸쓸함을 말하고, 옛날 여인과 놀았던 일을 회상했다. 후단은 여인과 이별한 후의 침울한 심정과 근심으로 백발이 된 자신의 모습을 한탄하고, 내년 중양절에 산에 오를 것을 기약하며 울적함을 달래고 있다. 이 사는 실경(實景)과 허경(虛景)을 섞어 서술했기 때문에 혼란스럽기까지 하다.

225 연청도(宴淸都)* 오문영(吳文英)

— 連理海棠[1] — 연리지(連理枝) 해당화

繡幄[2]鴛鴦柱[3]●	원앙 쌍기둥이 자수 장막을 떠받치고 있나니
紅情密,[4]	붉은 꽃은 정을 함빡 머금었고
膩雲[5]低護秦樹[6]●	구름 같은 푸른 잎은 연리지 해당화를 보호하고 있구나
芳根[7]鶼倚,	뿌리는 서로 의지한 비익조요
花梢鈿合,	꽃가지는 문짝이 꼭 맞는 전합이니
錦屛人妒●	비단 병풍 안의 미녀가 질투하는구나
東風睡足[8]交枝,	꽃은 봄바람 속에 푹 자고 난 미인 같고
正夢枕、瑤釵燕股●	꽃가지는 꿈꾸는 미인의 옥비녀 같구나
障灩蠟、[9]滿照歡叢,	바람을 막고 촛불을 들어 해당화를 환히 비춰보노니
嫠蟾[10]冷落羞度●	쓸쓸한 달은 달빛 비추기를 부끄러워하네
人間[11]萬感幽單,	세상의 외로운 여인들은 만감이 이는데
華清慣浴,[12]	해당화는 화청지에서 목욕하고 나온 양귀비인 듯
春盎風露●	봄바람과 이슬 속에 봄기운이 넘치는구나
連鬟並暖,[13]	쪽을 찌고 임과 나란히 서서
同心共結,	동심결 매듭을 함께 맺나니
向承恩[14]處●	총애를 받을 때이어라
憑誰爲歌長恨,[15]	뉘에게 청해 「장한가」를 불러달라 할꼬
暗殿鎖、[16]秋燈夜雨●	어두운 전각은 잠겼고 가을 등불 희미하고 밤비 내릴 때
敍舊期、[17]不負春盟,	사랑의 맹세를 저버리지 말자고 옛 기약을 다짐했

	나니
紅朝翠暮●	해당화는 아침저녁으로 언제나 함께 있구나

[주석]

* 雙調102字, 前段10句5仄韻, 後段10句4仄韻.(詞譜30)

1) 連理海棠(연리해당): 연리지(連理枝) 해당화. '連理'는 두 나무의 가지가 서로 맞닿아서 하나가 된 것. 화목한 부부나 남녀의 사이를 뜻한다.

2) 繡幄(수악): 자수 비단 장막. 여기서는 꽃이 아름답게 많이 피어 있는 해당화를 뜻한다. 또는 해당화를 보호하기 위해 쳐놓은 장막. 부귀한 집에서는 꽃을 보호하기 위해 비단 장막을 쳤다고 한다. 해당화와 주위 환경을 형용한 것이다.

3) 鴛鴦柱(원앙주): 원앙 기둥. 쌍을 이룬 연리지 해당화의 두 줄기. 또는 장막을 치기 위해 세운 기둥.

4) 紅情密(홍정밀): 촘촘한 붉은 꽃잎이 정을 머금은 듯하다.

5) 膩雲(니운): 짙은 구름. 또는 여인의 윤기 있는 구름 같은 머리털. 여기서는 무성한 잎을 말하는데, 해당화를 여인의 아름다운 머리털과 얼굴에 비유한 표현이다.

6) 秦樹(진수): 연리지 해당화를 말한다. 『열경여록(閱耕餘錄)』에 진중(秦中) 지방에 해당화 두 그루가 있는데 높이가 수십 장이 된다는 기록이 있다.

7) 芳根(방근) 3구: 해당화 뿌리가 서로 가까이 의지하고 가지가 교차한 모양을 보고, 병풍 안의 외로운 여인이 질투한다는 뜻. '겸(鶼)'은 비익조(比翼鳥). 짝을 짓지 않으면 날지 않는다는 새. '전합(鈿合)'은 나전 세공을 한 향합. 향합에 있는 두 개의 문짝이 꼭 맞는 것을 뜻한다.

8) 東風睡足(동풍수족) 2구: 해당화를 형용한 것으로, 꽃은 마치 봄바람 속에 잠을 흡족하게 잔 미인처럼 보이고, 가지는 미인이 자고 있는 베갯머리에 놓인 옥비녀 같다는 뜻. '교지(交枝)'는 교차한 가지. 곧 연리지 해당화. '요차(瑤釵)'는 옥비녀. '연고(燕股)'는 비녀의 제비 꼬리 모양으로 갈라진 끝 부분. 양귀비가 술에 취해 시녀의 부축을 받으며 오는 모습을 보고, 현종이 "양귀비가 술에 취한 것이 아니라 해당화가 잠이 아직 깨지 않은 것 같구나"라고 했다는 고사가 『명황잡록(明皇雜錄)』에 보인다. 소식(蘇軾)은 「정혜원의 동쪽에서 머무르면서(寓居定惠院之東)」에서 "林深霧暗曉光遲, 日暖風輕春睡足"(숲은 깊고 안개 짙어 날이 더디 밝더니, 햇볕 따스하고 바람 부드러운데 봄잠이 족하구나)라고 해당화를 노래했다.

9) 障灩蠟(장염랍) 2구: 촛불을 들고 해당화를 감상하는 정경을 묘사한 것이다. '障'은 바람을 막다. '灩蠟'은 촛농이 녹아 흐르는 촛불. '환총(歡叢)'은 남녀가 함께 즐기는 듯 서로 맞닿은 해당화의 꽃가지를 말한다.

10) 嫠蟾(이섬)구: 외로운 달(항아)은 쓸쓸한 자신의 처지가 부끄러워, 연리지 해당화를 비추기를 부끄러워한다는 뜻. '嫠蟾'은 외로운 달. '嫠'는 과부. 달 속에 있다는 항아를 말한다. '蟾'은 두꺼비. 달에 두꺼비가 있다는 전설이 있다. '수도(羞度)'는 달빛을 비추기를 부끄러워하다. '度'는 '도(渡)'와 같다.

11) 人間(인간)구: 인간 세상에는 외로운 여인이 많은데, 연리지 해당화를 보면 만감이 일고 더욱 외로움을 느껴 해당화를 부러워할 것이라는 뜻.

12) 華淸慣浴(화청관욕) 2구: 해당화가 봄바람과 이슬을 맞아 봄기운이 왕성한 것이 화청지에서 막 목욕하고 나온 양귀비 같다는 뜻. '華淸'은 여산(驪山) 기슭에 있는 화청지(華淸池) 온천. 백거이(白居易)의 「장한가(長恨歌)」에 "春寒賜浴華淸池"(봄추위에 화청지에서 목욕하도록 베풀어주었네) 구가 있다.

13) 連鬟並暖(연환병난) 2구: 부부의 애정을 뜻하는 말. 부부가 되어 다정하게

같이 지내고 사랑의 맹서를 잊지 않는다는 뜻. '連鬟'은 처녀가 결혼하여 하나로 땋아 쪽을 찐 머리. 결혼한 여인. '동심결(同心結)'은 사랑을 상징하는 매듭.

14) 承恩(승은): 황제의 은총을 받다. 양귀비가 현종(玄宗)의 은총을 받듯이 연리지 해당화가 여러 사람의 감상과 찬탄을 받는 것을 뜻한다.

15) 長恨(장한): 잊을 수 없는 깊은 한. 여기서는 백거이가 지은 당 현종과 양귀비의 애정을 노래한 「장한가」.

16) 暗殿鎖(암전쇄)구: 어두운 전각은 잠겼는데, 가을밤 등불과 밤비가 처량하다. 당 현종이 장안으로 돌아온 후, 죽은 양귀비를 그리워하며 외로이 있는 정경을 말한 것이다. 「장한가」 중 "夕殿螢飛思悄然, 孤燈挑盡未成眠"(저녁 궁전에 반딧불이 나는데 시름은 끝없고, 외로운 등불 심지 돋우며 잠 못 이루네) 시의를 이용했다.

17) 敍舊期(서구기) 2구: 해당화와 사람을 함께 노래한 것으로, 옛날 현종과 양귀비가 칠월 칠석에 만나서 약속한 사랑의 맹서를 저버리지 않고, 아침저녁으로 함께하기를 원한다는 뜻. 해당화를 현종과 양귀비에 비유했다. 또 한편으로는 해당화와 꽃을 감상하는 사람의 약속으로 아름다운 꽃과 늘 함께 있고 싶다는 희망을 말한 것이다. 백거이의 「장한가」 중 "臨別殷勤重寄詞, 詞中有誓兩心知. 七月七日長生殿, 夜半無人私語時. 在天願爲比翼鳥, 在地願爲連理枝"(이별할 때 은근히 다시 말하니, 말 가운데의 맹서를 두 마음은 아네. 칠월 칠석 장생전, 깊은 밤 사람 없을 때 속삭이네. 하늘에서는 비익조가 되고, 땅에서는 연리지가 되기를 원하네) 시의를 이용했다. '舊期'는 옛 기약. 여기서는 칠월 칠석에 한 기약. '춘맹(春盟)'은 영원히 부부가 되기로 한 사랑의 맹서. '홍조취모(紅朝翠暮)'는 아침저녁으로 붉은 꽃 푸른 잎의 연리지 해당화가 서로 떨어지지 않고 가까이 있는 것을 말한다.

[해설]

연리지 해당화를 노래한 영물사다. 연리지 해당화는 가지가 서로 맞닿아 하나로 얽혀 있는 해당화로, 서로 사랑하는 남녀를 상징한다. 때문에 작품의 매 구는 해당화를 말하면서 남녀의 애정을 말하고, 남녀의 애정을 말하면서 해당화를 말했다. 전단은 해당화의 형모(形貌)를 여러 면으로 묘사했고, 후단은 당 현종과 양귀비의 애정을 중심으로 하여 해당화와 남녀의 애정을 연결시켜 노래했다. 이 사는 지나치게 조탁이 심하고 부자연스럽고 난해한 단점이 있으나, 꽃과 남녀의 애정을 하나로 융합하여 아름답게 묘사했기 때문에 호평을 받고 있다.

226 제천락(齊天樂)* 　　오문영(吳文英)

煙波桃葉[1]西陵路,	안개 낀 물결의 도엽 나루터와 서릉 길
十年斷魂潮尾●	십 년 전 애끊었던 일은 물결에 흘러갔어라
古柳重攀,[2]	옛 버들가지를 다시 휘어잡건만
輕鷗聚別,	가볍게 나는 갈매기처럼 만났다 헤어졌으니
陳迹危亭獨倚●	지난날 올랐던 높은 정자 위에 홀로 기대섰구나
涼飅[3]乍起●	서늘한 바람이 때마침 불어오고
渺煙磧[4]飛帆,	안개 낀 섬과 나는 듯 떠가는 돛단배는 아득한데
暮山橫翠●	저녁 산은 푸른빛으로 가로놓였네
但有江花,	강가에 핀 꽃만이

共臨秋鏡[5]照憔悴●	나와 함께 거울 같은 가을 물에 초췌한 모습을 비추고 있구나
華堂[6]燭暗送客,	화려한 방에 촛불 어두워지고 객을 보낸 후
眼波回盼處,	눈을 들어 나를 돌아보는데
芳艷流水●	눈길엔 부드러운 정이 흘렀었더라
素骨凝冰,[7]	얼음같이 맑고 깨끗한 용모
柔葱蘸雪,	눈같이 희고 부드러운 가는 손으로
獨憶分瓜深意●	참외를 쪼개던 깊은 정을 나 홀로 기억하네
淸尊未洗[8]●	술잔엔 술이 남아 있건만
夢不濕[9]行雲,	꿈속에서도 그녀를 만나지 못하니
漫沾殘淚●	눈물은 헛되이 옷깃을 적시누나
可惜秋宵,	안타깝게도 가을밤에
亂蛩疏雨裏●	귀뚜라미 소리와 성긴 빗소리 속에 홀로 있구나

[주석]

* 雙調102字, 前段10句5仄韻, 後段11句5仄韻.(詞譜31)

1) 煙波桃葉(연파도엽) 2구: 연인과 헤어진 곳을 10년 후에 다시 찾아온 것을 말한 것이다. '桃葉'은 진(晉) 왕헌지(王獻之)가 애첩 도엽(桃葉)을 송별한 나루터. 178 「축영대근(祝英臺近)」 '桃葉渡' 참조. '서릉(西陵)'은 전당강(錢塘江) 서쪽에 있는 지명. 고악부의 「소소소가(蘇小小歌)」에 "何處結同心, 西陵松柏下"(어디에서 두 마음을 합쳤던가, 서릉의 송백나무 아래였네) 구절이 있다. 여

기서는 여인과 처음 만나 사랑을 나눈 장소를 말한다. '단혼(斷魂)'은 넋이 끊어질 정도로 몹시 슬픔. '조미(潮尾)'는 조수가 빠지다. 썰물. 옛일이 흘러가버렸다는 뜻.

2) 古柳重攀(고류중반): 옛 버드나무 가지를 다시 휘어잡다. 예전에 이별한 장소를 다시 찾아온 것을 말한다. 옛날에는 버들가지를 꺾어 송별하는 풍속이 있다.

3) 涼颸(양시): 서늘한 바람.

4) 渺煙磧(묘연적) 2구: 작자가 누각에서 바라보는 풍경이며, 또한 과거에 여인이 배를 타고 떠나가던 광경을 회상한 것으로 볼 수 있다. '磧'은 얕은 물에 있는 작은 섬. 또는 여울.

5) 秋鏡(추경): 거울 같은 가을 물.

6) 華堂(화당) 3구: 지난날 여인이 다른 사람들을 보낸 후 자기만 머물게 했던 일을 회상한 것이다. 순우곤(淳于髡)이 "堂上燭滅, 主人留髡而送客"(당 위에 촛불 꺼지고, 주인은 나를 머물게 하고 다른 손님들을 보냈다)이라고 말한 전고. 『사기·골계열전(史記·滑稽列傳)』에 보인다. '華堂'은 화려한 집이나 대청. '회반(回盼)'은 머리를 돌려 바라보다. '방염류수(芳艷流水)'는 여인의 눈길이 다정하고 아름답다. '류수(流水)'는 여인의 눈길.

7) 素骨凝冰(소골응빙) 3구: 미인의 맑고 깨끗한 용모와 몸매를 형용하고, 하얀 손으로 과일을 깎던 정경을 묘사한 것이다. '유총잠설(柔葱蘸雪)'은 미인의 손가락이 껍질을 벗긴 파 줄기 같고 눈같이 희다는 뜻. '분과(分瓜)'는 참외를 쪼개다. 주방언(周邦彦)의 「소년유(少年遊)」 중 "纖指破新橙"(섬섬옥수로 귤을 쪼갠다) 구와 같은 뜻이다. 또는 '파과(破瓜)'와 같은 뜻으로 보아, 16세의 소녀로 보기도 한다.

8) 清尊未洗(청준미세): 술잔을 씻지 않고 놓아두다. 술잔의 술을 다 마시지 않고 남겨두었다는 뜻. 사랑을 다하지 못하고 미련만 남겨두었다는 뜻. 또는 남

은 술로 근심을 풀려고 한다는 뜻으로도 볼 수 있다.

9) 夢不濕(몽불습) 2구: 꿈은 떠가는 구름을 적시지 않고, 쓸데없이 눈물을 적실 뿐이다. 꿈속에서도 만나지 못하고 슬퍼한다는 뜻. 또는 꿈속에서 여인과 헤어지고, 꿈을 깬 후 눈물이 옷깃을 적신다는 뜻. 송옥(宋玉)의 「고당부(高唐賦)」 중 "妾旦爲朝雲, 暮爲行雨"(첩은 아침에는 구름이 되고 저녁에는 지나가는 비가 됩니다) 전고를 이용한 표현이다. 054 「목란화(木蘭花)」 '襄王春夢' 참조. '행운(行雲)'은 떠가는 구름. 여기서는 떠나간 여인.

[해설]

헤어진 옛 연인을 회상한 작품이다. 전단에서는 작자가 옛날 연인과 헤어졌던 곳을 다시 찾아와 눈에 보이는 풍경과 감회를 서술했고, 후단에서는 전단에 이어 옛일을 회상하면서 밤에 홀로 앉아 옛 연인을 그리워했다.

227 화범(花犯)*

오문영(吳文英)

— 郭希道[1]送水仙索賦　　— 곽희도가 수선화를 보내오고 읊기를 청하다

小娉婷,[2]	작고 아름다운 자태
淸鉛素靨,[3]	하얀 뺨엔 분을 바르고
蜂黃[4]暗偸[5]暈[6]●	이마엔 노란색 동그라미를 살짝 그렸고

翠翹敧鬢[7]●	머리엔 비취 비녀가 비스듬히 꽂혔구나
昨夜冷中庭,	어젯밤 쌀쌀한 마당 한가운데
月下相認●	달빛 아래서 보았네
睡濃[8]更苦淒風緊●	찬바람이 깊이 잠든 나를 깨워
驚回心未穩●	꿈을 깨고 나서도 마음이 설레었네
送曉色、一壺蔥蒨,[9]	새벽이 되어 화분의 푸른 수선화를 보고는
纔知花夢準●	비로소 꽃 꿈이 맞은 걸 알았네
湘娥[10]化作此幽芳,	상수의 여신이 이 그윽한 수선화로 되었으니
凌波[11]路,	여신이 걸어간 물결 위
古岸[12]雲沙遺恨●	구름 날리고 모래 깨끗한 옛 강기슭에 남긴 한이어라
臨砌影,	수선화는 섬돌에 그림자를 드리우고
寒香亂、凍梅藏韻[13]●	찬 향기를 풍기니 겨울 매화도 그 운치를 감추리라
熏鑪畔,	수선화를 향로 가에 놓았다가
旋移傍枕●	곧 머리맡으로 옮겨놓고
還又見、玉人垂紺鬒[14]●	검푸른 머리카락을 드리운 미녀를 다시 바라보노라
料喚賞、淸華[15]池館,	생각건대 사람들을 청화지 누각으로 초청해 관상할 때는
臺杯[16]須滿引●	모름지기 술잔을 가득히 채워 마셔야 하리

[주석]

* 雙調102字, 前段10句6仄韻, 後段10句5仄韻.(詞譜30)

1) 郭希道(곽희도): 작자의 친구. 생평은 미상이다.

2) 娉婷(빙정): 자태가 아름다운 모양.

3) 淸鉛素靨(청연소엽): 수선화의 흰 꽃잎을 형용한 것으로, 꽃잎이 분을 바른 하얀 뺨 같다. '淸鉛'은 분. 연분. '靨'은 보조개. 뺨.

4) 蜂黃(봉황): 옛날 여인들이 이마에 동그랗게 황색으로 칠한 화장. '화황(花黃)' '액황(額黃)' '액장(額妝)'이라고도 한다. 여기서는 수선화의 노란 꽃술을 말한다.

5) 暗偸(암투): 남몰래 살짝.

6) 暈(운): 칠하다. 바르다. 주밀(周密)의 「알금문(謁金門)」에 "試把翠蛾輕暈, 愁薄寶臺鸞鏡"(검은 눈썹을 가볍게 칠하니, 수심이 거울로 다가오네) 구가 있다.

7) 翠翹攲鬢(취교기빈): 비취 수식(首飾)이 살쩍 가에 기울어져 있다. 수선화 잎을 형용한 것이다. '翠翹'는 물총새 꼬리에 있는 긴 깃털. 물총새 깃 모양의 수식.

8) 睡濃(수농) 2구: 찬바람 때문에 잠에서 깨어나, 꿈속에서 본 미인으로 마음이 평온하지 않다는 뜻. '경회(驚回)'는 놀라 (꿈을) 깨다.

9) 蔥蒨(총천): 초목이 푸르고 무성하다. 여기서는 수선화를 말한다.

10) 湘娥(상아)구: 상강(湘江)의 여신이 수선화로 변했다는 뜻. 순(舜)임금의 두 왕비 아황(娥皇)과 여영(女英)은 순임금이 죽자, 상강에 투신자살하여 수신(水神)이 되었다는 전설이 있다.

11) 凌波(능파): 조식(曹植)의 「낙신부(洛神賦)」 중 "凌波微步, 羅襪生塵"(물결 위를 가볍게 걸어가니, 비단 버선에선 잔물결이 인다) 구를 이용하여, 수선화를 물위를 걷는 여신에 비유한 것이다. 수선화를 '능파선자(凌波仙子)'라고도 한다.

12) 古岸(고안)구: 아황과 여영이 투신자살한 옛 강 언덕에는 슬픈 한이 남아 있다. 또는 굴원(屈原)이 「초사(楚辭)」를 지을 때, 많은 꽃과 향초를 작품에서

언급했지만 수선화만은 언급하지 않았기 때문에 '유한(遺恨)'이라고 했다는 해석도 있다.

13) 凍梅藏韻(동매장운): 수선화의 향기에 매화도 압도되어 향기를 감춘다는 뜻.

14) 紺鬒(감진): 숱이 많은 검은 머리카락. '紺'은 검푸른 남색.

15) 淸華(청화): 『몽창사(夢窓詞)』에 있는 「바라문인·곽청화석상(婆羅門引·郭淸華席上)」을 보면, 곽희도의 호이거나 또는 그의 정원의 이름인 듯하다.

16) 臺杯(대배)구: 함께 술을 마시며 수선화를 관상하자는 뜻이다. 수선화의 꽃 모양이 술잔과 비슷하기 때문에 이런 표현을 했다. 수선화를 '금잔은대(金盞銀臺)'라고 한다. '臺杯'는 받침이 있는 술잔.

[해설]

수선화를 읊은 영물사다. 전단에서 작자는 수선화를 미녀에 비유하여 묘사한 후, 잠에서 깨어나 보니 수선화가 눈앞에 있어 꿈속에서 본 미녀가 바로 수선화인 것을 깨닫는다. 후단에서 작자는 상강의 여신을 인용하여 수선화의 고상하고 신비스러운 운치를 그려내고, 수선화 화분을 이리저리 옮겨놓고 감상하면서 친구에게 고마움을 표시했다. 작자는 꿈과 현실과 전설을 섞어 수선화의 운치와 자태를 교묘하게 그려냈다.

228 완계사(浣溪沙)* 오문영(吳文英)

門隔花深夢舊遊○ 꽃나무 깊숙한 곳 옛날 노닐던 집을 꿈꾸었네

夕陽無語燕歸愁◦	석양은 말이 없고 제비는 수심 속에 돌아오는데
玉纖[1]香動小簾鉤◦	섬섬옥수 향기를 풍기며 발을 걸어 올리네
落絮無聲春墮淚,	소리 없이 떨어지는 버들개지는 봄이 흘리는 눈물이요
行雲[2]有影月含羞◦	그림자 지며 떠가는 구름은 달이 머금은 수줍음일레라
東風臨夜冷於秋◦	봄바람은 밤이 되자 가을보다 싸늘하여라

[주석]

* 雙調42字, 前段3句3平韻, 後段3句兩平韻.(詞譜4)

1) 玉纖(옥섬)구: 여인이 발을 걸어 올리고 나오는 정경, 또는 여인이 방 안으로 들어가 발을 내리는 정경 모두 가능하다. '玉纖'은 미인의 섬섬옥수. '향동(香動)'은 (섬섬옥수가) 향기를 풍기며 발을 올리다(내리다). 또는 발이 흔들려 향기가 일다. '소렴구(小簾鉤)'는 발을 거는 작은 갈고리. 여기서는 발.

2) 行雲(행운)구: 구름이 달을 가려 그림자가 지는 것은 달이 수줍어서 구름 뒤에 숨기 때문이라는 뜻. 여인의 형상도 내포하고 있다.

[해설]

작자는 꿈속의 정경을 몽롱하고 황홀하게 묘사하면서 자신의 감정을 함축적으로 표현하여 깊은 여운을 남기고 있다. 작품에 우수가 배어 있으니 아마도 죽은 연인이나 이별한 연인을 꿈꾸고 지은 듯하다.

229 완계사(浣溪沙)* 오문영(吳文英)

波面銅花[1]冷不收○	잔잔한 수면은 거울인 듯 맑고 차가운데
玉人[2]垂釣理纖鉤○	옥 같은 미인이 낚시를 드리웠나니
月明池閣夜來秋○	달 밝은 연못 누각엔 밤사이 가을이 왔구나
江燕話歸成曉別,	강남 제비는 돌아간다더니 날 밝자 떠나갔고
水花[3]紅減似春休○	붉은 연꽃 시들어 봄이 다한 듯
西風梧井葉先愁○	가을바람에 우물가 오동잎이 먼저 근심하누나

[주석]

* 雙調42字, 前段3句3平韻, 後段3句兩平韻.(詞譜4)

1) 銅花(동화): 동경(銅鏡). 동경에 꽃무늬가 있기 때문에 '銅花'라고 한다. 여기서는 호수가 거울처럼 맑다는 뜻.

2) 玉人(옥인)구: 옥 같은 미인이 낚싯바늘을 손질해서 낚시를 드리우다. '이(理)'는 다스리다. 손질하다. '섬구(纖鉤)'는 가는 낚싯바늘. 또는 초승달. 옥구(玉鉤). 시적인 표현으로 호수에 비친 초승달의 그림자로 보아, '낚시를 드리워 초승달을 낚는다'라고 옮길 수도 있다. 황정견(黃庭堅)의 「완계사(浣溪沙)」에 "驚魚錯認月沈鉤"(물고기는 초승달 그림자를 낚싯바늘로 여겨 놀라네) 구가 있다.

3) 水花(수화): 연꽃의 별명. 또는 물 가운데 핀 꽃.

[해설]

떠나간 옛 연인을 회상하며 이별의 슬픔을 노래한 작품이다. 전단은 연인과 함께 낚시를 했던 정경을 회상했고, 후단은 연인이 떠나간 후의 쓸쓸한 마음을 말했다. 강남으로 돌아간 제비는 떠나간 연인을 암시했고, 이별 후 작자의 마음은 연꽃이 시들고 봄이 다한 듯 허전하고, 오동잎에 가을바람이 부는 듯 쓸쓸하다고 했다. 전편에 흐르는 싸늘한 느낌은 쓸쓸한 심정의 반영이고, 경물의 묘사는 실경(實景)이라기보다는 허경(虛景)에 가깝다.

230 점강순(點絳脣)*

오문영(吳文英)

— 試燈夜[1]初晴	— 원소절 전야에 날씨가 갓 개다
捲盡愁雲,	근심스러운 구름을 모두 걷어버리고
素娥[2]臨夜新梳洗•	항아는 밤이 되자 새로 곱게 단장하고 나왔구나
暗塵不起•	먼지는 일지 않고
酥潤[3]凌波地[4]•	여인들이 거니는 길은 촉촉하고 부드러워라
輦路[5]重來,	서울 번화한 거리에 다시 와보니
彷彿燈前事[6]•	옛날 연등 구경하던 때와 비슷하구나
情如水[7]•	정은 물같이 부드러웠었고

小樓熏被[8]●	작은 누각 향기로운 이불 속에서
春夢笙歌裏●	생황과 노랫소리 속에 봄꿈을 꾸었더니라

[주석]

* 雙調41字, 前段4句3仄韻, 後段5句4仄韻.(詞譜4)

1) 試燈夜(시등야): 원소절 전야. '試燈'은 원소절에 연등하기 전에 미리 등을 다는 것.
2) 素娥(소아): 항아(姮娥). 달.
3) 酥潤(수윤): 부드럽고 촉촉하다.
4) 淩波地(능파지): 미인이 거니는 곳. '淩波'는 미인의 걷는 자태가 가볍고 우아한 모습.
5) 輦路(연로): 임금의 어가가 지나가는 길. 여기서는 서울의 번화한 거리.
6) 燈前事(등전사): 연등을 구경하던 옛일.
7) 情如水(정여수): 정은 물과 같이 부드럽다. 또는 정은 물처럼 흐른다. 또는 정은 강물처럼 흘러가 찾을 수 없다.
8) 熏被(훈피): 향기로운 이불. 따뜻한 이불.

[해설]

원소절 전야의 감회를 읊었다. 전단은 원소절 전야의 풍경을 서술했고, 후단은 연등을 구경하면서 행복했던 과거가 봄꿈처럼 사라진 것을 아쉬워했다.

231 축영대근(祝英臺近)*

오문영(吳文英)

— 春日客龜溪,[1] 遊廢園.	— 봄날 구계에서 나그네로 머물며 황폐한 동산을 거닐다.
采幽香,	향기 그윽한 들꽃을 꺾으며
巡古苑,[2]	옛 동산을 거니노니
竹冷翠微路[3]●	산길엔 대나무 숲이 서늘하구나
鬪草[4]溪根,[5]	풀싸움하며 놀았던 시냇가
沙印小蓮步●	모래밭엔 여인들의 작은 발자국이 남아 있네
自憐兩鬢淸霜,	가련하구나 서리 내린 듯 머리는 세었는데
一年寒食,	일 년에 한 번 맞는 한식날에
又身在、雲山深處●	또 이 몸은 구름 깊은 산속에 있구나
晝閑度●	한가로이 한낮을 보내는데
因甚天也慳春,	어이해 조물주는 봄빛에 인색한고
輕陰便成雨●	날씨 조금 흐리더니 곧 비가 오네
綠暗長亭,	녹음 짙은 장정
歸夢趁風絮●	고향 꿈은 바람에 날리는 버들개지를 따라가누나
有情花影闌干,	다정한 꽃 그림자는 난간에 어른거리고
鶯聲門徑,	문 앞 길가엔 꾀꼬리가 울어
解[6]留我、霎時凝竚[7]●	나를 잠시 우두커니 생각에 잠기게 하누나

[주석]

* 雙調77字, 前段8句3仄韻, 後段8句4仄韻.(詞譜18)

1) 龜溪(구계): 절강성(浙江省) 덕청현(德清縣)에 있는 물 이름.

2) 古苑(고원): 오래된 원림. 제서(題序)에서 말한 폐원.

3) 翠微路(취미로): 산속의 소로. '翠微'는 푸른 초목이 우거진 산허리. 또는 푸른 산 기운.

4) 鬪草(투초): 풀싸움. 투백초(鬪百草)라고도 하는데, 각종 화초를 따서 다과(多寡)와 우열을 가리는 놀이로 단오절에 많이 행해졌다.

5) 溪根(계근): 시냇가.

6) 解(해): ~할 줄 안다. '능(能)'과 같다.

7) 凝佇(응저): 생각에 잠겨 우두커니 서 있다.

[해설]

한식을 맞아 황폐한 정원을 거닐며 경물에 촉발된 나그네 신세와 고향을 그리는 마음을 노래했다.

232 축영대근(祝英臺近)* 오문영(吳文英)

— 除夜立春 — 제야 입춘 날에

剪紅情,[1] 깁을 잘라 붉은 꽃을 만드는 정

裁綠意,	색종이를 오려 푸른 잎을 만드는 마음
花信[2]上釵股[3]●	꽃바람은 비녀 위로 불어오네
殘日東風,[4]	세밑의 저녁 해는 동풍 속에
不放歲華去●	가는 세월을 놓아주지 않으려는 듯 뉘엿뉘엿 지누나
有人添燭西窓,	사람들은 서창 가에서 촛불을 밝히고
不眠侵曉,	새벽이 되도록 잠들지 않고
笑聲轉、新年鶯語[5]●	꾀꼬리 같은 웃음소리로 새해를 맞는구나
舊尊俎[6]●	옛날 설날 잔치 자리에서
玉纖曾擘黃柑,[7]	그녀는 섬섬옥수로 노란 감귤을 쪼개었으니
柔香繫幽素[8]●	부드러운 향기는 그녀의 마음이었더라
歸夢湖邊,	고향 호숫가로 돌아가는 꿈속에서
還迷鏡中路[9]●	거울 같은 호수 길을 잃었네
可憐千點吳霜,[10]	가련하게도 머리엔 서리 내렸고
寒消不盡,	추위는 다 가지 않았는데
又相對、落梅如雨●	또 비 오듯 지는 매화를 마주하고 있구나

[주석]

* 雙調77字, 前段8句3仄韻, 後段8句4仄韻.(詞譜18)

1) 剪紅情(전홍정)2구: 입춘 때 아녀자들이 색종이나 비단을 오려서 꽃이나 나비 등의 모양을 만들어 머리에 꽂는 풍속이 있다. 이런 장식을 춘번(春幡), 화승(花勝), 채승(彩勝)이라고도 한다.

2) 花信(화신): 꽃 필 무렵에 부는 바람. 화신풍(花信風).

3) 釵股(차고): 비녀의 아래쪽에 다리 모양으로 갈라진 부분. 또는 꽃나무의 갈라진 가지를 말하기도 한다.

4) 殘日東風(잔일동풍) 2구: 세밑 그믐날의 해는 저물기를 아쉬워하는 듯하고, 동풍이 불어 마치 가는 세월을 붙잡으려는 것 같다. '殘日'은 섣달 그믐날. 여기서는 섣달 그믐날 저녁의 해. '東風'은 입춘에 불어오는 봄바람. 제서의 '제석입춘(除夕立春)'과 상응한다.

5) 新年鶯語(신년앵어): 새해를 맞이하는 여인들의 꾀꼬리 같은 웃음과 말소리. 두보(杜甫)의 「봄날의 근심(傷春)」에 "鶯入新年語"(꾀꼬리 소리는 새해 인사말 안으로 들어오네) 시구가 있다.

6) 尊俎(준조): 술과 고기를 담는 그릇. 여기서는 잔치 자리를 말한다.

7) 黃柑(황감): 춘반(春盤)에 담긴 노란 감귤.

8) 幽素(유소): 깊은 정과 순결한 마음. '유정소심(幽情素心)'과 같다.

9) 鏡中路(경중로): 거울같이 맑은 호수로 가는 길.

10) 吳霜(오상): 오 땅의 서리. 여기서는 백발을 말한다. 이하(李賀)의 「회계에서 돌아와 부른 노래(還自會稽歌)」에 "吳霜點歸鬢"(오 땅의 서리가 돌아온 내 귀밑머리를 희끗희끗 물들이고) 시구가 있다.

[해설]

해가 바뀌는 제야를 맞아 송구영신(送舊迎新)의 감회를 읊은 작품이다. 전단은 사람들이 즐겁게 새해를 맞이하는 정경을 묘사하여 작자의 고독을 부각시켰다. 후단은 과거 고향에서 새해를 맞던 정경을 회상하며 귀향하지 못하는 쓸쓸한 심정을 말했다.

233 조란향(澡蘭香)*

오문영(吳文英)

— 淮安[1]重午[2]	— 회안의 단오
盤絲[3]繫腕,	팔뚝엔 오색실을 감고
巧篆[4]垂簪,	비녀엔 전자(篆字) 부적을 드리웠나니
玉隱[5]紺紗睡覺●	감색 깁 휘장 안에서 옥 같은 여인은 잠을 깨었더라
銀瓶[6]露井,[7]	우물가 꽃나무 아래에서 술자리를 벌였고
綵箑[8]雲窓,[9]	구름 무늬 창 안에서 가무를 즐겼더니
往事少年依約●	젊었을 적 옛일이 아련하여라
爲當時、[10]曾寫榴裙,	그때 석류치마에 시를 써주었는데
傷心紅綃褪萼●	지금 빨간 석류꽃이 시들어 떨어지니 상심하누나
黍夢[11]光陰,	황량몽 같은 덧없는 세월
漸老汀洲[12]煙蒻[13]●	물가 모래톱의 연한 부들도 늙었구나
莫唱江南古調,[14]	강남의 옛 노래를 부르지 마오
怨抑難招,	슬픔과 원망에 찬 노래로는
楚江沈魄●	초강에 빠져 죽은 혼백을 불러오지 못한다오
薰風燕乳,[15]	훈풍 속에 제비 새끼는 자라고
暗雨梅黃,	밤비 속에 매실은 노랗게 익는데
午鏡[16]澡蘭[17]簾幕●	그녀는 거울 걸린 휘장 안에서 난초 물로 목욕하리라
念秦樓、[18]也擬[19]人歸,	생각건대 그녀도 내가 돌아올 날을 손꼽으며

應剪菖蒲[20]自酌●	창포주를 홀로 마시리라
但悵望、一縷新蟾,[21]	수심 속에 바라보니 실낱같은 초승달이
隨人天角[22]●	나를 따라 하늘가 한 구석에 걸려 있구나

[주석]

* 雙調104字, 前後段各10句4仄韻.(詞譜32)

1) 淮安(회안): 지금의 강소성(江蘇省) 회안(淮安).

2) 重午(중오): 음력 5월 5일. 단오.

3) 盤絲(반사)구: 실을 팔뚝에 감아 묶다. 단옷날에 사기(邪氣)를 막기 위해 팔뚝이나 손목에 오색실을 빙빙 감아 묶는 풍속이 있다.

4) 巧篆(교전)구: 전자(篆字)로 쓴 부적을 비녀에 늘어뜨리다. 단오에 여인들이 부적을 머리나 비녀에 매달아 재앙을 피하는 풍속이 있다.

5) 玉隱(옥은)구: 옥 같은 미녀가 감색 얇은 휘장 안에서 잠이 깨다. 서술의 순서상, 이 구는 맨 앞에 놓여야 하나 도치되었다. '玉'은 옥 같은 미인. '隱'은 가리다. '감사(紺紗)'는 감색의 얇은 비단 휘장. 사장(紗帳).

6) 銀甁(은병): 은제의 주기(酒器). 여기서는 술자리를 말한다.

7) 露井(노정): 지붕이 없는 우물. 여기서는 꽃나무 아래. 「악부·닭은 높은 나뭇가지에서 울고(樂府·鷄鳴高樹顚)」 중 "桃生露井上"(복숭아꽃 우물가에 피었네) 구에서 연유하여 꽃나무 아래를 뜻한다.

8) 綵箑(채삽): 채선(彩扇). 가무를 할 때 사용하는 채색 부채. 여기서는 가무를 말한다.

9) 雲窓(운창): 무늬를 아로새긴 창.

10) 爲當時(위당시) 2구: 작자가 석류꽃이 지는 것을 보고 석류 치마를 연상하고, 예전에 여인의 붉은 치마에 시를 써주었던 일을 회상한 것이다. '유군(榴裙)'은 석류군(石榴裙). 주홍색의 비단 치마. 『송서·양흔전(宋書·羊欣傳)』에 왕헌지(王獻之)가 양흔(羊欣)을 찾아갔는데, 그때 양흔이 자고 있어서, 왕헌지가 그녀의 치마에 글을 써놓고 갔다는 고사가 있다. '홍초퇴악(紅綃褪萼)'은 석류꽃이 지는 것을 말하며, 또한 치마에 쓴 글자가 희미하게 색이 바랜 것을 말한다.

11) 黍夢(서몽): 황량몽(黃粱夢). 여기서는 덧없는 세월과 옛일이 꿈과 같은 것을 말한다. '黍'자는 단오에 먹는 각서(角黍)에 맞추기 위해 황량(黃粱) 대신 쓴 것이다.

12) 汀洲(정주): 늪, 못, 강 따위에서 물이 얕고 흙이나 모래가 드러난 곳.

13) 蒻(약): 갓 돋아난 부들.

14) 莫唱江南古調(막창강남고조) 3구: 강에 빠져 죽은 굴원을 기념하기 위해 부르는 애원에 찬 노래를 차마 듣지 못하겠다는 뜻이다. '江南古調'는 초 땅에서 부르는 초혼곡(招魂曲). 『초사·초혼(楚辭·招魂)』은 송옥(宋玉)이 굴원의 혼을 불러오기 위해 지은 것이라고 전해진다. '원억(怨抑)'은 원한과 억울함. 여기서는 원한에 찬 노래. '초강침백(楚江沈魄)'은 초 땅 강물에 빠져 죽은 굴원의 혼백.

15) 燕乳(연유): 제비가 새끼를 기르다.

16) 午鏡(오경): 단옷날 악귀와 재앙을 물리치기 위해 걸어놓는 거울.

17) 澡蘭(조란): 단옷날의 난탕(蘭湯). 향탕(香湯)으로 목욕하는 것.

18) 秦樓(진루): 여인이 있는 누각.

19) 擬(의): 헤아리다. 계산하다.

20) 應剪菖蒲(응전창포)구: 창포주를 홀로 마시리라. 창포를 술에 담가 만든 창

포주를 단오에 마시는 풍속이 있다. '剪菖蒲'는 창포를 잘라 술에 담가 만든 술.

21) 新蟾(신섬): 초승달. 신월.

22) 天角(천각): 아득히 멀고 구석진 곳. '천애해각(天涯海角)'과 같다. 여기서는 회안을 말한다.

[해설]

단오를 노래한 작품으로 단오의 풍속과 관계있는 부분이 많다. 전단은 지난날 단오 때의 여인의 모습, 주연과 가무, 비단 치마에 시를 썼던 일 등 단오의 즐거웠던 일을 추억하고, 지금은 석류꽃이 시들어 떨어지는 것을 슬퍼했다. 후단도 단오의 여러 풍속과 경물을 묘사하면서 멀리 헤어져 있는 여인을 그리워했다. 작자는 단오의 경물에서 연상되는 과거의 일들과 여인을 묘사하였는데, 시공(時空)을 옮겨가면서 서술하여 작품의 단조로움을 피하고 독자들이 자유롭게 상상할 수 있는 여지를 넓혔다.

234 풍입송(風入松)* — **오문영(吳文英)**

聽風聽雨過淸明○	바람 소리 빗소리를 들으며 청명을 보내나니
愁草[1]瘞花銘[2]○	수심 속에 낙화의 묘비명을 짓노라
樓前綠暗分携路,	누각 앞 이별의 길엔 녹음이 짙은데
一絲柳、[3]一寸柔情○	버들 실가지는 그녀의 부드러운 정이어라

料峭[4]春寒中酒,[5]	싸늘한 봄추위 속에 술에 취하고
交加[6]曉夢啼鶯○	새벽녘 꿈속에는 꾀꼬리 소리 어지러워라
西園[7]日日掃林亭○	서원에서 날마다 숲 속 정자를 쓸고
依舊賞新晴○	옛날처럼 맑게 갠 풍경을 즐기노라
黃蜂頻撲鞦韆索,	꿀벌이 자주 그네 줄로 날아드니
有當時、纖手香凝○	당시 섬섬옥수의 향기가 엉겨 있기 때문이네
惆悵雙鴛[8]不到,	슬프구나 그녀의 발길은 끊기고
幽階一夜苔生○	호젓한 섬돌엔 밤새 이끼가 돋았어라

[주석]

* 雙調76字, 前後段各6句4平韻.(詞譜17)

1) 愁草(수초): 수심 속에 기초(起草)하다.

2) 瘞花銘(예화명): 낙화를 묻으며 애도하는 글. 유신(庾信)이 「예화명(瘞花銘)」을 지었다. '瘞'는 묻다. 매장하다. '銘'은 문체의 하나.

3) 一絲柳(일사류)구: 버들가지를 보니 그녀의 부드럽고 다정한 마음이 생각난다. 버들가지는 이별을 암시하기 때문에, 이별의 슬픔도 나타내고 있다. '일촌유정(一寸柔情)'은 부드러운 마음. '일촌(一寸)'은 마음. 방촌(方寸)의 뜻.

4) 料峭(요초): 쌀쌀하다.

5) 中酒(중주): 술에 취하다. 술병이 나다.

6) 交加(교가)구: 꿈꾸며 꾀꼬리 소리를 듣고, 꾀꼬리 소리를 들으며 꿈을 꾸는 몽롱한 상태를 말한다. '交加'는 한꺼번에 오다. 동시에 닥치다.

7) 西園(서원): 작자와 여인이 함께 살았던 곳. 또한 여인과 헤어진 곳이기도 하다.
8) 雙鴛(쌍원): 원앙을 수놓은 신발. 여기서는 여인의 발길.

[해설]

청명을 맞아 꽃이 지는 것을 안타까워하고 헤어진 여인을 그리워하고 있는데, 아마도 사별한 여인을 생각하고 지은 듯하다. 작자는 여인을 직접 언급하지는 않았으나 모든 경물에 여인을 그리워하는 심정을 기탁하고 있다.

235 앵제서(鶯啼序)* 　　　　오문영(吳文英)

— 晩春感懷	— 늦봄의 감회
殘寒正欺病酒,[1]	남아 있는 추위가 술병이 난 나를 괴롭히니
掩沈香[2]繡戶●	무늬 아로새긴 침향목 방문을 닫노라
燕來晩、飛入西城,	늦게 돌아온 제비는 성 서쪽으로 날아들어
似說春事遲暮●	봄날이 저문다고 말해주듯이 지저귀누나
畵船載、[3]淸明過卻,	그림배는 청명을 싣고 지나갔고
晴煙[4]冉冉[5]吳宮[6]樹●	맑게 갠 날 궁원의 나무엔 안개만 희미하여라
念羈情遊蕩,	나그네 마음은 떠돌아 멈추질 않고
隨風化爲輕絮●	바람 따라 가벼이 날리는 버들개지가 되는구나

十載西湖,	십 년 동안 서호에서
傍柳繫馬,	버드나무 옆에 말을 매놓고
趁嬌塵軟霧[7]●	안개 낀 꽃길을 쫓아다녔네
溯紅漸、招入仙溪,[8]	꽃잎 흐르는 시냇물을 거슬러 선녀 계곡에 드니
錦兒[9]偸寄幽素●	시녀가 남몰래 그녀의 그윽한 정을 전해주었네
倚銀屛、春寬夢窄,[10]	은 병풍 안에서 봄은 길건만 꿈은 짧았으니
斷紅[11]濕、歌紈金縷●	그녀의 눈물은 비단 부채와 금실 무의를 적셨더라
暝隄空,[12]	해 지는 서호 둑은 텅 비어
輕把斜陽,	가벼이 저녁 경치를
總還鷗鷺●	모두 갈매기와 백로에게 내주었구나
幽蘭旋老,	그윽한 난초는 어느덧 시들고
杜若還生,	두약은 또 돋아나는데
水鄕尙寄旅●	수향에서 아직도 나그네로 떠도누나
別後訪、六橋[13]無信,	헤어진 후 다시 찾은 서호엔 그녀의 소식 가뭇없고
事往花委,	옛일은 흘러갔고 꽃은 시들었으니
瘞玉埋香,[14]	향기로운 꽃과 옥이 땅에 묻힌 후
幾番風雨●	몇 번이나 비바람이 불었던고
長波妒盼,[15]	맑은 물결도 시샘한 그녀의 아름다운 눈길
遙山羞黛,	먼 산도 부끄러워한 그녀의 고운 눈썹
漁燈分影春江宿,	고깃배 등불 어른거리는 봄 강에서 함께 묵었더니
記當時、短楫桃根渡[16]●	그때 작은 배 머물렀던 나루터를 잊지 못하여라

青樓彷彿,[17]	청루의 옛일은 어렴풋하고
臨分敗壁題詩,	헤어질 때 낡은 벽에 시를 써 붙였더니
淚墨慘淡[18]塵土●	눈물로 쓴 글씨는 먼지에 덮여 흐릿하구나
危亭望極,	높은 정자에서 아득히 바라보니
草色天涯,	풀빛은 하늘가까지 이어졌고
嘆鬢侵半苧[19]●	헝클어진 머리는 반백이 되었구나
暗點檢、離痕歡唾●	가만히 살펴보니 이별의 눈물 자국과 기쁨의 흔적은
尙染鮫綃,[20]	아직도 비단 수건에 얼룩져 있건만
嚲鳳[21]迷歸,	날개 늘어뜨린 봉황은 돌아갈 길을 잃고
破鸞慵舞●	짝 잃은 난새는 춤을 잊었어라
殷勤待寫,	정성스레 편지를 써서
書中長恨,	깊은 한을 전하려 하나
藍霞[22]遼海沈過雁,	기러기는 넓은 바다 노을 속으로 사라졌으니
漫相思、[23]彈入哀箏柱●	속절없이 그리는 정을 슬픈 쟁 소리에 담노라
傷心[24]千里江南,	마음 상하는 천 리 먼 강남
怨曲重招,	원망스런 노래로 거듭 그녀의 넋을 부르건만
斷魂在否●	떠나간 넋은 어느 곳에 있느뇨

[주석]

* 4段240字, 第1段8句4仄韻, 第2段10句4仄韻, 第3段14句4仄韻, 第4段14句5仄韻.(詞譜39)

1) 欺病酒(기병주): 술병이 난 나를 괴롭히다. '欺'는 괴롭히다. '病酒'는 술병. 술병이 나다.

2) 沈香(침향): 침향목.

3) 畫船載(화선재) 2구: 청명이 지난 후, 놀잇배도 가버려 서호는 조용하고 안개 낀 나무만 남아 있다는 뜻.

4) 晴煙(청연): 날이 갠 후에 남아 있는 안개(연기).

5) 冉冉(염염): 천천히 움직이는 모양. 흐릿한 모양.

6) 吳宮(오궁): 남송의 수도 임안(臨安)에 있는 궁원. 임안은 오대(五代) 오월(吳越)의 수도였기에 오궁이라고 했다.

7) 趁嬌塵軟霧(진교진연무): 여인이 길을 가면서 일으키는 먼지와 향기를 좇아가다. 여인을 찾아가는 것을 암시한다.

8) 仙溪(선계): 신선이 사는 선경(仙境). 도원(桃源). 여인이 있는 곳을 말한다. 동한(東漢) 때, 유신(劉晨)과 완조(阮肇) 두 사람이 천태산(天台山)에 들어가 약초를 캐다가 선녀를 만나 잠시 같이 살다 집으로 돌아와 보니, 아주 오랜 세월이 흘렀다. 후에 천태산을 다시 찾아갔으나 옛 곳을 찾지 못했다는 고사가 『유명록(幽明錄)』에 보인다.

9) 錦兒(금아)구: 시녀가 은근히 여인의 정을 전해주다. '錦兒'는 시녀. '유소(幽素)'는 마음속의 정. '유정소심(幽情素心)'과 같다.

10) 春寬夢窄(춘관몽착): 봄은 길건만 꿈은 짧다. 봄빛은 한없이 넓건만, 즐거움은 꿈처럼 매우 짧다.

11) 斷紅(단홍)구: 여인의 눈물이 부채와 무의를 적시다. 또는 눈물을 흘리며 「금루의」를 노래하다. '斷紅'은 미인의 눈물. 홍루(紅淚). '가환(歌紈)'은 노래할 때 사용하는 비단 부채. 채선(彩扇). '금루(金縷)'는 금실로 짠 무의. 또는 「금루의(金縷衣)」의 "勸君莫惜金縷衣, 勸君須惜少年時. 花開堪折直須折,

莫待無花空折枝"(그대에게 권하노니 금실 옷 아까워 마오, 모름지기 젊은 때를 아껴야 하리. 꽃이 피었을 때 꽃가지를 꺾어야 하리니, 꽃 진 후 빈 가지를 꺾지 마오)라는 노래.

12) 暝隄空(명제공) 3구: 저녁 무렵 상춘객들이 돌아가고 서호의 둑은 비어, 석양 속에 갈매기와 백로들만 있다. 작자와 여인이 이별한 후의 서호 풍경을 말한 것이다. 또는 아무도 없는 서호에서 작자와 여인은 돌아갈 줄 모르고 사랑을 즐겼다는 뜻으로 해석할 수도 있다.

13) 六橋(육교): 소식(蘇軾)이 서호에 세운 영파(映波), 쇄란(鎖瀾), 망산(望山) 등 여섯 개의 다리. 여기서는 항주의 서호를 말한다.

14) 瘞玉埋香(예옥매향): 옥과 향을 묻다. 꽃잎이 떨어져 땅에 묻히다. 아름다운 여인의 사망을 뜻한다. '瘞'는 매장하다.

15) 長波妒盼(장파투반) 2구: 여인의 눈빛이 맑고 고와서 맑은 물이 질투하고, 여인의 눈썹이 아름다워 먼 산도 그녀의 눈썹과 비교될 수 없는 것을 부끄러워하다. 물과 산과 여인의 용모를 함께 형용한 것으로, 물과 산을 의인화했다.

16) 桃根渡(도근도): 도엽도(桃葉渡). 나루의 범칭. '桃根'은 도엽(桃葉)의 동생. 평측 관계로 '桃根'으로 썼다. 196 「행화천영(杏花天影)」 '桃葉' 참조.

17) 青樓彷彿(청루방불) 3구: 청루의 옛일이 희미하다. 옛일은 마치 옛날에 써 붙인 시의 글자가 희미해진 것처럼 어렴풋하다. '青樓'는 여인이 거처하는 화려한 누각. 또는 기녀들이 거주하는 기루. '彷彿'은 어렴풋하다. 방불하다.

18) 慘淡(참담): (빛, 색이) 어둡다. 암담하다. 슬프다.

19) 苧(저): 모시풀. 백발을 말한다.

20) 鮫綃(교초): 전설에서 교인(鮫人)이 생사로 짠 직물. 비단 손수건.

21) 嚲鳳(타봉)구: 작자가 연인을 잃은 후의 비통한 심정을 말한 것이다. '嚲鳳'은 날개를 내려뜨린 봉황새. '파란(破鸞)'은 짝을 잃은 난새. 파경(破鏡)의 뜻

도 있다.

22) 藍霞(남하)구: 하늘은 멀고 바다가 넓어서 날아가는 기러기가 바다 가운데로 빠지다. 소식을 전할 수 없는 것을 말한다. '藍霞'는 남색의 놀. 푸른 하늘.

23) 漫相思(만상사)구: 헛되이 그리워하는 정을 이 작품에 담는다는 뜻. '漫'은 헛되이. 공연히. '쟁주(箏柱)'는 쟁의 줄을 괴는 기둥. 기러기발.

24) 傷心(상심) 3구: 죽은 여인에 대한 애도를 나타낸 것이다. 『초사 · 초혼(楚辭 · 招魂)』의 "目極千里兮傷春心, 魂兮歸來哀江南"(천 리 아득히 바라보니 봄날 마음이 상하네, 혼이여 돌아오라 강남은 슬프네) 구를 이용했다.

[해설]

송사 가운데 편폭이 가장 긴 작품으로, 죽은 연인을 애도한 도망사(悼亡詞)다. 제1단은 작자가 있는 서성(西城)과 다시 찾아간 서호의 모춘의 경치와 감회를 말했다. 제2단은 과거를 추억한 것으로, 여인을 만나는 과정과 서로 사랑하며 즐거웠던 일과 슬픈 이별을 회상했다. 제3단은 작자가 옛날 놀던 곳을 찾았으나 그녀가 사망한 것을 알게 되고, 그녀를 회상하며 지금은 옛 자취마저 희미해진 것을 슬퍼했다. 제4단은 작자의 고독한 심정과 죽은 연인에 대한 애도의 정을 나타냈다. 작품의 언어는 화려하면서도 잘 정련되었고, 정교한 은유와 함축적 표현, 전후의 맥락이 분명한 구성 등이 우수하다.

236 석황화만(惜黃花慢)*

오문영(吳文英)

— 次[1]吳江[2]小泊，夜飮僧窓惜別．邦人趙簿携小妓侑尊，[3] 連歌數闋，皆淸眞[4]詞．酒盡已四鼓，賦此詞餞尹梅津．[5]

— 오강에 잠시 배를 대어 머물고, 밤에 절 방에서 술 마시면서 이별을 아쉬워했다. 이 지방 사람인 조부(趙簿)가 가기를 데리고 와서 술을 권했는데, 그때 가기가 연달아 노래 몇 곡을 불렀으니 모두 청진의 사였다. 술자리가 끝난 때는 이미 사경이 되어, 이 사를 지어 윤매진을 전송했다.

送客吳皐[6]○	오강 기슭에서 나그네를 보내노니
正試霜[7]夜冷，	마침 첫서리가 내려 밤은 쌀쌀하고
楓落長橋[8]○	단풍잎은 수홍교로 떨어지네
望天不盡，	바라보니 하늘은 가없는데
背城漸杳，	떠나가는 배는 성곽을 등지고 점점 멀어지고
離亭黯黯，[9]	이별의 정자에서 마음은 어두운데
恨水迢迢[10]○	한스럽게도 강물은 아득히 흘러가누나
翠香[11]零落紅衣老，	푸른 잎은 말라 떨어지고 붉은 연꽃은 시들었으니
暮愁[12]鎖、殘柳眉梢○	저녁 수심은 잎 진 버들가지 끝에 서렸어라
念瘦腰、沈郎[13]舊日，	생각느니 슬픔으로 여윈 나는 예전에도
曾繫蘭橈[14]○	이곳에 배를 대었었더라
仙人鳳咽[15]瓊簫○	기녀가 옥퉁소에 맞춰 청아하게 노래하는 가운데

悵斷魂[16]送遠,	멀리 떠나보내는 슬픔으로 넋이 나갔으니
九辯難招○	송옥의 「구변」으로도 넋을 불러오기 어려워라
醉鬟[17]留盼,	취한 가기도 그대 머물기를 원해서
小窓剪燭,	작은 방에서 촛불 심지를 자르며
歌雲載恨,	한을 실어 노래를 부르니
飛上銀霄○	노랫소리는 은하로 날아오르는구나
素秋[18]不解隨船去,	슬픈 가을은 떠나가는 배를 쫓아갈 줄 모르고
敗紅[19]趁、一葉寒濤○	낙화만이 찬 물결 위 조각배를 쫓아가는구나
夢翠翹[20]○	아름다운 그녀를 꿈꾸나니
怨鴻料過南譙○	원망스러운 기러기는 그녀 있는 남루를 지나가리라

[주석]

* 雙調108字, 前段12句6平韻, 後段11句6平韻.(詞譜35, 腰에 平聲押韻)

1) 次(차): 머물다.

2) 吳江(오강): 지금의 강소성 오강.

3) 侑尊(유준): 술을 권하다.

4) 淸眞(청진): 북송의 사인(詞人) 주방언(周邦彦)의 자.

5) 尹梅津(윤매진): 이름은 환(煥), 자는 유효(惟曉), 절강(浙江) 소흥인(紹興人)이다.

6) 吳皐(오고): 오강의 강 언덕. 강기슭.

7) 試霜(시상): 서리가 처음 내리다.

8) 長橋(장교): 오강의 수홍교(垂虹橋).

9) 黯黯(암암): 어두운 모양. 슬픈 모양.

10) 迢迢(초초): 아득히 멀다.

11) 翠香(취향)구: 연꽃이 시든 것을 말한다. '翠香'은 연잎. '홍의(紅衣)'는 연꽃.

12) 暮愁(모수)구: 저녁에 잎 진 버드나무도 수심에 잠기다. '쇄미(鎖眉)'는 눈썹을 찌푸리다. '미초(眉梢)'는 눈썹 꼬리(끝).

13) 沈郞(심랑): 심약(沈約). 여기서는 작자 자신을 말한다. 147 「이랑신(二郞神)」 '沈腰' 참조.

14) 蘭橈(난요): 배의 미칭. '橈'는 배의 노.

15) 仙人鳳咽(선인봉열)구: 신선이 통소를 불고 봉황이 운다. 여기서는 가기가 통소에 맞춰 주방언의 사를 노래하는 것을 말한 것이다. 춘추 시대에 진(秦)나라의 소사(蕭史)는 통소를 잘 불어 공작과 백학을 마당으로 날아오게 했다. 진 목공(穆公)이 딸 농옥(弄玉)을 소사에게 시집보내고 봉황대를 지어 살게 했다. 후에 소사와 농옥이 통소를 부니 봉황이 날아와 두 사람은 봉황을 타고 날아갔다는 전설이 있다.

16) 悵斷魂(창단혼) 2구: 이별의 슬픔으로 내 넋이 나갔는데, 송옥(宋玉)의 「구변(九辯)」으로도 떠나간 넋을 불러오기 어렵다. '斷魂'은 슬픔으로 넋이 나가다. 육체를 떠난 영혼. '구변(九辯)'은 『초사(楚辭)』의 편명으로, 송옥이 그의 스승인 굴원이 방축된 것을 슬퍼한 글이다.

17) 醉鬟(취환) 4구: 가기가 은근히 머물기를 권하며 부르는 노래는 원한을 싣고 밤하늘에 퍼진다는 뜻. '醉鬟'은 술에 취한 가기. '은소(銀霄)'는 밤하늘의 은하수.

18) 素秋(소추): 가을. 여기서는 이별을 슬퍼하는 작자의 정을 뜻한다.

19) 敗紅(패홍): 낙화. 시들어 떨어진 붉은 꽃. 이별의 마음을 암시한다.

20) 夢翠翹(몽취교) 2구: 먼 곳에 있는 그녀를 그리워하니, 원망스러운 기러기

가 그녀가 있는 남루를 지날 것이다. 작자가 가기를 보고 이별한 연인을 연상하여 그리움을 표현한 것으로 볼 수 있다. 또는 윤매진의 처를 언급한 것으로, 고향에 있는 처도 누각에 올라 낭군이 돌아오기를 기다릴 것이다. 조하(趙嘏)의 「겨울 연못(寒塘)」 중 "鄉心正無限, 一雁過南樓"(고향 그리는 마음 한이 없는데, 외기러기 남루를 지나네) 시의를 이용했다. '翠翹'는 여인의 머리 장식. 여기서는 여인을 말한다. '남초(南譙)'는 남쪽의 문루(門樓). 누각을 말한다.

[해설]

작자가 자신의 벗 윤매진을 송별하는 전송사(餞送詞)다. 전단은 쓸쓸한 가을 경치를 배경으로 송별의 정경을 묘사했는데, 끝에서 작자는 과거를 회상하면서 이별의 슬픔을 강조했다. 후단 역시 송별연의 정경을 묘사하면서 이별의 아쉬움을 말했다. 이 작품은 허경(虛景)과 실경(實景)을 섞어서 서술했기 때문에, 뜻이 몽롱하고 맥락이 분명하지 않은 점이 있으나, 반복해서 음미하면 감정과 서술의 맥락을 찾을 수 있다.

237 고양대(高陽臺)* 오문영(吳文英)

— 落梅	— 떨어지는 매화
宮粉[1]雕痕,	궁녀의 희미해진 화장 흔적인 듯

仙雲墮影,	신선이 탄 구름이 그림자를 드리우는 듯
無人野水荒灣。	사람 없는 들 황량한 물굽이에서 꽃잎이 지누나
古石埋香,[2]	옛 돌무더기엔 꽃향기가 묻히고
金沙鎖骨連環[3]。	금모래엔 꽃잎이 묻히는구나
南樓不恨吹橫笛,[4]	남루의 「매화락」 피리 소리는 한스럽지 않으나
恨曉風、千里關山。	천 리 먼 관산에서 불어오는 새벽 바람이 원망스러워라
半飄零,[5]	매화꽃 태반이 흩날려 떨어지고
庭上黃昏,	마당엔 황혼이 되더니
月冷闌干。	난간엔 달빛이 싸늘하구나
壽陽[6]空理愁鸞。	수양공주는 부질없이 거울을 대하고 수심 속에 화장을 하네
問誰[7]調玉髓,	묻노니 그 누가 옥수를 만들어
暗補香瘢。	얼굴의 흉터를 살며시 고쳐주랴
細雨歸鴻,	가랑비 속에 기러기 돌아가고
孤山[8]無限春寒。	고산엔 봄추위가 끝이 없구나
離魂[9]難倩招淸些,	떠나간 넋은 다시 불러올 수 없으니
夢縞衣[10]解佩溪邊。	냇가에서 패옥을 풀어 준 백의의 선녀를 꿈꾸노라
最愁人,	나를 가장 슬프게 하는 건
啼鳥晴明,	새 우는 맑게 갠 날
葉底靑圓[11]。	잎사귀 아래 푸르고 동그란 매실이어라

[주석]

* 雙調100字, 前段10句4平韻, 後段10句5平韻.(詞譜28)

1) 宮粉(궁분) 2구: 매화 꽃잎이 색깔이 바래고 바람에 날려 떨어지는 것을 형용한 것이다. '宮粉'은 궁중에서 사용하는 화장 분. '조(雕)'는 시들다. '조(凋)'와 같다. '선운(仙雲)'은 신선이 타고 다니는 구름.

2) 古石埋香(고석매향): 원래는 미인의 죽음을 말한다. 포조(鮑照)의 「무성부(蕪城賦)」에 "東都妙姬, 南國麗人. 蕙心紈質, 玉貌絳脣. 莫不埋魂幽石, 委骨窮塵"(동도의 미희와 남국의 미인들. 향초 같은 마음과 비단 같은 고운 살결, 옥 같은 얼굴과 붉은 입술. 그러나 모두 으슥한 돌 밑에 넋을 묻고, 외진 땅에 뼈를 묻었다네) 구절이 있다. 여기에서는 매화가 떨어져 묻히는 것을 말한다.

3) 金沙(금사)구: 매화가 떨어져 땅에 묻힌 것을 말한다. 당나라 때 연주(延州)에 한 여인이 있었는데, 자색이 뛰어나 젊은이들이 좋아해서 가까이했다. 여러 해 후에 이 여인이 죽어 길가에 매장되었는데, 서역의 중이 지나다가 그 무덤에 와서 분향하며 쇄골보살(鎖骨菩薩, 미인으로 세상에 왔다가 죽은 후 다시 청정한 몸으로 돌아간 보살)이 묻혀 있다고 했다. 사람들이 무덤을 파보니 과연 온몸의 뼈가 고리처럼 연결되어 있어서, 그곳에 탑을 세웠다. 이복언(李復言)의 『속현괴록·연주부인(續玄怪錄·延州婦人)』에 보인다. 매화는 피었을 때는 깨끗하고 아름다운 모습으로 사람을 즐겁게 하고, 떨어져서도 깨끗하다는 뜻.

4) 吹橫笛(취횡적): 횡적을 불다. 여기서는 피리 곡조인 「매화락(梅花落)」을 부는 것을 말한다. 이백(李白)의 「사흠 랑중과 함께 황학루의 피리 소리를 듣다(與史郎中欽聽黃鶴樓上吹笛)」 중 "黃鶴樓中吹玉笛, 江城五月落梅花"(황학루에서 옥피리를 부니, 강성 오월에 매화가 지는구나) 시의를 이용했다.

5) 半飄零(반표령) 3구: 매화를 감상하는 사람은 없고 달빛만 차다는 뜻. 임포(林逋)의 「동산의 작은 매화(山園小梅)」 중 "疏影橫斜水淸淺, 暗香浮動月黃

昏"(비스듬히 뻗은 매화 가지 맑고 얕은 물에 그림자 비치고, 달 뜬 황혼에 그윽한 향기 풍겨오네) 시의를 이용했다.

6) 壽陽(수양)구: 수양공주는 거울을 마주하고 지워진 매화장의 흔적을 보면서 수심에 잠긴다는 뜻으로, 매화가 진 것을 슬퍼한다는 뜻이다. '壽陽'은 송(宋) 무제(武帝)의 딸인 수양공주(壽陽公主). 194 「소영(疏影)」 '猶記深宮舊事' 참조. '이(理)'는 장식하다. 꾸미다. 여기에서는 매화장(梅花粧)을 하는 것을 말한다. '란(鸞)'은 난새를 뒷면에 새긴 거울. 난경(鸞鏡).

7) 問誰(문수) 2구: 위의 구와 연결되어 매화가 모두 떨어졌기 때문에, 여인들이 매화장을 곱게 할 수 없다는 뜻. 매화가 진 것을 어찌할 수 없다는 뜻. 삼국 시대 오나라의 손화(孫和)가 달빛 아래에서 옥여의(玉如意)를 가지고 춤추다가 잘못하여 부인의 뺨에 상처를 냈다. 태의(太醫)를 불러 치료하게 하니, 태의는 수달의 골수(獺髓), 옥, 호박(琥珀)가루 등을 조제해서 상처에 발라 치료했으나, 흉터가 다 없어지지 않고 뺨에 붉은 점으로 남아 보기에 매우 고왔다는 고사. 단성식(段成式)의 『유양잡조(酉陽雜俎)』에 보인다. '옥수(玉髓)'는 먹으면 신선이 된다는 약. 옥고(玉膏). '향반(香瘢)'은 여인의 뺨에 생긴 흉터.

8) 孤山(고산)구: 항주(杭州) 서호(西湖)에 있는 고산(孤山)은 매화가 많기로 유명한데, 임포(林逋)가 이 산에서 은거하며 매화를 심고 학을 기르며 살아서 '매처학자(梅妻鶴子)'라는 말을 들었다. 여기서는 고산에는 봄추위 때문에 매화가 다 떨어져서 풍경이 쓸쓸한 것을 말한 것이다.

9) 離魂(이혼)구: 매화가 이미 다 떨어져서, 떠나간 매화의 넋을 불러오기 어렵다는 뜻이다. '천(倩)'은 청하다. '청(請)'과 같다. '사(些)'는 어조사.

10) 夢縞衣(몽호의)구: 꿈에서나 매화를 볼 수 있다는 말이다. 겸해서 과거 연인과 사랑했던 일을 뜻한다. '縞衣'는 흰옷. 여기서는 백의의 선녀, 곧 매화를 말한다. '해패(解佩)'는 패옥을 풀어 주다. 정교보(鄭交甫)가 강한(江漢)의

물가에서 여신을 만났는데, 여신이 몸에 찼던 패옥을 풀어 주고 사라졌다는 고사가 유향(劉向)의 『열선전·강비이녀(列仙傳·江妃二女)』에 보인다. 015「목란화(木蘭花)」'解佩' 참조.

11) 葉底青圓(엽저청원): 매화꽃이 지고 매실이 열린 것을 말한다. 두목(杜牧)의 「꽃을 탄식하며(嘆花)」 중 "綠葉成陰子滿枝"(푸른 잎은 그늘을 이루고 열매는 가지에 가득하네) 시의를 이용했다.

[해설]

꽃이 지는 매화를 읊은 영물사다. 영물사는 읊고자 하는 대상물의 외형만을 묘사하는 것이 아니라, 작자의 감정과 뜻을 묘사 대상물에 투영시키는 것을 중시한다. 작자는 낙매(落梅)를 애도하면서 여인을 말했으니, 아마도 사망한 여인을 애도하는 뜻을 담고 있다고 보겠다. 이 사는 지나치게 많은 전고를 사용했고, 어의가 모호하여 이해하기가 어렵고, 기교에 치우쳐서 자연스럽지 않다. 그러나 오문영사의 특색을 잘 나타내고 있는 대표작이다.

238 고양대(高陽臺)* 오문영(吳文英)

— 豊樂樓[1]分韻[2]得如字 — 풍락루에서 분운하여 '如'자를 얻었다.

修竹[3]凝妝,	대나무 숲엔 성장한 미녀들

垂楊駐馬,	수양버들 아래엔 매어놓은 말들
憑闌[4]淺畫成圖。	난간에 기대어 보니 한 폭 그림이로다
山色[5]誰題,	이 수려한 산색에 누가 시를 쓰고 있는고
樓前有雁斜書。	누각 앞 날아가는 기러기가 비스듬히 제화시를 쓰네
東風緊送斜陽下,	동풍은 세차게 불어 저녁 해를 보내고
弄舊寒、[6]晩酒醒餘。	늦추위로 저녁 술기운을 깨우네
自消凝,[7]	절로 슬퍼져 생각에 잠기나니
能幾花前,	몇 번이나 꽃을 마주할 수 있을꼬
頓老相如。	이 몸은 갑자기 늙었어라
傷春不在高樓上,	봄날 수심은 높은 누각 위에 있을 때보다는
在燈前攲枕,	등불 마주하고 베개에 기대어 있는데
雨外熏鑪。	밖엔 비 오고 방엔 향 피어오를 때 생겨나누나
怕艤[8]遊船,	놀잇배를 강가에 대기 두렵나니
臨流可奈[9]淸臞[10]。	물에 비치는 내 여윈 모습을 어찌할꼬
飛紅若到西湖底,	흩날리는 붉은 꽃잎이 서호로 떨어져
攪翠瀾、總是愁魚[11]。	푸른 물결에 떠다니면 물고기도 시름겨워하리라
莫重來,	서호에 다시는 오지 말지라
吹盡香綿,[12]	바람에 불려 버들개지가 다 없어지면
淚滿[13]平蕪[14]。	초원엔 눈물이 가득하리라

[주석]

* 雙調100字, 前後段各10句4平韻.(詞譜28)

1) 豐樂樓(풍락루): 송대 항주(杭州) 용금문(涌金門) 밖에 있는 술집으로, 중락정(衆樂亭) 또는 용취루(聳翠樓)라고도 불렀다. 규모가 웅장하여 누각에 올라 서호를 바라보기 좋은 곳이다.

2) 分韻(분운): 운자(韻字)를 정하고 각자 나누어 집어서 그 운자로 시나 사(詞)를 짓는 것.

3) 修竹(수죽) 2구: 풍락루 근처의 봄놀이를 묘사한 것이다. 대나무 숲 근처엔 성장한 미인들이 있고, 수양버들 가에는 귀족 자제들의 말이 매어 있다. '修竹'은 길게 자란 대나무. '응장(凝妝)'은 성장. 짙은 화장. 왕유(王維)의 「소년행(少年行)」에 "繫馬高樓垂柳邊"(높은 누각 수양버들 가에 말을 매어놓았네) 구가 있다.

4) 憑闌(빙란)구: 난간에 기대어 보는 풍경이 그림 같다는 뜻. '천화성도(淺畵成圖)'는 가볍게 몇 번 붓을 놀려 그림을 그리다.

5) 山色(산색) 2구: 청산 위로 기러기가 '人'자 모양의 대오를 이루어 날아가는 것이 마치 화폭 위에 화제(畵題)를 쓰는 듯하다. '제(題)'는 (그림, 벽 따위에) 시를 쓰다. '안사서(雁斜書)'는 기러기 떼가 비스듬히 날아가는 모양이 마치 글씨를 쓰는 것 같다는 뜻.

6) 弄舊寒(농구한)구: 저녁 바람이 불어 술기운을 깨게 하고 추위를 느끼게 하다.

7) 自消凝(자소응) 3구: 술도 깨고 날도 저물고 저녁 찬바람 불어오니, 즐거운 술자리는 어느덧 끝나고 서글프기만 하다. 늙어버린 나는 앞으로 몇 번이나 꽃을 볼 것인가. 소식(蘇軾)의 「난간 가의 배꽃(東欄梨花)」에 "惆悵東闌一株雪, 人生看得幾淸明"(서글프네 동쪽 난간엔 눈같이 흰 꽃나무, 남은 인생에 몇 번

이나 청명을 볼 것인가) 시구가 있다. '돈(頓)'은 갑자기. 돌연히. '상여(相如)'는 한(漢) 무제(武帝) 때의 문인 사마상여(司馬相如). 여기에서는 작자 자신.

8) 艤(의): 배를 대다.

9) 可奈(가내): 어찌하랴. 한스럽다.

10) 淸臞(청구): 야위어 파리하다. 수척하다.

11) 愁魚(수어): 물고기를 수심에 잠기게 하다. '수여(愁予)'(나를 수심에 잠기게 하다)와 음이 같아 쌍관어로 쓰였다.

12) 香綿(향면): 버들개지. 유서(柳絮).

13) 淚滿(누만): 여기서 '淚'는 사람의 눈물, 봄의 눈물, 버들개지 등 복합적 의미를 내포하고 있다.

14) 平蕪(평무): 평탄하고 너른 초원. 구양수(歐陽修)의 「답사행(踏莎行)」에 "平蕪盡處是春山, 行人更在春山外"(봄 풀 무성한 들이 끝나는 곳에 봄 산이 있고, 나그네는 또 봄 산 너머에 있네) 구절이 있다.

[해설]

작자가 풍락루에서 여러 사람과 함께 술을 마시다가, 즉석에서 '여(如)' 자 운을 집어서 읊은 것이다. 전단은 봄날의 아름다운 경치를 묘사하는 것으로 시작했으나, 해는 지고 술자리가 끝나면서 늙음을 한탄하는 것으로 끝을 맺었다. 후단은 전단을 이어받아서 고독하고 울적한 심정을 토로하고 봄이 가는 것을 슬퍼했다. 작자의 만년은 불우했고 국세도 날로 쇠미해가는 때여서, 작품에 반영된 감정이 매우 침울하다. 작품 가운데 '사양하(斜陽下)' '비홍(飛紅)' '취진향면(吹盡香綿)' 등은 단순한 경물의 묘사가 아니라, 작자의 울적한 심정과 쇠미한 시대를 근심하는 마음이 기탁된 것으로 볼 수 있다.

239 삼주미(三姝媚)* 오문영(吳文英)

— 過[1]都城[2]舊居有感	— 도성의 옛집을 찾은 감회
湖山[3]經醉慣●	취해서 산과 호수를 돌아다니면서
漬春衫,	눈물과 술로 봄옷을 적셨노니
啼痕酒痕無限●	얼룩진 자국이 무수했더라
又客長安,[4]	이제 또 장안에서 나그네가 되어
歎斷襟零袂,	떨어진 옷깃과 해진 소매를 탄식하노니
涴塵誰浣●	먼지에 찌든 옷을 누가 빨아주랴
紫曲[5]門荒,	옛 동리에 와보니 문은 황폐했고
沿敗井、風搖青蔓●	폐정 가엔 푸른 덩굴만이 바람에 흔들리누나
對語[6]東鄰,	제비는 동쪽 이웃집에서 지저귀니
猶是曾巢,	예전에 보금자리 틀고
謝堂雙燕●	당 앞에서 날던 그 한 쌍 제비인 듯하구나
春夢人間須[7]斷●	인간사는 한갓 봄꿈이라 깨기 마련이나
但怪得[8]當年,	못내 놀랍고 의아한 건 당시에
夢緣能[9]短●	꿈속의 인연이 그토록 짧았던 것이어라
繡屋秦箏,	화려한 방에서 쟁을 타고
傍海棠偏愛,	해당화 곁에서
夜深開宴●	밤 깊도록 술자리 벌이고 즐겼었더니라

舞歇歌沈,	지금 춤은 그쳤고 노래도 사라졌나니
花未減、紅顏先變●	꽃은 여전하건만 홍안이 먼저 늙었구나
竚久河橋欲去,	강 위 다리에서 우두커니 섰다 떠나려니
斜陽淚滿●	석양에 눈물만 가득하여라

[주석]

* 雙調99字, 前段11句5仄韻, 後段10句5仄韻.(詞譜27)

1) 過(과): 방문하다.

2) 都城(도성): 서울. 여기서는 북송의 수도 임안(臨安. 지금의 항주杭州).

3) 湖山(호산) 3구: 과거 서울에서 지낸 일을 서술한 것이다. 육유(陸游)의 「검문으로 가는 도중에 가랑비를 맞다(劍門道中遇微雨)」 중 "衣上征痕雜酒痕, 遠遊無處不消魂"(옷에는 먼지와 술 자국이 얼룩져 있고, 멀리 떠도니 슬프지 않은 곳 없네) 시의를 이용했다. '湖山'은 서호와 주변의 산. '취관(醉慣)'은 늘 취하다. 술에 취하고 아름다운 서호와 산에도 취한다는 복합적 뜻을 가짐. '지(漬)'는 적시다. '제흔주흔(啼痕酒痕)'은 눈물 자국과 술 자국. 비환이합(悲歡離合)의 자취를 뜻한다.

4) 長安(장안): 여기서는 임안(臨安).

5) 紫曲(자곡) 2구: 옛날 살았던 집이 황폐한 것을 서술한 것이다. '紫曲'은 화려한 동리(마을). 또는 가기들이 모여 사는 곳. 여기서는 옛날 살았던 곳. '패정(敗井)'은 오래되어 못쓰게 된 우물.

6) 對語(대어) 3구: 흥망성쇠에 대한 감개를 표현한 것이다. 유우석(劉禹錫)의 「금릉을 노래한 시 다섯 수·오의항(金陵五題·烏衣巷)」 중 "舊時王謝堂前燕,

飛入尋常百姓家"(옛날에 왕씨 사씨 집 당 앞에서 날던 제비, 지금은 평범한 여염집으로 날아드네) 시의를 이용했다. 114「서하(西河)」'燕子' 참조.

7) 須(수): 모름지기. 응당. 또는 비록.

8) 怪得(괴득): 이상하게 여기다. 놀라며 의아해하다.

9) 能(능): 이와 같이. 그처럼. '임(恁)'과 같다.

[해설]

작자는 한때 임안에서 한 여인을 사랑했으나, 작자가 임안을 떠난 후 여인은 사망했다. 만년에 임안으로 돌아온 작자는 옛 곳을 다시 찾아와 사별한 여인과 옛일을 회상하며 슬픈 심정을 노래했다. 전단은 서호에서 지냈던 옛일을 회상하며 현재 나그네 신세로 옛집을 다시 찾은 감회를 말했다. 후단 역시 과거사를 회상하며 무상함을 노래했다. 이 사에서 묘사된 쓸쓸한 풍경과 처연한 감정은 작자 개인의 심정이 반영된 것이지만, 당시의 시대적 분위기도 반영된 것이라고 볼 수도 있다.

240 팔성감주(八聲甘州)* **오문영(吳文英)**

— 陪庾幕[1]諸公遊靈巖[2] — 동료와 함께 영암산에 올라 노닐다

渺空煙四遠, 아득한 하늘가 사방 멀리엔 안개 어슴푸레한데
是何年、青天[3]墜長星○ 그 어느 해인가 청천에서 큰 별이 떨어져내려

幻[4]蒼崖雲樹,[5]	영암산의 검푸른 절벽과 구름 낀 나무숲과
名娃金屋,[6]	이름 난 미인 서시의 황금 집과
殘霸[7]宮城。	패망한 오왕의 궁성으로 변환(變幻)했다더라
箭徑[8]酸風[9]射眼,	채향경의 찬바람은 눈을 쏘듯이 매섭게 불고
膩水[10]染花腥[11]。	궁녀들이 버린 세숫물은 꽃을 물들여 향내가 나네
時靸[12]雙鴛響,	때때로 원앙 나막신 소리 울리니
廊葉秋聲。	낭하에 떨어지는 가을 낙엽 소리로구나
宮裏吳王沈醉,[13]	궁 안에서 오왕은 주색에 빠졌으니
倩五湖[14]倦客,	오호의 피곤한 나그네 범려로 하여금
獨釣醒醒。	홀로 낚시하며 깨어 있게 했더라
問蒼波[15]無語,	창파에게 고금의 일을 묻건만 아무 말 없고
華髮奈山青[16]。	산은 푸르건만 이내 백발을 어이하랴
水涵空、闌干高處,	난간 높은 곳에 오르니 강물은 하늘과 맞닿았고
送亂鴉斜日落漁汀。	까마귀 어지러이 날고 저녁 해는 모래톱으로 지네
連呼酒,	연달아 소리쳐 술 가져오라고 부르며
上琴臺[17]去,	금대에 오르니
秋與雲平[18]。	가을빛은 구름까지 가득하여라

[주석]

* 雙調95字, 前段9句4平韻,後段10句4平韻.(詞譜 25)

1) 庾幕(유막): 막부의 동료에 대한 미칭. 막료(幕僚). 제거상평창(提擧常平倉)의

동료를 지칭하는 것으로, 오문영 또한 막료로 있었다.

2) 靈巖(영암): 소주(蘇州) 서북쪽에 있는 산. 춘추 시대 오왕(吳王) 부차(夫差)의 유적이 있고, 산 위에는 영암사(靈巖寺), 관왜궁(館娃宮), 금대(琴臺), 향섭랑(響屧廊) 등이 있고, 산 앞에는 채향경(采香徑)이 있다.

3) 青天(청천)구: 하늘의 큰 별이 떨어져서 영암산이 됐다는 전설이 있다. '장성(長星)'은 큰 별. 또는 옛 별 이름. 혜성과 비슷하다고 함.

4) 幻(환): 화(化)하다. 변환(變幻)하다. '幻'은 이하 3구를 목적어로 삼고 있으며, 삼라만상의 생성 변화는 가상(假像)과 허환(虛幻)이라는 뜻을 내포하고 있다.

5) 蒼崖雲樹(창애운수): 영암산의 검푸른 절벽과 구름 낀 울창한 나무숲.

6) 名娃金屋(명왜금옥): 오왕 부차가 서시(西施)를 위해 관왜궁을 지은 것을 말한다. '名娃'는 이름 난 미인. 서시를 말한다. '金屋'은 금으로 지은 좋은 집.

7) 殘霸(잔패): 패업을 이루지 못한 제후. 오왕 부차를 말한다.

8) 箭徑(전경): 채향경의 다른 이름. 『소주부지(蘇州府誌)』에 "채향경은 향산(香山)의 시냇가에 있는 오솔길이다. 오왕은 향산에 향나무를 심고, 미인들을 시켜 향을 채취하게 했다. 영암산에서 바라보면 물줄기가 화살같이 곧아, 속칭 전경(箭徑)이라고도 한다"라고 했다.

9) 酸風(산풍): 매우 차가운 바람. 이하(李賀)의 「금동선인이 한나라를 떠나가는 노래(金銅仙人辭漢歌)」에 "東關酸風射眸子"(동관의 차가운 바람이 눈동자를 쏜다) 구가 있다.

10) 膩水(니수)구: 궁녀들이 세수한 물에는 지분(脂粉)이 풀려 있어, 꽃들도 화장 냄새가 난다는 뜻. '膩水'는 기름기 있는 물. 궁녀들이 화장을 씻은 물. 두목(杜牧)의 「아방궁부(阿房宮賦)」에 "渭流漲膩, 棄脂水也"(위수에는 지분이 가득히 흐르니, 궁녀들이 화장을 씻고 버린 물이라네) 구가 있다. 『고금사화(古今詞話)』에 "오나라 궁궐엔 향수계(香水溪)가 있는데 서시가 목욕하던 곳이라고

하며, 사람들은 이곳을 지분당(脂粉塘)이라고 부른다. 오왕의 궁녀들이 이곳에서 화장을 지웠다. 시내의 상류에는 지금껏 향기가 나는 듯하다"라고 했다.

11) 腥(성): 비린내. 여기에서는 화장의 지분 냄새.

12) 時靸(시삽) 2구: 복도에 가을 낙엽이 떨어지는 소리가 마치 옛날 궁녀들이 나막신을 신고 걷는 소리를 듣는 듯하다. '靸'은 신을 끌다. '쌍원(雙鴛)'은 원앙을 새긴 나막신. '낭(廊)'은 복도. 낭하. 여기서는 향섭랑(響屧廊)을 말한다. 『오군지·고적(吳郡志·古跡)』에 "향섭랑은 영암산 산사(山寺)에 있다. 전해오기로는, 오왕이 서시에게 나막신을 신고 걷도록 했는데, 복도에서 나는 소리가 메아리치듯 울려 향섭랑이라 했다"라는 기록이 있다.

13) 吳王沈醉(오왕침취): 오나라 왕 부차가 주색에 빠진 것을 말한다.

14) 倩五湖(천오호) 2구: 범려(范蠡)가 공을 세우고 은퇴하여 오호(五湖)에서 어부로 지낸 것을 말한다. '倩'은 ~하도록 시키다. ~하게 하다. '오호권객(五湖倦客)'은 범려(范蠡). 범려는 월왕(越王) 구천(句踐)을 도와 오나라를 멸망시킨 후 오호로 은퇴하였다. 전구의 '오왕침취(吳王沈醉)'와 '독조성성(獨釣醒醒)'은 대조를 이루고 있다.

15) 問蒼波(문창파): 오호의 푸른 물결에게 고금의 흥망을 묻는다는 뜻.

16) 華髮奈山青(화발내산청): 산색은 언제나 푸르건만, 사람의 백발은 어찌할 수 없다. 장구한 자연과 무상한 인간사를 대비하였다. '奈'는 어찌할 도리가 없다. '무가내하(無可奈何)'와 같다.

17) 琴臺(금대): 영암산 산정에 있는 오나라의 유적.

18) 秋與雲平(추여운평): 가을빛이 구름과 가지런하다. 가을빛이 한없이 펼쳐져 있어 구름과 하나가 되다.

[해설]

작자가 동료와 함께 영암산에 올라 주위의 경치와 오나라의 고적을 보면서 고금의 흥망성쇠에 대한 감개를 읊은 작품이다. 전단은 영암산에서 주위 경치와 흥망의 역사를 간직한 고적을 보면서 옛일을 상상했다. 후단은 주색에 빠져 나라를 망친 오왕과 공을 이루고 은퇴한 범려를 대비시켜 흥망의 감개를 말했는데, 아마도 옛일을 빌려 지금의 일을 말하는 정치적 우의가 있는지도 모르겠다. 이어서 공을 이루지 못하고 늙어가는 자신의 신세를 개탄하고, 난간에 의지해 바라보는 가을 경치로 끝을 맺었다. '환(幻)'자가 전편을 관통하면서 삼라만상의 생성변화가 허환(虛幻)하다는 뜻을 내보이고 있다. 허(虛)와 실(實)이 잘 어울리고, 상상이 기이하고 작품의 의경이 심원하다.

241 답사행(踏莎行)* 오문영(吳文英)

潤玉[1]籠[2]綃,[3]	얇은 사에 싸인 옥 같은 살결
檀櫻倚扇[4]•	부채로 반쯤 가린 앵두 같은 입술
繡圈[5]猶帶脂香淺•	자수 옷깃엔 지분 향기가 은은하게 풍기네
榴心[6]空疊舞裙紅,	석류꽃 무늬의 붉은 치마는 헛되이 포개진 채로 있고
艾枝[7]應壓愁鬟亂•	쑥 가지를 꽂은 머리는 수심으로 헝클어졌구나
午夢千山,[8]	한낮 꿈속에서 수많은 산을 넘어 다녀왔건만

窓陰一箭[9]•	창문의 그림자는 겨우 한 뼘 옮겨갔고
香瘢[10]新褪紅絲腕•	꿈속의 그녀 팔뚝엔 붉은 실 자국이 선연하구나
隔江人在雨聲中,	강 건너 사람은 빗소리 속에 있으니
晩風菰[11]葉生秋怨•	저녁 바람에 줄 잎엔 가을 원망이 이는구나

[주석]

* 雙調58字, 前後段各5句3仄韻.(詞譜13)

1) 潤玉(윤옥): 윤기 있는 옥 같은 살결.

2) 籠(롱): 덮어씌우다. 싸다. 속에 싸이다.

3) 綃(초): 생사로 얇게 짠 사(紗)의 한 종류. 여기서는 얇은 비단옷.

4) 檀櫻倚扇(단앵의선): 앵두 같은 입술에 부채를 가까이 대다. 부채로 입술을 가리다. '檀櫻'은 앵두 같은 붉은 입술. '倚'는 가까이하다. 기대다.

5) 繡圈(수권): 꽃을 수놓은 장식. 여기서는 수놓은 옷깃.

6) 榴心(유심)구: 붉은 석류꽃 문양이 찍혀 있는 치마가 헛되이 접힌 채로 놓여 있다. 춤을 추지 않는 것을 말한다. '榴心'은 석류꽃.

7) 艾枝(애지): 쑥 가지. 단오 때, 쑥으로 호랑이 모양을 만들거나, 또는 색종이를 호랑이 모양으로 오리고 쑥 잎을 붙여, 머리에 꽂거나 몸에 차서 액막이를 하는 풍속이 있다.

8) 午夢千山(오몽천산): 한낮의 꿈속에서 천 리 먼 곳까지 다녀왔다는 뜻. 잠삼(岑參)의 「춘몽(春夢)」에 "枕上片時春夢中, 行盡江南數千里"(베개에서 잠깐 봄꿈을 꾸니, 강남 수천 리를 다녀왔구나) 시구가 있다.

9) 窓陰一箭(창음일전): 창문의 그림자가 누전(漏箭)의 눈금 하나 정도 이동했

다는 말로, 극히 짧은 시간을 뜻한다. '箭'은 누전(漏箭). 물시계의 누호(漏壺) 안에 세운 눈금을 새긴 화살.

10) 香瘢(향반)구: 단오 때에는 팔뚝에 오색실이나 붉은 실을 감아 액막이를 하는 풍속이 있다. 꿈에 본 그녀는 여위어서 팔뚝에 감았던 붉은 실이 흘러내려 자국이 보인다는 뜻. '香瘢'은 여인의 팔뚝에 실을 감았던 흔적. '신퇴(新褪)'는 요즘 느슨해져 흘러내리다. 사람이 여윈 것을 말한다. '퇴(褪)'는 옷을 벗다. 색이 바래다. '홍사완(紅絲腕)'은 붉은 실로 팔뚝을 감아 묶는 것을 말한다. 악귀를 막기 위한 단오절 풍속이다.

11) 菰(고): 못이나 물가에 자라는 풀. 줄(풀).

[해설]

작자가 단오절에 멀리 헤어져 있는 연인을 꿈꾸고 지은 것이다. 전단은 작자가 꿈에서 본 연인을 묘사한 것인데, 이 점은 후단의 '오몽천산(午夢千山)'에 의해 분명해진다. 후단은 작자가 꿈을 깬 후, 꿈속에서 본 연인의 모습을 회상하며 그리움과 수심에 젖어 있는 정경이다. 마지막 두 구는 매우 모호하다. 꿈속의 정경을 말하고 있는지, 또는 작자가 꿈에서 깨어나 비바람 소리를 들으며 연인을 생각하고 있는지 분명하지 않으나, 한없는 그리움과 수심을 읽을 수 있다.

242 서학선(瑞鶴仙)*

오문영(吳文英)

晴絲[1]牽緒亂[2]●	맑은 하늘에 떠도는 유사는 마음을 어수선하게 하는데
對滄江斜日,	푸른 강물과 지는 해를 대하고 있자니
花飛人遠●	꽃잎은 흩날리고 사람은 멀리 있구나
垂楊暗吳苑[3]●	옛 오나라 궁원엔 수양버들 우거졌고
正旗亭[4]煙冷,[5]	때는 한식이라 주점엔 불기 없는데
河橋風暖●	강 위 다리엔 바람이 따스하구나
蘭情蕙盼[6]●	그녀의 정겨운 마음씨와 고운 눈길이
惹相思、[7]春根酒畔●	늦봄 술자리에서 상사의 정을 일으키게 했었다네
又爭[8]知、吟骨縈消,[9]	그녀 어찌 알랴, 이 몸은 그리움 때문에 여위어
漸把舊衫重剪●	옛 옷을 다시 마름질해야 하는 것을
淒斷●	쓸쓸하여라
流紅千浪,	꽃잎은 물결에 떠내려가고
缺月孤樓,	조각달 뜬 외로운 누각엔
總難留燕●	제비도 머물려 하지 않고
歌塵凝扇[10]●	노래 부채엔 먼지만 쌓였구나
待憑信,	임을 믿으려다가
拚分鈿[11]●	헤어지기로 결심하네
試挑燈欲寫,	등불 심지 돋우고 결별의 편지를 쓰려다가
還依不忍,	또 여전히 차마 쓰지 못하고

箋幅偸和淚捲•	남몰래 눈물과 함께 편지지를 말아 넣는구나
寄殘雲剩雨[12]蓬萊,[13]	남아 있는 옛정을 봉래산에 부쳐 보내면
也應夢見•	꿈속에선 만나볼 수 있으려나

[주석]

* 雙調102字, 前段10句7仄韻, 後段12句6仄韻.(詞譜31)

1) 晴絲(청사): 맑게 갠 하늘에 떠도는 유사(遊絲). '絲'는 유사(遊絲)로, 봄날 공중에 떠도는 곤충이 토해낸 거미줄 따위의 가는 실. 또는 아지랑이나 버들개지를 말하기도 한다.

2) 牽緖亂(견서란): 심란하게 하다. 여기서는 이별의 슬픔을 자아내다. '牽緖'는 정서를 일으키다. 감정을 촉발하다.

3) 吳苑(오원): 옛날 오나라의 궁원(宮苑). 소주(蘇州)를 가리킨다.

4) 旗亭(기정): 술집. 주루(酒樓).

5) 煙冷(연랭): 연기가 싸늘하다. 한식이 되어 불을 때지 않는 것을 말한다.

6) 蘭情蕙盼(난정혜반): 여인의 부드러운 정과 고운 눈길. 또는 여인이 다정하게 추파를 보내다. 주방언(周邦彦)의 「배성월만(拜星月慢)」에 "水盼蘭情, 總平生稀見"(추파에 담아 보내는 고운 정, 평생 보기 어려운 모습이네) 구가 있다. 이 구는 아래 구와 함께 과거를 회상한 것이다.

7) 惹相思(야상사)구: 늦봄 술자리에서 상사의 정을 일으키다. '춘근(春根)'은 모춘. 봄의 끝머리. '주반(酒畔)'은 술자리.

8) 爭(쟁): 어떻게. 어찌.

9) 吟骨縈消(음골영소): 그리움에 몸이 여위다. '吟骨'은 시인. 음객(吟客). 작

자 자신. '縈'은 (감정에) 얽매이다. 얽히다. '消'는 여위다. '소수(消瘦)'와 같다.

10) 歌塵凝扇(가진응선): 오랫동안 노래를 부르지 않는다는 뜻. '歌扇'은 가무에 사용하는 부채. '塵凝'은 먼지가 쌓이다.

11) 拚分鈿(반분전): 모든 것을 돌보지 않고 헤어지기로 결심하다. '拚'은 아무것도 돌보지 않다. 필사적으로 하다. 또는 버리다. '分鈿'은 이별할 때 전합(鈿盒)을 둘로 나누어 각자 정표로 간직한다는 말로, 남녀의 이별을 뜻한다. 백거이(白居易)의 「장한가(長恨歌)」에 "釵留一股盒一扇, 釵擘黃金盒分鈿"(비녀는 한쪽을 남기고 전합은 문 한쪽을 남겨 금비녀를 쪼개고 나전 상자도 둘로 나누었네) 시구가 있다. '鈿'은 전합(鈿盒).

12) 殘雲剩雨(잔운잉우): 아직도 남아 있는 애정. 또는 지나간 사랑이나 깨어진 애정. '雲雨'는 남녀의 환락과 애정.

13) 蓬萊(봉래): 신선이 산다는 봉래산. 여기서는 임이 있는 곳.

[해설]

남녀의 연정을 노래했다. 전단에서 작자는 한식날 늦봄의 경치를 바라보며 과거의 연인을 회상하고, 연인을 만나지 못하는 괴로움을 말했다. 후단에서 화자는 여성으로 바뀌어서 이별한 후의 고독을 말하고, 차라리 임과 헤어질까 말까 망설이다가 꿈속에서라도 만나기를 바라고 있다. 후단은 작자가 연인을 상상해서 쓴 것이다.

243 자고천(鷓鴣天)* 오문영(吳文英)

— 化度寺[1]作 — 화도사에서 짓다

池上紅衣[2]伴倚闌◦ 지당의 붉은 연꽃은 난간에 기대선 나를 짝해주고
棲鴉常帶夕陽還◦ 까마귀는 석양빛을 받으며 둥지로 돌아가네
殷雲[3]度雨疏桐落, 구름이 비를 뿌리고 지나가자 오동잎 떨어지고
明月生涼寶扇閒◦ 밝은 달빛 서늘하니 부채는 한가롭기만 하구나

鄉夢窄, 고향 꿈은 짧은데
水天寬[4]◦ 물길과 하늘은 멀고
小窓愁黛[5]淡秋山◦ 창문에서 바라보니 가을 산은 수심 어린 그녀의 눈썹이어라
吳鴻[6]好爲傳歸信, 기러기야 부디 소식을 전해주려무나
楊柳閶門[7]屋數間[8]◦ 창문(閶門) 밖 버드나무 서 있는 그녀의 작은 집으로

[주석]

* 雙調55字, 前段4句3平韻, 後段5句3平韻.(詞譜 11)

1) 化度寺(화도사): 항주(杭州) 서쪽 강창교(江漲橋) 부근에 있는 절. 원명은 수운사(水雲寺).

2) 紅衣(홍의): 붉은 연꽃. 떠나간 여인의 붉은 옷을 연상해서 말한 것이기도 하다.

3) 殷雲(은운): 짙은 구름. 비를 머금은 구름.

4) 水天寬(수천관): 하늘은 아득하고 물길 또한 멀다. 당시에는 항주에서 소주(蘇州)까지 대부분 수로를 통해 왕래를 했다. '寬'은 앞 구절의 '착(窄)'과 대를 이룬다.

5) 小窓愁黛(소창수대): 작은 창문에 기대어 가을 산을 보니 마치 여인의 수심 어린 눈썹 같다. '黛'는 눈썹먹. 눈썹.

6) 吳鴻(오홍): 오 땅의 기러기. 오 땅에서 온 기러기.

7) 閶門(창문): 소주성(蘇州城) 서쪽에 있는 문.

8) 屋數間(옥수간): 몇 칸밖에 안 되는 작은 집.

[해설]

작자가 항주의 화도사에서 소주에 있는 여인을 그리워하며 지은 작품이다. 전단은 눈에 보이는 풍경을 묘사하여 고독한 심정을 말했고, 후단도 경물을 묘사하면서 멀리 있는 여인을 그리워했다.

244 야유궁(夜遊宮)*

오문영(吳文英)

人去西樓雁杳[1]●	서루를 떠나간 후 소식은 묘연하여라
敍別夢、[2]揚州一覺●	달콤한 양주의 꿈 깨어나서 이별했다네
雲淡星疏楚山[3]曉●	구름은 엷고 별 드물어져 초산은 밝아오고
聽啼鳥,	새소리 들리는데

立河橋,	강 위 다리에 서서
話未了●	서로 말을 다 끝내지 못했더라
雨外蛩[4]聲早●	비 오는 밖에선 귀뚜라미 소리가 벌써 들려오니
細織就、霜絲多少[5]●	가는 베를 짜듯 생겨난 흰 머리털은 얼마나 많은고
說與蕭娘[6]未知道●	그녀에게 말해준들 아지 못하리라
向長安,[7]	장안에서
對秋燈,	가을 등불을 마주하고
幾人老[8]●	내가 얼마나 늙었는지를

[주석]

* 雙調57字, 前後段各6句4仄韻.(詞譜12)

1) 雁杳(안묘): 아득히 날아간 기러기처럼 자취 없다. 소식이 없다.

2) 敍別夢(서별몽)구: 두목(杜牧)의 「감회를 읊다(遣懷)」 중 "十年一覺揚州夢, 贏得青樓薄倖名"(십 년 즐거웠던 양주의 꿈 깨어나니, 기루에서 박정한 사람이란 이름만 얻었네) 시의를 이용했다. '敍別'은 이별의 말을 나누다. 작별 인사를 하다.

3) 楚山(초산): 초 땅의 산. 전송의 장소를 말한다. 왕창령(王昌齡)의 「부용루에서 신점을 보내며(芙蓉樓送辛漸)」에 "平明送客楚山孤"(새벽에 나그네를 보내니 초산이 외롭구나) 시구가 있다.

4) 蛩(공): 귀뚜라미. 귀뚜라미의 울음소리가 베 짜기를 재촉하는 소리로 들린다고 하여, '촉직(促織)'이라고도 한다. 다음 구의 '세직취(細織就)'와 연결된다.

5) 霜絲多少(상사다소): 서리 같은 백발이 얼마나 많은가. '多少'는 의문, 또는 감탄의 어기.
6) 蕭娘(소낭): 가기 또는 연인의 범칭.
7) 向長安(향장안): 장안에서. '向'은 ~에서. '재(在)'와 같다. '長安'은 여기서는 임안(臨安)을 말한다.
8) 幾人老(기인로): 사람은 얼마나 늙었는가. '幾'는 얼마나. 감탄부사로 쓰였다. '人幾老'가 도치된 것이다.

[해설]

이별한 여인을 꿈꾸고 지은 듯하다. 전단은 여인이 떠나간 후 소식이 없는 것을 말하고, 이어서 꿈속에서 이별하는 정경을 묘사했는데, 이는 또한 과거 이별의 정경이기도 하다. 후단은 꿈이 깬 후의 정경을 서술했다.

245 하신랑(賀新郎)* 오문영(吳文英)

— 陪履齋先生[1]滄浪[2]看梅 — 오잠 선생과 함께 창랑정에서 매화를 구경하다

喬木生雲氣●	울창한 교목 위로 운기가 일어나는도다
訪中興、英雄[3]陳迹,	중흥의 영웅 한세충의 옛 자취를 찾아와서
暗追前事●	가만히 지난 일을 회상하노라
戰艦東風[4]慳借便,	동풍이 전함에게 좋은 기회를 주지 않았나니

夢斷神州故里●	중원의 고향을 되찾는 꿈은 깨지고
旋小築、[5]吳宮閒地●	사직하고 돌아와 옛 궁터에 작은 별장을 지었더라
華表月明[6]歸夜鶴,	달 밝은 밤 화표주로 돌아온 학은
歎當時、花竹今如此●	당시의 꽃과 대나무가 지금 이처럼 변한 걸 탄식하니
枝上露,	나뭇가지 위의 이슬은
濺清淚●	상심해서 흘린 맑은 눈물일레라
遨頭[7]小簇[8]行春隊●	태수와 빈객들이 줄지어 봄나들이 나섰으니
步蒼苔、尋幽別墅,	파란 이끼 길을 걸어 그윽한 별장을 찾아가면서
問梅開未●	매화가 피었는지 묻노라
重唱梅邊新度曲,	매화 옆에서 새로 지은 노래를 거듭 불러
催發[9]寒梢凍蕊●	찬 나뭇가지 끝에서 매화 피어나기를 재촉하노니
此心與、東君[10]同意●	이 마음은 봄의 신 동군의 뜻과 같으리라
後不如今今非昔,	내일은 오늘만 못하고 오늘은 어제만 못하니
兩無言、相對滄浪水[11]●	둘이서 말없이 창랑의 물을 대하고 있노라
懷此恨,	가슴속의 이 한을
寄殘醉●	남은 술로 풀어보려네

[주석]

* 雙調116字, 前後段各10句6仄韻.(詞譜36)

1) 履齋先生(이재선생): 오잠(吳潛). 자는 의부(毅夫), 호는 이재(履齋). 이종(理宗) 순우(淳祐) 연간에 우승상(右丞相)을 지냈고, 경국공(慶國公)에 봉해졌다.

그가 소주지주(蘇州知州)로 있을 때, 오문영은 막료로 있었다.

2) 滄浪(창랑): 창랑정(滄浪亭)으로 소주(蘇州) 남쪽에 있다. 오대(五代) 때에 오월(吳越) 광릉왕(廣陵王)의 정원이었으나, 후에 절이 되었다. 소순흠(蘇舜欽)이 소주로 폄적되었을 때, 이곳에 창랑정을 지었고, 남송 때 한세충(韓世忠)의 별장이 되었다.

3) 中興英雄(중흥영웅): 금(金)과 싸워 공을 세운 한세충을 지칭한 것이다.

4) 戰艦東風(전함동풍)구: 한세충이 전함을 이끌고 금의 침입을 격퇴시켰으나, 하늘이 돕지 않아서 금을 멸망시키지는 못했다는 뜻. '東風'은 오(吳)의 주유(周瑜)가 동풍의 힘을 빌려 화공으로 적벽(赤壁)에서 조조(曹操)의 군대를 대파한 일을 말한다. '간(慳)'은 아끼다. 인색하다.

5) 旋小築(선소축)구: 한세충이 화의를 반대하다가 사직하고 돌아와, 옛 궁터에 별장을 지은 것을 말한다.

6) 華表明月(화표명월) 4구: 한세충의 넋이 창랑정으로 돌아와 본다면 감개에 차서 눈물을 뿌릴 것이라는 뜻. 정령위(丁令威)가 학으로 변해 옛 고향으로 돌아온 고사를 인용했다. 046「천추세인(千秋歲引)」'華表語' 참조. '화표(華表)'는 궁전이나 능 따위의 건축물 앞에 세운 큰 기둥.

7) 遨頭(오두): 지주(知州). 여기서는 지주 오잠(吳潛)을 말한다.

8) 小簇(소족): 작은 무리. 여기서는 빈객들을 말한다.

9) 催發(최발)구: 매화가 빨리 피기를 재촉하다. 새로운 시대의 도래를 바라는 뜻이 기탁되어 있다. '한초동예(寒梢凍蕊)'는 찬 나뭇가지 끝에 얼어 있는 꽃봉오리. 매화를 말한다.

10) 東君(동군): 봄의 신. 여기서는 지주 오잠을 의미하기도 한다.

11) 相對滄浪水(상대창랑수): 두 사람이 창랑정 앞의 물을 대하고 있는 것을 말한다.『초사·어부(楚辭·漁父)』의 "滄浪之水淸兮, 可以濯我纓, 滄浪之水

濁兮, 可以濯我足"(창랑의 물이 맑으면 내 갓끈을 빨고, 창랑의 물이 흐리면 내 발을 씻네)이라는 창랑가(滄浪歌)의 뜻을 암시하고 있다.

[해설]

매화를 읊으면서 중흥의 영웅 한세충을 기리는 마음과 시대를 근심하는 마음을 담았다. 전단은 주로 회고의 정을 나타내고 있는데, '교목(喬木)'구는 한세충의 인물과 기상을 암시한 것이다. 이어서 중원(中原)을 되찾는 꿈이 수포로 돌아간 것과 세월과 세사(世事)의 무상함을 말했다. '천청루(濺清淚)'구는 눈물이면서 동시에 매화를 말한 것으로 볼 수 있다. 후단은 매화를 읊으면서 국운이 날로 쇠약해지는 것을 우려하고, 창랑정의 물을 바라보며 술잔을 기울여 수심을 달래는 것으로 끝을 맺었다.

246 당다령(唐多令)*

오문영(吳文英)

— 惜別	— 석별
何處合成愁○	어디에서 무엇이 합쳐 수심이 되는고
離人心上秋[1]○	이별한 사람의 마음에 가을이 합쳐 수심이 되네
縱芭蕉、[2]不雨也颼颼○	파초 잎은 비가 오지 않아도 슬픈 소리를 내는구나
都道晚涼天氣好,	다들 저녁 서늘한 날씨가 좋다고 말하건만
有明月、怕登樓○	밝은 달 아래 누각에 오르기 두려워라

年事[3]夢中休。	지난 일들은 꿈인 듯 사라졌고
花空煙水流。	꽃은 지고 안개 속에 물은 흘러갔어라
燕辭歸、客尙淹留[4]。	제비는 돌아가건만 객은 아직 타향에 머무네
垂柳不縈裙帶住,	늘어진 버들가지는 임의 치마끈을 잡아매지 않고
漫長是、繫行舟。	부질없이 늘 돌아갈 배만 매어놓았구나

[주석]

* 雙調61字, 前後段各5句4平韻.(詞譜13)

1) 心上秋(심상추): '심(心)'자와 '추(秋)'자를 합하면 근심 '수(愁)'자가 된다. 이별한 사람의 마음이 가을을 슬퍼하기 때문에 수심이 생긴다는 뜻.

2) 縱芭蕉(종파초)구: 비가 내리지 않아도 파초 잎에서 이는 바람 소리가 사람의 마음을 서글프게 한다는 뜻. 두목(杜牧)의 「비(雨)」에 "一夜不眠孤客耳, 主人窓外有芭蕉"(밤새껏 잠 못 드는 외로운 나그네 귀엔, 창 밖 파초 잎 소리만 들리네) 시구가 있다. '종(縱)'은 비록. 설령. '수(颼)'는 바람 소리.

3) 年事(연사): 지난 일.

4) 淹留(엄류): (타향에) 오래 머물다.

[해설]

이 작품은 글자 유희 같기도 하지만, 소박하고 명쾌한 언어로 나그네의 수심과 별정(別情)을 재치 있게 그려냈다.

247 상춘야월(湘春夜月)*

황효매(黃孝邁)

近淸明,	청명이 가까운데
翠禽[1]枝上消魂。	물총새는 나뭇가지 위에서 구슬피 애를 끊누나
可惜一片淸歌,	애석하게도 저 맑은 새소리를
都付與黃昏[2]。	모두 황혼에 내맡겨두고 있구나
欲共柳花低訴,	버들꽃에게 슬픔을 나직이 하소연하려 하나
怕柳花輕薄,	아마도 버들꽃은 경박해서
不解傷春。	가는 봄을 슬퍼할 줄 모르리라
念楚鄕旅宿,	홀로 초 땅 객사에 묵고 있노니
柔情別緖,	이내 여린 마음과 이별의 슬픔을
誰與溫存[3]。	누가 따뜻이 위로해주랴
空尊夜泣,[4]	빈 술잔은 밤새 눈물짓고
靑山不語,	청산은 말이 없고
殘月當門。	새벽달은 창문을 비추는구나
翠玉樓[5]前,	누각 앞에는
惟是有、一波湘水,	다만 한 줄기 상강의 물과
搖蕩[6]湘雲。	상강 위로 떠가는 구름뿐이어라
天長夢短,[7]	하늘은 멀고 꿈은 짧으니
問甚時、重見桃根[8]。	언제 다시 그녀를 만날 수 있을꼬
次第,[9]	이내 수심과 신세

算人間[10]沒箇并刀,	세상엔 좋은 가위가 없으니
剪斷心上愁痕。	어찌 마음속 수심을 잘라낼 수 있으랴

[주석]

* 雙調102字, 前段10句4平韻, 後段11句4平韻.(詞譜31)

1) 翠禽(취금)구: 물총새가 봄이 가는 것을 슬퍼해서 운다는 뜻. '翠禽'은 물총새. 비취(翡翠). 작고 고운 새를 말한다. '소혼(消魂)'은 몹시 슬퍼 넋이 빠지다. 단혼(斷魂). 단장.

2) 都付與黃昏(도부여황혼): 아무도 들어주는 사람이 없는 황혼 속에 새소리만 들린다는 뜻. '付與'는 주다. 내맡기다.

3) 溫存(온존): 따뜻이 위로하다.

4) 空尊夜泣(공준야읍): 빈 술잔이 밤에 울다. 감정이입의 표현으로, 화자가 빈 술잔을 마주하고 밤에 눈물 흘린다는 말이다. 강기(姜夔)의 193 「암향(暗香)」에 "翠尊易泣"(비취 술잔 대하니 쉬이 눈물이 나고) 구가 있다.

5) 翠玉樓(취옥루): 아름다운 누각.

6) 搖蕩(요탕): 흔들리다.

7) 天長夢短(천장몽단): 하늘은 멀고 꿈은 짧다. 서로 떨어져 있는 거리는 멀고 꿈에서도 잘 만나지 못하다.

8) 桃根(도근): 동진(東晋) 왕헌지(王獻之)의 애첩 도엽(桃葉)의 여동생. 여기서는 연인을 말한다.

9) 者次第(자차제): 이런 상황(사정). 이런 일들. 여기서는 작자가 수심 속에 있는 상황. '者'는 이것. '저(這)'와 같다. '次第'는 상황. 경우. 사정.

10) 算人間(산인간) 2구: 생각건대 좋은 가위를 얻어 수심을 잘라낼 수 있다면 좋으련만, 세상엔 근심을 잘라낼 수 있는 가위가 없다. 강기의 191 「장정원만(長亭怨慢)」 중 "算空有并刀, 難剪離愁千縷"(공연히 병주의 좋은 가위 있건만, 천만 가닥 이별의 수심을 자를 수 없어라) 시의를 이용했다. '算'은 추측하다, 생각하다. '병도(并刀)'는 병주(并州, 지금의 산서성山西省 태원太原)에서 나는 좋은 가위.

[해설]

「상춘야월」 사조는 자작곡으로, 가는 봄을 슬퍼하고 이별한 사람을 그리워한 노래다. 혹자는 쇠망해가는 시대를 슬퍼한 것으로 보는데, 가는 봄과 슬피 우는 물총새에 작자의 뜻을 기탁한 것으로 볼 수 있기 때문이다.

248 대유(大有)* **반희백(潘希白)**

— 九日	— 9월 9일 중양절
戲馬臺[1]前,	희마대 앞에서도
采花籬下,[2]	국화꽃 꺾어 든 울타리 가에서도
問歲華、還是重九[3]•	세월은 또 중양절이 되었구나
恰歸來、南山翠色依舊•	때마침 고향으로 돌아오니 남산의 푸른빛은 의구하여라

簾櫳[4]昨夜聽風雨,	어젯밤엔 창 밖에 비바람 소리 들려서
都不似、登臨時候●	산에 오르는 중양절 같지 않았더라
一片宋玉情懷,[5]	송옥처럼 가을을 슬퍼하는 마음 때문에
十分衛郎[6]清瘦●	참으로 위개처럼 여위었구나
紅萸佩,[7]	붉은 수유를 몸에 차고
空對酒●	부질없이 술잔을 대하고 있노라니
砧杵[8]動微寒,	다듬이 소리는 가벼운 한기를 일으켜
暗欺羅袖[9]●	어느새 엷은 옷소매가 춥구나
秋已無多,	가을이 얼마 남지 않아
早是敗荷衰柳●	벌써 연잎과 버들잎은 시들어 떨어지누나
强整[10]帽檐敧側,	지금은 그런대로 중양절을 즐기고 있지만
曾經向、天涯搔首[11]●	예전엔 하늘가 멀리서 수심에 잠겼었네
幾回[12]憶、故國蓴鱸,[13]	고향의 순채와 농어를 얼마나 그리워했던고
霜前雁後●	서리 내리고 기러기 날아갈 무렵에

[주석]

* 雙調99字, 前段8句4仄韻, 後段10句5仄韻.(詞譜 27)

1) 戲馬臺(희마대): 팽성(彭城, 지금의 강소성江蘇省 서주徐州)에 있는 누대. 남조(南朝)의 송(宋) 무제(武帝)가 중양절에 희마대에 올라 신하들과 함께 시를 지으며 놀았다고 한다. 본래는 항우(項羽)가 열병하던 장소라고 전한다. 여기서는 중양절을 나타내기 위해 사용했다.

2) 采花籬下(채화리하): 도연명(陶淵明)의 「음주(飮酒)」 중 "采菊東籬下, 悠然見南山"(동쪽 울타리 아래에서 국화를 꺾어 들고, 한가로이 남산을 바라보네) 시구를 이용했다.

3) 重九(중구): 중양절.

4) 簾櫳(염롱): 발과 창문. 발을 친 창문.

5) 宋玉情懷(송옥정회): 송옥(宋玉)이 「구변(九辯)」을 지어 "悲哉秋之爲氣也"(슬프다 가을 기운이여)라고 가을의 비애를 노래한 마음과 감정. 039 「척씨(戚氏)」 '當時宋玉' 참조.

6) 衛郎(위랑): 위개(衛玠). 서진(西晉)의 미남으로 몸이 허약했다. 병약한 작자 자신을 말한다. 106 「대포(大酺)」 '衛玠' 참조.

7) 紅萸佩(홍유패): 중양절에 재액을 피하기 위해 수유(茱萸)를 몸에 차고 높은 곳에 올라 술 마시는 풍속을 말한다. 수유 열매는 적자색이다.

8) 砧杵(침저): 다듬잇돌과 방망이. 다듬이질.

9) 暗欺羅袖(암기라수): (한기가) 깁옷 입은 나를 괴롭히다. '欺'는 괴롭히다.

10) 强整(강정)구: 바람에 삐뚤어진 모자를 억지로 바로하다. 흥이 일지 않지만 억지로 중양절에 높은 곳에 올라 술 마시며 노는 것을 말한다. 맹가(孟嘉)가 중양절에 모자를 떨어뜨린 고사를 사용했다. 216 「하신랑(賀新郎)」 '愛說南朝狂客' 참조. '모첨(帽檐)'은 모자의 차양. 여기서는 오사모. '기측(攲側)'은 기울다.

11) 搔首(소수): 머리를 긁적이다. 근심하거나 초조한 모양.

12) 幾回(기회): 몇 번(차례)이나. 얼마나. 의문, 또는 감탄의 뜻.

13) 故國蓴鱸(고국순로): 고향의 순채와 농어. 진(晉)의 장한(張翰)이 가을바람이 일자 고향의 순채와 농어회 생각이 나서 벼슬을 버리고 고향으로 돌아갔다는 고사. 174 「수룡음(水龍吟)」 '休說鱸魚' 참조.

[해설]

작자는 고향으로 돌아와 중양절을 맞는 감회를 읊었는데, 가을과 노년의 쓸쓸함을 노래하면서도, 한편으로는 고향으로 돌아온 안도감을 말했다. 전단은 중양절이 된 것을 말하고, 때마침 고향으로 돌아와서 의구한 푸른 남산을 보고, 어젯밤엔 비바람이 쳤는데 오늘 산에 올라 가을 경치를 보는 감회를 말했다. 후단은 산에 올라 중양절을 즐기지만, 가을 경치가 쓸쓸하고 흥도 일지 않는 것을 말하고, 지난날 먼 객지에서 고향을 그리워하며 수심에 잠겼던 일을 회상했다.

249 청옥안(靑玉案)* 황공소(黃公紹)

年年社日[1]停針線[2]●	해마다 사일이 되면 아낙네들은 바느질을 멈추나니
怎忍見、雙飛燕●	어찌 차마 짝지어 나는 제비를 바라보랴
今日江城春已半●	이제 강가 성에는 봄이 반이나 지나갔건만
一身猶在,	이 몸은 여전히
亂山深處,	어지러운 산 속 깊은 곳
寂寞溪橋畔●	적막한 시내 다리 가에 있구나
春衫著破誰針線●	해진 봄옷을 누가 기워주랴
點點行行淚痕滿●	점점이 얼룩진 눈물 자국만 가득하구나
落日解鞍芳草岸●	저무는 방초 언덕에서 말안장 풀어놓고 있나니

花無人戴,	꽃이 있어도 꽂아줄 사람 없고
酒無人勸,	술이 있어도 권할 사람 없고
醉也無人管●	취해도 상관할 사람 없어라

[주석]

* 雙調67字, 前後段各6句4仄韻.(詞譜15)

1) 社日(사일): 지신(地神)을 제사 지내는 날로, 춘사(春社)와 추사(秋社)가 있다. 여기서는 춘사를 말하는데, 이때 제비가 날아온다고 한다. 117 「응천장(應天長)」'前社客' 참조.

2) 停針線(정침선): 바느질을 멈추다. 사일에 바느질을 하지 않는다는 기록이 『묵장만록(墨莊漫錄)』에 있다. 장적(張籍)의 시에도 "今朝社日停針線"(오늘은 사일이라 바느질을 멈추네) 시구가 있다.

[해설]

객지를 떠도는 나그네의 고달픈 심정과 돌아가고 싶어도 돌아가지 못하는 신세를 노래했다. 혹자는 망국 후 이리저리 떠돌며 돌아가지 못하는 작자의 침통한 심정을 기탁한 것으로 보기도 한다.

250 모어아(摸魚兒)* 주사발(朱嗣發)

對西風、鬢搖煙碧[1]	가을바람에 머리카락은 푸른 연기처럼 날리는데
參差[2]前事流水●	수많은 옛일은 강물 따라 흘러갔어라
紫絲羅帶鴛鴦結,[3]	자주색 비단 띠로 원앙 매듭을 맺었고
的的[4]鏡盟[5]釵誓[6]●	분명히 거울과 비녀로 사랑의 맹서를 했었네
渾[7]不記●	허나 임은 모든 걸 잊었으니
漫手織回文,[8]	나는 헛되이 손으로 회문시를 짜면서
幾度欲心碎●	몇 번이나 마음이 찢어질 듯했던고
安花著蔕[9]●	낙화를 다시 가지에 붙이려 하건만
奈雨覆雲翻,[10]	어찌하랴 임은 손바닥 뒤집듯이 변심했으니
情寬分窄,	정은 깊으나 연분이 없어
石上玉簪脆●	돌 위에 떨어져 깨진 옥비녀가 되었구나
朱樓外●	누각 밖을 바라보니
愁壓[11]空雲欲墜●	수심이 내리눌러 하늘의 구름도 떨어질 듯하고
月痕猶照無寐●	달빛은 잠 못 든 나를 비추네
陰晴[12]也只隨天意,	날씨 흐리고 개는 것은 하늘 뜻에 달렸으니
枉了玉消香碎●	내 죽는다 한들 헛될 뿐이네
君且醉●	그대여 잠시 취해 잊어버리게나
君不見、[13]長門青草春風淚●	그대는 모르는가, 장문궁에서 춘풍을 마주해 눈물 흘린 일을

一時左計[14]●	한때 잘못 생각했으니
悔不早荊釵,[15]	진작 청빈하게 살지 않은 걸 후회하네
暮天修竹,[16]	날 저무는 대나무 숲에서
頭白倚寒翠●	백발이 되도록 고결한 절개를 지키리라

[주석]

* 雙調116字, 前段11句6仄韻, 後段11句8仄韻.(詞譜36)

1) 鬢搖煙碧(빈요연벽): 어지럽게 헝클어진 머리카락이 바람에 날려 푸른 연기나 구름 같다는 뜻. 버림받은 여인을 형용한 말.

2) 參差(참치): 가지런하지 않은 모양. 번잡하게 많다. 또는 헛되이 보내다.

3) 鴛鴦結(원앙결): 동심결. 애정을 표시하는 매듭.

4) 的的(적적): 명확하다. 밝은 모양. 곱고 깨끗한 모양.

5) 鏡盟(경맹): 사랑의 맹서를 말한다. 남조(南朝)의 진(陳)나라 서덕언(徐德言)과 부인 낙창공주(樂昌公主)가 거울을 나누어 가지고 헤어졌다가 후에 다시 만났다는 고사. 161 「서학선(瑞鶴仙)」 '藏鏡' 참조.

6) 釵誓(차서): 사랑의 맹서. 당 현종이 양귀비와 사랑을 약속할 때, 금비녀로 신물을 삼았다는 고사가 있다. 진홍(陳鴻)의 「장한가전(長恨歌傳)」에 "定情之夕, 授金釵鈿合以固之"(사랑을 약속하는 저녁, 금비녀와 전합을 주어 굳게 맹세하였네), 백거이(白居易)의 「장한가(長恨歌)」에 "維將舊物表心情, 鈿合金釵寄將去"(옛 물건으로 심정을 표시하니, 전합과 금비녀를 보내네) 시구가 있다.

7) 渾(혼): 온통. 모두.

8) 回文(회문): 여인이 남자에게 보내는 편지를 말한다. 소혜(蘇蕙)가 회문시(回

文詩)를 수놓은 비단을 짜서 남편에게 보냈다는 고사. 032「곡옥관(曲玉管)」 '錦字' 참조.

9) 安花著蒂(안화착체): 떨어진 꽃을 꽃받침에 잘 붙이다. 여인이 애정의 회복을 갈망하고 있는 것, 또는 애정의 회복이 불가능한 것을 말한다.

10) 雨覆雲翻(우복운번): 자주 번복하다. 남자의 마음이 쉽게 변한 것을 말한다. 두보(杜甫)의 「가난했을 때의 사귐(貧交行)」 중 "翻手作雲覆手雨, 紛紛輕薄何須數"(손 뒤집으면 구름이 일고 손 엎으면 비가 오니, 그 경박함을 어찌 다 헤아릴 수 있으랴) 시구를 이용했다.

11) 愁壓(수압)구: 수심이 하도 많아 구름도 수심의 무게에 눌려 떨어질 듯하다.

12) 陰晴(음청) 2구: 행불행은 운명에 달렸으니, 애태우다가 초췌해져 죽는 것은 보람 없는 일이라는 뜻으로 스스로를 위안하는 말이다. '왕료(枉了)'는 보람 없다, 헛되다. '옥소향쇄(玉消香碎)'는 여인의 죽음을 말한다. '옥쇄향소(玉碎香消)'와 같다.

13) 君不見(군불견)구: 한(漢) 무제(武帝)의 총애를 받았던 진황후(陳皇后)가 총애를 잃은 후, 장문궁(長門宮)에 유폐된 고사를 이용하여, 불행한 종말을 맞게 될 애정에 대해 미련을 가질 필요가 어디 있는가라고 스스로를 달래는 말이다. 또는 회재불우(懷才不遇)의 울분과 한탄을 뜻하기도 한다. '장문(長門)'은 장문궁. '춘풍루(春風淚)'는 봄바람에 눈물을 흘리다. 또는 '춘풍(春風)'을 춘풍면(春風面)으로 보아, 아름다운 얼굴이 눈물을 흘리다.

14) 左計(좌계): 잘못 계산(생각)하다.

15) 荊釵(형차): 가시나무로 만든 비녀. 여인의 검소한 복장. 청빈한 생활을 말한다. 양홍(梁鴻)의 처 맹광(孟光)이 베옷을 입고 가시나무 비녀를 사용했다는 고사. 『열녀전(列女傳)』에 보인다.

16) 暮天修竹(모천수죽) 2구: 청빈하고 적막하게 살면서도 고고한 절개를 지키

는 것을 뜻한다. '修竹'은 긴 대나무. 두보(杜甫)의 「가인(佳人)」 중 "天寒翠袖薄, 日暮倚修竹"(날씨는 차고 푸른 옷소매는 얇은데, 저물 녘 긴 대나무에 기대어 있네) 시의를 이용했다.

[해설]

버림받은 여인의 넋두리다. 전단에서 여인은 배신한 남자를 원망하며 깨어진 사랑에 대해 절망하고 있다. 후단에서 여인은 버림받은 수심 속에서도 백발이 되도록 고결하게 살 것을 다짐하고 있다. 작자는 남송의 멸망을 보고 망국의 한을 맛보았으니, 마치 버림받아 절망 속에 있는 여인의 심정과 같았을 것이다. 때문에 이 작품은 버림받은 여인의 한을 빌려 망국의 한과 슬픔을 노래한 것으로 보기도 한다.

251 난릉왕(蘭陵王)* **유진옹(劉辰翁)**

— 丙子[1]送春	— 병자년 봄을 보내며
送春去[2]●	봄을 떠나보내나니
春去人間無路●	봄이 떠나간 세상엔 돌아갈 길조차 없어라
鞦韆外、芳草連天,	그네 밖 방초는 하늘과 맞닿았는데
誰遣風沙[3]暗南浦●	누가 모래 바람을 일으켜 강남을 어둡게 했는고
依依[4]甚意緒[5]●	봄을 잊지 못하는 이내 마음을 어이할꼬

漫憶海門飛絮[6]●	헛되이 바닷가에 흩날리는 버들개지를 생각하노라
亂鴉過,	어지러이 까마귀 날아가고
斗轉[7]城荒,	북두성은 기울고 성은 황폐했으니
不見來時試燈[8]處●	지난날 내걸었던 꽃등은 볼 수 없어라
春去●	봄은 떠나갔노니
誰最苦●	그 누가 가장 괴로워하는고
但箭雁沈邊,[9]	화살 맞은 기러기는 변새로 떨어지고
梁燕無主[10]●	대들보엔 주인 없는 제비만 남았고
杜鵑聲裏長門[11]暮●	두견새 울음 속에 장문궁은 날이 저무누나
想玉樹凋土,[12]	생각하니 귀한 옥 나무는 시들어 흙에 묻혔으니
淚盤如露[13]●	눈물은 승로반에 맺힌 이슬 같아라
咸陽送客[14]屢回顧●	함양 길에서 객을 보내나니 객은 자주 돌아보며 머뭇거리고
斜日未能度●	저녁 해도 뉘엿뉘엿 차마 지지 못하누나
春去●	봄은 떠나갔으나
尙來否●	그래도 또다시 올 수 있을런가
正江令恨別,[15]	강엄은 이별을 한스러워했고
庾信愁賦●	유신은 수심을 노래했노니
蘇隄[16]盡日風和雨●	서호 둑에는 온종일 비바람이 부는구나
歎神遊故國,	한스럽게도 이내 혼은 고국을 떠도나니

花記前度[17]●	꽃은 그래도 예전의 나를 기억하리라
人生流落,[18]	영락해서 떠도는 인생
顧孺子,	아이놈을 돌아보며
共夜語●	밤 깊도록 얘기를 나누는구나

[주석]

* 3段130字, 前段10句6仄韻, 中段9句7仄韻, 後段10句6仄韻.(詞譜37)

1) 丙子(병자): 공종(恭宗) 덕우(德祐) 2년(1276). 이 해 2월에 원나라는 남송의 수도 임안을 함락시키고, 3월에 공종과 태후를 북으로 압송하였다.

2) 送春去(송춘거) 2구: 봄이 돌아간 후, 이 세상에는 돌아갈 곳이 없다. 남송이 망한 절망감을 말했다.

3) 風沙(풍사)구: 원나라 군대가 강남 지방을 석권한 것을 말한 것이다. '남포(南浦)'는 송별의 장소로, 여기서는 남송의 산하를 말한다.

4) 依依(의의): 아쉬워하는 모양. 헤어지기 섭섭한 모양. 잊지 못하는 모양.

5) 甚意緒(심의서): 어떤 마음인가? 말로 표현할 수 없다는 뜻이다. '甚'은 무슨. 어떤.

6) 海門飛絮(해문비서): 바닷가에 날리는 버들개지. 임안이 함락된 후 해상으로 도망간 남송의 종친과 신하들을 뜻한다. '海門'은 해구(海口). 바닷가.

7) 斗轉(두전): 북두성이 위치를 옮기다. 남송의 멸망을 뜻한다.

8) 試燈(시등): 원소절 전야에 미리 꽃등을 걸어놓고 구경하는 것. 여기서는 임안이 번성했던 때를 말한다.

9) 箭雁沈邊(전안침변): 기러기가 화살을 맞아 변새로 떨어지다. 원나라 군대에

의해 포로로 잡혀간 남송의 임금과 신하들을 뜻한다.

10) 梁燕無主(양연무주): 대들보 위의 제비는 주인이 없다. 임금을 잃어 의지할 데가 없어진 남송의 신하와 백성을 뜻한다.

11) 長門(장문): 한(漢) 무제(武帝) 때, 진황후(陳皇后)가 유폐되었던 장문궁. 여기서는 남송의 고궁을 말한다.

12) 玉樹凋土(옥수조토): 옥 나무가 흙에 묻히다. 훌륭한 사람들이 순국한 것을 뜻한다. '玉樹'는 옥으로 만든 나무. 좋은 나무. 훌륭한 인재.

13) 淚盤如露(누반여로): 눈물이 승로반(承露盤)의 이슬처럼 많다. 망국의 슬픔을 뜻한다. 한 무제는 장안의 건장궁(建章宮)에 쟁반을 들고 있는 금동선인을 만들어, 쟁반에 이슬을 받아 장생불로의 약을 만들게 했다고 전한다. 후에 위(魏) 명제(明帝)가 금동선인을 낙양(洛陽)으로 옮길 때, 금동선인이 눈물을 흘렸다는 고사가 있다. 이하(李賀)의 「금동선인이 한나라를 떠나가는 노래(金銅仙人辭漢歌)」에 "空將漢月出宮門, 憶君清淚如鉛水"(부질없이 한나라 달과 함께 궁문을 나서며, 옛 임금을 생각하며 납 물 같은 맑은 눈물을 흘리네) 시구가 있다.

14) 咸陽送客(함양송객)구: 포로가 되어 북쪽으로 끌려가는 사람들이 고국을 잊지 못하는 심정을 말한 것이다. 이하의 「금동선인이 한나라를 떠나가는 노래」 중 "衰蘭送客咸陽道, 天若有情天亦老"(시든 난초도 함양 길가에서 나그네를 보내니, 하늘이 만약 정이 있다면 하늘도 역시 늙으리라) 시구를 이용했다.

15) 江令恨別(강령한별) 2구: 양(梁)나라 때, 강엄(江淹)은 오흥령(吳興令)으로 폄적되어 「별부(別賦)」를 지었고, 유신(庾信)은 북주(北周)에 억류되어 돌아오지 못하고 「수부(愁賦)」를 지었다. 북쪽으로 잡혀간 사람들의 수심과 한을 말한 것이다. 또는 작자 자신을 말한 것으로 보아도 좋다.

16) 蘇隄(소제): 항주(杭州) 서호에 있는 소식이 쌓은 제방. 여기서는 남송의 수도 임안을 말한다.

17) 花記前度(화기전도): 꽃은 지난번의 유랑을 기억하리라. 유우석(劉禹錫)의 「또다시 현도관에서 노닐며(再游玄都觀)」 시의를 이용하여 세상의 변천과 고국에 대한 그리움을 말한 것이다. 085 「억소년(憶少年)」 '劉郎' 참조. '前度'는 지난번. 이전의.

18) 人生流落(인생류락) 3구: 전란 중에 떠돌아다니는 신세가 되어 자식과 함께 밤새도록 망국의 일과 마음속의 고통을 이야기한다는 뜻. '유자(孺子)'는 어린아이. 여기서는 작자의 어린 아들.

[해설]

남송의 멸망을 떠나간 봄에 비유하여 망국의 슬픔을 노래했다. 제1단은 수도 임안이 함락된 후의 황량한 경치와 작자의 심정을 말했고, 제2단은 망국 후의 군신과 백성들의 처량한 처지와 슬픔을 서술했고, 제3단은 망국 후의 절망과 비애를 말했다. 작품 중에 '춘(春)'은 남송의 왕조를, '비서(飛絮)'는 피난을 가는 사람들을, '난아(亂鴉)'는 원나라 군사를 상징하는 등 비유와 상징을 적절히 사용하여 망국의 비애를 노래했다.

252 보정현(寶鼎現)*

유진옹(劉辰翁)

— 春月	— 봄밤의 달
紅妝春騎[1]●	봄날에 성장한 여인들과 말 탄 젊은이들은

踏月影、竿旗[2]穿市●	달빛을 밟으며 노닐고 깃발은 거리를 누볐었더라
望不盡、樓臺歌舞,	누대 위의 노래와 춤은 그칠 줄 모르고
習習[3]香塵蓮步底●	여인들 발걸음엔 꽃향기가 풍겼더라
簫聲斷、約彩鸞[4]歸去,	풍악 소리 그치자 젊은이들은 미녀들과 약속해서 돌아가는데
未怕[5]金吾呵醉●	순라군의 야금을 걱정하지 않았더라
甚[6]輦路、[7]喧闐[8]且止●	때마침 큰 거리가 잠시 조용해지더니
聽得念奴[9]歌起●	유명한 염노의 노랫소리가 울려 퍼졌더라
父老猶記宣和[10]事●	노인들은 아직도 선화 때의 옛일을 기억하며
抱銅仙、[11]清淚如水●	망국의 한을 품고 맑은 눈물을 흘리네
還轉盼、沙河[12]多麗●	사하당을 둘러보면 그 얼마나 아름다웠던가
滉漾明光[13]連邸第●	연이은 저택의 밝은 등불은 물에 비쳐 흔들리고
簾影動、散紅光成綺●	주렴 그림자 흔들리면 흩어지는 불빛이 비단 무늬 같았네
月浸葡萄[14]十里●	달빛은 십 리 서호의 포도 빛 물을 비추고
看往來、神仙才子●	신선 같은 재자가인들이 왕래했었더니
肯[15]把菱花撲碎[16]●	어찌 능화거울을 산산조각으로 깨뜨리려 했으랴
腸斷竹馬兒童,	서글프게도 죽마를 타고 노는 아이들은
空見說、三千樂指[17]●	태평성사를 한갓 옛 애기로만 듣는구나
等多時、春不歸來,	오래도록 기다렸건만 봄은 돌아오지 않고

到春時欲睡●	봄이 온 지금은 졸리기만 하구나
又說向、燈前擁髻[18]●	등불 앞에서 옛일을 말하며 슬퍼하노니
暗滴鮫珠[19]墜●	남몰래 진주 같은 눈물을 흘리누나
便[20]當日、親見霓裳，[21]	당시 태평성대의 가무를 내 눈으로 보았건만
天上人間[22]夢裏●	천상과 인간 세상처럼 아득하여 꿈만 같아라

[주석]

* 3段158字，前段9句6仄韻，中段8句8仄韻，後段8句5仄韻.(詞譜38)

1) 紅妝春騎(홍장춘기) 2구: 원소절의 풍경을 말한 것으로, 원소절 밤에 남녀들이 놀러 나와, 거리에는 온통 사람과 깃발로 가득하다는 뜻이다. '紅妝'은 여인의 성장. 미녀. '春騎'는 봄날에 말 탄 젊은이. 심전기(沈佺期)의 「밤놀이(夜遊)」에 "南陌青絲騎，東隣紅妝女"(남쪽 거리엔 푸른 고삐의 말 탄 젊은이, 동쪽 거리엔 붉게 화장한 미녀) 시구가 있다.

2) 竿旗(간기): 깃대에 달린 기. 관리와 의장대의 깃발. 소식(蘇軾)의 「대보름날 밤(上元夜)」에 "牙旗夜穿市"(상아 장식의 큰 깃발은 밤거리를 누비네) 시구가 있다. 또는 여인의 수레에 단 깃발로 보기도 한다.

3) 習習(습습)구: 여인이 지나는 곳에는 먼지조차 향기롭다는 뜻으로, 꽃길을 거니는 것을 말한다. '習習'은 미풍이 부는 모양. '연보(蓮步)'는 여인의 작은 발.

4) 彩鸞(채란): 선녀의 이름. 여기서는 놀러 나온 여인들을 말한다. 태화(太和) 말년에 서생 문소(文蕭)가 추석에 종릉(鍾陵)의 서산(西山)에 놀러 가서, 선녀 채란을 만나 부부가 됐다는 고사가 『성재잡기(誠齋雜記)』에 보인다.

5) 未怕(미파)구: 원소절 밤에 야금(夜禁)을 해제하여 자유롭게 다닐 수 있다는

뜻. '금오(金吾)'는 집금오(執金吾). 수도의 치안을 담당하는 관리. '가취(呵醉)'는 취해서 꾸짖다. 한(漢)나라의 이광(李廣) 장군이 밤에 술을 마시고 집으로 돌아올 때, 술 취한 위관(尉官)이 야금을 범한 이광을 꾸짖고 억류했다는 고사. 『사기·이장군열전(史記·李將軍列傳)』에 보인다.

6) 甚(심): 마침. 바야흐로. '정(正)'과 같다.

7) 輦路(연로): 황제의 거마가 다니는 큰 길. 여기서는 수도의 번화한 대로.

8) 喧闐(훤전): 시끄러운 소리가 가득하다.

9) 念奴(염노): 당(唐) 현종(玄宗) 때의 유명한 가기.

10) 宣和(선화): 북송(北宋) 휘종(徽宗)의 연호.

11) 抱銅仙(포동선)구: 망국의 슬픔을 품고 울다. 251 「난릉왕(蘭陵王)」 '淚盤如露' 참조.

12) 沙河(사하): 사하당(沙河塘). 항주 남쪽 5리쯤에 있는 곳으로 당시의 번화가.

13) 滉漾明光(황양명광) 3구: 연이어 있는 저택에서 흘러나오는 불빛이 수면에 비쳐 눈이 부시고, 주렴이 흔들릴 때마다 붉은 불빛이 사방으로 퍼져서 채색한 비단처럼 아름답다는 뜻. '滉漾'은 넓은 물이 출렁거리는 모양. 수면에 비친 불빛이 흔들리는 모양.

14) 葡萄(포도): 서호의 물빛이 포도색처럼 짙푸른 것을 형용한 말.

15) 肯(긍): 어찌. 어찌 ~하겠는가. 어찌 ~(하려) 했으랴? '기(豈)'와 같은 뜻. 반문(反問)을 나타낸다.

16) 菱花撲碎(능화박쇄): 능화경을 깨뜨리다. 나라가 망하고 가정이 깨지는 변란을 말한다. 서덕언(徐德言)이 나라가 망해 부인과 헤어질 때, 거울을 쪼개어 반쪽씩 나누어 가졌다가 후일 다시 만났을 때 합쳤다는 고사가 있다. 161 「서학선(瑞鶴仙)」 '藏鏡' 참조. '菱花'는 능화경(菱花鏡). 마름꽃 무늬가 있는

거울.

17) 三千樂指(삼천악지): 음악을 연주하는 3천 개의 손가락. 많은 악공. 송대 교방(敎坊)의 3백 명의 악대. 태평성사를 뜻한다.

18) 擁髻(옹계): 머리를 감싸 쥐고 슬퍼하다. 옛이야기를 하며 슬퍼하다.

19) 鮫珠(교주): 눈물. 남해의 바다 속에는 교인(鮫人)이 살고 있는데, 울면 눈물이 진주가 된다는 고사가 장화(張華)의 『박물지(博物志)』에 있다.

20) 便(변): 비록 ~일지라도.

21) 霓裳(예상): 당대(唐代)의 「예상우의곡(霓裳羽衣曲)」. 여기서는 송나라가 번영했을 때의 가무를 말한다.

22) 天上人間(천상인간): 천상과 인간 세상이 아득히 떨어져 있는 것처럼 지난날의 태평성세가 꿈처럼 아득하다는 뜻. 이욱(李煜)의 「낭도사(浪淘沙)」 중 "流水落花春去也, 天上人間"(흐르는 물 낙화 따라 봄은 갔네, 천상과 인간 세상이 아득히 먼 것처럼) 구를 이용했다.

[해설]

남송이 멸망한 지 18년이 지난 원(元) 대덕(大德) 원년(1297), 만년의 작자가 원소절을 맞아 망국의 한과 감개를 노래한 것이다. 제1단과 제2단은 망국 전의 평화롭고 화려했던 원소절을 회상한 것이고, 제3단은 망국 후 현재의 쓸쓸한 원소절을 말한 것이다. 과거와 현재를 대비시켜 망국의 비애를 드러냈다.

253 영우락(永遇樂)*

유진옹(劉辰翁)

— 余自乙亥上元,[1] 誦李易安「永遇樂」[2] 爲之涕下, 今三年矣. 每聞此詞, 輒不自堪. 遂依其聲,[3] 又託之易安自喩. 雖辭情不及, 而悲苦過之.

— 내가 을해년 원소절에 이청조(李淸照)의 「영우락(永遇樂)」 사를 읊고 눈물을 흘렸는데, 지금 3년이 지났다. 매번 이 사를 들으면 슬픔을 억누르지 못한다. 그래서 그 성률에 따라 짓고, 이청조에 기탁해서 내 뜻을 말했다. 언사와 정감은 이청조에 미치지 못하지만 슬픔과 괴로움은 그보다 더하다.

璧月[4]初晴,	갓 갠 하늘엔 둥근 달이 떠 있고
黛雲遠淡,	검은 구름은 멀리 흩어져 담담한데
春事誰主[5]●	이 봄빛의 주인은 뉘인고
禁苑嬌寒,[6]	금원은 상쾌하게 쌀쌀하고
湖隄倦暖,	서호의 둑은 나른하게 포근하건만
前度遽如許[7]●	다시 와보니 세상이 이처럼 급변했구나
香塵暗陌,[8]	지난날 거리엔 꽃향기 먼지가 부옇게 일었고
華燈明晝,	꽃등은 대낮같이 밝았어도
長是懶攜手去●	늘 놀러 갈 마음이 없었더니라
誰知道、斷煙禁夜,[9]	어찌 알았으랴 지금 등불은 없고 야금이 행해지고
滿城似愁風雨●	비바람 치듯 수심이 온 성안에 가득할 줄이야
宣和[10]舊日,	선화 연간의 그 옛날

臨安南渡, [11]	임안으로 남도했으나
芳景[12]猶自如故●	아름다운 경치는 그래도 여전했더라
緗帙流離, [13]	귀중한 전적은 떠돌다가 흩어져 없어졌고
風鬟三五, [14]	흐트러진 머리를 바람에 날리며 원소절을 맞아
能賦詞最苦●	몹시 괴로운 마음을 사로 읊어냈더라
江南無路, [15]	강남으로 돌아갈 길이 없어
鄜州[16]今夜,	오늘 밤 타향에 있나니
此苦又、誰知否●	이 괴로움을 또 누가 알아주랴
空相對、殘釭[17]無寐,	까물거리는 등불을 마주하고 잠 못 드는데
滿村社鼓[18]●	온 마을엔 제사 지내는 북소리가 울리는구나

[주석]

* 雙調104字, 前後段各11句4仄韻.(詞譜32)

1) 乙亥上元(을해상원): 남송(南宋) 덕우(德祐) 원년(1275)의 원소절. 남송이 망하기 1년 전이다.

2) 李易安永遇樂(이이안영우락): 이청조(李清照)가 원소절을 읊은 「영우락: 낙일용금(永遇樂: 落日鎔金)」을 말한다. 이청조는 북송 말에서 남송 초에 걸쳐 살았던 여성 사 작가.

3) 依其聲(의기성): 이청조의 원작품의 성률(聲律)에 따라 사를 짓다.

4) 璧月(벽월): 둥근 달. '璧'은 평평하고 둥근 옥.

5) 春事誰主(춘사수주): 봄의 주인은 누구인가. 나라가 망해 봄을 즐기는 사람이 없는 것을 말한다. '春事'는 봄빛. 봄기운. '主'는 주인. 소유자. 또는 주재

하다.

6) 嬌寒(교한): 약간 쌀쌀하다. '嬌'는 아름답고 귀엽다. 연약하다. 다음 구의 '권난(倦暖)'과 함께 작자의 감정이 이입된 표현이다.

7) 前度遽如許(전도거여허): 다시 임안(臨安)에 와보니 정세가 이처럼 급변한 것에 놀란다는 뜻. 임안이 원나라에 의해 점령된 것을 말한다. '前度'는 지난번. 지난 일. '전도유랑(前度劉郎)'과 같은 뜻으로 사용되었다. 유우석(劉禹錫)의 「또다시 현도관에서 노닐며(再遊玄都觀)」 중 "前度劉郎今又來"(지난번 유랑이 지금 다시 왔네) 시구를 이용했다. 085 「억소년(憶少年)」 '劉郎' 참조. '遽'는 갑작스럽다. 급박하다. '如許'는 이처럼. 이렇게 많이.

8) 香塵暗陌(향진암맥) 3구: 옛날 서울의 번화했던 원소절을 회상한 것으로, 이청조의 「영우락」을 염두에 두고 쓴 것이다. '香塵暗陌'은 꽃 핀 길거리에 왕래하는 사람들이 많아, 먼지에도 꽃향기가 섞여 부옇게 거리를 덮는다는 뜻.

9) 斷煙禁夜(단연금야): 원소절 밤에 연등하고 통행하는 것을 금하다. 임안이 원(元)의 점령 아래 놓인 사정을 말한 것이다.

10) 宣和(선화): 북송 휘종(徽宗)의 연호.

11) 臨安南渡(임안남도): 북송이 멸망한 후, 송의 왕실은 남도하여 임안(臨安, 지금의 杭州)에 건도하였다.

12) 芳景(방경)구: 아름다운 경치는 옛날 북송과 같으나 산하가 다르다는 뜻. 남도의 비애를 뜻하는 말. 동진(東晋) 때, 강남으로 내려온 사람들이 신정(新亭)에서 놀 때, 주의(周顗)가 탄식하여 말하길, "풍경은 다르지 않으나, 산하가 다르구나"라고 하자, 모두 눈물을 흘리며 슬퍼했다는 고사. 『세설신어·언어(世說新語·言語)』에 보인다.

13) 緗帙流離(상질류리) 3구: 앞의 구를 이어서 이청조가 망국 후에 겪은 일을 말한 것이다. 이청조는 전란 중에 이곳저곳을 떠돌다가 귀중한 장서를 많이

잃어버리고 초췌한 모습으로 원소절에 괴로운 심정을 사로 읊었다. '緗帙'은 담황색의 책표지. 전적을 말한다.

14) 風鬟三五(풍환삼오): 이청조의 「영우락」에 "如今憔悴, 風鬟霜鬢, 怕見夜間出去"(지금은 초췌해져, 서리 내린 희끗희끗한 머리카락은 흐트러진 채, 밤나들이 할 마음이 없구나) 구가 있다. '三五'는 정월 15일. 원소절.

15) 江南無路(강남무로): 남송은 망하고 강남은 원나라 군대에 점령당해 돌아갈 길이 없다는 뜻.

16) 鄜州(부주): 지금의 섬서성(陝西省) 부현(富縣). 여기서는 타향을 뜻한다. 두보는 안사(安史)의 난 때, 가족과 떨어져 부주에 있었다. 두보의 「월야(月夜)」에 "今夜鄜州月, 閨中只獨看"(오늘 밤 부주에 뜬 달, 규중에서 홀로 보겠구려) 시구가 있다.

17) 殘釭(잔강): 꺼져가는 등불. 잔등(殘燈).

18) 社鼓(사고): 춘사(春社) 때 제사 지내는 북소리. 원소절 밤 풍년을 기원하며 토지신에 제사 지내면서 치는 북소리.

[해설]

작자가 이 사를 지을 때, 임안은 이미 2년 전에 원나라에 점령당했다. 전단은 과거의 화려했던 원소절과 현재 원의 지배 아래 놓인 암담한 원소절을 대비하면서 망국을 개탄했다. 후단은 이청조 당년의 일을 말하면서 작자의 망국의 한과 가족을 그리는 심정을 말했다. 작품 중에 전단의 '향진암맥(香塵暗陌)' 이하 3구와 후단의 '선화구일(宣和舊日)' 이하 6구는 이청조의 일과 신세를 말한 것으로, 작자 자신의 신세와 뜻을 기탁했으니, 제서(題序)에서 "이청조에 기탁해서 내 뜻을 말한다"라고 한 바와 같다. 이 작품은 이청조의 「영우락(永遇樂)」과 함께 읽으면 좀더 쉽게 이해할 수 있다.

254 모어아(摸魚兒)*

유진옹(劉辰翁)

— 酒邊留同年[1]徐雲屋	— 술자리에서 동년 등과(登科)한 서운옥에게 주다
怎知他、春歸何處,	저 봄이 어디로 돌아가는지 어이 알 수 있으랴
相逢且盡尊酒●	우리 서로 만났으니 잠시 술잔이나 기울이세
少年[2]婣婣天涯恨,	한창 젊었을 적 하늘가 떠돌던 한은
長結西湖煙柳●	늘 서호의 안개 낀 버들에 맺혀 있구나
休回首[3]●	옛일을 돌이켜 생각 말지라
但細雨斷橋,[4]	단교엔 가랑비 내리고
憔悴人歸後●	우리는 초췌한 모습으로 돌아왔건만
東風似舊●	봄바람은 의구하여라
問前度[5]桃花,	전에 보았던 복사꽃에게 묻노라
劉郎能記,	내 너를 기억하건만
花復認郎否●	꽃아 너는 나를 알아보느뇨
君且住●	그대여 잠시 머물게나
草草留君[6]剪韭●	그대 위해 간소하게 음식을 준비했다네
前宵正恁時候●	어젯밤 바로 이때에도
深杯欲共歌聲滑,	술잔 가득히 부어 마시며 구성지게 노래하고
翻濕春衫半袖●	엎지른 술에 봄옷 소매를 반이나 적셨네
空眉皺●	공연히 수심만 일고

看白髮尊前,	술잔 앞에서 마주 보니
已似人人有●	우리 모두 백발이 되었구려
臨分把手●	이별을 앞두고 그대 손을 잡아보네
歎一笑論文,[7]	한탄하노니 담소하며 문장을 논하고
淸狂[8]顧曲,[9]	마음껏 술 마시며 노래 듣는
此會幾時又●	이런 만남은 어느 날에 또 있을꼬

[주석]

* 雙調116字, 前段11句6仄韻, 後段12句8仄韻.(詞譜36)

1) 同年(동년): 같은 해에 과거 급제한 사람.

2) 少年(소년) 2구: 작자와 서운옥이 젊었을 때, 임안(臨安)에서 과거에 합격한 후 헤어져서 여러 곳을 표박했고, 지금 서호에서 상봉했다가 또 헤어지는 한을 말한 것이다. '뇨뇨(嫋嫋)'는 부드럽고 아름다운 모양. '천애한(天涯恨)'은 멀리 타향을 떠돌아다니는 한. 멀리 떨어져 있는 한.

3) 回首(회수): 머리를 돌려 바라보다. 옛일을 회상하다.

4) 斷橋(단교): 서호(西湖)에 있는 다리. '단교잔설(斷橋殘雪)'은 서호십경(西湖十景)의 하나다.

5) 問前度(문전도) 3구: 옛날 젊었을 때 놀던 일을 회상하며 금석지감을 말한 것이다. '도화(桃花)'는 복사꽃과 가기를 동시에 말한 것으로 볼 수 있다. 유우석(劉禹錫)의 「또다시 현도관에서 노닐며(再遊玄都觀)」 중 "種桃道士歸何處, 前度劉郎今又來"(복숭아나무 심은 도사는 어디로 갔나, 지난번 유랑이 지금 다시 왔네) 시의를 이용했다. 085 「억소년(憶少年)」 '劉郎' 참조.

6) 草草留君(초초류군)구: 간소하게 식사를 준비하여 대접한다는 뜻. '草草'는 간소하게. 대강대강. 두보(杜甫)의 「위팔 처사에게 드리다(贈衛八處士)」 중 "夜雨剪春韭, 新炊間黃粱"(밤 비 내리는 가운데 봄 부추를 자르고, 새로 지은 밥에 메조가 섞였네) 구를 이용했다.
7) 論文(논문): 문장을 논하다. 두보의 「봄날 이백을 그리며(春日憶李白)」 중 "何時一尊酒, 重與細論文"(언제 술 한 병 놓고, 다시 함께 문장을 논하리오) 시의를 이용했다.
8) 清狂(청광): 얽매이지 않고 마음대로 놀다. 방일불기(放逸不羈).
9) 顧曲(고곡): 음악을 듣고 감상한다는 뜻. 오(吳)의 주유(周瑜)가 음악에 정통하여 연주하는 곡조에 틀린 것이 있으면 반드시 돌아다보았다는 고사가 있다.

[해설]

작자와 서운옥(徐雲屋)은 같은 해에 과거에 합격하여 친교를 맺었는데, 오랜 세월이 흐른 후에 두 사람이 서호에서 해후한 때는 남송이 멸망한 후였다. 이 사는 오랜만에 만난 벗 서운옥과 작별하면서 지은 것으로, 해후와 이별, 영락한 신세와 망국의 한, 과거의 청춘과 현재의 노년 등을 말하면서 인생의 감개와 우정을 노래했다.

255 고양대(高陽臺)* 주밀(周密)

— 送陳君衡[1]被召 — 조정의 부름을 받아 떠나가는 진군형을 전송하다

照野旌旗,[2]	깃발은 들판을 환하게 비추며
朝天車馬,	수레와 말은 천자를 배알하러 가노니
平沙萬里天低○	모래벌판 만 리 길에 하늘은 낮게 드리웠구나
寶帶金章,[3]	그대 허리에 찬 보대와 황금 인장
尊前茸帽風敧[4]○	술잔 앞에서 털모자 비스듬히 쓴 풍채가 훌륭하구나
秦關汴水[5]經行地,	그대는 진관과 변수를 지날 것이니
想登臨、都付新詩○	높은 곳에 오르거나 물가에 서서 시를 읊으리라
縱英遊,	또 마음껏 호기롭게 유람하면서
疊鼓清笳,	요란한 북소리와 맑은 피리 소리 속에
駿馬名姬○	준마를 타고 미녀들과 함께 어울리리라
酒酣應對燕山雪,	그대는 술이 거나해서 연산의 백설을 마주할 것이니
正冰河月凍,	얼어붙은 강 위의 찬 달빛을 바라보고
曉隴雲飛○	새벽 언덕 위로 날리는 구름을 보리라
投老[6]殘年,	나는 늘그막 얼마 남지 않은 인생이니
江南誰念方回[7]○	강남에 있는 나를 누가 생각이나 해주랴
東風漸綠西湖岸,	봄바람은 점점 서호의 언덕을 푸르게 물들이고
雁已還、人未南歸○	기러기는 돌아와도 그대는 남으로 돌아오지 못하리라
最關情,[8]	그대를 몹시 그리워하노니
折盡梅花,[9]	매화 가지를 다 꺾어도
難寄相思○	내 그리운 마음은 보내주기 어려워라

[주석]

* 雙調100字, 前後段各10句4平韻.(詞譜28)

1) 陳君衡(진군형): 진윤평(陳允平), 호는 서록(西麓). 남송이 망한 뒤, 원(元) 조정의 부름을 받고 대도(大都, 지금의 북경北京)에 갔으나 벼슬을 살지 않고 돌아왔다.
2) 照野旌旗(조야정기) 3구: 조정의 부름을 받고 떠날 때의 행색과 장면을 묘사한 것이다. '조천(朝天)'은 천자를 배알하다.
3) 寶帶金章(보대금장): 좋은 허리띠와 금인(金印). 관리의 화려한 복장을 말한다.
4) 茸帽風欹(용모풍기): 쓰고 있는 털모자가 바람이 불어 비스듬해지다. 풍채가 멋있고 득의한 모양을 말한다. 북주(北周)의 독고신(獨孤信)이 사냥을 마치고 말을 달려 성안으로 돌아올 때, 모자를 비스듬히 쓴 모양이 멋있게 보여, 관리들이 흉내를 내서 모자를 비스듬히 썼다는 고사. 『북사·독고신전(北史·獨孤信傳)』에 보인다. '용모(茸帽)'는 털모자.
5) 秦關汴水(진관변수): 진나라 때의 함곡관(函谷關)과 변하(汴河). 송나라의 옛 땅인 것을 함축적으로 말하고 있다.
6) 投老(투로): 노년이 되다.
7) 方回(방회): 북송의 사인(詞人) 하주(賀鑄)의 자. 애절한 사를 잘 지어서, 황정견(黃庭堅)은 "解道江南斷腸句, 世間惟有賀方回"(강남의 애끊는 시구를 지을 줄 아는 이는, 세간에 하주가 있을 뿐이네)라고 했다. 여기서는 작자 자신을 말한다.
8) 關情(관정): 감정을 불러일으키다. 정이 끌리다(가다).
9) 折盡梅花(절진매화) 2구: 육개(陸凱)가 범엽(范曄)에게 매화를 꺾어 보낸 고사를 이용하여 벗에 대한 우정을 말한 것이다. 088「우미인(虞美人)」'一枝梅' 참조.

[해설]

벗에 대한 우정과 망국의 한 그리고 유민으로 자처하는 심정을 노래했다. 작자는 망국 후, 강남에 은거하면서 남송의 유민(遺民)으로 자처했다. 때문에 벗이 원(元)나라 조정의 부름에 응해 대도(大都)로 가는 것을 탐탁하게 여기지 않았을 것이다. 전단은 북행하는 벗의 당당한 모습을 묘사했지만, '진관변수(秦關汴水)'구는 송나라의 옛 땅임을 말하여 그가 근본을 잊지 않기를 희망했다. 작자는 상상으로 벗이 중원에서 호쾌하게 노니는 것을 말했으나, 그가 관직에 나가 할 일에 대해서는 언급하지 않았으니, 벗이 원나라에서 벼슬하는 것을 탐탁치 않게 여겼기 때문일 것이다. 후단은 북지의 풍광을 묘사하고, 자신의 노쇠와 벗을 그리는 마음을 말했다.

256 요화(瑤華)* 주밀(周密)

— 后土[1]之花, 天下無二本, 方其初開, 帥臣以金瓶飛騎, 進之天上, 間亦分致貴邸. 余客輦下,[2] 有以一枝 …… (下缺. 按他本題, 改作瓊花.)

— 양주 후토사의 꽃은 천하에 둘도 없는 것으로, 바야흐로 꽃이 피어나면, 지방관은 금병에 담아 말을 달려 황제에게 진상하였고, 때로는 고관들의 집에도 나누어주었다. 내가 임안에 머무를 때 누가 한 가지를……(이하는 결문. 다른 판본에는 제목이 경화로 개작되었다.)

朱鈿寶玦[3]● 주홍색 나전과 금은보옥으로 치장한

天上飛瓊,[4]	천상의 선녀 허비경(許飛瓊)인 듯하니
比人間春別●	인간 세상의 봄꽃과는 다르도다
江南江北,	강남과 강북에선
未曾見、漫擬梨雲梅雪[5]●	이 꽃을 보질 못했으니 헛되이 배꽃과 매화에 견주는도다
淮山[6]春晩,	회산의 봄은 저물어가는데
問誰識、芳心高潔●	그 누가 이 고결한 꽃을 알아보랴
消幾番、[7]花落花開,	경화는 몇 번이나 꽃이 피고 질 것인가
老了玉關豪傑●	옥문관의 호걸들은 모두 늙어버렸어라
金壺剪送瓊枝,	경화 가지를 꺾어 금병에 꽂아 보내오니
看一騎紅塵,[8]	홍진을 일으키며 달려오는 기마 한 필이 보이더니
香度瑤闕[9]●	꽃향기가 궁궐에 퍼졌더라
韶華[10]正好,	때마침 좋은 시절이라
應自喜、初識長安蜂蝶●	경화는 장안의 벌 나비들을 보곤 기뻐했으리라
杜郎[11]老矣,	옛날 양주의 풍류객 두랑은 늙었으니
想舊事、[12]花須能說●	생각건대 옛일을 경화만은 말할 수 있으리라
記少年、一夢揚州,[13]	젊었을 적 양주의 꿈같은 일이 그립나니
二十四橋明月●	이십사교에 달은 밝았었더니라

[주석]

* 雙調102字, 前段9句5仄韻, 後段9句4仄韻.(詞譜31)

1) 后土(후토): 양주(揚州)의 후토사(后土祠). 주밀의 『제동야어·경화(齊東野語·瓊花)』에 "揚州后土祠瓊花, 天下無二本. 絶類聚八仙, 色微黃而有香"(양주 후토사에 아름다운 꽃 경화가 있는데, 천하에 하나밖에 없다. 팔선녀들이 모인 것 같고, 색깔은 엷은 황색에 향기가 있다)이라는 기록이 있다. '경화(瓊花)'는 매우 진귀한 꽃의 이름.

2) 輦下(연하): 당시의 수도 임안(臨安)을 말한다. '輦'은 황제의 수레.

3) 朱鈿寶玦(주전보결): 주홍색 나전과 귀한 옥. 나전과 금은보석으로 만든 장식품. '천상비경(天上飛瓊)'구를 수식하고 있으며, 아름다운 경화를 형용한 것이다. '鈿'은 나전 세공. '玦'은 패옥의 일종.

4) 飛瓊(비경): 서왕모(西王母)의 시녀 허비경(許飛瓊). 여기서는 꽃이 천상의 진기한 꽃임을 말한 것이다. 꽃 이름과 선녀의 이름에 '瓊'자가 있는 것에 착안한 표현이다.

5) 梨雲梅雪(이운매설): 구름같이 만발한 배꽃과 눈같이 흰 매화.

6) 淮山(회산): 양주 부근에 있는 산. 경화가 생장하는 곳.

7) 消幾番(소기번) 2구: 이 경화는 앞으로 몇 번이나 꽃을 피울 수 있을 것인가? 변경을 지키는 호걸들은 늙었네. 남송이 장차 망하게 되리라는 우려를 나타내고 있다. '消'는 이겨내다. 견뎌내다. '옥관(玉關)'은 옥문관(玉門關). 여기서는 변새의 관문을 말한다.

8) 一騎紅塵(일기홍진): 지방장관이 파발마로 경화를 궁중에 진상하는 것을 말한다. 두목(杜牧)의 「화청궁을 지나며 지은 절구(過華淸宮絶句)」 중 "一騎紅塵妃子笑, 無人知是荔枝來"(홍진을 일으키며 오는 한 필 기마를 보고 양귀비가 웃나니, 여지를 보내오는 걸 아는 이 없네) 시의를 이용했다.

9) 瑤闕(요궐): 궁전의 미칭.

10) 韶華(소화): 아름다운 시절(세월).

11) 杜郞(두랑) : 당대(唐代)의 시인 두목(杜牧). 두목은 양주에서 관직 생활을 하면서, 풍류를 즐기며 많은 명시를 남겼다. 여기서는 작자 자신을 말한다.

12) 舊事(구사) : 옛일. 과거의 번영했던 일. 여기서는 고금의 많은 제왕들이 향락과 실정으로 패망한 일을 말한다.

13) 一夢揚州(일몽양주) 2구: 두목의 「감회를 읊다(遣懷)」 중 "十年一覺揚州夢, 贏得青樓薄倖名"(십 년 동안 즐거웠던 양주의 꿈 깨어나니, 기루에서 박정한 사람이란 이름만 얻었네) 시구와 「양주의 한작 판관에게(寄揚州韓綽判官)」 중 "二十四橋明月夜, 玉人何處教吹簫"(이십사교 달 밝은 밤, 미녀들은 어디서 퉁소를 가르치고 있는가) 시구를 이용했다. '이십사교(二十四橋)'는 양주에 있는 다리.

[해설]

원래 긴 제서(題序)가 있었지만 지금은 태반이 없어져 창작 배경과 의도를 정확히 알 수 없다. 그러나 사의(詞意)를 보면, 풍자의 뜻이 있다는 것을 알 수 있다. 당시 도종(度宗) 황제는 원(元)나라의 침입을 받는 상황에서도 서호에 누각을 짓고 주색에 빠져 지냈다. 작자는 당 현종이 양귀비를 위해 여지를 운송해온 고사와 경화(瓊花)를 황제에게 바친 사실을 연결시켰는데, 이는 도종 황제가 향락에 빠져 국가의 위급존망을 돌보지 않는 것을 풍자한 것이다. '회산춘만(淮山春晚)' 6구는 남송의 멸망을 염려하는 깊은 뜻이 있고, '두랑노의(杜郞老矣)' 이하는 작자의 신세와 감회를 드러내고 있다. 작자는 꽃을 읊으면서 당시의 시사(時事)와 자신의 신세를 탄식하여, 영물과 서정과 풍유(諷諭)를 교묘히 결합시켰다.

257 옥경추(玉京秋)*

주밀(周密)

— 長安[1]獨客, 又見西風, 素月丹楓, 淒然其爲秋也, 因調夾鍾羽[2]一解.[3]

— 장안에서 외로이 나그네로 있는데, 또 서풍이 불고 밝은 달과 단풍을 보니, 쓸쓸한 가을 기운이 느껴져, 「협종우」 곡조를 사용하여 이 사를 읊는다.

煙水闊●	안개 낀 물은 망망하고
高林弄殘照,	높은 나무엔 석양이 비꼈는데
晩蜩淒切●	저녁 매미 소리 구슬프네
畵角吹寒,	나팔 소리 차갑게 울려 퍼지고
碧碪[4]度韻,	다듬잇돌엔 가을 다듬이 소리 일고
銀牀[5]飄葉●	우물가 흰 돌난간엔 낙엽이 날리누나
衣濕桐陰露冷,	오동나무 아래에서 옷은 찬 이슬에 젖고
采涼花、[6]時賦秋雪[7]●	가을 꽃 꺾다가 멀리 있는 임을 그리워하누나
歎輕別●	가볍게 이별한 걸 탄식하니
一襟幽事,	가슴속 깊은 사연을
砌蛩[8]能說●	섬돌의 귀뚜라미는 말할 수 있을런가
客思吟商[9]還怯●	나그네는 시름겨운 노래를 저어하노니
怨歌長、瓊壺暗缺[10]●	원망의 노래가 길면 옥호가 깨어지리라
翠扇恩疏,[11]	푸르고 둥근 연잎은 드물어지고
紅衣[12]香褪,	붉은 연꽃은 시들어 떨어졌으니

翻成消歇●	아름다운 경치는 사라졌구나
玉骨[13]西風,	옥 같은 사람은 가을바람을 대하고
恨最恨、閒卻新涼時節●	시원한 가을을 헛되이 보내는 걸 제일 한하리라
楚簫咽[14]●	퉁소 소리 구슬픈데
誰倚西樓淡月●	그 누가 은은한 달빛 아래 누각에 기대섰는고

[주석]

* 雙調95字, 前段11句6仄韻, 後段9句6仄韻.(詞譜24)

1) 長安(장안): 여기서는 남송의 수도 임안을 말한다.

2) 夾鍾羽(협종우): 곡조의 이름. 속명은 중려조(中呂調).

3) 解(해): 시가나 악곡의 장절(章節).

4) 碧礁(벽침): 푸른색의 다듬잇돌.

5) 銀牀(은상): 우물가의 흰 난간.

6) 涼花(양화): 가을 꽃.

7) 時賦秋雪(시부추설): 때때로 갈대꽃을 읊다. 멀리 있는 사람을 그리워한다는 뜻. 『시경·진풍·겸가(詩經·秦風·蒹葭)』의 "蒹葭蒼蒼, 白露爲霜. 所謂伊人, 在水一方"(갈대꽃 하얗고 흰 이슬은 서리가 되네. 그리운 임은 물가 저쪽에 있네) 시의를 이용했다. '秋雪'은 갈대꽃.

8) 砌蛩(체공): 섬돌의 귀뚜라미.

9) 吟商(음상): 가을을 슬퍼하는 노래를 부르다. '商'은 오음(五音) 가운데 하나로, 음조가 슬퍼 가을의 쓸쓸한 기운과 상응한다.

10) 瓊壺暗缺(경호암결): 노래 부를 때, 그릇을 두드려 박자를 맞추다가 그릇의

이가 빠지다. 감정이 매우 격렬한 것을 말한다. 진(晉) 왕돈(王敦)의 고사. '瓊壺'는 옥으로 만든 그릇. 116 「낭도사만(浪淘沙慢)」 '瓊壺敲盡缺' 참조. '暗'은 모르는 사이에.

11) 翠扇恩疏(취선은소): 푸른 부채는 은총이 소원해지다. 부채는 가을이 되어 쓸모가 없어지다. 여기서는 연잎이 시든 것을 말한다.

12) 紅衣(홍의): 연꽃.

13) 玉骨(옥골): 옥같이 희고 깨끗한 사람. 고결한 사람. 여기서는 작자 자신과 그리운 사람을 함께 말하고 있다.

14) 楚簫咽(초소열) 2구: 이백(李白)의 「억진아(憶秦娥)」 중 "簫聲咽, 秦娥夢斷秦樓月"(퉁소 소리 애절한데, 진 땅의 아가씨 꿈 깨니 누각엔 달빛만 밝네) 사의를 이용했다.

[해설]

가을의 객수(客愁)와 헤어져 있는 사람을 그리는 심정을 노래했다.

258 곡유춘(曲遊春)* 주밀(周密)

— 禁煙[1]湖上薄遊,[2] 施中山[3]賦詞甚佳, 余因次其韻. 蓋平時遊舫, 至午後則盡入裏湖,[4] 抵暮始出斷橋, 小駐而歸, 非習於遊者不知也. 故中山極擊節[5]余'閒卻半湖春色'之句, 謂能道人之所未云.

— 한식날 서호에서 놀았는데, 시중산이 지은 사가 매우 훌륭해서, 나도 그 운

에 맞추어 사를 지었다. 평소에 유람선은 오후에는 모두 이호로 들어갔다가 저녁에 단교를 나와 잠시 머물다가 돌아가는데, 서호를 자주 유람하지 않은 사람은 이런 것을 알지 못한다. 그래서 중산은 나의 사 가운데 '한각반호춘색(閒卻半湖春色)'구를 극구 칭찬하며, 사람들이 읊어내지 못한 것을 읊어냈다고 말했다.

禁苑[6]東風外,	봄바람은 금원에서 불어오고
颺暖絲晴絮,[7]	화창한 날씨에 유사와 버들개지 날리니
春思如織●	봄날의 정취가 가득히 이는구나
燕約鶯期,[8]	제비와 꾀꼬리는 약속이나 한 듯이
惱芳情偏在,	여인의 춘정을 일으키려고
翠深紅隙●	푸른 잎 붉은 꽃 사이에서 노래하네
漠漠[9]香塵隔●	뿌옇게 이는 꽃향기 먼지 너머 저쪽엔
沸十里、亂絃叢笛[10]●	십 리에 걸쳐 삼현육각 소리가 흥겹게 울리는구나
看畵船、盡入西泠,[11]	아름다운 놀잇배가 모두 서령교로 들어간 후
閒卻半湖[12]春色●	호수 반쪽은 봄빛에 잠긴 채 한가로워라
柳陌●	버드나무 늘어선 거리
新煙凝碧●	봄 안개 속에 버들 색은 푸른데
映簾底宮眉,[13]	주렴 안엔 미녀들이 비쳐 보이고
隄上遊勒[14]●	둑 위엔 젊은이들 말 타고 노니는구나
輕暝籠寒,[15]	저녁 어스름 속에 찬 기운이 덮이니
怕梨雲夢冷,	구름같이 핀 배꽃은 꿈이 쓸쓸해지고

杏香愁冪●	향기로운 살구꽃은 수심에 잠기네
歌管酬寒食●	노랫소리는 한식날에 보답하듯이 흥겨웠더니
奈蝶怨、良宵岑寂[16]●	어찌하랴 나비들은 이 좋은 밤이 적막한 걸 원망하는구나
正滿湖碎月搖花,	호수 가득히 부서지는 달빛과 흔들리는 꽃을 버려두고
怎生[17]去得●	어이 차마 떠날 수 있으랴

[주석]

* 雙調102字, 前段10句5仄韻, 後段11句7仄韻.(詞譜31)

1) 禁煙(금연): 한식. 이 날은 불을 금하고 찬 음식을 먹는 습관이 있다.

2) 薄遊(박유): 놀다. 노닐다. '薄'은 의미가 없는 발어사(發語詞).

3) 施中山(시중산): 시악(施岳). 중산은 자. 사를 잘 지어 주밀과 창화(唱和)한 작품이 많다. 그의 「곡유춘(曲遊春)」은 『절묘호사(絶妙好詞)』에 수록되어 있다.

4) 裏湖(이호): 항주의 서호는 백제(白隄)를 경계로 외호(外湖)와 내호(內湖)로 나뉜다. 이호는 곧 내호이다.

5) 擊節(격절): 손이나 박판으로 박자를 맞추다. 여기서는 칭찬하다.

6) 禁苑(금원): 황제의 원림(園林). 남송 때 임안을 수도로 정하면서 서호 일대는 황제의 원림이 되었다. 여기서는 서호 일대를 말한다.

7) 颺暖絲晴絮(양난사청서): 따뜻하고 맑게 갠 날에 날아다니는 유사(遊絲)와 버들개지. '絲'는 유사(遊絲). 봄날 공중에 떠도는 곤충이 토해낸 거미줄 따위. 또는 버들가지를 뜻하기도 한다. '絮'는 버들개지.

8) 燕約鶯期(연약앵기) 3구: 나무와 꽃 사이에서 제비와 꾀꼬리가 약속이나 한

듯이 여인의 춘정을 자극한다는 뜻. '燕鶯'은 제비와 꾀꼬리. '뇌(惱)'는 부추기다. 자극하다. '편재(偏在)'는 ~에 치우쳐 있다.

9) 漠漠(막막) 3구: 호수 가에 상춘객이 많고 음악 소리가 흥겹게 울리는 것을 형용한 것이다. '漠漠'은 안개, 연기, 먼지 등이 낀 모양. '향진(香塵)'은 꽃길에 이는 먼지. 여인의 발걸음에서 이는 먼지.

10) 亂絃叢笛(난현총적): 여러 현악기와 관악기의 흥겨운 소리.

11) 西泠(서령): 서호의 고산(孤山) 아래 백제(白隄) 위에 있는 서령교(西泠橋).

12) 閒卻半湖(한각반호)구: 서호는 이호(裏湖), 외호(外湖), 후호(後湖)로 나뉘는데, 유람선이 오후에 모두 서령교를 지나 이호로 들어가면 외호는 유람선이 없어져 조용하고 한가하다는 말이다. '閒卻'은 한가롭게 버려두다.

13) 宮眉(궁미): 궁녀들의 눈썹 화장. 여기서는 아름다운 여인.

14) 遊勒(유륵): 말을 타고 노니는 사람. '勒'은 말굴레. 또는 재갈.

15) 輕暝籠寒(경명롱한) 3구: 상춘객들이 모두 돌아간 후, 어둠과 한기가 덮여 서호가 적막해지고 봄도 적막해지면, 꽃들도 수심에 잠길 것이라는 뜻. '멱(冪)'은 덮다.

16) 岑寂(잠적): 쓸쓸하다. 적막하다.

17) 怎生(즘생): 어찌.

[해설]

작자는 젊었을 때 서호 근처에 살면서 시사(詩社)에 참가하여 시와 사를 지었는데, 이 사는 그때 지은 것이다. 전단은 서호의 아름다운 봄 경치와 상춘객들의 흥겨운 정경을 묘사했고, 후단은 점차로 상춘객들이 돌아가고 저녁이 되면서 조용해진 서호의 아름다움을 묘사했다. 즐겁고 흥청거리는 서호의 낮 풍경과 조용하고 텅 빈 서호의 밤 풍경을 시공(時空)을 이동하면서 생생하게 묘사했다.

259 화범(花犯)*	**주밀(周密)**
— 賦水仙	— 수선화를 읊다
楚江湄,[1]	초 땅 강가에서
湘娥乍見,	홀연히 상강의 여신을 보노니
無言灑淸淚●	말없이 맑은 눈물 뿌리며
淡然春意●	담담하게 봄빛을 띠고 있구나
空獨[2]倚東風,	수선화는 헛되이 동풍 속에 홀로 섰으니
芳思誰寄●	꽃다운 정을 뉘에게 전해줄꼬
凌波路[3]冷秋無際●	걸어가는 물결은 차고 가을빛은 끝이 없는데
香雲隨步起●	향기는 발걸음마다 일어나네
漫記得、漢宮仙掌,[4]	한나라 궁중 금동선인이 승로반을 들고
亭亭明月底●	밝은 달 아래 우뚝 선 모습을 공연히 기억하는구나
冰絲寫怨[5]更多情,	슬픈 현으로 원망을 노래하니 더욱 다정하건만
騷人恨、枉賦芳蘭幽芷●	한스럽게도 굴원은 공연히 난초와 지초만을 읊었더라
春思遠,[6]	봄날 그리움은 아득한데
誰歎賞國香風味●	그 누가 수선화의 향기와 운치를 찬탄하랴

相將共、[7]歲寒伴侶,	세한삼우와 함께 벗이 될 만해서
小窓淨,	정결한 창가에 놓으니
沈煙熏翠袂●	침향 연기가 푸른 옷소매에 스며드네
幽夢覺、[8]涓涓淸露,	그윽한 꿈 깨어보니 방울방울 맑은 이슬을 머금고
一枝燈影裏●	한 포기 수선화가 등불 빛 속에 있구나

[주석]

* 雙調101字, 前段10句6仄韻, 後段9句4仄韻,(詞譜30)

1) 楚江湄(초강미) 4구: 수선화를 상수(湘水)의 여신에 비유하여, 여신이 눈물을 머금고 말없이 서 있는 듯, 수선화가 담담한 봄기운을 느끼게 한다는 뜻. '楚江湄'는 초 지방의 강. 여기서는 상수가. '상아(湘娥)'는 상수의 여신. 여기서는 수선화를 말한다. 006 「보살만(菩薩蠻)」 '湘江曲' 참조. '사(乍)'는 갑자기. 바로. 막. '담연(淡然)'은 담담하다. 색깔이 엷다.

2) 空獨(공독) 2구: 홀로 피어 있는 수선화가 마음을 전할 곳이 없다는 뜻. 고결함을 지니고 있으나 지음(知音)을 만나기 어렵다는 뜻.

3) 凌波路(능파로) 2구: 수선화를 낙수(洛水)의 여신에 비유하였다. 수선화는 물결 위를 걸어가는 여신과 같아서, 봄에 피는 꽃이지만 가을 기운을 느끼게 한다는 뜻이다. 조식(曹植)의 「낙신부(洛神賦)」에 "凌波微步, 羅襪生塵"(물결 위를 가볍게 걸으니, 비단 버선에선 잔물결이 인다) 구가 있다.

4) 漢宮仙掌(한궁선장) 2구: 수선화의 모양이 한나라 궁중의 금동선인(金銅仙人)이 손에 승로반(承露盤)을 받쳐 들고 달빛 아래 우뚝 서 있는 모습 같다는 뜻이다.

5) 冰絲寫怨(빙사사원) 3구: 상수의 여신이 거문고의 싸늘한 음색으로 원한을 연주해내는 듯, 수선화는 한과 정이 많은데, 굴원은 「이소(離騷)」에서 수선화를 노래하지 않고 혜란(蕙蘭)과 백지(白芷) 등의 향초만을 노래했다는 뜻. '빙사(冰絲)'는 싸늘한 음색의 현악기 줄.
6) 春思遠(춘사원) 2구: 수선화의 향기는 봄날의 아득한 그리움 같은데, 수선화의 향기와 고상하고 아름다운 운치를 알아주는 이가 없다는 뜻. '국향(國香)'은 뛰어난 향기. 원래는 난초의 이칭(異稱)이나, 여기서는 수선화를 말한다.
7) 相將共(상장공) 4구: 수선화는 세한삼우(歲寒三友)인 소나무·대나무·매화와 함께 동료가 될 수 있어서, 수선화를 작은 방에 옮겨놓으니 향기가 수선화 잎에 감돈다는 뜻. '相將'은 서로 함께. '침연(沈煙)'은 침향(沈香)의 연기. '취메(翠袂)'는 푸른 옷소매. 여기서는 수선화 잎.
8) 幽夢覺(유몽각) 2구: 잠에서 깨어나 등불 아래 이슬이 맺힌 수선화를 보는 정경이다. '등영(燈影)'은 등불의 빛.

[해설]

수선화를 읊은 작품이다. 흔히 수선화를 물 위를 걷는 선녀 '능파선자(凌波仙子)'라고 말한다. 꽃 이름이 수선(水仙)이기 때문에, 상수(湘水) 여신의 아름답고 고결한 심상(心象)을 이용하여 수선화의 모양과 운치를 읊었다. 작자는 부드러운 필치로 수선화를 묘사하다가, 후반부에서 수선화가 세한삼우(歲寒三友)와 벗이 될 만하다고 하여, 유약(柔弱) 일변도로 흐르는 것을 극복하고 청려(淸麗)하고 고아(高雅)한 의경을 창조해냈다.

260 서학선(瑞鶴仙)*

장첩(蔣捷)

— 鄉城見月	— 고향에서 달을 보다
紺煙[1)]迷雁迹●	기러기는 검푸른 이내 속으로 사라지고
漸碎鼓零鐘,	저녁 북소리와 종소리는 어렴풋이 들리는데
街喧初息●	거리의 떠들썩한 소리는 이제 막 잠잠해졌네
風檠[2)]背寒壁●	바람에 흔들리는 등잔불은 찬 벽을 등지고 있고
放冰蟾,[3)]	싸늘한 달빛은
飛到蛛絲簾隙●	주렴 틈새로 거미줄처럼 가늘게 비쳐드네
瓊瑰[4)]暗泣●	달은 남몰래 옥구슬 같은 눈물을 흘리며
念[5)]鄉關、霜華似織[6)]●	서리 하얗게 내린 고향을 가련히 여기는구나
漫將身、[7)]化鶴歸來,	이 몸은 헛되이 학이 되어 돌아왔건만
忘卻舊遊端的●	예전에 놀던 일은 모두 잊어버렸어라
歡極●	더할 나위 없이 즐거웠었네
蓬壺蕖浸,[8)]	못 가운데 연꽃은 달빛에 젖고
花院梨溶,[9)]	정원 안 배꽃엔 달빛이 흐르고
醉連春夕●	봄날엔 저녁마다 취했었더라
柯雲罷弈[10)]●	신선의 바둑은 끝나고 도끼 자루는 썩었으니
櫻桃[11)]在,	앵두 씨는 베갯머리에 있건만
夢難覓●	꿈은 다시 찾기 어려워라

勸淸光,[12]	맑은 달빛에 권하노니
乍可幽窓相伴,	쓸쓸한 창 안의 사람과 짝할지언정
休照紅樓夜笛•	풍악 소리 흥겨운 붉은 누각은 비추지 마라
怕人間、換譜伊涼,[13]	세상의 노래는 모두 북방의 노래로 바뀐 것을
素娥未識[14]•	저 밝은 달은 아지 못하리라

[주석]

* 雙調102字, 前段10句7仄韻, 後段12句6仄韻.(詞譜31)

1) 紺煙(감연): 해질 무렵의 검푸른 이내.

2) 風檠(풍경): 바람에 흔들리는 등불. '檠'은 등잔걸이.

3) 冰蟾(빙섬): 싸늘한 달빛. '蟾'은 두꺼비. 달의 별칭. 달에 두꺼비가 살고 있다는 전설에서 나온 말.

4) 瓊瑰(경괴): 아름다운 옥. 여기서는 달을 말한다. 또는 주옥처럼 맑은 눈물방울.

5) 念(념): 애처롭게 여기다. 가련히 여기다.

6) 霜華似織(상화사직): 직물을 짜놓은 것처럼 하얗게 내린 서리. '霜華'는 서리.

7) 漫將身(만장신) 3구: 오랜만에 돌아와 보니 고향이 많이 변하여 옛 자취를 찾을 수 없다는 뜻. 정령위(丁令威)가 학이 되어 고향을 찾은 고사를 이용하였다. 046 「천추세인(千秋歲引)」 '華表語' 참조. '단적(端的)'은 속사정. (일의) 시말. 상황. 또는 정말, 확실히.

8) 蓬壺蕖浸(봉호거침): 연못 가운데 핀 연꽃이 달빛에 젖다. '蓬壺'는 신선이 산다는 봉래산. 여기서는 연못. 또는 물 가운데의 모래톱을 말한다. '蕖'는 연꽃. 이 구는 원소절의 연등(燃燈) 풍경을 묘사한 것으로 볼 수도 있다.

9) 花院梨溶(화원리용): 꽃 핀 뜰에 배꽃이 달빛에 젖다. 안수(晏殊)의 「우의(寓意)」 중 "梨花院落溶溶月, 柳絮池塘淡淡風"(배꽃 핀 뜰에는 넘실거리는 달빛, 버들개지 날리는 연못에는 담담한 바람) 구를 이용했다.

10) 柯雲罷奕(가운파혁): 세월이 흘러 세상이 변한 것을 말한다. 왕질(王質)이라는 나무꾼이 석실산(石室山)에서 신선이 바둑 두는 것을 보고 있는 동안에 도끼 자루가 썩고, 마을로 돌아오니 세월이 흘러 아는 사람은 모두 죽었다는 고사. 『술이기(述異記)』에 보인다. '雲'은 '爛(란)'의 오자.

11) 櫻桃(앵도) 2구: 옛 자취는 남아 있건만, 지난 일은 꿈만 같아서 다시 찾을 수 없다는 뜻. 어떤 사람이 꿈속에서 이웃 여자가 앵두를 줘서 먹었는데, 꿈을 깨고 보니 베개 곁에 앵두 씨가 있었다는 고사. 『유양잡조(酉陽雜俎)』에 보인다.

12) 勸清光(권청광) 3구: 밝은 달은 쓸쓸한 창 안에 있는 사람을 비출지언정, 고대광실에서 흥겹게 노는 사람은 비추지 말라는 뜻. 원나라를 추종하는 인사들과 망국 후에도 향락에만 빠져 있는 인사들에 대한 풍자의 뜻을 담았다. '사가(乍可)'는 차라리 (~하는 것이 낫다). '영가(寧可)'와 같다.

13) 換譜伊涼(환보이량): 북쪽 변방의 음악으로 바뀌다. '伊涼'은 당대(唐代)의 곡조 이름. 즉 이주곡(伊州曲)과 양주곡(涼州曲)으로 모두 북쪽 변방의 음악이다. 여기서는 원나라 음악을 말한다. 음악의 변환은 세상이 바뀐 것을 말한다.

14) 素娥未識(소아미식): 달은 세상이 바뀐 것도 모르고 여전히 밝은 빛을 대지에 비추고 있다는 뜻. '素娥'는 항아. 달.

[해설]

작자는 망국 후에 고향으로 돌아와서 지난 일을 생각하며 망국의 슬픔을 노래했다. 전단은 작자가 귀향하여 적막한 달밤에 자신의 신세를 돌아보며, 정령위(丁令威)의 고사를 이용하여 세상이 변한 것을 한탄했다. 후단은 망국 전의 즐거웠던 과거를 회상하면서 망국의 현실을 통탄했다.

261 하신랑(賀新郎)* 장첩(蔣捷)

夢冷黃金屋[1]●	꿈이 깨진 황금 궁전은 쓸쓸하고
歎秦箏、[2]斜鴻陣裏,	쟁 위에 비스듬히 늘어선 기러기발과
秦絃塵撲●	줄에는 먼지만 풀썩 일어나네
化作嬌鶯[3]飛歸去,	죽은 궁녀의 혼이 고운 꾀꼬리로 화해 날아와 보니
猶認紗窗舊綠[4]●	사창은 옛날 그대로 푸르고
正過雨、荊桃如菽[5]●	때마침 비 지나가고 앵두는 콩알만 하네
此恨[6]難平君知否,	풀 수 없는 이 한을 그대는 아느뇨
似瓊臺、涌起彈棋局●	한은 탄기국처럼 복받쳐 오르는구나
消瘦影,	바싹 여윈 내 그림자를 마주하니
嫌明燭●	밝은 등불이 싫구나
鴛樓[7]碎瀉東西玉●	원앙루엔 옥 술잔이 깨졌으니
問芳蹤、[8]何時再展,	묻노니 아름다운 궁녀는 언제 다시 나타날꼬
翠釵難卜[9]●	비취 비녀로도 점치기 어려워라
待把宮眉橫雲樣,[10]	고운 눈썹의 궁녀 얼굴을
描上生綃[11]畫幅●	생초 화폭 위에 그리려 하노니

怕不是、新來妝束●	아마도 궁녀의 치장은 요즘 모양은 아니리라
彩扇紅牙[12]今都在,	채선과 붉은 상아 박판은 지금 모두 있건만
恨無人、解聽開元曲[13]●	한스럽게도 개원 때의 노래를 알아듣는 이 없구나
空掩袖,[14]	헛되이 옷소매로 눈물을 가리며
倚寒竹●	찬 대나무에 기대었어라

[주석]

* 雙調116字, 前後段各10句6仄韻.(詞譜36)

1) 夢冷黃金屋(몽랭황금옥): 화려했던 고궁은 꿈인 듯 지금은 황폐해져 쓸쓸하다. 화려했던 고궁은 한바탕 쓸쓸한 꿈이다. 망국을 뜻한다. '黃金屋'은 황금으로 지은 집. 남송(南宋)의 옛 궁전을 뜻한다. 한(漢) 무제(武帝)의 '금옥저교(金屋貯嬌)'의 전고를 이용했다. 194「소영(疏影)」'莫似春風' 참조.

2) 歎秦箏(탄진쟁) 2구: 옛 궁중 안의 악기는 먼지가 쌓인 채 연주하는 사람이 없는 것을 말한다. '秦箏'은 열두 줄로 된 고쟁(古箏).

3) 化作嬌鶯(화작교앵) 3구: 옛 궁녀의 죽은 혼이 꾀꼬리가 되어 돌아와 보니, 궁 안의 경치는 쓸쓸하고 인사(人事)는 간 곳 없다는 뜻. 망국의 한을 뜻한다. 앞의 3구와 뒤의 2구는 꾀꼬리가 보는 풍경을 말한 것이다. 또는 작자가 꿈속에서 꾀꼬리로 화해 송나라의 옛 궁전을 찾아갔다는 뜻으로 보아도 좋다.

4) 紗窓舊綠(사창구록): 사창은 의구하게 푸르다. 원진(元稹)의 「연창궁사(連昌宮詞)」중 "舞榭攲傾基尚在, 文窓窈窕紗猶綠"(춤추던 정자는 기운 채 옛 터에 남아 있고, 격자창은 고요한데 깁은 여전히 푸르네) 시의를 이용했다. '紗窓'은 얇은 깁을 바른 창.

5) 荊桃如菽(형도여숙)구: 앵두가 콩알만 하다. 봄이 다 지나간 것을 뜻한다. 또한 자연현상은 인사와는 관계없이 여전하다는 뜻을 내포하고 있다. '荊桃'는 앵두.

6) 此恨(차한) 2구: 마음속의 불평과 한을 가라앉히기 어렵다는 뜻. 또한 세상일이 탄기처럼 변화가 많고 흥망이 무상하다는 뜻도 내포한다. 이상은(李商隱)의 「무제(無題)」 중 "莫近彈棋局, 中心最不平"〔탄기국을 가까이 하지 마오, 중심(마음)이 가장 평탄하지 않으니〕 구와 「유지(柳枝)」의 "玉作彈棋局, 中心亦不平"〔옥으로 만든 탄기국, 중심(마음)이 역시 평평하지 않구나〕 시의를 이용했다. '경대(瓊臺)'는 옥대(玉臺). 아름다운 누대. 여기서는 옥으로 만든 탄기판(彈棋板). '탄기국(彈棋局)'은 탄기(彈棋)라고 하는 놀이를 할 때 사용하는 판으로, 주위는 낮고 중앙은 사발을 엎어놓은 것처럼 불룩하게 솟아 있다.

7) 鴛樓(원루)구: 나라가 망한 것을 뜻한다. '鴛樓'는 궁중 안에 있는 원앙루(鴛鴦樓). '동서옥(東西玉)'은 옥 술잔. 술. '옥동서(玉東西)'와 같다. '쇄사(碎瀉)'는 술잔이 깨지고 술이 쏟아지다.

8) 芳蹤(방종): 떠나간 여인의 아름다운 자취(자태). 여기서는 망국을 뜻한다.

9) 翠釵難卜(취차난복): 점치기 어렵다. 예측하기 어렵다. 고대의 부녀자들은 비녀로 길흉을 점쳤다고 한다.

10) 宮眉橫雲樣(궁미횡운양): 섬운처럼 곱게 그린 궁녀의 눈썹. 아름다운 궁녀. '宮眉'는 궁중에서 유행하는 눈썹 화장. 궁녀의 눈썹. '橫雲'은 눈썹 화장법의 하나. '불운미(拂雲眉)' 또는 '소연미(掃煙眉)'라고도 한다.

11) 生綃(생초): 생사로 엷게 짠 비단.

12) 彩扇紅牙(채선홍아): 춤추며 노래할 때 사용하는 채색 부채와 붉은 상아 박판.

13) 開元曲(개원곡): 당(唐) 개원(開元) 때의 노래. 여기서는 남송의 태평성대의 노래를 말한다.

14) 空掩袖(공엄수) 2구: 두보(杜甫)의 「가인(佳人)」 중 "天寒翠袖薄, 日暮倚修竹"(날은 춥고 푸른 소매는 얇은데, 저녁에 긴 대나무에 기대어 있네) 구를 이용했다. 외로움과 고고한 절개를 뜻한다.

[해설]

함축과 은유를 사용해 망국의 한과 수심을 읊었다. 전단은 죽은 궁녀의 혼이 꾀꼬리로 화해 남송의 고궁으로 날아와서 황폐한 모습을 둘러보는 정경이며, 작자는 망국의 슬픔으로 몸이 여위었다고 말하는 것으로 끝을 맺었다. 후단은 궁녀에 대한 그리움과 다시 만날 수 없는 슬픔을 말하여, 고국에 대한 애절한 마음을 나타냈다. 마지막 구는 가인을 빌려 작자의 고결한 지조를 말했다. 작중에서 언급하고 있는 궁녀는 멸망한 고국이며 동시에 작자 자신이기도 하다.

262 여관자(女冠子)* **장첩(蔣捷)**

— 元夕 — 정월 보름 밤

蕙花香也● 난초꽃 향기롭고
雪晴池館如畵● 눈이 갠 연못과 누각들은 그림 같았더니라
春風飛到, 봄바람이 불어오고
寶釵樓[1]上, 화려한 누각 위에선

一片笙簫,	생황과 퉁소 소리 흥겨웠고
琉璃[2]光射•	유리등이 환하게 빛났었네
而今燈漫挂•	지금 등불은 헛되이 걸려 있건만
不是暗塵明月,[3]	밝은 달빛 아래 놀러 나온 사람들이 붐비던
那時元夜•	그때의 대보름 밤은 아니어라
況年來、心懶意怯,	하물며 요즘엔 나는 마음조차 늙고 시들하여
羞與蛾兒[4]爭耍•	곱게 단장한 여인과 함께 놀기가 부끄럽구나
江城[5]人悄初更打•	강가의 성은 인적이 고요하고 초경 종소리 울리네
問繁華誰解,[6]	묻노니 그 누가 옛날의 번화를
再向天公借•	다시 하늘로부터 빌려올 수 있을꼬
剔殘紅灺[7]•	가물거리는 촛불 심지를 돋우다가
但夢裏隱隱,	꿈속에서 희미하게
鈿車羅帕[8]•	화려한 수레와 아름다운 여인들을 보는도다
吳箋銀粉砑[9]•	은가루 입힌 좋은 종이에다
待把舊家[10]風景,	옛 시절의 풍경을
寫成閒話•	한담거리로 쓰려 하네
笑綠鬟[11]鄰女,	우습구나 이웃집 처녀는
倚窗猶唱,	창가에 기대어 아직도
夕陽西下[12]•	'저녁 해는 서쪽으로 지고' 옛 노래를 부르는구나

[주석]

* 雙調112字, 前段11句6仄韻, 後段12句7仄韻.(詞譜4)

1) 寶釵樓(보차루): 원래는 함양(咸陽)에 있는 술집 이름. 여기서는 기루와 술집을 말한다.

2) 琉璃(유리): 오색 유리로 만든 등. 주밀(周密)의 『무림구사·원석(武林舊事·元夕)』에 "등(燈)의 등급은 매우 많은데 소등(蘇燈)을 최상으로 친다. 동그란 것이 큰 것은 지름이 3·4척이 되는데, 모두가 오색의 유리로 만든 것이다"라고 했다.

3) 暗塵明月(암진명월): 밝은 달빛 아래 수많은 사람과 수레가 먼지를 일으키며 왕래하는 것을 말한다. 소미도(蘇味道)의 「정월 보름날 밤(正月十五日夜)」에 "暗塵隨馬去, 明月逐人來"(길의 먼지는 말을 따라가고, 밝은 달은 사람을 따라오네) 구가 있다. '暗塵'은 길의 먼지.

4) 蛾兒(아아): 원소절에 부녀자들이 머리에 꽂았던 장식품. 여기서는 부녀자를 말한다.

5) 江城(강성): 강가에 있는 성. 여기서는 임안(臨安). 임안이 전당강(錢塘江) 북안에 위치하고 있기 때문에 강성이라고 불렀다.

6) 解(해): 능히. ~할 줄 알다.

7) 剔殘紅灺(척잔홍사): 촛불의 불똥을 제거하다. '剔'은 제거하다. '灺'는 불똥. 밤이 깊도록 등잔불을 마주하고 있는 것을 말한다.

8) 鈿車羅帕(전거라파): 원소절 밤의 수레와 여인을 말한다. '鈿車'는 화려하게 장식한 수레. '羅帕'는 여인의 비단 손수건. 여인의 대칭.

9) 吳箋銀粉砑(오전은분아): 은가루를 입혀 광택이 나는 아름다운 오(吳) 지방의 종이. '砑'는 갈아서 광택을 내다.

10) 待把舊家(대파구가) 2구: 지난날의 원소절 풍경을 한담거리의 글로 써서 남

기려고 하다. '待'는 ~할 작정이다. ~하려고 하다. '舊家'는 이전. 옛날.

11) 綠鬟(녹환): 흑발. 소녀. 젊은 여인.

12) 夕陽西下(석양서하): 남송의 강여지(康輿之, 일설에는 范周)가 원소절을 노래한 「보정현(寶鼎現)」을 말한다. 그 첫머리에 "夕陽西下, 暮靄紅隘, 香風羅綺"(저녁 해는 서쪽으로 지는데, 저녁놀은 붉고 꽃향기 바람은 비단결 같네) 구절이 있다. 옛날 노래를 부르는 처녀는 망국의 한을 알지 못한다는 뜻.

[해설]

송대에서 가장 성대한 명절은 원소절이었다. 이 사는 나라가 망한 후, 쓸쓸한 원소절을 맞아 망국의 슬픔을 노래한 작품이다. 전단은 망국 전과 망국 후의 원소절 풍경을 대비시켰고, 후단에서도 쓸쓸한 현재의 정경과 화려했던 과거의 회상, 이웃집 처녀와 작자 자신을 대비시켜 망국의 아픔을 노래했다.

263 고양대(高陽臺)* **장염(張炎)**

— 西湖春感 — 서호 봄날의 느낌

接葉巢鶯,[1] 무성한 나뭇잎 사이엔 꾀꼬리가 둥지를 틀고
平波捲絮, 잔잔한 물결 위엔 버들개지 떠 있는데
斷橋[2]斜日歸船○ 놀잇배는 단교의 석양 속에 돌아가네

能幾番遊,	몇 번이나 봄놀이를 할 수 있을꼬
看花又是明年。	꽃구경은 또 내년에나 하리로다
東風且伴薔薇住,	봄바람아 잠시 장미꽃과 벗해 머물려무나
到薔薇、春已堪憐。	장미꽃이 피면 봄은 가련하게 되는구나
更淒然[3]。	더욱 쓸쓸한 건
萬綠西泠,	푸른 숲 우거진 서령교에 떠도는
一抹荒煙。	한 줄기 황량한 연기이어라
當年燕子[4]知何處,	당년의 제비들은 모두 어느 곳에 있느뇨
但苔深[5]韋曲,[6]	위곡엔 이끼가 파랗게 끼었고
草暗斜川[7]。	사천엔 잡초만 우거졌어라
見說[8]新愁,	듣자니 새로운 수심이
如今也到鷗邊。	이제는 또 갈매기에게로 갔다더라
無心再續笙歌夢,	생황 불고 노래하는 꿈은 다시 이을 마음이 없으니
掩重門、淺醉閒眠。	중문을 닫고 술에 취해 한가로이 잠이나 자리라
莫開簾。	주렴을 걷어 올리지 마라
怕見飛花,	흩날리는 꽃잎이 보일라
怕聽啼鵑。	두견이 울음소리 들릴라

[주석]

* 雙調100字, 前後段各10句5平韻.(詞譜28)

1) 接葉巢鶯(접엽소앵): 두보(杜甫)의 「정광문을 모시고 하장군의 산림에서 놀다

(陪鄭廣文游何將軍山林)」에 "卑枝低結子, 接葉暗巢鶯"(낮은 가지엔 열매가 맺혔고, 무성한 나뭇잎엔 꾀꼬리가 몰래 둥지 틀었네) 시구가 있다.

2) 斷橋(단교): 서호(西湖)의 이호(裏湖)와 외호(外湖) 사이, 고산(孤山) 기슭에 있는 다리.

3) 更淒然(갱처연) 3구: 번화했던 서령교는 인적이 끊겨 초목이 무성하고, 한 줄기 연기만 떠도니 슬프다. '서령(西泠)'은 고산(孤山) 아래에 있는 서령교(西泠橋)로, 서령교 부근은 항주에서도 가장 번화했던 곳이다. '황연(荒煙)'은 황량한 들의 연기나 안개.

4) 當年燕子(당년연자)구: 세상이 변하고 세사가 무상한 것을 뜻한다. 유우석(劉禹錫)의 「오의항(烏衣巷)」 중 "舊時王謝堂前燕, 飛入尋常百姓家"(옛날에 왕씨 사씨 집 당 앞에서 날던 제비, 지금은 평범한 여염집으로 날아드네) 시의를 이용했다.

5) 但苔深(단태심) 2구: 지난날 아름답고 번화했던 서호 곳곳에는 인적이 끊겨 이끼가 끼고 잡초만 무성히 자랐다는 뜻.

6) 韋曲(위곡): 장안(長安) 남쪽 교외에 있는 지명. 당대(唐代)의 권문세가인 위(韋)씨가 대대로 살았던 곳으로 풍경이 수려했다. 여기서는 서호 일대를 말한다.

7) 斜川(사천): 강서성(江西省) 성자현(星子縣)에 있는 지명으로 풍경이 아름답다. 도연명은 「사천에서 노닐며(遊斜川)」 시를 지어 사천의 아름다운 풍경을 노래했다. 여기서는 서호 가의 귀족과 문인들이 모여 놀던 곳을 말한다.

8) 見說(견설) 2구: 사람뿐만 아니라 갈매기조차 슬퍼한다는 뜻. 갈매기의 흰 깃털이 마치 시름 때문에 백발이 된 것 같다는 뜻. 신기질(辛棄疾)의 「보살만(菩薩蠻)」에 "拍手笑沙鷗, 一身都是愁"(손뼉 치며 모래톱의 갈매기를 보고 웃노니, 근심으로 온통 하얗게 되었구나) 구절이 있다. '見說'은 듣건대. '문설(聞說)'과 같다.

[해설]

나라가 망한 후 서호를 다시 찾은 감개를 노래했다. 전단은 저물어가는 봄과 서령교의 쓸쓸한 풍경을 통해 망국의 비애를 말했고, 후단도 서호의 황량한 풍경과 처량한 심정을 서술했다. 전편을 통해 경물과 감정이 잘 어울리고 있다.

264 도강운(渡江雲)* **장염(張炎)**

— 久客山陰,[1] 王菊存[2]問予近作, 書以寄之.

— 오랫동안 산음에서 나그네로 있는데, 왕국존이 나의 근작을 묻기에, 이 작품을 써서 보내다.

山空天入海,	산은 비었고 하늘은 바다로 들어가는데
依樓望極,	누각에 기대어 멀리 바라보고 있노라니
風急暮潮初○	바람은 세차고 저녁 조수가 일기 시작하누나
一簾鳩外雨,[3]	산비둘기 우는 저쪽엔 비가 내리고
幾處閒田,	여기저기 버려두었던 밭
隔水動春鋤○	개울 건너에선 봄 밭갈이하는구나
新煙禁柳,[4]	청명절 금원의 버드나무
想如今、綠到西湖○	생각건대 지금쯤 서호 가에도 푸르렀으리라
猶記得、當年深隱,	아직도 기억하는 건 예전에 은거할 때

門掩兩三株。	닫아건 문 앞의 두세 그루 버드나무이어라
愁余。	시름에 차서
荒洲古漵,[5]	황량한 모래톱 물가에 서 있나니
斷梗疏萍,[6]	부러진 갈대 줄기와 떨어져 나온 부평처럼
更漂流何處。	또다시 어디로 흘러가느뇨
空自覺、圍羞帶減,[7]	부질없이 헐거워진 허리띠를 한탄하노니
影怯燈孤。	등불 아래 그림자는 외롭기만 하구나
常疑卽見桃花面,[8]	복사꽃 같은 얼굴은 당장 볼 수 없더라도
甚近來、翻[9]致無書。	어이해 요즘엔 편지조차 없는고
書縱遠,	편지야 멀기 때문이라지만
如何夢也都無。	어이해 꿈조차 없는고

[주석]

* 雙調100字, 前段10句4平韻, 後段9句5平韻.(詞譜28)

1) 久客山陰(구객산음)구: 『전송사(全宋詞)』에는 "山陰久客, 一再逢春, 回憶西杭, 渺然愁思"(산음에서 오랫동안 나그네로 머무는데, 다시 봄을 맞이하여 서쪽 항주를 회고해보니, 아련한 수심이 일어난다)로 되어 있다. '山陰'은 지금의 소흥(紹興).

2) 王菊存(왕국존): 작자의 벗.

3) 一簾鳩外雨(일렴구외우) 3구: 발을 걷고 보는 빗속의 풍경을 묘사한 것이다. '鳩'는 산비둘기로, 비가 오려고 할 때 급하게 운다고 한다. 황정견(黃庭堅)의

「파릉에서 …… 도순에게 드리다(自巴陵 … 呈道純)」에 "野水自添田水滿, 晴鳩卻喚雨鳩歸"(들 물이 불어 밭에는 물이 가득하고, 맑게 갠 곳의 비둘기는 빗속의 비둘기를 불러 돌아가는구나) 시구가 있다.

4) 新煙禁柳(신연금류): 한식·청명 때 서호의 버드나무. '新煙'은 한식·청명 때의 연기. 개화(改火)의 연기. '禁柳'는 궁중 또는 금원의 버드나무. 서호 일대의 버드나무. 남송 때, 서호 일대는 금원에 속했다.

5) 漵(서): 물가

6) 斷梗疏萍(단경소평): 부러진 갈대 줄기와 떨어져 나온 부평. 정처 없이 떠돌아다니는 신세를 말한다.

7) 圍羞帶減(위수대감) 2구: 허리는 허리띠가 헐거운 것을 부끄러워하고, 그림자는 외로운 등불을 두려워한다. 여위어 허리가 줄어들고 그림자가 외로운 것을 말한다.

8) 桃花面(도화면): 아름다운 얼굴. 013 「청평악(清平樂)」 '人面' 참조.

9) 翻(번): 도리어. 오히려.

[해설]

작자는 나라가 망한 후 사방을 떠돌아다녔는데, 이 작품은 소흥(紹興)에 머물 때 지은 것이다. 전단은 누각에서 바라본 경치와 봄갈이를 하는 풍경을 묘사하고, 이어서 서호의 봄 경치와 서호의 옛집을 회상했다. 후단은 망국 후에 떠도는 신세와 수심을 말했다.

265 팔성감주(八聲甘州)* 장염(張炎)

— 辛卯歲,[1] 沈堯道[2]同余北歸, 各處杭越. 逾歲, 堯道來問寂寞, 語笑數日, 又復別去, 賦此曲, 幷寄趙學舟.[3]

— 신묘년에 심요도와 나는 함께 북에서 돌아와, 각각 항주와 소흥에 있었다. 이듬해 심요도가 와서 나의 적막한 생활을 위로하고 며칠 동안 담소한 후, 또다시 헤어져 떠나가니, 이 곡을 짓고, 아울러 조학주에게 보낸다.

記玉關、[4]踏雪事淸遊○	옥문관에서 눈 밟으며 유람하던 일을 기억하노니
寒氣脆[5]貂裘○	추위에 담비 갖옷도 얼어붙었더라
傍枯林古道,	낙엽 진 숲가의 옛 길을 걷고
長河飮馬,	황하에서 말을 물 먹일 때
此意悠悠[6]○	생각은 한없이 이어졌더라
短夢[7]依然江表,	짧은 꿈 깨어보니 몸은 여전히 강남에 있으니
老淚灑西州[8]○	이 늙은이 눈물을 서주에 뿌리노라
一字[9]無題處,	시는 한 글자도 쓰질 못하니
落葉都愁○	낙엽마다 모두 수심이기 때문이라네
載取[10]白雲歸去,	그대는 흰 구름과 함께 돌아가니
問誰留[11]楚佩,	묻노니 누가 내게 옥패를 남겨주어
弄影中洲○	모래톱에서 외로이 그림자와 놀게 하는고
折蘆花贈遠,	갈대꽃 꺾어 멀리 있는 임에게 보내노니

零落一身秋。	영락한 이 몸은 가을 갈대 같아라
向尋常、野橋流水,	평범한 들의 작은 다리 흐르는 물가에서
待招來、不是舊沙鷗[12]。	갈매기를 불러 모으려 하나 옛 갈매기는 아니어라
空懷感、[13]	공연히 가슴엔 수심만 이나니
有斜陽處,	해 저무는 때에는
卻怕登樓。	누각에 오르기를 더욱 저어하노라

[주석]

* 雙調97字, 前段9句5平韻, 後段9句4平韻.(詞譜25)

1) 辛卯歲(신묘세): 원(元) 세조(世祖) 지원(至元) 28년(1291). 한 해 전에 작자는 세조의 부름을 받고 심요도 등과 함께 원의 수도 대도(大都, 지금의 북경北京)에 가서 『장경(藏經)』을 필사하고 다음 해에 돌아왔다.

2) 沈堯道(심요도): 장염의 벗. 이름은 흠(欽).

3) 趙學舟(조학주): 이름은 여인(與仁). 장염의 벗으로 함께 대도를 다녀왔다.

4) 玉關(옥관): 옥문관(玉門關). 여기서는 북방을 말한다.

5) 脆(취): 얼어서 갈라지고 터지다.

6) 悠悠(유유): 생각이나 수심이 많은 모양.

7) 短夢(단몽)구: 북쪽을 여행했던 일이 짧은 꿈과 같고, 지금 몸은 여전히 강남에 있다는 뜻. '강표(江表)'는 강남.

8) 老淚灑西州(노루쇄서주): 동진(東晉)의 양담(羊曇)이 서주(西州) 성문에서 사안(謝安)의 죽음을 통곡한 것처럼, 작자는 항주(杭州)에서 망국을 슬퍼하는 눈물을 흘린다는 뜻. 동진의 양담은 사안의 추중을 받았는데, 사안이 병이 들어

금릉으로 돌아올 때, 서주 성문을 통해 돌아왔다. 사안이 죽은 후, 양담은 서주 성문으로 다니지 않았는데, 하루는 대취해서 자기도 모르게 서주 성문으로 왔다가, 통곡하고 떠나갔다는 고사. 『진서 · 사안전(晉書 · 謝安傳)』에 보인다. '西州'는 지금의 남경(南京) 서쪽에 있었던 고성. 여기서는 남송의 임안(臨安, 지금의 杭州)을 말한다.

9) 一字(일자) 2구: 이별한 후, 한 수의 시도 지어서 보내지 못한 것은 수심이 많아서 시를 지을 흥취가 일지 않았기 때문이라는 뜻.

10) 截取(재취)구: 심요도가 장염을 방문한 후 다시 자신의 은거지로 돌아간다는 뜻. '백운(白雲)'은 은거를 상징한다.

11) 問誰留(문수류) 2구: 『초사 · 상군(楚辭 · 湘君)』의 "捐余玦兮江中, 遺余佩兮澧浦"(내 옥을 강 가운데에 던져주고, 내 패옥을 예수 물가에 던져주네) 구와 "君不行兮夷猶, 蹇誰留兮中洲"(그대는 머뭇거리며 오질 않으니, 아아, 누가 사주에 머물러 있는가) 구를 이용했다. 「상군(湘君)」편은 상군(湘君)이 상부인(湘夫人)을 기다리며 그리워하는 내용인데, 작자는 이 구를 이용하여 벗을 떠나보내는 석별의 정을 말했다. '초패(楚佩)'는 옥 패물. 여기서는 석별의 정을 뜻한다.

12) 舊沙鷗(구사구): 예전의 낯익은 강가의 갈매기. 뜻을 같이했던 옛 친구.

13) 空懷感(공회감) 3구: 누각에 올라 저녁 풍경을 보면 더욱 슬퍼진다는 뜻. 신기질(辛棄疾)의 175 「모어아(摸魚兒)」 중 "休去倚危闌, 斜陽正在, 煙柳斷腸處"(높은 누각 난간에 기대서지 말지니, 석양은 지금 바로 안개 서린 버드나무 애끊는 곳에 비꼈어라) 구의 뜻과 같다. 노년과 망국의 슬픔을 말하고 있다.

[해설]

작자는 망국의 슬픔에 덧붙여서 자신의 처량한 심정을 노래했다. 전단의 첫 5구는 친구와 함께 북방을 여행했던 일을 회상했고, '단몽(短夢)' 4구는 강남으로 돌아온 이후의 처량한 마음을 서술했다. 후단에서는 「구가(九歌)」를 이용하여 석별의 정과 우정을 말하고, 끝으로 누대에 올라 기울어가는 해를 보기 두렵다는 말로 노년의 고독과 망국의 슬픔을 말했다.

266 해련환(解連環)* 장염(張炎)

— 孤雁	— 외기러기
楚江[1]空晚●	초 땅의 텅 빈 강천은 저무노니
悵離群萬里,	만 리 길에서 무리를 잃은 외기러기는
怳然[2]驚散●	놀라 흩어진 슬픔으로 넋을 잃었구나
自顧影、[3]欲下寒塘,	제 그림자를 돌아보며 찬 못에 날아 내리려는데
正沙淨草枯,	모래는 깨끗하고 풀은 시들고
水平天遠●	물결 잔잔하고 하늘은 멀기만 하여라
寫不成[4]書,	편지는 쓰지 못하고
只寄得、相思一點●	다만 한 점 그리운 마음을 부치는구나
料因循[5]誤了,	생각건대 꾸물대다가 편지를 못 전했으니
殘氈擁雪,	눈 속에서 해진 담요를 껴안고 기다리는
故人心眼●	옛 벗의 마음은 어떠할꼬
誰憐旅愁荏苒[6]●	그 누가 나그네의 한없는 시름을 가련히 여기랴

謾長門[7]夜悄,	장문궁의 밤은 조용한데
錦箏彈怨●	쟁 타는 소리 원망스러워라
想伴侶、[8]猶宿蘆花,	생각건대 길벗들은 그래도 갈대꽃 속에 묵으며
也曾念春前,	봄이 오기 전에 벌써
去程應轉●	되돌아갈 여정을 생각하리라
暮雨相呼,	저녁 빗속에서 서로 부르며 찾다가
怕驀地、[9]玉關重見●	뜻밖에 옥문관에서 다시 만난다면
未羞他、[10]雙燕歸來,	저 쌍쌍이 돌아온 제비가
畫簾半捲●	반쯤 걷힌 주렴 안으로 날아드는 게 부럽지 않으련만

[주석]

* 雙調106字, 前段11句5仄韻, 後段10句5仄韻.(詞譜34)

1) 楚江(초강): 초 지방의 강하(江河). 여기서는 '강천(江天)'과 비슷한 뜻으로 쓰여, 초 땅의 강 위의 하늘. '楚'는 강남 지방을 말한다.

2) 怳然(황연): 실망한 모양. 낙담한 모양. 놀란 모양.

3) 自顧影(자고영) 3구: 외기러기가 홀로 쓸쓸한 물가에 내려앉으려는 모양을 말한 것이다. 당(唐) 최도(崔塗)의 「외기러기(孤雁)」에 "暮雨相呼失, 寒塘欲下遲"(저녁 빗속에 잃은 짝을 부르며, 찬 연못에 내려앉는 게 더디구나) 시구가 있다.

4) 寫不成(사불성) 2구: 기러기 떼가 날아갈 때 '人'자 모양을 이루기 때문에, 기러기가 줄 지어 나는 것을 '안자(雁字)'라고 한다. 외기러기는 하늘에 한 점만을 찍어놓은 듯해서 글자를 이루지 못한다는 뜻. 한대(漢代)의 소무(蘇武)가

흉노에게 잡혀 있을 때, 기러기의 발에 편지를 묶어 전했다는 고사에서, 기러기는 편지 또는 소식을 전해주는 사람이라는 뜻이 생겼다.

5) 料因循(요인순) 3구: 외기러기가 무리와 떨어져서 꾸물거리다가 편지를 전하는 일을 그르치고 있다는 뜻. '因循'은 꾸물거리다. '오료(誤了)'는 그르치다. 잘못하다. 여기서는 편지를 전하지 못하다. '잔전옹설(殘氈擁雪)'은 소무가 흉노에 억류되어 있을 때, 해진 담요를 뜯어먹고 눈을 녹여 먹으면서 항복하지 않고 버티다가 한나라로 귀환했다는 고사를 말한다. 원나라의 통치 아래에서도 절개를 지키는 지사를 암시한다. '고인심안(故人心眼)'은 옛 친구의 고국을 그리는 마음.

6) 荏苒(임염): 근심 걱정이 이어지는 모양. 세월이 덧없이 흘러가는 모양. 시간이 지연되는 모양.

7) 謾長門(만장문) 2구: 진황후(陳皇后)가 장문궁에 유폐되어 거문고의 서글픈 가락으로 외로운 기러기와 같은 자신의 신세를 한탄했다고 한다. '長門'은 진황후가 유폐된 장문궁(長門宮). 두목(杜牧)의 「이른 기러기(早雁)」 중 "仙掌月明孤雁過, 長門燈暗數聲來"(금동선인의 승로반에 달빛 밝은데 외기러기 날아가고, 장문궁엔 등불 어두운데 기러기 소리 들려오네) 시구와 전기(錢起)의 「돌아가는 기러기(歸雁)」 중 "二十五絃彈夜月, 不勝淸怨卻飛來"(이십오 현 거문고 타는 달밤, 외기러기는 원망을 이기지 못해 날아 돌아오네) 시의를 이용했다. '謾'은 헛되이. 공연히. '만(慢)' '만(漫)'과 같다.

8) 想伴侶(상반려) 4구: 외기러기의 길동무인 기러기 떼는 지금 갈대밭에서 잘 것이고, 또 봄이 오기 전에 북쪽으로 돌아갈 일을 생각하고 있을 것이라는 뜻.

9) 怕驀地(파맥지): 만약 갑자기. '怕'는 만약. '驀地'는 갑자기. 돌연히.

10) 未羞他(미수타) 3구: 외기러기가 헤어졌던 옛 무리와 다시 만난다면 더 이상 외롭지 않기 때문에, 화려한 집 안으로 날아드는 제비를 보더라도 부끄럽

지 않을 것이라는 뜻이다. '쌍연(雙燕)'은 원(元) 조정에 들어가 벼슬하는 인사를 암유한 것으로 볼 수 있다.

[해설]

작자는 남송 명문가의 후예로, 원나라의 침입으로 남송의 수도 임안이 함락된 후, 그의 조부는 피살되고 집안 식구들은 사방으로 흩어졌다. 작자는 화를 피해 단신으로 사방을 떠돌았으니, 마치 무리를 잃은 외기러기 같았을 것이다. 때문에 작자는 자신의 신세와 망국의 슬픔을 외기러기의 형상을 통해 노래했다. 전단은 외기러기의 고독과 비애를 말했는데, '요인순(料因循)' 3구는 끝까지 절개를 지키면서 원에 대항하는 인사에 대해 존경과 자괴감을 표현한 것이라고 볼 수 있다. 후단은 슬픔 속에 있는 외기러기가 헤어진 무리와 다시 만나기를 기대하는 것으로 끝을 맺었으니, 이는 작자의 간절한 소망이기도 하다. 작품의 '고안(孤雁)'은 곧 작자 자신이다.

267 소영(疏影)*

장염(張炎)

— 詠荷葉	— 연잎을 읊다
碧圓自潔●	둥글고 푸른 연잎은 본디 깨끗한데
向淺洲遠渚,	먼 물가의 얕은 모래톱 가에 있으니

亭亭[1]淸絶●	우뚝 서 있는 모습이 그지없이 맑고 고와라
猶有遺簪,[2]	돌돌 말린 연잎은 미녀가 떨어뜨린 비녀인 듯
不展秋心,	가을의 마음을 펼쳐 보이진 않지만
能捲幾多炎熱●	얼마나 많은 여름 더위를 말아 넣고 있을 수 있으랴
鴛鴦[3]密語同傾蓋,[4]	원앙은 연잎 밑에서 밀어를 나누는데
且莫與、浣紗人說●	빨래하는 아가씨에게는 말하지 마라
恐怨歌、[5]忽斷花風,	아가씨의 원망의 노래가 갑자기 꽃바람을 멈추게 하면
碎卻翠雲千疊●	구름 같은 푸른 연잎이 시들까 두렵구나
回首當年[6]漢舞,	한나라 때 춤추던 조비연을 회상해보니
怕飛去,	선녀가 되어 날아갈까 봐
漫皺留仙裙摺●	붙잡는 바람에 공연히 치마를 주름지게 했다더라
戀戀靑衫,[7]	그리운 푸른 적삼엔
猶染枯香,	아직도 시든 꽃향기가 배어 있건만
還歎鬢絲飄雪●	눈처럼 하얗게 센 귀밑털을 탄식하누나
盤心淸露[8]如鉛水,	연잎 가운데 맑은 이슬은 금동선인의 눈물 같은데
又一夜、西風吹折●	또 하룻밤 새 서풍이 불어 연잎을 꺾어놓았구나
喜淨看、[9]匹練飛光,	맑은 경치를 보는 게 기쁘나니, 하얀 깁 같은 달빛을
倒瀉半湖明月●	밝은 달이 호수 반이나 쏟아 부었어라

[주석]

* 雙調110字, 前段10句5仄韻, 後段10句4仄韻.(詞譜35)

1) 亭亭(정정): 아름답게 우뚝 솟은 모양.

2) 猶有遺簪(유유유잠) 3구: 새로 돋아나 말려 있는 연잎을 묘사한 것이다. 말려 있는 새 연잎은 여인이 떨어뜨린 파란 옥비녀 같고, 또 가을의 수심을 펼쳐 내보이지 않고 있으나, 날씨가 더워지면 머지않아 잎이 절로 펴질 것이라는 뜻. '추심(秋心)'은 가을에 느끼는 수심. 또는 엽심(葉心).

3) 鴛鴦(원앙) 2구: 정곡(鄭谷)의 「연잎(蓮葉)」 중 "多謝浣溪人未折, 雨中留得鴛鴦蓋"(고맙게도 빨래하는 처녀들 연잎을 꺾지 않아, 빗속에 원앙들이 머물 수 있도록 해주었네) 시의를 이용했다.

4) 傾蓋(경개): (길에서 수레를 멈춰) 차개(車蓋)를 기울이고 이야기하다. 차개는 둥근 모양으로, 연잎을 말한다.

5) 恐怨歌(공원가) 3구: 가을바람이 불어와 연잎이 시드는 것을 말한다. '怨歌'는 원망의 노래. 여기서는 가을바람을 말한다. '화풍(花風)'은 꽃이 필 때 부는 바람. 화신풍(花信風). '취운천첩(翠雲千疊)'은 빽빽하게 모여 있는 연잎이 마치 구름 같다는 뜻.

6) 回首當年(회수당년) 3구: 연잎을 조비연(趙飛燕)의 치마에 비유한 표현이다. 한대(漢代)의 조비연은 몸이 가벼워서 춤을 잘 췄다. 그녀가 춤출 때 마침 바람이 불어와 선녀처럼 날아갈까 걱정되어, 성제(成帝)가 궁녀에게 그녀의 치마를 붙잡게 했더니, 치마에 주름이 졌다는 고사. 『비연외전(飛燕外傳)』에 보인다. 주름진 치마를 유선군(留仙裙)이라고 한다.

7) 戀戀青衫(연련청삼) 3구: 작자가 시든 연잎과 향기를 아쉬워하며, 또한 자신의 늙음을 탄식한 것이다. '戀戀'은 잊지 못하는 모양. 그리워하는 모양. '青衫'은 남빛의 옷. 푸른 연잎을 말한 것이다. '빈사(鬢絲)'는 살쩍. 여기서는 연사(蓮絲)를 뜻한다.

8) 盤心清露(반심청로)구: 연잎을 금동선인(金銅仙人)이 받들고 있는 승로반(承

露盤)에 비유하여, 연잎에 맑은 이슬이 많은 것을 말하였다. '연수(鉛水)'는 납물. 금동선인이 위(魏)나라 궁전으로 옮겨질 때 흘린 눈물. 여기서는 이슬을 말한다. 251 「난능왕(蘭陵王)」 '淚盤如露' 참조.

9) 喜淨看(희정간)구: 연잎이 다 시들어 떨어진 후, 호수에 밝은 달빛이 가득한 풍경을 말한 것이다.

[해설]

연잎을 읊은 영물사로, 연꽃을 읊은 「암향(暗香)」과 자매편을 이루고 있다. 연잎의 깨끗하고 아름다운 자태와 시들어 쇠락하는 모습을 묘사하면서, 연잎을 좋아하는 자신의 고아한 정취와 영락한 신세를 말했다. 작자는 조비연의 고사를 통해 지난날의 아름다웠던 시절을 회상하고, 금동선인의 전고를 인용해 망국의 비애를 암시했다.

268 월하적(月下笛)* 　　　장염(張炎)

— 孤遊萬竹山[1]中, 閒門落葉, 愁思黯然, 因動黍離之感.[2] 時寓甬東[3]積翠山舍.

— 홀로 만죽산에서 노니는데 한적한 문 앞에 낙엽이 지니, 근심스러운 마음이 암연히 생겨나고 망국의 비애가 일어났다. 이때 나는 용동의 적취산 집에 우거하였다.

萬里孤雲, 　　　만 리 떠가는 외로운 구름처럼

淸遊漸遠,	갈수록 멀리 떠도나니
故人何處●	옛 벗은 어느 곳에 있느뇨
寒窓夢裏●	싸늘한 방 안의 꿈속에서도
猶記經行舊時路●	그 옛날 거닐던 길을 기억하노니
連昌[4]約略[5]無多柳,	연창궁엔 얼마 남지 않은 버들이 어렴풋하고
第一是、難聽夜雨●	제일 듣기 괴로운 건 밤 빗소리네
漫驚回凄悄,	부질없는 꿈 깨어나니 처량하고 적막해
相看燭影,	촛불 그림자를 보며
擁衾無語●	이불을 끌어안고 말없이 있구나
張緖[6]●	나는
歸何暮●	어이해 늦도록 돌아가지 못하는고
半零落依依,[7]	태반은 영락해서 흩어졌으니
斷橋鷗鷺[8]●	단교의 갈매기와 백로를 잊지 못하노라
天涯倦旅●	하늘가에서 여로에 지쳐 있나니
此時心事良苦●	이때 심정이 실로 괴로워라
只愁重灑[9]西州淚,	서주 성문에서 다시 눈물 흘릴까 근심스럽고
問杜曲,[10]人家在否●	두곡에 인가는 아직도 남아 있는지 묻노라
恐翠袖,[11]正天寒,	아마도 푸른 옷소매의 그 임은 추운 날씨에도
猶倚梅花那樹●	매화나무에 기대어 있으리라

[주석]

* 雙調100字, 前段10句5仄韻, 後段10句7仄韻.(詞譜27)

1) 萬竹山(만죽산): 지금의 절강성 천태현(天台縣) 서남쪽에 있는 산.

2) 黍離之感(서리지감): 멸망한 고국을 생각하는 슬픈 마음. 세상의 영고성쇠를 슬퍼하는 마음. '黍離'는 『시경(詩經)』의 편명. 190 「양주만(揚州慢)」 '黍離之悲' 참조.

3) 甬東(용동): 지금의 절강성 영파현(寧波縣).

4) 連昌(연창) 2구: 꿈속에서 본 풍경이다. '連昌'은 당대(唐代)의 행궁인 연창궁으로, 궁 안에 버들이 많았다. 원진(元稹)은 「연창궁사(連昌宮詞)」 시를 지어 전란 후 연창궁의 황폐한 풍경을 묘사하였다. 여기서는 남송의 고궁을 말한다.

5) 約略(약략): 대개. 아마도. 어렴풋하다.

6) 張緖(장서): 남제(南齊)의 문인으로 풍채가 멋있고 고상한 것으로 유명하다. 남제의 무제(武帝)가 보기 좋은 버드나무를 보고 "이 버드나무의 운치는 젊은 시절의 장서 같다"라고 말했다는 고사가 『예문류취·목부(藝文類聚·木部)』에 보인다. 여기서는 작자 자신을 말한다.

7) 依依(의의): 잊지 못하는 모양. 그리운 모양.

8) 斷橋鷗鷺(단교구로): 서호의 단교 가의 갈매기와 백로. 여기서는 벗과 동지를 뜻한다. '斷橋'는 서호에 있는 다리 이름.

9) 只愁重灑(지수중쇄)구: 다시 임안을 지나게 되면 마음이 슬퍼져 눈물을 흘리게 될 것이라는 뜻. '서주(西州)'는 지금의 남경(南京)에 있었던 옛 성의 이름. 여기서는 임안(臨安)을 말한다. 265 「팔성감주(八聲甘州)」 '淚灑西州' 참조.

10) 杜曲(두곡): 당대(唐代)에 귀족 두씨(杜氏)들이 살았던 곳으로 장안(長安) 남쪽에 있었다. 여기서는 작자의 집과 가족을 말한다.

11) 恐翠袖(공취수) 2구: 두보(杜甫)의 「가인(佳人)」 중 "天寒翠袖薄, 日暮倚

修竹"(날씨는 춥고 푸른 옷소매는 얇은데, 저녁에 긴 대나무에 기대어 있네) 시의를 이용한 것으로, 전단의 '고인하처(故人何處)'와 호응하여 은거하고 있는 남송의 유민과 작자의 친구를 말한다.

[해설]

작자 만년의 작품으로, 유랑하는 신세와 망국의 비애, 그리고 벗을 그리는 마음을 읊었다. 전단은 떠돌아다니는 신세와 예전에 거닐던 길과 고궁을 꿈꾸고 난 후의 고독감을 말했다. 후단은 고향을 그리며 세상이 변한 것을 슬퍼하고, 끝으로 절개를 지키는 지사들과 벗을 그리워했다.

269 천향(天香)*

왕기손(王沂孫)

— 龍涎香[1]	— 용연향
孤嶠蟠煙,[2]	외로운 바위섬에 연무가 서리고
層濤蛻月,[3]	겹겹이 이는 파도 위로 달이 솟아오르면
驪宮[4]夜採鉛水[5]●	용궁의 교인은 밤에 용연향을 채취하네
汛遠槎風,[6]	뗏목은 용연향을 싣고 멀리 조수와 해풍을 타고 와서
夢深薇露,[7]	깊은 꿈과 장미수를 섞어
化作斷魂心字[8]●	단혼의 심자향(心字香)을 만드네
紅甆候火,[9]	용연을 넣은 붉은 사기그릇에 불을 때면

還乍[10]識、冰環玉指[11]●	옥고리나 손가락 모양의 향이 되네
一縷縈簾[12]翠影,	한 가닥 파르스름한 향연이 주렴 안에 서리니
依稀海天雲氣●	먼 바다 하늘가에 서린 운무 같아라
幾回殢嬌[13]半醉●	몇 번인가 반쯤 취한 사랑스런 그녀와 함께
剪春燈、夜寒花碎●	등불 심지를 자르며 싸늘한 봄밤을 함께 지냈었네
更好[14]故溪飛雪,	더욱 좋았던 건 고향 개울에 눈발이 날릴 때
小窓深閉●	작은 창문을 닫고 용연향을 피운 일이었네
荀令[15]如今頓老,	지금 나는 어느새 늙어
總忘卻、尊前舊風味●	술잔 앞에서 즐기던 옛 풍류를 모두 잊었어라
漫惜餘薰,[16]	부질없이 용연의 옛 향기를 애석히 여기며
空篝素被●	텅 빈 배롱 위에 흰 이불을 덮어놓고 있구나

[주석]

* 雙調96字, 前段10句4仄韻, 8句5仄韻.(詞譜24)

1) 龍涎香(용연향): 희귀한 향료의 하나. 용연향은 바다 속에 사는 교인(鮫人)이 용의 타액을 채취해서 만든 것으로, 용연향을 피우면 연기가 공중에 서리어 흩어지지 않는다는 전설이 있다. 실제는 향유고래의 분비물로 만든 향료.

2) 孤嶠蟠煙(고교반연) 3구: 용연향의 산지와 해상에서 용연향을 채취하는 정경을 말한 것이다. 바다 가운데 큰 바위에 서려 있는 용이 흘린 타액이 엉겨서 용연향이 된다고 말한 것이다. '嶠'는 높고 뾰족한 산. 여기서는 바다 가운데의 바위를 말한다.

3) 層濤蛻月(층도태월): 뱀이 허물을 벗듯이 파도 위로 달이 솟아오르는 것을 말한 것으로, 매우 기이한 표현이다. '蛻'는 허물 벗다.

4) 驪宮(여궁): 용궁. 교인(鮫人)이 사는 곳. 교인은 바다 속에 사는 인어로, 교인이 흘린 눈물은 진주가 된다고 한다. '驪'는 검은 용. 여룡(驪龍). 앞의 '고교(孤嶠)'와 호응한다.

5) 鉛水(연수): 납 물. 용의 타액인 용연(龍涎)을 말한다. 또한 단연(丹鉛)이나 연분(鉛粉) 등을 연상시키고, 용연향의 흰색과 향을 암시한다. 또한 이하(李賀)의 「금동선인이 한나라를 떠나가는 노래(金銅仙人辭漢歌)」 중 "憶君淸淚如鉛水"(옛 임금 생각하며 납 물 같은 맑은 눈물 흘리네) 시구를 이용해서, 고국을 그리워하며 흘리는 눈물을 암시하기도 한다.

6) 汛遠槎風(신원사풍) 3구: 용연향을 채취해서 향을 만드는 과정을 말한 것이다. '汛遠槎風'은 배를 타고 조수와 바람을 이용해 용연향을 채취해 돌아오는 것을 말한 것이다. '汛'은 조수. '槎'는 뗏목.

7) 夢深薇露(몽심미로): 용연과 장미수를 배합해서 깊은 꿈과 같은 감미롭고 신비한 용연향을 제조하는 것을 말한다. '薇露'는 장미수. 용연향을 만드는 데 배합하는 향수.

8) 斷魂心字(단혼심자): 슬픈 '心'자 모양의 용연향. 양만리(楊萬里)의 「호자원 낭중이 먹을 보내주어서 용연향으로 보답하다(謝胡子遠郞中惠蒲太韶墨報以龍涎香)」에 "遂以龍涎心字香, 爲君興雲繞明窓"(심자 모양의 용연향을 피워, 그대 위해 구름 같은 향 연기가 밝은 창문에 감돌게 하리) 시구가 있다. '斷魂'은 몹시 슬픔. 단장. 용연향이 모체에서 떨어져 나온 슬픔을 의미하기도 한다.

9) 紅甆候火(홍자후화) 2구: 두 가지 해석이 있다. 첫째, 용연을 붉은 자기에 넣고 불을 때서 반지나 손가락 모양의 향을 만들어내는 과정을 말한 것. 둘째, 제작된 용연향을 붉은 자기에 넣어 보관하다가, 미인이 섬섬옥수로 향을 피운

다는 뜻. '紅瓷'는 붉은 사기그릇. '候火'는 적당한 화력. 또는 (향을 사르는) 불을 기다리다.

10) 乍(사): 바로. 마침. 막.

11) 冰環玉指(빙환옥지): 용연향이 고리 모양의 환형(環形)이나 손가락 모양의 지형(指形)으로 제조되는 것을 말한다. 가장 좋은 용연향은 백색이기 때문에 '冰' '玉'으로 수식하였다. 또는 옥환을 낀 미인의 손가락. 향을 피우는 미인을 말한다.

12) 一縷縈簾(일루영렴) 2구: 용연향을 피우니 파르스름한 향연이 발을 친 방안에 감돌아 마치 바다에 상서로운 운기(雲氣)가 서린 것 같다는 뜻. '의희(依稀)'는 비슷하다. 희미하다. 어슴푸레하다. 용연향의 연기는 공중에 서려서 흩어지지 않는다는 말이 있다.

13) 幾回殢嬌(기회체교) 2구: 용연향을 피워놓고 여인과 함께 술 마시며 밤늦도록 이야기하던 과거를 회상한 것이다. '幾回'는 몇 번. 여러 번의 뜻. '殢嬌'는 아름답고 부드러운 모양. 어여쁜 여인. '花'는 촛불의 불똥.

14) 更好(갱호) 2구: 과거를 회상해보면, 가장 좋았던 것은 개울가에 눈이 날릴 때, 창문을 닫고 용연향을 피워놓고 여인과 함께 있던 때라는 뜻이다.

15) 荀令(순령): 순욱(荀彧). 동한 말에 상서령(尙書令)을 지내서 순령이라 한다. 향을 매우 좋아해서 그가 앉았던 자리는 3일 동안 향기가 풍겼다는 고사가 『양양기(襄陽記)』에 보인다. 이상은(李商隱)의 「한굉 사인을 읊다(韓翃舍人卽事)」에 "橋南荀令過, 十里送衣香"(다리 남쪽으로 순령이 지나가면, 십 리까지 옷의 향기가 퍼졌네) 시구가 있다. 여기서 순령은 작자 자신.

16) 漫惜餘薰(만석여훈) 2구: 예전에 향을 피워 향기가 감돌던 것을 부질없이 그리워하면서, 지금 향로는 텅 비어 향이 없는데도 배롱 위에 이불을 덮어놓고 있다. '구(篝)'는 배롱(焙籠). 사라져버린 고국과 좋았던 옛날을 추억한다

는 뜻으로 볼 수 있다.

[해설]

남송이 멸망할 때, 작자의 나이는 30여 세였고, 고향인 회계(會稽)는 수도 임안(臨安)에서 멀지 않았기 때문에, 그는 망국의 비애를 누구보다도 깊이 맛보았다. 원나라 초에 호승(胡僧)이 회계에 있는 남송의 황제와 황후의 묘 다수를 발굴하여, 시신이 밖으로 드러나고 유골이 흩어져 방치된 일이 있었다. 그 지방의 명사 당각(唐珏)이 이러한 참상을 보고, 동리 사람들을 모아 유해를 수습하여 매장했다. 후에 당각은 왕기손(王沂孫), 주밀(周密), 장염(張炎) 등 열네 명의 시인과 함께 시사(詩社)를 조직하여, '용연향(龍涎香)' '백연(白蓮)' '순(蓴)' '선(蟬)' '해(蟹)' 등을 소재로 해서 영물사를 지어 망국의 한을 노래했다. 이들이 지은 영물사는 총 37수로 『악부보제(樂府補題)』에 수록되어 전하는데, 왕기손의 「천향(天香)」이 권두에 실려 있다. '용연향(龍涎香)'의 '용(龍)'은 전통적으로 제왕을 상징하고 있으며, 작자는 남송의 멸망을 직접 체험했고, 또 이 작품이 『악부보제』에 수록된 점 등을 참작하여, 이 사는 멸망한 남송에 대한 그리움과 한을 기탁한 작품이라고 보는 견해가 많다. 전단은 작가가 상상력을 발휘하여 해상에서 용연을 채취하고 향을 제조하는 과정을 서술하여 용연향이 매우 진귀한 향이라는 것을 말했다. 후단은 연인과 함께 용연향을 피우고 행복하게 지냈던 과거를 회상하고, 지금 사람은 늙었고 용연향은 없어져서 쓸쓸히 지내는 신세를 한탄했다. 작품에서 작자가 그리워하는 용연향은 멸망한 남송과 번성했던 과거를 상징한다고 볼 수 있다.

270 미무(眉嫵)*

왕기손(王沂孫)

— 新月	— 초승달
漸[1]新痕[2]懸柳,	버들가지에 걸린 초승달
淡彩[3]穿花,	담담한 달빛은 꽃 사이를 뚫고
依約[4]破初暝●	은은하게 초저녁의 어둠을 깨뜨리네
便有團圓意,[5]	초승달엔 단란과 원만의 뜻이 있으니
深深拜,[6]	아녀자들은 정성스레 달을 향해 빌건만
相逢誰在香徑●	꽃길에서 뉘와 만날 수 있으리오
畫眉未穩[7]●	눈썹을 온전하게 그리지 못한 것은
料素娥、猶帶離恨●	항아가 아직도 이별의 한을 품었기 때문이리라
最堪愛,	참으로 사랑스러워라
一曲銀鉤[8]小,	저 작은 은 갈고리는
寶簾挂秋冷●	싸늘한 가을 하늘에 주렴을 걸어놓았구나
千古盈虧[9]休問●	천고에 달이 차고 이지러진 일을 묻지 마라
歎慢磨玉斧,[10]	부질없이 옥도끼 가는 걸 탄식하노니
難補金鏡●	깨진 달은 보수하기 힘들기 때문이라네
太液池[11]猶在,	태액지는 여전히 있건만
淒涼處、何人重賦清景●	처량한 곳에서 그 누가 맑은 밤경치를 다시 읊으랴
故山夜永[12]●	고국 산하에 밤은 길기만 하니

試待他、窺戶端正•	창문을 엿보는 둥근 달을 기다리노라
看雲外山河,[13]	구름 밖의 산하를 바라다보니
還老盡、桂花影•	달빛도 늙어버렸구나

[주석]

* 雙調103字, 前段11句5仄韻, 後段10句6仄韻.(詞譜32)

1) 漸(점): 마침. 바로. 지금 막. '정(正)'과 같다.

2) 新痕(신흔): 초승달.

3) 淡彩(담채): 희미한 달빛.

4) 依約(의약): 어렴풋하다. 은은하다.

5) 團圓意(단원의): 초승달은 둥근 만월의 시작이기 때문에 단원의 뜻을 가지고 있다. '團圓'은 단란하고 원만하다. 가족이 헤어졌다가 다시 모이다. 우희제(牛希濟)의 「생사자(生査子)」에 "新月曲如眉, 未有團圓意"(눈썹 같은 초승달, 아직 단원의 마음이 없네) 구절이 있다.

6) 深深拜(심심배): 정성스레 절하며 소원을 빌다. 당송 시대에는 부녀자가 초승달을 향해 비는 풍속이 있었다. 당(唐) 이단(李端)의 「초승달에게 절하며(拜新月)」에 "開簾見新月, 便卽下階拜"(주렴 걷고 초승달을 보고선, 섬돌에 내려가서 절하며 소원을 비네) 구절이 있다.

7) 畫眉未穩(화미미온) 2구: 초승달을 항아의 눈썹에 비유하여, 항아가 이별의 한 때문에 눈썹을 잘 그리지 못했다는 뜻. '소아(素娥)'는 항아. 달. 진(陳) 진숙보(陳叔寶)의 「그리움(有所思)」 중 "初月似愁眉"(초승달은 수심에 찬 눈썹 같네) 시의와 이상은(李商隱)의 「상아(嫦娥)」 중 "嫦娥應悔偸靈藥, 碧海青天夜

夜心"(상아는 불사약 훔친 걸 후회하리라, 푸른 바다 푸른 하늘 밤마다 외로운 마음이여) 시의를 이용했다. '未穩'은 아직 온전하지 않다. 알맞지 않다. 달의 윤곽이 분명하지 않은 것을 말한다.

8) 一曲銀鉤(일곡은구) 2구: 초승달을 은 갈고리에 비유하여, 초승달이 가을 하늘에 걸려 있는 것을 묘사한 것이다. '銀鉤'는 발을 거는 은 갈고리. 초승달을 말한다. '보렴(寶簾)'은 좋은 발.

9) 盈虧(영휴): 달이 차고 이지러지는 것. 흥망성쇠를 말한다.

10) 歎慢磨玉斧(탄만마옥부) 2구: 옥도끼를 갈지만 달을 보수하기 어렵다. 멸망한 남송을 재건하기 어렵다는 뜻을 내포하고 있다. 오강(吳剛)이라는 신선이 죄를 지어, 달에 있는 계수나무를 베는 벌을 받았다. 오강이 도끼로 계수나무를 찍자마자 새살이 돋아나기 때문에 쉬지 못하고 계속 도끼질을 한다는 전설이 있다. 또한 달은 칠보로 이루어져 있는데, 언제나 많은 사람들이 옥도끼로 수리한다는 전설이 있다. '慢'은 헛되이. '만(漫)'과 같다. '금경(金鏡)'은 동경(銅鏡). 거울. 여기서는 달. 또한 멸망한 남송을 뜻한다.

11) 太液池(태액지) 3구: 남송의 고궁은 아직 남아 있으나, 과거 태평성세의 풍경을 노래할 수 없는 것을 탄식한 것이다. '太液池'는 한(漢) 무제 때 건장궁(建章宮) 북쪽에 있는 연못. 여기서는 남송 궁중의 연못. 송 태조가 밤에 후원의 연못에서 술 마시며 즐기다가 노다손(盧多遜)에게 초승달을 읊으라고 하자, "太液池邊看月時, 好風吹動萬年枝. 誰家玉匣開新鏡, 露出清光些子兒"(태액지 가에서 달구경할 때, 시원한 바람이 불어 만 년 오랜 나뭇가지를 흔드네. 뉘 집에서 옥 상자를 열고 새 거울 꺼냈는가, 환한 빛 살짝 내보이네)라는 응제시를 지었다. 진사도(陳師道)의 『후산시화(後山詩話)』에 보인다.

12) 故山夜永(고산야영) 3구: 고국의 밤은 길기만 하니, 둥근 달이 창문을 비추기를 바란다는 뜻. '규호(窺戶)'는 창문을 엿보다. 창문을 비추다. '단정(端

正)'은 둥근 만월. 보름달을 '단정월(端正月)'이라고 한다.

13) 看雲外山河(간운외산하) 2구: 망국의 산하는 늙어버린 나처럼 달빛 아래 처량하게 보인다는 뜻. 또는 망국의 산하를 보고 달 속의 계수나무도 슬픔으로 늙었다는 뜻. 잃어버린 고국의 산하를 슬퍼하는 심정을 말했다. '운외산하(雲外山河)'는 구름 밖 달빛 아래의 산하. 또는 달 가운데의 그림자. 달에 보이는 그림자는 땅에 있는 산하의 그림자라는 전설이 『유양잡조(酉陽雜俎)』에 있다. '계화영(桂花影)'은 달에 있다는 계수나무 그림자. 달빛. 달그림자.

[해설]

초승달을 읊었다. 전단은 초승달, 규방의 여인, 항아 등의 여성적 심상과 연결시켜 초승달을 부드럽고 아름답게 묘사했고, 후단은 달이 기울고 차는 것과 인간사의 흥망성쇠를 연결시켜 남송(南宋)의 흥망을 한탄했다. 초승달이 다시 보름달이 되는 것처럼 고국의 산하가 다시 생기를 얻고 남송이 부흥되는 것을 바라지만 암담한 현실에 작자는 비애를 느끼고 있다.

271 제천락(齊天樂)* 　　　　왕기손(王沂孫)

— 蟬	— 매미
一襟餘恨宮魂斷,[1]	여한을 품고 죽은 왕비의 넋이 매미가 되어
年年翠陰庭樹●	해마다 뜰 안 푸른 나무 그늘에서 우는구나

乍[2]咽涼柯,	서늘한 나뭇가지에서 목메어 울다가
還移暗葉,	또 무성한 나뭇잎으로 옮겨가서
重把離愁深訴●	거듭 이별의 수심을 애절히 호소하는구나
西窓過雨●	서창 밖에 가을비 지나간 후
怪瑤佩[3]流空,	옥패 소리가 하늘에 흐르고
玉箏調柱●	쟁 타는 소리가 들리는 듯하구나
鏡暗妝殘,[4]	거울은 어둡고 화장은 지워졌으나
爲誰嬌鬢尙如許●	뉘를 위해 귀밑머리는 아직도 이처럼 고운고
銅仙鉛淚[5]似洗,	금동선인은 맑은 눈물을 줄줄 흘리며
歎移盤去遠,	승로반이 멀리 옮겨가고
難貯零露●	이슬을 모아두기 어려운 걸 한탄하누나
病翼驚秋,[6]	병든 매미는 다가온 가을에 놀라니
枯形閱世,	여윈 몸으로 세상사를 겪으면서
消得斜陽幾度●	지는 해를 몇 번이나 더 보게 될꼬
餘音更苦●	애잔한 매미 소리 더욱 괴롭나니
甚獨抱淸高,[7]	홀로 청고한 뜻을 품고 있건만
頓成淒楚●	갑자기 처량하게 되었구나
漫想薰風,	부질없이 생각는 건 훈풍 속에
柳絲千萬縷●	하늘거리는 천만 실버들 가지이어라

[주석]

* 雙調102字, 前段10句5仄韻, 後段11句5仄韻.(詞譜31)

1) 宮魂斷(궁혼단): 왕비의 죽은 혼. 또한 매미 소리가 매우 슬픈 것을 뜻하기도 한다. 옛날 제(齊)나라의 왕비가 억울하게 죽은 후, 매미로 화해서 궁정의 나무에서 울자, 왕이 그 울음소리를 듣고 뉘우쳤다고 한다. 그 후로 매미를 제녀(齊女)라고 한다. 최표(崔豹)의 『고금주(古今注)』에 보인다. '魂斷'은 몹시 슬퍼 넋이 나가다. 또는 사망을 뜻한다.

2) 乍(사) ~還(환) ~: (방금) ~하고 또 ~하다.

3) 怪瑤佩(괴요패) 2구: 가을비가 지나간 후, 매미 울음소리가 마치 패옥 소리나 쟁 소리처럼 아름답게 들린다는 뜻. '怪'는 이상하게 여기다. 의심하다. '조주(調柱)'는 기러기발을 움직여 음색을 고르는 것으로, 연주를 뜻한다.

4) 鏡暗妝殘(경암장잔) 2구: 매미를 미녀에 비유한 것으로, 단장하지 않아도 살쩍(용모)은 여전히 아름다우나 보아주는 사람이 없어 한스럽다는 뜻. '鏡暗'은 먼지가 끼어 어두운 거울. '위수(爲誰)'는 누구를 위해. 무엇 때문에. 어째서. '교빈(嬌鬢)'은 매미 날개같이 고운 살쩍. 귀밑머리. 여인의 살쩍을 '선빈(蟬鬢)'이라고 한다.

5) 銅仙鉛淚(동선연루) 3구: 매미는 이슬을 먹고 사는데, 승로반(承露盤)을 들고 있는 금동선인이 다른 곳으로 옮겨가면, 매미는 날로 쇠약해질 것이라는 뜻이다. 매미는 망국의 유민을 뜻하고, 금동선인이 옮겨가는 것은 망국을 의미한다. 위(魏) 명제(明帝)가 한 무제가 세운 금동선인을 옮겨갈 때, 금동선인이 눈물을 흘렸다는 고사를 이용하였다. 251「난능왕(蘭陵王)」'淚盤如露' 참조.

6) 病翼驚秋(병익경추) 3구: 쇠잔한 매미는 가을을 견디지 못하고 허약한 몸으로 세상의 온갖 고초를 겪으면서 살아가지만 앞으로 몇 번이나 석양을 보게 될 것인가. 곧 죽게 된다는 뜻. '소득(消得)'은 견뎌내다.

7) 甚獨抱淸高(심독포청고) 2구: 매미의 본성은 고결한데 날씨가 갑자기 추워져 비참한 종말을 맞게 됐다는 뜻. '甚'은 참으로. 정말로. 강조의 뜻.

[해설]

창작 배경은 269 「천향(天香)」과 같고, 또한 『악부보제(樂府補題)』에도 수록되어 있다. 이 사는 매미를 읊었지만 실은 망국의 한과 자신의 처량한 신세를 읊었다. 전단은 매미와 여인을 교묘하게 연결시켜 깊은 수심과 한을 말했고, 후단도 금동선인과 가을 매미를 통해 망국의 한과 망국 유민의 처량한 신세를 암시했다. 편말의 두 구절은 훈풍 속의 버들가지를 헛되이 그리워한다고 해서, 작자의 깊은 뜻을 언외에 나타냈다.

272 장정원만(長亭怨慢)* 　　　왕기손(王沂孫)

— 重過中庵[1]故園	— 중암의 옛 동산을 다시 찾다
泛孤艇、東皐[2]過遍●	외로운 배 띄워 옛 언덕을 여기저기 찾아나섰네
尙記當日,	아직도 그때를 기억하노니
綠陰門掩[3]●	녹음 속에 문은 닫혀 있었네
屐齒[4]莓苔,[5]	나막신 신고 이끼 낀 길을 거닐었고
酒痕羅袖[6]事何限●	술 마시며 놀던 일들이 수없이 많았더라
欲尋前迹,	옛 자취를 찾으려다가

空惆悵、成秋苑[7]●	가을 동산을 마주하고 공연히 슬픔이 이나니
自約賞花人,	꽃구경 약속했던 벗들은
別後總、風流雲散●	헤어진 뒤 모두 바람에 날려 구름처럼 흩어졌구나
水遠●	강물은 아득히 먼데
怎知流水外,	어이 알았으랴 흐르는 강물 밖에는
卻是亂山尤遠●	또 어지러운 산이 더욱 멀리 있는 것을
天涯夢短,	하늘가 멀리 있는 벗들은 꿈이 짧아
想忘了、綺疏雕檻[8]●	동산의 아름다운 누각과 정자를 잊었나보다
望不盡、冉冉[9]斜陽,	뉘엿뉘엿 지는 해를 한없이 바라보다가
撫喬木、[10]年華將晚●	교목을 어루만지며 저무는 세월을 탄식하네
但數點紅英,	몇 송이 붉은 꽃만이
猶識西園淒婉●	처량한 동산을 안타까워하는구나

[주석]

* 雙調97字, 前後段各9句5仄韻.(詞譜25)

1) 中庵(중암): 작자의 벗. 생평은 미상이다.

2) 東皐(동고): 동쪽에 있는 물가 언덕. 옛 동산을 말한다.

3) 綠陰門掩(녹음문엄): 녹음 속에 문이 닫혀 있다. 외부와 왕래가 없는 원림의 깊고 호젓한 정경을 나타낸다. 도연명의 「음주시(飮酒詩)」에 "門雖設而常關"(비록 문은 있건만 늘 닫혀 있네) 시구가 있다.

4) 屐齒(극치): 나막신의 굽. 여기서는 나막신.

5) 莓苔(매태): 이끼.

6) 酒痕羅袖(주흔라수): 비단 옷소매의 술 자국. 음주연락(飮酒宴樂)을 말한다.

7) 成秋苑(성추원): 동산에 사람은 없고 가을빛만 가득하다는 뜻. 이하(李賀)의 「하남부의 과시로 지은 열두 달의 즐거움(河南府試十二月樂詞)」에 "曲水飄香去不歸, 梨花落盡成秋苑"(곡수에 풍기던 향기는 사라져 돌아오지 않고, 배꽃 모두 떨어져 가을 동산이 되었네) 시구가 있다.

8) 綺疏雕檻(기소조함): 아름다운 집이나 누각. 여기서는 중암의 옛 동산에 있는 누각을 말한다. '綺疏'는 고운 깁을 바른 창. '雕檻'은 조각한 난간.

9) 冉冉(염염): 세월이 흘러가는 모양. 천천히 움직이는 모양.

10) 喬木(교목): 높이 자란 큰 나무. 여기서는 중암의 옛 동산의 늙은 나무를 말하며, 환온(桓溫)의 고사를 이용하여, 세사와 인생의 무상함을 나타내고 있다. 174 「수룡음(水龍吟)」 '樹猶如此' 참조.

[해설]

옛 동산을 다시 찾은 감개를 노래했다. 작자는 옛 동산을 거닐며 옛일을 그리워하고, 벗들이 모두 흩어져 멀리 있는 것에 상심하며, 세월이 흘러 세사가 변하고 자신도 늙은 것을 한탄했다.

273 고양대(高陽臺)* 왕기손(王沂孫)

— 和周草窓[1]寄越中[2]諸友韻 — 주밀(周密)의 「고양대」 '월중에 있는

벗들에게 보내다'에 화운하다

殘雪庭陰,	마당 그늘진 구석엔 잔설이 남아 있고
輕寒簾影,	주렴 안으로 가벼운 한기가 스며들건만
霏霏[3]玉管春葭[4]。	옥관의 갈대 재가 날리니 입춘이로다
小帖金泥,[5]	금니 춘방을 써 붙이려나
不知春是誰家。	봄이 뉘 집에 와 있는지 모르겠구나
相思[6]一夜窓前夢,	밤새껏 임 그리워 창가에서 꿈꾸었더니
奈[7]個人、[8]水隔天遮。	어이하랴 임은 천산만수 멀리 있구나
但淒然,[9]	애달프구나
滿樹幽香,	매화나무엔 그윽한 향기 가득하고
滿地橫斜。	땅엔 비낀 매화가지 그림자가 가득하여라
江南[10]自是離愁苦,	강남은 원래 이별의 수심을 자아내나니
況遊驄古道,	하물며 청총마 타고 옛 길을 유랑하고
歸雁平沙。	기러기 돌아와 모래펄에 내려앉는 때이랴
怎得銀箋,[11]	어이하면 좋은 편지지를 얻어
殷勤與說年華[12]。	은근히 임에게 봄빛을 전해줄 수 있을꼬
如今處處生芳草,	지금 곳곳엔 봄풀 돋아나는데
縱憑高、不見天涯。	높은 데 올라도 하늘 가 임은 보이지 않누나
更消他,[13]	어이 견뎌내랴
幾度東風,	몇 차례 봄바람 불고

幾度飛花◦	몇 차례 낙화 흩날리는 것을

[주석]

* 雙調100字, 前後段各10句4平韻.(詞譜28)

1) 周草窓(주초창): 주밀(周密). 작자의 벗으로 서로 사를 창화(唱和)했다.

2) 越中(월중): 지금의 절강성(浙江省) 소흥(紹興) 일대.

3) 霏霏(비비): 날아 흩어지는 모양. (눈이나 비가) 흩날리는 모양.

4) 玉管春葭(옥관춘가): 봄이 와서 대나무 관의 재가 날리다. 봄바람이 불어 입춘이 되다. 고대에 절기를 예측할 때, 갈대를 태운 재를 십이율(十二律)에 맞는 12개의 대나무 관에 넣어, 재가 바람에 날리는 상태를 보아 절기를 알았다고 한다. '玉管'은 대나무 관. '葭'는 갈대. 여기서는 갈대를 태운 재를 말한다. 두보(杜甫)의 「동지 다음 날(小至)」 중 "吹葭六管動飛灰"(여섯번째 대나무 관에서 재가 날리네) 시구는 동지(冬至)가 온 것을 말한 것이다.

5) 小帖金泥(소첩금니): 금니로 쓴 입춘서(立春書). 입춘이 되면 대문이나 벽에 춘방(春榜)을 써 붙이는 풍속이 있다.

6) 相思(상사) 2구: 주밀을 그리워하기 때문에 밤새 꿈을 꾸었으나, 깨어보니 주밀은 먼 곳에 있다는 뜻. 노동(盧仝)의 「그리운 이(有所思)」 중 "相思一夜梅花發, 忽到窓前疑是君"(온 밤 그리움에 매화가 피어, 문득 창 앞에 오니 그대인 듯) 시의를 이용했다.

7) 奈(내): 어찌. 어이하랴.

8) 個人(개인): 그 사람. 여기서는 벗 주밀을 가리킨다.

9) 但淒然(단처연) 3구: 작자가 꿈속에서 본 풍경을 서술한 것으로, 주밀이 거

주하는 서호(西湖)의 고산(孤山) 부근의 매화를 말한 듯하다. 또는 작자가 있는 곳의 매화를 말한 것으로 볼 수도 있다. 매화는 있으나 벗이 없기 때문에 처연하다고 했다.

10) 江南(강남) 3구: 강남의 봄 풍경은 이별의 슬픔을 자아내는데, 게다가 옛길을 지나갈 때나 모래톱에 내려앉는 기러기를 보면 더욱 슬퍼진다는 뜻.

11) 銀箋(은전): 좋은 편지지.

12) 年華(연화): 세월. 좋은 때. 춘광.

13) 更消他(갱소타): 어찌 그것을 견디랴. '更'은 어찌. '消'는 견디다. 겪다.

[해설]

주밀의 「고양대」에 화답하여 지은 것인데, 두 작품 모두 이별의 수심과 망국의 애상을 담고 있다. 전단은 입춘의 정경과 멀리 있는 벗에 대한 그리움을 말했고, 후단에서도 벗을 그리워하는 심정을 노래했다. 전단의 '부지춘재수가(不知春在誰家)'구와 후단의 '갱소타(更消他)' 이하 3구는 망국의 한과 영락한 신세를 언외(言外)에 나타내었다.

274 법곡헌선음(法曲獻仙音)* 왕기손(王沂孫)

— 聚景亭[1]梅次草窗[2]韻[3] — 취경정의 매화를 주밀의 운에 따라 읊다

層綠[4]峨峨,[5] 층층이 이끼가 낀 크고 아름다운 매화나무

纖瓊[6]皎皎,[7]	백옥 같은 흰 꽃이 피어
倒壓[8]波浪淸淺●	맑고 잔잔한 물 위에 그림자를 비추는구나
過眼[9]年華,	눈 깜짝할 사이에 세월이 흘렀으니
動人幽意,	감격스러운 그윽한 매화를
相逢幾番春換●	상봉하기까지 봄은 몇 번이나 바뀌었던고
記喚酒尋芳處,	생각느니 옛날 술병 들고 매화를 찾았을 때
盈盈[10]褪妝晚●	아름다운 가인은 화장을 늦게 지웠더니라
已消黯,[11]	수심으로 넋이 나간 터에
況淒涼、近來離思,	게다가 요즘은 이별의 생각으로 처량하니
應忘卻、明月夜深歸輦●	깊은 밤 달빛 아래 돌아갔던 옛일은 잊어야 하리라
荏苒[12]一枝春,	덧없는 봄날의 매화 한 가지
恨東風、人似天遠●	봄바람을 한탄하노니 사람은 하늘 멀리 있구나
縱有殘花,	비록 남은 꽃이 있건만
灑征衣、[13]鉛淚都滿●	나그네 옷깃엔 맑은 눈물이 가득하여라
但殷勤[14]折取,	그저 은근히 매화꽃 꺾어 들고
自遣一襟幽怨●	홀로 마음속 깊은 한을 달래는구나

[주석]

* 雙調92字, 前段8句3仄韻, 後段9句4仄韻.(詞譜22)

1) 聚景亭(취경정): 항주(杭州) 취경원(聚景園) 안에 있는 누각. 취경원은 남송의 금원(禁苑)으로 역대 황제들이 여기서 매화를 관상하였다.

2) 草窓(초창): 주밀(周密)의 호. 주밀의 「법곡헌선음(法曲獻仙音)」에는 '弔雪香亭梅'(설향정의 매화를 슬퍼하다)라는 제서(題序)가 붙어 있는데, 멸망한 남송을 애도했다.

3) 次韻(차운): 남이 지은 시의 운자를 그대로 따라서 짓는 것.

4) 層綠(층록): 태매(苔梅)를 말한다. 줄기와 가지에 이끼가 끼는 매화로 매우 크게 자란다.

5) 峨峨(아아): 높은 모양. 또는 성대하고 아름다운 모양. 여기에서는 매화나무가 크고 아름다운 모양. '아아(娥娥)'와 같다. 송옥(宋玉)의 「신녀부(神女賦)」에 "其狀峨峨, 何可極言"(그 모양 단정하고 아름다우니, 어찌 말로 다 표현할 수 있으랴) 구가 있다.

6) 纖瓊(섬경): 작은 옥. 여기서는 흰 매화를 말한다.

7) 皎皎(교교): 매우 희고 깨끗하다.

8) 倒壓(도압): (그림자가 수면에) 거꾸로 비치다. '壓'은 누르다. 덮다. 여기서는 수면에 그림자가 비치는 것을 뜻한다. 193「암향(暗香)」'千樹壓, 西湖寒碧' 참조.

9) 過眼(과안): 눈앞을 지나가다. 매우 빠르고 짧다.

10) 盈盈(영영)구: 의인화한 표현으로, 아름다운 매화가 오랫동안 피어 있고 늦게 시든다는 뜻. '盈盈'은 자태가 아름다운 모양. 곱게 웃는 모양. '퇴장(褪妝)'은 화장을 지우다. 미색이 퇴락하다. 꽃이 지는 것을 뜻한다.

11) 已消黯(이소암) 3구: 지난날 취경정에서 매화를 관상했던 일을 회상하는 것만으로도 매우 슬픈데, 근래에는 그리운 사람과 이별해서 더욱 비통하다. 과거 태평성세 때, 남송의 황제들이 취경원에서 매화 구경을 하다가 밤이 깊어 궁중으로 돌아갔던 옛일을 생각하면 더욱 비통해지니 아예 생각지 말아야 한다는 뜻. '응망각(應忘卻)'은 반어법(反語法)으로 쓰여 잊을 수 없다는 뜻으로

보아도 좋다. '消黯'은 매우 슬픈 모양. '암연소혼(黯然消魂)'과 같다. '련(輦)'은 천자가 타는 수레.

12) 荏苒(임염): 세월이 덧없이 흐르는 모양.

13) 灑征衣(쇄정의)구: 작자가 망국을 슬퍼해서 눈물을 흘린다는 뜻. 또는 흩날리는 매화 꽃잎이 옷깃에 떨어진다는 뜻으로도 볼 수 있다. '연루(鉛淚)'는 금동선인이 흘리는 납 눈물. 망국을 슬퍼하는 눈물. 이하(李賀)의 「금동선인이 한나라를 떠나가는 노래(金銅仙人辭漢歌)」 중 "憶君淸淚如鉛水"(옛 임금 생각하며 납 물 같은 맑은 눈물 흘리네) 구를 이용했다. 251 「난릉왕(蘭陵王)」 '淚盤如露' 참조.

14) 但殷勤(단은근) 2구: 육개(陸凱)가 범엽(范曄)에게 매화를 꺾어 보낸 고사를 이용했다. 088 「우미인(虞美人)」 '一枝梅' 참조. '殷勤'은 은근하다. 정성스럽다. '자견(自遣)'은 스스로 자기의 감정을 풀다(달래다).

[해설]

매화를 읊으면서 옛 시절을 그리워하고 고국을 잊지 못하는 심정을 담았다. 전단의 처음 3구는 취경루의 매화를 묘사했고, 이어서 오래간만에 매화를 보는 감개와 옛날 벗과 함께 매화를 구경했던 일을 회상하여, 옛 시절을 그리워하는 심정을 말했다. 후단은 이별 후의 처량하고 고적한 심정을 말하고, 멀리 있는 사람을 그리워했다. 작품에서 '인사천원(人似天遠)'이라고 말한 것은 벗 주밀(周密)을 말하나, 동시에 멸망한 남송을 뜻하기도 한다.

275 소영(疏影)*

팽원손(彭元遜)

— 尋梅不見	— 매화를 찾지 못하다
江空[1]不渡●	강은 넓고 텅 비어 건널 수 없고
恨蘼蕪杜若,[2]	한스럽게도 천궁 두약 향초들은
零落無數●	무수히 시들어 떨어졌구나
遠道荒寒,	매화 찾아 나선 길은 멀고도 황량한데
婉娩[3]流年,	흐르는 세월은 어느덧 저물었으니
望望[4]美人遲暮[5]●	그리운 미인도 늙었으리라
風煙[6]雨雪陰晴晩,	풍연과 눈비와 궂은 날씨 속에 때가 늦었나니
更何須、[7]春風千樹●	어찌 춘풍이 수많은 나무에 불어올 필요가 있으랴
盡孤城、[8]落木蕭蕭,	외로운 성안엔 온통 낙엽이 우수수 떨어지고
日夜江聲流去●	밤낮으로 강물은 소리 내며 흘러가는구나
日晏山深[9]聞笛,[10]	해 저문 심산에서 「매화락」 피리 소리 듣나니
恐他年流落,	아마도 훗날 유랑하다가
與子同賦[11]●	그대와 함께 영락한 신세를 읊으리라
事闊心違,[12]	일은 이루지 못하고 뜻은 어그러지고
交淡媒勞,[13]	사귐은 쓸쓸하고 삶은 헛되이 수고롭기만 하니
蔓草沾衣[14]多露●	덩굴 풀에는 이슬이 많아 옷을 적시는구나
汀洲窈窕[15]餘醒寐,	물가 모래톱에서 아름다운 그녀의 꿈을 깨니

遺佩環、浮沈澧浦●	패옥을 내게 주고는 예포에서 물결 타고 떠나갔어라
有白鷗、淡月微波,	은은한 달빛 잔잔한 물결에 갈매기 있어
寄語逍遙容與[16]●	함께 한가로이 노닐자고 말 전하노라

[주석]

* 雙調110字, 前段10句5仄韻, 後段10句4仄韻.(詞譜35)

1) 江空(강공)구: 강이 넓고 배도 없으니 강을 건너 매화를 찾으러 갈 수 없다는 뜻. 또는 강이 넓어서 매화가 강을 건너오지 못했다는 뜻으로도 볼 수 있다.

2) 蘼蕪杜若(미무두약): 향초의 이름. 여기서는 지사(志士)나 그리운 사람을 암시하고 있다. '蘼蕪'는 천궁(川芎). 궁궁이. '杜若'은 두약.

3) 婉娩(완만): 늘그막. 세월(계절)이 저물다. 구양수(歐陽修)의 「모어아(摸魚兒)」에 "可惜年華婉娩, 西風初弄庭菊"(애석하게도 세월은 저물어, 가을바람이 뜰의 국화를 희롱하네) 구가 있다. '완만(婉晚)'과 같다.

4) 望望(망망): 몹시 바라는 모양. 그리운 모양.

5) 遲暮(지모): 늘그막. 노쇠. 『초사·이소(楚辭·離騷)』의 "惟草木之零落兮, 恐美人之遲暮"(초목이 시들어 떨어지니, 고운 임 늙을까 걱정이네) 시의를 이용했다.

6) 風煙(풍연)구: 온갖 어려움을 겪으면서 매화를 찾았으나 때가 늦었다는 뜻. 또는 온갖 나쁜 환경 속에서도 매화가 피었다가 지었으니, 매화를 찾는 때가 늦었다는 뜻. '風煙'은 바람과 안개(연기). 풍진. 전란(戰亂). '음청(陰晴)'은 흐림과 갬. 여기서는 '음(陰)'의 뜻만 있는 편의사(偏義詞).

7) 更何須(갱하수)구: 이미 매화는 떨어졌으니, 어찌 봄바람이 많은 매화나무에

불어올 필요가 있으랴? 또는 어찌 춘풍이 다른 꽃나무에 불어올 필요가 있으랴? 봄바람 속에 수많은 다른 꽃들이 핀들 아무 필요가 없다는 뜻. 또는 봄바람에 수많은 매화가 피는 것을 어찌 기대할 것인가. '춘풍천수(春風千樹)'를 원나라에 영합하는 인사, 또는 멸망한 남송의 회복을 암시하는 것으로 볼 수 있다. '何須'는 어찌(구태여) ~할 필요가 있는가. 또는 어찌 기다릴 것인가. '須'는 모름지기. 필요하다. 기다리다.

8) 盡孤城(진고성) 2구: 여기서는 실제 풍경이 아니라 쓸쓸한 분위기를 나타내기 위한 허경(虛景)이다. 두보(杜甫)의 「높은 곳에 올라(登高)」에 "無邊落木蕭蕭下, 不盡長江滾滾來"(가없이 낙엽은 우수수 떨어지고, 다함 없는 장강은 출렁이며 흘러오네) 시구가 있다.

9) 日晏山深(일안산심) 3구: 지금 저무는 산중에서 「매화락(梅花落)」 피리 소리를 듣고 있는데, 아마 후일에도 영락해서 떠돌다가 낙매(落梅)를 마주하고 영락한 신세를 슬퍼할 것이라는 뜻. 또는 3구를 모두 후일을 상상하는 것으로 보아도 좋다.

10) 聞笛(문적): 피리 소리를 듣다. 여기서는 피리 곡조 「매화락」을 말한다.

11) 與子同賦(여자동부): 떨어지는 매화와 자신의 영락한 신세를 슬퍼하는 글을 지을 것이라는 뜻이다. 상수(向秀)의 「사귀부서(思歸賦序)」에 "隣人有吹笛者, 發聲廖亮. 追思曩昔遊宴之好, 感音而嘆, 故作賦云"(이웃 사람이 피리를 불어, 그 소리 맑게 울리니, 이전에 즐겁게 놀던 때가 그리워지고, 피리 소리에 감동하고 한탄하여, 이 부를 지었다) 구절이 있다. '子'는 그대. 여기서는 매화 또는 벗. 그리움의 대상을 말한다. '賦'는 시문을 짓다. 시를 읊다.

12) 事闊心違(사활심위): 하는 일과 뜻이 모두 어그러지다. '闊'은 소원(疏遠)하다. 우활하다.

13) 交淡媒勞(교담매로): 세상 사람과 교분이 멀어지고, 헛되이 고생만 하고 이

룬 것이 없는 것을 말한다. 『초사·구가·상군(楚辭·九歌·湘君)』의 "心不同兮媒勞, 恩不甚兮輕絶"(두 마음 다르니 중매는 헛되이 수고롭기만 하고, 사랑이 깊지 않으니 쉬이 끊어지네) 구를 이용했다.

14) 蔓草沾衣(만초첨의): 좋은 때를 만나지 못한 것을 한탄하는 말이다. 『시·정풍·야유만초(詩·鄭風·野有蔓草)』에 "野有蔓草, 零露漙兮"(들에 있는 덩굴풀, 이슬이 방울방울 맺혀 있네) 시구가 있는데, 구주(舊注)는 좋은 때를 만나지 못한 것을 한탄한 것으로 해석하였다. 도연명(陶淵明)의 「전원에 돌아와서(歸田園居)」에 "道狹草木長, 夕露沾我衣. 衣沾不足惜, 但使願無違"(길은 좁고 초목이 자라나, 저녁 이슬이 내 옷을 적시는구나. 옷 젖는 건 아까울 게 없으나, 다만 내 소원이 어그러지지 않기를) 구가 있다.

15) 汀洲窈窕(정주요조) 2구: 그리운 여인을 꿈꾼 후, 만날 수 없는 슬픔과 원망을 표현한 것이다. 매화를 찾지 못한 한을 말했다. '汀洲'는 물가의 모래톱. 물가의 작은 섬. 『초사·구가·상부인(湘夫人)』에 "搴汀洲兮杜若, 將以遺兮遠者"(작은 섬에서 두약을 뜯어, 멀리 있는 임에게 보내리) 구절이 있다. '窈窕'는 얌전하고 아름다운 모양. 여기서는 미인을 말한다. '성매(醒寐)'는 잠을 깨다. '패환(佩環)'은 패옥. 옛날 귀족들이 허리에 찼던 옥. '예포(澧浦)'는 예수(澧水)가. 예수는 동정호로 흘러드는 강 이름. 『초사·구가·상군』에 "捐余玦兮江中, 遺余佩兮澧浦"(내 옥을 강 가운데에 던져주고, 내 패옥을 예수 물가에 던져주네) 구절이 있는데, 이별을 뜻한다. 「구가·상군」은 상군이 상부인을 사모하고 기다리는 정을 노래한 작품이다.

16) 逍遙容與(소요용여): 자유롭고 한가로이 노닐다. 「구가·상군」의 "時不可兮再得, 聊逍遙兮容與"(때는 두 번 다시 얻지 못하니, 잠시 소요하며 노닐고 싶네) 구를 이용했다. '容與'는 편안하고 한가롭다.

[해설]

이 사의 또 다른 이름은 「해패환(解珮環)」이다. 작품 속의 매화는 미인의 심상과 겹치고 있으니, 시들어 떨어지는 매화는 때를 만나지 못하고 늙어 가는 미인이며, 패옥을 주고 떠나간 여인도 「매화락」 피리 소리 속에 시들어 떨어지는 매화의 형상이다. 작자는 『초사·구가·상군』의 시의(詩意)를 교묘하게 이용하여 매화에 대한 애모와 매화를 찾지 못하는 수심과 한을 표현했다. 전단은 매화를 찾아 나섰으나 매화를 찾지 못한 실망과 슬픔을 말했는데, 여기서 매화는 작자가 그리워하는 대상으로, 연인이나 지사, 또는 멸망한 남송을 뜻한다. 후단은 시들어 떨어지는 매화에 자신의 영락한 신세를 기탁했으니, 세상과 맞지 않고 뜻을 이루지 못한 것을 개탄하고, 떠나간 미인을 그리워하면서 강호에 은거하려는 심정을 말했다. 작자가 실제로 매화를 찾아 나선 것이 아니라, 서정의 한 수단으로 '심매불견(尋梅不見)'을 내걸고 자신의 신세에 대한 감개와 정치적 우의를 나타낸 것이다.

276 육추(六醜)* **팽원손(彭元遜)**

— 楊花	— 버들개지
似東風老大,[1]	봄바람도 늙었는가
那復[2]有當時風氣[3]●	예전의 풍류와 기운이 없구나

有情[4]不收,	버들개지는 정이 있어도 받아주는 이 없으니
江山身是寄●	강산에 몸을 맡겨
浩蕩何世[5]●	이리저리 흩날리는 지금은 어느 세상인고
但憶臨官道,[6]	다만 기억하노니 큰길에서
暫來不住,	잠시 왔다간 머물지 않고
便出門千里●	곧 문을 나서 천 리 밖으로 떠돌던 일이네
癡心指望回風[7]墜●	내 어리석은 마음이 원하는 건 회오리바람에 날려가
扇底相逢,	부채 든 임을 만나서
釵頭微綴[8]●	비녀 꽂은 머리를 곱게 꾸며주는 것이라네
他家[9]萬條千縷●	저 많고 많은 버들가지는
解[10]遮亭障驛,	장정과 역참을 가리고 막을 줄은 알아도
不隔江水●	흐르는 강물을 막지는 못하는구나

瓜洲[11]曾艤●	지난날 과주에서 배를 대고
等行人歲歲●	해마다 나그네 돌아오길 기다렸었네
日下[12]長秋,[13]	서울의 옛 궁전은 황량하고
城烏夜起[14]●	성 위 까마귀는 밤에 날아올랐더라
帳廬好在[15]春睡●	휘장 안 달콤한 봄잠을 자면서 꿈속에서
共飛歸湖上,	함께 날아 호숫가로 돌아왔건만
草靑無地●	풀만 푸를 뿐 몸 둘 데가 없구나
愔愔[16]雨、春心如膩[17]●	소리 없이 내리는 비에 춘심은 촉촉이 젖고
欲待化、豐樂樓[18]前帳飮,[19]	풍락루 앞 장막 친 잔치 자리로 날아가고프나

靑門[20]都廢●	성문은 모두 황폐해졌구나
何人念、流落無幾●	그 누가 가련히 여기랴, 영락해 떠돌다가 얼마 안 있어
點點摶[21]作,	점점이 뭉쳐져서
雪綿鬆潤,	희고 부드러운 솜처럼 되나니
爲君裛淚[22]●	내 너를 위해 눈물 적시노라

[주석]

* 雙調140字, 前段14句8仄韻, 後段14句9仄韻.(詞譜38)

1) 老大(노대): 늙다.

2) 那復(나부): 어떻게 다시. 어찌 아직도. 반어문에 쓰여 부정을 표시한다.

3) 風氣(풍기): 풍채와 기운. 풍류와 활력.

4) 有情(유정)구: 두보(杜甫)의 「백사행(白絲行)」 중 "落絮遊絲亦有情, 隨風照日宜輕擧"(떨어지는 버들개지와 유사 또한 정이 있어, 바람 따라 햇빛 속에 가볍게 떠올라가네) 시의와 소식(蘇軾)의 064 「수룡음(水龍吟)」 중 "抛家傍路, 思量卻是, 無情有思"(집을 버리고 길가에 있으니, 생각해보면 오히려 무정한 듯하나 유정하구나) 사의(詞意)를 이용했다.

5) 浩蕩何世(호탕하세): 이리저리 흩날리는 지금은 어떤 세상(시대)인가. 또는 무상하게 변하는 지금은 어떤 세상인가. '浩蕩'은 물이 많고 넓은 모양. 광대하다. 여기서는 이리저리 흩날리다. 무상하여 일정하지 않다. 양(梁) 하손(何遜)의 「서쪽 변새에 들어가 남부의 동료에게(入西塞示南府同僚)」에 "年事以蹉跎, 生平任浩蕩"(세월을 헛되이 보내고, 생애는 되는대로 내버려두었네) 구가 있다.

6) 官道(관도): 관에서 만든 길. 큰길.

7) 回風(회풍): 회오리바람.

8) 釵頭微綴(차두미철): 버들개지가 바람에 날려 떠다니다가, 여인의 머리에 점점이 떨어져 비녀 꽂은 머리를 장식해준다는 뜻. '釵頭'는 비녀. '微綴'은 드문드문 점철하다. 약간 장식하다.

9) 他家(타가): 그. 저. 그 사람.

10) 解(해): ~할 줄 알다.

11) 瓜洲(과주): 지명. 진강시(鎭江市) 맞은편에 있는 장강의 나루.

12) 日下(일하): 서울. 경도(京都). 여기서는 남송의 옛 서울 임안을 말한다.

13) 長秋(장추): 한대(漢代)의 궁 이름. 여기서는 궁의 범칭.

14) 城烏夜起(성오야기): 원나라 병사가 남송의 임안을 침공하여 점령한 것을 말한다. 두보의 「왕손을 슬퍼하다(哀王孫)」 중 "長安城頭頭白烏, 夜飛延秋門上呼. 又向人家啄大屋, 屋底達官走避胡"(장안성의 머리 하얀 까마귀, 밤에 연추문 위로 날아와 우짖네. 또 인가로 날아가 큰 집을 쪼니, 집 밑의 고관들은 오랑캐를 피해 달아나네) 시의를 이용했다.

15) 好在(호재): 여전히. 의구하게. (찬미나 감탄의 뜻으로) 좋다. 다행히.

16) 愔愔(음음): 소리 없이 조용한 모양.

17) 春心如膩(춘심여니): 버들개지가 비에 젖은 것을 말한다. '春心'은 여기서는 버들개지를 말한다. 장염(張炎)의 「서자장만(西子妝慢)」에 "楊花點點是春心"(버들개지 점점이 봄 마음이네) 구가 있다. '膩'는 끈적거리다. 달라붙다. 비에 젖은 모양을 말한다.

18) 豐樂樓(풍락루): 임안 용금문(涌金門) 밖 서호 가에 있는 누각으로 남송 때의 유람 명소.

19) 帳飮(장음): 장막을 치고 술을 마시다.

20) 靑門(청문): 한(漢)나라 때 장안(長安)의 성문 이름. 광릉군(廣陵君) 소평(邵平)이 진(秦)이 망한 후 청문에서 참외를 심어 팔았다는 고사가 있다. 여기서는 남송 수도 임안의 성문.

21) 摶(단): 둥글게 뭉치다.

22) 裛淚(읍루): 눈물을 적시다.

[해설]

버들개지를 읊은 영물사로, 버들개지를 의인화하여 서술하면서 망국의 비애와 작자의 신세를 기탁했다. 전단은 바람에 날리는 버들개지를 여러 각도에서 묘사했는데, '강산신시기, 호탕하세(江山身是寄, 浩蕩何世)'구는 무의무탁한 망국의 유민을 말한 것이고, '불격강수(不隔江水)'구는 강물처럼 수심이 많은 것을 말했다. 후단은 전란으로 황폐해진 도성을 말하고 옛일을 그리워했다. '하인념, 유락무기(何人念, 流落無幾)' 등의 구는 영락해서 떠도는 남송 유민의 신세를 버들개지에 비유했다.

277 자유향만(紫萸香慢)*

요운문(姚雲文)

近重陽、偏多風雨,	중양절이 가까워 비바람이 많더니
絶憐[1]此日暄明[2]○	오늘은 화창하고 맑게 개어 정말 좋구나
問秋香[3]濃未,	가을 국화 향기 짙었는지 묻노니
待携客、出西城○	객과 함께 성 서쪽으로 나가 노닐려네

正自羈懷多感,	원래 나그네 마음은 다감하기 마련이니
怕荒臺高處,	아마도 황량한 누대 높은 곳에 오르면
更不勝情。	더욱 슬픔을 가눌 수 없으리라
向尊前,	술잔을 마주해
又憶漉酒插花[4]人,	술 걸러주고 꽃 꽂아주던 사람을 그리나니
只座上、已無老兵[5]。	이 자리엔 옛 술친구가 없구나
淒淸。	처량하여라
淺醉還醒。	좀 취했다간 또 술이 깨고
愁不肯、[6]與詩平。	시를 읊조려도 수심은 없어지지 않누나
記長楸[7]走馬,	가래나무 늘어선 길에서 말을 달리고
雕弓笮柳,[8]	활 당겨 버들잎을 쏘아 맞추던 일을 기억하건만
前事休評。	지난 일은 말해 무엇 하랴
紫萸[9]一枝傳賜,	옛날 중양절엔 조정에서 수유 가지를 하사했더니
夢誰到、漢家陵[10]。	그 누가 고국의 능묘를 찾아가는 꿈을 꾸는고
儘烏紗、[11]便隨風去,	오사모가 바람에 날려간들 어떠랴
要天知道,	하늘만은 알아주어야 하리라
華髮[12]如此星星[13]。	백발이 이처럼 희끗희끗한 것을
歌罷涕零。	노래 끝나자 눈물이 흐르는구나

[주석]

* 雙調114字, 前段10句4平韻, 後段12句7平韻.(詞譜36)

1) 絶憐(절련): 매우 좋아하다. 매우 소중하다.

2) 暄明(훤명): 날씨가 화창하고 맑다.

3) 秋香(추향): 가을 향기. 국화 향기.

4) 漉酒揷花(녹주삽화): 술을 거르고 꽃을 꽂다. 도연명이 머리에 쓰고 있던 갈건으로 술을 걸러 마셨다는 고사가 있고, 중양절에 머리에 국화꽃을 꽂는 풍속이 있다. 여기서는 술을 마시고 꽃구경하는 것을 말한다.

5) 老兵(노병): 옛 술친구. 사혁(謝奕)은 술을 좋아해서 환온(桓溫)에게 억지로 술을 권하였다. 환온이 피해 가니 사혁은 환온의 부하를 끌어와 같이 술을 마시며 "失一老兵, 得一老兵"(노병 하나를 잃자, 또 노병 하나를 얻었다)이라 했다는 고사. 『진서(晉書)』에 보인다.

6) 愁不肯(수불긍)구: 수심은 시로 읊은 것보다 더 많다. 또는 수심은 시와 함께 평온해지지 않는다. '평(平)'은 동등하다. 또는 평온해지다.

7) 長楸(장추): 길가에 길게 이어져 있는 가래나무. 여기서는 큰길을 말한다.

8) 彫弓笮柳(조궁착류): 좋은 활로 버들잎을 쏘아 맞히다. '백보천양(百步穿楊)'의 뜻. '笮'은 화살을 넣는 전동. 여기서는 활을 쏘아 뚫다.

9) 紫萸(자유): 자색의 수유. 수유나무의 열매로 적자색이다. 옛날 중양절에 수유를 몸에 지녀 재앙을 피하는 풍속이 있었다.

10) 漢家陵(한가릉): 한대(漢代) 제왕의 능. 여기서는 남송의 능묘를 말한다.

11) 儘烏紗(진오사) 3구: 오사모가 바람에 날려 떨어져도 그냥 내버려두고 있으니, 나의 머리털은 모두 수심과 망국의 한으로 백발이 되었다는 뜻. '儘'은 내버려두다. 맡겨두다. '烏紗'는 옛날 관리가 쓰던 오사모(烏紗帽). 관직의 은유어로 사용되기도 한다. 맹가(孟嘉)가 중양절에 모자를 떨어뜨린 고사를 사용했다. 216 「하신랑(賀新郎)」 '愛說南朝狂客' 참조.

12) 華髮(화발): 백발.

13) 星星(성성): 머리털이 희끗희끗하게 세다.

[해설]

나그네 신세로 중양절을 맞는 감회를 노래했다. 전단은 객지에서 중양절을 맞았으나 함께 즐길 벗이 없는 외로움을 말했고, 후단은 지난 일을 회상하면서 망국의 애상과 영락한 신세를 한탄했다.

278 금명지(金明池)* 　　　　**승휘(僧揮)**

天闊雲高,	하늘은 공활하고 구름은 높이 떠가고
溪橫水遠,	개울물은 들을 가로질러 멀리 흘러가는데
晩日寒生輕暈[1]●	저녁 해는 한기 속에 가볍게 햇무리가 지었구나
閒階靜、楊花漸少,	섬돌은 고요하고 버들개지는 점차 드물어지고
朱門掩、鶯聲猶嫩●	붉은 문은 닫혔는데 꾀꼬리 소리가 부드럽구나
悔悤悤、過卻淸明,	청명을 총총히 보낸 게 후회스러워
旋[2]占得、[3]餘芳已成幽恨●	급히 남은 봄꽃 꺾어 드나 오히려 깊은 한이 되누나
卻幾日陰沈,	요 며칠 날씨 음산하고
連宵慵困,	며칠 밤 노곤하더니
起來韶華[4]都盡●	일어나 보니 좋은 경치는 모두 사라졌어라
怨入雙眉閒鬪損[5]●	원망으로 눈썹을 하릴없이 찌푸리고 있으니

乍[6]品得[7]情懷,	봄바람은 여인의 속마음을 알고는
看承[8]全近[9]●	보살펴주고 친하고 싶어 하는구나
深深態、無非自許,	여인은 조용하고 고운 자태를 자부하나
厭厭[10]意、終羞人問●	맥없이 있는 마음을 남이 물을까 부끄러워하네
爭知道、夢裏蓬萊,[11]	어찌 알았으랴 꿈속에서 봉래를 찾아갈 줄을
待忘了餘香,	남은 향기 잊으려 하는데
時傳音信●	때때로 소식을 전해오는구나
縱[12]留得鶯花,	설사 꾀꼬리와 꽃을 머물게 하더라도
東風不住,	봄바람은 머물지 않으니
也則[13]眼前愁悶●	눈앞에 저무는 봄날의 수심은 여전하여라

[주석]

* 雙調120字, 前段11句4仄韻, 後段11句5仄韻.(詞譜36)

1) 輕暈(경운): 희미한 햇무리.

2) 旋(선): 즉시. 곧.

3) 占得(점득): 보유하다. 가지다. 여기에서는 봄 경치를 감상한다는 뜻.

4) 韶華(소화): 아름다운 봄 경치. 좋은 시절.

5) 雙眉閒鬪損(쌍미한투손): 두 눈썹을 잔뜩 찌푸리다. '鬪'는 한곳에 모으다. '損'은 매우. 대단히. 강조의 의미로 '살(煞)'과 같다.

6) 乍(사): 막. 방금.

7) 品得(품득): 감상하다. 이해하다.

8) 看承(간승): 보살피다. 돌보다.

9) 全近(전근): 매우 친근하다. 몹시 친해지다(가까이하다). '全'은 매우. 몹시.

10) 厭厭(염염): 기운이 없는 모양.

11) 蓬萊(봉래): 전설 속의 신선이 산다는 봉래산. 여기에서는 꿈속의 선경(仙境)을 말한다.

12) 縱(종): 설령 ~일지라도.

13) 也則(야즉): 또. 여전히. '야불과(也不過)' '야의구(也依舊)'와 같다.

[해설]

저물어가는 봄과 수심 속에 있는 여인을 노래한 작품으로, 판본에 따라서는 '상춘(傷春)'이라는 제서(題序)가 있기도 하다. 전단은 늦봄 저녁 무렵의 적막한 경치를 묘사하여 여인의 심정을 암시하고, 여인은 봄을 헛되이 보낸 것을 후회하고 있는데, 여기서 봄은 여러 가지 복합적 의미를 내포하고 있다. 후단은 수심에 잠긴 여인을 위주로 서술했다. 여인은 임을 그리며 수심 속에 있는데, 봄바람이 여인의 수심을 풀어주려는 듯 불어오고, 여인은 꿈속에서 임을 만나고 때때로 소식 전해오기를 기대하나, 눈앞에 지나가는 봄을 보니 또 마음이 울적해진다. 여인은 작자 자신이기도 하다.

279 봉황대상억취소(鳳凰臺上憶吹簫)* **이청조(李清照)**

香冷金猊,[1]	향로의 향불은 사위어 싸늘하고

被翻紅浪,[2]	이불은 붉은 물결이 일렁이듯 펼쳐 있는데
起來慵自[3]梳頭。	일어나서도 머리 빗기가 귀찮아라
任寶奩[4]塵滿,	경대는 먼지 쌓인 채로 있고
日上簾鉤。	해는 주렴 고리 위로 떠올랐구나
生怕[5]離懷別苦,	이별로 마음이 아플까 두려워
多少事、欲說還休。	많은 일들을 말하려다 그만두는구나
新來瘦,	요즘 여윈 건
非干[6]病酒,[7]	술병 때문도 아니고
不是悲秋。	슬픈 가을 때문도 아니어라
休休[8]。	그만두어라
者回[9]去也,	이번 떠나가는데
千萬遍陽關,[10]	천만 번 「양관곡」을 부른들
也則[11]難留。	여전히 머물게 하지는 못하리라
念武陵人遠,[12]	생각건대 임이 멀리 떠나간 후엔
煙鎖秦樓[13]。	안개는 내가 있는 누각을 가두어놓으리라
惟有樓前流水,	다만 누각 앞 흐르는 물만이
應念我、終日凝眸[14]。	온종일 멍하니 있는 나를 불쌍히 여기리라
凝眸處,	우두커니 바라보고 있노라니
從今又添,	이제부터 또
一段新愁。	새로운 수심이 쌓이누나

[주석]

* 雙調95字, 前段10句4平韻, 後段11句5平韻.(詞譜25)

1) 金猊(금예): 사자 모양의 금동 향로.

2) 被翻紅浪(피번홍랑): 붉은 문양의 이불이 침상에 어지럽게 놓여 있는 것을 말한다. '被'는 이불. '紅浪'은 붉은 물결. 이불의 물결 문양. 또는 이불이 어지러이 놓여 있는 것을 형용한 말.

3) 慵自(용자): ~할 마음이 없다. 내키지 않다. 게으르다.

4) 任寶奩(임보렴)구: 경대에 먼지가 쌓이도록 내버려두다. '任'은 내맡기다. 내버려두다. '寶奩'은 경대의 미칭. 장렴.

5) 生怕(생파): 몹시 두렵다.

6) 非干(비간): 관계가 없다.

7) 病酒(병주): 술병이 나다.

8) 休休(휴휴): 그만두다. 어쩔 수 없다. 체념이나 단념을 나타냄. '파료(罷了)' '산료(算了)'와 같다.

9) 者回(자회): 이번. '者'는 이것.

10) 陽關(양관): 송별의 노래. 왕유(王維)의 「안서로 가는 원이를 보내며(送元二使安西)」에 "勸君更盡一杯酒, 西出陽關無故人"(그대에게 다시 술 한 잔 권하노니, 서쪽으로 양관을 나서면 벗이 없다네) 시구가 있다.

11) 也則(야즉): 역시. 또한. 여전히.

12) 武陵人遠(무릉인원): 남편 조명성(趙明誠)이 집을 떠나 먼 곳으로 가게 된 것을 말한다. 도연명(陶淵明)의 「도화원기(桃花源記)」에 무릉(武陵)의 어부가 도화원(桃花源)에 들어갔다 다시 세상으로 나온 고사가 있다. 또 유의경(劉義慶)의 『유명록(幽明錄)』에 유신(劉晨)과 완조(阮肇)가 천태산(天台山)에 들어갔다가 선녀를 만나 살다가 돌아와 보니 아주 오랜 세월이 흘렀다는 고사가 있

다. 송사와 원곡(元曲)에서 '무릉(武陵)'은 두 고사를 혼용하고 있다.

13) 秦樓(진루): 춘추 시대 진(秦) 목공(穆公)의 딸 농옥(弄玉)의 누각. 여인이 거처하는 누각.

14) 凝眸(응모): 응시하다. 골똘히 생각에 잠겨 바라보다.

[해설]

작자가 남편 조명성(趙明誠)과 이별할 즈음에 지은 작품이다. 전단은 이별을 앞둔 작자의 심정을 말했고, 후단은 '휴(休)'자로 시작하여 어쩔 수 없는 이별이라고 체념하면서, 이별 후에 겪게 될 외로움과 슬픔을 말했다.

280 취화음(醉花陰)* **이청조(李淸照)**

薄霧濃雲愁永晝[1]●	엷은 안개와 음침한 구름과 긴 낮이 시름겨운데
瑞腦[2]消金獸[3]●	향로 안 서뇌향은 사위어가누나
佳節又重陽,	좋은 계절 중에도 또 중양절인데
玉枕[4]紗廚,[5]	휘장 안 베갯머리엔
半夜涼初透●	간밤에 냉기가 처음으로 스며들었네
東籬[6]把酒黃昏後●	황혼 후 동쪽 울타리에서 술잔 들고 있으니
有暗香盈袖●	그윽한 향기가 옷소매에 가득하여라
莫道[7]不消魂,	어이 애간장 끊어지지 않으랴

簾捲西風,	주렴을 흔드는 가을바람에
人比黃花[8]瘦●	사람은 국화보다 더 여위었어라

[주석]

＊ 雙調52字, 前後段各5句3仄韻.(詞譜9)

1) 永晝(영주): 기나긴 낮. 무료한 낮.

2) 瑞腦(서뇌): 좋은 향의 일종. 용뇌향(龍腦香)이라고도 한다.

3) 金獸(금수): 짐승 모양의 향로.

4) 玉枕(옥침): 여름에 사용하는 자기로 된 베개. 또는 베개의 미칭.

5) 紗廚(사주): 얇은 깁 휘장. 일명 벽사주(碧紗廚)라고도 한다.

6) 東籬(동리): 국화를 심은 울타리. 도연명(陶淵明)의 「음주시(飮酒時)」에 "采菊東籬下, 悠然見南山"(동쪽 울타리에서 국화를 꺾어 들고, 한가로이 남산을 바라보네) 시구가 있다.

7) 莫道(막도): ~라고 말하지 말라.

8) 黃花(황화): 국화.

[해설]

작자가 중양절을 맞아 멀리 있는 임을 그리는 심정과 적막감을 노래했다. 작품 가운데 '고독(孤獨)' '상사(相思)'라는 단어를 직접 언급하지는 않았으나, 행간에는 여인의 섬세하고 깊은 감정이 스며 있다. 다른 판본에는 '중양(重陽)' 혹은 '구일(九日)'이라는 제서(題序)가 있다.

281 성성만(聲聲慢)*

이청조(李淸照)

尋尋覓覓[1]●	찾고 찾고 또 찾아도
冷冷淸淸,	썰렁하고 적막할 뿐
淒淒慘慘戚戚[2]●	처량하고 슬퍼서 마음 아파라
乍暖還寒[3]時候,	따뜻하다간 갑자기 추워지는 계절이라
最難將息[4]●	몸조리하기가 몹시 어렵구나
三杯兩盞淡酒,	두세 잔 약한 술로는
怎敵他、晩來[5]風急●	어찌 저 저녁의 세찬 바람을 견뎌내랴
雁過也,[6]	기러기 날아 지나가는데
最傷心、卻是舊時相識●	제일 상심하게 하는 건 예전에 보았던 기러기이어라
滿地黃花堆積●	마당 가득히 국화꽃 떨어져 쌓이고
憔悴損、[7]	남은 꽃도 몹시 초췌하니
如今有誰堪摘●	지금 그 누가 꽃을 꺾으랴
守著窓兒,	창문을 지키고 서서
獨自怎生得黑[8]●	어찌 홀로 날이 어둡기를 기다릴 수 있으랴
梧桐更兼細雨,	오동잎엔 가랑비까지 내려
到黃昏、點點滴滴●	황혼에 후두두 빗방울 떨어지네
這次第,[9]	이런 정경들을
怎一個愁字了得●	어찌 '수(愁)' 한 글자로 말해낼 수 있으랴

[주석]

* 雙調97字, 前段9句5仄韻, 後段8句5仄韻.(詞譜27)

1) 尋尋覓覓(심심멱멱): 찾고 또 찾다. '尋覓'의 중첩어로 뜻이 강조됨.

2) 戚戚(척척): 몹시 슬픈 모양. 근심스러운 모양.

3) 乍暖還寒(사난환한): 갑자기 따뜻하다가 또다시 춥다. 변화가 많은 가을 날씨를 말한다.

4) 將息(장식): 몸조리하다.

5) 晩來(만래): 저녁 무렵. 판본에 따라 '효래(曉來)'로 되어 있기도 하다.

6) 雁過也(안과야) 2구: 옛날 보았던 기러기가 날아가건만 임의 소식을 가지고 오지 않기 때문에 상심한다는 뜻. 또는 작자가 북쪽에서 남쪽으로 피난 왔기 때문에, 북쪽에서 날아오는 기러기를 보고 더욱 마음이 상한다는 뜻.

7) 憔悴損(초췌손): 몹시 초췌하다. 꽃과 사람을 함께 말했다. '損'은 뜻을 강조하는 어미.

8) 怎生得黑(즘생득흑): 어찌 날이 어두워질 때까지 기다릴 수 있으랴(참고 견디랴). '怎生'은 어찌. '得'은 (~까지) 기다리다. 수고롭게 견디다.

9) 次第(차제): 정경. 상황. 광경.

[해설]

작자 만년의 작품으로, 늦가을의 고독과 수심을 노래했다. 전단은 작자가 무엇을 간절히 찾고 있으나 찾지 못하고, 깊어가는 가을에 홀로 수심에 잠겨 있는 정경이다. 작자가 찾고 있는 것이 무엇인지 말하지 않았지만, 아마도 사별한 남편이나 전란 이전의 행복했던 생활 등 작자가 잃어버린 모든 것이리라. 첫머리에 사용된 14개의 첩자(疊字)는 모두 순치음(脣齒音)으로, 청각적 효과를 이용하여 점차로 깊어지는 슬픔을 표현했다.

후단은 깊은 가을 저녁에 홀로 있는 고독과 비애를 잘 형상화했다. 작품 전편에 걸쳐 정(情)과 경(景)이 잘 어울리고 서정성이 매우 풍부하다.

282 염노교(念奴嬌)*

이청조(李清照)

蕭條[1]庭院,	쓸쓸한 정원에
有斜風細雨,	바람 비껴 불고 가랑비 내리니
重門[2]須閉●	중문을 닫아야겠네
寵柳嬌花[3]寒食近,	한식이 가까워 버들과 꽃이 사랑스럽고 고운데
種種惱人天氣●	여러 가지로 마음을 산란하게 하는 날씨로구나
險韻[4]詩成,	험운으로 시를 짓고
扶頭酒[5]醒,	독한 술 깨어난 후
別是[6]閒滋味[7]●	유별스레 무료하고 적적하여라
征鴻[8]過盡,	기러기는 다 날아 지나갔으니
萬千心事難寄●	천만 가지 심사를 전하기 어려워라
樓上幾日春寒,	누각엔 며칠 봄추위가 계속되어
簾垂四面,	사방에 휘장을 둘러치고는
玉闌干慵倚●	바깥 난간에 기대설 마음이 내키지 않누나
被冷香消新夢覺,	꿈 깨니 이불은 차고 향불은 사그라져
不許愁人不起●	수심 속에 누워 있지 못하겠구나

淸露晨流,	이른 아침 맑은 이슬은 방울져 흐르고
新桐初引,	오동나무엔 새순이 막 돋아나니
多少遊春意●	봄놀이 갈 마음이 얼마쯤 생겨나네
日高煙斂,	해가 높이 떠오르고 안개가 걷혀가니
更看今日晴未[9]●	오늘 날씨가 갰지 또다시 살펴보는구나

[주석]

* 雙調100字, 前後段各10句4仄韻.(詞譜28)

1) 蕭條(소조): 고요하고 쓸쓸하다.

2) 重門(중문): 겹겹이 세운 문.

3) 寵柳嬌花(총류교화): 사랑스러운 버드나무와 예쁜 꽃.

4) 險韻(험운): 시를 지을 때 압운하기 어려운 운.

5) 扶頭酒(부두주): 쉽게 취하는 독한 술.

6) 別是(별시): 특별히. 별다른. '영시(另是)'와 같다.

7) 滋味(자미): 맛. 느낌.

8) 征鴻(정홍): 먼 길을 날아가는 기러기.

9) 晴未(청미): 날씨가 개었는가? '未'는 의문을 나타내는 조사.

[해설]

작자가 남편과 이별한 후, 규중에서 느끼는 적막감과 봄날의 정서를 노래했다. 전단은 바람이 불고 비 오는 스산한 날씨에 고적하고 무료하게 지내는 처지와 심정을 묘사했다. 후단은 우울한 기분으로 시작하지만, 해가 떠오르고 안개가 흩어지고 날씨가 개어가니, 작자는 봄의 생기를 느끼며 마음도 밝아지는 것 같다.

283 영우락(永遇樂)*

이청조(李清照)

落日鎔金,[1]	지는 해는 황금이 녹는 듯이 찬란하고
暮雲合璧,[2]	저녁 구름은 합쳐놓은 벽옥처럼 아름다운데
人在何處[3]●	사람은 어드메에 있느뇨
染柳煙濃,	자욱한 안개는 버들을 파랗게 물들이고
吹梅笛怨,[4]	「매화락」 피리 소리는 원망스러우니
春意知幾許[5]●	봄빛은 얼마나 깊었는고
元宵佳節,	정월 보름 좋은 명절
融和天氣,	날씨 화창하건만
次第[6]豈無風雨●	순식간에 어찌 또 비바람이 없을쏘냐
來相召、香車寶馬,[7]	벗들은 좋은 수레를 보내와 나를 부르건만
謝他酒朋詩侶●	술벗과 시우(詩友)의 초청을 사절하네
中州[8]盛日,	중주의 번성했던 시절
閨門多暇,	규방의 여인들은 한가로웠고
記得偏重三五●	삼오야 대보름을 특히 소중히 여겼었네
鋪翠冠兒,[9]	물총새 파란 깃을 꽂은 모자며

撚金雪柳,[10]	금실을 꼬아 만든 꽃과 머리띠며
簇帶[11]爭濟楚[12]●	머리에 꽂고 꾸며 아름다움을 다투었더라
如今憔悴,	지금 나는 초췌하여
風鬟霧鬢,[13]	희끗희끗한 머리털은 흐트러진 채
怕見[14]夜間出去●	밤나들이 할 마음이 없구나
不如向、簾兒底下,	차라리 주렴 내리고 방 안에서
聽人笑語●	사람들 웃고 떠드는 소리를 듣는 게 좋구나

[주석]

* 雙調104字, 前後段各11句4仄韻.(詞譜32)

1) 落日鎔金(낙일용금): 저녁 해가 마치 황금이 녹는 듯 찬란하다. 요세미(廖世美)의 「호사근(好事近)」에 "落日水鎔金"(지는 해에 강물은 금을 녹인 듯하네) 구가 있다.

2) 暮雲合璧(모운합벽): 구름이 모여 있는 것이 마치 벽옥이 합쳐 있는 것 같다. '璧'은 둥근 옥.

3) 人在何處(인재하처): 사람은 어디에 있는가? '人'은 작자 자신. 또는 작자의 남편.

4) 吹梅笛怨(취매적원): 피리로 「매화락(梅花落)」의 원망스러운 곡조를 불다. 이백(李白)의 「낭중 사흠과 함께 황학루의 피리 소리를 듣다(與史郎中欽聽黃鶴樓上吹笛)」에 "黃鶴樓中吹玉笛, 江城五月落梅花"(황학루에서 옥피리 부니, 강성 오월에 매화가 지누나) 시구가 있다.

5) 知幾許(지기허): 얼마인지 모르다. '知'는 의문사 앞에서는 '불(不)'이 생략된

다. '幾許'는 얼마.

6) 次第(차제): 잠깐 사이. 순식간에.

7) 香車寶馬(향거보마): 귀족의 부녀들이 타는 좋은 수레.

8) 中州(중주): 하남성(河南省) 일대를 이르는 말. 중원(中原). 여기서는 북송의 수도인 변경(汴京)을 말한다.

9) 鋪翠冠兒(포취관아): 물총새 깃털로 장식한 모자. '鋪'는 장식하다. '翠'는 비취의 깃.

10) 撚金雪柳(연금설류): 금실을 꼬아 만든 꽃이나 리본 등의 머리 장식. '雪柳'는 입춘이나 원소절에 머리에 꽂는 장식품.

11) 簇帶(족대): 촘촘히 머리에 꽂다. '帶'는 '대(戴)'와 같다.

12) 濟楚(제초): 아름답다. 곱다.

13) 風鬟霧鬢(풍환무빈): 흐트러지고 희끗희끗한 머리털.

14) 怕見(파견): 두렵다. ~할 마음이 내키지 않다. ~하는 것이 귀찮다.

[해설]

작자는 나라가 망하고 남편이 병사하는 등 불행한 일을 겪으면서 각처를 떠돌다가 만년에는 임안(臨安)에 거주했는데, 이 사는 이때 지은 작품이다. 전단은 원소절의 아름다운 경물과 날씨를 언급하고, 놀러 가자는 벗들의 초청을 거절하는 것으로 작자의 처지와 심정을 암시했다. 후단은 북송이 망하기 전의 화려했던 원소절을 회상하고, 현재의 초췌하고 처량한 신세를 말했다. 이 작품은 작자 일개인이 느끼는 망국의 한과 영락한 신세를 읊은 작품이지만, 당시 중원에서 남쪽으로 내려온 북송 유민들의 신세와 심정이 반영되었다. 남송말의 유진옹(劉辰翁)은 이 사를 읽고 감동하여 눈물을 흘리고 「영우락」 두 수를 지었다.

송사(宋詞)의 이해

1. 사(詞)란 무엇인가

장구한 세월을 두고 발전해온 중국 시가의 큰 흐름을 살펴보면, 주대(周代, 기원전 1050~기원전 256)에는 『시경(詩經)』의 시가 있고, 한(漢)·위(魏)·육조(六朝) 때에는 고시(古詩)와 악부시(樂府詩)가 있고, 당대(唐代 618~907)에는 근체시(近體詩)인 율시(律詩)와 절구(絶句)가 있고, 송대(宋代, 북송 960~1127, 남송 1127~1279)에는 사(詞)가 있고, 원대(元代 1271~1368)에는 곡(曲)이 있다. 중국 문학사에서는 흔히 당대와 송대를 중국 시가 문학의 황금기라고 말하는데, 당대에는 시(詩)가 최고봉을 이루었고, 송대에는 사가 찬란한 꽃을 피웠다. 오늘날의 중국인들도 고전 시가 가운데 당시(唐詩)와 송사(宋詞)를 가장 즐겨 읽고, 일상생활에서도 당시와 송사의 명구를 인용하기를 좋아한다.

당대(唐代)의 시를 가리켜 당시라고 말하는 것처럼, 송대의 사(詞)를 송사라고 하는데, 송나라 때의 가요라고 말할 수 있다. 그러나 송사는 후세로 오면서 곡조는 실전되고 가사(歌詞)만이 전해오고 있으니, 이는 마치 우리나라 고려 시대의 속요인 「서경별곡(西京別曲)」「청산별곡(靑山別曲)」「쌍화점(雙花店)」「가시리」 등이 곡조는 전하지 않고 가사만이 전해오는 것과 같다.

사(詞)라는 명칭은 남송(南宋) 때에 비로소 사용되었고, 당(唐)·오대(五代)와 북송 초기에는 곡자사(曲子詞)라고 했다. 곡자사라는 말을 분석해보면, 곡자(曲子)는 곡조라는 뜻이고 사(詞)는 가사라는 뜻으로, 곡조에 맞추어 부르는 가사(歌詞), 즉 노랫말이라는 뜻이다. 곡자사라는 명칭 이외에, 곡자(曲子), 금곡자(今曲子), 장단구(長短句), 시여(時餘) 등의 여러 명칭이 있었으나, 점차 사(詞)라는 명칭으로 통일되어 지금까지 사용되고 있다.

중국의 고대에는 시와 음악이 매우 밀접한 관계가 있었다. 중국 최초의 시집인 『시경』에 수록된 시는 대부분이 각 지방에서 불려오던 민요의 가사다. 『시경』을 뒤이어 나온 초사(楚辭) 역시 초(楚) 지방 노래의 가사고, 한·위·육조의 악부시 또한 노래의 가사다. 악부(樂府)는 원래 민간의 가요를 수집하고 악곡을 창작 연주하는 등 음악을 관장하는 관청이었는데, 이 관청에서 수집하고 편집한 가사를 후세 사람들은 악부시라고 불렀다. 이와 같이 중국 고대에는 노래와 시는 불가분의 관계가 있었다. 악곡에 맞추어 가창(歌唱)한 노랫말을 문학적인 관점에서 말하면 시(詩)라고 말할 수 있고, 음악적인 관점에서 말하면 가사(歌詞) 또는 곡사(曲辭)라고 말할 수 있다. 한나라 말기에 오언고시(五言古詩)가 출현하면서부터 시는 음악과 분리되어 문학의 한 갈래로 발전하면서 시가 문학의 주류를 이루었다.

사는 음악에 맞춰 부르는 가사(歌詞), 즉 노랫말이기 때문에, 사의 발생은 음악과 밀접한 관계가 있다. 수(隋)·당(唐) 때에는 서역(西域)에 있는 여러 민족의 음악이 중국에 전래되어, 점차 중국의 전통 음악과 융합하여 연악(燕樂, 연회할 때 사용하는 음악. 宴樂으로 쓰기도 한다)이라는 음악이 유행했다. 『구당서 · 음악지(舊唐書·音樂志)』에 "개원(開元) 이래로 노래하는 사람들은 호이(胡夷)의 곡과 민간의 곡을 섞어 사용했다"라고 하여, 서역에서 전래한 음악과 중국의 민간 음악이 혼합되어 새로운 음악이 유행한 것을 말했다. 송(宋) 심괄(沈括)의 『몽계필담(夢溪筆談)』에도 연악은 서역의 음악을 주요 성분으로 한다고 되어 있다. 기타 여러 문헌에도 당·송 시대에는 연악이 널리 유행되어 대중성과 강한 생명력을 가진 서정적인 음악이 되었다고 언급하고 있다. 사는 곧 이러한 연악의 곡조에 맞춰 불렀던 가사다.

사가 나타나기 시작한 것은 당대(唐代)부터다. 돈황(敦煌)에서 발견된 곡자사(曲子詞), 곧 사는 총 160여 수가 있는데, 이들 작품의 창작 시기는 당 현종(玄宗) 때부터 당말(唐末) · 오대(五代)까지에 걸친 것들로, 대부분은 민간에서 발생한 노래로 소박하고 진솔한 속요(俗謠)의 풍격을 띠고 있다. 또한 당 최령흠(崔令欽)의 『교방기(教坊記)』에는 성당(盛唐) 때의 곡명이 324종이나 기록되어 있는데, 그 가운데 후세의 사조(詞調, 사의 곡조)의 이름과 같은 것이 70여 종이나 된다. 이 곡명들은 개원(開元) · 천보(天寶) 때에 교방의 악기(樂妓)들이 불렀던 곡명으로, 지금은 가사가 전하지 않으나 곡명을 보면 민간에서 유래한 곡조가 많다는 것을 알 수 있다. 민간 가곡의 유행은 점차로 상층 문인에게 수용되어 문인들도 활발하게 가사를 창작하게 되었다. 예를 들면 중당(中唐) 백거이(白居易)의 「억강남(憶江南)」, 유우석(柳禹錫)의 「소상신(瀟湘神)」, 만당(晚唐) 두목(杜牧)의 「팔육자(八六子)」, 황보송(皇甫松)의 「천선자(天仙子)」 등은 모두 문인들이 지은 가사, 곧 사이다. 특히 당말의 시인 온정균(溫庭筠)은 본격적으로 사를 창작하여 『화간집(花間集)』에 66수의 사를 남기고 있다. 『화간집』은 만당· 오대의 문인 18인의 사 총 5백 수를 수록한 사선집(詞選集)이다. 만당(晩唐) · 오대(五代)부터 사는 새로운 시가 문학으로 등장하여 송대에 번영기를 맞아 크게 유행했다.

원래 사는 노랫말이기 때문에, 사를 지을 때는 곡조와 잘 어울리도록 지어야 노래로 부를 수 있다. 만약 음악에 정통한 문인이 음악성도 고려하여 사를 짓는다면, 그가 지은 사는 가기(歌妓)나 여러 사람들이 노래로 부르기에 적합해서 널리 유행하고 환영을 받는다. 예를 들면, 유영(柳永), 주방언(周邦彦), 강기(姜夔) 등은 음악에 조예가 있어서 문학성과 음악성이 잘 조화된 사를 지어 당시에 환영을 받았다.

유영의 사는 당시의 악공과 가기들의 환영을 받았는데, 이는 유영의 사가 악곡과 잘 어울려서 쉽게 유행할 수 있었기 때문이다. 당시 유영의 사는 크게 유행하여 우물이 있는 곳마다 그의 사를 노래했다고 한다. 주방언은 음악을 관장하는 대성부(大晟府)의 악관(樂官)을 역임할 정도로 음률에 정통했기 때문에, 그의 사는 음률이 잘 조화되어 후세인들로부터 높은 평가를 받았다. 강기는 자신이 지은 「암향(暗香)」의 서문에서 "……석호거사가 내게 종이를 주면서 사를 짓고 또 새 곡조도 지어달라고 청하기에, 이 두 곡을 지었다. 석호거사는 한참 동안 완상하다가, 악공과 가기에게 연습하여 부르게 하였더니, 음절이 잘 조화되고 아름다워 「암향」 「소영(疏影)」이라고 이름 지었다"라고 하여, 자신이 작사와 작곡을 하고 가기가 노래한 사실을 말하고 있다.

그러나 송대의 문인들이 모두 음악에 정통할 수는 없는 것이니, 음악에 정통하지 않은 문인들은 기존의 사조에 의거해서 사를 지었다. 때문에 사를 창작하는 것을 전사(塡詞)라고 하는데, 전(塡)은 '메우다' '채우다'라는 뜻으로, 기존의 곡조에 가사를 채워 넣는다는 뜻이다. 음악을 모르는 문인들이 다만 기존의 사조에 의거해서 사를 지으면서부터, 사는 음악과 분리되고 노래로 불려지지 않는 현상이 생기게 되었다. 때문에 남송의 심의부(沈義父)는 『악부지미(樂府指微)』에서 "전대의 문인들로 사를 좋아한 사람들이 많았으나, 음률에 맞지 않아서 노래하는 사람이 없다"라고 하여, 사와 음악이 분리된 현상을 말했다. 사를 노래로 부를 수 없게 되면서, 사는 가사로써의 효용성을 잃고 서정시의 한 형식으로 남게 되었다. 남송이 망한 후에도 문인들은 사를 하나의 새로운 시형(詩形)으로 여겨 사를 창작했으니, 마오쩌둥(毛澤東)도 20여 수의 사를 지은 것으로 유명하다.

지금까지 전해오는 송대의 사 작가와 작품은 매우 많다. 1965년에 출판된 당규장(唐圭璋) 편집의 『전송사(全宋詞)』에는 사 작가 1,330여 명의 작품 약 2만 수가 수록되어 있다. 양적으로만 보면, 사는 당시나 송시에 비해 규모가 작다. 그러나 사는 시와는 다른 특색을 가지고 중국 시가 문학의 중요 부분을 형성하였고, 많은 문인들이 사를 창작해서 시와 쌍벽을 이루면서 오늘날까지 전해오고 있다.

2. 사의 형식

사는 형식 면에서 시와 뚜렷한 차이가 있는데, 이는 사가 음악과 밀접한 관계가 있기 때문이다. 일반적으로 고체시(古體詩)나 근체시(近體詩)를 노래로 부르는 경우는 매우 드물고, 설사 시를 노래로 부른다 하더라도 원래의 시의 구식(句式)은 그대로 유지된다. 그러나 사는 노래로 부르는 가요의 가사이며, 일반적으로 기존의 사조(詞調)에 맞추어 가사를 짓기 때문에, 시와는 다른 형식을 갖게 된다.

첫째, 모든 사 작품에는 음악성을 표시하는 곡조의 이름, 즉 사조(詞調)

가 있다. 예를 들면 「보살만(菩薩蠻)」 「수조가두(水調歌頭)」 등의 명칭이 있는데, 이것을 사조 또는 사패(詞牌)라고 말한다. 원래 사조는 곡조의 이름으로, 사를 지을 때 의거하는 곡보(曲譜)를 말하는 것이며 작품의 내용을 나타내는 제목이 아니다. 모든 사조에는 구수(句數) · 자수(字數) · 평측(平仄) · 압운(押韻) 등이 규정되어 있어서, 사를 지을 때에는 규정된 격률(格律)에 따라야 한다.

둘째, 사는 대부분 단락(段落)으로 나누어진다. 한 단락으로 된 사를 단조(單調)라 하고, 두 개의 단락으로 된 것을 쌍조(雙調), 세 개의 단락으로 된 것을 삼첩(三疊), 네 개의 단락으로 된 것을 사첩(四疊)이라고 하는데, 두 개의 단락으로 된 쌍조가 가장 많다. 한 수의 사가 단락으로 나뉘는 것은 마치 오늘날의 노래가 몇 절로 나누어져 있는 것과 같은 것으로, 같은 곡조가 반복되거나 몇 소절의 곡조가 합쳐져서 하나의 완전한 곡조를 이룬다고 볼 수 있다.

셋째, 압운(押韻)의 위치는 각 사조에 따라 다르고, 매 사조는 일정한 압운의 격식이 있다. 시는 기본적으로 우구(偶句)에 압운하며 압운의 위치가 일정한 데 비하여, 사에서는 사조에 따라서 압운하는 위치가 다르다. 사조마다 절주(節奏)가 다르기 때문에 압운의 위치도 그에 따라 다르게 된다.

넷째, 사는 매 구의 글자 수가 일정하지 않은 장단구(長短句)로 이루어진다. 시에도 장단구가 있기는 하지만 오언(五言)과 칠언(七言)이 기본 구형(句型)으로 되어 있다. 특히 근체시에서는 장단구가 용납되지 않는다. 사구(詞句)가 일정하지 않은 것은 사구와 곡조가 조화를 이루어야 하기 때문이다.

다섯째, 사의 평측(平仄)은 근체시보다 복잡하고 엄밀하다. 어떤 사조는 평측뿐만 아니라, 평(平) · 상(上) · 거(去) · 입(入)의 4성을 구별하여 쓰는 경우도 있는데, 이는 글자의 성조(聲調)가 악곡의 음률과 조화되어야 하기 때문이다.

사의 자수(字數)와 구식(句式)은 곡조의 장단과 완급에 따라 직접적인 영향을 받는다. 곡조가 짧으면 이에 따라 사의 자수도 적어질 것이고, 곡조가 길면 이에 따라 자수도 많아져서 작품이 길어진다. 자수의 많고 적음에 따라 령(令), 인(引), 근(近), 만(慢) 등으로 사를 분류하는 명칭이 있다. '령'은 자수가 적은 단편의 사를 말하는데, 초기의 문인들이 많이 지었으니, 예를 들면 「도련자령(擣練子令)」「낭도사령(浪淘沙令)」 등이다. '인'과 '근'은 비교적 자수가 많은 것으로, 예를 들면 「양관인(陽關引)」「축영대근(祝英臺近)」 등이다. '만'은 '인'과 '근'보다 자수가 더 많은 장편의 사를 말하는데, 예를 들면 「우림령만(雨霖鈴慢)」「목란화만(木蘭花慢)」 등으로, '만'은 당·오대 시기에도 이미 있었지만, 북송 중엽 이후에 크게 유행했다. 명(明) 가정(嘉靖) 이후에는 소령(小令), 중조(中調), 장조(長調) 등의 명칭이 사용되기 시작하여 현재까지 널리 사용된다. 청(淸) 모선서(毛先舒)는 『전사명해(塡詞名解)』에서 사조를 분류하여, "58자 이내는 소령(小令), 59자부터 90자까지는 중조(中調), 91자 이상은 장조(長調)이다"라고 했는데, 이러한 분류법은 지나치게 도식적이라 하겠다. 대체로 50자 이하는 소령, 100자 이하는 중조, 100자 이상은 장조 또는 만사(慢詞)라고 할 수 있다.

대체로 북송 초기의 곡조는 짧고 경쾌한 것이 많았으므로, 자수가 적은 소령이 많았다. 그러나 북송 중엽 이후부터는 장조의 사가 많이 창작되고 유행했다. 작품을 예로 들어 사의 형식을 살펴보면 다음과 같다.

「青門引」 張 先

乍暖還輕冷• 風雨晩來方定• 庭軒寂寞近淸明, 殘花中酒, 又是去年病•

樓頭畵角風吹醒• 入夜重門靜• 那堪更被明月, 隔牆送過鞦韆影•

위에서 「청문인(靑門引)」은 사조(詞調) 또는 사패(詞牌)라고 하는데, 작품의 제목이 아니라 사의 곡조 이름, 곧 노래의 곡보(曲譜)이며 동시에 사의 형식이다. 이 작품은 두개의 단락으로 나누어져 있는 쌍조(雙調)인데, 앞의 단락을 전단(前段) · 상편(上片) · 상결(上闋) 또는 전결(前闋)이라 하고, 뒤의 단락을 후단(後段) · 하편(下片) · 과편(過片) · 하결(下闋) 또는 후결(後闋)이라고 한다. 전단(前段)에서 '冷' '定' '病'과 후단(後段)에서 '醒' '靜' '影'은 운(韻)이다. 전단은 5구로 되어 있고 후단은 4구로 되어 있으며, 전단의 5구는 5·6·7·4·5자로 되어 있고, 후단은 7·5·6·7자로 되어 있어, 이 작품은 모두 52자로 되어 있다. 매 구(句)의 평측(平仄)을 살펴보면, 전단의 제1구는 측측평평측, 제2구는 평측측평평측, 제3구는 평평측측측평평, 제4구는 평평측측, 제5구는 측측측평측으로 되어 있다. 후단의 제1구는 평평측측평평측, 제2구는 측측평평측, 제3구는 측평측측평측, 제4구는 측평측측평평측으로 되어 있다. 청(淸) 왕혁청(王奕淸)은 『흠정사보(欽定詞譜)』에서 「청문인」의 형식에 대하여 "쌍조이며, 글자 수는 52자, 전단은 5구에 3개의 측성운, 후단은 4구에 3개의 측성운으로 되어 있다(雙調, 五十二字, 前段五句三仄韻, 後段四句三仄韻)"라고 설명했다. 만약 「청문인」이란 사조를 이용하여 사를 짓는다면, 원칙적으로 위의 형식에 따라 지어야 한다. 그러나 평측에는 융통성이 있으며, 각 사조마다 글자나 구의 수가 약간씩 다른 이체(異體)가 있다.

사조는 원래 사 작품의 곡명을 말하는 것이지만, 후대로 내려오면서 곡조가 실전되었기 때문에, 다만 사의 형식으로 남게 되었다. 청대 만수(萬樹)가 편집한 『사율(詞律)』은 660개의 사조, 1,180여 이체(異體)를 수록했고, 왕혁청이 편찬한 『흠정사보』는 826개의 사조, 2,306개의 이체를 수록했다. 사조가 많다는 것은 사의 형식이 다양하다는 것이다. 그러나 상용되는 사조는 약 100여 개 정도이다.

3. 송사의 변천

사는 당말·오대부터 청말(淸末)까지 많은 문인들에 의해 창작되었지만, 송대와 같은 사의 황금시대는 재연되지 않았다. 이 때문에 사를 말할 때는 송사를 빼어놓을 수 없으며, 심지어는 송대를 대표하는 문학으로 사를 꼽기도 한다. 당말·오대의 혼란기를 끝내고 등장한 송나라는 사회와 경제가 안정적으로 발전하여 사의 유행에도 유리한 환경이 조성되었다. 송 왕조는 관리를 우대하는 정책을 취하여 백관과 사대부들이 풍류를 즐길 수 있는 분위기가 있었고, 경제의 발달로 도시가 번성하여 상층 시민도 향락적인 생활을 할 수 있었다. 북송의 수도인 변경(汴京, 지금의 개봉開封)은 오락 문화의 중심이 되어 주루에서는 노랫소리가 울려 퍼졌고, 남송 때에도 수도 임안(臨安, 지금의 항주杭州)에는 가무가 끊이지 않았다. 당시의 경제적 번영, 도시의 발달, 향락적 분위기는 사가 발전할 수 있는 토양이 되어 사의 전성기를 이루었다. 송사의 대체적인 변천 과정을 북송과 남송으로 크게 나누고, 북송과 남송을 각각 초·중·후기로 나누어 살펴보자.

북송 초기에는 안수(晏殊), 장선(張先), 구양수(歐陽修), 안기도(晏幾道) 등의 작가들이 있다. 북송 초기의 작가들은 사를 시문의 여기(餘技)로 여기고 사의 창작에 심혈을 기울이지 않았다. 대체로 당말·오대의 사풍을 이어받아 단편의 서정적인 작품이 대부분이다. 안수와 구양수는 풍류를 즐기는 사대부의 생활 감정을 사에 담았고, 장선, 안기도 두 사람은 전대의 전통을 이어받으면서도 새로운 면을 보이고 있다. 장선은 자수(字數)가 많은 약간의 만사(慢詞)를 창작하여 변화를 보였고, 안기도는 시구(詩句)를 사에 도입하여 사를 짓는 기교 면에서 발전이 있었다.

북송 중기에는 유영(柳永)과 소식(蘇軾)이 사의 형식과 내용에 새로운 경지를 개척했다. 유영은 남녀의 연정, 도시의 향락적인 생활, 나그네의 수심과 이별의 정서 등을 통속적인 언어로 노래하여, 사대부의 전통적인 심미 의식과는 다른 통속 문학의 새로운 기운을 불러일으켰다. 유영은 글자수가 많은 만사, 곧 장조(長調)를 대량으로 창작하여 소령(小令)에서 편폭이 긴 장조가 유행하는 계기를 만들었고, 장조의 유행은 송사를 한 단계 발전시키는 데 큰 역할을 했다.

소식은 이제까지 협소한 서정의 세계에만 머물렀던 사의 전통에서 벗어나서, 사의 제재를 확장하고 사의 내용을 풍부하게 했다. 소식은 염정과 연락(宴樂)뿐만 아니라, 우정과 우애, 인생에 대한 철리(哲理), 공명과 우국(憂國), 농촌 생활과 산수 유람의 일흥(逸興) 등 다양한 제재를 시로 읊듯이 사로 읊어냈다. 소식에 이르러 사는 작자 자신의 사상과 감정을 자유롭게 표현해낼 수 있는 새로운 시체(詩體)로 발전하게 되었다. 또한 소식의 사는 풍격이 호방하고 청광(淸曠)하여 염미(艶美)와 섬약(纖弱)으로 흘렸던 종래의 사풍에 새로운 활력을 불어넣었다.

북송 후기에는 황정견(黃庭堅), 진관(秦觀), 조보지(晁補之), 하주(賀鑄), 주방언(周邦彦) 등이 활약했는데, 이제까지 발전해온 사의 전통을 계승하면서 개성적인 작품을 창작했다. 특히 주방언은 북송 후기의 대표적인 작가로, 이제까지 발전해온 사의 체제를 더욱 성숙시켰다. 그는 당시(唐詩)의 기법을 많이 원용하여 사의 표현 기교를 풍부하게 했고, 음악에도 정통하여 사의 음악성과 문학성이 잘 어울리도록 창작하여, 그의 사는 전아하고 함축적인 문인사(文人詞)의 전범이라는 평가를 받았다.

남송 초기에는 망국의 통한과 비애가 깊은 그림자를 드리우고 있다. 북송이 금(金)나라의 침입으로 멸망하고, 남쪽으로 피난 온 송조는 임안에 수도를 정하고 남송을 세웠으나, 금나라와 대치하는 상황은 계속되었다. 이 시기의 작가들은 태평성세를 노래하며 남녀의 애정을 읊거나 여유 있는 생활에서 우러나오는 한적한 심정을 노래할 처지가 못 되었다. 이청조(李清照), 장원간(張元幹), 육유(陸游), 장효상(張孝祥), 진량(陳亮), 신기질(辛棄疾) 등이 이 시기에 활동한 작가들인데, 망국의 한과 분노, 시대를 근심하는 애국심, 영락해서 표류하는 신세 등을 많이 노래했다. 특히 이청조는 전란의 고통 속에서도 주옥같은 작품을 남긴 여성 작가로 유명하다. 신기질은 소식의 사풍을 더욱 발전시킨 작가로서, 전통적인 사의 구식(句式)을 과감하게 깨뜨리고 산문을 쓰듯이 사를 지었고, 사의 제재를 더욱 확충하고 내용과 풍격에 새로운 정신을 불어넣었다.

남송 중기는 시국이 안정되면서 경제도 발전하여, 경치가 수려하고 물산이 풍부한 강남 지방을 배경으로 번영과 향락적인 분위기도 다시 생겼다. 작가들은 북송 후기의 사풍을 이어받아 사의 격률을 중시했으며 문사(文辭)를 조탁하는 경향이 많았다. 강기(姜夔), 사달조(史達祖), 오문영(吳文

英) 등이 대표적인 작가다. 강기는 청아(淸雅)한 풍격을 위주로 하여 남송 문인들의 고아(高雅)한 정신을 표현했고, 사와 음악의 결합을 중시했다. 사달조의 사는 감정 표현이 우아하고 청신하나 내용이 빈약하다. 오문영은 사의 음률, 정련된 언어와 함축적인 표현, 전고의 사용 등 예술적 기교를 중시했고, 연정사(戀情詞)를 잘 지었다.

남송 후기는 남송의 멸망을 전후한 시기로, 일군의 작가들은 의기소침하여 망국의 슬픔과 유민의 애상을 노래했고, 일군의 작가들은 비분강개하여 애국적 열정과 망국의 한을 노래했다. 이 시기의 대표적 작가로 유진옹(劉辰翁), 주밀(周密), 왕기손(王沂孫), 장염(張炎) 등을 들 수 있다. 이 시기에는 새로운 사풍(詞風)의 변화는 없었고, 사는 일부 제한된 문인들만이 즐기고, 일반 대중과는 더욱 멀어지면서 결국에는 쇠퇴의 길로 접어들었다.

송사는 위로는 사대부로부터 아래로는 일반 서민에 이르기까지 많은 애호를 받으며 유행했다. 사는 시가로서의 문학성을 가지고 있었으며 또한 음악으로서의 실용성도 가지고 있어서, 사대부와 일반 서민의 연회 석상에서 불리었다. 북송에서 사가 유행할 때, 우물이 있는 곳이면 모두 유영의 사를 노래했다는 말이 있는 것을 보면, 사는 일반 서민도 즐겨 불렀던 가요였다. 그러나 후세로 오면서 사와 음악은 점차 분리되고, 문인들이 사의 고아미(高雅美)와 문인화(文人化)를 추구하면서부터, 사는 점차 대중으로부터 유리되어 일부 문인들의 전유물이 되었다. 사는 점차 곡조가 실전되고 노래로 부를 수 없게 되었지만, 시와는 다른 형식과 심미적 특성을 가지고 있기 때문에, 청대(淸代)까지 사의 창작은 끊이지 않았다.

4. 사의 특성

중국의 시가는 주대(周代)의 『시경(詩經)』으로부터 당대(唐代)까지 이미 천 년 이상의 역사를 가지고 발전해오다가, 당시(唐詩)에 이르러 절정을 이루었다. 송대에도 시(詩)가 무수히 창작되고 예술적 성취가 있었지만, 특히 사(詞)가 크게 유행했으니, 사에는 시와는 다른 새롭고 특이한 무엇인가가 있기 때문일 것이다. 사의 특성에 대해 한번 살펴보는 것도 송사를 이해하는 데 도움이 될 것이다.

작가가 자신의 감정과 생각을 일정한 운문 형식을 사용해 표현한다는 점에서 사와 시는 다를 것이 없다. 그러나 사는 원래 악곡에 맞추어 노래하는 가사라는 태생적 특성 때문에, 사구(詞句)의 장단, 제재(題材)와 내용, 언어와 표현 기교 등에서 시와는 일정한 차이가 있게 되었고, 시와는 다른 특성을 갖게 되었다.

『화간집(花間集)』은 당말·오대의 문인들이 지은 사를 모아놓은 책인데, 구양형(歐陽炯, 896~971)은 서문에서 "비단 자리와 자수 휘장 안에는 귀공자들과 미녀들이 있어, 귀공자는 고운 종이를 돌려가며 아름다운 사를 짓고, 미녀들은 섬섬옥수를 들어 거문고를 타며 노래하니, 맑고 아름다운 사는 미녀의 요염한 자태를 돋보이게 한다"라고 하여, 문인들이 사를 짓고 가기가 노래하는 당시의 풍조를 언급했다. 남송의 장염(張炎, 1248~1320?)은 『사원(詞源)』에서 "아름다운 경치를 묘사하고 자신의 감정을 읊어내는 데는 사가 시보다 부드럽고 함축적이다. 대체로 노랫소리가 여인의 아름다운 목청에서 나오니 사는 정(情)에 가까워야 한다"라고 했다. 사는 주로 가기들이 노래를 부르는 경우가 많기 때문에 서정(抒情)

이 중요하다는 말이다.

이처럼, 사는 기본적으로 연악(燕樂)과 가기(歌妓)의 두 요소와 깊은 관계를 갖고 있으며, 이는 사의 특성을 형성하는 데 영향을 주었다. 사를 곡조에 맞추어 노래하려면, 곡조의 음률과 가사가 조화를 이루어야 한다. 곡조에 따라서는 평성(平聲)으로 압운해야만 노래를 부를 수 있는데, 만약 입성(入聲)으로 압운한다면 노래할 수가 없을 것이다. 또한 곡조에 맞추기 위해서 사는 장단구(長短句)의 구식(句式)을 취하게 된다. 이러한 점이 바로 사가 형식 면에서 기존의 시와 다른 점이다.

내용 면에서도 시와 사는 다른 점이 있다. 원칙적으로 작가는 마음속에 일어나는 온갖 느낌과 생각을 시 또는 사로 표현할 수 있다. 예를 들면, 남녀의 애정과 이별, 인생에 대한 감개와 철리, 사회와 정치에 대한 관심, 일상의 잡다한 생활 정서, 산수 자연을 대하고 느끼는 정취 등 삼라만상을 제재로 삼아 자신의 감정과 생각을 시나 사로 표현할 수 있다. 그러나 사는 연악에 맞추어 부르는 노래 가사다. 가기가 술자리에서 주흥을 돋우기 위해 사를 노래할 때, 심각한 주제나 신랄한 풍자가 담긴 사를 노래한다면, 가기의 고운 목소리나 노랫가락과는 조화를 이룰 수 없을 것이고, 또한 술자리의 분위기와도 어울리지 않아 어색해질 것이다. 때문에 사는 초기부터 순수한 서정을 위주로 하면서, 사의 내용과 언어는 부드럽고 아름다워야 한다는 전통이 자연스럽게 형성되었다. 이러한 전통은 송대의 사단(詞壇)에서 오랫동안 계속되어, 작가가 사의 음악성을 중요시 하지 않고 서사(敍事)나 의론(議論)을 담아 사를 짓는다면, 이는 사의 본색(本色)이 아니라는 비평을 받고 사의 별파(別派)로 취급되었다.

사의 본질적이고 총체적인 특성은 감정이 풍부하고 진솔한 순수 서정문학(抒情文學)이라는 것이다. 당·송의 문인들은 거의 모두가 사대부 계층에 속해 있어서, 전통적인 사상과 예법의 구속을 받았다. 따라서 그들은 문학상의 자아 표현에 있어서도 속박을 받게 마련이다. 일반적으로 당·송의 문인들은 시문(詩文)은 사람을 교화시키고 세상과 정치를 바로잡는 데 도움이 되어야 한다는 문학관을 가지고 있었다. 때문에 산문은 도(道)를 담는 그릇으로 사용되어서, 주로 정치적 견해, 철학적 이론, 학술사상 등을 서술했고, 시는 일반적으로 정치와 인생에 관련된 정감과 뜻을 표현하는 데 사용되었다. 그러나 사는 윤리 예법의 구속에서 벗어난 비교적 자유로운 위치에 있었기 때문에, 작가는 희로애락의 진정(眞情)을 사로 노래할 수 있었다.

사는 서정 문학 가운데서도 염정적(艶情的)인 제재를 자유롭게 다룬 향염 문학(香艶文學)이다. '향염(香艶)'이란 말은 원래 꽃이 향기롭고 아름답다는 뜻인데, 여인을 제재로 해서 지은 시문의 염려한 풍격을 뜻하고, 더 나아가 색정적이라는 의미도 내포하고 있다. 송대의 문인들은 시문에서는 윤리적 규범에서 벗어나지 않았으나, 사에서는 자유롭게 감정을 분출할 수 있어서 남녀의 염정과 애원(哀怨)을 제재로 한 염정사(艶情詞)를 많이 지었다. 염정사 이외에 계절에 따른 감상(感傷), 무상한 인생과 세월에 대한 개탄, 화초와 자연 경관의 완상, 나그네의 향수와 이별의 수심 등을 사로 노래하는 경우에도 염정의 색채가 배어 있다. 이 때문에 사람들은 "시는 장엄하나 사는 아름답다." "사는 경박함을 싫어하지 않는다." "사는 미녀와 같다"라고 하여 사가 지닌 염정적 특성을 말했다.

사의 감정 세계는 협소하지만 깊이가 있는 심정 문학(深情文學)이다. 사와 시는 모두 서정(抒情)을 위주로 하지만, 시가 담고 있는 감정의 분량은 중후(重厚)하고 감정의 내용은 광범한 데 비하여, 사가 담고 있는 감정은 시보다 더 깊고 섬세하다. 협소하고 깊은 서정성은 제재의 편협성이라는 단점이 되기도 한다.

사의 언어와 표현은 미려하고 섬세하며, 완곡하고 함축적이다. 경치를 읊거나 감정을 토로함에 있어서 사는 시보다 부드럽고 섬세하고 함축적인데, 이러한 특성은 여러 요인으로 촉발된 것이다. 한 가지 요인은 사가 음악에 맞추어 노래할 수 있는 가사 문학이기 때문이다. 가기들이 사를 노래하는 경우가 대부분인데, 음악의 부드럽고 아름다운 선율과 사가 배합될 때, 사의 표현은 자연히 시보다 부드럽고 섬세해진다. 또 다른 요인은 사 자체의 염정적인 내용에서 유발된 것이다. 염정을 읊는 경우, 자연히 완곡하고 미려한 표현이 많아지는 것은 시에서도 마찬가지다.

이상의 여러 특성은 사를 문학의 여러 장르 가운데서 가장 아름다운 유미(唯美) 문학으로 만들었으니, 사에서 느껴지는 미감은 여성적인 염정미(艶情美), 부드럽고 섬세한 아름다움, 슬프고 애원에 찬 비애미(悲哀美)가 주류를 이루고 있다.

그러나 이제까지 살펴본 사의 특성은 다만 총체적인 특성일 뿐, 송대의 모든 작가와 작품이 이러한 특성을 가지고 있다는 말은 아니다. 작가와 작품이 나타내는 심미적 특성을 풍격이라고 하는데, 일반적으로 송사의 풍격은 간단하게 완약(婉約)과 호방(豪放)의 두 가지 풍격으로 나뉜다. 완약 풍격은 음유미(陰柔美)를 근간으로 하고, 호방 풍격은 양강미(陽剛美)를 바탕으로 하고 있다.

'완약'은 부드럽고 아름다우며, 완곡하고 함축적이라는 뜻으로 쓰였다. 완약 풍격의 사는 대체로 남녀의 염정을 위주로 노래했고, 짜임새는 정밀하고 음률이 잘 어울리고, 언어는 세련되고 정세하여, 전체적으로 부드럽고 아름답다. 완약파에 속하는 작가로는 안수, 구양수, 유영, 진관, 주방언, 이청조 등이 있고, 강기, 오문영, 장염 등도 모두 완약 풍격의 영향을 받은 작가다. 완약사는 사의 정통으로 되어 송사의 주류를 이루고 있다.

'호방'은 의기(意氣)가 장하고 호쾌하며 자유분방하여 구속을 받지 않는다는 뜻으로 쓰였다. 호방 풍격의 사는 작품의 제재가 다양하고, 규모와 시야가 광활하며 기상이 넓고 웅대하다. 시문의 구법과 표현법을 즐겨 사용하고, 음률에 얽매이지 않는다. 호방파에 속하는 작가로는 소식, 장효상, 장원간, 육유, 신기질 등이 대표적이다.

송사의 풍격을 완약과 호방으로 나누는 방법은 간단명료하여 편리하기는 하나, 너무 지나치게 단순화시킨 분류다. 풍격은 작가의 개성, 작품의 내용과 형식, 음악적 요소, 시대와 사회 등 여러 복잡한 요소에 의해 형성된다. 때문에 송사에는 완약과 호방 이외에 다양한 풍격이 있을 수 있으니, 송대의 사단(詞壇)은 마치 색깔과 향기와 모양이 다른 온갖 꽃이 만발한 동산과 같다.

5. 『송사삼백수(宋詞三百首)』와 주조모(朱祖謀)

청대(淸代)에는 사학(詞學)이 부흥하여 사에 대한 연구와 정리, 그리고 사의 창작이 활발했다. 이에 따라 당·송의 사를 뽑아 모은 사선집(詞選集)이 많이 나왔는데, 주이존(朱彝尊)과 왕삼(汪森)의 『사종(詞綜)』, 장혜언(張惠言)의 『사선(詞選)』, 주제(周濟)의 『송사가선(宋四家選)』, 주조모(朱祖謀, 1857~1931)의 『송사삼백수(宋詞三百首)』 등이 유명하다.

『송사삼백수』는 주조모가 송대의 대표적인 사 작가의 작품을 골라 모은 사선집이다. 서명을 '송사삼백수'라고 한 것은 주조모가 선정한 작품 수가 3백 수였기 때문이지만, 이보다 앞서 청 건륭(乾隆) 때 손수(孫洙)가 편집한 『당시삼백수(唐詩三百首)』가 있었고, 『시경(詩經)』을 '시삼백(詩三百)'이라고 부르는 데서 연유한 명칭이기도 하다.

주조모는 『송사삼백수』를 편찬할 때, 예술적 형식과 사상 내용을 모두 중시하는 태도로 송사의 중요 작가를 고루 선정하고 대표작을 수록했다. 중요 작가들을 보면, 장선(張先) 6수, 안수(晏殊) 10수, 구양수(歐陽修) 9수, 유영(柳永) 13수, 안기도(晏幾道) 15수, 소식(蘇軾) 10수, 진관(秦觀) 7수, 주방언(周邦彥) 22수, 하주(賀鑄) 11수, 신기질(辛棄疾) 12수, 강기(姜夔) 17수, 사달조(史達祖) 9수, 오문영(吳文英) 25수, 주밀(周密) 5수, 장염(張炎) 6수, 왕기손(王沂孫) 6수, 이청조(李淸照) 5수 등 기본적으로 송사의 대표적 작가의 작품을 고루 수록했다. 기타 송대의 사단에서 활약한 작가들도 수록하여, 송사의 전반적인 풍격과 변천 과정을 이해할 수 있도록 했다. 그러나 주조모의 작품 선정에 심미적 편향이 전무하다고 할 수는 없으니, 예를 들면, 주방언과 오문영의 작품을 특히 많이 수록하여 이 두 작가에 대한 편애를 나타내고 있다. 주조모는 작가들을 시대순으로 배열하고 있으나, 휘종(徽宗) 황제의 작품을 첫머리에 놓고 여성 작가 이청조를 끝에 배열한 것은 시대적 국한성을 벗어나지 못한 때문일 것이다.

『송사삼백수』의 초간본은 1924년에 간행되었는데, 수록된 작품 수는 서명과 같은 3백 수이고, 부록으로 13수가 더 첨부되어 있다. 그러나 후에 주조모는 내용과 형식이 완전하지 않다고 여겨지는 작품을 산삭하고 283수만을 선정하여 중편본(重編本)을 냈다. 이 중편본에 당규장(唐圭璋)이 전주(箋注)를 가한 『송사삼백수전주(宋詞三百首箋注)』가 가장 널리 유포되었다.

주조모는 일명 주효장(朱孝臧)이라고도 하는데, 자는 고미(古微) 또는 곽생(藿生), 호는 구윤(漚尹) 또는 강촌(彊村)이다. 귀안(歸安, 지금의 절강성浙

江省 호주湖州) 사람으로 젊어서부터 시명을 날렸다. 광서(光緖) 8년(1882)에 거인(擧人)이 되었고, 다음 해에 진사(進士)가 되어 국사관협수(國史館協修), 회전관총찬총교(會典館總纂總校), 시강학사(侍講學士) 등을 역임하고 예부시랑(禮部侍郎)까지 올랐다. 북경(北京)에서 10여 년간 관직에 있었으며, 그의 정치적 성향은 유신파(維新派)에 동조하는 편이었다. 광서 30년(1904)에 광동학정(廣東學政)으로 나갔다가 총독(總督)과 맞지 않아 사직하고 소주(蘇州)로 돌아왔다. 후에 강소법정학당(江蘇法政學堂)이 창립되자 감독의 직책을 맡았다. 선통(宣統) 원년(1909)에 조정에서 불렀으나 응하지 않았다. 신해혁명(辛亥革命, 1911) 후에는 상해(上海)에 거주하면서 청조(淸朝)의 유신으로 자처했다. 위안스카이(袁世凱)가 제제(帝制)를 계획하면서 주조모를 고등고문으로 초빙했으나 응하지 않았다. 1925년 그는 천진(天津)에서 군신의 예를 갖추어 청조의 마지막 황제였던 부의(溥儀)를 배알하고 눈물을 흘리며 떠났다는 일화가 있다.

주조모는 젊어서부터 시를 잘 지었는데, 그의 시풍은 당대(唐代)의 시인 맹교(孟郊)와 송대의 시인 황정견(黃庭堅)을 따랐다. 광서 22년(1896)에 왕붕운(王鵬運)이 사를 짓는 문인들의 모임인 사사(詞社)를 북경에서 창립하자, 주조모는 이 모임에 참가하여 사를 짓기 시작했다. 때문에 주조모의 사와 사학(詞學) 연구는 왕붕운의 영향과 가르침을 크게 받았다고 할 수 있다. 주조모는 상주사파(常州詞派)의 주요 작가인 왕붕운을 좇아 사를 배웠지만, 사파(詞派)의 편견에 사로잡히지 않고 여러 작가의 사를 폭넓게 섭렵하고 배웠다. 그는 특히 오문영과 주방언을 좋아했고, 사의 격률(格律)에 정통하여 율박사(律博士)라는 칭호로 불렸다.

주조모는 황주이(況周頤), 왕붕운, 정문작(鄭文焯)과 함께 청말의 사대사가(四大詞家)로 꼽힌다. 저서로는 사집 『강촌어업(彊村語業)』 3권과 시집 『강촌기고(彊村棄稿)』 6권이 있고, 역대의 사집(詞集) 173종을 교감하여 정리한 『강촌총서(彊村叢書)』가 있다.

『송사삼백수』 작가 소개

휘종 황제(徽宗 皇帝) · **조길**(趙佶, 1082~1135)

북송의 제8대 황제로 원부(元符) 3년(1100)에 철종(哲宗)의 뒤를 이어 즉위하여, 25년 동안 재위하다가 선화(宣和) 7년(1125)에 황태자 조환(趙桓, 欽宗)에게 양위하고 태상황(太上皇)이 되었다. 정강(靖康) 2년(1127)에 금(金)의 침입으로 수도 변경(汴京)이 함락되자, 흠종(欽宗)과 함께 포로가 되어 북쪽으로 끌려가 오국성(五國城, 지금의 길림성吉林省 영안현寧安縣 부근, 일설에는 흑룡강성黑龍江省 의란현依蘭縣)에서 유폐 생활을 하다가 죽었다. 재위 중에는 사치한 생활을 하면서 국정을 돌보지 않아 치국(治國)에는 무능한 군주였다. 그러나 예술을 애호했으며 서화(書畫)를 잘했고 시사(詩詞)에도 뛰어났다. 『전송사(全宋詞)』에 사 12수가 전한다.

전유연(錢惟演, 962~1034)

자는 희성(希聖), 임안(臨安, 浙江省 杭州) 사람이다. 오월왕 전숙(吳越王 錢俶)의 아들로, 아버지를 따라 송(宋)에 귀순하여 한림학사(翰林學士), 추밀사(樞密使),

동중서문하평장사(同中書門下平章事) 등을 역임했다. 인종(仁宗) 때, 탄핵을 받아 한동(漢東)으로 폄적되었다가 얼마 안 있어 병사했다. 박학다재하고 시문에 능하여, 양억(楊億), 유균(劉筠) 등과 시를 창화한 『서곤수창집(西崑酬唱集)』이 있다. 『전송사』에 사 2수가 전한다.

범중엄(范仲淹, 989~1052)

자는 희문(希文), 오현(吳縣, 江蘇省 蘇州) 사람이다. 진종(眞宗) 대중상부(大中祥符) 8년(1015)에 진사(進士)에 급제하고, 추밀부사(樞密副使), 참지정사(參知政事), 섬서사로선무사(陝西四路宣撫使) 등과 여러 주(州)의 지사(知事)를 역임했다. 인종(仁宗) 때, 섬서경략부사(陝西經略副使)의 직책을 맡아 서북 변경에서 서하(西夏)의 침공을 방어하는 공적을 세웠고, 혁신 정치를 주장하여 경력(慶曆)의 개혁에 참여하는 등 북송 초기의 저명한 정치가이기도 하다. 시문에도 뛰어나 『범문정공문집(范文正公文集)』이 있다. 『전송사』에 사 5수가 전한다.

장선(張先, 990~1078)

자는 자야(子野), 오정(烏程, 浙江省 湖州) 사람이다. 인종(仁宗) 천성(天聖) 8년(1030)에 진사에 급제하고, 오강지현(吳江知縣), 영흥군통판(永興軍通判), 유주지주(渝州知州) 등을 역임하고, 도관랑중(都官郎中)을 끝으로 치사(致仕)했다. 만년에는 오흥(吳興), 항주(杭州) 일대에서 은거했다. 안수(晏殊), 구양수(歐陽修), 왕안석(王安石), 소식(蘇軾) 등과 교유했고 시에도 뛰어났다. 당시 유영(柳永)과 함께 이름이 났으며, '영(影)'자를 잘 사용한 명구로 '장삼영(張三影)'이란 칭호가 있다. 초기에는 소령(小令)을 많이 지었으나, 만년에는 만사(慢詞)를 많이 지어 송사의 발전에 영향을 주었다. 『안륙사(安陸詞)』(일명 『장자야사(張子野詞)』)에 사 180여 수가 전한다.

안수(晏殊, 991~1055)

자는 동숙(同叔), 임천(臨川, 江西省 撫州) 사람이다. 경덕(景德) 2년(1005) 14세 때, 신동(神童)으로 이름이 나서 황제의 부름을 받아 입조해, 진사 1천여 명과 함께 시험을 보고 동진사출신(同進士出身)을 하사받았다. 비서성정자(秘書省正字), 지제고(知制誥), 한림학사, 동중서문하평장사겸추밀사(同中書門下平章事兼樞密使) 등을 역임했다. 인재를 잘 발탁하여 범중엄, 부필(富弼), 구양수 등이 그의 문하에서 나왔다. 당·오대(唐·五代)의 사풍을 이었으며, 특히 남당(南唐)의 풍연사(馮延巳)의 사풍을 답습했다. 북송 전반기에 구양수, 아들 안기도(晏幾道)와 함께 소령(小令)의 작가로 일파(一派)를 이루었다. 『수옥사(漱玉詞)』에 사 130여 수가 전한다.

한진(韓縝, 1019~1097)

자는 옥여(玉汝), 영수(靈壽, 河北省 靈壽) 사람이다. 경력(慶歷) 2년(1042)에 진사에 급제, 신종(神宗) 때 지추밀원사(知樞密院事), 철종(哲宗) 때 상서우복야겸중서시랑(尙書右僕射兼中書侍郎)을 역임했다. 사 1수가 전한다.

송기(宋祁, 998~1061)

자는 자경(子京), 안륙(安陸, 湖北省 安陸) 사람이나 옹구(雍丘, 河南省 杞縣)로 이주하여 살았다. 천성(天聖) 2년(1024)에 진사에 급제, 국자감직강(國子監直講), 지제고(知制誥), 공부상서(工部尙書), 한림학사승지(翰林學士承旨) 등을 역임했다. 사 6수가 전한다.

구양수(歐陽修, 1007~1072)

자는 영숙(永叔), 호는 취옹(醉翁), 만년의 호는 육일거사(六一居士), 여릉(廬陵, 江西省 吉安) 사람이다. 어려서 아버지를 여의고 집이 가난했으나 면학하여, 인종

(仁宗) 천성(天聖) 8년(1039)에 진사가 되고, 한림학사, 추밀부사(樞密副使), 참지정사(參知政事) 등을 역임했다. 북송(北宋) 시문혁신운동(詩文革新運動)을 주창한 송대 굴지의 고문가(古文家)이며 당송팔대가(唐宋八大家)의 하나이다. 정치와 문학 이외에, 경학(經學), 사학(史學), 금석학(金石學), 목록학(目錄學) 등에서도 업적이 많고, 평생 인재를 발탁하기를 좋아하여 증공(曾鞏), 왕안석(王安石), 매요신(梅堯臣), 소식(蘇軾) 등을 천거했다. 『육일사(六一詞)』『취옹금취외편(醉翁琴趣外篇)』 등에 사 2백여 수가 전한다.

유영(柳永, 987?~1053?)

자는 기경(耆卿), 초명(初名)은 삼변(三變), 숭안(崇安, 福建省 崇安) 사람이다. 청년 시절에 기루에 출입하면서 방탕한 생활을 하여, 상류사회의 배척을 받고 누차 과거에 실패했다. 인종(仁宗) 경우(景祐) 원년(1034)에 진사에 급제, 목주추관(睦州推官), 둔전원외랑(屯田員外郎) 등을 지냈다. 교방(敎坊)에서 신곡이 창작되면 유영에게 가사를 부탁해서 세상에 내놓았다고 한다. 그의 통속적인 사는 '우물이 있는 곳이면 모두 유영의 사를 노래했다'는 말이 있을 정도로 당시에 매우 유행했다. 그는 음악에도 정통했기 때문에, 그의 사는 음률이 조화롭고 언어는 평이하고 유창하다. 주로 나그네의 여수(旅愁), 남녀의 연정(戀情), 주연(酒宴)의 환락, 서민의 생활 감정 등을 노래하여 새로운 경지를 개척했다. 특히 편폭이 긴 장조(長調)의 사(詞)를 대량으로 창작하여, 당대(唐代)의 소령(小令)이 만사(慢詞)로 발전하는 데 영향을 주었다. 『악장집(樂章集)』에 사 206수가 전한다.

왕안석(王安石, 1021~1086)

자는 개보(介甫), 만년의 호는 반산(半山), 임천(臨川, 江西省 撫州) 사람이다. 인종(仁宗) 경력(慶曆) 2년(1042)에 진사가 되었다. 그는 10년간 지방관을 하면서 훌륭한 정적(政績)을 쌓았고, 민생의 질고에 관심을 가지고 조정의 적폐를 개혁하기 위해 상소를 여러 차례 했으나 채납되지 않았다. 신종(神宗) 희녕 2년(1069)에 참지정사가 되고 그 다음 해에 재상이 되어 신법(新法)을 시행했으나 성공하지 못했다. 후에 조정에서 물러나 금릉(金陵, 江蘇省 南京)에 은거했다. 형국공(荊國公)으로 봉해져 세상에서는 왕형공(王荊公)이라 부른다. 북송의 유명한 정치가인 동시에 시문(詩文)의 대가로 당송팔대가의 하나이다. 사는 많이 짓지 않았으나, 격조가 고상하고 웅건(雄建)하여 오대(五代)의 나약하고 염미한 사풍을 씻어내었다. 『임천선생가곡(臨川先生歌曲)』과 『전송사』에 사 29수가 전한다.

왕안국(王安國, 1030~1076)

자는 평보(平甫), 왕안석의 동생이다. 신종 희녕 원년(1068)에 진사출신을 하사받고, 대리사승(大理寺丞), 집현교리(集賢校理) 등을 역임했다. 신법에는 반대했다. 후에 정협(鄭俠) 사건으로 인해 파관 당해 귀향했다. 사 3수가 전한다.

안기도(晏幾道, 1030?~1106?)

자는 숙원(叔原), 호는 소산(小山), 임천(臨川, 江西省 撫州) 사람이다. 안수의 아들로 권문세가 출신이나 성격이 고고하고 강직해서 관직 생활이 불우했고, 영창부허전진감관(潁昌府許田鎭監官), 개봉부추관(開封府推官) 등의 하급 관직을 역임했다. 젊어서는 부유한 생활을 했으나, 만년에는 의식(衣食)을 걱정할 지경에 이르렀다. 그러나 권문세가의 집에는 발을 들여놓지 않았다고 한다. 소령(小令)을 잘 지었고, 무상한 인생에 대한 개탄, 이별의 수심, 과거의 회상과 현재의 적막감 등 감상적인 작품이 많다. 『소산사(小山詞)』에 사 260여 수가 전한다.

소식(蘇軾, 1037~1101)

자는 자첨(子瞻), 호는 동파거사(東坡居士), 미산(眉山, 四川省 眉山) 사람이다. 인종 가우(嘉祐) 2년(1057)에 진사가 되었다. 신종(神宗) 희녕 연간에 사마광(司馬光)의 구법당(舊法黨)과 왕안석(王安石)의 신법당(新法黨)이 대립할 때, 구법당을 지지했기 때문에 지방관으로 쫓겨나서, 항주(杭州), 밀주(密州), 서주(徐州) 등지에서 지주(知州)를 역임했다. 원풍(元豊) 3년(1080)에 신법(新法)을 풍자한 시를 지은 죄로 황주(黃州, 湖北省 黃岡)로 폄적되었다. 철종(哲宗) 원우(元祐) 연간에 구법당이 집권하자, 조정으로 돌아와 중서사인(中書舍人), 한림학사, 용도각학사(龍圖閣學士) 등을 역임했으나, 사마광과 정견이 맞지 않아 다시 지방관으로 나가, 항주, 영주(潁州), 양주(揚州), 정주(定州) 등의 지주를 지냈다. 철종이 직접 정사를 돌보게 되면서 구법당을 파출(罷黜)하자, 그는 다시 혜주(惠州, 廣東省 惠州), 담주(儋州, 海南省 儋縣)로 폄적되었다. 휘종(徽宗)이 즉위하자 사면을 받아 조정으로 돌아오는 도중에 상주(常州)에서 죽었다. 성격이 호방하고 박학다재(博學多才)하여 저술이 매우 풍부하다. 시(詩), 사(詞), 산문(散文)에 걸쳐 문학적 성취가 매우 높고, 서화(書畵)에도 조예가 깊어, 송대 문인의 전형으로 후세에 추앙을 받았다. 당송팔대가의 하나로 그의 아버지 소순(蘇洵)과 동생 소철(蘇轍)과 함께 '삼소(三蘇)'라 불린다. 그는 사에서도 문재를 발휘하여, 사의 제재(題材), 풍격(風格), 체제(體制) 등에서 새로운 경지를 개척했고, 호방파의 거두로서 송사의 발전에 영향을 주었다. 『동파악부(東坡樂府)』에 사 350여 수가 전한다.

진관(秦觀, 1049~1100)

자는 소유(少游), 또는 태허(太虛), 호는 회해거사(淮海居士), 고우(高郵, 江蘇省 高郵) 사람이다. 신종 원풍(元豊) 8년(1085)에 진사에 급제, 태상박사(太常博士), 비서성정자(秘書省正字), 국사원편수관(國史院編修官) 등을 역임했다. 소식(蘇軾)과 가까워 신법당이 집권한 후에는 유주(柳州), 침주(郴州), 뇌주(雷州) 등지로 폄적되었다. 휘종이 즉위하자 사면을 받아 돌아오는 도중에 등주(藤州, 廣西 藤縣)에서 죽었다. 소문사학사(蘇門四學士)의 한 사람으로 시를 매우 잘 지었다. 그의 사는 감정이 풍부하고 깊으며 표현이 섬세하면서 맑고 아름다워, 완약파(婉約派)의 대표적 사인으로 평가된다. 『회해거사장단구(淮海居士長短句)』에 사 80여 수가 전한다.

조원례(晁元禮, 1046~1113)

일명 단례(端禮)라고도 한다. 자는 차응(次膺), 선대는 청풍(淸豊, 河南省 淸豊) 사람이나, 팽문(彭門, 江蘇省 徐州)으로 이주하여 살았다. 희녕(熙寧) 6년(1073)에 진사가 되고 현령을 지냈다. 만년에 대성부협률랑(大晟府協律郎)에 제수되었으나 부임하지 못하고 죽었다. 『한재금취외편(閑齋琴趣外篇)』에 사 90여 수가 전한다.

조령치(趙令畤, 1051~1134)

자는 덕린(德麟), 호는 요복옹(聊復翁), 탁군(涿郡, 河北省 薊縣) 사람이다. 송 태조(太祖)의 차남인 연왕(燕王) 덕소(德昭)의 현손(玄孫)이다. 원우(元祐) 연간에 소식과 친하게 지냈다는 죄로 벌을 받았다. 후에 조청대부(朝請大夫), 영주방어사(營州防禦使) 등을 역임했다. 소흥(紹興) 초에 안정군왕(安定郡王)을 습봉(襲封)했다. 사 30여 수가 전한다.

조보지(晁補之, 1053~1110)

자는 무구(無咎), 만년(晚年)의 호(號)는 귀래자(歸來子), 거야(巨野, 山東省 巨野) 사람이다. 신종 원풍 2년(1079)에 진사가 되고, 비서성정자, 교서랑(校書郎), 이부원외랑(吏部員外郎), 예부랑중(禮部郎中) 등을 역임했다. 소성(紹聖), 숭녕(崇寧) 연간에 누차 폄적되거나 강직되어 만년에 고향으로 돌아와 은거했다. 소문사학사의 한 사람으로, 서화(書畵), 시사(詩詞), 문장에 능했다. 『조씨금취외편(晁氏琴趣外篇)』에 사 170여 수가 전한다.

조충지(晁冲之, 생졸년 미상)

자는 숙용(叔用), 거야(巨野, 山東省 巨野) 사람이다. 조보지의 종제(從弟)로 남송(南宋)의 저명한 장서가(藏書家) 조공무(晁公武)의 아버지다. 소식 등 원우 당인(元祐 黨人)과 연루되어 신법당의 배척을 받아 구자산(具茨山, 河南省 密縣 동쪽) 밑에 은거했다. 사 16수가 전한다.

서단(舒亶, 1041~1103)

자는 신도(信道), 호는 나당(懶堂), 자계(慈溪, 浙江省 慈溪) 사람이다. 영종(英宗) 치평(治平) 2년(1065)에 진사가 되고, 신종조(神宗朝)에 어사중승(御史中丞), 휘종조(徽宗朝)에 용도각대제(龍圖閣待制) 등을 역임했다. 사 50수가 전한다.

주복(朱服, 1048~?)

자는 행중(行中), 오정(烏程, 浙江省 湖州) 사람이다. 신종 희녕 6년(1073)에 진사가 되고, 철종조(哲宗朝)에 중서사인(中書舍人), 예부시랑(禮部侍郞) 등을 역임했다. 사 1수가 전한다.

모방(毛滂, 1064?~1120?)

자는 택민(澤民), 강산(江山, 浙江省 江山) 사람이다. 원우 연간에 항주법조(杭州法曹)가 되었고, 무강지현(武康知縣), 수주지주(秀州知州) 등을 역임했다. 『동당사(東堂詞)』에 사 약 2백 수가 전한다.

진극(陳克, 1081～1137?)

자는 자고(子高), 호는 적성거사(赤城居士), 임해(臨海, 浙江省 臨海) 사람이나 금릉(金陵)에서 살았다. 고종 소흥(紹興) 초에 여지(呂祉)의 천거를 받아 강남동로안무사준비차견(江南東路按撫司準備差遣), 칙령소산정관(勅令所删定官)이 되었다. 『적성사(赤城詞)』에 사 51수가 전한다.

이원응(李元膺, 생졸년 미상)

대략 채경(蔡京)과 동시대 사람으로 동평(東平, 山東省 東平) 사람이다. 남경(南京, 河南省 商丘) 교관(教官)을 역임했다. 사 9수가 전한다.

시언(時彥, ?～1107)

자는 방언(邦彥), 개봉(開封, 河南省 開封) 사람이다. 신종 원풍(元豊) 2년(1079)에 진사가 되고, 개봉부윤(開封府尹), 병부원외랑(兵部員外郎), 이부상서(吏部尚書) 등을 역임했다. 사 1수가 전한다.

이지의(李之儀, 1038～1117)

자는 단숙(端叔), 만년의 호는 고계거사(姑溪居士), 무체(無棣, 山東省 無棣) 사람이다. 신종 희녕 3년(1070)에 진사가 되었다. 소식이 정주지주(定州知州)로 있을 때 막료로 있었고, 후에 추밀원편수관(樞密院編修官), 원주통판(原州通判)을 역임했다. 『고계사(姑溪詞)』에 사 90여 수가 전한다.

주방언(周邦彥, 1056～1121)

자는 미성(美成), 호는 청진거사(清眞居士), 전당(錢塘, 浙江省 杭州) 사람이다. 신종 원풍 초에 「변도부(汴都賦)」를 지어 바쳐 태학생(太學生)에서 태학정(太學正)으로 발탁되었다. 후에 여주교수(廬州教授), 율수지현(溧水知縣) 등을 역임했고, 철종조(哲宗朝)에는 비서성정자(秘書省正字), 하중지부(河中知府)를 역임하고, 휘종조(徽宗朝)에는 휘유각대제(徽猷閣待制), 대성부제거(大晟府提擧)를 지냈다. 그가 활약한 시기는 송사의 황금시기로 형식, 내용, 풍격 등의 여러 면에서 발전했으며, 다양한 작가들이 배출되었기 때문에, 송사가 최고의 예술적 성취를 이룰 수 있는 여건을 구비했다. 그는 음악을 관장하는 대성부의 악관(樂官)을 역임할 정도로 음률에 정통했고 스스로 작곡도 할 수 있었다. 그의 사는 음악과 잘 조화되고 언어 구사가 정교하고, 특히 당송(唐宋)의 유명한 시구와 전고를 사용하는 데 능숙하고, 함축적인 표현에 능했다. 북송사의 대표적 사인으로 완약파(婉約派, 또는 格律派)의 집대성자라는 평가를 받고 있으며, 후세의 사 작가에게 심대한 영향을 주었다. 『청진집(淸眞集)』(일명 『단옥사(片玉詞)』)에 사 2백여 수가 전한다.

하주(賀鑄, 1052~1125)

자는 방회(方回), 호는 경호유로(慶湖遺老), 공성(共城, 河南省 汲縣) 사람이나 조적(祖籍)은 산음(山陰, 浙江省 紹興)이다. 송 태조(太祖) 효혜황후(孝惠皇后)의 족손(族孫)으로, 원래는 무관 출신이었으나 40세에 문관으로 관직을 바꾸어, 사주통판(泗州通判), 태평주통판(太平州通判), 승의랑(承議郎) 등을 지냈다. 성격이 호협하고 문무를 겸비했으나 하급관료로 지내다가 만년에 소주(蘇州)에 은거했다. 『동산사(東山詞)』(일명 『동산우성악부(東山寓聲樂府)』)에 사 280여 수가 전한다.

장원간(張元幹, 1091~1170?)

자는 중종(仲宗), 호는 노천거사(蘆川居士), 장락(長樂, 福建省 永泰) 사람이다. 정강(靖康) 원년(1119)에 이강(李綱)의 행영(行營)에서 속관(屬官)으로 있으면서 금(金)에 대항해서 싸웠다. 후에 주화파(主和派)가 이강을 축출하자 그도 파면되었다. 남도(南渡) 후에 항전을 주장하다가 진회(秦檜)의 노여움을 사서 삭탈관직되어 고향으로 은퇴했다. 젊어서는 사풍(詞風)이 우미(優美)했으나, 남도 후에는 애국적이고 호방한 작품이 많다. 『노천사(蘆川詞)』에 사 180여 수가 전한다.

섭몽득(葉夢得, 1077~1148)

자는 소온(少蘊), 호는 석림거사(石林居士), 오현(吳縣, 江蘇省 蘇州) 사람이다. 철종 소성(紹聖) 4년(1097)에 진사가 되고, 중서사인, 한림학사, 용도각직학사(龍圖閣直學士) 등을 역임했다. 남도 후에 두 차례나 건강(建康, 江蘇省 南京) 지부(知府)를 지내며 금에 대항해 싸워 공을 세웠다. 『석림사(石林詞)』에 사 1백여 수가 전한다.

왕조(汪藻, 1079~1154)

자는 언장(彦章), 덕흥(德興, 江西省 波陽) 사람이다. 숭녕(崇寧) 5년(1102)에 진사가 되고, 중서사, 한림학사, 호주(湖州), 휘주(徽州), 선주(宣州)의 지주(知州)를 역임했다. 사 4수가 전한다.

유일지(劉一止, 1079~1160)

자는 행간(行簡), 귀안(歸安, 浙江省 吳興) 사람이다. 선화(宣和) 3년(1121)에 진사가 되고, 중서사인, 급사중(給事中) 등을 역임했다. 『초계사(苕溪詞)』에 사 40여 수가 전한다.

한류(韓疁, 생졸년 미상)

자는 자경(子耕), 호는 소한(蕭閑). 사 6수가 전한다.

이병(李邴, 1085~1146)

자는 한로(漢老), 임성(任城, 山東省 濟寧) 사람이다. 숭녕 5년(1106)에 진사가 되고, 한림학사, 참지정사(參知政事), 자정전학사(資政殿學士) 등을 역임했다. 사 12수가 전한다.

진여의(陳與義, 1090~1139)

자는 거비(去非), 호는 간재(簡齋), 낙양(洛陽, 河南省 洛陽) 사람이다. 휘종 정화(政和) 3년(1113)에 진사가 되고, 개덕부교수(開德府敎授), 태학박사(太學博士)를 역임했다. 남도한 후에 중서사인, 이부시랑, 한림학사, 참지정사 등을 역임했다. 시인으로 유명하며 강서시파(江西詩派)의 대표적 인물이다. 사 18수가 전한다.

채신(蔡伸, 1088~1156)

자는 신도(伸道), 호는 우고거사(友古居士), 포전(莆田, 福建省 莆田) 사람이다. 휘종 정화(政和) 5년(1115)에 진사가 되고, 서주(徐州), 요주(饒州), 진주(眞州) 등의 지주를 역임했으며, 좌중대부(左中大夫)에 이르렀다. 『우고거사사(友古居士詞)』에 사 170여 수가 전한다.

주자지(周紫芝, 1082~1155)

자는 소은(少隱), 호는 죽파거사(竹坡居士), 선성(宣城, 安徽省 宣城) 사람이다. 소흥(紹興) 12년(1112)에 진사가 되고, 추밀원편수관(樞密院編修官), 건강지부(建康知府) 등을 역임했다. 『죽파사(竹坡詞)』에 사 150여 수가 전한다.

이갑(李甲, 생졸년 미상)

자는 경원(景元), 화정(華亭, 上海市 松江縣) 사람이다. 철종 원부(元符) 연간에 무강령(武康令)이 되었다. 사 9수가 전한다.

묵기영(万俟咏, 생졸년 미상)

자는 아언(雅言), 호는 사은(詞隱). 음률에 정통하여 스스로 작곡도 하였고, 휘종 숭녕 연간에 대성부(大晟府)의 제찬(制撰)으로 충원되었다. 사 27수가 전한다.

서신(徐伸, 생졸년 미상)

자는 간신(幹臣), 삼구(三衢, 浙江省 衢州) 사람이다. 정화(政和) 초에 음률(音律)을 잘 알아서 태상전악(太常典樂)이 되었고, 후에 상주지주(常州知州)를 역임했다. 사 1수가 전한다.

전위(田爲, 생졸년 미상)

자는 불벌(不伐), 정화 말년에 대성부전악(大晟府典樂), 선화(宣和) 초에 대성부악령(大晟府樂令)이 되었다. 사 6수가 전한다.

조조(曹組, 생졸년 미상)

자는 원총(元寵), 영창(潁昌, 河南省 許昌) 사람이다. 선화 3년(1121)에 진사가 되고, 각문선찬사인(閣門宣贊舍人), 예사전응제(睿思殿應制) 등을 지냈다. 사 36수가 전한다.

이옥(李玉, 생졸년 미상)

생졸년과 생애가 미상이다. 사 1수가 전한다.

요세미(廖世美, 생졸년 미상)

생졸년과 생애가 미상이다. 사 2수가 전한다.

여빈로(呂濱老, 생졸년 미상)

일명 여위로(呂渭老)라고 한다. 자는 성구(聖求), 가흥(嘉興, 浙江省 嘉興) 사람이다. 휘종 선화 연간에 조정에서 소관(小官)을 지냈다. 사 130여 수가 전한다.

노일중(魯逸仲, 생졸년 미상)

노일중은 공이(孔夷)의 별명이라고 한다. 공이는 자가 방평(方平), 용흥(龍興, 河南省 龍興) 사람으로 철종 원우 연간의 은사(隱士)다. 사 3수가 전한다.

악비(岳飛, 1103~1142)

자는 붕거(鵬擧), 탕음(湯陰, 河南省 湯陰) 사람이다. 휘종 선화 연간에 종택(宗澤)의 막하에 있었으며, 금(金)에 대항하여 여러 번 큰 전공을 세웠다. 하남북제로초토사(河南北諸路招討使), 추밀부사 등을 역임했고, 강화를 반대하고 북벌을 극력 주장한 이유로 진회(秦檜)에 의해 피살되었다. 사 3수가 전한다.

장륜(張掄, 생졸년 미상)

자는 재보(才甫), 호는 연사거사(蓮社居士), 변경(汴京, 河南省 開封) 사람이다. 지각문사(知閣門事), 영무군승선사(寧武軍承宣使) 등을 역임했다. 『연사사(蓮社詞)』에 사 1백여 수가 전한다.

정해(程垓, 생졸년 미상)

자는 정백(正伯), 미산(眉山, 四川省 眉山) 사람이다. 『서주사(書舟詞)』에 사 150

여 수가 전한다.

장효상(張孝祥, 1132~1169)

자는 안국(安國), 호는 우호거사(于湖居士), 오강(烏江, 安徽省 和縣) 사람이다. 소흥 24년(1154)에 진사가 되고, 비서성정자, 중서사인, 예부원외랑, 건강류수(建康留守), 형남호북로안무사(荊南湖北路按撫使) 등을 역임했다. 금(金)과의 화의(和議)를 반대하고 장준(張浚)의 항금 정책(抗金政策)을 지지했기 때문에 파관당한 적도 있다. 애국 사상과 시대를 반영한 사가 우수하고, 소식의 사풍을 닮아 청광호방(淸曠豪放)하다. 『우호사(于湖詞)』에 사 170여 수가 전한다.

한원길(韓元吉, 1118~1187)

자는 무구(無咎), 호는 남간(南澗), 허창(許昌, 河南省 許昌) 사람이다. 이부상서, 용도각학사 등을 역임했다. 국가 흥망에 대한 감개를 많이 읊었고, 장원간(張元幹), 범성대(范成大), 육유(陸游), 신기질(辛棄疾) 등과 서로 사(詞)를 지어 창화했다. 『남간시여(南澗詩餘)』에 사 80여 수가 전한다.

원거화(袁去華, 생졸년 미상)

자는 선경(宣卿), 봉신(奉新, 江西省 奉新) 사람이다. 소흥 15년(1145)에 진사가 되고, 선화지현(善化知縣), 석수지현(石首知縣) 등을 역임했다. 사 약 1백 수가 전한다.

육송(陸淞, 1109?~1182?)

자는 자일(子逸), 호는 운계(雲溪), 산음(山陰, 浙江省 紹興) 사람이다. 육유(陸游)의 큰형이다. 공부랑중(工部郎中), 진주지주(辰州知州) 등을 역임했다. 사 2수가 전한다.

육유(陸游, 1125~1210)

자는 무관(務觀), 호는 방옹(放翁), 산음 사람이다. 효종 융흥(隆興) 초에 진사 출신을 하사받고, 건강통판(建康通判), 기주통판(夔州通判), 예부랑중(禮部郎中), 비서감(秘書監) 등을 역임했다. 평생 항금(抗金)을 주장했고, 한때 변방에서 군려 생활을 했다. 범성대(范成大)가 성도지부(成都知府)로 있을 때, 막부참의관(幕府參議官)으로 있으면서 서로 시사를 창화했다. 남송의 유명한 시인으로 9천여 수의 시가 전한다. 『방옹사(放翁詞)』에 사 130여 수가 전한다.

진량(陳亮, 1143~1194)

자는 동보(同甫), 호는 용천(龍川), 영강(永康, 浙江省 永康) 사람이다. 소흥 4년(1193)에 진사가 되고, 첨서건강부판관(簽書建康府判官)을 제수 받았으나 부임하지 못하고 병사했다. 그는 남송의 저명한 사상가이기도 한데, 시국에 대해 여러 차례 상소하여 금(金)과의 화의를 반대해 주화파(主和派)의 박해를 받았다. 『용천사(龍川詞)』에 사 70여 수가 전한다.

범성대(范成大, 1126~1193)

자는 치능(致能), 호는 석호거사(石湖居士), 오현(吳縣, 江蘇省 蘇州) 사람이다. 소흥 24년(1193년)에 진사가 되고, 저작좌랑(著作佐郎), 이부상서, 참지정사 등을 역임했고, 금(金)에 사신으로 다녀오기도 했다. 남송의 유명한 시인으로, 육유(陸游), 양만리(楊萬里), 우무(尤袤)와 함께 남송사대가(南宋四大家)의 한 사람이다. 『석호사(石湖詞)』에 사 1백여 수가 전한다.

신기질(辛棄疾, 1140~1207)

자는 유안(幼安), 호는 가헌(稼軒), 역성(歷城, 山東省 濟南) 사람이다. 소흥 31년(1161) 22세 때, 2천여 명의 무리를 이끌고 경경(耿京)이 일으킨 항금반란(抗金反亂)에 참가하여 싸우다가 남송으로 내려왔다. 남도 후 강음첨판(江陰簽判), 건강통판, 저주지주(滁州知州), 형호북로안무사(荊湖北路按撫使), 강남서로안무사(江南西路按撫使) 등을 역임했다. 그는 여러 차례 금(金)의 통치 아래 있는 중원(中原)을 회복하는 책략을 조정에 건의했고, 실제로 관직에 있을 때는 중원 회복을 위한 사업을 벌이기도 해서, 주화파(主和派) 관료들의 배척을 받아 파직되어 강서 상요(江西 上饒)에서 18년 동안 은거 생활을 했다. 만년에 한탁주(韓侂冑)가 북벌을 계획할 때 기용되었으나, 미구에 낙직되어 연산(鉛山)으로 돌아와 죽었다. 그는 항금투쟁(抗金鬪爭)과 중원 회복을 필생의 임무로 삼았으나 포부를 펴지 못하고, 자신의 불우한 신세와 내심의 울분을 사(詞)로 읊어냈다. 때문에 그의 사는 시사(時事)에 대한 근심, 애국적 열정, 은거 생활, 불우한 처지 등이 주요 내용을 이루고 있다. 사풍은 북송 소식의 호방(豪放)한 사풍을 이어받아 호매한 기세와 비장격렬(悲壯激烈)한 기상이 넘쳐흐른다. 『가헌장단구(稼軒長短句)』에 사 6백여 수가 전한다.

강기(姜夔, 1155?~1221?)

자는 요장(堯章), 호는 백석도인(白石道人), 파양(鄱陽, 江西省 鄱陽) 사람이다. 젊어서부터 문명(文名)이 있었으나 과거에 급제하지 못하고 절동(浙東), 소주(蘇州), 항주(杭州), 금릉(金陵), 합비(合肥) 등지를 떠돌면서 공경대부(公卿大夫)와 교유하면서 포의(布衣)로 일생을 마쳤다. 그는 다재하여 시사(詩詞)뿐만 아니라 서예와 음악에도 조예가 깊었다. 그는 조정에 상서(上書)하여 아악(雅樂)을 논하기도 하고, 옛 악보를 고쳐 새롭게 작곡하거나 스스로 작곡하고 가사를 짓기도 했다. 그의 사 가운데 일부 작품에는 궁조(宮調)를 표시하고 가곡의 악보를 가사 옆에 표기한 것이 있다. 그의 사는 격조가 고아하고 음률은 조화롭고 자구(字句)는 세련되었다. 『백석도인가곡(白石道人歌曲)』에 사 80여 수가 전한다.

장량능(章良能, ?~1214)

자는 달지(達之), 여수(麗水, 浙江省 麗水) 사람이다. 순희(淳熙) 5년(1178)에 진사가 되고, 추밀원편수, 어사중승(御史中丞), 참지정사 등을 역임했다. 사 1수가 전한다.

유과(劉過, 1154~1206)

자는 개지(改之), 호는 용주도인(龍洲道人), 태화(太和, 江西省 泰和) 사람이다. 젊어서 치세(治世)의 방략을 즐겨 말했고 북벌을 극력 주장했으나, 그의 의견이 채용되지 않자 강호(江湖)를 유랑하며 포의로 일생을 마쳤다. 『용주사(龍洲詞)』에 사 80여 수가 전한다.

엄인(嚴仁, 생졸년 미상)

자는 차산(次山), 호는 초계(樵溪), 소무(邵武, 福建省 邵武) 사람이다. 엄우(嚴羽), 엄삼(嚴參)과 함께 '소무삼엄(邵武三嚴)'이라 불렸다. 사 30수가 전한다.

유국보(兪國寶, 생졸년 미상)

임천(臨川, 江西省 撫州) 사람이다. 효종 순희(淳熙) 연간에 태학생(太學生)으로 있었다. 사 5수가 전한다.

장자(張鎡, 1153~1211?)

자는 공보(功甫), 호는 약재(約齋), 조적(祖籍)은 성기(成紀, 甘肅省 天水)이나 임안(臨安, 浙江省 杭州)으로 이주하여 살았다. 항금(抗金)의 명장 장준(張浚)의 증손이다. 대리사직(大理司直), 직비각(直秘閣), 무주통판(婺州通判), 사농소경(司農少卿) 등을 역임했다. 『옥조당사(玉照堂詞)』에 사 86수가 전한다.

사달조(史達祖, 생졸년 미상)

자는 방경(邦卿), 호는 매계(梅溪), 변(汴, 河南省 開封) 사람이다. 누차 과거에 응시했으나 급제하지 못하고, 후에 재상 한탁주(韓侂冑)의 당리(堂吏, 中書省給事의 관리로 秘書와 비슷한 직책)가 되었다. 개희(開禧) 연간에 북벌이 실패하고 한탁주(韓侂冑)가 죽자, 사달조 또한 연루되어 경형(黥刑)을 받고 유배되었다. 그는 섬세하고 교묘한 필치로 대상물을 잘 묘사하여 영물사(咏物詞)에 뛰어났다. 『매계사(梅溪詞)』에 사 110여 수가 전한다.

유극장(劉克莊, 1187~1269)

자는 잠부(潛夫), 호는 후촌(後村), 포전(莆田, 福建省 莆田) 사람이다. 이종(理宗) 순우(淳祐) 6년(1246)에 진사출신을 하사받고, 건양지현(建陽知縣), 원주지주(袁州知州), 공부상서(工部尙書) 등을 역임했다. 그의 사는 현실을 반영하고 국가 흥망을 노래한 것이 많고, 사풍(詞風)은 호방(豪放)하다. 『후촌장단구(後村長短句)』에 사 134수가 전한다.

노조고(盧祖皐, 생졸년 미상)

자는 신지(申之), 호는 포강(蒲江), 영가(永嘉, 浙江省 溫州) 사람이다. 경원(慶元) 5년(1199)에 진사가 되고, 군기소감(軍器少監), 권직학사원(權直學士院) 등을 역임했다. 『포강사고(蒲江詞稿)』에 사 96수가 전한다.

반방(潘牥, 1205~1246)

자는 정견(庭堅), 호는 자암(紫巖), 부사(富沙, 福建省 閩候) 사람이다. 단평(端平) 2년(1235)에 진사가 되고, 태학정(太學正), 담주통판(潭州通判)을 역임했다. 사 5수가 전한다.

육예(陸叡, ?~1266)

자는 경사(景思), 호는 운서(雲西), 회계(會稽, 浙江省 紹興) 사람이다. 소정(紹定) 5년(1232)에 진사가 되고, 기거사인(起居舍人), 집영전수찬(集英殿修撰) 등을 역임했다. 사 3수가 전한다.

오문영(吳文英, 1200?~1260?)

자는 군특(君特), 호는 몽창(夢窓), 만년의 호는 각옹(覺翁), 사명(四明, 浙江省 寧波) 사람이다. 평생 포의로 지내면서 공경대부의 막료나 권문세가의 문객으로 지냈다. 음률에 정통하여 스스로 작곡할 수 있었다. 그의 사는 북송의 주방언(周邦彦)을 계승하여 격률과 형식을 중시했고, 자구(字句)를 조탁(彫琢)하고 전고(典故)를 잘 사용하여 예술적 기교가 뛰어났다. 그러나 내용이 빈약하고 수식이 과도하여 진실한 감정이 부족하다는 평이 있다. 『몽창갑을병정고(夢窓甲乙丙丁稿)』에 사 340여 수가 전한다.

황효매(黃孝邁, 생졸년 미상)

자는 덕부(德夫), 호는 설주(雪舟), 삼산(三山, 福建省 福州) 사람이다. 사 4수가 전한다.

반희백(潘希白, 생졸년 미상)

자는 회고(懷古), 호는 어장(漁莊), 영가(永嘉, 浙江省 溫州) 사람이다. 보우(寶祐) 원년(1253)에 진사가 되었다. 사 1수가 전한다.

황공소(黃公紹, 생졸년 미상)

자는 직옹(直翁), 소무(邵武, 福建省 邵武) 사람이다. 함순(咸淳) 원년(1265)에 진사가 되었으나, 남송이 망해 벼슬길에 나아가지 않고 초계(樵溪)에 은거했다. 『재헌사(在軒詞)』에 사 30수가 전한다.

주사발(朱嗣發, 1234~1304)

자는 사영(士榮), 호는 설애(雪崖), 오정(烏程, 浙江省 湖州) 사람이다. 송(宋)이 망한 후, 제학학관(提學學官)에 천거되었으나 거절하고 향리에 은거했다. 사 1수가 전한다.

유진옹(劉辰翁, 1232~1297)

자는 회맹(會孟), 호는 수계(須溪), 여릉(廬陵, 江西省 吉安) 사람이다. 젊어서 육구연(陸九淵)의 문하에서 배웠다. 경정(景定) 3년(1262) 정시(廷試)에서 당시의 재상 가사도(賈似道)를 거슬러 병과(丙科)로 급제했다. 염계서원산장(濂溪書院山長)을 지냈고 남송(南宋)이 망한 후 벼슬에 나아가지 않았다. 시를 잘했고, 두보(杜甫), 왕유(王維), 이하(李賀), 육유(陸游) 등의 작품에 평점을 가한 것으로 유명하다. 시대를 근심하고 망국을 회고한 작품이 많다. 『수계사(須溪詞)』에 사 350여 수가 전한다.

주밀(周密, 1232~1298?)

자는 공근(公謹), 호는 초창(草窓), 조적(祖籍)은 제남(濟南, 山東省 濟南)이나, 송실(宋室)이 남도할 때 가족 역시 남도하여 오흥(吳興, 浙江省 湖州)에서 살았다. 의오령(義烏令)을 역임했고, 남송(南宋)이 망한 후에는 출사하지 않고 항주(杭州)에 은거하면서 고국의 문헌을 보전하는 것을 자신의 책무로 삼았다. 시(詩), 서(書), 화(畵)를 잘했으며 저술이 매우 많아 『무림구사(武林舊事)』『제동야어(齊東野語)』『계신잡식(癸辛雜識)』 등이 전한다. 사풍은 주방언을 계승했고, 왕기손(王沂孫), 장염(張炎) 등과 교유하면서 사(詞)를 서로 주고받았다. 젊었을 때는 우아하고 여유로운 생활을 주로 읊었으나, 망국 후에는 망국의 비통을 읊은 사가 많다. 『초창사(草窓詞)』 또는 『빈주어적보(蘋洲漁笛譜)』에 사 150여 수가 전한다.

장첩(蔣捷, 생졸년 미상)

자는 승욕(勝欲), 호는 죽산(竹山), 양선(陽羨, 江蘇省 宜興) 사람이다. 도종(度宗) 함순(咸淳) 10년(1274)에 진사가 되었으나 곧 남송이 망해 태호(太湖)의 죽산(竹山)에 은거했다. 사(詞)의 내용은 다양하나 난세의 비통과 망국의 한을 읊은 것이 많다. 『죽산사(竹山詞)』에 사 90여 수가 전한다.

장염(張炎, 1248~1320?)

자는 숙하(叔夏), 호는 옥전(玉田), 만년의 호는 낙소옹(樂笑翁), 조적(祖籍)은 봉상(鳳翔, 陝西省 鳳翔)이나 남도 후에 임안(臨安, 浙江省 杭州)에 살았다. 남송(南宋)의 명장 장준(張浚)의 6세손으로, 젊었을 때는 집안이 부유해서 호화로운 생활을 했으나, 나라가 망하자 집안도 쇠락하여 각지를 유랑하며 지내다 일생을 마쳤다. 그가 지은 『사원(詞源)』은 사의 음악론과 창작론을 상세하게 서술하고 있어, 송사의 연구에 귀중한 자료가 되고 있다. 그는 주방언과 강기의 영향을 많이 받아, 사는 음률에 맞아야 하고, 맑고 고상한 뜻과 함축미를 갖추어야 한다고 주장했다. 전기의 사는 유유자적하는 생활을 묘사한 것이 많고, 후기의 사는 과거를 추억하며 망국의 한탄과 영락한 신세를 비탄하는 작품이 많다. 『산중백운사(山中白雲詞)』에 사 3백여 수가 전한다.

왕기손(王沂孫, ?~1290?)

자는 성여(聖與), 호는 벽산(碧山), 또는 중선(中仙), 회계(會稽, 浙江省 紹興) 사람이다. 동시대의 주밀(周密), 장염(張炎) 등과 교유했고, 원(元)나라에 들어와서 경원로(慶元路, 浙江省 鄞縣)의 학정(學正)을 역임했다. 사풍은 주방언과 비슷한 점이 있다. 특히 영물사를 잘 지어 망국의 한과 신세에 대한 감개를 기탁한 작품이 우수하다. 『벽산악부(碧山樂府)』에 사 60여 수가 전한다.

팽원손(彭元遜, 생졸년 미상)

생졸년과 생애가 미상이다. 자는 손오(巽吾), 여릉(廬陵, 江西省 吉安) 사람이다. 사 20수가 전한다.

요운문(姚雲文, 생졸년 미상)

자는 성서(聖瑞), 호는 강촌(江村), 고안(高安, 江西省 高安) 사람이다. 도종 함순(咸淳) 4년(1268)에 진사가 되고 흥현(興縣, 山西省 興縣)위(尉)를 지냈다. 원(元)나라 때 승직랑(承直郎)에 제수되었고, 무주건주양로유학제거(撫州建州兩路儒學提擧)를 지냈다. 사 9수가 전한다.

승휘(僧揮, 생졸년 미상)

속명(俗名)은 장휘(張揮), 법명은 중수(仲殊), 자는 사리(師利), 안주(安州, 湖北

省 安陸) 사람이다. 대략 북송 중기에 재세했다. 항주(杭州) 오산(吳山) 보월사(寶月寺)에 기거하면서 소식(蘇軾)과 왕래했다. 휘종 숭녕 연간에 죽었다. 사 60여 수가 전한다.

이청조(李淸照, 1084~1151?)

호는 이안거사(易安居士), 제남(濟南, 山東省 濟南) 사람이다. 부친 이격비(李格非)는 한기(韓琦)의 문하에서 공부한 학자로 문장을 잘했고 『낙양명원기(洛陽名園記)』를 지었다. 이청조는 어려서부터 사대부 가정의 학문적 분위기 속에서 성장하면서 문학 방면의 재능을 배양했다. 18세 때, 조명성(趙明誠)과 결혼했는데, 명성(明誠)의 부친은 당시 이부시랑으로 있었다. 조명성은 금석학(金石學)을 좋아하여 삼대(三代)의 고동기(古銅器)와 한당(漢唐)의 비각(碑刻)을 수집해 부부가 함께 연구했다. 정강(靖康) 2년(1127)에 금(金)나라가 침입하여 부부는 강남으로 피난했다. 전란 중에 귀중한 소장품을 모두 잃어버리고 남편도 병사하여, 그녀는 강소(江蘇), 절강(浙江) 일대를 전전하며 나라가 망하고 가정이 흩어지는 고통과 비애를 맛보았다. 만년에는 임안(臨安)에 거주했다. 이청조는 우미하고 섬세한 필치로 규방(閨房) 여인의 정서나 망국의 슬픔과 고독한 신세를 읊어 사의 본색(本色)을 가장 잘 나타내고 있다는 평이 있다. 『수옥사(漱玉詞)』에 45수의 사가 전하고, 사를 논한 『사론(詞論)』 1편이 전한다.

'대산세계문학총서'를 펴내며

2010년 12월 대산세계문학총서는 100권의 발간 권수를 기록하게 되었습니다. 대산세계문학총서의 발간은 앞으로도 계속될 것이고, 따라서 100이라는 숫자는 완결이 아니라 연결의 의미를 지니는 것이지만, 그 상징성을 깊이 음미하면서 발전적 전환을 모색해야 하는 계기가 된 것은 분명합니다.

대산세계문학총서를 처음 시작할 때의 기본적인 정신과 목표는 종래의 세계문학전집의 낡은 틀을 깨고 우리의 주체적인 관점과 능력을 바탕으로 세계문학의 외연을 넓힌다는 것, 이를 통해 세계문학을 바라보는 우리의 시각을 전환하고 이해를 깊이 해나갈 수 있도록 한다는 것이었다고 간추려 말할 수 있습니다. 그리고 궁극적으로는 우리의 인문학을 지속적으로 발전시켜나갈 수 있는 동력이 될 수 있기를 희망하는 것이었습니다. 이러한 기본 정신은 앞으로도 조금도 흩트리지 않고 지켜나갈 것입니다.

이 같은 정신을 토대로 대산세계문학총서는 새로운 변화의 물결 또한 외면하지 않고 적극 대응하고자 합니다. 세계화라는 바깥으로부터의 충격과 대한민국의 성장에 힘입은 주체적 위상 강화는 문화나 문학의 분야에서도 많은 성찰과 이를 바탕으로 한 발상의 전환을 요구하고 있습니다. 이제 세계문학이란 더 이상 일방적인 학습과 수용의 대상이 아니라 동등한 대화와 교류의 상대입니다. 이런 점에서 대산세계문학총서가 새롭게 표방하고자 하는 개방성과 대화성은 수동적 수용이 아니라 보다 높은 수준의 문화적 주체성 수립을 지향하는 것이며, 이것이 궁극적으로 한국문학과 문화의 세계화에 이바지하게 되리라고 믿습니다.

또한 안팎에서 밀려오는 변화의 물결에 감춰진 위험에 대해서도 우리는 주의를 게을리하지 말아야 할 것입니다. 표면적인 풍요와 번영의 이면에는 여전히, 아니 이제까지보다 더 위협적인 인간 정신의 황폐화라는 그늘이 짙게 드리워져 있는 것이 사실입니다. 대산세계문학총서는 이에 대항하는 정신의 마르지 않는 샘이 되고자 합니다.

'대산세계문학총서' 기획위원회

대 산 세 계 문 학 총 서

001–002 소설 **트리스트럼 샌디** (전 2권) 로랜스 스턴 지음 | 홍경숙 옮김

003 시 **노래의 책** 하인리히 하이네 지음 | 김재혁 옮김

004–005 소설 **페리키요 사르니엔토** (전 2권)
호세 호아킨 페르난데스 데 리사르디 지음 | 김현철 옮김

006 시 **알코올** 기욤 아폴리네르 지음 | 이규현 옮김

007 소설 **그들의 눈은 신을 보고 있었다** 조라 닐 허스턴 지음 | 이시영 옮김

008 소설 **행인** 나쓰메 소세키 지음 | 유숙자 옮김

009 희곡 **타오르는 어둠 속에서/어느 계단의 이야기**
안토니오 부에로 바예호 지음 | 김보영 옮김

010–011 소설 **오블로모프** (전 2권) I. A. 곤차로프 지음 | 최윤락 옮김

012–013 소설 **코린나: 이탈리아 이야기** (전 2권) 마담 드 스탈 지음 | 권유현 옮김

014 희곡 **탬벌레인 대왕/몰타의 유대인/파우스투스 박사**
크리스토퍼 말로 지음 | 강석주 옮김

015 소설 **러시아 인형** 아돌포 비오이 까사레스 지음 | 안영옥 옮김

016 소설 **문장** 요코미쓰 리이치 지음 | 이양 옮김

017 소설 **안톤 라이저** 칼 필립 모리츠 지음 | 장희권 옮김

018 시 **악의 꽃** 샤를 보들레르 지음 | 윤영애 옮김

019 시 **로만체로** 하인리히 하이네 지음 | 김재혁 옮김

020 소설 **사랑과 교육** 미겔 데 우나무노 지음 | 남진희 옮김

021–030 소설 **서유기** (전 10권) 오승은 지음 | 임홍빈 옮김

031 소설 **변경** 미셸 뷔토르 지음 | 권은미 옮김

032–033 소설 **약혼자들** (전 2권) 알레산드로 만초니 지음 | 김효정 옮김

034 소설 **보헤미아의 숲/숲 속의 오솔길** 아달베르트 슈티프터 지음 | 권영경 옮김

035 소설 **가르강튀아/팡타그뤼엘** 프랑수아 라블레 지음 | 유석호 옮김

036 소설 **사탄의 태양 아래** 조르주 베르나노스 지음 | 윤진 옮김

037 시 **시집** 스테판 말라르메 지음 | 황현산 옮김

038 시 **도연명 전집** 도연명 지음 | 이치수 역주

039 소설 **드리나 강의 다리** 이보 안드리치 지음 | 김지향 옮김

040 시 **한밤의 가수** 베이다오 지음 | 배도임 옮김

041 소설 **독사를 죽였어야 했는데** 야샤르 케말 지음 | 오은경 옮김

042 희곡 **볼포네, 또는 여우** 벤 존슨 지음 | 임이연 옮김

043 소설 **백마의 기사** 테오도어 슈토름 지음 | 박경희 옮김

044 소설 **경성지련** 장아이링 지음 | 김순진 옮김

045 소설 **첫번째 향로** 장아이링 지음 | 김순진 옮김

046 소설 **끄르일로프 우화집** 이반 끄르일로프 지음 | 정막래 옮김

047 시 **이백 오칠언절구** 이백 지음 | 황선재 역주

048 소설 **페테르부르크** 안드레이 벨르이 지음 | 이현숙 옮김

049 소설 **발칸의 전설** 요르단 욥코프 지음 | 신윤곤 옮김

050 소설 **블라이드데일 로맨스** 나사니엘 호손 지음 | 김지원 · 한혜경 옮김

051 희곡 **보헤미아의 빛** 라몬 델 바예-인클란 지음 | 김선욱 옮김

052 시 **서동 시집** 요한 볼프강 폰 괴테 지음 | 안문영 외 옮김

053 소설 **비밀요원** 조지프 콘래드 지음 | 왕은철 옮김

054-055 소설 **헤이케 이야기**(전 2권) 지은이 미상 | 오찬욱 옮김

056 소설 **몽골의 설화** 데. 체렌소드놈 편저 | 이안나 옮김

057 소설 **암초** 이디스 워튼 지음 | 손영미 옮김

058 소설 **수전노** 알 자히드 지음 | 김정아 옮김

059 소설 **거꾸로** 조리스-카를 위스망스 지음 | 유진현 옮김

060 소설 **페피타 히메네스** 후안 발레라 지음 | 박종욱 옮김

061 시 **납** 제오르제 바코비아 지음 | 김정환 옮김

062 시 **끝과 시작** 비스와바 쉼보르스카 지음 | 최성은 옮김

063 소설 **과학의 나무** 피오 바로하 지음 | 조구호 옮김

064 소설 **밀회의 집** 알랭 로브-그리예 지음 | 임혜숙 옮김

065 소설 **홍까오량 가족** 모옌 지음 | 박명애 옮김

066 소설 **아서의 섬** 엘사 모란테 지음 | 천지은 옮김

067 시 **소동파사선** 소동파 지음 | 조규백 역주

068 소설 **위험한 관계** 쇼데를로 드 라클로 지음 | 윤진 옮김

069 소설 **거장과 마르가리타** 미하일 불가코프 지음 | 김혜란 옮김

070 소설 **우게쓰 이야기** 우에다 아키나리 지음 | 이한창 옮김

071 소설 **별과 사랑** 엘레나 포니아토프스카 지음 | 추인숙 옮김

072-073 소설 **불의 산**(전 2권) 쓰시마 유코 지음 | 이송희 옮김

074 소설 **인생의 첫출발** 오노레 드 발자크 지음 | 선영아 옮김

075 소설 **몰로이** 사뮈엘 베케트 지음 | 김경의 옮김

076 시 **미오 시드의 노래** 지은이 미상 | 정동섭 옮김

077 희곡 **셰익스피어 로맨스 희곡 전집** 윌리엄 셰익스피어 지음 | 이상섭 옮김

078 희곡 **돈 카를로스** 프리드리히 폰 실러 지음 | 장상용 옮김

079-080 소설 **파멜라**(전 2권) 새뮤얼 리처드슨 지음 | 장은명 옮김

081 시 **이십억 광년의 고독** 다니카와 슌타로 지음 | 김응교 옮김

082 소설 **잔지바르 또는 마지막 이유** 알프레트 안더쉬 지음 | 강여규 옮김

083 소설 **에피 브리스트** 테오도르 폰타네 지음 | 김영주 옮김

084 소설 **악에 관한 세 편의 대화** 블라디미르 솔로비요프 지음 | 박종소 옮김

085-086 소설 **새로운 인생**(전 2권) 잉고 슐체 지음 | 노선정 옮김

087 소설 **그것이 어떻게 빛나는지** 토마스 브루시히 지음 | 문항심 옮김

088-089 산문 **한유문집-창려문초**(전 2권) 한유 지음 | 이주해 옮김

090 시 **서곡** 윌리엄 워즈워스 지음 | 김숭희 옮김

091 소설 **어떤 여자** 아리시마 다케오 지음 | 김옥희 옮김

092 시 **가윈 경과 녹색기사** 지은이 미상 | 이동일 옮김

093 산문 **어린 시절** 나탈리 사로트 지음 | 권수경 옮김

094 소설 **골로블료프가의 사람들** 미하일 살티코프 셰드린 지음 | 김원한 옮김

095 소설 **결투** 알렉산드르 쿠프린 지음 | 이기주 옮김

096 소설 **결혼식 전날 생긴 일** 네우송 호드리게스 지음 | 오진영 옮김

097 소설 **장벽을 뛰어넘는 사람** 페터 슈나이더 지음 | 김연신 옮김

098 소설 **에두아르트의 귀향** 페터 슈나이더 지음 | 김연신 옮김

099 소설 **옛날 옛적에 한 나라가 있었지** 두샨 코바체비치 지음 | 김상헌 옮김

100 소설 **나는 고故 마티아 파스칼이오** 루이지 피란델로 지음 | 이윤희 옮김

101 소설 **따니아오 호수 이야기** 왕정치 지음 | 박정원 옮김

102 시 **송사삼백수** 주조모 엮음 | 이동향 역주